mare

Olli Jalonen

VON MÄNNERN UND MENSCHEN

Roman

Aus dem Finnischen
von Stefan Moster

mare

Die Übersetzung wurde gefördert von
FILI – Finnish Literature Exchange.

Die Deutsche Nationalbibliothek verzeichnet
diese Publikation in der Deutschen Nationalbiblio-
grafie; detaillierte bibliografische Daten sind im
Internet unter http://dnb.ddb.de abrufbar.

Die Originalausgabe erschien 2014
unter dem Titel *Miehiä ja ihmisiä*
bei Otava Publishing Company Ltd.

Copyright © 2014 Olli Jalonen
and Otava Publishing Company Ltd.

1. Auflage 2016
© 2016 by mareverlag, Hamburg
Typografie und Einband
Farnschläder & Mahlstedt, Hamburg
Schrift Quadraat Pro
Druck und Bindung CPI Clausen & Bosse, Leck
Printed in Germany
ISBN 978-3-86648-241-8

www.mare.de

INHALT

SOMMER MIT KREBSEN

»Herr Präsident! Wenn Sie erlauben, möchte ich mich bei Ihnen, Herr Präsident, nach Ihrer geschätzten Meinung über die Probleme unseres Landes erkundigen. Wie sehen Sie die gegenwärtig schwierige Lage?«

»Mitbürger! Mit großer Genugtuung. Wichtig ist die Sicherung eines stabilen Wirtschaftswachstums und der internationalen Wettbewerbsfähigkeit, denn nur so schaffen wir eine feste Grundlage für unsere Wirtschaft und können bessere Lebensbedingungen garantieren.«

Ja, da muss eine Mischbatterie her. Man kann nur noch auf einer Stelle direkt darunter stehen und muss sich ständig drehen, damit es sich wenigstens einigermaßen richtig anfühlt. Die Schlauchenden sind mit Kupferdraht und Nägeln an der Saunawand befestigt. Aus dem einen Schlauch kommt es glühend heiß und aus dem anderen so kalt, dass im Frühjahr sogar Eissplitter mit im Wasser sind und sich auf der Haut rote und weiße Striemen bilden.

Die Dusche ist erst letzten Sommer installiert worden und auch nur, weil Vetter Lampinen kam, um bei der Erneuerung des Bodens in der Sauna zu helfen, nachdem mein Vater seinen ersten Infarkt gehabt hatte und über der Deichsel des Betonmischers zusammengebrochen war. Vorher hatte er nie jemanden um Hilfe gebeten, aber da hat er dann Lampinen angerufen.

Lampinen gehört die Installationsfirma *Volles Rohr KG*, allerdings machen sie mehr Dächer und Regenrinnen, weil man dabei leichter auf seinen Schnitt kommt und keine Fachmänner fürs Warten bezahlen muss, sondern den vollen Lohn nur zahlt, wenn Installationsaufträge reinkommen. In den Zwischenzeiten können sie nebenbei ein bisschen Blecharbeiten machen. So hat mein Vater es gesagt, ich weiß nicht, ob er vielleicht neidisch auf Lampinen ist.

Gleich am ersten Tag schlug Lampinen vor, wie es wäre, vom Heizungsraum aus zwei Gartenschläuche durch die Apfelbäume über das ganze Grundstück und durch ein Loch in der Wand in die Sauna zu ziehen, dann hätten wir schnell eine billige Dusche. Man muss die Schläuche bloß an einen Duschhahn anschließen. Der Plan war gut, ging aber kurz vor Schluss doch nicht auf, weil mein Vater nach dem zweiten Infarkt für eine Woche ins Krankenhaus musste und anschließend alles unsicher geworden ist. Die Schläuche hängen offen in der Sauna, es gibt keine Hähne, sondern man muss die Stärke so gut es geht mit einer Klemme regulieren. Duschhähne und Mischbatterien sind teuer, wenn man sie neu kauft, aber Lampinen hat versprochen, an uns zu denken, wenn sie bei der Arbeit in der Firma auf eine alte stoßen, die noch in Ordnung ist.

Lampinen hat zwei Namen. Vetter Lampinen wird er nur von meinem Vater und meiner Mutter genannt, obwohl er gar kein richtiger Vetter von meinem Vater ist, sondern bloß ein Großcousin oder etwas in der Richtung, aber es ist besser, ihn um Hilfe zu bitten als die Brüder meiner Mutter oder die Männer ihrer Schwestern, auch wenn die in der Nähe wohnen und Lampinen weiter weg in seinem neuen, vornehmen Haus hinter Parola.

Im Winter ist es mit der Dusche so gewesen, dass man jedes Mal die Gartenschläuche umständlich leeren musste, indem man sie von den Ästen der Apfelbäume nach oben hievte und aus beiden Enden leer laufen ließ, damit sie nicht zufroren, aber trotzdem verstopfte der Kaltwasserschlauch nach dem Jahreswechsel immer stärker. Schließlich tröpfelte das kalte Wasser nur noch, und das heiße wurde ab Februar zu heiß, außer an den Fußsohlen. Zwar war der Fußboden bis in die Ecken ausgebessert worden, aber durch die Wände und unter der Tür hindurch zog es noch immer, sodass auch der neue Fußboden bei Minusgraden mit Reif überzogen war. Wenn man duscht, ohne vorher die Sauna geheizt zu haben, ist der grau gestrichene Beton anschließend glasglatt gefroren.

Trotzdem ist es eine Verbesserung gegenüber früher. Den ganzen Winter hindurch habe ich jeden Mittwoch eine Volldusche genommen, und Samstag ist Saunatag. Bei zwei ordentlichen Waschgängen pro Woche behält man die Haut an den Schultern und im Gesicht besser unter Kontrolle. Was man sich am kleinen Waschbecken im Klo ins Gesicht spritzt, reicht nicht aus, trotz noch so viel Seife, Rexona oder Clearasil.

Wenn die Kaltwasserleitung wieder Stück für Stück zu funktionieren beginnt, ist das ein erstes Anzeichen für den Frühling. Knisternd löst sich das Eis in den schwarzen Gartenschläuchen. Die Haut bekommt beim Duschen wieder Streifen und ist nicht mehr überall so rot wie die Krebse, die im großen Topf totgekocht werden.

Ekelhafterweise muss ich mitten beim Duschen an sie denken. Ich mag das zähe Krebsfleisch überhaupt nicht, auch wenn man es umsonst bekommt. Im August gibt es das zu oft, manchmal jeden zweiten Tag, weil in den Seen, die unter Naturschutz stehen, die Krebse so leicht zu kriegen sind. Man muss bloß mit der Taschenlampe auf den Köder leuchten und dann von unten mit dem Kescher kommen. Nach einer halben Stunde ist der Eimer voll, und zu Hause werden sie dann an einem schattigen Platz in einem Bottich aufbewahrt. In den Holzbottich kommen ein bisschen Wasser und ein paar Lock-Karauschen, dann ein Stück Hühnerdraht und Wasserpflanzen drüber, damit die Krebse nicht an den Wänden hoch- und rausklettern.

Manchmal entkommt trotzdem einer und kriecht aufs Nachbargrundstück, wo er dann stirbt. Am schlimmsten war es, als es mal einer, und zwar ein ziemlich großer, schaffte, sich bei schwerem Gewitter aus dem Bottich zu befreien, mehr als hundert Meter weit den Hügel hinunterzukriechen, oder vielleicht auch sich mit dem Regenwasser hinunterschwemmen zu lassen, und dann das Kunststück zu vollbringen, in den Saab des Pfarrers zu klettern. Da spreizte er dann, noch immer lebendig, auf dem Vordersitz die Scheren, als Pfarrer Numminen am Samstag zu einer Beerdigung musste. »Scheiße, da ist ein Krebs im Auto«, brüllte der Pfarrer so laut, dass man es bis zu seinem Nachbarn hörte.

Der Nachbar hat es dann seinen Bekannten erzählt, und die haben es ihren Nachbarn weitergesagt. Solche wichtigen Neuigkeiten verbreiten sich hier schnell. Seitdem wird der Pfarrer hintenrum der Scheiße-Numminen genannt, so wie die eine liberale Stadtverordnete seit einer stürmischen Sitzung nur noch die Scheiße-Villgren heißt.

Unser Geschichtslehrer hat gesagt, dass zwar nicht die Pflicht besteht, aber dass jeder guten Grund hat, sich einmal eine Sitzung der Stadtverordnetenversammlung anzuhören. Ich bin hingegangen, obwohl es die anderen nicht getan haben, aber es war nichts anderes als das Auflisten von Zahlen und dann der Reihe nach Punkt eins und zwei und angenommen. Ich habe mit dem Stift eine weiße Linie in den Stuhl auf der Empore geritzt und versucht vorherzusehen, wann Schluss ist mit der sinnlosen Wiederholerei.

Bei dieser Ansammlung von Schafen könnte ich durchaus auf die Idee kommen, Maritta Villgren zu wählen, weil die wenigstens einmal richtig widersprochen hat, habe ich mir gedacht, obwohl sie diesmal nichts gesagt hat, aber im Herbst darf ich noch nicht wählen, und das nächste Mal ist erst in zwei Jahren, und dann wähle ich Kekkonen. Beziehungsweise er wird dann ja nicht gewählt, sondern seine Amtszeit wird per

Sondergesetz verlängert. Unser Lehrer hat darüber in mehreren Gesellschaftskundestunden gesprochen und gesagt, anderswo auf der Welt wäre so etwas durchaus üblich, zum Beispiel in Albanien und in Uganda.

Im Vorraum der Sauna hängt ein Spiegel, dessen Versilberung stellenweise schon ganz trüb geworden ist, aber man sieht gerade noch genug. Nachdem ich mich mit dem Frotteehandtuch abgetrocknet und so das Blut zum Zirkulieren gebracht habe, drehe ich mir mit den Fingern meine feuchten Haare ein. So kriegt man fast eine Welle rein, und im Spiegel überprüfe ich dann, ob mir das überhaupt steht oder ob es nicht doch zu weiblich ist.

Als ich letzten Herbst in die Oberstufe kam, hatten nur zwei Jungen eine Mini-Vague, aber jetzt gibt es schon mehr, die es haben, als solche, die es nicht haben. Es ist teuer, und man muss sich die Haare zuerst fast bis auf die Schultern wachsen lassen.

Ich ziehe die restlichen Kleider an und gehe hinaus. Weil ich es vom Winter noch gewohnt bin, löse ich die Schlauchenden am Heizungsraum, nehme mir die Stange mit dem Haken an der Spitze und hebe die schwarzen Schläuche in den Apfelbäumen an, sodass keine Knicke entstehen und das Wasser in beide Richtungen ablaufen kann.

Unter den Bäumen liegen noch Schneereste in unordentlichen Kreisen, und überall dort, wo sie nicht zu hohen Haufen zusammengeschoben worden sind, sowie unter den Regenrinnen ist bis auf etwas feuchten Matsch alles geschmolzen. Gegen die Sonne am hinteren Hang sieht man, wie die Erde dampfend trocknet. Mit alldem fängt der Frühling an, der an sich ja gut ist, wie man weiß, aber trotzdem hat man so ein flattriges Gefühl und weiß nicht ganz genau, warum.

Der Mittwochabend ist hier der kleine Samstag und der Donnerstag der Vorabend vom Freitag. Für mich bedeutet das allerdings nichts, ich gehe ins Haus und mache meine Schulaufgaben weiter. Morgen ist Freitag, freitags haben wir einen kurzen Tag, in der letzten Stunde Sport, drinnen, weil draußen Tauwetter und der Sportplatz noch nicht trocken ist, sodass Tyry mit der Kalkmaschine keine Linien und Markierungen für das Baseballfeld aufmalen kann.

Ich kann Baseball nicht ausstehen, aber im Mai lässt es sich noch schwerer vermeiden als das Krebsessen im August.

Ich kann es auch nicht leiden, dass mein Vater jeden Sommer mindestens einmal wieder die Geschichte vom blauen Saab und vom erschrockenen Gesicht des Pfarrers erzählen muss. Schon mittendrin muss er dabei laut lachen, obwohl er es bestimmt nicht sehen konnte, aber er bildet sich ein, es gesehen zu haben, und wiederholt immer wieder, was der Pfarrer gesagt hat, und schnippt mit den Fingern, als wären sie große stumpfe Scheren.

A ls ich fast fertig bin und nur noch ein bisschen Biologie lerne, weil es möglicherweise einen unangekündigten Test über die Vererbungsregeln gibt, höre ich draußen das wimmernde Motorengeräusch einer Hundertfünfundzwanziger. Ich kenne das Geräusch so gut, dass ich, auch ohne nachzusehen, weiß, dass Jukka am Hang beschleunigt und erst fünf oder zehn Meter vor der Einfahrt runterschaltet und dabei mit einem schnellen Dreh am Griff Zwischengas gibt. Daher das Wimmern. Andere Bremsgeräusche hört man nicht, wenn er bremst, dann so, dass die Räder nicht blockieren.

Ich lasse das Buch auf dem Tisch liegen und gehe in den Flur. Mein Vater hat im Wohnzimmer schon den Fernseher eingeschaltet, das macht er immer, damit die Bildröhre sich ordentlich erwärmt, bis in fünf Minuten die Kurznachrichten kommen.

Jukka sitzt auf seiner Yamaha und wartet. Ich hole das kurze Brett unter der Treppe hervor, damit er das Motorrad stabil abstellen kann und sich der Ständer nicht in die feuchte Erde bohrt.

Er hat seitlich am Sattel mit Lederriemen eine Werkzeugtasche befestigt, die macht er auf und zieht ein handliches Päckchen heraus, eine orange Plastiktüte. Er wirft einen Blick auf die Fenster, ich ebenfalls, aber da ist niemand.

Jukka lässt die Tüte direkt vor meinen Augen baumeln. Sie ist von Renlunds Eisenwarenhandlung und enthält etwas Eckiges.

»Kannst du mir einen Gefallen tun und das hier aufbewahren?«

»Was ist da drin?«, frage ich sofort und versuche, Genaueres zu erkennen.

Jukka macht die Tüte so weit auf, dass ich das klobige Kofferradio und die runden Batterien daneben sehen kann. Aus dem Radio kommt an der Seite das Netzkabel heraus, aber da gibt es noch ein anderes, eines mit einer kleinen Spule am Ende.

»Wozu?«, frage ich mit genauso tiefer und leiser Stimme wie Jukka.

»Sagen wir mal ... Sagen wir: Wie wäre es, wenn da ein kleiner Satan drinstecken würde«, sagt Jukka und scheint zufrieden zu sein, weil ich zusammenzucke.

Ich will wissen, ob es gestohlen ist.

»Nein.«

Ich frage, ob es aus dem Kirchenpark stammt.

Ich habe es selbst noch nicht gesehen, aber gehört, dass dort alles Mögliche verkauft wird. Das Zeug kommt mit dem Schiff in Helsinki oder Naantali an, und von dort ist es bis zu uns nur eine kurze Strecke auf geraden Straßen.

»Da ist nix faul. Ich will es bloß nicht mehr zu Hause haben. Nimm es einfach für kurze Zeit an dich. Wir verstecken es so, dass wir beide wissen, wo es ist, wenn wir es brauchen«, sagt Jukka und blickt auch schon auf das Nebengebäude, in dem sich die Sauna, der Saunavorraum und der Holzschuppen befinden.

Ich frage nicht, was er mit dem Satan gemeint hat, weil er will, dass ich ihn danach frage. Das ist Jukkas Humor und seine Art, alles zu vermengen, weil es ihm Spaß macht, wenn der andere Fragen stellt. Es ist immer besser, wenn man nur wenig braucht, um Bescheid zu wissen, als wenn man dumm ist und sich alles dreimal erklären lassen muss. So kommt man klar, und normalerweise kriegt man auch ohne viele Fragen alles heraus. Man muss nur in Ruhe beobachten und richtig kombinieren.

Auch von Motorrädern habe ich nichts gewusst, aber als sich zuerst ein paar andere aus der Klasse und dann auch Jukka eines angeschafft haben, habe ich zugeguckt, wenn sie die Motoren verglichen haben. Außerdem bin ich allein in die Bibliothek gegangen und habe die Namen der einzelnen Teile auf möglichst einfachen Schemadarstellungen nachgelesen, weil man so etwas besser nicht auf die komplizierte Art lernt, das hätte mir gar nichts genützt, aber so kann ich bei Achtzigern und Hundertfünfundzwanzigern mitreden, obwohl ich nicht mal ein frisiertes Moped habe, ich habe nie eins gehabt und werde nie eins haben, weil ich mir nichts daraus mache.

Wir bringen die Tüte auf den Dachboden über dem Raum zwischen Sauna und Holzschuppen. Dort kommt nie jemand hin, die Leiter ist wacklig, und oben wird nichts weiter aufbewahrt als ein alter Wasserschlitten und kaputte Zinkeimer. Ich zeige auf die Stelle, an der man ein Brett zur Seite schieben kann, so als würde man ein Schränkchen öffnen. Jukka wickelt das Plastik fest um das Radio und schiebt es hinter das Brett.

»Kann man mit dem hören?«, frage ich, als wir oben im Halbdunkel stehen.

»Nicht mehr.«

»Hast du's ausprobiert?«

»Seit dem Trio nicht mehr«, sagt Jukka.

Das weiß ich. Ich habe auch so einen silbernen Trio-Empfänger im Zimmer. Die haben wir letzten Sommer per Gemeinschaftsbestellung von zehn Stück gekauft. Ich hatte dafür zuerst auf dem Zuckerrübenacker Schosser ausgerupft, dann für die Stadt Straßengräben freigesichelt und im August noch einmal Disteln und sonstiges Unkraut zwischen den Rüben ausgerissen. Der Lohn für all diese Arbeiten zusammen reichte für einen Weltempfänger und gute EE-45-Kopfhörer, und es blieb sogar noch etwas zum Sparen für den Herbst und Winter übrig.

»Die Bedingungen für die Lateinamerikaner werden schlechter, weil die Sonne so früh aufgeht, die Dunkelheit reicht nicht mehr aus. Es kommt darauf an, wie die Radiowellen über dem Atlantik verlaufen, und auf die letzten Abpraller der Ionosphäre und die Wolken«, sagt Jukka. Er hat schon immer mehr von Technik verstanden als ich und gibt gerne Lehrstunden. Als Erster von uns hat er in den Kiefernwipfeln richtige L-Antennen installiert und für deren Kupferdrähte dicke Isolatoren aus Porzellan besorgt, und den Winter über hat er angefangen, für verschiedene Meterbänder Dipole zu basteln.

»Im Sommer geht Amerika verloren, aber dafür kommt Afrika rein.«

Wir reden über verschiedene Stationen, und ich sage, dass ich letzten Sonntag Ouagadougou in Obervolta gehört habe. Ich gebe nicht zu, dass ich mir nicht ganz sicher bin, aber es wurde Französisch gesprochen. Jukka fragt nach der Frequenz und verspricht, es auszuprobieren.

»Es muss aber gutes Wetter sein«, sage ich sofort.

»Wenn da was ist, finde ich es schon.«

Wir steigen die Leiter hinab, aber Jukka kehrt noch einmal um und prüft, ob das lose Brett noch immer an Ort und Stelle ist. Er zündet ein Streichholz an und vergewissert sich, dass kein oranges Plastik durch die Ritzen schimmert.

Etwas an der Sache stimmt nicht ganz, aber was geht mich das an, geht es mir eine Weile durch den Kopf, bis ich es zu Ende gedacht habe. Und am Abend, nachdem Jukka sein Motorrad umgedreht hat und den Hang hinuntergefahren ist, sehe ich nicht einmal im Versteck nach. An der feuchtesten Stelle der Zufahrt bleibt ein Abdruck des glatten Reifens zurück, wie die Spur eines schweren Tieres.

Mein Vater sieht sich *Alias Smith und Jones* an. Er hat die Fernsehbrille mit dem schwarzen Gestell auf, konzentriert sich aber nicht darauf, weil auf dem kleinen Tisch neben ihm Unterlagen liegen, in denen er nachsieht, was in den nächsten Tagen an Arbeit anfällt, und er schon die Toleranzgrenzen fürs Schleifen ausrechnet. Er hat es sich angewöhnt, es so zu machen und auf Nummer sicher zu gehen, seit mindestens einem Jahr macht er das so. Wenn er Frühschicht hat, so wie morgen, sieht er am Abend vorher die Vorlagen durch, und in den Spätschichtwochen macht er das Gleiche nach dem Frühstück.

Im Betrieb sind neue Männer direkt von der Berufsschule weg eingestellt worden, und die sind normalerweise in allem schneller als er, aber mein Vater bezeichnet sie als Bengel, die schusseln und Ausschussware produzieren und die Scheibe vorzeitig kaputt machen. Mein Vater will die Maße und Toleranzen vorab wissen, damit er nicht mehr alles durchzugehen braucht, sondern das Werkstück direkt einspannen kann und bloß noch die Mikromillimeter prüfen muss.

Über den Schusselausschuss, den die Bengel produzieren, weiß ich nichts, kann sein, dass es stimmt, kann sein, dass nicht. Denn wenn mein Vater über seine eigenen Angelegenheiten spricht, verändert sich seine Stimme, und das höre ich sofort, weil er dann auf diese andere Art redet, als wäre er sich selbst nicht ganz sicher.

»Was habt ihr da in der Sauna gemacht?«, fragt er, ohne sich umzudrehen oder den Blick vom Bildschirm zu heben.

»Nichts. Wir haben bloß ein Stück Holz aus dem Schuppen geholt, damit die Yamaha nicht umfällt«, antworte ich mit der falschen Antwort auf seine direkte Frage.

»Ich hab schon gedacht, ihr raucht«, sagt er.

»Nee!«, antworte ich unnötig laut und abrupt.

Sofort bereue ich es, ihn angefahren zu haben, aber weil ich es so gesagt habe, als wäre ich sauer, bleibt mir nichts anderes übrig, als das Wohnzimmer zu verlassen. In der Küche merke ich, dass er mir nichts hinterherruft. Deshalb kann ich jetzt nicht mehr zurück, um im Wohnzimmer etwas zu holen, und etwas Normales und Einfaches sagen, mit dem das unnötig Gesagte weggewischt wird.

Eine Zeit lang fällt es mir schwer, mich zu konzentrieren, aber dann nehme ich das Biologiebuch vom Tisch, gehe in mein Zimmer und mache die Tür ganz zu. Ich gehe noch einmal die großen und kleinen Buchstaben der vererblichen Eigenschaften durch und wie sie dominieren und wie sie unterdrückt werden. Sobald ich weiß, dass ich die Regeln auch dann kann, wenn man mich mitten in der Nacht weckt, schlage ich den Sorsa-Mattila-Leikola-Sorsa zu, schalte den Trio ein und setze die Kopfhörer auf. Sie bedecken die Ohren samt Ohrmuschel, sodass man nichts von außen hört.

Ich drehe langsam an den Knöpfen und gehe von Band zu Band. Ich suche nichts Bestimmtes, überprüfe nur sicherheitshalber, ob sich direkt nach Süden etwas auftut, aber es ist zu früh, und man hört nur die Altbekannten. Am frühen Abend und bei Helligkeit überlagern die leistungsstarken europäischen Sender mit ihren vielen Hundert Kilowatt noch alle besonderen von weiter weg.

Eine Weile höre ich dem ewigen Rattern von RIAS Berlin zu. Wenn man mit einem Geräusch hypnotisiert werden kann, dann mit diesem, dem Geräusch einer schnellen Mühle, die Körner fallen im Takt der Maschine und werden gemahlen. Aber das ist es nicht, es sind zwei Sender übereinander. Der Störsender walzt von Osten her über das westliche Programm hinweg, kann es aber nicht zum Schweigen bringen, weil der RIAS bis hin zum Namen eine Station des amerikanischen Sektors ist. Die Amis haben so viel Geld, die könnten statt Napalm auch von der Zentralbank gedruckte Inflationsdollars in dicken Bündeln abwerfen.

Ich habe in der chinesischen Zeitung einen Artikel über die nie stillstehende Geldmaschine der Amerikaner gelesen und ihn zur Übung mithilfe des Finnisch-Englisch-Wörterbuchs übersetzt. Das Wörterbuch hat die gleiche Farbe und ist genauso klein wie Maos Rotes Buch, das ich von Radio Peking bekommen habe, zusammen mit der Antwortkarte und dem Wimpel. Nach einem Monat wurde mir dann auch regelmäßig die auf Bibelpapier gedruckte *Peking Review* zugeschickt. Als die erste Nummer da war, klingelte der Postbote an der Tür, um sich bei meiner Mutter zu vergewissern, dass auch alles in Ordnung und okay sei.

D ie Jahre haben immer den gleichen Rhythmus, die gleichen Veränderungen, die gleichen Aussichten, und die Gerüche folgen im immer gleichen Verlauf den Jahreszeiten. Zum Frühling gehört, dass von allem plötzlich viel mehr da ist. Alles ist von Licht durchflutet, und draußen hört man neue Stimmen.

Dementsprechend gibt es im Frühling weniger Nuancen. Das Licht ist stark und grell, und da die Natur noch nicht allzu viele Sommerfarben hat, herrscht im Jahreslauf von uns Finnen gerade jetzt eine sehr farblose Zeit. Sie fängt damit an, dass der Schnee schmilzt und das Weiß verschwindet, und endet eigentlich schon damit, dass an den Böschungen und warmen Südhängen die ersten frischgrünen Gräserspitzen herauskommen und ein paar Tage später der gelbe Huflattich und dann auch schon die Leberblümchen.

Warum ändert sich nichts im gewöhnlichen Jahreslauf. Früher ist mir diese Unveränderlichkeit nicht so stark aufgefallen ...«

Das ist ein großartiges Wort. Ich stoppe den Bleistift und betrachte mitten im Aufsatz die Unveränderlichkeit: *muuttumattomuutta*. In der Mitte *matto*, wie der Teppich, rechts und links davon fast das gleiche Wort. Hieße es *muuttamattomuutta*, dann stünde rechts und links vom Teppich das Gleiche: *muutta*. Kein Palindrom, aber vielleicht ein Symmetrom, falls es so etwas gibt. Über Palindrome stand ein Artikel mit Beispielen in der Kundenzeitschrift *Wir* aus dem Lebensmittelladen. Ich versuche mir die finnische Unveränderlichkeit einzuprägen, auch wenn es nicht einfach ist, sich etwas zu merken, das nichts Gewöhnliches und Vernünftiges bedeutet.

Von fünf Themen habe ich das dritte gewählt: »Das Wachstum des Menschen, der Rhythmus der Jahre, der Lauf des Lebens«.

»Warum ändert sich nichts im gewöhnlichen Jahreslauf?« Ich ersetze den Punkt durch ein Fragezeichen, obwohl ich nicht weiß, ob es richtig ist, weil das vielleicht eine rhetorische Frage ist, nach der im Finnischen kein Fragezeichen steht. Aber die Grammatik liegt im Pult, und es zu öffnen wäre Spicken, auch wenn Aufsatzschreiben eigentlich keine Klassenarbeit ist, jedenfalls keine wie die Arbeiten in den anderen Fächern, weil man dafür nichts auswendig lernen muss. Es reicht, wenn man aufschreibt, was in diesem Moment von innen kommt.

»Warum ändert sich nichts im gewöhnlichen Jahreslauf? Früher ist mir die Unveränderlichkeit nicht so aufgefallen, jedenfalls nicht so deutlich wie dieses Jahr. Man muss vielleicht lange genug gelebt haben, damit einem so etwas auffällt.«

An der Stelle könnte man anstatt des Punktes auch ein Fragezeichen setzen. Oder ein Ausrufezeichen. Keines der drei Satzzeichen scheint mir vollkommen richtig zu sein. Man müsste die wichtigsten Regeln der Grammatik auswendig lernen und dann blind anwenden können, ohne lang zu überlegen. Wird man unsicher, geht der Aufsatz schief.

Weil ich nicht ganz sicher bin, radiere ich den kompletten Satz weg und schreibe einen neuen, etwas schlechteren. »Für die Wahrnehmung einer solchen Tatsache muss man lange genug gelebt haben, damit man im Leben Vergleichspunkte von früher hat, aus den Jahren, die oft für die besseren gehalten werden.«

Stück für Stück und zwischendurch hier und da etwas verbessernd fülle ich so die erste Seite des Konzeptpapiers, dazu die inneren zwei Seiten komplett und von der letzten Seite noch fünf Zeilen.

Alle Aufsätze werden gleichzeitig eingesammelt. Im Herbst durften wir sie noch selbst zum Lehrerpult bringen, jeder, wenn er fertig war, aber das hat dazu geführt, dass sich alle beeilt und darum gewetteifert haben, wer sich traut, als Erster die Klasse zu verlassen.

Unsere Finnischlehrerin ist auch unsere Klassenlehrerin und trotz hochhackiger Schuhe sehr klein, aber fröhlich und gutgläubig. Im Abwesenheitsheft kann man die Unterschrift der Eltern ganz leicht fälschen, und es ist wohl noch nie zu Kontrollen, Briefen, Anrufen oder gar Hausbesuchen gekommen.

Sobald die Aufsätze Reihe für Reihe eingesammelt worden sind, bekommen wir die Erlaubnis, zu gehen. Nur mich bittet die Lehrerin darum, noch zu bleiben. Das ist mir sehr unangenehm. Eines der Mädchen dreht sich an der Tür noch einmal neugierig nach mir um, aber die Lehrerin wartet ab, bis man keine Geräusche mehr von den Kleiderhaken hört.

»Im Sekretariat ist eine Broschüre angekommen, die dich interessieren könnte. Es geht um ein Stipendium für einen Amerikaaustausch. Da würdest du innerhalb kürzester Zeit Englisch und noch viel mehr lernen. In dem halben Jahr würdest du auch nicht weit hinter die anderen zurückfallen und könntest nach Weihnachten in deiner alten Klasse weitermachen. Das ist ein ziemlich gutes Stipendium, man muss nur die Reise selbst zahlen und einen kleinen Teil der Übernachtungskosten«, sagt Frau Niskanen und schaut mir direkt in die Augen.

Ich nehme die in blauen, roten und normalen Buchstaben gedruckte Broschüre in die Hand. »Das muss ich mir genauer ansehen, vielen Dank.«

»Überlege es dir gut und sprich mit deinen Eltern darüber! Es ist zwar ein Stipendium der *Freunde Amerikas*, aber man muss nirgendwo Mitglied sein.«

Ich nicke ein paarmal, gebe ihr so das Versprechen. Dann öffne ich das Seitenfach meines Ranzens und lasse die Broschüre hineinfallen. Die Lehrerin sammelt ihre restlichen Sachen ein und verstaut sie in der Handtasche, nimmt den Stoß mit den Aufsätzen in die andere Hand und verlässt mit mir das Klassenzimmer. Hintereinander gehen wir bis zum Sekretariat.

Der Gang hat sich geleert; wenn er leer ist, scheint er noch länger und enger zu sein, als er sollte. Vor den Zeichenübungen hatten wir einfache Perspektivlehre, aber bildende Kunst ist ein Fach, in dem man für die Arbeiten nichts auswendig lernen kann, weil es gar kein Buch gibt, und wahrscheinlich weiß ich deshalb nicht mehr so genau, warum der Gang so ist, wie er ist.

Die Broschüre im Ranzen macht mich so nervös, dass ich auf

die Toilette gehe. Auf dem Fußboden liegt zerknülltes Klopapier, und auf die Kacheln über der wie ein Spiegel glänzenden Rinne ist gelbliche Pisse gespritzt oder mit Absicht gespritzt worden.

Es ist mir überhaupt nicht angenehm, dass meine Mutter auch hier die feste Putzfrau ab und zu vertreten soll. Davon ist daheim die Rede gewesen, meine Mutter hat auf einem Blatt Papier alle möglichen neuen Stellen aufgeschrieben, nach denen sie fragen kann, wenn bei den alten Schluss ist. Weil ich es gehört und mich eingemischt habe, hat sie versprochen, nicht in die Schule zu kommen, bevor auch wirklich niemand mehr da ist, niemals vor vier, oder sie geht so früh am Morgen hin, dass auch diejenigen, die mit dem Bus vom Land kommen, noch nicht da sind.

Trotzdem ist es keine gute Idee, aber meine Mutter hat die Stelle noch nicht bekommen und auch nicht einmal vorgesprochen, kann also sein, dass nichts daraus wird, und es sollte auch nichts daraus werden, wenn man mich fragt.

Es ist zwar nicht Freitag, der Dreizehnte, aber Freitag, der Zwölfte und somit der Vorabend des Unglücks.

Mein Vater kommt mitten am Arbeitstag um Viertel nach eins mit dem Taunus nach Hause. Am Freitag ist mein Schultag so viel kürzer als die anderen, dass ich schon daheim bin. Zufällig sehe ich aus dem Fenster, als mein Vater mit vollem Tempo zwischen den alten Torpfosten einbiegt und nicht einmal den Blinker gesetzt hat.

Die Firma Widing liegt auf der anderen Seite der Stadt, die Fahrt dauert mindestens fünfzehn Minuten. Er kann also nicht um Punkt eins gegangen sein, außerdem war nicht die Rede davon, dass er wegen eines Arztbesuchs oder sonst etwas freimachen muss. Er hat Frühschicht von sechs bis zwei gehabt, muss aber schon vor eins gegangen sein.

Ich entriegle die Tür, warte aber nicht im Flur, sondern schiebe das Geometriebuch und das Übungsheft auf meine Seite des Küchentischs und warte. Ein Milchfleck auf dem violetten Wachstuch sieht aus wie graues Mehl. Meine Mutter hat ihn nicht bemerkt oder keine Zeit gehabt, ihn wegzuwischen, weil sie zum Putzen ins Theater musste. Diese Stelle kam im Winter dazu, und sie muss nur ab und zu hin, aber über die ganze Spielzeit verteilt, die zum Glück bald um ist. Seit dem Herbst hat sich meine Mutter neue Stellen suchen müssen, weil mein Vater immer länger krankgeschrieben worden ist.

Die Infarkte sind klein gewesen, sagt zumindest mein Vater, aber jedes Mal hat es ihn umgehauen, und inzwischen redet er auch undeutlicher. Wenn man sich erinnert, wie es früher war, merkt man, dass die Wörter etwas langsamer kommen und dass er mehr stottert.

Ich höre ganz genau hin, welche Laune er hat, als er im Flur die Schuhe und die Jacke auszieht. Er pfeift nicht vor sich hin, und man hört nicht einmal seinen Raucherhusten. Es ist nicht alles so, wie es sein soll.

Er kommt in die Küche und räumt an der Spüle seine Provianttasche aus. Den letzten Rest aus der Thermoskanne kippt er in eine Tasse, stellt die Kanne umgedreht ins Spülbecken und faltet die Butterbrotpapiere auf einem Stoß zusammen. All das macht er wie immer, aber es ist trotzdem nicht alles wie sonst.

»Na, Junge?«, sagt er und bemerkt mich vielleicht erst jetzt richtig, erwartet aber gar keine Antwort, weshalb ich auch nicht antworte, sondern abwarte, was er zu sagen hat, weil das überflüssige Zeug, das ich zu sagen hätte, jetzt keine Bedeutung hat.

Er setzt sich mir gegenüber hin, legt die Hände auf das Wachstuch und trinkt die Tasse mit dem kalten Kaffee in einem Zug aus. Die großen Hände, die im Winter ein bisschen zu zittern angefangen haben, zittern auch jetzt, und der eine Augenwinkel zuckt.

»Ich hab ja Zuckungen«, stellt mein Vater fest und tippt sich an den Rand der Stirn. Ich sage nichts, warte aber ab und schaue genau hin, als würde ich seine Zuckungen beobachten.

»Die kommen manchmal, die sind ein bisschen wie Schluckauf. Oder wie ein kleiner Krampf«, sagt mein Vater und sieht dabei wie ein alter Mann aus.

Draußen ist der Frühling in vollem Gange. Darüber könnte man jetzt etwas sagen.

»Die muss man verschrecken«, sagt mein Vater noch, tippt sich ein weiteres Mal an die Stelle neben dem Auge und sitzt dann wieder still da, dreht sich zum seitlichen Fenster und blickt in den Garten.

»Sie haben mich rausgeschmissen.«

Ich erschrecke mich derart, dass ich mich räuspern muss.

»Einmal ist immer das erste Mal, sagte der Hammel, als man ihm den Kopf abschnitt und sich die Nackenhaare sträubten.«

»Wieso jetzt?«, frage ich.

»Warum wohl? Widing hat einfach mit dem Bleistift ausgerechnet, dass es sich nicht lohnt, mich zu behalten und abzuwarten, bis die Infarkte aufhören. Er hat in seinem Heft mit dem Lineal Spalten für jeden Mitarbeiter gezogen, in einem blauen Schulheft, wie ein kleines Kind. Bei mir hat er unterstrichen, wie viele Tage ich seit Anfang Januar versäumt habe, jeden Tag und jede Stunde und jede Minute wahrscheinlich. Ein Arschloch auf zwei Beinen ist das und kein Mann, steht im karierten Sakko in der dreckigen Werkstatt, leck mich, was für ein Geck und Schönling.«

Er steht auf, spült die Kaffeetasse aus, lässt Wasser aus dem Hahn hineinlaufen und trinkt mit zurückgelegtem Kopf, sodass man sieht, wie sein Adamsapfel auf und ab gluckst.

»Und jetzt?«, frage ich.

»Irgendeine Stelle werde ich schon finden. Und wenn es als Zaunpfosten ist.«

Er setzt sich nicht mehr hin, sondern geht langsam in der Küche auf und ab und denkt wahrscheinlich nach. Zwischendurch geht er ins Wohnzimmer, schaut aus dem Fenster und wartet, dass Mama nach Hause kommt. Das aufgeschlagene Geometrieheft liegt vor mir auf dem Tisch, es ist kariert, mit fertig gedruckten, ganz dünnen blauen Linien und zwischen den Linien exakte leere Quadrate, auf die ich eine Ellipse zeichnen müsste.

Mein Vater ist stehen geblieben und blickt auf den Ford Taunus. Das Auto hat er unmittelbar vor Weihnachten anschaffen müssen, weil mein Vater, wenn es glatt ist, nicht mehr mit dem Fahrrad durch die Stadt zur Arbeit fahren kann, vor allem aber deshalb, weil es im Kopf jederzeit aussetzen kann. Der Bruder von Vetter Lampinen verkauft in einer Wellblechhalle Autos. Er ist bereit gewesen, den grauen Taunus, der in ziemlich gutem Zustand und weit weniger als hunderttausend Kilometer gefahren war, per Ratenzahlung zu verkaufen, fällig an Mittsommer und Weihnachten. Zum Freundschaftspreis gehörten fünfhundert Mark Anzahlung auf die Hand, aber sonst ist noch nichts bezahlt.

Mein Vater tut nichts anderes, als auf und ab zu gehen und aus verschiedenen Fenstern nach draußen zu schauen. Während des halben Tages ist der Rand des Pflanzbeetes noch grüner geworden, die Pfütze am zusammengeschobenen Schneehaufen ist verschwunden, bald ist der ganze hintere Garten trocken, auch wenn er viele Senken hat und die Bäume Schatten werfen. Ich versuche mir auszudenken, was ich über den Frühling oder was anderes sagen könnte, damit wenigstens eine Stimme da ist, wenn schon die Normalität nicht wiederkommt.

Dann bleibt mein Vater plötzlich stehen und sieht aus, als wäre er mit seinen Überlegungen zu einem Ende gekommen.

»Alles halb so schlimm, das wird schon wieder. Aber wir müssen die Mama nicht unnötig erschrecken. Abgemacht? Wir stellen einen Plan auf, ich kümmere mich darum. Und du bist zum Glück ja auch schon alt genug und fast ...«, sagt er, bricht aber mittendrin ab, als wäre er vor etwas erschrocken.

Ich frage nicht, was fast. Fast was? Es lässt mir lange keine Ruhe, aber im Nachhinein kann man nicht mehr nach etwas fragen, was man nicht gleich gefragt hat, und das habe ich eben nicht.

F ast fertig. Das hat er gemeint. Oder er hat gemeint, ich bin fast volljährig, fast erwachsen, fast ein erwachsener Mann. Fast durch mit der Schule, also fast fertig. Vielleicht hat er es so gemeint.

Fast fertig, reicht es nicht langsam mit der Schule, aber nichts in der Art ist mir zu Ohren gekommen, obwohl ich nach dem Rauswurf genauer hinhöre, worüber sie miteinander reden.

Das Fast geht mir nicht mehr aus dem Kopf. Ich kann meinen Vater nicht im Nachhinein danach fragen, weil ich es nicht gleich getan habe. Und von sich aus kommt er nicht mehr darauf zurück. Er würde sich nicht einmal mehr daran erinnern, weil man sich Abgebrochenes nicht so gut merkt wie zu Ende Gesagtes. Aber ich merke es mir trotzdem ganz genau.

Ich denke darüber nach. Was ich tun müsste. Ob ich sagen müsste, ich kann ja nach diesem Schuljahr aufhören, und wir können später sehen, ob vielleicht die Abendschule infrage kommt. Oder ich könnte vielleicht ein bisschen lügen, dass mich die Schule nicht mehr interessiert und dass jetzt ein guter Zeitpunkt wäre, abzugehen, weil ich ein gutes Zeugnis kriege.

Mein Vater macht keine Pläne, nicht einmal für sich, obwohl er es gesagt hat.

Er bleibt von einem Tag auf den anderen zu Hause und macht die ganze Woche über nichts als ein bisschen in den Garten gucken, geht aber nicht einmal hinaus, außer abends, damit die Nachbarn nicht fragen können, warum der Taunus sich weder zur Frühschicht noch zur Spätschicht bewegt.

»Man hätte das karierte Sakko von diesem verdammten Schnösel in Schmieröl tunken und kräftig umrühren sollen, da hätte der Gockel schön was zu krähen gehabt«, hat mein Vater gesagt. Widing wurde allerdings schon wütend, als mein Vater ihn wegen des Rauswurfs nur ein bisschen schubste. Er verlangte deshalb von ihm, dass er sofort die Schlüssel und Pfandscheiben fürs Lager abgibt, und brüllte, jetzt braucht es auch die Kündigungsfrist nicht mehr, er kann auf der Stelle gehen und die Tür hinter sich zumachen, bevor ihn die Polizei holt.

Jedes Mal, wenn mein Vater an diesen Punkt kommt, bremst ihn meine Mutter und sagt, immerhin gut, dass es keine Folgen gehabt hat, und noch besser, dass er von so einer Stelle weggekommen ist. Sie sucht nach den guten Seiten, auch wenn es nicht viele gibt.

Mein Vater trinkt nicht. Er ist ein arztgläubiger Mensch und hat sofort gehorcht, als der Doktor es ihm im Krankenhaus nach dem ersten Infarkt verboten hat, obwohl er auch vorher nur in Gesellschaft getrunken hat, wenn Gäste da waren oder wir irgendwo zu Besuch.

Aber weil er auch jetzt nicht trinkt, findet er keinen Abstand und denkt immer, was wäre, wenn. Er kommt mit dieser Leere nicht zurecht und kann keine Pläne machen, zumindest nicht schnell mit der Arbeitssuche anfangen, weil er fünfzehn Jahre im selben Betrieb gewesen ist. Er ist jetzt siebenundfünfzig

Jahre alt und seit fünfzehn Jahren hier. Ich war zwei oder fast drei, als wir hergezogen sind, und kann mich nicht erinnern, dass es je etwas anderes gegeben hätte als Widing. Früher hat sich mein Vater auch nie abfällig über das karierte Sakko geäußert, jedenfalls nicht soweit ich mich erinnern kann.

Bald ist es nur noch ein Monat bis Mittsommer. Am Esstisch reden wir immerhin davon, dass wir den Taunus vor der ersten Ratenzahlung loswerden müssen, aber obwohl wir darüber reden, bringt es mein Vater nicht fertig, den Bruder von Vetter Lampinen anzurufen.

Meine Mutter schlägt vor, zuerst Vetter Lampinen anzurufen, aber mein Vater sagt Nein, weil das peinlich ist. Wenn man ein Geschäft rückgängig macht, bricht man sein Wort. Und das Schlimmste ist, wenn man sich auf das Wort eines Mannes nicht verlassen kann.

»In dieser Situation werden sie es schon verstehen«, sagt meine Mutter.

»Kann sein, aber dann sind Ruf und Kreditwürdigkeit dahin.«

Ich höre nur zu und mische mich nicht ein, denn ich weiß nicht, wer von beiden mehr recht hat. Das ist keine Angelegenheit, bei der es Richtig oder Falsch gibt, es sind zwei verschiedene Sachen, einerseits der Zwang und andererseits der Name des Mannes. Es muss eine Entscheidung getroffen werden, aber dabei kann man das Vertrauen und den Namen verlieren. Egal für was man sich entscheidet, man verliert auf jeden Fall.

Wenn man etwas vereinbart und verspricht, muss man es halten, hat mir mein Vater beigebracht.

»Wer sein Wort bricht, verbiegt sich wie ein Wurm an der Angel«, sagt er später, als wir zu zweit sind. Meine Mutter putzt in der Sparkasse die Fenster. Die müssen am Wochenende geputzt werden, damit das Putzen und Hin-und-her-Schieben der Stühle niemanden stört.

Als meine Mutter im Januar zum ersten Mal allein in der Bank war, ging die Alarmanlage los, und die Polizei rückte an. Meine Mutter erschrak so sehr, dass sie noch daheim weinte, dabei war ihr niemand böse oder machte ihr Vorwürfe, aber ihrer Meinung nach war es ihr Fehler, dass der Schlauch des Staubsaugers gegen die falsche Tür schlug.

In der Nacht bekommt mein Vater einen neuen Infarkt. Einen kleinen, harmlosen, so sagt er es jedenfalls am Morgen, obwohl er aufgestanden ist und es gerade noch zum Brechen aufs Klo geschafft hat.

Meine Mutter zwingt ihn, zum Arzt zu gehen, obwohl er nicht will. Aber mit dem Taunus fährt er nicht, sondern geht zu Fuß den Hügel hinunter zur Haltestelle und nimmt den Bus.

Als ich um drei aus der Schule komme, liegt er im Wohnzimmer auf der Couch und hat die Augen zu. Ich gehe zu ihm und versuche, seinen Atem zu hören. Ich erschrecke mich unnötig, aber was noch nicht da gewesen ist, jagt einem eben einen Schreck ein, und mein Vater hat noch nie auf der Couch im Wohnzimmer geschlafen.

Er ist hemdsärmelig und scheint zu frieren, weil er die Arme über der Brust verschränkt hält. Ich nehme die Stola, die meine Mutter gemacht hat, vom Sessel und decke meinen Vater so vorsichtig damit zu, dass er nicht erschrickt und aufwacht.

Dann schließe ich die Tür und suche im Telefonbuch die Nummer vom Autohandel, der Vetter Lampinens Bruder gehört. Ich schreibe sie auf einen Zettel, rufe aber nicht an.

Der Kloß in meinem Bauch wird größer, und ich muss tiefer atmen. Ich gehe vor die Tür und überlege. Ich übe auch schon mal für das Gespräch, aber da wächst die Anspannung noch mehr, und ich muss aufs Klo.

Als ich rauskomme, wähle ich einfach, ohne noch einmal nachzudenken, schnell alle fünf Ziffern. Ich lege mir nicht einmal zurecht, was ich sagen will und in welcher Reihenfolge.

Er meldet sich nicht selbst. Kurz hört man, wie es in der Halle dröhnt und hallt, jemand ruft »Lampinen« und »Telefon«.

»Hallo«, meldet er sich außer Atem.

Ich nenne meinen Namen und den Namen meines Vaters und berichte, was passiert ist.

»Üble Sache«, sagt er.

»Ja. Was machen wir jetzt?«, frage ich.

»Das hier ist eine Autofirma und kein Ärztezentrum, also was, zum Teufel, glaubst du, können wir da machen?«, sagt er ziemlich laut.

Aber irgendwie werde ich in dem Moment nicht sauer und schere mich auch nicht darum, dass er mir ins Wort fällt, sondern sage genauso laut und unfreundlich, dass der Kauf des Taunus rückgängig gemacht werden muss, und zwar sofort und noch vor der ersten Rate.

Er fängt an zu fluchen und schreit dabei fast. Ich halte den Hörer weiter weg, und obwohl mir der Bauch wehtut, weiß ich, dass ich nicht nachgeben werde. Zwischendurch ruft er Hallo, weil ich keine Lust habe, Antworten zu geben, und erst als er kurz still ist, sage ich ihm, dass wir den Taunus spätestens morgen zurückbringen.

»Sag deinem Vater, er soll mich anrufen, und zwar schnell, du verdammter Bengel«, schreit er in den Hörer und legt auf.

Ich ziehe den gepolsterten Hocker unterm Telefontisch heraus und setze mich. Ich betaste beide Beine über dem Knie, weil sie zittern, als wäre es kalt und als würde ich im kalten Wind sitzen.

Mein Vater kann den Wagen nicht zurückbringen. Er sagt, er traut sich nicht mehr, zu fahren, weil ihm beim kleinsten Anlass schwindlig wird und der Arzt es ihm verboten hat. »Launo hat gesagt, absolut nicht und auf keinen Fall, bevor wir alles untersucht und abgeklärt haben«, sagt mein Vater ein bisschen so, als hätte er Angst, doch zu müssen.

Er ist nicht wütend geworden, weil ich angerufen habe, hat mich aber auch nicht gelobt, und er hat den Bruder von Vetter Lampinen nicht selbst anrufen wollen, sondern ist ohne ein Wort ins Wohnzimmer gegangen und hat mitten am Tag angefangen, im Radio Musik zu hören. Als meine Mutter von der Arbeit gekommen ist, habe ich es ihr schon im Vorraum gesagt.

Weil man sonst nicht reden kann, schaltet Mama das Radio aus. Zunächst gibt mein Vater einen Laut von sich, als würde er gleich böse werden, aber dann sitzt er einfach in seinem tiefen Sessel und stößt den Atem aus.

»Dann bitten wir eben jemanden, den Wagen hinzubringen, meinetwegen Eelis«, sagt Mama.

»Nein«, sagt mein Vater.

»Warum nicht?«

»Darum nicht, weil ich es sage!«

Meiner Mutter gefällt sein Ton nicht, darum geht sie auf der Stelle in die Küche und fängt an zu spülen, es klimpert und klappert im Becken, das Wasser läuft, alles ein bisschen zu viel und zu laut.

»Es geht dann wohl nicht anders«, sagt mein Vater, aber gar nicht mehr laut, sondern geknickt.

»Na ja«, antworte ich, weil irgendwas geantwortet werden muss.

»Bring du ihn hin, dann sind wir ihn auf einen Schlag los.«

Ich erschrecke und schaue ihn an, als würde er gar nicht meinen, was er sagt, aber anscheinend meint er es doch ernst, denn ich sehe kein Anzeichen für einen Scherz in seinem Gesicht.

»Ich hab doch gar keinen Führerschein und bin auch nicht alt genug«, sage ich.

»Aber fast. Und man fährt ein Auto auch nicht mit dem Führerschein. Es ist nicht anders als bei Jukkas Motorrad, Kupplung, Gang rein, Kupplung kommen lassen und Gas geben. Wenn man am Lenkrad dreht, drehen sich die Räder mit. Du sagst dem kleinen Lampinen, dass wir nichts mehr bezahlen. Dann kommst du mit dem Bus nach Hause.«

»Ich kann das nicht«, sage ich, stehe auf und blicke aus dem Fenster und nicht zu meinem Vater.

»Doch, du kannst das. Und wenn du es nicht kannst, dann lernst du es. Die ganzen Bestimmungen, wer was kann und was nicht, sind für Minderbemittelte. Wer schlau ist, lernt alles, auch den Kopfstand, und man lernt nur, wenn man nicht klein beigibt und große Augen macht«, sagt mein Vater in einem anderen Ton und kommt zu mir und legt mir die Hand auf die Schulter. Nebeneinander betrachten wir das graue Dach des Taunus, er steht so dicht an der Wand, dass man fast nur das Dach sieht.

»Jetzt gehen wir, aber so, dass deine Mutter nichts hört«, sagt mein Vater und dreht sich um, und da bleibt mir nichts anderes übrig, als ihm zu folgen. Er zieht nicht einmal die Schuhe an, sondern läuft barfuß nach draußen. Ich ziehe die Hirvi-Turnschuhe an und binde sie sorgfältig zu, falls ich doch fahren muss. Als ich hinauskomme, sitzt mein Vater schon am Steuer und macht mir von innen die Beifahrertür auf.

Er sagt, er fährt rückwärts raus, wendet und fährt bis zum Hang, dann geht das Starten leichter, und ich kann vor der Kreuzung das Schalten üben. Dann zeigt er mir schnell alles, beschreibt mit dem Schaltknüppel einen Buchstaben und sagt, den Rückwärtsgang brauchst du nicht, weil man da nicht rückwärts reinfährt.

Als ich aussteige und um den Taunus herumgehe, steigt mein

Vater auch aus, lässt den Motor aber laufen. Ich setze mich auf den Ledersitz und probiere die Bremse und das Gas aus und mit dem linken Fuß die Kupplung, die Gangschaltung ist im Leerlauf, das erkennt man daran, dass sich der Schalthebel waagerecht bewegt. Mein Vater stellt den Rückspiegel besser ein. »In die Außenspiegel brauchst du auf der kurzen Strecke nicht zu gucken«, sagt er und rät mir, wie ich fahren soll, nämlich auf geraden Straßen, am besten nach Pullerinmäki und durchs Militärgebiet Parola.

»Setz dich wenigstens daneben«, versuche ich es noch einmal.

»Nein, das musst jetzt du erledigen. Lass allen die Vorfahrt, auch wenn sie von links kommen. Das würde gerade noch fehlen, dass du die Scheiße zu Schrott fährst.«

Dann kurbelt er das Seitenfenster ein Stück herunter, drückt die Tür zu und gibt mir durch den Fensterspalt Anweisungen, was ich als Erstes tun soll. »Handbremse lösen, Fuß noch auf dem Bremspedal, dann hoch, aber noch kein Gas.«

Das Auto rollt los, mein Vater läuft stolpernd nebenher und gibt mir weiter Anweisungen, Kupplung treten, zweiter Gang rein, »isser drin«, fragt er, »ja, ja«, sage ich, obwohl ich keine Ahnung habe, wie ich wissen soll, dass nicht der vierte drin ist, weil sie direkt nebeneinanderliegen, »dann langsam die Kupplung kommen lassen und Gas geben, nicht zu viel und nicht zu wenig, damit es nicht ruckelt. Fahr vorsichtig, gute Fahrt«, ruft er mir nach, als er nicht mehr hinterherkommt. Der Taunus wird schneller, sobald ich Gas gebe, ich hebe den Fuß an, und die Geschwindigkeit nimmt etwas ab, ich trete erneut aufs Pedal, und es wird wieder schneller. Ich blicke kurz in den Rückspiegel, mein Vater steht mitten auf der Straße und guckt mir nach, wird ständig kleiner und fremd wie irgendein Jemand.

Als ich an die große Kreuzung in Poltinaho komme, schaffe ich es, die Kupplung durchzutreten und die Geschwindigkeit komplett abzubremsen. Zum Glück kommt niemand, sodass ich in Ruhe den ersten Gang einlegen und gucken und mich noch mal vergewissern kann. Als ich die Kupplung kommen lasse, fängt der Taunus an zu ruckeln, aber der Motor geht nicht aus, und ich gebe einfach etwas mehr Gas, da hört das Ruckeln auf. Von Poltinaho führt eine lange gerade Straße über die Hügel nach Parola.

Am schwierigsten ist es, das Lenkrad nur ein bisschen zu drehen und dabei darauf zu achten, dass man die parkenden Autos mit ausreichend Abstand überholt, damit man ihnen nicht die Seite oder den Spiegel kaputt fährt. Ich umklammere das Lenkrad so fest, dass es in den Fingern wehtut, und der Gasfuß fängt an zu zittern, weil ich versuche, ihn ständig genau in der richtigen Position zu halten und nicht zu bewegen.

Ich kenne den Weg. Wir sind ihn oft gefahren, und einmal auch mit dem Fahrrad hin und zurück, als ich Verwandten das Panzermuseum gezeigt habe. Ich gehe schon vorab die Kreuzungen durch. Auf gerader Strecke fahren geht inzwischen recht gut, aber die Kreuzungen sind schlimm. Schon hinter Viisari verringere ich die Geschwindigkeit und bereite mich auf die Überquerung der großen Straße vor. Dort fließt der Verkehr zwischen Helsinki und Tampere, und ich muss ganz anhalten.

Ich warte so lange, bis ein Militärlastwagen hinter mir steht. Ich schaue genau, ob aus beiden Richtungen nichts kommt. Ich schaue zu lange. Das Militärfahrzeug hupt. Ich lasse die Kupplung kommen, und der Taunus ruckt und hoppelt über die große Straße. Gleich auf dem nächsten geraden Abschnitt überholt der Lastwagen, und obwohl ich den Kopf kein bisschen zur Seite drehe, spüre ich, dass mich der Beifahrer von oben durchs Fenster mustert.

Vom Fahren läuft mir der Schweiß den ganzen Oberkörper hinunter. Als ich an die Stelle komme, wo hinter den Bäumen das Löwendenkmal steht, rieche ich ihn so stark wie noch nie zuvor.

Durchs Militärgelände fährt es sich leicht geradeaus, obwohl es rechts und links staubt, weil die Panzer im grauen Sand durch die Furchen und Senken pflügen. Zwischendurch probiere ich aus, wie es ist, nur mit einer Hand zu lenken, weil man zum Fahren keine zwei Hände braucht. Mein Vater hat das gesagt, auf genau so einem geraden Abschnitt, als meine Mutter Angst bekommen und ihn aufgefordert hat, die Hände am Lenkrad zu lassen und keine Sperenzchen zu machen. Ich gebe mehr Gas, und als die Straße ganz frei ist, wage ich es zum ersten Mal, in den Dritten zu schalten, worauf auch das laute Heulen des Motors endlich aufhört.

Ich weiß, wo am Rand von Parola die Halle vom kleinen Lampinen liegt.

Ohne warten zu müssen, fahre ich über die Bahnschienen, die Schranken sind oben, und die Warnglocke läutet nicht. Links steht eine halb leere Fabrik, in der wir mit dem Auto von Mamas großem Bruder einmal gummiummantelten Kettfaden geholt haben, weil Mama angefangen hat, aus zerschnittenen Milchtüten Fußabtreter für den Vorraum zu knüpfen.

Hinter der Netzfabrik biege ich ab, entferne mich von den Gleisen, finde hinter einem Wald mit roten Kiefernstämmen die Halle und fahre direkt auf den Hof. Ich kann jetzt schon fast so gut mit den Pedalen umgehen, dass der Motor nicht aufheult und das Auto beim Bremsen nicht so ruckartig stoppt.

Mir tun die Arme von den Handgelenken bis zu den Schultern weh. Ich versuche gar nicht erst, richtig zu parken, sondern lasse den Taunus ein bisschen seitlich stehen, damit man noch an ihm vorbeikommt.

Dann stelle ich den Motor ab und nehme den Schlüssel mit. Das ist jetzt nicht mehr unser Auto, aber ich habe keine Zeit, etwas zu fühlen, weil mir schon im Kopf herumgeht, was ich gleich sagen muss.

Lampinen hat mich wahrscheinlich vom Fenster aus gesehen, denn er kommt heraus und baut sich vor der Halle auf. Er sieht aus wie sein großer Bruder, stemmt die Hände in die Hüften und guckt zu, wie ich auf ihn zugehe. Er hat sogar noch Zeit, sich eine Zigarette anzustecken, bevor ich nahe genug bin, um ihn zu verstehen.

»Dein Vater hat sich also nicht getraut, ihn selbst zurückzubringen?«, fängt er an.

»Nein, der Arzt hat es ihm verboten. Er hat absolutes Fahrverbot, weil es in seinem Kopf jederzeit aussetzen kann.«

»Ach, eine richtige ärztliche Anordnung?«

»Ja, Launo hat es verboten.«

»Launo ist ein Pferdedoktor, der gibt allen das gleiche Liniment wie den Pferden. Die Menschenärzte arbeiten im Bezirkskrankenhaus.«

Ich sage, dass mein Vater auch dort gewesen ist, im Herbst eine ganze Woche auf Station. Lampinen drückt seine North State an der Wand neben der Tür aus, das graue Blech hat viele schwarze Stellen.

Ich halte ihm den Taunus-Schlüssel hin, aber er nimmt ihn nicht, sondern bedeutet mir mit dem Zeigefinger, dass ich ihm in die Halle folgen soll. Dort wird gerade so heftig mit einem schwarzen Gummihammer auf einen ausgebauten Kotflügel eingeschlagen, dass es von allen Wänden widerhallt.

»Bist du überhaupt schon alt genug? Hast du einen Führerschein?«

»Ein Auto fährt man nicht mit dem Führerschein«, sage ich.

»Und es ist gut gegangen?«

»Na klar.«

»Leck mich, was für eine Bagage«, sagt er und kramt in der Schreibtischschublade.

»Nimmst du die Rechnung für deinen Vater mit, oder soll ich sie per Post schicken?«

Ich fange an zu antworten, wie ich es mir in der kurzen Zeit zurechtgelegt habe, aber Lampinen täuscht seine Gelassenheit nur vor und unterbricht mich sofort.

»Bildet ihr euch, verdammt noch mal, ein, damit wäre der Fall erledigt, oder was? Zuerst ein gutes Auto durch den Winter fahren, bis es durchgerostet ist wie ein Sieb, und dann bringt man es einfach zurück, wie wenn man sich den Arsch abwischt, und sagt, danke fürs Leihen, es reicht. Zum Kotzen, wie mich das ankotzt.«

Er scheint von seinen eigenen Worten noch wütender zu werden und geht ein Stück weg, sucht etwas zwischen den Stapeln mit den abgefahrenen Reifen, findet es aber nicht und zischt immer wieder das mit dem Sieb und dem Kotzen vor sich hin.

»Ich muss los«, sage ich.

»Du gehst hier nicht weg, bevor das geklärt ist. Ich rufe meinen Bruder an, der soll herkommen. Alles nur wegen ihm, er hat versprochen, für den Mann zu bürgen.«

Auf einem Bord an der Wand steht ein schwarzes Telefon. Vetter Lampinens Bruder wählt die Nummer und fängt an zu reden, aber ich verstehe kein Wort, obwohl ich nicht weit weg bin, denn das Dröhnen des Gummihammers auf dem Blech hat wieder angefangen.

Ich kann jetzt nicht mehr gehen, habe aber auch nichts mehr zu sagen und Lampinen anscheinend auch nicht. Er behält mich mit etwas Abstand im Auge und sagt nichts, nicht einmal, ob sein Bruder kommt oder nicht.

Ich gehe wieder näher zum Tisch, auf dem eine Rechenmaschine steht. Daneben liegen geöffnete und ungeöffnete Briefumschläge und dreierlei Formulare auf niedrigen Stapeln. Neben den Schlüsseln hängt ein Kalender an der Wand. Auf dem Maibild zieht eine Frau mit schwarzen Haaren gerade ihren Büstenhalter aus.

Als Lampinens Bruder durch die Seitentür in die Halle kommt, nehme ich die Hände aus den Hosentaschen, für den Fall, dass er mir die Hand gibt, denn manchmal hat er solche Manieren, wenn er zu Besuch kommt, aber jetzt nicht, er grüßt nicht einmal, sondern fragt als Erstes, was es gibt.

Blech-Lampinen ist einen halben Kopf größer als sein Bruder, darum wird Auto-Lampinen auch der kleine Lampinen genannt, kann ich noch denken, bevor ich mich verteidigen muss, oder eigentlich mehr meinen Vater, denn der kleine Lampinen schimpft ihn einen frechen Dieb.

»Was heißt hier Dieb, der Taunus steht doch vor der Halle«, entgegne ich ihm direkt.

Lampinen versucht zu beschwichtigen und fragt, wie viele Kilometer im Winter gefahren worden sind. Ich weiß es nicht, und so gehen wir hinaus, um nachzusehen. Der kleine Lampinen geht noch mal rein und holt den Kauf- und Teilzahlungsvertrag, in dem die Kilometer eingetragen sind, und sobald wir zu zweit sind, sagt Vetter Lampinen, ich soll mich nicht aufregen, »das wird sich schon regeln, alles regelt sich, wenn man es regelt«.

Nicht einmal dreitausend neue Kilometer sind auf dem Zähler. Der kleine Lampinen behauptet, da sind zehntausend Kilometer zurückgedreht worden.

»Dann soll der Junge es eben bei dir abarbeiten«, schlägt Lampinen schließlich vor, weil wir zu keiner Einigung kommen.

»So einen Scheißkerl und Verbrecher soll ich einstellen? Nicht einmal umsonst«, erwidert sein Bruder.

Lampinen fragt, ob ich schon eine Arbeit für den Sommer habe. Ich sage, für einen Monat oder anderthalb hat mir die

Stadt Arbeit beim Sensen und Ausholzen versprochen, und normalerweise wird es verlängert, weil die anderen im Juli in Urlaub fahren.

Lampinen erkundigt sich nach dem Stundenlohn und verspricht, mir das Gleiche zu zahlen, sogar zehn Pfennig mehr. Seinem Bruder verspricht er für die ganzen drei Sommermonate das Geld, das ich zwischen dem Fünfer als Hilfskraft bei ihm und den zwei Mark fürs Ausholzen bei der Stadt nicht kriege. Der kleine Lampinen winkt ab, ihm sind solche Versprechungen einerlei, er ist nicht einmal bereit, die Differenz auszurechnen, obwohl neben den Formularstapeln eine Rechenmaschine steht.

Lampinen fragt mich, ob ich damit umgehen kann. Ich setze mich auf den Drehstuhl seines Bruders und sehe mir die Maschine eine Weile an, dann schalte ich an der Seite den Strom ein und fange an, Zahlen zu tippen, aber vorher rechne ich im Kopf ungefähr die Werktage aus, vier Wochen mal fünf Tage macht zwanzig, und das mal drei Monate sind sechzig, das mal acht Stunden am Tag macht 480, und dann muss ich mit der Rechenmaschine nur noch die letzte Multiplikation durchführen:

3,00 × 480 = 1440,40

Mit der Maschine geht es so leicht, dass ich noch ausrechne, wie es bei einem Stundenlohn von 2,10 wäre, wenn die Differenz zum Hilfsarbeiterlohn also zehn Pfennig weniger als drei Mark betragen würde:

2,90 × 480 = 1392,00

»Aber eigentlich sind es mehr Stunden, weil der Monat mehr Tage hat«, sage ich.

Lampinen liest die Zahlen auf dem Rollenpapier. Er verspricht seinem Bruder 1500 Mark, wenn ich den ganzen Sommer bei ihm arbeite und keinen einzigen Tag blaumache. Weil sein Bruder den Vorschlag nicht sofort abschmettert, nennt Lampinen als Zusatzbedingung, dass er ihm entsprechend viele Quittungen ausstellt, zum Beispiel für die Reparatur des Firmen-Lkws oder für was auch immer.

»Aber dann profitierst du ja davon«, sagt der kleine Lampinen.

»Du kriegst dann eben genauso viele Quittungen für die Hallendachreparatur, die fallen dann unter Ausgaben«, verspricht Lampinen.

Darüber denken sie eine Zeit lang nach und besprechen die Feinheiten. Beide haben denselben Steuerberater. »Der kann rechnen und alles so verbuchen, dass es stimmt«, sagt der große Lampinen schließlich, und erst nachdem sie sich untereinander geeinigt haben, fragt er mich, ob das in Ordnung geht.

»Ziemlich langer Weg jeden Tag«, fällt mir als Erstes ein.

»Natürlich nicht, du wohnst im Wohnwagen wie die anderen auch. Wir machen nicht jeden Tag um vier Feierabend«, sagt er.

Bevor ich noch richtig sagen kann, dass es sich nicht richtig anhört, verspricht er, dass Überstunden natürlich extra gehen, für einen ganzen Fünfer die Stunde.

Damit bin ich einverstanden. So einen Lohn habe ich noch nie bekommen. Lampinen streckt die Hand aus und sagt, so werden bei uns die Arbeitsverträge gemacht, das Wort hält besser als Papier, weil wenn Papier nass wird, dann leckt es und reißt, eine Hand aber wird nur oberflächlich nass und leckt ganz bestimmt nicht.

Damit kommt es zu einer Art Einigung. Trotzdem geht der kleine Lampinen um den Taunus herum, überprüft, dass er keine Dellen hat, macht die Motorhaube auf und murmelt was von Fett und ob da überhaupt mal das Öl gewechselt worden sei. Er nimmt ein Stück Putzwolle aus der Tasche, zieht den Öl-peilstab heraus, wischt ihn ab und steckt ihn wieder hinein und zieht ihn erneut heraus. Wir schauen alle auf den zittern-den Stab. Das Öl sieht relativ frisch aus, es ist noch nicht son-derlich schwarz, und der Pegel liegt so zwischen den Markie-rungen, dass es auch hier nichts zu beanstanden gibt.

Lampinen verspricht, mich an der Bushaltestelle abzuset-zen. Im Auto redet er alles Mögliche, so wie er es immer tut, und irgendwann zwischendurch sagt er, das mit dem Vertrag bleibt aber unter uns.

»Damit sich dein kranker Vater nicht den Kopf zerbrechen muss. Es könnte ihm schon an die Nieren gehen, dass sein Sohn seine Schulden abstottern muss. Wo ja eigentlich nicht einmal welche offen sind, aber mein Bruder spinnt ein bisschen und ist zu sehr hinter dem Geld her. Und versprochen ist ver-sprochen, so ist das eben.«

Dann will er wissen, wie die Dusche den Winter über funkti-oniert hat. Ich sage ihm, wie es ist, aber ich sage auch, dass es besser war als im Winter zuvor, als nur kaltes Wasser aus dem kleinen Hahn an der Seitenwand kam, dass jedoch kein rich-tiger Druck drauf ist, wie beim Wasser aus der Wasserleitung.

In der ganzen letzten Woche passiert in der Schule nicht mehr viel, aber man kann auch nicht wegbleiben. Die aufeinander-folgenden Biologie- und Sportstunden werden zusammenge-legt. Tyry kommt am Tag vorher in die Klasse.

»Morgen Kekkonen-Hosen anziehen und Hannuch mitneh-men«, sagt er. Er sagt immer *Hannuch*, und keiner weiß, was für ein Dialekt das sein soll. Er schreibt die Anweisungen und das Programm mit Kreide an die Tafel:

1) Geländelauf 2,850 Kilometer
2) Schwimmen (Minimum: nass machen)
3) Aufwärmparcours & Fünfkampf

Die Mädchen jammern, dass das doch bestimmt nicht für sie gelte, aber Tyry sagt, er halte die Stunden von allen drei Lehrern zusammen. Die Mädchen in den hinteren Reihen rufen, sie gehen nicht vor Mittsommer schwimmen und werden sich nicht mal die Zehen nass machen.

»Kälte härtet ab, beugt Grippe vor und bringt die Haut zum Glühen«, erwidert Tyry und verlässt, ohne weiter zuzuhören, den Raum.

Am Dienstag haben wir vor der Essenspause Finnisch, und nach der Stunde fragt mich Frau Niskanen, ob ich den Stipendiumsantrag ausgefüllt habe. Sie sagt, das Empfehlungsschreiben hat sie schon fertig. Ich kann mich nicht erinnern, dass so etwas ausgemacht war, und gerate in Panik und nicke halb und bedanke mich, obwohl ich die Broschüre und das Blatt mit den Anweisungen nur zwei Mal durchgelesen habe.

»Gut. Das ist ein gutes Stipendium, das wird dich im Leben weiterbringen«, sagt die Niskanen, und ich kann mich nicht korrigieren und sagen, dass ich mich nicht bewerben kann, weil ich nicht einmal sicher weiß, ob ich auf dem Gymnasium bleibe.

»Zur Feier am letzten Schultag bringe ich ein Kuvert mit. Das Empfehlungsschreiben muss in einem verschlossenen Kuvert sein, heutzutage wird das alles sehr genau genommen«, sagt sie, und ich kann nichts dazu sagen, sondern bedanke mich nur noch einmal schwerfällig, und als sie weg ist, setze ich mich ans Pult und lege die Hände auf den lackierten Deckel. Ich beschließe, abzuwarten, bis alle in den Speisesaal gegangen sind oder diejenigen, die kein Essensgeld zahlen, in den Laden, um sich aufgewärmte Fleischpiroggen zu holen oder jedenfalls raus aus der Klasse.

Aliina wischt mit dem gelben Schwamm die Tafel. Sie putzt sie gründlich mit Wasser und verschmiert Niskanens Sommeraufgaben nicht bloß zu grauen Wolken und Matsch. Ich betrachte sie von hinten, aber als sie sich umdreht, drehe ich mich auch um und tue so, als suchte ich etwas in meiner Tasche.

Aliina hat einen sonderbaren Namen, aber eigentlich habe ich mich daran gewöhnt, weil sie schon seit der Mittelschule mit mir in einer Klasse ist und man sich an das Sonderbare gewöhnt, wenn man es oft genug hört.

Als sie den Schwamm noch einmal im Porzellanwaschbecken nass gemacht hat und weiterwischt, betrachte ich sie wieder. Sie putzt die schwarze Tafel bis zum oberen Rand und muss sich dafür strecken und auf die Zehenspitzen stellen.

»Wie sieht es aus?«, fragt sie, ohne sich umzudrehen.

»Äh, was?«, sage ich, als würde ich nicht hinsehen.

»Die Tafel.«

»Gut.«

»Da drüben ist noch was«, sagt sie.

Es ist so warm an diesem Tag, dass sie keine Strümpfe mehr trägt, sondern Riemenschuhe über den nackten Füßen und violette Cordhosen, die an den Knöcheln breiter werden. Die Riemenschuhe bringen mich auf die Idee, zu fragen, ob sie vorhat, beim Geländelauf mitzumachen.

»Na klar.«

»Mit den Schuhen?«

»Nein, ich zieh mich um. Turnschuhe und Hotpants«, antwortet sie, geht zu ihrem Pult und wühlt in ihren Sachen.

Ich frage sie, ob sie vorhat zu schwimmen, so wie Tyry es bestimmt hat.

Diese Frage beantwortet sie, indem sie langsam und nur ganz wenig, aber von einer Seite zur anderen den Kopf bewegt und dann innehält, um mich anzuschauen.

»Warum fragst du?«

»Einfach so, ohne Grund«, bringe ich heraus, weil ich nicht dazu komme, mir zu überlegen, was ich sagen soll.

»Von was für einem Brief hat die Niskanen da eigentlich gesprochen?«

»Ach, nix, nichts Wichtiges. Das hat die bloß so gesagt«, erwidere ich, obwohl ich eigentlich nichts antworten sollte, denn es ist kompliziert und wird noch komplizierter, ist es längst geworden, weil die Niskanen wieder auf das Stipendium und Amerika zu sprechen gekommen ist, sodass es jetzt noch schwerer ist, aus der Sache rauszukommen und es zu vergessen.

»Kann sein, dass ich gehe. Wenn die anderen gehen. Wenn man schon im Mai den Winterpelz abwirft, dann ist der Sommer länger«, meint Aliina und greift damit das erste Thema wieder auf und fragt nicht weiter nach dem Brief, geht dann aber hinaus, und ich bleibe wie ein Idiot und Streber am Pult sitzen, wie beides zugleich.

Jukka nimmt mich auf der Yamaha mit nach Ahvenisto. Bei Paukkula dreht er sich um und ruft über das Motorgeräusch hinweg, ich soll mich gut festhalten, weil er ausprobieren will, ob die Maschine mit zusätzlichem Ballast den Berg hinaufkommt. Ich umklammere die Hinterstange noch fester, Jukka fährt von der Straße herunter zum alten Schießstand und versucht dort, wo es eben ist, so stark zu beschleunigen, wie es geht, und dann auf dem schmalen Fußweg zwischen den Kiefern den Hang hinaufzukommen. An der steilsten Stelle dreht das Hinterrad auf Wurzeln, Steinen und Kiefernzapfen durch, und mit der Restgeschwindigkeit kommt man nicht mehr bis ganz hinauf, wir müssen beide abspringen, und Jukka befördert das Motorrad nach oben, indem er schiebt und Gas gibt und zwischendurch die Kupplung schleifen lässt, und ich laufe hinterher, obwohl man nicht schieben muss.

»Mit Crossreifen käme man bestimmt hoch, und zwar spielend leicht. Aber so dreht das Hinterrad durch, trotz Ballast«, sagt Jukka und bückt sich, um nachzusehen, ob das Durchdrehen Spuren am Reifen hinterlassen hat. Es ist nichts Schlimmes, auch ich schaue es mir an, gleichmäßiger, schwarzer Gummi, aber wenn man nah herangeht, riecht es verbrannt.

Wir fahren das letzte Stück auf der Straße hoch und nehmen von ganz oben dann die steile Abfahrt, auf der nicht einmal Jukka sich traut, in den Leerlauf zu schalten. Er schaltet herunter und lässt den Motor das Tempo wegdröhnen. Unten liegt der Sandstrand. An heißen Tagen bildet er zwischen den steilen Hängen einen Kessel, und an zwei Rändern des Kessels halten zusätzlich das für die Olympiade gebaute Schwimmbecken und die Betontreppe zur Singbühne oberhalb des Volleyballfelds den Wind ab.

Jukka bleibt auf dem Parkplatz zurück, um den Bowdenzug am Gasgriff zu richten. Ich mache mich allein auf den Weg zu den Stegen, aber allmählich kommen auch die anderen zur Sportstunde. Es klingt, als stünde ich direkt neben ihm, als Jukka in der Ferne probeweise die Umdrehungen aufheulen lässt.

Das Wasser ist so ruhig, dass man bis tief auf den Grund sehen kann. Ich schaue hinter dem letzten Steg nach, ob unter den Metallreifen am großen Holzrohr Krebse zu erkennen sind, weil es dort welche gibt, aber jetzt sieht man keine. Wenn es klar ist, verstecken sie sich noch tiefer in ihren Löchern am Grund, aber im August haben sie Hunger, denn sie müssen für den Winter fressen.

Genau an der Stelle neben dem Steg kann man sie nachts herausholen, und dafür braucht man außer dem Kescher bloß einen vergammelten Fischkopf oder eine durchgeschnittene, stinkende Karausche an einer Schnur. Die Schnur muss man durch Kiemen und Maul ziehen, und dann genügt es, wenn man die lange Airam-Taschenlampe aufblinken lässt.

Es ist noch nie vorgekommen, aber falls es mal vorkommen sollte, hat mein Vater gesagt, falls die Polizei zufällig ans Wasser gefahren kommt, um die Bratwürste zu essen, die sie sich an Irjas Nachtimbiss gekauft hat, oder falls bei den Orkolas im Café-Turm das Licht angeht, dann sofort den Köder auf den Grund fallen lassen und Kescher und Eimer unter dem Steg verstecken. Mit der Taschenlampe braucht man nichts zu machen, denn im Dunkeln darf schließlich jeder eine Lichtquelle mit sich führen.

Obwohl Krebse wirklich kein Essen für Menschen sind, waren es viele Jahre lang die besten Sommernächte, wenn ich mit meinem Vater auf die Jagd nach ihnen ging. Mein Vater wusste die guten Nächte auszuwählen, nach dem Wetter und je nachdem, wie die Spätschichtwochen lagen.

Mit dem Fahrrad fuhr er vom Betrieb nach Hause und aß. Dann war es schon nach elf, und wir konnten los. Der Ahvenisto liegt am nächsten, und dieser See ist der reinste Fischkasten, darum sind wir fast jedes Mal direkt dorthin gefahren.

Die Räder haben wir oberhalb des Schwimmbads am Hang abgestellt, und dann sind wir flüsternd den schrägen Pfad zum Ufer hinuntergegangen. War die Nacht klar, blinkten über uns alle möglichen Sterne. Seit Mai hatte man sie nicht am Himmel gesehen. Im August gab es die meisten in dem schwarzen Fleck direkt über dem See, aber am Rand des Horizonts drang das gelbliche Licht der Stadt über den Bergrücken.

Wenn wir fertig waren, gingen wir ebenso leise zu den Rädern zurück. Aus dem Emaileimer hörte man nur ein leises Kratzen, aber wenn jemand entgegengekommen wäre, hätte er gleich gewusst, dass der Eimer schwer war und voller übereinanderkriechender, nasser Krebse.

Zuerst mussten wir schieben, weil es im Dunkeln nicht klug ist, auf einem schmalen Weg zu fahren. Kommt man auf einer Wurzel oder einem Stein ins Rutschen, kann der Eimer ins Schaukeln geraten, und dann wäre es eklig, die Krebse zwischen Moos und Kiefernnadeln einzusammeln und schmutzig wieder in den Eimer zu legen.

In einem Sommer war in den Krebsnächten das große Kreuz auf dem Heldengrab des Friedhofs gegenüber beleuchtet. Man konnte es über das Tal hinweg zwischen den Kiefernästen und Baumstämmen erkennen, wie ein weißes Kreuz des Ku-Klux-Klans.

Damals fing mein Vater an, vom Krieg zu erzählen, obwohl er das sonst nie tat. Er erzählte, er sei im Winterkrieg gewesen und habe zu Beginn des Fortsetzungskriegs als Pionier Minen entschärft, bis er was auf die Flügel bekommen hatte, so drückte er sich aus: ein Schlag auf die Flügel, und er lag flach, aber im Krankenhaus wurde er zusammengeflickt und dann wieder an die Front geschickt, zu normalen Kriegstätigkeiten.

Als wir schon oben auf dem Myllymäki entlangfuhren, fing mein Vater noch vom 18er-Krieg an. Damals war er selbst noch ein ganz kleines Kind. Der 18er-Krieg, so nannte er ihn immer. In der Schule haben wir alle anderen Bezeichnungen für diesen Krieg gelernt, aber nicht den Namen, den ihm mein Vater gegeben hat.

Ich sehe die Metallreifen am Holzrohr bis weit in die Tiefe, aber darunter keinen einzigen Krebs. In einer Woche fängt der Juni an, und gleich am Donnerstag muss ich mit dem Frühbus nach Parola fahren. Ich plane den Sommer so weit voraus, wie ich kann, aber ich habe das Gefühl, dass die Krebsjagd dieses Jahr ausfällt. Für mich sind die Sommer mit den Krebsen vorbei.

Ich werde nur an den Wochenenden nach Hause kommen, und dann ist es am Ahvenisto nicht ruhig genug, weil an den

Wochenenden immer Nachteulen unterwegs sind, wenn es warm ist, und dann findet man am nächsten Morgen am Strand und in den Umkleidekabinen hautfarbene Sultan-Kondome und die aufgerissenen blauen Verpackungen.

Als ich vom hintersten Steg aus zu den anderen gehe, fällt mir ein, was Aliina über die Verlängerung des Sommers gesagt hat. Wenn man früh den Winterpelz abwirft. Aber so leicht geht das nicht. Oder es ist doch etwas dran, dass man selbst entscheiden kann, wie lang und wie gut was ist. Ich weiß nicht, was von beidem mehr stimmt, und Aliina kann ich nicht fragen, weil man sich damit möglicherweise auf einen Schlag den Ruf einhandelt, seltsam und beknackt zu sein.

»Da kommt unser Neuneinhalber von der Trainingsrunde zurück. Er will den anderen ein Beispiel geben und vor allem Eindruck auf den Lehrer machen, um seine Sportnote zu erhöhen«, höre ich die Kommentare von Puistola zwischen den anderen.

Den Notendurchschnitt im Zeugnis hat man schon im Algebra-Unterricht berechnen können. Unser Mathematiklehrer hatte eine Liste mit Dezimalzahlen von 9,50 bis 5,79 kopiert, und hinter jeder Zahl stand in Klammern (M) oder (J). Von da aus mussten wir die Kenndaten der Klasse ausrechnen: den Notendurchschnitt der ganzen Klasse, den Durchschnitt der Mädchen und den der Jungen, den Durchschnitt des obersten und des untersten Viertels, und dann in einem Koordinatensystem die Streuung als Punkte eintragen und den wie ein Sombrero aussehenden Graph der ganzen Klasse zeichnen.

Der Liste war leicht zu entnehmen, dass zwei Schüler den Durchschnitt 9,50 hatten und dass es eine Sie (M) und ein Er (J) waren. Gleich nach der Mathematikstunde hatte ich mir deswegen was anhören müssen. Puistola fing an, mich Neuneinhalber zu nennen. Er tat so, als würde er mich interviewen, und hielt mir eine Hefewecke als Mikrofon hin. Vor dem Café hat sich schon fast die ganze Klasse versammelt und wartet auf Tyry und seine Anweisungen, und Puistola interviewt mich, wie ich mich jetzt fühle und welche Opfer diese sportliche Leistung gefordert hat. Er redet hoch und laut wie Paavo Noponen und kann ihn immerhin so gut nachmachen, dass ab und zu mal einer kurz lacht.

»Achtung, Sendezentrale, hier kommt der Björneborger Marsch«, wirft er zwischendurch ein, und mit gespitzten Lippen bläst er den Marsch mit Furzgeräuschen nach.

Ich wende mich ab, weil ich keine Lust habe, dem Blödmann irgendetwas zu erwidern. Er packt mich an der Schulter und versucht, mich zum Mikrofon umzudrehen, damit er weitermachen kann, aber ich schlage seine Hand so fest weg, dass es mir selbst wehtut. Wie ein Welpe jault er auf und jammert, ich hätte ihn geschlagen. Irgendjemand, der neben ihm steht, ruft meinen Namen und befiehlt mir, aufzuhören.

»Soll der doch aufhören«, antworte ich.

»Wenn man mit Worten nichts erreicht«, sagt Puistola, macht aber sofort ein paar Schritte zurück.

»Tyry kommt«, ruft Tuula an der Ecke. Sie hat Schmiere gestanden und drückt ihre Zigarette an einem Zaunpfosten aus. Als Tyry mit zwei Sporttaschen anmarschiert, raucht keiner mehr.

»Habt ihr euch aufgewärmt?«, fragt er und scheint vom Wetter und von allem begeistert zu sein.

»Unser Neuneinhalber ist schon einen Marathon gelaufen«, sagt ein anderer als Puistola leise. Es ist mir noch unangenehmer als Puistolas Sprüche, weil Puistola alles sagt, was er denkt, und ihn sowieso keiner ertragen kann, er muss sich immer aufspielen und immer weiterquatschen. In diesem Schuljahr bleibt er sitzen, was ich richtig gut finde. Jedenfalls hat er damit laut angegeben, als wir mit der Liste die verschiedenen Durchschnitte ausgerechnet haben.

Als ich von der feierlichen Zeugnisausgabe nach Hause komme, ist meine Mutter schon von der Vormittagsarbeit zurück. Sie und mein Vater sitzen am Küchentisch und warten auf mich. Auf dem Tisch stehen Kaffeetassen und Marmorkuchen. Bei diesem Getue denke ich wieder daran, wie es wäre, wenn das jetzt das letzte Mal wäre.

Schon die Reden und den Sommerchoral habe ich mir ein bisschen in diesem Sinn angehört. Der Rektor hat zu den Abiturienten über den Frühling des Lebens gesprochen. Wenn alle singen, singe ich nie mit, aber diesmal habe ich zugehört.

Ich habe auf einer zu niedrigen Bank aus dem Speisesaal gesessen und mich so losgelöst gefühlt, als würde ich schweben. Ich habe die an der Wand der Turnhalle lehnenden Reckstangen und die zusammengebundenen Kletterseile betrachtet und gedacht, nie mehr diese Folter. Einmal ist mir ein schlechter Felgumschwung gelungen, aber weder davor noch danach gab es etwas Schwierigeres als das Nadelöhr, und nie habe ich es geschafft oder mich getraut, das Seil bis zur Decke hinaufzuklettern, obwohl man das spätestens in der Fünften hätte können müssen.

Ich habe das zusammengefaltete Zeugnis in der Hand, den Jahresbericht der Schule, den Brief von Frau Niskanen und noch einen Briefumschlag, der einen Scheck über fünfzig Mark enthält. Niskanens Brief verstecke ich zwischen den Seiten des Jahresberichts, das Zeugnis und das Kuvert mit dem Stipendium lege ich neben dem Kuchen auf den Tisch.

Weil mein Vater sofort das Zeugnis liest und meine Mutter das Kuvert öffnet, bringe ich Niskanens Brief in mein Zimmer und ziehe das gute Hemd aus indischer Baumwolle aus und ein normales an. Die indische Baumwolle ist rau und fusselig, das will man nicht länger anhaben als nötig.

»Das ist ein hervorragendes Stück Papier«, sagt mein Vater, als ich zurückkomme. Meine Mutter weint fast, eigentlich weint sie sogar richtig. Der Scheck von der Sparkasse lehnt an meiner Kaffeetasse. Vom Marmorkuchen sind bereits sechs Stücke angeschnitten, die Kuchengabeln sind die guten, die aus echtem Silber.

»Die fünfzig Mark sind praktisch so als Essensgeld gedacht«, sage ich.

»Nein, dafür kaufst du was für dich«, sagt mein Vater sofort.

»Nein. Weil das ist Essensgeld. Diesmal müssen wir nach den Ferien keine Bücher kaufen.«

Damit ist es raus. Jetzt ist es das letzte Mal. In mir verdreht sich etwas, als ich es ausspreche. Mein Vater schweigt und sieht mich an.

»So etwas kann man noch nicht endgültig entscheiden. Das darfst du auf keinen Fall in der Schule melden. Du hast doch noch nichts gesagt?«, macht sich meine Mutter sofort Sorgen.

Als wir am Samstag darüber gesprochen haben, dass ich mit der Schule aufhöre, ist mein Vater ein bisschen meiner Meinung gewesen, auch wenn er es nicht direkt gesagt hat. Er hat mehrmals den Installationsbetrieb von Lampinen als sicheren Arbeitsplatz bezeichnet und Vetter Lampinen als ehrlichen Mann, der alles regelt.

Meine Mutter steht auf und nimmt die Kaffeemütze von der Kanne, gießt den ersten Schluck mit dem Schnabelsatz in ihre Tasse, schwenkt sie aus und gießt dann allen dreien ein, lässt bei mir aber Platz für Milch.

Wir reden noch kurz über das Thema Schule, aber auch jetzt kommt nichts Sicheres und Endgültiges dabei heraus, weil mein Vater eigentlich nichts sagt. Er sieht müde und bedrückt aus. Vielleicht ist er ja krank, kommt mir in den Sinn, und ich versuche, ihn heimlich zu betrachten, wenn er es nicht merkt.

Ich esse meine beiden Stücke Kuchen und blättere im Jahresbericht zu den beiden Stellen, an denen mein Name steht, bei meiner Klasse und bei der Liste derjenigen, die ein Stipendium bekommen haben. Ich lasse den Jahresbericht mit der aufgeschlagenen Stipendiumsseite auf dem Tisch liegen.

Dann sehe ich noch einmal das Zeugnis Note für Note durch. Unten stehen die Namen der Klassenlehrerin und des Rektors und die von der Klassenlehrerin mit blauem Füller eingetragenen Ziffern »23.« und »12« und darum herum der vorgedruckte Text:

»Dieses Zeugnis muss zu Beginn des neuen Schuljahres am ... August um ... Uhr vorgelegt werden, versehen mit der eigenhändigen Unterschrift des Vaters, der Mutter oder des Vormunds.

Zur Kenntnis genommen ...«

Jedes Mal hat mein Vater unterschrieben, niemals meine Mutter, das ist so üblich gewesen. Mein Vater hat seinen Namen immer sofort unter das Zeugnis geschrieben, nachdem er es gesehen hat, jede Weihnachten und jeden Sommer. Wenn er Frühschicht hatte, bin ich am Nachmittag nicht rausgegangen, bevor er von der Arbeit kam. Und wenn er Spätschicht hatte, bin ich aufgeblieben und habe auf ihn gewartet, schon als ich klein war, manchmal fast bis elf, wenn schlechtes Wetter zum Fahrradfahren war und Schnee oder Schneeregen fiel.

In der höheren Schule sind die Zwischenzeugnisse nicht mehr auf ein eigenes Blatt gedruckt, sondern es gibt dafür ein Heft mit nur wenigen Seiten, das man gleich im ersten Jahr mit blauem Schutzpapier einbinden musste, so wie alle anderen Hefte und Bücher auch. Jeden Herbst und jedes Frühjahr wird das Zwischenzeugnis in einer eigenen Spalte über die Doppelseite hinweg verzeichnet, und auch dort hat mein Vater immer seinen Namen hinter die neue Notenreihe gesetzt.

Jetzt holt er seinen Füller aus der obersten Kommodenschublade. Ich warte nun doch ab, sage aber nichts und komme auf das Thema Fortsetzung des Schulbesuchs nicht mehr zu sprechen. Als ich vom Kaffeetisch aufstehe, fragt mich mein Vater noch nach der Religionsnote.

»War es eine Zehn oder eine Neun?«

Ich drehte das Zeugnis so, dass er es sieht, stehe auf und stelle meine Tasse und meinen Teller in die Spüle.

»Ist auch eine«, höre ich meinen Vater sagen.

Als ich von der Grundschule in die höhere Schule kam, zwang meine Mutter meinen Vater, wieder in die Kirche einzutreten. Darüber gab es zu Hause Streit, ich verstand es nicht ganz, nur, dass meine Mutter wieder und wieder sagte, es ist immer besser, wenn man sich nicht von den anderen unterscheidet und der Junge deswegen in der höheren Schule keine Schwierigkeiten bekommt. Weil die höhere Schule was anderes und was Besseres ist, ist es dort wichtiger, so zu sein wie alle anderen, und die anderen sind bessere Leute und gehören bestimmt der Kirche an.

Mein Vater war bereits vor dreißig Jahren aus der Kirche ausgetreten, aber meine Mutter konnte ihn überreden, kurz bevor die Schule anfing, wieder einzutreten. Als mein Vater deswegen bei der Gemeinde anrief, wurde er vom Pfarrer zum Gespräch gebeten.

Von dort kam er so wütend nach Hause, dass er meine Mutter anschrie und sie ganz klein wurde und anfing zu weinen. Mein Vater war wütend, weil Pfarrer Numminen alles über seine plötzliche Bekehrung wissen wollte. Dann hatte Numminen angefangen, die christliche Lehre abzufragen, die Zehn Gebote und den Aaronitischen Segen, und weil mein Vater sie natürlich nicht richtig auswendig konnte, hatte ihn der Pfarrer im Pfarrhaus so laut ausgeschimpft, dass alle es hören konnten.

Als ich am Abend in meinem Zimmer die Arbeitsklamotten für den nächsten Morgen richte, kommt mein Vater an die Tür und fängt an, über Vetter Lampinen zu reden, was sie alles zusammen angestellt haben, bevor mein Vater meine Mutter kennenlernte, vor dem Krieg und den Veränderungen und allem, was jetzt ist.

»Jetzt ist es anders und schlechter, als es einmal war«, sagt er aus Versehen zwischendurch und korrigiert sich gleich, dass natürlich nicht alles schlechter ist, aber ein Teil eben schon.

»Frag ihn bloß nie nach seiner Frau.«

»Wieso, was ist mit ihr?«, will ich sofort wissen.

»Nichts ist mit ihr. Aber erwähne einfach nicht, dass uns Seija besucht hat. Sag, dass du sie den ganzen Winter über nicht gesehen hast.«

Auf so etwas weiß ich nichts zu antworten. Auch wenn es wahrscheinlich egal ist, jedenfalls versuche ich, so zu denken. Und warum sollte ich mit Lampinen überhaupt auf das Thema zu sprechen kommen? Ich lege mir schon Strümpfe, Unterhosen und T-Shirts für die nächste Woche zurecht. Morgen bleibe ich noch nicht über Nacht, sondern sehe mir nur alles an, und dann kommt ja schon das Wochenende dazwischen, und mit der Arbeit und dem Wohnen in Parola fängt es richtig und ganz erst am Montag an.

Mein Vater geht einfach nicht von der Tür weg, obwohl er schon alles gesagt hat. Er trippelt hin und her, guckt mal auf mich und mal aus dem kleinen Fenster zum Garten. Alles außer der Petersilie sprießt schon, hellgrüne Linien in den humusschwarzen Beeten und dahinter die noch unkrautfreien Furchen des Kartoffelbeets.

Er hat noch etwas auf dem Herzen. Das erkenne ich an seinem Herumstehen und Warten. Man erkennt die ganzen kleinen Muster, wenn man immer zusammengelebt hat. Jetzt, im Herbst und Winter und Frühling, als mein Vater seine Infarkte hatte, ist es mir manchmal so vorgekommen, als würde ich sie noch leichter erkennen.

Dann fängt er damit an, dass es bei den Wohnwagen der Installationsfirma manchmal so zugeht, dass man sich besser kein Beispiel daran nimmt.

»So ist das eben. Denk daran, dass du ein anständiger Mann bleibst, egal was kommt. Und kein Schnaps, auch wenn er dir angeboten wird.«

»Nein, nein«, sage ich zu laut, weil mich solche überflüssigen Ratschläge ärgern.

»Und da in Parola, da ist ja gleich die Haushaltsschule, darum kann es sein, na ja, da gibt es alle möglichen Frauen, die einen sind zwar brav, aber die anderen sind Flittchen.«

Ich wende mich ab und tue so, als würde ich den bereits gepackten Rucksack noch einmal packen, weil ich mich für ihn schäme.

SCHLANGENHÄUTE

»Die vor uns liegende Aufgabe ist schwieriger, als derzeit allgemein vermutet wird. Sie kann nur erfüllt werden, wenn Maßnahmen in Angriff genommen werden.«

»Wenn man das anerkennt, ist viel gewonnen. Es wäre ein schwerer Irrtum, die unbedingte Notwendigkeit, die vor uns liegenden Probleme zu lösen, herunterzuspielen. Erst wenn man das offenen und demütigen Sinnes anerkennt, kann Wille entstehen.«

»Man erlaube mir anzumerken, dass sich daraus kein Anlass ergibt, einzelne Landwirte zu bestrafen. Sie müssen die Gelegenheit erhalten, es sich auch mal gut gehen zu lassen.«

»Ich kann nicht einschätzen, auf welche Weise das Resultat zu erzielen ist, aber das ist auch nicht meine Sorge.«

Ich bekomme einen Schlafplatz im kleinen Polar. Die beiden größeren der Marke SMV sind für Fachmänner aus dem Bereich Blech reserviert, die fast nur im Sommer arbeiten. Hinten auf dem Grundstück steht als letzte Reserve noch ein bis auf halbe Höhe verrostetes Kastenmodell von Citroën. Die Räder fehlen, es steht auf Birkenklötzen.

Im Winter wohnt hier niemand. Lampinen klärt mich über die Ordnung im Betrieb auf, zeigt mir das Grundstück und erklärt, dass es im Sommer so am praktischsten ist, weil Arbeit in beiden Bereichen anfällt und Leute dazukommen, die dürfen dann umsonst im Caravan wohnen, und niemand verliert Geld und Zeit für die Anfahrt.

Anfang der Woche glaube ich noch, mein Quartier für mich allein zu haben, aber dann kommt Reijo Lempinen, genannt Rekku. Er kommt aus der hintersten Ecke von Tyrväntö und ist irgendwie Lampinens Schützling, obwohl er einen anderen Nachnamen hat.

»Aber trotzdem und doch. Sie sind gleich«, sagt er, als ich ihm den Wohnwagen zeige. Lampinen hat mich angewiesen, das Saubermachen der Halle zu unterbrechen und Rekku die Sitten des Hauses zu erklären.

»Stimmt. Lempinen und Lampinen«, sage ich.

»Nein, sondern trotzdem und doch. Sie sind gleich.«

Äußerlich sieht Lempinen nicht wirklich sonderbar aus, aber wenn er länger redet, horche ich genau hin. Er ist älter als ich, aber trotzdem noch nicht erwachsen. An der Wohnwagentür muss er sich fast um eine Kopflänge kleiner machen, während es bei mir reicht, wenn ich den Kopf ein bisschen einziehe. Das habe ich schon an den ersten Abenden der Woche gelernt und muss nicht mehr hinsehen.

Im Polar sind zwei Klappbetten eingebaut, die man an Ketten herablassen kann. Wenn beide unten sind, bleibt in der Mitte nicht mehr viel Platz. Wir vereinbaren, dass wir die Pritschen nur nachts in Schlafposition halten.

Bevor er sein Bett wieder hochklappt, prüft Lempinen, wie weich die dünne Schaumstoffmatratze ist, indem er wie ein kleines Kind die Hand darauf hüpfen lässt. Dann will er sie auch noch im Sitzen ausprobieren, und dabei lacht er laut.

Ich frage ihn, ob er schon mal bei Lampinen gearbeitet hat, ob er sich mit Blecharbeiten auskennt.

»Oi, oi, was kann der Reijo nicht alles, Tausende Taten und Betätigungen. Das ist alles dasselbe, die Arbeiten, die Betätigungen, die Taten, das Tun und die Beschäftigungen«, sagt er.

»Stimmt«, antworte ich vorsichtig, weil ich noch nie mit so einem unter vier Augen gesprochen habe.

»Die Aufgaben, die Arbeitsvorgänge. Die Werke. Ist das überhaupt dasselbe?«

»Man kann es schon dazuzählen«, sage ich und zeige ihm, dass es besser ist, die Pritsche am Haken zu befestigen, damit sie einem nicht aus Versehen auf die Füße fällt.

»Es ist nicht dasselbe, es ist nicht ganz dasselbe, aber fast.«

Reijo Lempinen quasselt weiter vor sich hin und probiert den Klappmechanismus des Hakens aus, knipst ihn eine Zeit lang auf und zu, aber dann bringe ich ihn dazu, mit mir den Wohnwagen zu verlassen und mir in die Werkstatthalle zu folgen. Auf dem Gelände wachsen Gras und Brennnesseln und frühsommerlich niedriges Klettengebüsch, aber dazwischen ist schon ein ordentlicher Pfad getrampelt worden.

Lampinen sieht uns von seiner Kabine aus die Halle betreten und kommt auf uns zu, um mit uns zu reden, aber mehr mit Lempinen als mit mir.

»Und Reijo, was meinst du?«, fragt er.

»Bequemes Bett. Eigenes Zimmer. Mit dem da.«

Ich nehme den Straßenbesen von der Wand und fange wieder an, den Betonboden zu schrubben. Das habe ich gleich am ersten Tag und jetzt am Anfang der Woche gemacht. Man kann immer nur stückchenweise die Dreckspuren vom Winter mit dem Besen abwaschen und abgeschnittene Blechränder und sonstigen Abfall wegräumen, weil die Halle so voll und durcheinander ist, dass man ständig Sachen hin und her räumen muss und dann wieder an eine andere Stelle, damit sie beim Kehren nicht im Weg sind.

»Pass mir ein bisschen auf diesen kleinen Mann auf. Rekku ist zwar ein Arbeitspferd und stark, aber wenn du ein bisschen nach ihm schaust, geht es noch besser«, sagt Lampinen zu mir und klopft Lempinen auf die Schulter.

Und so fangen wir an, zusammen zu arbeiten. Wenn etwas Schweres verrückt werden muss, ist Rekku Lempinen gleich besser und geeigneter als ich und will auch zeigen, dass er es kann und schafft. Bei praktischen Arbeiten ist er überhaupt nicht dumm und auch nicht bei dem, was er sagt, wenn man ihn nicht auf der Stelle treten lässt, sondern sofort dazwischenfragt oder ihm sagt, was er als Nächstes tun soll.

Am Abend braten wir im Freien billige Fleischwurst. An der Wand der Halle gibt es ziemlich guten Windschatten, dort ist ein alter Saunakessel aufgestellt worden, in den man Luftlöcher gebohrt hat, sodass es gut zieht und die Würste auf dem Rost gar werden.

Die Männer aus den großen Wohnwagen machen sich ihr Essen genauso, aber einer von ihnen hat Schweinefleisch, und das muss länger gegrillt werden. Drei trinken Bier und Hartikainen Buttermilch. Ich hole mir mit dem Becher Wasser vom Außenhahn, aber Rekku hat im Kühlschrank der Halle eine Drei-Liter-Milchkanne aus Metall mit straff gezogenem Pergamentpapier als Deckel stehen.

Hartikainen wohnt mit Sverdloff im SMV-14 und Niemi mit Ojanen im SMV-12. Die beiden Modelle sehen fast gleich aus, aber beim 12er ist die Tür links, weil in Schweden damals noch Linksverkehr geherrscht hat. Es sind alte Caravans von Leuten, die in Schweden gearbeitet haben und wieder zurückgekommen sind. Sie haben sie früher im Sommerurlaub in Finnland benutzt. Nach der Rückkehr sind sie zum Schrottpreis verkauft worden, und Lampinen hat diese drei gekauft.

Niemi, Ojanen und Sverdloff ärgern Rekku und nennen ihn Milchbubi. Sie bieten ihm Bier aus der Flasche an, aber Rekku nimmt zuerst nichts, sondern sagt, er hat es einmal probiert, aber Bier ist Gerstensaft, und Gerstensaft ist schlecht und sauer wie alte, ranzige Dickmilch.

Ein glänzender Nagel wird in einen Birkenstamm geschlagen. Ojanen holt eine Zielscheibe und Pfeile aus dem Wohnwagen, und wir fangen an zu werfen. Sverdloff ist dermaßen überlegen, dass er trainiert haben muss. Er schafft es, aus fünf Metern mit jedem Pfeil in das Feld innerhalb des Siebenerrings zu treffen, und kommt nie auf weniger als vierzig Punkte.

Ich bin mittleres Niveau, besser als Niemi und Hartikainen, aber Rekku ist so miserabel, dass manche seiner Würfe sogar an der Birke vorbeigehen.

Niemi verspricht ihm für jeden Treffer auf die Scheibe einen Schluck Bier, und das weckt Rekkus Eifer. Er will nicht einmal aufhören, als wir schon gar nicht mehr weitermachen. Er wirft allein weiter, und so kommt es dann bei diesen vielen Wurfserien zu Treffern. Jedes Mal, wenn ein Pfeil in der Scheibe stecken bleibt, ganz gleich bei welcher Zahl oder auch nur im äußeren Ring, ruft Rekku »He!« und winkt, dass wir gucken sollen. Er achtet genau darauf, sich jeden Belohnungsschluck zu holen, auch wenn er dabei das Gesicht verzieht.

»Schlecht, sauer, sehr schlecht«, sagt er, und dabei zerknautscht er sein großes Gesicht.

Niemi geht zu seinem Wohnwagen, setzt sich dort auf die Eingangsstufen und lässt Rekku somit einen längeren Weg zum Trefferschluck laufen. Er kann nicht richtig rennen. Wenn er geht, bemerkt man das Schlenkern nicht, aber wenn er rennt, sieht man es. Er ist der Größte von uns allen, aber schwerfällig und schwachsinnig.

Weil er nun immer besser trifft und Niemi ihn laufen lässt, damit er sich seine Belohnung abholt, kommt er außer Atem und schnappt nach Luft. Ich sehe eine Weile zu und warte noch ein paar Runden ab, aber dann sage ich was.

»Jetzt hören wir auf, Reijo.«

Niemi ruft von seinem Platz auf der Treppe aus, das Training ist noch nicht vorbei und was habe ich eigentlich über Lempinen zu bestimmen, aber Rekku ist müde und hält sich mehr an mich, von den anderen mag auch keiner mehr über ihn lachen.

Wir gehen zu unserem kleinen Wohnwagen. Es ist halb

neun. Rekku riecht unangenehm nach Schweiß, aber ich sage nichts, weil es mich nichts angeht.

Er setzt sich auf die einzige Klappbank im Wohnwagen und trägt die Arbeitsstunden des Tages in sein Pu-der-Bär-Heft ein. Er macht es so, dass er mit den Fingern zählt, von sieben bis acht eine, von acht bis neun zwei und so weiter bis vier Uhr und acht Stunden, und er denkt daran, die Essenspause rauszurechnen.

Ich frage ihn, woher er Lampinen kennt, aber darauf bekomme ich keine Antwort. Trotzdem nennt er ihn Onkel Lampinen, also könnten sie doch irgendwie miteinander verwandt sein.

Er hat Illustrierte wie *Seura* und *Apu* und aus Kundenzeitschriften ausgeschnittene Kreuzworträtsel in der Tasche, die er durchblättert. Zwischendurch fügt er mit Bleistift irgendwo ein neues Wort ein. Ich versuche zu erkennen, ob er es tatsächlich richtig macht, und er ist darin überhaupt nicht schlecht.

Ich nehme mir eine Zeitschrift und probiere im Kopf aus, welche Lücken ich vollbekommen würde: eine einzige kleine Ecke. Als ich Rekku das Rätsel hinhalte und auf die leeren Kästchen deute, kann ich nicht einmal anfangen, ihm Ratschläge zu erteilen, als er die Stelle mit genau den kurzen Wörtern füllt, die ich gerade mühsam geplant habe, und von der Ecke aus macht er mit seinen Druckbuchstaben schnell nach oben hin weiter.

Auf der Titelseite einer Zeitschrift sieht man Kekkonen mit Sonnenbrille beim Skilaufen und auf einem kleinen Bild die olympischen Ringe in Sapporo. Ich klappe mein Bett herunter und blättere die Illustrierte im Liegen durch. Sofort werde ich müde und lese nur bis zur Hälfte den Bericht über einen Mann und seine Katze. Die Katze hat gelernt, die Gedanken des Mannes zu lesen und umgekehrt, beide wissen, was der andere als Nächstes tut. Auch Rekku hört mit den Kreuzworträtseln auf und geht nach draußen. Die Wände des kleinen Polars sind so dünn, dass man das Plätschern so laut hört, als wäre es direkt neben einem.

Dann nimmt er einen zusammengelegten Pyjama aus seinem Koffer und zieht ihn an. Der Stoff ist mit Budjonowkas bedruckt und sieht wie ein Kinderschlafanzug aus, aber er ist groß, bestimmt XXL oder XXXL, falls solche Größen überhaupt noch mit Buchstaben bezeichnet werden.

In der Nacht werde ich von Gepolter und großem Licht durch die aufgehende Tür wach. Ich hebe den Kopf und kann gerade noch sehen, wie Rekku nach draußen torkelt.

Ich höre ihn brechen und dazwischen Luft holen und erbärmlich winseln. Sofort stehe ich auf und sehe nach, was er hat. Er kauert neben dem Wohnwagen auf allen vieren im grünen Gras und würgt und antwortet nicht auf meine Frage.

Es ist vier Uhr und schon ganz hell, seitliche Sonne und lange schwarze Schatten, die Silhouetten von Ästen und Zaunpfosten auf dem Boden. Es sind mehr Vogelstimmen in der Luft als je zuvor, auch wenn ich keinen einzigen richtig fliegen sehe, nur einen kurz aufflattern, aber die Johannisbeersträucher am Rand des Grundstücks und alle anderen Büsche und Bäume sind voller Stimmen.

Ich betrachte Rekkus zitternden Rücken. Kann sein, dass der gute Lempinen gerade den ersten Kater seines Lebens hat, fällt mir als Erstes ein, aber dann denke ich, dass ich so wach bin wie morgens schon lange nicht mehr. Obwohl ich daheim an Schultagen drei Stunden länger schlafen konnte und also um drei Stunden munterer hätte sein müssen, war ich es nicht. Das Licht wird blendend von jedem glänzenden Teil des Polars reflektiert, und einen Meter vor meinen Füßen landet eine Bachstelze und wippt mit dem Schwanz.

Rekku hält sich das Herz und sagt mit jammernder Klein-kindstimme, hier tut's weh. Ich frage ihn, ob er es mit dem Herzen hat. Er weiß es nicht und kann nicht antworten. Er hat sich auf den Pyjama erbrochen und sieht so mitgenommen aus, dass ich ihm Wasser vom Außenhahn am Schuppen ho-len gehe.

Ich sage ihm, dass er einen Kater hat, und schlage ihm vor, den Pyjama auszuziehen, damit es drinnen nicht nach Kotze riecht. Er gehorcht sofort, versteht es aber nicht, aus dem Weg zu gehen, sondern setzt sich als großes, klobiges Hindernis auf die Treppe und versperrt den Eingang. Sein Gesicht ist weiß, in den Mundwinkeln glänzt das Wasser. Die Sonne scheint direkt auf ihn, er muss die Augen zukneifen und die Hand als Schirm an die Stirn legen.

»Ist das ein Kater?«, fragt er.

»Ja. Davon stirbt man nicht«, sage ich, so wie es mir gesagt worden ist, vor einem Jahr im August, an dem üblen zweiten Morgen beim DX-Sommertreffen. Einer der beiden Ykä Ky-mäläinens hat es gesagt. Der drei Monate ältere Ykä hat Sala-mischeiben aus der Packung angeboten, und der jüngere Ykä hat die Salami als Salzwurst bezeichnet, als Klepperwurst und als Kraftquelle der Unterdrückten.

»Dann hat der Reijo also einen fürchterlichen Kater, einen schlimmen Brummschädel und ein entsetzliches Nachbeben«, sagt er irgendwie zufrieden, drückt den Daumen auf die Brust und sieht kein bisschen ängstlich und mitgenommen mehr aus.

Bei dem starken Licht erkennt man einen hellroten, unge-nauen Fleck auf seiner Schulter, der Mulden wie auf Bildern von der Mondoberfläche hat.

Ich frage ihn, was das ist.

»Sie sagen, ich wäre mal gestolpert und auf den Saunaofen gefallen.«

»Und, bist du gestolpert?«

»Wir haben in der Ecke einen großen Tonnenofen mit einem Deckel über den Steinen.«

»Und auf den bist du gefallen und hast dich verbrannt?«

Rekku weicht so weit aus, dass ich mit einem großen Schritt über die Stufe hinweg an die Tür komme. Von da sehe ich, dass auch sein Rücken verbrannt ist, auch wenn da nicht so viele Krater sind wie auf der Schulter.

»Wahrscheinlich, wenn sie es sagen.«

»Wer sagt das?«

»Alle bei uns und anderswo«, antwortet er.

Nachdem ich die Woche noch mit Rekku zusammen sauber gemacht und aufgeräumt habe, darf ich zum ersten Mal zu auswärtigen Arbeiten mitfahren. Rekku nicht. Er muss in der Halle bleiben und lernen, wie man Falzbleche schneidet und wie man mit der Walzmaschine einen Stehfalz macht. Die einfachsten Maschinen kann er schon bedienen, und er hat die Kraft, auch die schwersten Bleche zu heben und zu schneiden, wenn ihm nur ein anderer vorher die Maße anzeichnet.

Wir fahren nach Puisniemi, um an einer Villa Regenrinnen anzubringen. Lampinen schickt mich als Handlanger von Ala-Seppälä und Niemi zum Üben mit.

Ala-Seppälä muss man Chef nennen, weil er der Produktionsleiter der Dachsparte ist. So nennen ihn auch alle, damit nimmt er es angeblich genau, oder sie nennen ihn Boss, aber nur, wenn Lampinen nicht da ist. Lampinen wird von allen Direktor genannt und von den älteren Männern Boss, wenn Lampinen es hört. Wenn er nicht da ist, nennen sie ihn Lampinen oder Lamm. Auf solche Sachen habe ich von Anfang an genau gehört, weil sie wichtig sind und man sie vorher nicht wissen kann.

Während Niemi und Ala-Seppälä noch die Sachen im Lieferwagen stapeln, kommt Lampinen aus der Halle, um sie daran zu erinnern, dass sie den alten Jungfern gleich ein neues Dach verkaufen sollen.

»Alles im Lot und dabei?«, vergewissert er sich noch, als wir losfahren wollen. Das Seitenfenster des Transits ist unten. Ala-Seppäläs Hand und Ellenbogen liegen entspannt auf dem Gummikragen.

»Alles dabei«, sagt Ala-Seppälä.

Niemi darf fahren, ich sitze in der Mitte auf dem platzlosen Platz und Ala-Seppälä auf dem Chefsessel. Auf dem Dach des Lieferwagens liegen zwei Aluminiumleitern und hinten Blech in Rollen für die Regenrinnen. Außerdem sind dort die Werkzeugkästen und alles mögliche andere Zeug verstaut. Auch die Presse.

Ala-Seppälä gibt damit an, dass es in der ganzen Gegend die erste Presse für Blechrollenware ist, die man im Auto transportieren kann, und dass er die mit Lampinen aus Schweden geholt hat.

»Ich war so was wie der Führer und Reiseleiter, weil ich mich da drüben auskenne, und hab zu Lampinen gesagt, weil der immer nur gerechnet und gerechnet hat, wir kaufen sie, weil Rollenware ein Wettbewerbsvorteil ist, auch wenn das Resultat nicht so gut ist, Hauptsache, es kommt was dabei heraus, das reicht«, sagt Ala-Seppälä und fordert mich auf, im Radio den nächsten Sender einzustellen, weil im Hauptsender die Morgenandacht kommt.

»Pfaffen und Rektoren sind wie die Abgeordneten von der Zentrumspartei, immer ein und dieselbe Platte. Das halt ich nicht aus«, sagt er mehr zu Niemi als zu mir.

»Joo«, antwortet Niemi.

»So ist das. Es ist nicht mehr für die kleinen Leute da, das Zentrum. Bei den Wahlen hat man ja gesehen, was das Volk meint. Es gibt, verdammt noch mal, in diesem Land nichts, und es wird auch nichts geben, wo die vom Zentrum nicht beim kleinsten Anlass versuchen reinzupfuschen«, sagt Ala-Seppälä und regt sich auf, und ich verstehe nicht genau, was er meint, aber ich frage nicht nach, sondern sitze nur in der Mitte und höre zu. Ala-Seppälä stellt wieder den Hauptsender ein, bevor die Acht-Uhr-Nachrichten und der Morgenspiegel kommen.

Die Mierola-Brücke wird repariert, und eine Spur ist mit einer Schranke abgesperrt. Niemi hält neben einem flachen, langen Holzgebäude an. Durch die Landstraße sind die Wandbretter bis auf die Höhe der Fenster und darüber hinaus staubgrau. Niemi erzählt, dass dahinter am Ufer eine Bootswerkstatt ist, bei der man die besten Boote für den See bekommt.

»Schmal wie eine Erbsenschote. Wenn man den Bug gegen die Welle stellt, sodass sie bricht, fahren die auch bei anderthalb Meter hohen noch.«

»Wenn man Geld hat«, sagt Ala-Seppälä.

»Damit kannst du zwischen den Wellen drehen. Das muss man allerdings können, wenn man bei Kreuzsee schlagartig die Richtung wechseln will. Auf der einen Seite anziehen, auf der anderen mit dem Ruder drücken, gleichzeitig und mit voller Kraft.«

»Das sind teure Boote, weil sie von Hand gemacht werden.«

»Na klar«, sagt Niemi.

»Ist schon beschissen. Guck dir nur mal den Virolainen an, geiert aufs Ministergehalt und den steuerfreien Ministersuff und trinkt angeblich Milch, dabei verkauft er garantiert unter der Hand seinen Gratisschnaps an andere.«

»Ich hätte nix dagegen«, sagt Niemi. Dann sind die Nachrichten zu Ende, und er kann auf der linken Spur weiterfahren.

»Wie kann das eigentlich sein, dass sich die Herrschaften da oben selbst einfach so höhere Gehälter geben und ihren eigenen Leuten Posten in der Staatsbank und in den Ämtern verschaffen? Das geht doch keinem in den Kopf. Was meinst du, Junge?«

So plötzlich kann ich Ala-Seppälä nicht antworten.

Er rotzt aus dem Fenster, aber auf der abschüssigen Stelle bei der Kirche ist das Tempo so hoch, dass die Spucke nicht mit dem Fahrtwind davonfliegt, sondern auf dem Ärmel seines Flanellhemds landet. Er flucht laut und kramt in der Türablage nach Papier, findet aber nur einen alten, zerknitterten Quittungsblock. Er reißt ein paar Seiten heraus, wischt den Ärmel ab und wirft die zerknüllten Quittungen aus dem Fenster.

Niemi sagt nichts, ich auch nicht. Ala-Seppälä hustet sich die Kehle frei, aber diesmal dreht er sich sorgfältig um, hält den Kopf aus dem Fenster und rotzt nach hinten.

Im *Morgenspiegel* wird über eine Doktorarbeit berichtet, der zufolge die mittlere Generation der Sozialdemokraten keinen Sozialismus will, die junge und die alte aber schon. Ala-Seppälä geht nun dazu über, auf die Regierung von Paasio zu schimpfen, und Niemi gibt ihm recht, auch über das Urlaubsgeld sind sie der gleichen Meinung, dass früher niemand dafür bezahlt wurde, dass er sich dazu bequemt, in den Sommerurlaub zu fahren.

»Und die Steuern werden immer höher«, sagt Ala-Seppälä und hält den Kopf aus dem Fenster.

Dann fangen sie an, über Lampinen zu reden. Ich sitze in der Mitte und tue so, als würde ich nicht zuhören, aber ich höre zu.

Ala-Seppälä gefällt es überhaupt nicht, dass Lampinen immer alles überwachen muss und extra aus der Halle kommt, wenn eine Fahrt zu einem Auftrag ansteht. Niemi stimmt zu, und als Ala-Seppälä eine Hustenpause einlegt, sagt Niemi, dass Lampinen kommt, weil er den Atem riechen will.

»Glaubst du wirklich? Tatsächlich? Dass er spioniert, anstatt zu fragen? Verdammt!«

»Hätte er sich lieber mal um den Arsch seiner Alten gekümmert«, sagt Niemi.

»Genau«, sagt Ala-Seppälä darauf, aber dann nichts mehr zu dem Thema. Das Gespräch kreist weiter um Lampinens Atemschnuppern und um die Frage, wie gemein es ist, wenn einer das macht.

In der Kurve bei der Windmühle geht es plötzlich so steil bergauf, dass Niemi bis in den Ersten herunterschalten muss, und da fangen sie an, darüber zu diskutieren, wie man Kurven und Steigungen zu fahren hat, Ala-Seppäläs Meinung nach mit hoher Anfangsgeschwindigkeit und im großen Gang.

»Tauschen wir die Plätze?«, fragt Niemi.

»Nein, ich sag bloß. Also, wie man fährt, wenn man gut fährt«, sagt Ala-Seppälä.

Im Radio kommt *Die Telefonleitung glüht*. Das passt, weil man an den Telefonmasten die Fünfzigmeterabstände messen kann. Hätte man eine Stoppuhr, könnte man die Zeit nehmen und dann teilen und bekäme die Geschwindigkeit heraus.

Im Sonnenschein hat das Grün von Birken, Erlen und Espen noch die Frühsommerfarbe, aber die Nadeln von Kiefern und Fichten sind wie immer dunkelgrün. Darum sehen die Lärchen, die nach dem Zigeunerhaus kommen, seltsam aus, gelblich und kränklich, obwohl sie dicht an dicht stehen, ein ganzer gepflanzter Wald. Wäre es immer Winter, gäbe es keine Lärchen, keine Birken, überhaupt keine Laubbäume, es gäbe so gut wie nichts. Ich vertiefe mich in meine Gedanken, weil gerade nichts Besonderes zum Zuhören geboten wird.

Wir fahren bis zur Kirche von Tyrväntö, dort sollte der direkte Weg nach Puisniemi abgehen. Ala-Seppälä hat die Wegbeschreibung auf einem Zettel stehen, den er jetzt zu entziffern versucht. Die Straße wird zum Feldweg und der Feldweg zum Fußweg, auf den der Transit von der Breite her eigentlich nicht passt, die Spiegel und die Kotflügel streifen die Büsche, dass es am Blech und an den Spiegeln kratzt und scharrt.

Niemi fragt, ob die Beschreibung auch wirklich stimmt, und Ala-Seppälä sagt zum wiederholten Mal, natürlich stimmt sie, er hat sie selbst am Telefon aufgeschrieben und kann sie darum auch am besten lesen und verstehen. Ich schaue auf den Zettel. Es sind Geraden und abbiegende Pfeile darauf und so viel Text, dass es auf der Rückseite weitergeht.

Dann wird der Weg noch schmaler, und man kommt mit dem Auto nicht mehr weiter. Niemi hält unmittelbar vor ein paar Erlen an, die sich über den Weg biegen, und Ala-Seppälä verflucht den Auftraggeber, der nicht einmal erklären konnte, wo seine eigene Villa steht.

»Vielleicht haben wir eine Abbiegung übersehen«, fängt Niemi an, kommt aber nicht weiter.

»Fahr zurück!«

»Oder wir sind gleich am Anfang vorbeigefahren.«

»Fahr zurück, verdammt! Leg den Rückwärtsgang ein! Hast du eine Handlähmung oder was ist los? Soll ich fahren?«

Niemi schaut rechts und links in die Spiegel und fährt ganz langsam auf dem kurvenreichen Weg zurück. Wieder schaben und peitschen dieselben Büsche und Weidenruten am Blech entlang, und so herum bleiben sie noch schlimmer an den Spiegeln hängen. Das Schrammen hört sich an, als könnten Kratzspuren zurückbleiben.

Plötzlich befiehlt Ala-Seppälä, anzuhalten. An der Stelle ist das Weidengeflecht dünner, und gleich dahinter liegt eine Brache. Ala-Seppälä befiehlt mir, auszusteigen und zu trampeln.

Ich verstehe nichts, steige aber aus, weil er die Tür öffnet, sich zur Seite dreht und die Beine einzieht.

»Und jetzt trampeln und von mir aus auch springen.«

Ich stelle keine Fragen, sondern stampfe mit den Füßen auf dem Weg auf, und als Ala-Seppälä mich hinter die Weiden kommandiert, damit ich dort rumtrample, mache ich es genau so, wie es mir aufgetragen wird.

Dann steigt er selbst aus, schickt mich aber ins Auto zurück. Ich steige ein und sehe Niemi an, aber der schüttelt nur den Kopf. Vorsichtig biegt Ala-Seppälä ein paar Weiden zur Seite und tastet sich stapfend auf die Lichtung vor. Dann fängt er mit dem Rücken zu uns an zu pissen. Es dauert lange, Niemi pfeift mit, als Tapio Rautavaara im Radio vom Strohhut seines Großvaters singt.

»Erleichtert wie ein Feuerwehrpferd«, sagt Ala-Seppälä, als er zurückkommt.

»Hatte das nicht Durst gehabt?«, fragt Niemi.

»Zuerst hat es Durst gehabt, dann hat es pissen müssen.«

»Gut, dass es so und nicht andersrum war«, sagt Niemi und fährt im dichten Dschungel weiter rückwärts, und nach zwei geraden Abschnitten und zwei Kurven wird der Fußweg zum Feldweg. Bei der ersten Gelegenheit wendet Niemi und kann anschließend mit der Schnauze in Fahrtrichtung wieder schneller weiterfahren.

»Fahren wir bis zur Kirche zurück und von dort aus Punkt für Punkt die ganze Strecke noch einmal?«, fragt Niemi. Es fällt Ala-Seppälä schwer, zuzustimmen, aber er murrt kein bisschen.

»Wir haben's ja nicht eilig. Bloß ein Satz Regenrinnen und den ganzen Tag Zeit«, sagt Niemi.

»Ich hab aber versprochen, dass wir vor neun da sind.«

»Wenn es alte Jungfern sind, dann wissen sie, dass es sich zu warten lohnt, wenn was Gutes kommt«, sagt Niemi und stimmt

Ala-Seppälä damit ein bisschen milder. Sie fangen nun an über die Frage zu diskutieren, was es heißt, wenn man sagt, man hat die Frau seines Lebens gefunden. Es kommt nichts Eindeutiges dabei heraus, aber Niemi ist mehr für das Finden. Also, dass es möglich wäre, dass es einmal möglich gewesen wäre, aber dann nicht mehr.

An der Stelle wendet sich das Gespräch für kurze Zeit Lampinen und seiner Frau zu, aber Niemi und Ala-Seppälä reden auf eine Art miteinander, dass ich es nicht ganz verstehe und von meinem Platz in der Mitte aus auch nicht nachfragen kann. Immerhin erkenne ich so viel, dass jetzt von früher die Rede ist.

Ich versuche mich zu erinnern, wann uns die Lampinens zuletzt gemeinsam besucht haben. Bevor der Boden in der Sauna und im Vorraum gegossen wurde, irgendwann letzten Sommer, aber danach habe ich sie immer nur einzeln gesehen. Lampinen ist öfter vorbeigekommen, wenn er in der Stadt etwas zu erledigen oder einen Auftrag hatte, aber auch Seija ist im Herbst und Winter allein bei uns gewesen. Niemand hat mit mir über Lampinens Angelegenheiten geredet, darum habe ich die Trennung nicht bemerkt, weil man anderes zu tun hat und einem nichts auffällt. Der Mensch ist in sich drin, der größte Teil von allem steckt unter der Haut und im Schädel. Wäre es anders, wäre es nicht so, wie es jetzt ist.

Während die beiden von rechts und links über mich hinwegreden und vor mir das Radio läuft, kann ich nachdenken, ich kann weit in meine Gedanken hineingehen, obwohl ich hier sitze. Man muss sich selbst nicht aufgeben, egal, was kommt. Ich bin ich, kommt mir zwischen den beiden in den Sinn, ganz deutlich, wie ein mit der Schere ausgeschnittener Satz. Warum gehen mir in letzter Zeit solche kurzen Sätze durch den Kopf? Das habe ich mich schon im Winter gefragt. Plötzlich kommen sie, kurz, und brechen mittendrin ab, unvollständig und fertig zugleich. Die meisten sind solche, nach denen man sich stark fühlt, aber die restlichen sind unangenehm, fast wie böse Omen oder dunkle Vorahnungen, sodass ich manchmal im Schwimmbad Angst vorm Tiefen habe, wo man nicht mehr an den Boden kommt.

Weil Ala-Seppälä und Niemi auf dem ganzen restlichen Weg über die alten Jungfern reden, habe ich eine bestimmte Vorstellung, wie sie sind und aussehen, aber so sind sie dann überhaupt nicht. Beide sind jünger als meine Mutter und klein und zart wie die Niskanen.

Sie wünschen uns allen mit Händedruck einen guten Morgen. Beide haben den gleichen Nachnamen, af Boijer oder so ähnlich, vielleicht verstehe ich es nicht richtig.

Die Sommervilla steht auf der Anhöhe der Landspitze, bis dahin reicht der Fahrweg nicht, aber an einer ebenen Stelle ist ein Wendeplatz angelegt worden. Ringsum und zum Haus hin steht lichter, steiniger Kiefernwald.

»Da gibt's doch keine Schlangen?«, fragt Ala-Seppälä die Frauen. Als sie verneinen, geht er etwas abseits hinter einer Kuppe in den Wald, passt aber genau auf, wo er hintritt, und macht keine schnellen Schritte.

»Unser Chef mag keine Schlangen. Wäre gut, wenn es hier keine gibt. Sonst könnte es sein, dass wir umkehren und die Regenrinnen nicht gemacht werden«, sagt Niemi zu den Frauen.

Sie erklären, dass ganz selten mal eine da gewesen ist. Beide haben sich umgedreht und schauen in Richtung Ufer, weil Ala-Seppälä offensichtlich seine Notdurft verrichtet. Er steht mit leicht gespreizten Beinen da, ist aber nicht einmal weit weggegangen.

»Falls wieder die Sprache darauf kommt, ist es besser, wenn man hier noch nie welche gesehen hat«, sagt Niemi.

Ala-Seppälä steigt die Kuppe herunter und schaut auch dabei ständig vor seine Füße.

»Solch graues Geröll ist das reinste Kreuzottergebiet.«

Die Frauen beteuern, hier noch nie eine Kreuzotter gesehen zu haben.

»Nicht mal eine Ringelnatter. Und auch keine Blindschleiche«, sagt die eine.

»Was ist das?« Ala-Seppälä bleibt auf der Stelle stehen und deutet mit dem Finger auf den Boden. Ich gehe hin, weil ich am nächsten dran bin, aber vorsichtig.

»Da, da, ein bisschen weiter links.«

»Ach, das? Das ist ein Stück Rinde«, sage ich.

»Sieht nach einer Schlangenhaut aus. Stoß es mal an. Dreh es rum, dann sieht man den Bauch.«

»Das ist ein Stück Kiefernrinde«, sage ich noch einmal.

»Schlangen wechseln die Haut. Dann schlagen sie besonders schnell zu, wenn sie nur aus Schleim bestehen, haben sie die Zähne voller Gift.«

»Wir haben hier nie welche gesehen«, beteuern die Frauen. Ala-Seppälä sieht selbst nach und kickt das Stück Rinde mit dem Fuß weg. Dann kommt er zurück und bleibt mitten auf dem Weg stehen.

Inzwischen unterhält sich Niemi mit den Frauen, er lobt das Haus, das man durch die Kiefern hindurch sieht, und den See, den neuen, begradigten Wendeplatz und den rötlich geschotterten Weg.

»Wir konnten eine Fuhre vom Friedhof kaufen«, sagt eine der af-Boijer-Frauen.

»Jetzt ist Schluss mit dem Gerede, jetzt fängt die Arbeit an«, sagt Ala-Seppälä und reißt scheppernd die Hecktüren vom Transit auf. Er schätzt ab, wie weit man die Sachen bis zum Haus tragen muss, und befiehlt mir, die Werkzeugkästen hinzubringen und dann zurückzukommen, um beim Heben der Presse zu

helfen. Ich reiße mich zusammen und trage die schweren Kästen zum Haus, obwohl die Griffe die Finger platt drücken, aber
ich gebe nicht nach und setze nicht ab, bevor ich die Hauswand
erreiche. Mit dem Rücken zu den anderen puste ich mir außer
Atem auf die Handflächen und massiere die Finger.

»Ärgerlich, dass wir kein längeres Verlängerungskabel mit-
haben. So müssen wir die Maschine näher ans Haus tragen«,
sagt Ala-Seppälä und nimmt seine Arbeitshandschuhe aus dem
Seitenfach des Autos. Niemi hat keine, und ich nehme auch
keine.

Wir packen die Rinnenpresse an den Griffen und bekommen
sie mit Mühe aus dem Wagen. Ala-Seppälä gerät schon bei dieser Anstrengung außer Atem. Niemi sagt, er trägt allein hinten, wir sollen am Vordergeweih anfassen. Man sinkt im Schotter ein, es schaukelt von Anfang an, und ich versuche, sicher
aufzutreten, damit ich nicht hinfalle und unter die Presse gerate.

Als wir sie zehn Meter weit geschleppt haben, kommt eine
von den Frauen und fragt, ob das eine Maschine ist, die Strom
braucht.

»Natürlich, eine Maschine ist eine Maschine«, sagt Ala-
Seppälä.

»Wir haben keinen Strom.«

Man sieht Ala-Seppälä und Niemi an, dass sie am liebsten
fluchen und Scheiße! und Verdammt! schreien würden, aber
sie tun es nicht, sondern Niemi fragt nur, ob es wenigstens ein
Aggregat gibt.

»Was ist das?«

»Das ist so ein schwarzer Apparat, der Strom erzeugt.«

Die Frauen sagen, dass sie von so etwas noch nie gehört haben. Sie überlegen untereinander, dass so etwas gut wäre, dann
bräuchten sie nicht eine Tasche voller Batterien fürs Radio von
Helsinki hierherzuschleppen.

»Warum haben Sie das mit dem Strom nicht gesagt?«, fragt Ala-Seppälä.

»Der Mann hat nicht danach gefragt.«

»Der Mann war ich«, sagt Ala-Seppälä und befiehlt uns, die Griffe zu packen.

Wir tragen die Presse zurück und wuchten sie ins Auto, dabei liegt fast das ganze Gewicht auf Niemi, aber er drückt mit aller Kraft, sodass man die Ader auf seiner Stirn sieht.

Als die Frauen fragen, was wir jetzt machen, sagt Ala-Seppälä, dass wir Strom holen und die Rinnen pressen und dann fertig herbringen müssen.

»Wie können Sie nur so schnell einen Ersatzplan haben?«, wundern sich die Frauen.

»Weil wir ein paar Jahre Erfahrung haben«, antwortet Ala-Seppälä und setzt sich ans Steuer. Ich gehe in die Mitte, und Niemi kommt neben mich.

Ala-Seppälä will rückwärts drehen, fährt aber so hitzig los, dass die Antriebsräder im weichen Schotter durchdrehen.

»Scheiße!«, sagt er und tritt aufs Gas, dass der Schotter spritzt, aber die Hinterräder graben sich nur noch tiefer ein.

»Ganz ruhig. Handbremse anziehen und langsam kommen lassen«, rät Niemi.

»Verdammte, dreckige Scheiße aber auch!«

Die Fenster sind zu, sodass die af-Boijer-Frauen vielleicht nichts hören. Ich versuche, sie in den Seitenspiegeln zu sehen. Das Auto bewegt sich nicht vor und nicht zurück. Niemi öffnet seine Tür und geht nach hinten.

»Wenn wir vom Vorderhaken das Seil um eine Kiefer ziehen und dann schieben«, schlägt er vor und nimmt das dicke Abschleppseil aus dem Laderaum.

»Schlechte Reifen, und die Kupplung rutscht. Und der Boden ist nicht gestampft. Da kann man ja nur einsinken«, sagt Ala-Seppälä zu den Frauen.

Niemi bindet das Seil an eine Kiefer, strafft es und befestigt es am Abschlepphaken. Dann schaufelt er den Schotter vor den Rädern weg, setzt sich ans Steuer, lässt die Tür offen und ruft uns zu, sobald wir schieben sollen.

So kommt das Auto heraus, und Ala-Seppälä bindet das Seil los. Niemi dreht den Transit in die richtige Richtung, und wir brechen auf. Die Frauen versprechen, Kaffee zu kochen, wenn die Regenrinnen angebracht sind.

Zunächst wird nicht viel geredet. Ala-Seppälä fordert uns auf, nach den ersten Strommasten Ausschau zu halten.

Es dauert lange, bis welche kommen. Die Wege führen alle zu Ferienhäusern, und die haben keinen Strom. Erst auf der größeren Straße stehen Masten.

Wir halten nicht am ersten Haus, weil dessen Zufahrt unbenutzt aussieht. Beim zweiten halten wir an. Ala-Seppälä befiehlt mir, anzuklopfen und zu fragen, ob wir uns Strom borgen können.

Vor dem Eingang ist der Rasen schön kurz geschnitten, und die Blumen sind in gebogenen Beeten gepflanzt. Ich gehe die Treppe hinauf und läute an der Tür. Jede einzelne Ecke sieht sauber und frisch gestrichen aus. An der Decke der Veranda hängt ein klirrendes Windspiel. Ich drehe die Klingel hin und her, aber niemand macht auf.

Ala-Seppälä und Niemi haben bereits die Verriegelung der Presse gelöst, damit sie sich sofort ans Rinnenpressen machen können, wenn es Strom gibt und sich ein Verlängerungskabel findet. Ich rufe ihnen zu, dass anscheinend niemand zu Hause ist.

»Siehst du irgendwo eine Steckdose an der Wand? Wenn ja, fahren wir da ran, leihen uns den Strom und schreiben einen Zettel«, sagt Ala-Seppälä. Ich sehe mir alle entsprechenden Stellen an, aber ich fühle mich besser, als ich keine finde. Ich gehe ums ganze Haus herum, rüttle auch an der Tür zum Nebengebäude, doch es ist niemand da, und es sind auch keine Türen unabgeschlossen geblieben.

»Es gibt keine«, sage ich, als ich zurückkomme.

»Wir werden hier nicht warten.« Ala-Seppälä gibt uns die Anweisung, schnell die Pressmaschine zu verriegeln, und setzt sich schon ans Steuer. Sobald wir einsteigen, fährt er rückwärts vom Grundstück, lenkt aber mitten auf dem Hügel zur Seite und sagt, er dreht hier, damit er keinen steifen Nacken kriegt.

Er stößt keine zwei Meter zurück, da ruft Niemi »Stopp!«.

»Da ist ein Graben«, sagt Niemi, macht die Tür auf und versucht etwas zu sehen.

»Da ist nichts«, erwidert Ala-Seppälä, zieht aber vorsichtshalber die Handbremse an. Niemi steigt aus, um nachzusehen.

»Zehn Zentimeter und dann ein Graben von einem Meter. Jetzt schön vorsichtig. Ich gebe dir Zeichen.«

Ala-Seppälä schaut nicht auf Niemis Winken, sondern sagt zu mir, er bekommt auch ohne Anweisungen ein Auto aus dem Graben, und er schafft es auch, aber dann fährt er noch schneller zum Haus zurück und biegt direkt vor den Blumenbeeten auf den Rasen ab und fährt darauf einen scharfen Kreis, sodass die Antriebsräder rutschen und durchdrehen. So bringt er die Kühlerhaube in die richtige Richtung, aber mitten auf dem schönen grünen Rasen bleibt ein tief in die Erde gefräster schwarzer Ring zurück.

Ich schaue im Seitenspiegel auf die Hinterlassenschaft, sage aber nichts. Ala-Seppälä fährt wortlos bis zur Kirche.

Auf dem Hof des Genossenschaftsladens hält er und zündet sich eine Boston an.

»Ich habe beschlossen, dass hier mehr Platz ist«, sagt er. Niemi stimmt zu. Hier gibt es Platz und mit Sicherheit auch Strom.

Ich muss um ein Kabel und Strom bitten. Im Laden sind der Kaufmann und ein Mädchen als Sommeraushilfe, das jünger ist als ich. Ich sage dem Kaufmann, worum es geht, und es scheint nichts Außergewöhnliches zu sein.

»Leg den Männern mal ein Kabel, Eeva«, sagt der Kaufmann und macht mit dem Fleischschneiden weiter. An der Glastür hängt Reklame für Sommer-Saludo und Schweine-Rinder-Hackfleisch. Beides kostet 6,95, aber der Saludo-Kaffee ist ein Pfund und das Hackfleisch ein Kilo.

»Reicht Lichtstrom oder braucht ihr Kraftstrom?«, fragt mich das Sommermädchen. Ich kann darauf nicht antworten und geniere mich und sage nichts, sondern deute mit dem Finger auf den Lieferwagen. Das Mädchen fragt Ala-Seppälä, bevor es die Tür zum Lager öffnet und auf der Schulter ein schwarzes Kabelbündel herausträgt.

Sie sieht von der Treppe aus zu, wie Niemi die Pressmaschine bereit macht und Ala-Seppälä die Blechrolle hinter der Maschine in Position bringt. Mir trägt man auf, die fertige Rinne entgegenzunehmen.

Dann fällt Ala-Seppälä ein, dass wir nicht daran gedacht haben, die Maße zu nehmen. Niemi schaut mich an, sagt aber kein Wort. Ala-Seppälä schimpft auf die Auftraggeber und befiehlt Niemi, nach Puisniemi zu fahren, und zwar so schnell, wie es der Transit hergibt. Presse und Blechrolle werden auf den Boden gestellt, und Ala-Seppälä erklärt dem Kaufmann und dem Sommermädchen, dass er die Geräte anschließen muss, während sein Helfer noch ein wichtiges Maß überprüft.

Kundschaft kommt keine in den Laden. Das Mädchen steht auf der Treppe herum, und der Kaufmann kommt immer zwischendurch zum Rauchen heraus. Er fragt, wo die Rinnen hinkommen, und die Fräuleins af Boijer kennt er gut, sagt er.

Es ist schon halb elf, und allmählich bekomme ich Hunger. Ich kaufe mir hundert Gramm Teewurst und ein möglichst kleines Roggenbrot.

»Willst du das trocken essen?«, fragt das Sommermädchen,

und ihre Frage macht mich so verlegen, dass ich um eine Flasche Palma bitte.

Als ich gerade auf der Treppe Stücke vom Brot abbreche, fährt Niemi vor. Ala-Seppälä gibt mir mit dem Zeigefinger zu verstehen, dass ich kommen soll.

»Der Kerl isst, obwohl die Maloche stockt«, sagt er. Ich mümmle das Brot, so weit ich es schon abgebrochen habe, und entsprechend viele Scheiben Wurst, aber zum Glück habe ich den Flaschendeckel noch nicht abgerissen.

Es sollen zwei Rinnen à neuneinhalb Meter gemacht werden, und sie dürfen sich nicht zu sehr biegen. Darum muss ich mit dem Ende immer weiter rückwärtsgehen. Niemi hält nach der Hälfte fest und stützt das andere Ende. Ala-Seppälä hat das Maßband angelegt und schaut, wann man die Presse stoppen und das Blech abschneiden kann.

Als beide Neuneinhalbmeterstücke fertig auf dem Boden liegen, sagt Ala-Seppälä zu Niemi, ärgerlich, dass wir nicht mit dem Lkw gefahren sind, weil es nicht leicht sein wird, solche langen, biegsamen Rinnen mit dem Transit zu transportieren. Darüber denken sie nach, und nachdem sie einen Plan gemacht haben, werden die Rinnen am rechten Außenspiegel und am Griff der Hecktür festgebunden. Schnell kann man damit nicht fahren, und es müssen weitere Schnüre durch das Fenster und den Griff der Schiebetür gezogen werden, um die Rinnen an der Karosserie zu halten.

Wir müssen auf der Fahrerseite einsteigen, weil man die andere Tür nicht mehr aufmachen kann. Die Rinnen ragen vorne und hinten zwei Meter über das Auto hinaus, was wahrscheinlich nicht ganz legal ist, aber Signalfahnen befestigen wir trotzdem keine.

»Die sind für größere Straßen gedacht«, sagt Ala-Seppälä und befiehlt Niemi, den Wagen zu starten.

Der Kaufmann und das Sommermädchen blicken uns hin-

terher. Das Sommermädchen heißt Eeva und weiß, was Kraftstrom ist. Ich weiß nicht mal das. Ich muss es im Lexikon
nachschlagen. Oder jemanden fragen, bei dem ich mich traue.
Ich denke an alles Mögliche. Durch das offene Seitenfenster
kommt warmer Wind herein. Ala-Seppälä lässt den Arm her-
aushängen und hält die Rinnen zusätzlich fest, damit das Paket
nicht abreißt, wenn wir über die Bodenwellen fahren.

Ich halte die Nase in den Wind, weil man am Wind den Regen vorausriechen kann. Jetzt riecht er nach Strom, das heißt,
dass möglicherweise bald das erste Gewitter dieses Sommers
kommt. Über dem See hängen dickbauchige Wolken. Unter ihnen sieht man vor dem Horizont die Schornsteine von Valkeakoski und oberhalb der senkrechten Schornsteinlinien ein
weiß-graues Dach aus Rauch.

In diesem Teil des Vanaja-Sees darf niemand mehr schwimmen. Als nach den Morgennachrichten über den Umwelt-
schutzkongress in Stockholm gesprochen wurde, haben sie
Valkeakoski mit seiner Papierindustrie als Beispiel genommen
und mit der Stadt Lievestuore mit ihrer Zellulosefabrik verglichen. Das seien zum Tode verurteilte Regionen, von der Macht
des Geldes kaputtgemacht, hat es geheißen.

Ich sitze auf dem Dach der Villa in der Sonne. Die Arbeit
an den Regenrinnen ist für kurze Zeit unterbrochen, weil Ala-
Seppälä die falschen Verbinder eingepackt hat. Zuerst hat er
deswegen Niemi beschimpft, aber dann ist ihm eingefallen,
dass Niemi ihn daran erinnert hat. Darum ist er selbst losgefahren, um die richtigen Rinnenwinkel zu holen, hat den af-
Boijer-Frauen jedoch erklärt, er müsse das übernehmen, damit
auch wirklich die richtigen Teile geholt werden.

An dem Punkt hat er angefangen, ihnen ein neues Dach anzudrehen, und versprochen, Prospekte aus der Firma mitzubringen, wenn er schon mal hinfährt. So hat er es gesagt, obwohl immer Reklame im Seitenfach des Transits steckt.

»Ein funktionierendes, gut geplantes und ordentlich installiertes Dachentwässerungssystem ist bei einem Haus das Wichtigste. Oder in Ihrem Fall bei einer vornehmen Villa. Aber dazu gehört immer und unbedingt ein Eins-a-Dach. Ich bringe Ihnen einen Prospekt mit«, hat er gesagt.

Niemi und ich haben die Dachrinnenhalter angebracht, soweit es vorab möglich war, aber dann ist Niemi die Leiter hinuntergestiegen und hat zu mir gesagt, er geht zum Zeitvertreib ein bisschen mit den Frauen reden. Die af Boijers haben lange auf dem Steg gesessen, genauer gesagt hat nur eine gesessen, die Hände um die Knie geschlungen, und die andere hat die Angel in Richtung Felsinseln ausgeworfen.

Neben dem Steg hat man eine kleine Schwimmkabine gebaut. So etwas habe ich bislang nur auf Bildern gesehen. Sie ist wohl dafür da, dass man windgeschützt schwimmen gehen und aus dem Wasser steigen kann. Sie ist schnörkelhaft verziert und mit hellen Farben gestrichen und so außergewöhnlich und vornehm wie das ganze Anwesen.

Vom Dachfirst aus sehe ich die drei unten plaudern. Jetzt wirft die eine auch nicht mehr die Angel aus. Oben zieht die schwarze Dachpappe die ganze Hitze an, sodass ich mein Hemd ausziehe und die Hosen noch weiter hochkremple. Die Gewitterwolke kommt als Schatten über den See, aber auf unserer Seite glitzert das Wasser noch, und die Sturmmöwen und Flussseeschwalben kreischen auf den Felsinseln.

Vorhin hat Ala-Seppälä gesagt, dass die Maloche stockt, als wäre sie wer weiß wie schwer, aber für mich ist sie das nicht, und für Niemi anscheinend auch nicht. An mich gehen jede Stunde zwei Mark und zehn Pfennige. Der größere Teil meines Lohns geht an den Bruder von Lampinen. Die Stunde auf dem

Dach, ohne etwas zu tun, ist wahrscheinlich die Null-Mark-Essenspause, weil die mitten am Tag gemacht werden soll. Ich habe meinen Rucksack geholt und esse das restliche Roggenbrot und die letzten Wurstscheiben. Die Palma ist warm geworden, schäumt hellrot über und läuft auf die Dachpappe, als ich den Verschluss aufreiße.

Ich rechne meinen Tageslohn aus und was ich in einer Woche und drei Tagen verdient habe. Gäbe es pro Stunde genau zwei Mark, wäre es leicht im Kopf zu multiplizieren, aber ich will, dass das Ergebnis stimmt, und muss darum die Haut am Arm zu Hilfe nehmen, indem ich mit einem Nagel die Zahlen einritze. 134 Mark und 40 Pfennige. Das ist schon etwas.

Daheim habe ich nicht gesagt, dass der größte Teil des Lohns für die Autoentschädigung abgeht, und ich habe auch nicht vor, es zu erzählen, denn so ist es ausgemacht, aber ich bin mir fast sicher, dass es meinem Vater irgendwann zu Ohren kommen wird. Ich habe das Gefühl, dass es besser und erwachsener ist, wenn ich es nicht selbst sage, weil ein Mann nicht unnötig redet und weil es Dinge wie das Abbezahlen von Schulden gibt, die Selbstverständlichkeiten sind.

»Selbstverständlich«, werde ich sagen, wenn mein Vater irgendwann erfährt, dass ich den Ausgleich komplett bezahlt habe. »Was soll's, es musste ja schließlich bezahlt werden«, sage ich. Oder ich sage nur, »ah, ich habe ganz vergessen, euch das zu sagen«, und gehe über diese Kleinigkeit hinweg, weil es Wichtigeres im Leben gibt.

Die Haut an der Brust wird heiß, ich muss aufpassen, dass ich mir keinen Sonnenbrand hole. An dieser Stelle und an den Schultern und den Ohren verbrennt man sich immer am schnellsten. Darum drehe ich mich auf dem Dachfirst regelmäßig um und schaue abwechselnd auf den See und auf den Kiefernwald. Niemi scheint den Frauen auf dem Steg Witze zu erzählen, denn zwischendurch lachen alle.

Ich bin schlecht im Reden mit anderen, außer mit solchen, die ich richtig gut kenne, vor allem, wenn viele andere zuhören. Andere sind gut darin und werden immer besser, je mehr Leute sie um sich haben. Niemi scheint mit seinen Geschichten nicht schüchtern zu sein, obwohl die af Boijers auch für ihn Fremde sind und auch noch Sommergäste aus Helsinki und reich, weil sie so ein Haus am See haben.

Es könnte das tollste Haus seit Langem sein, fällt mir ein. Ich fühle mich bis ins Innere hinein gut, weil ich das alles so sehe und weil die Abstände und Abmessungen stimmen. Ich muss nicht da unten sein und mich bemühen, Antworten zu geben, weil die af Boijers ja doch Fragen stellen würden, ob ich fest angestellt bin und wie alt und was mit der Schule ist und alles Mögliche, weil sie höflich sein wollen und weil es eben höflich ist, wenn man redet und fragt; auch Zuhören ist höflich, aber wenn man gar nicht redet und antwortet, ist es das nicht mehr.

Als Ala-Seppälä zurückkommt, sitze ich noch immer auf dem Dach, halb eingeschlafen oder in der Hitze dösend. Ich ziehe mir schnell das Hemd an und steige zur Befehlsausgabe hinunter. Ala-Seppälä und Niemi setzen die Endkappen auf, und ich steige auf die Aluminiumleiter und warte, dass die fertige Rinne angereicht wird.

Der Rest ist bei der Hitze schweißtreibendes Anpassen, bis man das richtige Gefälle gefunden hat und dann die richtigen Schrauben, aber es geht trotzdem schnell, obwohl Niemi oder Ala-Seppälä vergessen hat, zu überprüfen, ob genug Schrauben im Kasten sind. Darum müssen wir die Rinne auf der Waldseite und alle Halterungen für die Fallrohre mit Drei-Zoll-Nägeln festhämmern, die wir zufällig im Auto haben.

»In gesundem Holz halten die eine Zeit lang«, sagt Ala-Seppälä, als Niemi überlegt, wie man die überstehenden Nagelspitzen an den engen Stellen umbiegen kann. Hier und da schlägt Niemi sie mit dem verlängerten Meißel krumm, bis Ala-Seppälä ihm befiehlt, damit aufzuhören.

Als ich die Werkzeugkästen zum Auto trage, fängt es an zu regnen. Ala-Seppälä und Niemi sind inzwischen zum Kaffeetrinken auf die verglaste Veranda gegangen. Auf dem Rückweg renne ich bereits durch strömenden Regen. Der Weg aus rotem Schotter gibt unter den Füßen nach, und über dem See sieht man den ersten Blitz.

»Ohne gute Handwerker kommt man auf dieser Welt nicht zurecht.«

Das ist der erste Satz, den ich höre, als ich die Verandatür erreiche. Ich habe versucht, mir draußen den Schotter und Schmutz von den Schuhsohlen zu streifen, und will drinnen sofort die Schuhe ausziehen. Der Fußboden der Veranda ist aus hellem, lackiertem Holz, aus breiten, gehobelten Brettern. Nur unter dem großen Tisch liegt ein runder dunkelvioletter Teppich.

»Ist nicht nötig«, sagt eine der Frauen zu mir, als ich mich schon bücke, um die Schnürsenkel aufzumachen. Mit einem unauffälligen Blick sehe ich, dass Ala-Seppälä und Niemi mit Schuhen hereingekommen sind, man sieht die Abdrücke von ihren Schritten auf den Bodenbrettern.

Ala-Seppälä hat einen Prospekt von einem maschinengefalzten Blechdach auf den Tisch gelegt. Mit einem Stempel ist der Name Volles Rohr KG samt Telefonnummer hinzugefügt worden.

»Ein neues Blechdach ist immer eine dauerhafte und saubere Lösung. Im Vergleich damit gehört Dachpappe der Vergangenheit an, wenn man das so sagen darf. Keinen Ärger mehr mit Moos und keine morschen Dreikantlatten. Und der Schnee kommt runter wie mit Rizinusöl eingeschmiert«, sagt Ala-Seppälä in seiner langen Anpreisung, die aber ein bisschen stockt, weil er von Natur aus eben doch nicht durch und durch Verkäufer ist.

Die Frau mit der großen Brille holt die Kaffeekanne und fragt, ob sie nachschenken darf.

»Bei uns entscheidet der Chef, ob noch Zeit ist«, sagt Niemi.

»Für eine Boston ist immer Zeit«, antwortet Ala-Seppälä darauf.

»Wenn der Chef das so entscheidet«, sagt Niemi, streckt die Hand mit der Tasse über den Tisch, bedankt sich und lobt den Kaffee.

»Das müsste Marke Präsident sein«, sagt die Frau, die keine Brille trägt.

»Kaffee mit Satz schmeckt einfach besser, da kann man sagen, was man will«, sagt die andere.

»Zu der Dacherneuerung noch mal: Also, wir könnten das zum Stundentarif machen. Beziehungsweise jetzt, wo wir das Objekt gesehen und eingeschätzt haben, können wir auch ein Angebot nach dem Schlüsselfertig-Prinzip abgeben. Auch wenn es in diesem Fall eigentlich gar keine Schlüssel gibt, weil es ja ums Dach geht«, sagt Ala-Seppälä.

Die af-Boijer-Frau, die keine Brille trägt, prustet und fängt an zu husten. Die andere hat allen nachgeschenkt und dreht sich plötzlich um und geht hinein. Niemi fängt an, über die Wellen zu reden, die durch das Gewitter entstanden sind.

Ich drehe mich auf dem Stuhl um, damit ich durch das große Sprossenfenster auf den See blicken kann. Blitze leuchten auf. Das Wasser spiegelt die Wolken dunkelgrau, und an den Felsinseln sieht man weiße Gischt.

Noch nie habe ich so einen Blick aus einem Fenster gehabt. Die Veranda steht auf Balken fast an der Uferlinie, und man hat eine Aussicht von weit über hundertachtzig Grad.

Neben dem Haus ragt eine blütenweiße Fahnenstange auf, die entweder ganz neu oder aber nach dem Winter und Frühjahr geschrubbt worden ist. Der nasse Wimpel hängt herab, aber Windböen bringen ihn zwischendurch zum Flattern wie einen gelb-blau-weißen großen Lappen.

Die mit der Brille merkt, dass ich hinschaue, und erklärt, bei ihnen sei das der Hausdamenwimpel und nicht der Hausherrenwimpel, aber er werde auch gleich als Erstes nach der Ankunft gehisst und vor der Abreise eingeholt. Niemi erkundigt sich bei den Frauen, wie lange sie im Sommer hier sein können, und die ohne Brille sagt, viel zu kurz, nur einen Monat und an den Wochenenden von Mai bis September, wenn es beiden passt und es beide drängt, herzukommen.

Wir können nicht warten, bis der Regen aufhört. Ala-Seppälä trifft schließlich die Entscheidung zum Aufbruch, lässt aber die Dachbroschüre auf dem Tisch liegen.

Hintereinander rennen wir über den weichen Boden. Der Schotter knirscht und spritzt. Wegen des Windes kommt der Regen auch von der Seite.

Am Wendeplatz sagt Ala-Seppälä, dass er trotzdem austreten muss. Niemi und ich steigen schnell ein. Ala-Seppälä steht mit dem Rücken zu uns da und scheint es überhaupt nicht eilig zu haben. Während er pinkelt, schaut er aufmerksam zur Seite und vor sich auf die Erde und blickt zwischendurch sogar hinter sich, weil durch die Windstöße Zweige und Zapfen herunterfallen.

»Wie kann der so lange da im Regen stehen?«, frage ich.

»Vielleicht hat er schon die Beschwerden der erwachsenen Männer«, antwortet Niemi und trommelt mit dem Zeigefinger aufs Lenkrad.

Als wir in die Firma kommen, steht Lampinens Auto vor der Halle. Wir tragen die Kästen und die losen Werkzeuge hinein. Lampinen zeichnet gerade mit Fettkreide Maße auf Bleche an.

»Ah, ihr kommt doch noch. Ich dachte schon, ich muss euch zuerst Urlaubsgeld überweisen«, sagt er.

Ala-Seppälä schildert ihm das Elektrizitätsproblem.

»Ein Auftrag für einen halben Vormittag, und jetzt ist es gleich sechs. Was hat der Unternehmer davon? Einen warmen Händedruck und ein nasses Hemd«, sagt Lampinen.

»Ich kann bleiben und die Maße fertig machen.« Ala-Seppälä verspricht, die Bleche für den nächsten Morgen durchzusehen, damit Lampinen nach Hause fahren kann.

»Obwohl hier die Zeit besser vergeht«, sagt Lampinen, gibt Ala-Seppälä aber trotzdem die Zeichnungen und die rote Fettkreide.

Niemi und ich gehen durch den Hinterausgang zu den Wohnwagen. Lampinen kommt ein Stück mit und sagt zu Niemi, dass in der Regierung lauter Kommunisten und Kinder sitzen.

»Kann schon sein«, sagt Niemi.

»Das kann nicht sein, das ist so. Wenn einer siebenundzwanzig ist, was weiß der schon vom Leben?«

»Wenn ein Pferd siebenundzwanzig ist, ist es reif für den Räucherofen.«

»Aber es ist nur ein Pferd und gehört nicht zu Paasios Kommunistenherde«, sagt Lampinen.

»Unser Direktor ist Politiker. Er sitzt im Gemeinderat und macht dort im Herbst sicher weiter«, sagt Niemi zu mir, als Lampinen noch in Hörweite ist. Lampinen winkt ab, als wäre es ihm egal, aber dann weicht er doch von seinem Weg ab und kommt zurück, um Niemis Behauptung zu korrigieren. Seine Partei hätte ihre Kandidaten noch nicht mal aufgestellt.

»Formsache«, sagt Niemi.

»Kann sein. Und wenn ich das Vertrauen gewinne, werde ich nicht der Erste sein, der als Deserteur davonläuft. Ich habe schon ganz andere Sachen mitgemacht.«

»Du läufst bestimmt nicht davon«, sagt Niemi.

Als Lampinen zu seinem Auto geht, hört man ihn noch etwas über Unternehmer sagen, wir setzen uns für die Unternehmer ein, sagt er wahrscheinlich.

»Unser Lamm steht unter Dampf wie ein Kahn voller Weiber«, sagt Niemi zu mir, als Lampinen es garantiert nicht mehr hört, weil er schon in seinem Mercedes sitzt und den Dieselmotor vorglühen lässt. Ich sage nichts, denn ich wüsste nicht, was, und habe auch keine Lust, noch länger zu reden, sondern will in meinen Wohnwagen. Vom Sitzen und Tragen sind meine Beine ganz heiß und müde, außerdem habe ich wieder Hunger, denn Kaffeegebäck und Kekse halten nicht lange vor.

Rekku liegt auf seinem Bett und liest. Er hat die Arme ausgestreckt, sodass das Buch weit über seinen Augen schwebt. Ich sage Hallo, und er grüßt auch zurück, lässt sich aber keine Sekunde unterbrechen. Ich frage ihn, was er liest, aber er antwortet nicht, sondern fängt stattdessen an, laut zu lesen oder das Gelesene aufzusagen.

»Hätte man mit offenen Augen nach Osten geblickt, wäre man innerhalb weniger Sekunden für den Rest seines Lebens blind geworden. Sogar die Schutzbrille bekam Kratzer und wurde trüb, wenn man sie nur kurz in die Richtung drehte. Wenn man sich bückte und die Augen schützte, konnte man neben der Dolphin für einen kurzen Moment einen Fleck schwarzen Wassers erkennen, das am Gefrieren war, aber auch das stellte man sich wohl mehr vor, als dass man es sah. Das Anemometer auf der Kommandobrücke zeigte als Windstärke ständig mehr als sechzig Meilen pro Stunde an, und der Wind heulte.«

»Das reicht«, sage ich.

»Was ist ein Anemometer?«, fragt Rekku.

»Irgendein Messgerät«, sage ich.

»Genau, das ist irgendein Messgerät.«

»Ein Windmessgerät«, sage ich und mache mir auf dem kleinen Tisch ein paar Butterbrote. Das erste esse ich schnell trocken auf und gehe erst dann hinaus, um mir am Hahn Wasser zu holen. Als ich zurückkomme, liest Rekku noch immer in derselben Position.

»Wie war das Wochenende?«, frage ich. Am Morgen habe ich gesehen, wie er hergebracht worden ist, aber wir haben nicht miteinander geredet. Er stieg aus dem Kombi mit der offenen Ladefläche und hielt in der einen Hand seine kleine Milchkanne und in der anderen eine Henkeltasche.

»Freitagabend, Samstag, Sonntag«, sagt er.

»Ja, aber wie ist es gewesen?«

»Gut ist es gewesen, bei Reijo ist es immer gut.«

»Na dann«, sagte ich, und er liest mit zu weit ausgestreckten Armen weiter.

Wenn man sie lange so hält, staut sich das Blut, und sie schlafen ein. Ich betrachte ihn, während ich esse, gebe ihm aber keine Ratschläge, denn was geht mich das an, es sind schließlich seine Arme, und er wird es schon merken, bevor sie absterben. Ich weiß allerdings nicht, ob sie so wirklich absterben können.

»Du bist mit dem Auto zur Arbeit gebracht worden?«

»Mama hat mich mit dem Heuauto gebracht.«

»Gut. Bis zu euch fährt wohl kein Bus?«

»Da fährt keiner, da geht keiner, und da kommt auch keiner, weil nach der Kirche in unserer Richtung keine Haltestellen mehr sind.«

Er würde gern weiterreden, nachdem er den Anfang gefunden hat, aber ich unterbreche ihn und frage, ob wir rausgehen, Pfeile werfen. Durch das Essen und Sitzen sind die Beine wieder normal, und man kann nicht den ganzen Abend in dem kleinen Wohnwagen sitzen.

»Nein«, antwortet Rekku, hebt sein Buch aber nicht mehr in Leseposition. Nach dem ersten Pfeilabend hat er nicht mehr selbst werfen wollen, sondern nur von der Treppe des Polars aus zugesehen, wie wir anderen Fünferserien geworfen haben, und wenn Niemi oder Sverdloff auf ihn zugekommen sind, hat er sich sofort in den Wohnwagen verzogen.

»Was ist das für ein Buch?«, frage ich. Am Umschlag kann man es nicht erkennen, denn es ist ein Buch aus der Bücherei und in rötlich braune Pappe eingebunden.

»*Eisstation Zebra*.«

»Was für ein Zebra?«

»Das Zebra ist wie ein gestreiftes Pferd in Afrika, nur dicker, aber wie ein Pferd, und es rennt schneller, hat aber keine Ausdauer. Das Kind von Pferd und Zebra ist das Zebroid, aber das Zebroid kriegt nie Kinder«, erklärt er, so wie es seine Art ist, Sachen zu erklären. Ich habe nicht einmal nach dem Zebra gefragt, ich weiß, was ein Zebra ist, aber was ist eine Eisstation, das habe ich gefragt, fange jedoch nicht noch einmal von vorne an.

V or Mittsommer höre ich zufällig, wie Ala-Seppälä und Lampinen über eine Frau reden.

Ich tue so, als würde ich nicht zuhören, mache es aber, weil ich den Pausenraum, der Essecke genannt wird, putze, so wie es zu meinen Aufgaben gehört. Zweimal die Woche muss ich mit Schrubber und nassem Lappen durchwischen.

Lampinen und Ala-Seppälä machen Kaffeepause und rauchen ihre Zigaretten. Ich bin beim Saubermachen noch nicht an dem Punkt angelangt, an dem mit dem Lappen die Krümel und

Kaffeeflecken vom Tisch gewischt werden, und der Aschenbecher aus Blech scheint zu voll zu sein, aber auch das ist nicht mein Fehler, denn ich bin einfach noch nicht dazu gekommen, und an diesem Tag arbeiten viele Männer in der Halle. Es lohnt sich nicht, so kurz vor der Unterbrechung durch die Mittsommer-Feiertage neue Aufträge in Angriff zu nehmen. An den großen Objekten geht es noch eine Woche weiter, bevor auf den Baustellen die Sommerferien anfangen, aber sowohl bei den Rohren als auch beim Blech ist der Juli schon voll mit Einfamilienhäusern.

Ich kenne die Aufgaben aller Männer in der Firma bis ungefähr Anfang August, weil mir Lampinen neben dem Saubermachen dauerhaft aufgetragen hat, seine Papiere in Ordnung zu halten. Eine Sekretärin gibt es nicht, ein Buchhaltungsbüro kümmert sich zwar um die Rechnungen und die Lohnzahlungen, aber trotzdem sammeln sich Briefe und Formulare an.

Lampinen hat bei Kumi-Linja moderne Ablagekästen aus Plastik gekauft. Darin müssen die geöffneten Briefe und Arbeitsanweisungen und Xeroxkopien der Zeichnungen einsortiert werden, aber er selbst kommt beim Sortieren nicht mit, sondern bringt die Ablagen und beschrifteten Fächer durcheinander und überlässt es mir, sie zu leeren und in Ordnung zu bringen. Das ist eine leichte und einfache Arbeit, und sie nimmt nur alle zwei Tage ein, zwei Stunden in Anspruch. Den größten Teil meiner Stunden arbeite ich in der Blechsparte, je nachdem, wer mich als Helfer oder wenigstens zum Tragen oder Halten der Bleche braucht.

Als ich in Hörweite komme, sagt Ala-Seppälä, dass Mirja Ryynänen tanzen geht und dabei den Eindruck macht, als wäre sie frei.

»Das ist eine Kommunistin, eine offene Kommunistin«, sagt Lampinen.

»Du hast doch gefragt. Ob rot oder weiß, geht mich nichts an.«

»Sie ist eine Kommunistin von der Sorte wie dieser Saarinen und Mitglied in irgendeinem städtischen Ausschuss oder zumindest stellvertretendes Mitglied.«

»Weiß ich nicht, aber sie lässt sich in Pekola und in Katuma beim Tanz blicken. In Pekola gibt es einen Abend für Erwachsene, und letzten Samstag war sie dort.«

»Ich interessiere mich nicht für Kommunisten, in unserem Stadtrat sitzen auch welche, aber immerhin noch keine Vennamo-Anhänger, verdammt, das würde gerade noch fehlen, wo man sich schon die Reden dieser Kommunisten anhören muss«, sagt Lampinen.

»Was ist an der Landvolkpartei verkehrt?«

»Nichts, außer Vennamo selbst.«

»Was ist an dem verkehrt?«

»Na, ich weiß nicht, aber er redet mehr, als er Geld verdient.«

»Besser, wenn einer den Mund aufmacht und nicht wie alle anderen bei Kekkonen in der Tasche hockt wie der Frosch im Schlamm.«

Darauf sagt Lampinen nichts mehr. Es würde in Streit ausarten, ich habe ihre Meinungsunterschiede gehört, hintenherum. Ala-Seppälä hat Lampinen als stockschwarzen Bürgerlichen beschimpft und in diesem Zusammenhang seinen eigenen Lohn als zu klein für die Verantwortung, die er trägt, bezeichnet. Das andere Mal hat Lampinen unschön über Ala-Seppälä geredet, aber nicht vor den eigenen Leuten, sondern gegenüber einem Handelsvertreter oder Warenlieferanten. Wenn man putzt oder aufräumt, ist man unsichtbar, und auf mich achten sie sowieso nicht, weil ich nicht fest angestellt bin.

Lampinen bietet ihm eine aus seiner Schachtel an, und Ala-Seppälä greift zu, obwohl die rote North State gar nicht seine Marke ist. Eine Zeit lang rauchen sie schweigend, dann fangen sie an, über die Arbeit zu reden, darüber, was nach Mittsommer in der Dachsparte alles gemacht werden muss.

In den drei Wochen habe ich gelernt, dass man über verschiedene Dinge streiten kann, die Arbeit aber trotzdem erledigt werden muss. Hintenherum kann man reden, weil der andere es nicht hört, aber man sagt ihm nicht alles direkt ins Gesicht.

In den Sommern zuvor, beim Ausholzen und auf den Zuckerrübenäckern, ist mir das nicht aufgefallen, und es hat so etwas auch nicht gegeben. Dafür braucht es mehr Männer, einen größeren Betrieb und alle müssen an einem Ort sein, und zwar so lange, bis sie sich genau kennen und es deshalb zu Reibungen kommt, aber man muss einfach dableiben und weitermachen, weil es anders nicht geht.

Ich habe allerdings nicht vor, mich am Hintenherumreden zu beteiligen, auch nicht beim Herziehen über Lampinen, weil es an ihm weniger auszusetzen gibt als an vielen anderen. Es ist besser, wenn man fast gar nicht redet. Man kann zustimmen oder fast zustimmen und »Joo« sagen, wenn man nichts Bestimmtes meint. Wenn man ein bisschen zustimmt, reicht das, um fast der gleichen Meinung zu sein. So habe ich es vorher schon gelernt und in den drei Wochen hier erst recht. Obwohl es jedes Mal unangenehm ist, wenn man so etwas an sich feststellt. Aber in der Firma ist es nicht viel anders als in der Schule, insofern bin ich es gewohnt, zwar dabei zu sein, aber nur ab und zu etwas einzuwerfen, und das möglichst wenig.

Als Ala-Seppälä geht, um mit der Arbeit weiterzumachen, bleibt Lampinen sitzen und fängt an, mit mir zu reden und zu fragen, wie es meinem Vater und meiner Mutter geht.

»Seit er nicht mehr bei Widing ist, hat er nur einen Infarkt gehabt.«

»Na, gut, wenn er das jetzt hinter sich hat.«

»Ich weiß nicht, niemand weiß das, nicht mal die Ärzte.«

»Sag ihm einen schönen Gruß und frohen Mittsommer. Ich muss irgendwann mal vorbeikommen«, sagt er.

Ich bin nun an dem Punkt meiner Arbeit angelangt, an dem ich die Krümel, die danebengefallene Asche und die Flecken vom Wachstuch wischen müsste, aber weil Lampinen sitzen bleibt, putze ich zuerst den Fußboden unter dem Tisch.

»Hat sich übrigens Seija mal bei euch blicken lassen?«

»Wieso?«

»Ich dachte bloß«, sagt er, bricht ab und geht.

Oma hat immer um Mittsommer Geburtstag. Mittsommer verschiebt sich jedes Jahr ein bisschen, aber Omas Geburtstag bleibt immer gleich, und jetzt fällt er auf einen Freitag und auf den Vorabend von Mittsommer.

Eigentlich möchte ich noch nicht einmal kurz hingehen, damit ich rechtzeitig zur Baracke komme, aber ich habe das Gefühl, dass ich muss. Mein Vater und meine Mutter sprechen das Muss nicht aus, aber es ist in mir drin. Und wenn es in einem drin ist, ist es noch stärker.

Wir gehen zu Fuß, weil mein Vater nach wie vor das Fahrradfahren scheut. Die Strecke beträgt einen Kilometer und achthundertfünfzig Meter, das habe ich, als ich klein war, mithilfe eines Streichholzes auf dem Stadtplan ausgerechnet.

Zu den Geburtstagen kommen immer die Schwestern und der Bruder meiner Mutter mit ihren Familien. Ich habe acht Cousins, bin der Fünftälteste und der Fünftjüngste.

Oma trägt ein dunkelblaues Sonntagskleid, das mit goldenen Vierecken bestickt ist. Ich habe sie schon wieder monatelang nicht gesehen, sie hat abgenommen, oder ihre Nase ist spitzer geworden.

Es ist nicht mehr als fünf, sechs Jahre her, dass sie mich jede

Woche zum Skilaufen nach Ahvenisto mitgenommen hat. Sobald auch nur ein bisschen Schnee lag, holte sie mich mit den Skiern auf der Schulter zu Hause ab und probierte bei uns im Garten aus, ob sie noch griffig waren. Im Sommer hat sie für uns beide einen Fünfkampf veranstaltet, Weitsprung ohne Anlauf, einmal ums Haus und fünfmal ums Haus laufen, Pfeilwurf mit drei Pfeilen und Kugelstoßen mit einem runden, hellen Kieselstein, und im Kugelstoßen war sie besser als ich, aber im Weitsprung und beim Laufen wurde sie Zweite.

Sie holt eine Papiertüte aus der kalten Kammer, so wie sie es immer tut, ich kann mich nicht erinnern, dass sie es einmal nicht getan hätte.

»Nehmt euch was Süßes, Kinder«, sagt sie, obwohl auch der Jüngste von uns schon vierzehn ist.

Die Tüte enthält Fazers Mischung. Als ich an der Reihe bin, versuche ich, einen Eisbären zu erwischen, und finde auch gleich einen. Ich trete zur Seite und öffne das Papier, es ist gerade mal fünf Jahre her, dass Oma ums Haus gerannt ist und versucht hat, mich einzuholen, es aber nicht geschafft hat, weil das Laufen für sie nach der ersten Runde schon Ausdauersport ist und keine Kraft in den Armen verlangt wie das Kugelstoßen. Und auch damals hat sie an ihren Geburtstagen und bei allen anderen Besuchen Bonbons angeboten, als wäre die Tüte aus weißem Papier noch immer dieselbe.

Die Cousins lachen ein bisschen und tauschen Blicke, als sie die Bonbons anbietet, sind aber höflich und suchen sich so sorgfältig eins aus, wie sie es immer getan haben. Der Eisbär schmeckt, wie er immer geschmeckt hat, oder vielleicht ein bisschen süßer, kann sein, dass mehr Zucker drin ist, es ist fast zu viel Zucker drin. Kann ein Mensch in fünf Jahren zu jemandem werden, der er nie gewesen ist, oder machen fünf Jahre mit allen immer das Gleiche, oder haben sie nur Oma älter gemacht, und wir anderen sind stehen geblieben? Oder ist Oma dieselbe geblieben, und wir anderen um sie herum haben uns verändert?

Ich versuche, über den Lauf der Zeit nachzudenken, aber ständig kommt mir in den Sinn, wie Oma gerannt ist und ohne Anlauf Weitsprung gemacht hat, sodass ihre schwarzen oder schwarz gefärbten Haare durcheinandergeflattert sind, und sie hat sich nicht darum gekümmert, sondern energisch versucht, ihr Sprungergebnis zu verbessern, und jetzt ist ihr Haar glatt und kurz und festlich gekämmt.

Am liebsten würde ich sofort weggehen, weil ich einen Kloß im Hals habe. Ich kann nicht mehr mit den anderen reden. Ich stehe abseits, der halbe Eisbär schmilzt in meinem Mund, die andere Hälfte habe ich noch in der Hand. Warum haben die fünf Jahre mit uns beiden so etwas gemacht und uns das, was wir einmal hatten, weggenommen?

Ich kann gleich als Erster nach dem Kaffee gehen. Zu Oma sage ich, dass ich losmuss, weil ich versprochen habe, mich mit ein paar Freunden zu treffen, und sie versteht es sofort, denn wenn man etwas versprochen hat, muss man es auch halten. Sie steht auf, um mich zur Tür zu bringen, obwohl ich sage, das brauche sie nicht, aber sie geht bereits um den Kaffeetisch herum. An der Wand hängen kolorierte und gerahmte Luftaufnahmen, die eine zeigt große Felder und ein kleines Haus, von dem man fast nur das Schindeldach und den Hof erkennt. Die zweite zeigt die Kirche von Hollola und das Dorf um sie herum, soweit es draufgepasst hat, und die dritte die Inseln im Päijänne-See. Dieses Bild ist von am weitesten oben gemacht worden, sodass auch die größten Inseln nur grünlich gefärbte Flecken sind.

Oma winkt mit dem Finger, und da weiß ich, dass ich am

Herd zur kalten Kammer abbiegen muss. Darin gibt es für alles ein eigenes niedriges Regalfach, aber im Sommer stehen dort andere Sachen, weil das, was kalt stehen muss, in der warmen Jahreszeit im Kühlschrank aufbewahrt werden muss und es auch nicht mehr den Eiskeller unter dem Hinterhaus gibt, aus dem man das Eis geholt hat, das dann in der kalten Kammer in Glasschüsseln schmolz.

Oma nimmt noch einmal die Papiertüte aus dem vierten Fach, das auch das Fach für die Plätzchen ist, aber die Plätzchen liegen auf dem verzierten Metalltablett, das jetzt auf dem Tisch steht.

»Nimm was Süßes für deine Freunde mit«, sagt Oma. Ich tue es ihr zuliebe und ohne hinzusehen, meine Hand erwischt drei oder vier Stück, und dann bedanke ich mich und gehe sofort und hoffe, dass mein Vater oder meine Mutter nicht mit Mahnungen in den Flur kommen oder, was noch schlimmer wäre, zwischen allen anderen vom Wohnzimmer aus rufen, denk dran, was du versprochen hast, nicht die ganze Nacht, auch wenn Mittsommer ist, und das, obwohl ich in den letzten Wochen nur noch am Wochenende zu Hause übernachtet habe.

Während ich mir im Flur die Schuhe binde, höre ich alles, was im Wohnzimmer geredet wird. Niemand ruft mir etwas zu. Sie diskutieren schon wieder, so geht das immer, nie war es anders, außer bei Opas Beerdigung, und auch da nur, bis im Gemeindehaus die Beileidskarten vorgelesen worden waren und der Pfarrer seinen Tisch verlassen hatte. Die Politik ist ein ewiger Streitpunkt, und wenn so verschiedene Leute da sind wie der Bruder meiner Mutter und seine Frau und der Mann von der Zwillingsschwester meiner Mutter und dann noch mein Vater, wozu soll das führen als immer wieder zu denselben Diskussionen, auch wenn die anderen von Anfang an versuchen, zu beschwichtigen und zu vermitteln. Seine Verwandten kann man sich nicht aussuchen. Von seinen Freunden kann man sich immerhin einen Teil aussuchen, und das ist schon ziemlich viel und wesentlich besser.

Sobald ich draußen bin und die Tür zudrücke, kommt mir gleich alles offener und weiter vor. Ich gehe schnell los und esse alle drei Laktas und einen Tosca, ich esse sie schnell auf, weil ich sie natürlich niemandem mitbringen kann, aber ich lasse die Papierchen nicht auf die Straße fallen, sondern knülle sie in die Tasche und werfe sie erst vorm Laden in den Mülleimer.

Jukka hat versprochen, zu warten und mich mitzunehmen. Ich ziehe mich zu Hause um und steige auf den Dachboden über Sauna und Schuppen, um die Flasche zu holen, die Niemi für mich gekauft hat, als er sich seine eigene Ladung geholt hat. Ich hatte ihn um eine Flasche Sorbus gebeten, weil mir auf die Schnelle nichts anderes eingefallen war.

Hinter dem zweiten lockeren Brett liegt noch immer die orange Plastiktüte. Jukka hat kein einziges Mal danach gefragt, seitdem er sie hergebracht hat. Ich habe sie nur einmal hervorgeholt und mir den Inhalt genau angesehen. Es hat nicht gestohlen ausgesehen und nicht spektakulärer als ein gewöhnliches altes, tragbares Radio, aus dessen Gehäuse Kabel herauskommen. Jukka hat sich bloß wichtiggemacht und mich verarscht, habe ich gedacht und das Radio und die Batterien wieder in die Tüte und hinter das Brett gesteckt. Aber diese Art von Verarschen ärgert mich nicht einmal, weil ich Jukka kenne. Er hat das auch früher schon getan, und was geht mich das an, wenn er will, kann er sich wichtigmachen und zeigen, dass er in allem, was mit Motoren, Maschinen und Elektrizität zu tun hat, geschickter ist als ich, soll er nur bauen, was er will, und es dann herzeigen und sich, ohne was zu sagen, selbst loben, wenn ihm das Spaß macht.

Ich rufe bei ihm zu Hause an, damit er mich abholt. Seine Schwester meldet sich. Sie sind Zwillinge, aber zufällig um Mitternacht geboren, weshalb sie verschiedene Geburtstage haben. Von solchen Zwillingspaaren gibt es keine zehn Stück im ganzen Land, das habe ich oft von Jukka gehört. Sie haben ihren eigenen Verein, den Zweitägige Zwillinge e. V., und als Jukka und Karina klein waren, sind sie von ihren Eltern zu Vereinstreffen in ganz Finnland mitgenommen worden. Das Einzige, was alle gemeinsam hatten, war diese eine Besonderheit, aber am wichtigsten war damals für die Eltern, dass es ein Unterhaltungsprogramm gab und bis nach Mitternacht gefeiert wurde.

Jukka ist der Ältere von beiden und behandelt seine Schwester, als wäre sie viel jünger, obwohl Karina nur zwanzig Minuten und auf dem Papier auch nur einen Tag später als er zur Welt kam, aber für Jukka ist sie die kleine Schwester, die nichts darf, nicht lange ausbleiben und vor allem nicht dort auftauchen, wo Jukka hingeht.

Karina sagt, sie weiß nicht, ob Jukka noch in der Garage an seinem Motorrad herumschraubt. Ich frage sie, ob sie von der Treppe aus nach ihm rufen könnte.

»Ich bin gerade dabei, mir die Haare zu machen«, sagt sie.

»Nun geh halt«, sage ich in drängendem Ton, und da tut sie es sofort. Durch den schwarzen Hörer höre ich, wie sie die Frisiersachen hinlegt, dann geht die Tür auf, und sie ruft mehrmals nach Jukka. Es klingt so weit weg, als wäre es in einem anderen Haus. Dann hört man wieder Schritte, das Knacken in der Leitung, das erste Atmen.

»Er sagt, er kommt gleich.«

»Danke«, sage ich, und bevor sie auflegen kann, frage ich noch schnell, wo sie am Abend hingehen wird.

»Irgendwohin.«

»Na gut«, sage ich und wünsche keinen schönen Abend und keinen schönen Mittsommer und auch sonst nichts, weil es keinen Zweck hat. Immerhin habe ich sie gefragt, und das ist schon ziemlich viel. Ich höre, wie Karina abwartet, und ich weiß, wie ihr Gesicht auf dem kleinen Bildschirm aussehen würde, wenn wir ein Gucktelefon hätten, so ähnlich wie einen kleinen flachen Fernseher. Sie würde mich direkt ansehen und während sie wartet, dass ich weiterrede oder mit etwas anderem anfange, den Kopf nach rechts und nach links kippen, als würde sie die ganze Zeit ein bisschen Gymnastik machen.

Zur Geschichte der Geburt der Zwillinge, die in der Familie Tapio erzählt wird, gehört auch, dass Jukka zwei Kilo und zweihundert Gramm gewogen hat und Karina zwei Kilo und hundert Gramm. Jukka meint, das sei die Erklärung dafür, dass er fast eins achtzig ist und Karina nicht mal eins sechzig und in jeder Hinsicht klein wie eine Puppe.

Ich habe beide schon vor der höheren Schule gekannt, obwohl sie damals nicht mit mir in einer Klasse waren, sondern eine tiefer, und jetzt ist Karina in der Parallelklasse, wo es mehr Stunden mit Fremdsprachen und viel weniger Mathematik gibt und Physik überhaupt nicht.

Als Jukka als Kind einmal Windpocken hatte und ich mit Karina spielte, rief Jukka aus dem Fenster, das dürft ihr nicht, und Karina rief zurück, dass sie spielen darf, mit wem sie will, und dann kam Jukka im Schlafanzug und barfuß heraus und schlug mir mit der Faust in den Magen. Karina kratzte ihm daraufhin im Gesicht und am Hals die Windpockenpusteln auf, sodass sie selbst krank wurde. Mich hat sie nicht angesteckt, aber ich hielt mich lieber von den beiden fern, weil ich mich schrecklich dafür schämte, vor Karina geheult zu haben. Der Schlag in den Magen tat so weh, dass ich nicht richtig atmen konnte, sondern nach Luft schnappen musste, und dadurch wurde das Heulen nur noch lauter, wie bei einem jaulenden Hundewelpen.

Ich gehe zum Tor, damit Jukka nicht wenden muss. Er kommt mit mindestens siebzig Sachen den Hang herauf und bremst erst im letzten Moment mit Motor und Bremse gleichzeitig, sodass es staubt und sich das Hinterrad in den Boden pflügt.

Wegen der Sachen habe ich einen Rucksack dabei, weil es damit am einfachsten ist und man keine Tüten in den Händen halten oder umständlich am Gepäckträger festbinden muss, sondern die Hände frei hat und sich hinten an der Stange festhalten kann oder bei höherer Geschwindigkeit und in den Kurven an Jukka.

Über den Landrücken und durch die Vorstadt fährt er ruhiger, weil an Mittsommer immer Radarfallen aufgestellt werden. Lange gerade Strecken sind am gefährlichsten, und die Kamera kann zum Beispiel in einem alten weißen Simca stecken, der am Straßenrand parkt.

Bei dem Tempo kann man sich noch unterhalten. Jukka sagt, dass er sicherheitshalber die Frequenzen des Polizeifunks durchgegangen ist, demnach dürften sie auf der Zehn heute nicht blitzen. Seine Haare klatschen mir durch den Fahrtwind ins Gesicht, als ich mich nach vorne beuge, um alles zu verstehen.

»Die Frequenzen im Trio reichen nicht«, rufe ich als Antwort.

Er besitzt außer dem Trio noch einen zweiten Empfänger mit einer größeren Reichweite. Er ist nach Helsinki gefahren und hat es ausprobiert. In der Nähe des Flughafens hört man damit sogar die Anweisungen an die Maschinen.

»Wo geht eigentlich Karkki heute Abend hin?«, wechsle ich abrupt das Thema. Alle nennen sie Karkki, sodass ich es auch tun muss, obwohl ich Karina schöner finde.

»Ich komm bloß drauf, weil ich mit ihr telefoniert habe«, rufe ich als Erklärung hinterher, weil Jukka nicht antwortet. Er antwortet nicht, sondern gibt mehr Gas, sobald die letzte Radarfallenstrecke zu Ende ist und man achtzig fahren darf. Ich muss mich mit beiden Händen festhalten und mich mit in die Kurve legen, als er mit vollem Tempo auf die Schnellstraße fährt, um es vor einem dunkelblauen Volvo auf die Spur zu schaffen.

Weil der Asphalt glatt ist, rollt die Yamaha wie auf Schienen, und das Überholen geht leicht und schnell. Von unten sieht ein Bus wie eine Wand aus. Als ich schräg nach oben schaue, blicken ein paar Fahrgäste durchs Fenster zurück. Sie sitzen drinnen und wir im Wind, bei ihnen ist es eng wie in einem Fischkasten, draußen sind wir frei und haben Straße bis wer weiß wo für uns allein. Ich schaue über Jukkas Schulter auf den Mittelstreifen, der in der Ferne zusammenwächst, rechts und links die Spuren wie zwei Hälften, und vorne zwischen den Bäumen wird die Straße zum Tunnel.

Alles ist offen und weit, und man fühlt sich so stark, dass man auf dieser Straße weiterfahren könnte bis ans Meer und dann mit der Autofähre nach Schweden und ohne Halt durch Schweden und mit der nächsten Fähre nach Dänemark und in zwei Stunden durch Dänemark nach Deutschland und Holland und im selben Tempo die ganze lange Küste hinunter, Frankreich, Spanien, Portugal, in die Einöde der Diktaturen, wo es heiß und trocken ist wie in der Atacamawüste, ringsum blaue Berge, Bartgeier und Kojoten, die sich über Kadaver hermachen.

Jukka fährt so schnell, dass die Rumpfgeschwindigkeit überschritten wird und das Motorrad anfängt zu ruckeln. Sofort bremst er ab auf knapp über hundert.

Dann sehe ich einen Schwarm Krähen auf der Straße von etwas Totem auffliegen, und Jukka beugt sich über den Tank, denn auch bei dem Tempo kann ein Vogel, der gegen die Brille knallt, wie ein Vorschlaghammer wirken. Plötzlich bekomme ich den ganzen Wind ins Gesicht, sodass mir Tränen aus den Augen laufen, und ich ducke mich hinter Jukkas Rücken, aber etwas Hartes trifft mich trotzdem an der Stirn, als würde es hageln.

Mehr vor Schreck als vor Schmerz schreie ich auf. Jukka kann das Tempo drosseln und auf den zehn Zentimeter breiten Randstreifen fahren, damit die Autos, ohne zu bremsen und auszuweichen, vorbeikommen.

»Was ist?«, ruft er zuerst nach vorne, und als er an eine Halte-stelle gerollt ist, dreht er sich um und fasst mir an die Haare.

»Was ist passiert?«, fragt er. Ich sage, dass mir was an den Kopf geflogen ist. Er wischt mir mit dem Handschuh über die Haare und die Stirn und zeigt mir das Blut an den Fingerspitzen. Ich betaste meinen Kopf, fühle aber nichts außer etwas Klebrigem und in dem Klebrigen kleine Knötchen. Es tut nicht mehr weh, es ist, als wäre gar nichts passiert.

Ich steige ab und bücke mich, um in den Spiegel zu schauen. An der Stirn und in den Haaren habe ich etwas Schwarzes und Rotes, das ist Blut, und daran klebt graues Fell. Ich zupfe es mit den Fingern ab und zeige es Jukka: Reste von einem Hasen, Dreck, Blut und Fell, kleine weiße Stücke von irgendwas, Sehnen, Fleisch, Hasenhaut.

Ich erzähle Jukka, dass ich in dem Moment gerade an den Kadaver einer Kuh in der Atacamawüste gedacht hatte, wie sich ein krächzender Geier auf dem gespaltenen Rumpf niederließ, dem ein Rudel Kojoten die Flanke aufriss. Ich setze mich auf die Erde und lehne mich an das Haltestellenschild, weil meine Beine zittern, aber da fange ich auch schon laut an zu lachen. Jukka steht vor mir und sieht mich an, dann nimmt er eine Flasche Wasser aus der Seitentasche des Motorrads und schüttet es mir über Haare und Gesicht. Ich versuche, die Sauerei wegzuwischen, so gut es geht, weil sie schon eine Krähe im Mund gehabt hat und weil es mich ekelt. Sie stammt von etwas Totem und ist trotzdem noch warm.

D ie Baracken heißen Kugel, Hülse und Oberst. Von keiner aus kann man die anderen sehen. Zwischen Kugel und Hülse liegt der breite Schießstand mit den Kiefern an den Rändern und zwischen Hülse und Oberst ein niedriges, dichtes

Fichtengehölz. Im Oberst wollen die Reservisten ihr eigenes Mittsommerfest feiern, und ihr Organisationskomitee übernachtet in der Hülse, aber die Kugel ist für uns reserviert.

Der Vater von Antti Kemiläinen ist Quartiermeister der Reservisten, und über ihn bekommt Antti ab und zu die Kugel zum DXen. Es ist die älteste Baracke und trotz Reparaturen in schlechtem Zustand. Wir sind schon früher dort gewesen, doch nie mitten im Sommer, weil der Empfang in den zu hellen Nächten fast in jede Richtung schlecht ist. Die Frequenzbereiche gehen nicht auf, und man findet keine seltenen Stationen wie im Frühjahr und in den Winternächten.

Als wir vorfahren, zieht Jukka die Yamaha vorne an einem Baumstumpf hoch, sodass ich nach hinten rutsche und mit dem Steißbein gegen die Hinterstange knalle. Antti und Masa und die Ykä Kymäläinens sitzen vor der überdachten Kochstelle und schnitzen Stöcke für die Würstchen.

Ich habe noch so viele Hasenreste im Gesicht, dass sie es merken und danach fragen. Ich erzähle ausführlich, was passiert ist: bei welcher Geschwindigkeit, auf welchem Abschnitt, wie ich saß, wie Jukka sich nach vorne beugte, wie ich mich duckte, dass ich an die Atacamawüste gedacht hatte, dass das ein Vorzeichen und eine Warnung war, und wie das Blut an meine Stirn spritzte wie Schrot, und was für ein Glück, dass es kein größerer Fleischbrocken mit Sehnen war, oder gar eine Krähe mit Flügeln und Krallen.

Beim Erzählen wird alles eins, auch das, was nur Zufall gewesen ist und schnell wieder vorbeigeht.

»Aber nix passiert, der Kopf ist noch dran, gut, dass ich sofort reagiert habe.«

Dann schäme ich mich, weil ich so lange geredet und mich selbst gelobt habe. Ich lasse sie die restlichen Fragen an Jukka richten und gehe allein zum Ufer, um mich zu waschen. Ein Mann soll nicht damit angeben, wie gut er ist und wie er was gekonnt und einen Schlag weggesteckt hat, man soll so etwas anderen gegenüber nicht laut sagen. Neben dem Weg riecht es nach Sumpfporst und in den Senken nach feuchtem Kiessand, Mücken und Wespen sirren und summen. Was habe ich mich so aufgespielt? Es war ja nicht einmal genau so, geht es mir ständig durch den Kopf, so wie fast immer sofort in letzter Zeit, und jedes Mal wiederholen sich die Gedanken dabei ständig, *rewind* und *forward*, wenn ich zu viel Blödsinn geredet habe, und der Kopf geht zigmal durch, wie es besser gewesen wäre oder dass ich lieber den Mund gehalten hätte.

Ich setze mich auf den Stummelsteg und versuche, die Herfahrt und alles, was ich darüber gesagt habe, einzuebnen. Der See hat keine Inseln und schlechte Ufer und ist so dunkelbraun, dass die Wolkenfetzen wie von einem Spiegel reflektiert werden. Am Ufer gegenüber liegt der Tanzboden Sotkalinna. Dort spielen heute Matti und Teppo und Unto Satoranta, und die Suhina-Lempi tritt auf, ich habe es in der Zeitung nachgesehen, denn man kann nie wissen, womöglich kommt man rein und muss dann versuchen zu tanzen.

Das Wasser ist bereits hochsommerwarm. Ich wasche die Atacama-Spuren ab, mache mir das ganze Gesicht und die Haare nass. Dann trockne ich mich ab und bleibe noch ein bisschen sitzen, bevor ich wieder zu den anderen gehe.

Diesmal haben wir nur zwei Radios dabei, Anttis fünfröhriges Salora, mit dem man die Mittelwellen trotzdem erstaunlich gut hört, und für die Langwellen das tolle alte Lafayette von Masa Karttunen. Im Lauf des Nachmittags haben sie zu viert die fünfundzwanzig Meter lange L-Antenne und einen passend ausgerichteten Dipol an den Kiefern aufgehängt.

Diesmal ist das Hören aber eher Nebensache, weil Mittsommer und gutes Wetter ist. Nach dem Winter riecht es in der Kugel nach feuchten Spanplatten, und man möchte auch sonst nicht den ganzen Abend drinnen verbringen.

Masa und Antti haben bereits ihre Nordfors-Flaschen aufgemacht, und die Ykä Kymäläinens haben zusammen eine Flasche Bär dabei. Jukka nimmt die kleinen Ginflaschen aus der Satteltasche seiner Maschine. Er hat sie seinem Cousin abgekauft, der mit dem Kirchenchor per Busreise in Belgien war und zwischen der schmutzigen Wäsche Fläschchen und Rosenkränze geschmuggelt hat.

Die anderen trinken aus Kaffeebechern, aber Jukka direkt aus dem Gordon's-Fläschchen. Er bietet mir auch etwas an. Der warme Gin schmeckt furchtbar, widerlich, nach Wacholderbeeren und Johannisbeerblättern, und ich muss mehrmals schlucken, damit er überhaupt drinbleibt, aber trotzdem wärmt schon der erste Schluck die ganze Kehle und den oberen Teil des Magens. Im Mund bleibt ein schneidender Dunst zurück, und als ich in die hohle Hand puste, riecht sogar die Haut nach Wacholder.

Masa erzählt, er hätte gern einen Rotwein namens Castello del Monte gehabt, aber sein Händler hat gesagt, es werde im Alko nicht gekauderwelscht, jedenfalls nicht ohne Fremdsprachenzuschlag.

»Ich hätte den zur Feier des Tages genommen, weil Radio Monte Carlo geantwortet hat, mit QSL und einem Bild von der Fürstenfamilie«, sagt er.

Die Ykä Kymäläinens trinken ihren Schnaps mit Perry. Der Ältere der beiden erklärt, wenn man diese Mischung aus einem hohen Glas trinken würde, wäre es das offizielle Restaurantgetränk Perry-Bär, zuerst Bär ins Glas, einen Schuss Perry drauf und dazu Eiswürfel. Jukka widerspricht. Zumindest im Uferpavillon hat er keinen Perry-Bär auf der Liste an der Wand gesehen. Er hat seinen Motorradführerschein gefälscht, indem er die letzte Ziffer herausgekratzt und mit der Schreibmaschine eine Vier reingehauen hat. Damit kommt man in vielen Läden durch, aber mit einem Schülerausweis, auf dem man mit Tipp-

Ex rumgemalt hat, bekommt man gerade mal bei Partanen und beim Hanssi-Jukka ein Bier.

Wir teilen die Schichten so ein, dass immer einer hört, falls sich das Wetter überraschend ändern sollte. Die anderen können draußen sitzen. Der Würstchenrauch vertreibt die Mücken, man muss nicht einmal viel wedeln.

Aus Richtung Afrika ist noch am ehesten etwas zu erwarten, aber auch von dort höre ich bei meiner ersten Schicht nicht mehr als mal ein leises Klingeln von den Libyern auf Mittelwelle, zwischen und unter den Europäern. Als ich langsam weiter nach oben gehe, kommt auf dem ansonsten fast leeren 90-Meter-Band immerhin Radio Club de Moçambique durch, und das trage ich ins Logbuch ein, nachdem ich im WRTH noch die genaue Frequenz nachgeschlagen habe: 3210 kHz.

Zwischendurch vergeht mir die Lust am Drehen und an der ganzen Schicht. Draußen hört man Gelächter und das Geräusch vom Rücken der Gartenstühle auf den Steinplatten. Ich stelle am Salora den Finnischen Rundfunk ein und höre die Sendung *Die Fahnen mit dem blauen Kreuz werden gehisst*, während ich beim Lafayette ganz langsam über die Kurzwellen gehe. Zwischen den Meterbändern hört man die Leere, das Piepsen und das Rauschen der Tragwellen, Sendetürme, die Tonsignale geben, und das Geräusch des Weltalls, am meisten aber nur ein ätherisches leises Sausen, weil hier die Sonne noch lange scheint. Nur die allergrößten ausländischen Stationen sind auf breiten Streifen zu hören wie immer, aber auch da scheint jetzt am ehesten etwas von VOA, BBC World Service und Moskau zu kommen. Die hat man auf jedem Band, und sie sagen ihren Namen durch, als wären sie die Einzigen, obwohl alle ständig da sind und übereinanderliegen, sodass auch die leistungsschwächsten Stadtteilsender aus Montevideo oder Rio de Janeiro in der Nacht plötzlich für einen Moment unter den anderen zum Vorschein kommen können, so wie vom Grund einer Quelle manchmal helle Blasen aufsteigen.

Lange höre ich der Deutschen Welle zu, wo immer noch pausenlos über die Rote-Armee-Fraktion gesprochen wird, obwohl die Festnahme von Meinhof und Müller schon über eine Woche zurückliegt. Ich kann so gut wie kein Deutsch, weil ich im ersten Jahr nur zwei Stunden pro Woche habe, aber während ich den Bericht im Radio höre, verstehe ich immer mehr und zwischendurch fast alle fremden Wörter. Die Leerstellen fülle ich mit dem, was ich schon über die RAF, Mao, Rosa Luxemburg und alles, was irgendwie in die Richtung geht, weiß.

Während meiner freien Schicht trinke ich schnell mehr als die Hälfte vom Sorbus, und weil ich dazu was Herzhaftes esse, ekelt es mich nicht einmal. Ich schneide mir ein paar Scheiben Hefebrot ab und röste sie über dem Feuer. Bei der Wurst wird die Haut schwarz, aber mit viel Senf kann man daraus mit den Brotscheiben eine Art Hotdog machen.

Der jüngere Ykä fängt an, über die Armee zu reden, und sagt, er werde versuchen, nach dem Pflichtdienst dort zu bleiben, wenn er nächstes Jahr hinmuss. Er hat sein ganzes Leben schon fertig geplant. Der ältere Ykä ist Schreiner und hat gleich nach der Berufsschule angefangen, Särge zu bauen. Die ersten drei Jahre darf er nur mit Stoff bespannte machen, weil man da die Messfehler und Schrammen nicht sieht.

Alle erzählen etwas. Es ist eine Stunde leichter Betrunkenheit bei mildem Wetter, und man kann sich fast nichts Besseres vorstellen.

Als ich pissen gehe, finde ich ein Stück Fichtenrinde, das sich geringelt hat. Ich nehme es mit und werfe es zwischen die Flaschen und das Essen auf den Gartentisch.

»Wisst ihr, dass eine Schlange so ihre Haut wechselt? So macht sie das, und in der Zeit der Häutung, wenn sie kein festes Leder hat, ist sie am allerschnellsten und gefährlichsten. Dann hat sie das stärkste Gift in den Zähnen und kann einem Menschen in aufrechter Haltung in den Oberschenkelhals beißen, direkt in die Schlagader, sodass das Gift innerhalb von einer Sekunde bis zum Herzen läuft und von dort ins Gehirn und den Atem lähmt. Wir haben in der Firma einen Vorarbeiter, einen gewissen Ala-Seppälä, der ist Chef vom Blech und Vennamo-Anhänger, und der erzählt solche Sachen, weil er Angst vor Schlangen hat, oder eigentlich sogar vor Würmern, weil das ja die noch nicht ausgewachsenen Jungen einer Schlange sein könnten. Ich habe gesehen, wie er letzte Woche vor der Halle ein Stück Fichtenrinde gefunden hat. Er hat sich so erschrocken, dass er direkt in die Halle gerannt ist und ein langes Stahlseil geholt hat und damit aus zwei Metern Abstand auf das Stück Rinde und den Boden rund um die Rinde eingeschlagen hat. Er hat mich zu Hilfe gerufen und mir befohlen, einen spitzen Spaten zu holen und der Kreuzotter damit den Kopf abzuschlagen. Ich hab einen Spaten geholt, warum auch nicht, aber dann hab ich gesagt, das Stück Rinde soll ich also jetzt kaputt machen. Da ist er wütend geworden und hat mich angeschrien, du verdammter Bengel, wir brauchen hier keine Schlauberger, du tust, was ich dir sage, und zwar sofort, mach sie tot, bis sie sich nicht mehr rührt, und auch wenn du jetzt weinst, musst du sie trotzdem totmachen.

Warum nicht, ist ja egal, der Lohn fließt, warum soll ich da nicht töten, hab ich gedacht und angefangen, mit dem Spaten auf das Stück Rinde einzuhacken, dass es nur so gestaubt hat und die Brocken geflogen sind. Ich hab richtig zugestoßen, Ala-Seppälä hat mit seinem Stahlseil mehrere Schritte zurück machen müssen, und von dort aus hat er gerufen, da noch und da, kann sein, dass der Kopf noch lebt, das Teufelsstück ist nicht mehr lebendig und noch nicht tot. Es ist zum Staub der Erde geworden, hab ich gesagt. Soll ich ihm ein Grab ausheben? Aber Ala-Seppälä hat gemeint, Schlangen bekämen kein Grab.«

Ich breche meine Geschichte mittendrin ab, weil ich plötzlich das Gefühl bekomme, schon zu lange geredet zu haben; obwohl die Ykä Kymäläinens und Antti und Jukka zugehört haben, ohne mich zu unterbrechen, habe ich das Gefühl, dass es zu viel war und auch noch dummes Zeug. Ich stehe auf und sage, ich gehe mal nachsehen, ob die Iberer schon durchkommen, obwohl in der Mittsommernacht nicht viel passieren wird, kann sein, dass man ein bisschen San Sebastián hört, oder Radio Intercontinental aus Madrid, aber auf die Art komme ich los und kann hineingehen.

Masa Karttunen sitzt gebückt da, das Gesicht dicht am Licht des Lafayette, und hört mit Kopfhörer oder macht ein Nickerchen. Er bemerkt mich nicht, und ich setze mich auf einen Hocker an der Wand.

Der ganze bisherige Abend und mein Gerede schwirren mir im Kopf herum. Was ich gesagt habe, kommt mir bereits wie dumme, überflüssige Flunkerei vor. Das mit der Rinde war gar nicht so, Ala-Seppälä hat mir nicht befohlen, einen Spaten zu holen. Er drehte einfach ein Stück Fichtenrinde mit einem Stock um, und ich ging zufällig gerade vorbei, und da fragte er mich, ob ich nachsehen könnte, ob etwas Lebendiges darunter ist. Warum kommt einem so etwas in den Sinn, warum geht man hin und erzählt es den anderen und schwindelt dabei? Es ist nicht das erste Mal gewesen. Im Winter hat es angefangen, ich habe gemerkt, wie ich rede und alles Mögliche erzähle, was beinahe wahr ist, aber doch nicht ganz und auch nicht wirklich passiert ist, wer weiß, ob es überhaupt so hätte passieren können, aber irgendwie doch fast und so, als wäre es in meinem Kopf passiert oder als würde es erst passieren, wenn man es erzählt, und man kann nicht aufhören, sondern macht immer weiter und erfindet immer mehr und immer größere Sachen, damit einem die anderen zuhören.

Aber sobald ich es erzählt habe und auch nur einen Moment still bin, kommt es mir so vor, als würde ich immer noch vor den anderen mit Falsettstimme herumschreien. Schließlich bricht die Stimme, so wie vor zwei Sommern, und der Rest kommt nur noch kieksend, und alle lachen, und keiner hört mehr zu, und jetzt habe ich wieder dieses Gefühl wie immer: Ich habe etwas von mir erzählt, und wenn man zu viel erzählt, radiert man das Eigene aus.

Als es 0000 GMT ist und die Schweiz Schluss macht, hört man Radio Veronica ganz sauber bei Stärke fünf und ohne eine einzige Störung, als wäre der Sender in Lahti und nicht auf einem Schiff mitten auf der Nordsee. Wir stellen das Salora mit Verlängerungsschnur auf die Treppe, sodass uns Janis Joplin ins Wort fällt und übertönt.

Masa Karttunen hat schon mehrmals gekotzt, trinkt aber trotzdem weiter. Er hat so eine Taktik, gleich nach dem Kotzen den nächsten Schluck zu nehmen, dann bleibt es schließlich drin und kommt nicht mehr hoch. Als Veronica *Whole Lotta Love* spielt, kotzt Masa Karttunen direkt in seinen Stiefel. Er ist barfuß, und die Gummistiefel, die er umgeschlagen hat, sodass es Boots mit kurzem Schaft sind, stehen vor ihm auf dem Boden. Als der rote Nordfors in einem Schwall herauskommt, kann er nichts mehr machen.

Antti fordert ihn auf, weiter weg zu gehen, damit die Kugel nicht anfängt zu stinken. Jukka befiehlt ihm, sich auf dem Steg zu waschen, aber sicherheitshalber folgen wir ihm, weil er torkelnd vom Weg abkommt und durch den Sumpfporst trampelt, wodurch der noch stärker riecht.

Über dem See hängt niedriger Dunst, und man hört die Tanzmusik vom anderen Ufer so deutlich, dass man sogar den Text verstehen kann. Masa legt sich auf dem Steg auf den Bauch und schaufelt sich mit den Händen Wasser ins Gesicht.

»Ein Mal noch Monte Carlo, verdammt, wo die Sterne über dem Mittelmeer funkeln«, sagt er vor sich hin oder leise zu uns, aber weil weder Jukka noch ich antworten, fängt er an zu weinen. Zwar versucht er, sein Weinen mit Husten und Wasserschöpfen zu vermischen, aber man erkennt es an der Stimme. Man kann nichts tun, nicht mal weggehen, damit er nicht ins Wasser fällt, wenn er versucht, sich umzudrehen und aufzustehen.

Wir sind also seine Aufpasser, und über den See hinweg hört man *Katzengold*. Die Nacht ist ein großer Topf, in dem es hallt und in dem der Strom knistert.

Wir schaffen es, ihn einigermaßen auf dem Weg zurückzuführen, und er setzt sich so auf seinen Wurstbratstuhl, dass der zwar wackelt, aber nicht umkippt. Die Ykä Kymäläinens streiten sich über Familienangelegenheiten. Sie sind Cousins oder Großcousins und haben gemeinsame und andere Cousins und Großcousins und in ganz Südfinnland so viele Tanten und Onkel, die aus Impilahti und Säkkijärvi vertrieben wurden, dass die Geschichten kein Ende nehmen wollen und der eine nicht alles weiß, was der andere weiß, und darum hören sie mit ihrem Gerede auch nicht auf, bis man hinter den Kiefern mehrere Schüsse hört.

Bei so etwas erschrickt man erst mal, bis einem wieder einfällt, wo man ist. Wir gehen sofort los, aber vorsichtig, weil man nicht wissen kann, was einem da in der Nacht begegnet. Die Baumstämme stehen in dem blassen Licht wie Palisaden, viele hintereinander, in dichten, geraden Reihen.

Wir kommen bei der Mitte der Schießbahn auf das gerodete Gelände. Vor den Kabinen und bei den Zielscheiben auf dem

Wall gegenüber stehen Männer. Der jüngere Ykä stoppt uns und flüstert, wir sollen besser still sein und uns hinter den Kiefern verstecken.

Auf dem Zielwall füllen die Männer blaue und weiße Luftballons mit Gas aus einer Metallflasche. Nachdem die Ballons zugeknotet sind, lassen sie sie an Schnüren zwei Meter über ihre Köpfe aufsteigen.

»Russenköpfe«, flüstert uns Antti zu. Die Nacht ist so windstill, dass die Ballons fast auf der Stelle stehen.

»Russenersatz«, sagt er noch, kurz bevor auf dem Wall »Fertig!« gerufen wird und am Schießstand »Achtung! Feuer!«.

Die Gasballons über den Köpfen der Männer fallen in Fetzen auf die Erde. Alle sechs sind getroffen worden, und aus den Kabinen hört man Erfolgsrufe.

Dann werden neue Ballons gefüllt. Die Schnüre sind jetzt kürzer und die Ziele nur noch vielleicht einen Meter über den Köpfen, aber trotzdem steht jeder Mann regungslos auf seinem Platz und schaut in die Richtung, aus der geschossen wird.

Das Zielen dauert länger, auch die Pause zwischen den Rufen. Dann zerplatzen wieder alle Ballons, und vielleicht hört man das Geräusch der Waffen im selben Moment, eine Abfolge von Knallgeräuschen.

Jukka sagt leise zu mir, lass uns hinten um den Schießstand herumgehen. Ich frage, warum.

»Wir steigen am Sotkalinna über den Zaun«, sagt er und macht sich auf den Weg durch den Kiefernwald. Die anderen fragen, was wir vorhaben, aber ich kann nicht mehr sagen, als dass ich Jukka folge, der Rest bleibt da und sieht zu, wie erneut die Ballons gefüllt werden.

Jukka geht zuerst querfeldein und dann einen Pfad entlang, ohne sich um das Rascheln zu scheren. Ich muss laufen, um ihn einzuholen, und versuche abzukürzen. Wir gehen so weit hinter den Kabinen vorbei, dass man uns nicht sieht, aber wir können zwischen den Bäumen hindurch auf die Schießbahn blicken. Die Schnüre an den Ballons sind jetzt noch kürzer, und darum sieht es von Weitem so aus, als wären die Ballons nicht mehr als einen halben Meter über den Köpfen der Männer.

Da muss man einfach stehen bleiben und zuschauen. Vor dem Zielwall sieht man sechs weiße Ballons, sie sind alle weiß, damit man sie besser erkennt.

Der Fertig-Ruf ertönt.

Sie schießen jetzt im Liegen und brauchen lange, um zu zielen. Dann wird nicht gerufen, sondern nur gesagt: »Achtung. Feuer.«

Jeder der sechs weißen Ballons zerplatzt. Auf beiden Seiten wird gegrölt und sich gratuliert. Es sind die Rufe von Betrunkenen, die sich selbst und gegenseitig loben.

Jukka geht sofort weiter und stapft schnell durchs Unterholz, weil man bei dem Geschrei nicht auf das Geräusch seiner Schritte achten muss. Er klettert zur Straße hinauf und ich hinterher, und von dort gehen wir direkt zum Parkplatz der Oberst-Baracke, weil es sonst ein größerer Umweg wäre und man auf der Straße schneller vorankommt als im Wald.

Der Oberst ist die größte Baracke, so groß wie ein Haus, und sie hat ein Vordach, das rundum mit Birkenästen verkleidet ist, sodass es wie eine Laube aussieht. Ich hätte mich nicht getraut, direkt daran vorbeizugehen, aber weil Jukka es tut, muss ich es auch tun.

In der Laube stehen Tische und Bänke und ein niedriges Bretterpodest, das wie eine Tanzfläche aussieht. Drinnen sitzen Leute, die Frauen tragen kurze Sonntagskleider und fast alle Männer weiße Hemden. Zwei Paare sind auf der Tanzfläche, aber sie lehnen sich mehr aneinander, als dass sie tanzen, und es spielt auch keine Musik außer der, die man über den See bis hierher hört. In Blumentöpfen qualmen Mückenspiralen, und Nebel liegt über dem Gelände.

Anttis Mutter tanzt mit einem fremden Mann, und Anttis Vater hängt schlaff auf der Treppe, den Ellenbogen unterm Kopf, und etwas weiter weg liegen auf dem kurz geschnittenen Rasen weitere müde Männer rum. Die finnische Fahne hängt als regloser Lappen am Mast.

Das ist die Mittsommernacht. Das Licht ist noch kein direktes Sonnenlicht, sondern scheint weich und randlos durch den Dunst und den Rauch aus den Johannisfeuern, wie es in den ersten Morgenstunden des Mittsommertages eben ist, und niemand sagt etwas zu uns, obwohl wir über das Gelände und den Rasen gehen und man uns zumindest von der Laube aus sehen müsste, denn dort steht sogar jemand auf, um zu gucken. Jukka biegt zum Saunagebäude ab, das ist der direkte Weg, von dort geht es auf einem Pfad weiter am Ufer entlang.

Auf den Stufen der Saunaterrasse sitzt ein nackter Mann. Er raucht eine Zigarre. Das sieht man zwar nicht, aber der süße Rauch dringt bis zum Pfad herüber, und vor dem Mann steht neben dem Steg eine Frau bis zu den Knien im Wasser, die Beine gespreizt, und wäscht sich. Auch sie sagen nichts zu uns, obwohl sie uns bemerken, und ich versuche, nicht zum Ufer zu schauen, sondern in die andere Richtung, zu den Bäumen und in den Himmel, der mit einem Mal heller geworden ist.

Erst nach der Hälfte der Strecke erzähle ich Jukka, was mir eingefallen ist, nämlich dass es auf dem Gelände ausgesehen hat wie auf einem Schlachtfeld. Die Musik von Sotkalinna ist an dieser Stelle bereits deutlich zu hören. Das Dröhnen der Bässe lässt den Körper vibrieren und erfüllt einen mit dem Gefühl von Kraft, und auf dem restlichen Weg beeilen wir uns noch mehr.

Vor dem Maschendrahtzaun rund um den Tanzboden parken Autos, und Leute stehen zum Rauchen in Grüppchen zusammen. Jukka kürzt zwischen den Autos hindurch ab, doch dann stellen sich uns zwei Männer in den Weg, älter als wir, aber betrunken. Der eine hebt die Hand wie ein Verkehrspolizist und versucht, Jukka aufzuhalten, aber Jukka schlägt ihm sofort und so fest in den Magen, dass der Mann aufstöhnt und zusammensackt. Der andere verzieht sich hinter ein Auto. Wir gehen weiter und blicken uns nur für den Fall um, dass uns etwas hinterhergeworfen wird.

Sobald wir hinter ein paar Büschen in Deckung gehen, fängt Jukka an zu laufen, und ich folge ihm in seiner Spur über den Platz. Wir reden nicht viel, nur ein bisschen über den Solarplexus, das haben wir gelernt, das ist die schmerzhafte Spitze des Magens.

Als wir weit genug in den Wald hineingelaufen sind, sucht Jukka einen Weg zum Zaun. Ich frage ihn, ob wir nicht langsam wieder zu den anderen zurückgehen sollten, vielleicht über einen Umweg, aber Jukka ist mein Vorschlag nicht mal eine Antwort wert.

Auf der Rückseite des Tanzbodens ist der Zaun niedriger als auf der Parkplatzseite. Jukka steigt von einem Stein auf eine Gabelkiefer, von der ein Ast über den Zaun hängt, dann rutscht er ihn im Sitzen wie auf einem Schlitten entlang, lässt sich herabfallen, hält sich mit beiden Händen am Ast fest und springt ab.

»Warte hier oder geh zur Baracke zurück«, sagt er, sonst nichts, wendet sich ab und geht davon.

Ich fühle mich, als würde ich in der Luft hängen. Kurz überlege ich, auf den Stein zu klettern und denselben Weg wie Jukka zu nehmen, aber dann habe ich überhaupt keine Kraft mehr und will es auch gar nicht. Die Musik hört bald auf, die letzten langsamen Stücke werden gespielt. Dazu kann ich sowieso nicht tanzen, und ich würde mich auch nicht trauen, jemanden aufzufordern. Ich stehe vor dem Zaun und versuche, durch die Maschen etwas zu sehen, aber von der Seite aus sieht man nichts, bloß durch die Fensteröffnungen ein paar Bewegungen und schwarze Schatten vor blauen und orangen Lichtern.

Der Rückweg dauert lang, weil ich weit um den Parkplatz herumgehe und nicht mehr am Oberst vorbei, sondern durch den Wald und erst dann gerade auf die offene Schießbahn zu. Die Sonne ist bereits aufgegangen, und in diesem Seitenlicht finde ich leicht die richtige Richtung und den Pfad. Der Schießstand ist leer, ich gehe über die offene Fläche zu dem Wall mit den Zielen. Die Erde ist übersät von weißen und blauen Gummifetzen, und Plastiktüten und die Gasflasche aus Metall liegen herum, wie man sie zurückgelassen hat.

Auf der Ventilflasche klebt ein Zettel mit einer langen Ziffernfolge und der Aufschrift SA-int., Helium und He und darüber und daneben Bilder von einem Totenkopf und einem Feuer. Die Plastiktüten enthalten leere Ballons, eine aufgerollte weiße Schnur und allerhand Werkzeug.

Ich blicke mich zuerst nach allen Seiten um und lausche, ob man zwischen den Vogelstimmen auch menschliche Stimmen hört, aber es ist wie ausgestorben. Vorsichtig probiere ich aus, wie das Ventil funktioniert, und es zischt etwas Gas aus der Flasche. Dann fange ich an, Ballons zu befüllen. Der erste zerplatzt noch auf dem Ventil, aber so lerne ich, wie lange man den Verschluss auflassen darf. Beim nächsten mache ich es richtig und binde ihn mit einem Baumwollfaden zu. Dann befülle ich noch einen.

Beide sind blau. Umständlich gelingt es mir, die Schnüre zu verknoten und eine Schlaufe zu machen, an der ich sie mit dem Zeigefinger halte. Als ich zur Baracke gehe, folgen sie mir schwankend über dem Kopf. Zwischen den Kiefern muss ich aufpassen und mich bücken, damit keine Zweige und Nadeln den Gummi treffen, aber ich bringe sie heil ans Ziel und binde sie an der Armlehne eines Gartenstuhls fest.

Drinnen sind der jüngere Ykä und Masa Karttunen schon schlafen gegangen. Die afrikanischen Stationen haben aufgehört zu senden, und Antti und der andere Ykä sind dazu übergegangen, nach Sommerbrasilianern zu suchen. Als ich komme, hören sie gerade Radio Inconfidencia, dann drehen sie weiter auf Bahia, aber sie schreiben keinen Bericht, weil beide Sender so leichte Lateinamerikaner sind.

Ich erzähle nicht viel, und sie fragen auch nur einmal nach Jukka. Allmählich werde ich ziemlich müde. Das Licht blendet in den Augen, und im Mund habe ich schon die ganze Nacht ein klebriges Gefühl. Ich trinke kaltes Wasser und versuche mir den Mund auszuspülen.

Als ich die Schnur an der Armlehne losbinde, steigen beide Ballons fast senkrecht nach oben. So wie Rauch bei starkem Frost, kommt es mir von ganz woanders in den Sinn, so wie sich immer alle möglichen Gedanken in einen Traum schieben. Erst weit über den Kiefernwipfeln ergreift sie ein Windhauch, worauf sie die Richtung wechseln und vom See in Richtung Wald abdriften. Wir blicken ihnen nach, solange sie noch irgendwie auszumachen sind, aber Blau ist vor Blau nicht leicht zu erkennen.

Man hätte einen Zettel mit auf die Reise schicken können, aber wir reden zu spät darüber, nämlich als die Ballons schon am Himmel sind.

»DX-pedition 23. 6.–24. 6. 72.«

Ykä macht noch viele andere Vorschläge, der letzte lautet »Die ganze Pimpfregierung kann uns am Arsch lecken«. Ich sage, man hätte dem Finder einen Brief aus dem Weltall schicken können.

»Die Sommerdreiecke heißen Vega-Deneb-Altair und Arktur-Sirius-Sorbus. Dies ist eine Nachricht aus dem Raum dahinter.«

Der Morgen ist schon fast ganz da, als Jukka zurückkommt. Er hat eine Bissspur an der Lippe, aber ich frage nicht danach. Er sagt nichts, und ich frage nicht, sondern schaue nur hin und sehe, dass er was an der Unterlippe hat. Auf so etwas wird man neidisch.

Man hört ihm an, dass er noch mehr getrunken haben muss. Er sammelt seine Sachen ein, sagt, dass ich fahren darf und dass wir sofort aufbrechen. Natürlich weiß er, dass ich keinen Führerschein habe. Ich bin die Yamaha jedoch oft genug in der Sandgrube gefahren, darum weiß ich, wie es geht, aber ich würde mich von mir aus nicht in den Verkehr trauen, außerdem drücken der Rausch und die Müdigkeit im Kopf. Darum wehre ich mich, doch Jukka sagt, dass ich keine Wahl habe. Er erklärt, dass er im Sotkalinna noch etwas trinken musste, wo ihm die Frau schon mal was angeboten hatte, und man hört es auch wirklich an seinem Lallen.

Ich kann also nicht ablehnen, vor allem weil er auch noch sagt, dass er nachsehen will, ob Karkki nach Hause gekommen ist. Ihre Eltern sind bei einer Feier in Airisto. Schon bevor wir zur Baracke aufgebrochen sind, haben wir ausgemacht, spätestens am Morgen wieder da zu sein, und weil ich es zu Hause versprochen habe, muss ich es halten, eine andere Möglichkeit gibt es nicht.

Ich probiere, ob ich die Yamaha in Gang kriege, und als es klappt, drehe ich allein ein paar Runden übers Gelände. Dann packt Jukka seine Sachen in die Seitentasche und setzt meinen Rucksack auf, und ich fahre los, aber zuerst zu vorsichtig, sodass die Maschine schwankt und die Richtung nicht hält. Jukka gibt mir von hinten Anweisungen, bis ich die Yamaha auf gerader Strecke richtig in den Griff bekomme.

In den Kurven und an Steigungen ist es auf dem unasphaltierten Weg schwieriger, obwohl es keinen Verkehr gibt, auch auf der Zehn gibt es keinen, bis aus südlicher Richtung eine Schlange von zwanzig Autos auf einmal kommt. Sie kleben hinter einem Wohnwagen und haben es nicht geschafft oder sich nicht getraut, ihn zu überholen. Bestimmt ist die Hälfte von ihnen besoffen. Ich umklammere die Griffe und gebe mir Mühe, die Maschine nah am Seitenstreifen zu halten, und die Geschwindigkeit sinkt unweigerlich, weil die Autos so dicht vorbeischrammen, dass uns der Luftstrom jedes Mal ins Schwanken bringt.

Das Gegenlicht blendet, und ich habe nicht mal eine Sonnenbrille, aber ich versuche, den Kopf gesenkt zu halten und von unten heraufzuschauen. Jukka sagt nichts mehr, sondern lehnt an meinem Rücken. Ab und an rufe ich ihm etwas zu, damit er bei dem gleichmäßigen Zittern nicht einschläft und vom Sattel fällt. Als ich von der großen Straße nach Luolaja abbiege, ist das Schlimmste überstanden, aber bei der Schaffarm fahre ich einen Schlenker über die Milchabholstelle, damit es bei den Unebenheiten und auf dem Kiesstück ordentlich ruckelt und Jukka richtig wach wird.

Als wir nach Myllymäki kommen, frage ich ihn, ob er von uns aus allein weiterkommt, aber er will nicht oder traut sich nicht. Also bringe ich ihn bis nach Hause, obwohl ich dann noch ein Stück zu Fuß gehen muss. Ich rolle bei ihnen aufs Grundstück und warte mit den Füßen auf dem Boden, bis Jukka schwerfällig abgestiegen ist. Dann stelle ich die Maschine mit einem Ruck auf den Ständer und schalte den Motor aus.

Beine und Arme zittern noch, aber ich habe auch das überstanden und sage zu Jukka etwas ganz Banales über den Mittsommermorgen und die Feiernden. Als hätte ich ihn danach gefragt, antwortet er, dass er gleich nachsieht, ob Karkki nach Hause gekommen ist. Ich sage, das hätte ich nicht gemeint, aber er hört mir nicht mehr zu, sondern dreht sich zu den Eingangsstufen um.

Ich hebe den Rucksack auf und gehe wieder zurück, den Hügel hinauf. Die Straße ist lang und gerade und nicht asphaltiert, und die Sonne scheint mir von Osten her zwischen den Häusern hindurch genau entgegen. Auf ungefähr jedem zweiten Grundstück hängt regungslos eine weiße Fahne mit blauem Kreuz am Mast, daran erkennt man am besten, wer irgendwo ein Sommerhaus hat und wer nicht. Wer an Mittsommer zu Hause flaggt, hat keines.

Menschen sehe ich keine. Und so kommt es mir vor, als wäre ich allein inmitten von etwas Großem und Leerem.

SOMMERREGEN
REGENWASSER
WASSERGLOCKE
GLOCKENBLUME
BLUMENKLEID

nnerhalb eines Monats gewöhne ich mich daran, dass sich mein Leben mehr in Parola abspielt als dort, wo es früher immer stattgefunden hat. Ich schlafe vier Nächte im Wohnwagen und drei daheim. Es gibt fünf Werktage, der Samstag und der Sonntag dazwischen vergehen schnell.

Freitag ist Zahltag, aber mein Lohn geht auf die Bank. Einen Teil der Männer scheint Lampinen bar auszuzahlen. Über solche Dinge redet man untereinander nicht, das habe ich verstanden und tue so, als würde ich es nicht merken, und kümmere mich nicht darum, was geht mich das auch an? Niemi und Sverdloff und ein paar andere gehen am Zahltag einzeln in Lampinens Verschlag. Weil ich die Papiere in die richtigen Fächer einsortiert habe, weiß ich, dass von Niemis Lohn gerade so viel über die Bank läuft, dass er auf diese Art eine Bescheinigung hat und seine offiziellen Angelegenheiten in Ordnung sind.

Meinen Lohn habe ich im Voraus auf den Pfennig genau ausgerechnet. Nach den normalen Stunden müsste er 369,60 Mark betragen, und weil Lampinen für die Überstunden einen ganzen Fünfer ohne Abzüge versprochen hat und weil es von diesen Stunden im Juni sechs gegeben hat, müssten es 387,00 Mark sein.

Als am Freitag jemand vom Buchhaltungsbüro kommt und die durch Kohlepapier getippten Lohnbescheinigungen bringt und ich mir meine in Lampinens Zelle abhole, stimmt der Bruttobetrag genau überein. Es ist ein tolles Gefühl, wenn alles so läuft, wie es vereinbart worden ist und ohne Fehler. Lampinen muss die gleichen Informationen wie ich gehabt und sich an die Überstunden und an das, was er in der Autohalle über meinen Lohn gesagt hat, erinnert und die Zahlungsanweisung auch weitergegeben haben, alle Angaben stimmen exakt, und im Buchhaltungsbüro arbeiten sie ebenfalls korrekt, es werden keine Tricks angewandt, und nichts wird vergessen.

Lampinen spricht auch nach Mittsommer mit Ala-Seppälä über Mirja Ryynänen. Das weiß ich, weil ich zufällig höre, wie Ala-Seppälä zu Lehto sagt, dass Lampinen ständig nach einer Frau fragt. Das ist wieder dieses Lästern und Hinter-dem-Rücken-Reden von alten Männern, was es hier ständig gibt. Ich kann mich nicht erinnern, dass mein Vater je etwas Privates von jemandem aus seinem Betrieb erzählt hätte.

Vielleicht ist das in einem Metallbetrieb so, aber bei Klempnern und Blechschmieden nicht, weil sie von Natur aus Lästermäuler sind. Oder sie sind es nur hier und anderswo nicht. Normalerweise sind doch nie alle gleich.

Lehto ist es schon mal nicht. Er ist der Verantwortliche im Bereich Installation, aber er wird nicht Chef genannt, so wie Ala-Seppälä beim Blech. Lehto ist deshalb verantwortlich, weil er Fachmann ist, und bei schwierigen Sachen fragen alle ihn.

Eines Morgens fällt Lampinen unsere Saunarenovierung und die Duschvorrichtung ein. Er befiehlt mir, mit dem Messen aufzuhören, und erzählt Lehto von der Mischbatterie, die uns seit letztem Sommer fehlt.

»Ist das Reihenhausobjekt am Hang nicht ungefähr in dem Stadium? Guck doch mal nach, bestimmt braucht da jemand eine neue«, weist ihn Lampinen an, und zu mir sagt er, dass ich einen Tag bei Lehto und seinen Männern lernen kann, wie man Gewinde dreht.

»Oder was eben für Handlangerarbeiten anfallen. Meinetwegen Löcher meißeln«, sagt er, und ich bleibe neben Lehto stehen. Lehto sagt, ich kann bei ihm mitfahren, wenn ich kein Auto habe.

Ich hole meine Proviantttasche und setze mich neben Lehto

in den Datsun. Lehto ist normalerweise nicht gesprächig, erkundigt sich auf der Hinfahrt aber nach meinen Angelegenheiten, vor allem nach der Schule. Er hat eine Tochter und einen Sohn, beide auf der höheren Schule, das Mädchen kommt in die Neunte und der Junge in die Siebte, und beide mussten nie in die Nachprüfung. Er fragt mich, ob so etwas selten ist. Ich antworte, dass in unserer Klasse drei sitzen bleiben und zwölf mindestens in einem Fach Nachprüfung haben.

»Ich hab mir schon gedacht, dass sie ziemlich gut sind«, sagt Lehto.

»Sie sind gut.«

»Findest du, dass sie weitermachen sollen?«

»Ja, auf jeden Fall«, sage ich und riskiere einen kurzen Blick von der Seite. Lehto schaut auf die Straße, wirkt aber zufrieden, und ich habe das Gefühl, dass ich für seine ganze Familie eine Entscheidung gefällt habe. So eine Kleinigkeit kann viele weitere Jahre beeinflussen.

Das ist schön und schrecklich zugleich, aber dann habe ich sofort das Gefühl, dass man sich zu so einer Angelegenheit von anderen Leuten nicht äußern sollte, ohne es sich vorher genau überlegt zu haben, damit man nicht aus Versehen sagt, was einem als Erstes in den Kopf kommt, und dann ist es verkehrt und geht schief. Denn jetzt ist es nicht mehr so, dass es mich nichts angeht. Manche Sachen gehen mich etwas an und manche nicht, dazwischen muss man sich bewegen, aber gibt es überhaupt etwas dazwischen, oder entscheidet man sich für das, was einem eben zufällig als Erstes in den Sinn kommt, und dementsprechend weiß man dann, ob einen das eine was angeht und das andere nicht?

»Der Junge soll es mal ein bisschen leichter haben, ohne kaputten Rücken und kaputte Knie«, sagt Lehto, und über das Mädchen sagt er, dass es Ärztin werden will.

»Dann wählt sie am besten den mathematischen Zweig.«

»Gut zu wissen. Das muss ich Anna-Leena sagen.«

Lehto scheint sich auch das genau einzuprägen, und ich sage nichts mehr, damit ich nichts Falsches sage.

»Anna-Leena und Rauno sind ja die Ersten in der Verwandtschaft, die auf die höhere Schule gehen. Darum kennt man sich nicht mit allem aus, ich kann ihnen nicht bei den Aufgaben helfen und nichts«, erklärt er.

Obwohl meine Mutter und mein Vater nur vier Jahre die Volksschule besucht haben und meine Mutter zusätzlich ein bisschen die Handarbeitsschule, haben sie mich bis Weihnachten vor Arbeiten die Vokabeln in Schwedisch und Englisch abgefragt, meine Mutter öfter, aber mein Vater auch manchmal, wenn er sonntags Zeit gehabt hat. Ich musste bloß alles auf zwei verschiedene Arten sagen, so wie es geschrieben wird, und sofort danach, wie es ausgesprochen wird, damit ich es selbst nicht falsch lerne. Zum Beispiel bei *say, said, said* zuerst laut zu Mama say, said, said und dann laut zu mir säi, sed, sed.

Als wir zu dem Reihenhaus kommen, sagt Lehto, wir erledigen das mit der Mischbatterie sofort, damit wir es nicht vergessen. Er sieht sich die Namen der Bewohner auf der Liste an und sucht in Haus B die Wohnung 4 aus.

Wir klingeln, obwohl es noch nicht mal halb acht ist. Eine Frau kommt an die Tür, sie sieht aus, als wäre sie fertig, um das Haus zu verlassen.

»Wir müssten mal den Zustand der Dusche überprüfen. Es ist da ein Typenfehler festgestellt worden, durch den die Eingeweide nicht dicht halten. Falls es Anzeichen in diese Richtung gibt, wechselt man am besten gleich die ganze Dusche aus«, sagt Lehto, und die Frau ist sofort der gleichen Meinung und erklärt, dass sie zur Arbeit muss, aber dass wir die Dusche trotzdem reparieren können.

»Da liegt ein Haufen Wäsche, stört euch nicht dran, ich schaue nur schnell nach, dass man nicht alles sieht. Und macht die Tür hinter euch zu, wenn ihr fertig seid. Vielen Dank schon mal.« Den Anfang sagt sie zu Lehto, den Schluss zu mir, dann dreht sie sich auf dem Absatz um, sammelt die Unterwäsche vom Fußboden im Bad ein und versteckt sie im Schrank. Lehto klopft gegen die Dusche und zieht einen Schraubenzieher aus der Tasche seiner Arbeitsweste.

Als die Frau weg ist, ruft er in den Hof, dass Nuppola kommen und die Mischbatterie austauschen soll.

»Bau die alte vorsichtig aus, die wird noch gebraucht. Die gibst du dann dem Jungen. Und die neue nimmst du aus der Packung und trägst sie in der Liste der Hausgemeinschaft ein«, weist Lehto Nuppola an, und ich verstehe, dass ich danebenstehen und warten soll. Nuppola dreht den Haupthahn zu und lässt das Wasser aus den Rohren laufen. Er wundert sich überhaupt nicht darüber, sondern tut, was man ihm aufgetragen hat, und pfeift dabei *Schokoladenherz in Stanniol*.

Ich habe nichts anderes zu tun, als die abgeschraubten Teile zu halten. Das Bad ist komplett gefliest, weiß, sauber und schön. In so einem könnte man auch im Winter gut duschen, man müsste es sich gar nicht überlegen, man könnte jeden Tag gehen und anschließend den Boden ein bisschen mit dem Abzieher trocknen.

Nuppola braucht nicht lange, um die alte Mischbatterie auszubauen. Ich schütte das Restwasser aus den Teilen auf den Boden und wickle alles in Zeitungspapier. Dann, als ich nicht mehr richtig weiß, was ich tun soll, gehe ich Lehto suchen.

Er schickt mich in den Heizungsraum von Haus A, um Karvonen und Rimpisuo zu helfen. Sie fangen gerade erst an und sitzen auf dem neuen Ersatzboiler und rauchen. Ich erkläre, dass man mich hergeschickt hat. Rimpisuo sagt, ich kann draußen an der Kreissäge mit der Scheibe Rohrstücke zurechtschneiden. Ich bekomme die Maße und die Größen und suche unter der Plane nach Schwarzrohr, finde auch welches und lege es an die richtige Stelle, aber dann bekomme ich die Säge nicht in Gang, obwohl es nur zwei Knöpfe zu geben scheint und der eine grün und der andere rot ist. Ich gehe rein und sage, dass sie nicht läuft. Karvonen fragt, ob das Kabel am Kasten hängt. Davon weiß ich nichts. Er zeigt mir, wie man die Sicherungen umgeht, damit man Kraftstrom bekommt, und steckt die Metallstifte in die Löcher einer leeren Sicherungsfassung. Draußen springt die Säge an, und man hört zuerst ein Rasseln und dann das Quietschen und Kreischen von Metall.

Karvonen eilt nach draußen und ich hinterher. Ich habe das Rohr auf dem Sägetisch an die Scheibe gelegt und dort vergessen, und der grüne Knopf ist noch immer runtergedrückt. Karvonen guckt zu, bis ich den Anfang gefunden habe. Er sagt, ich soll auf die Hände aufpassen und mit dem Verstand dabei sein, wenn ich das Rohr gegen die Schneide drücke, weil kein Schutzbügel da ist.

»Den haben wir weggenommen, weil er nur stört. Und mach die Augen zu, damit dir keine Splitter reinkommen, das fühlt sich im Auge nämlich ziemlich sandig an.«

Als ich zum ersten Mal ein Zollrohr gegen die rotierende Scheibe drücke, schlägt es so heftig zurück, dass es mir auf die Schultern schlägt. Vor Schreck mache ich einen Satz nach hinten.

»Nein, mit Gefühl, ich zeig's dir«, sagt Karvonen und hält das Rohr scheinbar genau wie ich, aber jetzt schlägt der Stahl nicht dagegen, sondern beißt ins Metall, dass die Funken sprühen und das Rohr im Nu sauber gekappt ist. Karvonen sieht sich das Ergebnis an und fordert mich auf, es noch einmal zu versuchen. Ich packe an und umklammere das Rohr so fest, dass es in den Fingerknöcheln wehtut, und versuche, es gegen die kreisende Scheibe zu schieben, und habe die ganze Zeit Angst, dass es klemmt und ausschlägt, aber jetzt gelingt es, und es gibt keinen Schlag und keinen Stau.

»Na also, das wird schon. Einfach Augen zu und mitdenken«, sagt Karvonen und lässt mich mit den Rohren und der Kreissäge allein.

Ich lerne, wie das geht, und mache langsam in zwei Stunden die Rohre fertig. Die Maße schreibe ich mit Kreide darauf, damit man nicht raten oder noch einmal messen muss. Dann sagt Rimpisuo, ich könnte drinnen das Loch für das Belüftungsrohr in die Wand meißeln. Er zeigt mir die Maschine, den Meißelaufsatz und die Stelle ganz oben, fast an der Decke.

Ich hole mir von draußen Hohlblocksteine und einen leeren Mörtelkübel. Daraus mache ich mir ein Gestell, sodass ich, wenn ich auf dem Kübel stehe, weit genug oben bohren kann, aber die Haltung ist trotzdem schlecht, weil ich so weit oben bin, dass ich den Kopf unter der Decke schräg halten muss, aber sonst müsste ich die Arme nach oben strecken, und in der Position schaffe ich es überhaupt nicht.

Nachdem ich bestimmt schon eine halbe Stunde am Beton gemeißelt habe, gibt es auf einmal einen Schlag im ganzen Körper, und ich falle auf den Mörtelkübel. Der Meißelhammer fällt auf den Boden, und alle Lichter gehen aus. Rimpisuo ruft im Heizungsraum laut Scheiße. Kurzschluss, sagt Karvonen zu ihm. Ich liege auf dem Mörtelkübel, Hände und Füße hängen auf dem Boden, und dann versuche ich schnell aufzustehen, damit sie mich nicht den Kübel umarmen sehen, wenn sie wieder Licht haben und nachsehen.

Karvonen kommt als Erster. Er hat die Sicherung ausgetauscht. Ich sitze auf dem Fußboden und probiere aus, ob sich alle Finger und Zehen bewegen lassen. Karvonen steigt aufs Gestell und schaut in das Loch.

»Ah, da läuft also doch Strom. Hast du was auf die Finger gekriegt?«

»Verdammte Scheiße, auch das noch«, sagt Rimpisuo im Gang und stellt überhaupt keine Fragen.

»Der kann sein Scheißkabel von der Straße aus hierher verlegen. In das Loch kommt jetzt ein Kabelrohr rein«, sagt er.

Während Lehto zur Telefonzelle fährt und den Elektriker anruft, schickt mich Rimpisuo in den Heizungsraum, um in der Ecke eine Furche für den neuen Strang zu meißeln. Die Zwischenwand dort ist weicher, wahrscheinlich nur aus grauem Hohlblock, sodass der Meißel gut eindringt und sich die Brocken leicht lösen, bis es plötzlich metallisch klingt und einen Stoß gibt und Wasser aus der Öffnung rinnt.

Ich weiche sofort zur Seite und ziehe den Meißel heraus, aber da kommt es erst so richtig und mit Druck aus dem Loch, es spritzt bis an die Wand gegenüber. Ich rufe nach den Zigarettenpäuslern, Rimpisuo kommt mit zwei Schritten über den Gang und schreit, verdammt, was für ein Scheißtag.

Karvonen geht außen herum zum Endhaus, und zum Glück ist dort jemand zu Hause, sodass man gleich den Hahn zudrehen kann. Der Wasserzulauf lässt nach wie bei einem Gartenschlauch, zuerst wird der Bogen kürzer, bis er ganz abbricht. Im Heizungsraum steht das Wasser inzwischen bis zu den Knöcheln, der Abfluss kann nicht alles so schnell aufnehmen, und der Werkzeugkasten stellt ein zusätzliches Hindernis dar.

Rimpisuo sagt kein Wort zu mir, steht nur mitten im Heizungsraum und schaut zu, wie das abfließende Wasser um seine Schuhe herumläuft.

Ich stehe an der Tür und halte den Meißelhammer wie ein Sturmgewehr in der Hand. Wenn an Sturmgewehren Stromkabel dran wären, kommt mir in den Sinn, aber es sind keine dran, die haben nur Riemen zum Umhängen.

Sobald das Röcheln im Abflussgitter aufhört, wird es still, und ich höre Rimpisuo seufzen und schnauben, und am schlimmsten ist, dass er nicht losschreit und zuerst nicht mal etwas sagt. Als er sich ein bisschen hin und her dreht und die Füße hebt, läuft bei jeder Bewegung Wasser aus seinen Schuhen, und die Blaumannhose ist bis zu den Knöcheln dunkel vor Nässe.

Dann fragt er:

»Warum musst du bis zum Nachbarn rüber meißeln?«

»Mir hat niemand was gesagt.«

»Muss man dir alles sagen?«

»Nein. Nicht wenn ich Bescheid weiß«, sage ich. Darauf antwortet er nichts mehr. Als er, ohne zu gucken, an mir vorbei hinaus und über den Flur geht, habe ich das Gefühl, dass ich in Zukunft in der Installations-Sparte oder zumindest in Rimpisuos Trupp nichts mehr zu suchen habe.

A m Freitag sehe ich durchs Fenster Rekkus Mutter im Heuauto vorfahren. Lampinen hat mir und Rekku aufgetragen, den Boden in der Halle zu putzen, damit sich Schmutz und Vaseline nicht festsetzen und in den Beton einmassiert werden. Rekku verrückt die schweren Heber und Ambosse, und ich schrubbe und wische.

Bis jetzt habe ich Rekkus Mutter immer nur am Steuer gesehen, wenn sie Rekku montagmorgens bringt und freitagnachmittags um vier abholt. Jetzt kommt sie in die Halle und sieht irgendwie wie Rekku aus, obwohl sie eine Frau ist, aber für eine Frau ist sie groß und kräftig. Sie trägt einen hellblauen Cordrock und ein dünnes Blüschen, das mit kleinen Blumen und Blättern und Ranken gemustert ist, und auf den Lippen hat sie Lippenstift, obwohl ein gewöhnlicher Werktag ist.

Ich betrachte sie von der Seite, als sie bei Rekku stehen bleibt und mit ihm spricht. Sie muss viel jünger als meine Mutter sein, und sie sieht kein bisschen so aus, wie ich es durchs Fenster des Heuautos gesehen habe, als sie Rekku gebracht oder abgeholt hat. Im Gegensatz zu Männern sehen Frauen zu verschiedenen

Zeiten unterschiedlich aus. Bei jeder Frau teilt sich das anders auf, während man bei den Männern die Aufteilung erst in der Gruppe absehen kann. So könnte es sein, und ich denke an die Wahrscheinlichkeitsrechnungsstunden und die Berechnung von Verteilungen und Durchschnitten und überhaupt.

Rekkus Mutter kommt zu mir und sagt Guten Tag. Ich wische meine vom Putzwasser feuchte, schmutzige Hand an der Jeanstasche trocken, bevor ich sie ihr gebe und Guten Tag sage.

»Unser Reijo hat viel von dir erzählt.«

»Mhm«, sage ich, weil mir sonst nichts einfällt.

»Hast du zufällig schon was vor?«, fragt sie.

»Wie jetzt?«

»Am Wochenende?«

»Das Übliche halt«, sage ich und weiß nicht genau, was ich ihr sagen soll.

Rekkus Mutter geht zu Lampinens Zelle im hinteren Teil der Halle. Den nächsten Putzabschnitt plane ich so, dass ich dicht an Rekku herankomme und ihn fragen kann.

»Meine alte Mutter kommt mich holen«, sagt er.

»Sie scheint ein bisschen früher als sonst zu kommen«, sage ich.

»Sie ist ein bisschen früh. Also zeitig. Und liegt gut in der Zeit. Und pünktlich. Sie kommt zur rechten Zeit und zeitig genug. Und hinlänglich. Das gibt es auch noch. So wie wenn man sagt, sie kommt hinlänglich pünktlich, stimmt's?«

Ich nicke, damit ich von ihm wegkomme, und putze weiter, auch wenn die Moppfransen fast trocken sind und der Eimer am anderen Ende des Abschnitts steht. Man braucht nicht jede Stelle gleich gut zu putzen. Es hat sowieso keinen Sinn, bei dem schmutzigen Betonboden.

Rekkus Mutter sitzt lange bei Lampinen. Als ich daran vorbeigehe, gibt mir Lampinen mit einer Handbewegung zu verstehen, dass ich reinkommen soll. Er will mich vorstellen, aber

Rekkus Mutter sagt, wir hätten uns schon kennengelernt. Weil es nur zwei Stühle gibt, bleibe ich stehen.

»Bei Reijo zu Hause gibt es ein Problem. Sie müssen das Heu trocken auf die Reiter bringen, solange das Wetter gut ist«, sagt Lampinen.

»Es hat sich jemand verletzt«, sagt Rekkus Mutter.

Ich höre zu, wie Lampinen mir erklärt, dass ich übers Wochenende hingehen könnte, wenn ich Zeit hätte. Ich antworte nicht und komme auch gar nicht dazu, denn Lampinen redet sofort weiter und verspricht mir für Samstag und Sonntag jeweils den Lohn für einen ganzen Tag.

»Kein Zuschlag, aber je acht Stunden zu deinem Tarif. Du könntest gleich mitfahren. Wie klingt das?«

»Ich glaube, es ist okay«, sage ich und versuche zu überlegen, was richtig wäre. Lampinen deutet aufs Telefon und fragt, ob wir anrufen sollen. Ich nicke leicht. Er sucht die Nummer im Telefonbuch raus und ruft selbst an. Ich höre, wie mein Vater sich meldet. Lampinen erkundigt sich, wie es ihm geht, und redet großspurig über alles Mögliche, bis er schließlich erzählt, dass ich übers Wochenende zur Heuarbeit nach Tyrväntö fahre.

»Genau. Liisa. Liisa ist hier. Sie nimmt die Jungs im Wagen mit«, antwortet Lampinen, weil mein Vater am anderen Ende Fragen zu stellen scheint.

»Halt die Fahne hoch. Der nächste grüne Zweig wird schon kommen«, sagt Lampinen abschließend und legt auf.

»Dann mal los. Von mir aus sofort, ich zahle beiden Jungen die restlichen Stunden für heute. Das schenke ich dir noch dazu, Liisa«, sagt Lampinen.

Ich sage, dass ich meine Sachen aus dem Wohnwagen hole. Sie bleiben noch im Verschlag sitzen. In der Halle gehe ich zu Rekku und sage, lass uns zum Wohnwagen gehen, und draußen erzähle ich, dass ich mit zur Heuarbeit komme.

Rekku fängt begeistert an, mir die Strecke zu beschreiben,

die man fahren muss. Sie hat viele Kurven und Steigungen, es geht nach links und nach rechts. Er macht die Augen beim Sprechen zu und erzählt alles so, als würde er die ganze Fahrt und die Landstraße fertig vor sich sehen.

F ast immer ist alles anders, als man vorher denkt. Darum sollte man sich vorher eigentlich gar nichts vorstellen, aber man kriegt die Vermutungen nicht aus dem Kopf, auch wenn man weiß, wie sinnlos sie sind.

Nach Rekkus Erzählungen habe ich geglaubt, dass sie einen kleinen Bauernhof irgendwo im Wald haben. Dass da ringsum Fichten stehen und dass das Haus alt ist und rot gestrichen, dass es auf dem Grundstück ein Plumpsklo gibt und ein kleines, graues Saunagebäude.

Alles ist viel größer und sieht anders aus, als ich es mir vorgestellt habe, es ist ein richtiges Haus, gelb, der Anstrich in schlechtem Zustand, und der Hof ist groß und fast ganz geschlossen, viele kleine Gebäude fassen ihn ein, eins neben dem anderen, Darre und Schuppen und Scheune, und an den Wänden stehen Käfige aus Hühnerdraht. Der Hof ist so groß, dass in der Mitte genug Platz für ein Pflanzbeet, mehrere Reihen mit Johannisbeersträuchern und eine Fliederlaube ist.

Rekkus Mutter parkt das Heuauto zwischen einem weißen Anglia ohne Nummernschild und einem Traktor. Ich steige aus, sobald Rekku neben mir Platz gemacht hat. Es ist eng gewesen auf dem Platz in der Mitte zwischen den beiden Großen, und zum Schluss ist die Straße so schlecht geworden, dass es mich hin und her geworfen hat und ich abwechselnd gegen beide gestoßen bin. Weil wir so dicht nebeneinandergesessen haben, habe ich das Parfüm und den Nagellack von Rekkus Mutter auf der einen und Rekkus Schweiß und sein von einer

Woche Arbeit schmutziges Hemd auf der anderen Seite gerochen.

Die Fliederlaube ist verwildert. Davor stehen ein Tisch aus gespaltenen Baumstämmen, eine genauso gemachte Bank und grüne Gartenstühle aus Plastik. Dort sitzen drei Männer und ein kleiner Junge und etwas abseits zwei Frauen unter einem schwarzen Regenschirm, den sie als Sonnenschutz benutzen. Die Frauen nehmen auf einer Zeitung Barsche aus, aber die Männer sitzen nur da und trinken.

Sie haben sich zu uns umgedreht, oder zu mir, denn warum sollten sie Rekku und Rekkus Mutter so genau anschauen?

»Was ist das für einer?«, fragt der älteste Mann.

»Ein Freund von Reijo. Wir müssen das Heu machen, bevor der Regen kommt«, sagt Rekkus Mutter.

»Legen blingt Segen, sagte das Fläulein aus Lammi«, sagt einer von den beiden jüngeren Männern, und darüber lachen sie.

»Wie wär's, wenn wir gleich anfangen, dann bleibt nicht mehr so viel für morgen«, sagt Rekkus Mutter.

»Die Jungs können die Sensen für das Hangstück schleifen. Und wenn du nicht immer alles planen und bestimmen würdest, könnten wir es besprechen«, sagt der dritte Mann. Rekkus Mutter setzt sich neben ihn auf die Bank und gibt uns mit der Hand ein Zeichen, dass wir gehen sollen. Der kleine Junge geht um den Tisch herum und folgt uns zum Schuppen.

Ich frage Rekku, wer das alles ist. Er erklärt es mir genau. Der alte Mann ist Opa, Papa ist Rekkus Vater, Opa ist der Vater von Rekkus Papa, Hannes ist der Bruder von Rekkus Vater, Kirsti ist mit Hannes verheiratet, und Silja ist die Schwester von Rekkus Mutter.

Der kleine Junge nennt sich Timppa und tippt sich mit dem Daumen auf die Brust.

»Timppa ist der Junge von Kirsti und Hannes, also mein Vetter. Weil Hannes mein Onkel ist. Silja ist meine Tante. Kirsti ist auch meine Tante, aber nicht genauso offiziell. Silja ist Papas Schwägerin.«

Am Schuppen steht ein Schleifstein, in dessen Holzkasten noch so viel Wasser ist, dass die Betonscheibe nass wird und man nicht gleich schon neues aus dem Brunnen holen muss. Timppa will drehen, und Rekku nimmt die Sensen von der Wand und fängt an zu schleifen. Für mich bleibt nichts zu tun, darum sehe ich mich ein bisschen um.

In den höchsten und breitesten Käfigen sind Hühner und in den flachen schwarze und weiße Kaninchen. Ich schiebe den Kaninchen Löwenzahnblätter durch den Draht zu. Sie ziehen sie zu sich in den Käfig und mümmeln sie im Nu. Zwischen dem Stroh und dem Heu sieht man Kötel und Sand. Es ist heiß, Wind kommt nur durch die Einfahrt in den Hof, und es ist ein wolkenloser Tag. Bei der Fliederlaube wird gelacht, Rekkus Vater scheint ein Flugzeug nachzumachen, er ist aufgestanden und hat die Arme ausgebreitet und dreht sich.

Als Rekku die Sensen fertig hat, zuerst die geraden Stellen auf dem großen Schleifstein und dann den Haken und die Spitze mit dem Handschleifer, befiehlt er Timppa Bescheid zu geben, dass die Aufgabe erledigt ist. Wir bringen unsere Taschen hinein. Rekku hat im Haupthaus ein eigenes Zimmer, eine kleine Kammer. In der Ecke gibt es einen Kanonenofen, an der einen Wand steht ein Bett, und an der anderen sind zwei lange Regalbretter angebracht. Das untere Brett ist voller Bücher und Zeitschriften und aus Zeitschriften ausgeschnittener Seiten.

Die Bücher sind alle rotbraun eingebundene aus der Bücherei. Weil es so viele sind, nehme ich eines davon in die Hand und schaue auf die Leihkarte. Als letztes ist ein Datum vom September vorigen Jahres darauf gestempelt. Ich gucke in einem zweiten Buch nach, und das ist nicht einmal entliehen worden, denn in der Tasche steckt ein kleiner Streifen der Bücherei, auf dem mit Kugelschreiber die Kartennummer verzeichnet ist. Der letzte Entleiher hatte die Nummer 912 und der vorletzte die 601.

»Was ist mit denen?«, frage ich.

»Reijo liest tüchtig, Reijo ist ein richtig tüchtiger Leser«, sagt er zufrieden.

Ich will schon nachfragen, da fällt mir schlagartig ein, dass es mich nichts angeht.

Neben Rekkus Bett steht ein Fliegenpilzhocker als Nachttisch, und darauf liegen ein Stapel Bücher und ein fast gelöstes *Großes Mittsommerrätsel*, das Bild in einer Ecke zeigt ein Johannisfeuer mit gekräuseltem Rauch darüber.

Eines der Bücher aus der Bücherei liegt aufgeschlagen auf dem Stapel. Ich frage Rekku, was er gerade liest. Er unterbricht das Auspacken seiner Sachen und kommt nachsehen.

»Das ist aus Amerika.«

Ich frage noch einmal, und Rekku sagt, Männer und Menschen. Ich sehe selbst auf dem Rücken nach. Dort steht in weißer Schrift 84.2. und STE und Steinbeck.

R ekku sagt, er hat Hunger, und wir gehen in die Küche. Oder Stube nennt man so etwas wohl auf dem Land, wo die Hälfte des Hauses in diesen einen Raum passt. Zwei Wände sind mit gelb gestrichener Papptapete verkleidet, aber an den anderen beiden sieht man die blanken dicken Balken mit grauen Abdichtungen dazwischen. An der Stirnwand hängen ein Gewehr und ein Kleinkalibergewehr an einem Elchgeweih, und neben der Tür sind weitere Elchgeweihe als Kleiderhaken angebracht.

Rekku holt Butter und Roggenbrot und eine Milchkanne, wie er sie bei der Arbeit dabeihat, aus der kalten Kammer. Wir schmieren uns Brote und setzen uns zum Essen hin. Die verzierte Kuckucksuhr geht auf, und der Kuckuck ruft einmal, zum Zeichen, dass es halb ist.

»Tag, Herr Kuckuck«, sagt Rekku.

Obwohl an vielen Stellen an der Wand und über dem Holzherd Fliegenpapierstreifen hängen, kreisen Fliegen an den Fenstern, und zwischen den Geranien surren Wespen. Wir kauen das Roggenbrot, die Insekten summen, die Kuckucksuhr knackt im Sekundentakt, ansonsten ist es ganz still, als wäre die Zeit in der Stube stehen geblieben.

Rekku nimmt mich mit in die Nebenkammer und macht eine Kommode auf, in deren unterem Teil leere und volle Flaschen und eine Tüte aus dem Alkoholgeschäft stehen. Er öffnet die Tüte, sie enthält viele Flaschen mit rotem Likör der Marke Party, aber noch mehr Bier.

»Der Dreiwodka ist im Brunnen. Opa trinkt nichts Warmes und nie Drecksgetränke. Von Drecksgetränken kriegt man einen Kater, und darum haben morgen alle einen schlimmen Katzenjammer und Kater, Schädelbrummen, Brummschädel und dicken Kopf.«

Als die Haustür aufgeht, unterbricht Rekku seine Aufzählung und schließt die Kommode, versucht, schnell in die Stube zu kommen, gerät bei dem Tempo aber ins Taumeln und sieht richtig erschrocken aus. Sofort tut er so, als wäre er die ganze Zeit am Tisch beschäftigt gewesen, tritt von einem Bein aufs andere und guckt aus dem Fenster.

Seine Mutter und seine Tante kommen herein, die Tante ist noch viel jünger als die Mutter. Sie fragen Rekku, ob er daran gedacht hat, mir etwas zu essen anzubieten und Kaffee zu kochen.

»Keinen Kaffee. Milchkakao«, sagt Rekku und zeigt zuerst, wie er Kaffee mag, oder eher nicht mag, verzieht den Mund und die Nase, und beim Kakao leckt er sich mit der Zunge über die Lippe.

»Wenn Besuch da ist, muss man Kaffee kochen«, sagt seine Mutter und schaut mich an, um zu sehen, ob ich Rekkus Gesichtsausdruck registriere und wie ich reagiere. Ich versuche, zu sein wie immer, und was soll ich mich über Rekkus Gesicht auch noch wundern, schließlich habe ich im Lauf eines Monats wer weiß was für Grimassen und Spucke in den Mundwinkeln gesehen. Er versteckt seine Gefühle nicht. Alles steht ihm offen ins Gesicht geschrieben.

Rekkus Tante legt die Barsche in eine Ofenform, wälzt sie zuerst in Roggenmehl und streut etwas Salz darüber. Rekku erklärt seiner Mutter, was er die Woche über bei der Arbeit alles tun durfte.

»Wie kommt unser Reijo zurecht?«

Ich antworte, dass er sich sehr gut schlägt.

»Esko hat als Erster den Vorschlag gemacht, dass Reijo zum Üben in seine Firma kommt. Weil man nie weiß, was im Leben passiert. Es kann Krankheiten oder sonst was geben, da lernt er, selbstständig zu werden, falls mal was kommt«, sagt seine Mutter zu mir und bricht mittendrin ab. Ich nicke leicht, als sie mich anschaut, als Zeichen, dass ich es verstanden habe, nicht nötig, zu Ende zu reden.

»Reijo tut keiner Fliege etwas zuleide«, sagt die Tante und sieht mich an. Ich nicke auch ihr zu. Rekku gießt Milch aus der Kanne in einen Topf. Ein bisschen geht daneben, aber zwischen den Herdringen sind so große Lücken, dass die Milch ins Feuer läuft. Es zischt und riecht verbrannt.

Herr Kuckuck ruft fünf Mal. Wie hält man das nachts aus? Allerdings stehen in der Stube keine Betten, erst jetzt sehe ich mir alles genau an, weil ich warten muss, bis Rekku auf dem Klo gewesen ist. An der langen, leeren Wand steht ein altmodischer Plattenspieler und daneben ein Lehnstuhl, und unter dem Holzgehäuse des Plattenspielers befindet sich ein Fach für die Schallplatten in ihren Hüllen. Bilder gibt es keine außer einem langen Gobelinstoff mit einer Landschaft, die ein bisschen aussieht wie aus der Bibel, Wald und eine Wegkreuzung, Sonnenstrahlen, die zwischen den Kiefernästen hindurch auf einen der Wege fallen, der andere Weg ist düster zugewachsen.

Während Rekku weg ist, sagt seine Mutter zu mir, vielleicht fangen wir doch schon heute zu zweit mit der Heuarbeit am Hangstück an, dann muss das morgen nicht gemacht werden.

»Die Männer haben neuerdings freitags ihren traditionellen Saunatag, da sitzen sie gern beisammen und trinken Bier, ein bisschen wie zur Belohnung nach der Arbeitswoche. Wenn wir morgen den ganzen Tag mit voller Kraft anpacken, dann schaffen wir es vor dem Regen.«

»Die haben auch samstags ihren traditionellen Saunatag«, sagt Rekkus Tante dazwischen.

»Du brauchst niemanden schlechtzumachen«, sagt Rekkus Mutter.

»Ich mache niemanden schlecht, ich sage nur, wie es ist.«

»Erst recht nicht, wenn Besuch da ist.«

»Das ist egal«, sage ich. Sie werden beide still, und sofort ärgere ich mich, weil ich es zu laut gesagt habe. Wenn man erwachsen wird, verändert sich das. Als Kind kann man schreien, so viel man will, dann heißt es einfach, man soll still sein, aber seit nicht mal einem Jahr ist es anders. Ich muss nur einmal laut werden, wenn die anderen reden, dann bricht das Reden immer auf die gleiche Weise ab, und danach ist es schwer, wieder einen neuen Anfang zu finden.

Rekku macht in dem Moment die Stubentür auf und erzählt sofort, dass das Häufchen hellgelber gewesen ist als sonst. Seine Mutter sagt, so etwas muss man anderen nicht mitteilen, aber sie ist überhaupt nicht böse und schimpft auch nicht, sondern sagt es nur und hat es bestimmt schon oft gesagt.

»Aber die Farbe ändert sich einfach so. Heißt das was? Oder sagt das die Zukunft voraus? Oder ist es so, dass, je nachdem, was Reijo isst, so ist auch Reijos Kacke? Dass Reijo ist, was Reijo isst? Oder wie ist das, was glaubst du, oder heißt es gar nichts?«, fragt Rekku mich und wäscht sich die Hände in der Schüssel, weil seine Mutter es ihm befohlen hat. Anschließend trocknet er sie sorgfältig mit dem karierten Handtuch ab, zuerst die Handflächen, dann die Handrücken und schließlich jeden Finger einzeln.

»Ich weiß es einfach nicht«, sage ich, weil er noch immer auf eine Antwort zu warten scheint.

Seine Tante schaut mich an und lächelt ganz leicht, so leicht, dass Rekku oder Rekkus Mutter es nicht bemerken können.

Ich habe noch nie im Leben mit der Sense eine Wiese gemäht, aber irgendwie lernt man es, wenn man es sich bei Rekku abschaut. Die Hangwiese liegt abseits der großen Felder, und man kommt nicht mit dem Traktor hin, und wir erledigen sie zu dritt. Rekku mäht vier Fünftel und ich vielleicht ein Fünftel, und Timppa geht hinterher und recht das Heu zu Haufen zusammen. So ist die Wiese noch vor halb acht fertig zum Aufhucken.

Rekku hat sein Hemd ausgezogen, aber die blaue Latzhose angelassen. Die zieht er immer an, wenn er auf die Wiese geht. Das ist wichtig, hat er erklärt, ohne die Latzhose darf man keine Landarbeit machen.

Auf die Tasche vorne ist mit weißem Faden »REIJO« gestickt. Die Hose ist ihm ein bisschen zu kurz, sie hört schon über den Knöcheln auf.

Als wir die Hangwiese verlassen und an den Böschungen der anderen Felder entlanggehen, klagt Timppa, dass ihm der Arm wehtut. Er ist im Mai zwölf geworden. Rekku sagt ihm, wenn man nicht ordentlich schuftet, wächst auch kein Schmalz, und man wird nur ein Mann, wenn es ab und zu in Armen und Beinen wehtut, weil man in seine alten Gliedmaßen nicht mehr reinpasst.

Die Frauen beheizen die Sauna. Die Männer sind so mit ihren Geschichten beschäftigt, dass sie nicht viel merken, als wir zur Fliederlaube kommen und zuerst Timppa Bescheid sagt, dass wir die Aufgabe erledigt haben, und dann Rekku noch einmal mit genau den gleichen Worten.

Opa erzählt mit wedelnden Händen von den Bombern, die er als Landwehrmann bei der Luftaufsicht gezählt und per Feldtelefon der Flak gemeldet hat. Auf diese Art ist er am Abschuss der Maschinen beteiligt gewesen, sagt er, und bei jedem sicheren Fall hat er in seinem Heft einen Kringel mit einem Kreuz darin verzeichnet.

»Ein Russenkreuz mit Querstrich, wenn die Maschine gefunden wurde, und unser normales Kreuz, wenn nicht«, erklärt er und zeichnet eine senkrechte und eine waagrechte Linie und über die senkrechte einen schrägen Strich in die Luft.

Rekkus Vater sagt, das habe er schon mal gehört, und das Spähen vom Dach der freiwilligen Feuerwehr aus sei nicht mal Aufgabe der Landwehrleute gewesen. Rekkus Vater ist an der Front gewesen und erzählt mir, er sei verwundet worden und habe eine Tapferkeitsmedaille bekommen.

Dann erzählt er die Geschichte vom kreisenden Wald, wie er es nennt.

»Hört zu, ihr Bengel, dann wisst ihr, was Spähen wirklich bedeutet«, sagt er und drückt die Hände auf dem Tisch zusammen.

»Wenn die Umstände so hart sind, dass dem Ausguck die Hände an den Handschuhen festfrieren und er sich den Reif aus den Augen wischen muss, damit er überhaupt was sieht.«

Rekkus Onkel ist nicht im Krieg gewesen, und man hat den Eindruck, dass ihn das ärgert, weil er sofort unterbricht und sagt, dass beim Menschen die Augen nicht zufrieren, solange er nicht vergisst zu blinzeln.

»Und ob sie zufrieren, verdammt. Die Wimpern und die Lider ebenso. Wenn es kälter als dreißig Grad unter null war und einer musste zum Spähen in eine Fichte klettern. Wenn da oben der Stamm schmaler wird und die Äste unter dir schrumpfen, da wird jedem schwindlig, und trotzdem musst du so weit hochklettern, bis es fast gar keine Äste mehr gibt.

Wenn man im Dunkeln klettern muss, ist es nicht so schlimm, weil man es nicht sieht. Du hast mit der Telefonschnur zu kämpfen, dass sie sich nicht verfängt, sondern am Stamm entlangläuft. Es ist der höchste Baum, der noch steht. Beim Klettern wird dir warm, aber wenn du im Wipfel bist und still hältst und dir mit dem Geschirr Schlaufen unter die Arme bindest, damit du leichter unbeweglich auf deinem dünnen Ast sitzen bleibst, da merkst du, dass sich die Luft bewegt. Auch wenn es unten vollkommen windstill ist, geht im Wipfel doch ein kleiner Wind. Im Dunkeln kann man besser zum Russen rübersehen als auf die eigene Seite, weil der Russe weiter hinten in den Senken Feuer brennen hat. Ich nehme das Fernglas aus dem Etui und schaue lange hin. Dann sage ich nach unten, da sind keine hundert und auch keine fünfhundert. Die stehen wer weiß wie tief vor uns und weit auf beiden Seiten. Das wird eine kalte Nacht und ein heißer Morgen.

Als es hell wird, sehe ich, dass da gut und gern ein Regiment Budjonowkas wartet. Mit dem Fernglas sieht man so gut übers Gebüsch hinweg, dass man erkennt, wie sie in großen Kesseln Wasser oder Essen kochen, man sieht es dampfen. Ich gebe nach unten durch, was ich sehe, obwohl mir die Lider an den Wimpern festfrieren. Die Russen sind schon am Abend und vor Mitternacht in Stellung gegangen und hatten dabei Geräusche gemacht, die wir nicht hatten zuordnen können. Der Russe ist nicht dumm, sondern raffiniert und hinterhältig.

Dann hätte ich runterklettern müssen, aber ich konnte gerade noch das Geschirr losbinden, als die Bomber kamen, in vielen Wellen hintereinander. Ein Teil fliegt über unsere Stellungen hinweg und wirft seine Last auf die hinteren Linien ab, aber ein Teil wirft die Bomben gleich neben mir ab, und ich bin da oben, und das Dröhnen und Krachen ist so furchtbar, dass ich das Taschentuch aus der Tasche reiße und mir die Zipfel in die Ohren stopfe, und weil sie nicht richtig drinbleiben, beiße ich Harz von der Fichtenrinde ab und wärme es so lange im Mund, bis ich damit die Zipfel festkleben kann. Dann kommen die Bodenkampfflugzeuge, und die Mündungsfeuer flammen auf, und die Gewehre rattern, und sie fliegen so niedrig, dass ich die Männer sehe, wenn die Maschinen auf der Höhe des Wipfels vorbeiziehen.

Ich komme einfach nicht mehr runter, meine Beine sind vom Zittern und Schlenkern wie Pudding. Also mache ich das Geschirr wieder am Stamm fest, damit ich nicht abstürze, weil jetzt die Konzentration anfängt und von den Geschützen, die im Dunkeln in Stellung gebracht wurden, Trommelfeuer zu hören ist. Rechts und links bricht und schwankt der Wald, auch meine Fichte schwankt, der Rauch verdeckt die Sicht. Ich sitze über dem Rauch, und die Sonne scheint, es rumst und kracht fürchterlich. Dann kommt ein Windstoß, und der Baum neben mir bricht in der Mitte durch, der ganze Hügel zittert und wackelt, der Wipfel wird von Windstößen hin und her geschüttelt, und was vom Wald noch übrig ist, fängt an, um mich herumzukreisen.

Dann löse ich das Geschirr und klettere hinunter und renne den anderen hinterher, obwohl meine Beine steif vor Kälte sind. Die Landschaft erkennt man nicht mehr wieder, in der Nachschubstraße ist ein Krater und darin ein Pferd mit Blesse, das es in der Mitte zerrissen hat«, sagt Rekkus Vater und beendet damit seine Geschichte.

»Trinkt auf die geschaffte Arbeit einen Schluck aus Kirstis Glas, Jungs«, sagt er zu uns dreien, weil wir schweigend zugehört haben, und drängt als Erstem Timppa das Glas auf, der auch trinkt, aber dabei das Gesicht verzieht. Sein Vater lacht nur darüber.

»Nicht für Reijo, der kriegt einen Kater«, lehnt Rekku ab und geht schon mal ein Stück weiter weg, damit man ihm nichts in den Mund schütten kann. Ich bleibe am Tisch stehen und trinke einen so großen Schluck, dass keiner sagt, noch einen, auf einem Bein steht's sich schlecht. Er ist süß und bitter, wahrscheinlich ist es dieser Party-Likör, von dem ich die vielen Flaschen in der Tüte gesehen habe. So eine steht auch auf der Erde, außerdem eine kleinere grüne Flasche Herba und neben Opas Bein eine durchsichtige Flasche Wodka.

Timppas Vater und Rekkus Vater fangen an, darüber zu diskutieren, wie viel Rekku wiegt. Rekku wird nicht gefragt. Sein Vater sagt hundertzwanzig, und Hannes sagt genau hundert. Opa ist neben die Fliederlaube getreten und sagt nichts.

Dann gehen sie in die Maschinenhalle, um Rekku zu wiegen. Er will nicht mit, aber sein Vater bestimmt, dass er muss. Timppas Mutter und Rekkus Tante rufen von der Sauna aus, wo wollt ihr hin.

»Ein Schwein wiegen«, ruft Rekkus Vater ihnen über den halben Hof hinweg zu.

Die Maschinenhalle ist eine hohe Scheune, wo an einem Dachbalken eine Motorwinde befestigt ist. Hannes probiert mit einem Ruck, ob Rekkus Hosenträger halten, und dann hängen sie den dicken Haken ein und Rekkus Vater setzt per Knopfdruck die Winde in Gang. Rekku steigt in die Luft und versteht erst jetzt, wie ihm geschieht, und fängt an zu schreien und zu zappeln, aber er kommt mit den Füßen nicht mehr auf den Boden. Hannes befiehlt ihm, stillzuhalten, damit sich die Waage beruhigt. Durch das Zappeln schwankt der Zeiger zwischen 105 und 125 hin und her, aber Rekku hört nicht auf, bevor ihn sein Vater anschreit, halt still, du verdammte Plötze. Rekku fängt an zu weinen, strampelt und tobt aber für einen Moment nicht mehr am Haken, sodass als Resultat 116 Kilo herauskommt.

Sein Vater geht wieder ans Steuerpult der Winde, lässt Rekku aber nicht herunter, sondern zieht ihn bis zum Dachbalken hinauf. Rekku schreit, während sich oben das Stahlseil aufwickelt und er den Boden unter den Füßen verliert. Es sieht schlimm aus. Rekku hängt in mindestens fünf Metern Höhe am Haken und schreit aus vollem Hals und tobt wie wild. Hannes schlägt die Hände zusammen und meint, die Fernsehsendung *Spedevision* wäre kein bisschen unterhaltsamer. Dann kommen die Frauen von der Sauna und schreien Rekkus Vater an.

Rekku hängt nur an den Hosenträgern, und weil er so zappelt, hält der Stoff bestimmt nicht mehr lange. Ich gehe die zwei Schritte auf Rekkus Vater zu, sage, bald reißt die Hose, und befehle ihm, Rekku herunterzulassen.

»Bei uns werden Schweine so weit oben gewogen«, sagt er.

»Lass ihn runter!«, schreie ich, und mir wird gleichzeitig schwarz und rot vor Augen, und es ist mir völlig egal, ob jemand auf mich losgeht.

Rekkus Vater drückt den Knopf, und Rekku fährt langsam am Haken herunter. Rekkus Mutter ist inzwischen auch am Eingang der Halle erschienen. Sie kann nicht viel mehr machen, als laut Aaro zu rufen. Da schreit Rekkus Vater, der so heißt, zurück, mach du mir keine Vorschriften, Weib, und lässt Rekku in der Luft schweben, sodass seine Füße einen halben Meter über dem Boden baumeln. Rekku versucht, den Boden zu erreichen, er dreht sich, und das Stahlseil verheddert sich. Seine Mutter geht hin und hält ihn an den Beinen fest, damit man die Hosenträger losmachen kann oder den Haken von den Hosenträgern, aber sie schafft es nicht, ihn hochzuheben, und Rekku bleibt weiter mit seinem ganzen Gewicht hängen.

Timppa und Timppas Vater lachen und schlagen die Hände zusammen. Opa hält sich die Ohren zu und guckt weg und murrt über das Geschrei und den Lärm und was die Bengel wieder treiben.

Weil Rekkus Vater sich nicht weiter zu kümmern scheint und die Winde nicht herunterlässt, gehe ich unter Rekku auf die Knie, damit er die Füße auf meine Schultern stellen kann. Er wiegt so viel, dass ich einknicke, aber er schafft es, sich leichter zu machen und den Haken unter den Hosenträgern herauszuziehen und herunterzuspringen, und dann weint er und läuft davon.

Die Frauen folgen ihm. In der Halle wird es ganz still. Ich bleibe auf dem Boden aus festgestampfter Erde sitzen und versuche, mich nicht zu rühren, damit man nicht sieht, dass ich ein bisschen zittere.

»116. Wer war näher dran?«, will Rekkus Vater von Hannes wissen.

»Er hatte Kleidung und Stiefel an.«

»Glaub bloß nicht, dass die Stiefel sechzehn Kilo wiegen, verdammt.«

»Es müssen bloß sechs oder sieben sein, dann bin ich mit hundert näher dran.«

»Verarsch mich nicht, verdammt«, sagt Rekkus Vater und sieht wie der Sieger aus.

Sie gehen zur Fliederlaube. Ich sehe Rekku draußen nirgendwo. Eine Weile warte ich ab, dann gehe ich an den Hühnern und Kaninchen vorbei ins Haus.

In der Stube ist niemand. Ich trinke Wasser aus einer Blechtasse und sehe nach, ob Rekku in seinem Zimmer ist, aber nein.

Rücken und Brust kleben unter dem Hemd von getrocknetem Schweiß. Ich nehme schon mal für die Sauna die Kleider zum Wechseln aus der Tasche und habe die ganze Zeit denselben Gedanken, nämlich was es mich angeht, was die hier treiben.

Das STE-Buch liegt auf dem Fliegenpilzhocker. In der Leihkartentasche sehe ich nach, ob es ausgeliehen oder gestohlen ist. Es ist ausgeliehen und vergessen worden, zurückzugeben. Auf dem Streifen ist ein Stempel vom 14. Januar, aber als Jahr steht da -69, das ist drei Jahre her, fast dreieinhalb.

Ich blättere zum Anfang und lese ein Stück, lese die nächste Seite und noch ein bisschen mehr, am Anfang gibt es Sand und Sonne, dann kommen der Abend und dunkles Wasser.

»Einige Meilen südlich von Soledad fließt der Salinas River bergab und strömt tief und grün das hügelige Ufer entlang.«

»Am Abend eines heißen Tages kam ein leichter Wind auf und strich durch die Blätter. Schatten kroch die Hänge hinauf bis zum Gipfel. Auf dem sandigen Ufer saßen die Hasen so ruhig wie kleine, graue behauene Steine. Da kam vom Highway herunter das Geräusch von Schritten, raschelnd auf dem dürren Laub der Platanen.«

Ich lege das Buch aufgeschlagen mit dem Rücken nach oben hin, genauso, wie Rekku es zurückgelassen hat, und gehe in die Stube. Bis in den Flur hört man die Stimme von Rautavaara und das Kratzen einer alten Platte.

Der Deckel des Plattenspielerkastens ist aufgeklappt worden, und auf dem Teller dreht sich eine schwarze Platte mit achtundsiebzig Umdrehungen. Rekkus Tante sitzt im Lehnstuhl und Timppas Mutter auf dessen Armlehne. Beide tragen Blumenröcke, unterschiedliche und verschiedenfarbige, keine Sonntagsröcke, sondern gewöhnliche von Anttilas Postversand.

Rekkus Mutter wäscht Kartoffeln und schneidet Keime und Keimaugen heraus. Bald gibt es neue, und man muss bis August nicht mehr schälen. Zu Hause haben wir die Regel, dass man die Schale, die sich von den neuen Kartoffeln auf dem Teller von selbst löst, wegmachen darf, aber ganz schälen darf man sie nicht, weil dann die guten Stoffe verloren gehen. Das macht das Essen leichter. Jeden Sommer nehme ich mir vor, dass ich auch noch im September die Kartoffeln ungeschält esse.

Rekku kommt mit roten Augen aus der Nebenkammer und zieht den Rotz hoch. Seine Mutter nimmt ihn in den Arm und sagt, der Papa hat es nicht böse gemeint, aber Reijo musste doch gewogen werden.

»Joo«, sagt Rekku, als ihn seine Mutter fragt, ob er versteht, warum Reijo gewogen werden musste. Sie schaut mich an, und ich versuche, einen normalen, leeren Gesichtsausdruck aufzusetzen. Ich denke, wäre es nur schon Montag, aber der Gedanke nützt nichts, weil ich ja nicht mittendrin abhauen kann. Auch wegen des Lohns. Und weil ich es Lampinen versprochen habe. Vor allem wegen des Versprechens kann ich nicht weg.

»Kommt ins Klavierzimmer, Jungs«, fordert Rekkus Mutter uns auf. Rekku freut sich sichtlich und geht schon voraus zur einzigen Tür, die abgeschlossen ist. Neben der Tür hängen die Gewehre. Ich betrachte ihre Schäfte und ihre polierten Läufe, während Rekkus Mutter den Schlüssel aus dem Versteck holt. Rekku nennt das größere Kriegsgewehr und das kleinere Hasengewehr, mit dem man Bisamratten so sauber in den Kopf schießen kann, dass nicht wie beim Nachbarn in der Pelzmütze Schrotlöcher zurückbleiben.

Rekkus Tante und Timppas Mutter hören keine Platten mehr, sondern folgen uns ins Klavierzimmer. Es ist so klein, dass das schwarze Klavier von einer Wand zur anderen reicht, und es steht auch nicht mehr darin als das Klavier und ein Stuhl mit Sprungfedern. Rekkus Mutter setzt sich und öffnet den Deckel. Rekku klimpert mit den hohen Tönen, hört aber sofort auf, als seine Mutter anfängt zu spielen und zu singen.

»Der kleine Bär ist krank geworden«, singt sie, und Rekku steht daneben, und sein ganzes Gesicht lächelt, keine Grimasse, sondern weit offene Augen und ein ganz breiter Mund.

»Spiel die Königskobra«, bittet Rekkus Tante, und Rekkus Mutter spielt es und singt von einer tief im Urwald versteckten Tempelruine. Rekkus Tante singt mit, hält die Augen geschlossen und wiegt sich leicht. Sie hat künstliche Wimpern. Ich stehe so dicht neben ihr, dass ich es sehen kann. Als sie mitten im Singen die Augen aufschlägt, drehe ich den Kopf sofort ein bisschen zur Seite, damit sie nicht sieht, dass ich ihre Wimpern betrachtet habe, aber es kann sein, dass sie es doch gemerkt hat.

E s ist spät, als es Essen gibt, und ich habe schon seit dem Sensen großen Hunger. Die Kartoffeln sind zuerst in Wasser und dann in Milch gekocht worden. Diese Methode habe ich noch nie gesehen, aber sie schmecken nicht schlecht, und außerdem hat man dadurch gleich ein bisschen dünne, weiße Soße für die Barsche.

Nach dem Essen geht Timppas Mutter in die Sauna, um mit Voraufgüssen die Steine zu reinigen. Rekkus Mutter zeigt mir meinen Schlafplatz in der Darre. Dort liegen auf dem Fußboden zwei Strohmatratzen übereinander, dazu bekomme ich ein Kopfkissen und eine Wolldecke mit grünen Streifen, so kann man dort gut schlafen, weil es keine Fenster gibt und Licht nur durch die Lüftungsklappe eindringt.

Ich gehe in Rekkus Zimmer und warte. Er löst zuerst ein Rätsel und dann in einer anderen Zeitschrift eine Aufgabe, bei der man immer zusammen mit einer Hälfte des vorherigen Wortes neue Wörter bilden muss, so wie Waschwasser, Wasserfall, Falltür. Wenn er sich konzentriert, schiebt er die Zungenspitze zwischen die Lippen und hält den Bleistift ständig über der Zeitschrift bereit. Ich unterbreche ihn kein einziges Mal, sondern sitze gerne da und bin still.

Als wir nach draußen gehen, bringe ich meine Tasche in die Darre und ziehe die verschwitzte Arbeitskleidung aus. Rekku wartet im Hof auf mich, auch nur mit einem Handtuch um den Leib. So sieht man, dass er nicht nur einen dicken Bauch, sondern auch Muskeln und Kraft in den Armen hat. Auf dem Pfad zur Sauna spürt man alle Wurzeln und Erdklumpen an den Fußsohlen, und vor der Sauna muss man die Zehen zusammenziehen, weil dort grober Kies hingekarrt worden ist, damit Erde und Dreck draußen bleiben.

Auf den Pritschen sitzt bis jetzt nur Opa. Er hat den Platz des Aufgussmeisters eingenommen und kommandiert mich neben sich nach oben. Rekku bleibt auf der Mittelpritsche, möglichst weit vom Ofen entfernt. Dann kommt Timppa und setzt sich neben Rekku, und Rekkus Vater und Timppas Vater steigen zu mir nach oben.

Opa macht mit der Metallkelle einen ersten Aufguss. Der Fassofen zischt und kracht, als das Wasser durch die Steinschicht auf das schwarze Blech rinnt.

Dann kommen die Frauen. Das bin ich nicht gewohnt. Zu Hause gehe ich schon seit vielen Jahren allein oder manchmal mit meinem Vater in die Sauna, aber hier kommen alle drei gleichzeitig herein und reden dabei über ihre Angelegenheiten. Opa schleudert eine volle Kelle Wasser auf den Ofen, sodass sich die Frauen ducken, weil sie da unten der heiße Dampf zuerst trifft. Sie beschweren sich, dass es jetzt schon zu heiß sei, dass man sich zuerst ein bisschen aufwärmen und nicht gleich die Haut rot pökeln müsse.

Die Aufgüsse sind aber trotzdem gut und dampfig genug. Schnell kommt der Schweiß. Ich beuge mich unter der heißesten Stelle ein bisschen nach vorne und betrachte die Frauen. Sie haben sich im Waschraum mit Wasser aus dem Eimer abgespült, aber das Wasser ist inzwischen getrocknet, und auf ihren Rücken und Schultern und Armen wachsen Schweißtropfen. Genau vor mir sitzt Timppas Mutter. Dann kommt Rekkus Tante, und Rekkus Mutter sitzt ganz außen.

Während ich sie betrachte, kann ich nicht verhindern, dass er anfängt zu stehen, und ich muss ein Bein über das andere schlagen, damit es niemand sieht oder bemerkt. Ich kriege ein ungutes Gefühl und versuche, an alles mögliche andere zu denken, und schaue nicht mehr hin, kann aber auch nicht wegsehen. Im Mund bildet sich dicke Spucke, und ich denke bloß mehrmals hintereinander, verdammter Schwanz, hör auf zu stehen. Ich habe das rechte Bein über das linke geschlagen und halte die Hände im Schoß und versuche, den Eindruck zu machen, als würde ich die heißen Aufgüsse genießen, und Opa gießt mit der Metallkelle nach, sodass Rekku schon geht, obwohl er an der kühlsten Stelle der Mittelpritsche gesessen hat. Timppa geht als Nächster. Oben wird es allmählich quälend heiß, und ich habe kein Wasser zum Abkühlen und kann in meinem Zustand nicht vor allen Augen aufstehen und hinausgehen. Ich puste mir in die hohle Hand, um mir wenigstens im Gesicht ein bisschen Abkühlung zu verschaffen, aber mehr geht nicht, und die andere Hand lasse ich besser als kleine Abdeckung im Schoß liegen.

Opa fängt an, eine Saunageschichte von irgendwo jenseits der alten Grenze zu erzählen, macht zwischendurch eine Verschnaufpause und weitere Aufgüsse, sodass sich die Frauen auf der mittleren Pritsche immer mehr krümmen, und auch Timppas Vater sieht aus, als hätte er nicht die geringste Lust, länger zuzuhören.

Die Geschichte geht so, dass auf der Karelischen Landenge, an einem steinigen Ufer des Ladoga, eine Sauna gebaut wurde, deren Boden aus Fels und kleinen Steinen bestand und deren Ofen direkt mitten in die Steine hineingesetzt wurde, sodass auch die Steine an den Seiten heiß wurden, und an der Wand zum See hin ließ man unten einen Balken weg, damit Luft hereinkam, und bei starkem Wind spritzten sogar Wellen hinein.

Er erzählt alles so detailliert, dass mir die Hitze am Rücken zu viel wird, aber ich kann nicht aufstehen. Ich muss weiter meinen Schwanz verstecken und mit gekreuzten Beinen sitzen bleiben und versuchen, mich nicht zu rühren, damit ich die brennende Luft nicht noch stärker spüre.

Sobald Opa mit seiner Geschichte fertig ist, sagen die Frauen, in der Hitze hält es ja kein Mensch aus, und Saunieren ist doch keine Sportart. Sie gehen, und ich kann nicht anders, als hinzuschauen, und da wird das schon ein bisschen nachlassende Stehen wieder so schlimm, dass ich die Beine im festen Paket zusammenhalten muss. Wenn man nur ein bisschen den Schweiß vom Arm wischt, bleiben sofort rote Spuren zurück. Ich verfluche mich, weil ich in diesen verdammten glühenden Ofen geraten bin und nicht hinauskann, obwohl ich es will.

Im Waschraum plätschern die Frauen mit dem Wasser. Da kann ich auf keinen Fall hin, ich kann nicht mal von der oberen Pritsche herunter. Opa schüttet schon wieder eine volle Kelle auf die Steine, woraufhin der Ofen heißen Wasserdampf ausstößt, der an den Wänden entlangläuft und mir von hinten auf den Rücken und auf die Schultern schlägt, als würde jemand kochendes Wasser über mich gießen.

»Langsam reicht's«, sagt Timppas Vater und schlüpft zur Tür hinaus in den Waschraum.

Rekkus Vater sieht mich an, und ich versuche, mit übereinandergeschlagenen Beinen dazusitzen und mich ein bisschen mit den Händen abzustützen, als wäre nichts.

»Mach noch einen Aufguss«, sagt Rekkus Vater zu Opa. Opa tut es, begibt sich dann aber selbst eine Etage tiefer.

Rekkus Vater bläst sich in die hohlen Hände, um etwas kühlere Luft ins Gesicht zu bekommen.

»Noch einen«, sagt er. Opa sitzt auf der untersten kleinen

Pritsche und schüttet aus nächster Nähe eine Kelle direkt in den Ofen.

Ich sitze einfach nur da und denke an aufeinanderfolgende Zahlen. Dabei versuche ich, mich keinen Millimeter zu bewegen, weil jede Bewegung bei dieser Hitze wehtut. Ich zähle bis hundert, und dann stelle ich mir vor, dass ich ein Indianer bin.

»Nee, verdammte Scheiße, da verbrennt einem ja die Haut«, sagt Rekkus Vater und verlässt die Sauna, und Opa folgt ihm auf der Stelle.

Ich sitze regungslos im heißen Feuer. Die Sonne brennt auf die Berge und den gelben Sand herab, vom Ofen her weht der Schirokko, wie Stiche mit spitzen Hölzchen fühlt es sich an, die Kojoten laufen in den Schatten eines Maulbeerbaums.

Rekkus Tante kommt aus dem Waschraum herein. Sie hat ein weißes Handtuch umgeschlungen und einen Schwamm in der Hand.

»Sie haben gesagt, ich soll dir den Rücken waschen«, sagt sie.

»Joo«, sage ich.

»Dann komm ein Stück weiter runter«, sagt sie.

Ich kann ihr nicht sagen, dass ich nicht kann. Mit verknoteten Beinen sitze ich da und sage, ich wärme mich noch im Nachdampf auf. Sie steigt zur oberen Pritsche herauf und sagt, ich soll mich ein bisschen drehen, damit sie mir mit dem Schwamm den Rücken abspülen kann.

»O Gott, du hast ja schon richtige Blasen auf den Schultern«, sagt sie leise und berührt mich mit den Fingern zuerst mitten am Rücken und dann weiter oben. Ich spüre nichts. Ich sage, es tut nicht weh.

»Jetzt bräuchte man eine gute Salbe«, sagt sie so leise, dass man es im Waschraum nicht hören kann, und spült die Schultern so vorsichtig ab, dass sie Wasser aus dem Schwamm presst, aber die Haut damit nicht berührt, sondern nur den Schwamm ausdrückt und im Aufgusseimer wieder nass macht und erneut auswringt

Ich sitze in Indianerhaltung reglos da. Der Wind hat nachgelassen, es ist nicht mehr so heiß, sondern angenehm, und ich fühle mich auf die gleiche Art wohl, wie wenn ich auf dem Friseurstuhl sitze und die Friseurin mir mit dem Kamm durch die Haare fährt.

Als sie mit dem Abspülen aufhört, bedanke ich mich. Als sie zur Tür geht, schaue ich ihr hinterher. Ihr weißes Handtuch ist wie ein Kleidungsstück, durch das man einen Minirock und ein vollständig ärmelloses Oberteil gleichzeitig hat.

E s ist schon nach elf und draußen trotzdem noch so hell, dass man die kleinste Schrift lesen könnte, aber außer Rekku liest niemand. Er sitzt draußen auf der Treppe und hält in der einen Hand ein Buch und verscheucht mit der anderen die sirrenden Mücken um sich herum.

Ich habe mir am Graben einen Weidenzweig abgebrochen und schwenke ihn, damit sie mich nicht allzu schlimm stechen, sondern nur ab und zu an den Knöcheln, weil man nicht immer daran denkt, unten zu wedeln. Es ist vollkommen windstill geworden, darum kommen sie in Schwärmen, und bald sind es so viele, dass auch die Männer nicht mehr bei der Fliederlaube sitzen bleiben.

Die Frauen sind bereits in der Stube. Anfang des Sommers hat man die zusätzlichen Scheiben für den Winter weggenommen, und weil die Fenster darum jetzt nur eine haben, hört man den Plattenspieler draußen, als würde er fast neben einem stehen.

Sie spielen alte, schunkelige Stücke. Eines kenne ich besser als die anderen, weil es der Hochzeitswalzer meiner Eltern gewesen ist, und immer, wenn es im Radio kommt, hören sie zu, und ich muss auch ganz still sein. Meine Mutter unterbricht das Abspülen und lauscht mit den Händen im Spülwasser. Sie weint jedes Mal, aber so wenig, dass ich es fast nicht merke. Auch mein Vater hört zu. Wenn er sitzt, hört er im Sitzen zu, und wenn er etwas im Stehen tut, hält er inne und macht erst weiter, wenn das Stück im Radio zu Ende ist.

Ich habe es schon so oft gehört, dass ich es komplett auswendig kann. Schon versinkt die Nacht im Schoß der Dämmerung, bei dieser Stelle frage ich mich immer, wie das sein kann.

Ach, könnte man die Stunden noch einmal spüren, wären das Glück und die Liebe doch nicht dahin, singt Olavi Virta durchs Fenster. Im Radio lief es meistens gesungen von den Metro-Mädchen, aber meine Mutter und mein Vater haben immer auf die gleiche stille Art zugehört.

Als Hochzeitswalzer für meine Eltern hat es ein gewisser Arno Ora gesungen. Kein Mensch kann so einen Namen haben, dachte ich als kleines Kind, wenn meine Mutter im Wohnzimmer die Wollknäuel aus der Holzkiste nahm, um den darunter liegenden Trauschein und alle anderen wichtigen Papiere und Fotos und einen Stoß Glückwunschkarten und die schon fast grauen getrockneten Brautsträuße auszulüften, den großen und den kleinen. Alles liegt zwischen weißem Schrankpapier, aber mindestens einmal im Sommer will meine Mutter die Kiste inspizieren und die Blumen, die Papiere und das rosa Babyjäckchen entstauben, und dabei sehe ich alles.

Die Männer gehen hinein, und Rekkus Vater sagt im Vorbeigehen zu Rekku, besser du hörst jetzt auf, bevor die Augen endgültig kaputtgehen und hervorquellen. Rekku erschrickt und hört sofort auf zu lesen. Wir bleiben zu zweit auf der Treppe sitzen. Rekku blinzelt und fragt mich, wie seine Augen aussehen.

»Mit denen ist alles in Ordnung, er hat nur Spaß gemacht«,

sage ich, und Rekku glaubt mir, denn er hört auf zu blinzeln, er glaubt mir mehr als seinem Vater, geht aber ins Haus, weil ich es auch tue.

Alle sind in der Stube versammelt. Die Flaschen von draußen stehen auf dem Tisch. Timppa bettelt um mehr, obwohl man es ihm schon verboten hat, aber dann gibt ihm Hannes doch noch einen Schluck ins Glas.

»Einen Fingerhut voll und kein bisschen mehr«, sagt er zu Timppa, aber das habe ich draußen schon gehört, und zwar mehrmals. Rekku versuchen sie gar nicht erst etwas anzubieten, und ich bekomme etwas, wenn ich will, aber man drängt es mir nicht auf. Nach der Sauna habe ich so viel getrunken, dass ich es in den Augen merke, weil die Punkte und Streifen beim Gucken nicht so schnell mitkommen wie normalerweise.

Hannes und Kirsti fangen an, miteinander zu tanzen. Als Hannes über den Flickenteppich stolpert, werden alle Teppiche sicherheitshalber zusammengerollt und unter das ausziehbare Sofa geschoben, obwohl er nicht mal hinfällt. Die Teppiche sind lang, und es sind so viele, dass sie fast den ganzen Holzboden bedecken. Jetzt sieht man, wie breit die Bohlen sind, vielleicht acht oder neun Zoll breit, aber ich messe nicht nach, obwohl ich mit dem ersten Glied des kleinen Fingers fast auf den Millimeter genau einen Zoll abmessen könnte. Sie sehen aus wie der Länge nach durchgesägte Baumstämme. In der Mitte sinkt der Boden etwas ein, und durch das Trocknen sind zwischen den Bohlen Lücken von einem halben Zentimeter entstanden.

Als Hannes und Kirsti zum *Rothaarigen Mädchen* tanzen, fordert Rekkus Mutter ihren Mann auf, aber der hat keine Lust oder kann nicht mehr und bleibt sitzen, die Arme bis zu den Ellbogen auf dem Tisch, und hört mit halb geschlossenen Augen zu, wie Opa seine endlosen Geschichten erzählt.

Rekkus Mutter fordert mich auf, ich sage, dass ich es nicht

kann, darauf sagt sie, dass das keine Rolle spielt, weil sie führt und es mir gleichzeitig beibringt.

Wir kommen erst nach der Hälfte des Liedes hinzu. Ich versuche zu sehen, wie Hannes die Füße bewegt, aber ich schaffe es einfach nicht, es mir abzugucken und gleichzeitig zu tanzen. Rekkus Mutter summt mit und hält mich an der Hand und am Rücken und führt, und da hilft nichts, als zu versuchen, wenigstens irgendwie mitzukommen.

»Gar nicht so schlecht«, sagt sie, als das Lied zu Ende ist und der Plattenspieler nach den leeren Schlussrunden knackt.

In der Pause zum Plattenwechseln, die nicht länger dauert, als Rekkus Tante und Kirsti brauchen, um eine neue Platte im Stapel auszusuchen, geht Timppa zum Elchgeweih, nimmt die kleinere Büchse und läuft damit hinaus. Seine Mutter und sein Vater rennen ihm hinterher, Rekkus Mutter rennt auch, und ich laufe auf Strümpfen bis auf die Treppe vor der Tür. Timppa steht mitten im Hof neben der Fahnenstange und zielt in den Himmel.

»Ich schieß dem Russen in den Rucksack!«, ruft er mit seiner Kleinjungenstimme.

»Timppa, verdammt, gib die Flinte her!«, ruft sein Vater.

»Bei uns haben die Russen nichts zu feiern!«, ruft Timppa, und sein Vater rennt direkt durchs Blumenbeet, sodass die Stängel abbrechen, und greift mit beiden Händen nach der Waffe und nimmt sie Timppa ab.

Keiner von beiden sagt etwas, als sie zurückkommen. Timppa torkelt und lässt den Kopf hängen, sein Vater geht mit der Büchse auf der Schulter hinter ihm her wie ein Gefängniswärter.

Als sie die Treppe erreichen, wird Timppa zum Schlafengehen abkommandiert. Seine Augen gucken nicht mehr richtig, und er widerspricht nicht, er sagt überhaupt nichts, sondern geht sofort. Seine Mutter folgt ihm, um sich zu vergewissern, dass alles in Ordnung ist. Hannes zieht den Verschluss auf und lässt ihn sofort wieder einrasten.

»Wer, verdammt noch mal, hängt die geladen an die Wand?«, sagt er, aber nicht laut. Niemand antwortet. Für einen Moment ist es so still, dass man hört, wie draußen der Kuckuck noch einmal ruft, obwohl es Mitternacht ist und die Kuckucke im Juli eigentlich Grannen in der Kehle haben.

Als nächstes geht Rekkus Vater schlafen. Dann Opa. Dann Rekku. Hannes versucht, am Tisch sitzen zu bleiben und noch *Lass die vernarbten Wunden sein* oder *Die Wellen des Onega* zu hören, aber er kann nicht mehr und geht hinüber in den Teil des Hauses, in dem er mit seiner Familie wohnt.

Rekkus Mutter sammelt die Flaschen ein, die auf dem Tisch und neben den Tischbeinen stehen. Kirsti gießt sich und Silja und mir noch ein halbes Glas ein, obwohl das Glas vor mir jemand anderem gehört hat.

Herr Kuckuck ruft zwei Mal. Es ist jetzt etwas dämmriger, und am Himmel sind Wolken aufgezogen. Rekkus Mutter verstrubbelt mit den Fingern ihr Haar und gähnt. Dann gibt auch sie auf und wünscht uns eine gute Nacht.

So bleiben wir zu dritt sitzen und warten auf den Morgen. Sie reden darüber, was im Herbst getan werden muss, Silja sagt, sie gehe vielleicht nach Helsinki, Kirsti sagt, sie gehe vielleicht nach Parola, Hauptsache, man muss nicht hierbleiben, wenn der Schnee kommt und man vor lauter Schneehaufen nichts mehr sieht. Als sie mich fragen, antworte ich, dass es sein kann, dass ich nach Amerika gehe. Sie wundern sich nicht einmal darüber, weil alle irgendwohin gehen.

Der Herba ist klebrig süß geworden, als würde man grünen Hustensaft trinken. Ich stehe auf, um Wasser zu holen, und gieße etwas aus dem Eimer in die Kanne auf dem Tisch. Kirsti bittet Silja, die Platte von Tapani Kansa zu holen, und verspricht auch, es leise zu spielen, und Silja geht ihn aus ihrer eigenen Sammlung holen. Ich sehe durchs Fenster, wie sie in das kleine Haus geht, wo sie ein Sommerzimmer hat.

Kirsti hält sich die Hand vor die Augen und weint offenbar. Ich kann nichts sagen und sie zumindest nicht trösten, weil ich nicht weiß, warum, und nicht einmal sicher bin, ob es so ein Weinen ist, aber bevor Silja zurückkommt, wischt sie sich mit dem Geschirrtuch die Augen ab, und dann tut sie normal und legt die Platte auf den Teller. Am Plattenspieler muss die Geschwindigkeit geändert werden, und man muss die Nadel an der richtigen Stelle aufsetzen, weil der Apparat keine LP-Einstellung hat.

Sie setzen sich zum Zuhören auf den Fußboden. Man kann die Musik nicht mehr laut hören, weil Opas Kammer nebenan liegt und die Tür nicht richtig schließt. Tapani Kansa singt, aber ist das überhaupt sein richtiger Name, denn wer heißt schon *Kansa, das Volk*? Kansa ist ein Name für Zeitungen, aber nicht für Menschen, denke ich, so wie ich es früher schon mal gedacht habe. Ich mache mir nichts aus dieser Art von Gesang, wo ein Mann klagt, die Sonne sah ich untergehn, mit dir nur durfte ich das sehn, aber ich höre zu, weil Kirsti und Silja zuhören.

Sobald das Lied zu Ende ist, hebt Silja die Nadel an und führt sie zum Rand, sodass sich der Plattenspieler knacksend ausschaltet. Kirsti sagt, sie spült noch ab, damit nicht gleich am Morgen so ein Berg auf sie wartet. Silja antwortet, jetzt habe sie keine Lust mehr zu helfen. Sie nimmt ihre Platte und geht hinaus, und ich gehe auch.

Auf der Treppe sagt Silja, sie habe in ihrem Schminkbeutel weiße Vaseline gefunden und ich könne zu ihr kommen, dann würde sie mir die Schultern einreiben, damit sich die Wasserbläschen nicht entzünden. Ich nicke und frage, ob es jetzt gleich geht.

»Sagen wir in einer Viertelstunde«, sagt sie und geht in die andere Richtung, als ich zur Darre gehe. Ich bin vollkommen wach und sitze zehn Minuten auf den Strohmatratzen, ich schaue genau auf die Uhr, gehe dann weit um die Fliederlaube herum, damit ich nicht an den Fenstern der Stube vorbeimuss, und warte noch zwei Minuten im oberen Hof, dann gehe ich hinein.

Sie hat die Tür einen Spaltbreit offen gelassen, und ich klopfe nicht an und nichts, weil wir es ja ausgemacht haben. Das Zimmer ist mehr als eine Sommerkammer, sie hat viele Möbel, und am einzigen Fenster hängen gefaltete weiße Vorhänge.

Silja ist schon am Schlafengehen, sie trägt ein rot-weiß gestreiftes Nachthemd und hat nackte Füße, aber sie nimmt die Vaselinetube aus dem Schminkbeutel und fordert mich auf, das Hemd auszuziehen. Ich ziehe es aus und setze mich auf den Bettrand, sodass sie mir die Vaseline auf die Schultern und den oberen Rücken streichen kann.

»Was soll das, es den anderen so zeigen zu wollen, das hat doch keinen Sinn, das sollte dir eine Lehre sein«, tadelt sie mich ein bisschen, streicht die Salbe aber mit den Fingerspitzen so vorsichtig auf, dass es überhaupt nicht wehtut. An der Wand über dem Nachttisch hängt ein Spiegel. Ich betrachte sie darin, und sie merkt es und schaut zurück, dabei reibt sie die Vaseline auf einer Stelle an der Schulterspitze im Kreis, ich nehme die Hand zur Seite und berühre sie wie aus Versehen, und weil sie nicht wegrückt, lasse ich die Hand da und berühre sie ein bisschen mehr.

»O nein«, sagt sie, umarmt mich aber von hinten. Ich drehe mich um, sodass wir nebeneinandersitzen, und da fängt sie an, mich zu küssen. Ich schmecke Likör und Zigaretten in ihrem Mund, und unsere Zähne stoßen gegeneinander, als ich mich umdrehe, damit ich besser sitze. Sie zieht mich aus, und ich hebe ihr Nachthemd an, sie trägt überhaupt keine Unterhosen und zieht mir meine aus.

»Lass mich machen«, flüstert sie und drückt mich aufs Bett und setzt sich auf mich und führt mich in sich hinein, sodass ich nichts tun muss und es eigentlich auch gar nicht richtig könnte. Sie fängt an, sich zu bewegen, zieht das Nachthemd über den Kopf, und ich bewege mich im selben Takt, und das Bett ist schlecht und knarzt und ruckelt, und dann kommt es mir schon, aber Silja kümmert sich nicht darum, sondern bewegt sich schneller und gerät außer Atem und wimmert, als würde ihr etwas wehtun, aber es tut ihr wohl nichts weh, denn sie kommt herunter und hält mich richtig fest und ruht sich auf meiner Brust aus.

So dicht beieinander spürt man, wie es in dem anderen pocht, und man spürt den Atem, wir haben Schweiß zwischen uns, es ist ganz heiß, das ganze Zimmer ist heiß und riecht nach Frau.

Ich bin vorher noch nie mit einer Frau nackt gewesen. Silja liegt auf dem Rücken, ich auf der Seite, damit die Schultern nicht noch mehr wehtun.

Es klingt, als würde jemand ans Fensterblech klopfen, und ich erschrecke und stütze mich auf den Ellbogen. Dann fängt es an, gleichmäßig auf die Bleche und das Dach zu trommeln, ein senkrechter Sommerregen setzt ein. Silja zieht mich wieder an sich.

Sie fragt nach Lampinen, wie Reijo sich dort macht und ob alles okay ist. Weil sie sich nach etwas so Gewöhnlichem erkundigt, werde ich gesprächig und erkläre ihr, was in der Werkstatt gemacht wird und worin Rekku gut ist und worin nicht.

»Aber toll, dass Lampinen ihn eingestellt hat«, sage ich.

»Natürlich. Beziehungsweise gut so. Muss ja auch.«

Darauf kann ich nichts weiter antworten, denn da ist noch etwas anderes mit dabei. Weil ich still bin, sagt Silja, dass ich das ja wohl wissen werde. Ich sage, nein, und frage, was.

»Na, Aaro ist impotent. Der hatte an der Front den Mumps oder ihm ist was abgefroren. Jedenfalls eine Kriegsverletzung, darum hat er sein Lametta gekriegt, und den Reijo triezt er viel zu sehr.«

Ich sage gar nichts, liege nur neben Silja und betrachte ihre Brüste und den Nabel und wie sie beim Sprechen zur Decke schaut.

»Nur damit du Bescheid weißt. Die Menschen sind nicht immer so oder so, ein Teil ist mehr, wie man denkt, und ein Teil ist es weniger. Darum ist es gut, wenn die anderen Bescheid wissen, aber Reijo darf man nichts sagen.«

»Natürlich nicht«, antworte ich, als sie verlangt, dass ich es verspreche.

»Aber es war schön«, sagt sie und setzt sich auf und zieht das Nachthemd an. Ich stehe auch sofort auf und bücke mich nach meiner Hose auf dem Fußboden.

Auf dem gelb geblümten Laken sind von meinen Schultern Fettflecken zurückgeblieben. Ich versuche, sie mit dem Taschentuch abzuwischen, aber sie gehen nicht weg, sondern werden nur größer.

»Lass gut sein, das macht nichts, die Frau wäscht, was der Mann besudelt hat«, sagt Silja und küsst mich auf den Mund, und als ich mich dann ganz angezogen habe, sagt sie Gute Nacht und tätschelt mir die Wange.

Ich gehe hinaus und schließe die Tür, ohne dass sie klappert. Der Regen ist ein feiner, leiser Sommerregen und tröpfelt auf das Dach und mit einem anderen Geräusch auf die Blätter der Fliederbüsche. Mir fällt *Raindrops keep falling on my head* ein, ich bin so wach, wie man nur sein kann. Auf einem Umweg gehe ich über den Hof, sodass man mich von den Fenstern aus nicht sehen kann, es ist schon nach vier. Das Lied stammt aus *Zwei Banditen*, den habe ich im Tarina gesehen, Butch Cassidy und Sundance Kid, die Sonne ist aufgegangen, man sieht sie durch die Wolken als weiße Münze.

Ich wache in der Darre auf, weil ich durch die Belüftungsöffnung ein Tuckern höre.

Ich richte mich auf der Strohmatratze auf und lausche. Im Dunkeln sieht man nichts außer einem Streifen Licht an der Belüftungsöffnung. Ich gehe zur Tür, öffne sie einen Spalt und werde so stark geblendet, dass es wehtut.

Rekku kniet vor den Kaninchenställen und macht put, put, put, ein bisschen so wie die Kaninchen selbst. Er hat einen Blecheimer voll Klee und Vogelmiere gerupft und verfüttert sie mit den Fingern an die Tiere. Er tut so, als würde er mich nicht bemerken, obwohl ich mich neben ihn stelle. Unter den bloßen Füßen fühlt sich die feuchte Erde kalt und gestampft an, aber der Regen hat aufgehört.

»Wie geht's, Rekku?«, frage ich mit verstopfter Stimme.

Er fängt an, mir ausführlich zu erklären, dass man sich zumindest um die Kaninchen immer gleich am frühen Morgen kümmern muss und als Letztes am Abend, jeden Morgen und jeden Abend, und zwischendurch muss man nachsehen, dass Wasser im Trog ist.

»Und am Samstagmorgen ficken sie immer.«

Dazu sage ich nichts.

»Sie werden fickerig gemacht, damit sie ficken«, sagt er, macht einen Käfig auf und drängt das einzige Kaninchen darin mit dem Besen in die Ecke und hebt es an den Ohren hoch und bringt es in den großen Käfig, wo es zwischen den anderen hin und her springt und sich schüttelt.

»Das ist Reijos Arbeit und Aufgabe, dass er sich kümmert und tut. Und das Ficken ist bei den Kaninchen das Gleiche wie bei den Hühnern, wenn man sie mit dem Hahn treibt und sie Eier legen. Zuerst müssen immer die Neuen zum Wachsen gebracht werden, erst dann werden die Alten gegessen, das sind dann die Esskaninchen, und aus denen macht man auch Pelzmützen, und die werden auf dem Markt verkauft, und für die Frauen macht man neue, gefärbte Muffs.«

Ich sehe ihm zu, wie er auf allen vieren die fünfzehn Kaninchen füttert, und helfe ihm nur insoweit, als ich Wasser aus dem Hahn hole und auch gleich selbst etwas davon trinke. Wo ich nun wach bin, fühle ich mich rundum gut und fülle gern die Trinknäpfe in den Kaninchenkäfigen.

Rekkus Mutter kommt heraus, geht auf den Abort und bleibt auf dem Rückweg bei uns stehen, um sich zu erkundigen, was wir so tun.

»Wir bringen die Kaninchen zum Ficken«, sagt Rekku.

»Du musst dir den Mund mit Seife waschen«, sagt seine Mutter, aber nicht lauter, als sie zuvor ihre Frage gestellt hat. Sie sieht müde aus, und ihre Haare hängen ungemacht runter.

»Wir bringen sie so lange zum Ficken, bis sie selbst auf die Idee kommen, zu ficken«, erwidert Rekku ernst. Seine Mutter schaut mich an, schüttelt den Kopf und erklärt es mir.

»Reijo hat, wann war das, vor zwei Jahren vielleicht, ein Buch über Kaninchenhaltung gelesen und war so begeistert, dass er mit aller Macht verlangt hat, Käfige zu bauen. Bis dahin hatten wir nur am Hühnerstall einen Außenkäfig für die Kaninchen. Aber er hat sich ganz gut um sie gekümmert und füttert sie den ganzen Sommer, außer jetzt unter der Woche, wenn er bei der Arbeit ist.«

Dann kommt Silja aus ihrer Kammer zu uns. Sie schaut mich

nicht an, obwohl ich sie anschaue. Frauen sind wie Wetterfahnen.

»Das war doch im Sommer vor zwei Jahren, als sich Reijo so für die Kaninchen begeisterte, oder?«, fragt Rekkus Mutter.

»Vor drei«, sagt Silja und geht, ohne stehen zu bleiben, vorbei.

»Wie die Zeit vergeht. Reijo war noch ein kleiner Junge, aber beharrlich. Kaninchenhaltung ist eine gute Schule fürs Leben, weil man lernt, weiterzumachen und nicht aufzugeben. Stimmt doch, Reijo, das tun wir nicht, wir sind beharrlich. Kommt bald frühstücken. Mit dem Heu eilt es nicht, vielleicht am Nachmittag, mal sehen.«

»Weil die einen schlimmen Brummschädel haben«, sagt Rekku.

»Nicht direkt deswegen, sondern weil es in der Nacht geregnet hat und alles nass ist.«

Als Rekkus Mutter hinter ihrer Schwester ins Haus gegangen ist, sagt Rekku zu mir, die haben trotzdem einen Brummschädel, obwohl das nicht richtig ist.

Ich frage ihn, von welchem Buch über Kaninchenhaltung seine Mutter gesprochen hat. Er antwortet, von irgendeinem halt, und Kaninchenanbau ist auch nicht schwerer als Getreideanbau.

»Das ist bloß wie das hier und genauso leicht, und ich übernehme mal unseren Hof, wenn Papa so alt wird, wie Opa jetzt ist. Dann werden hier zehn neue Kaninchenställe gezimmert, und auf den Feldern wird bloß noch Wiesenklee und Vogelmiere angebaut.«

»Also hier«, sage ich und sehe mich auf dem Hof um, weil Rekku auf die Wände der Nebengebäude zeigt. Ich traue mich nicht, allein in die Stube zu gehen, darum warte ich und höre mir Rekkus Geschwätz über die Kaninchenzucht an und füttere sie auch mit ein bisschen Klee und mache put, put, und fast ist es so, als würden sie antworten, oder sie machen immer so, wenn sie frisches, grünes Gras bekommen.

Nachdem wir sie gefüttert und Gras in die Käfige gestreut haben, drängt Rekku das Kaninchenmännchen mit dem Besen in die Ecke und setzt es wieder isoliert in den kleinen Käfig.

»Weil das mit dem Ficken geht so, dass man ihn nicht ständig auf dem Rücken von einer hängen lässt, da verpulvert er zu viel Kraft und Ladung«, sagt er.

W eil nichts passiert, machen wir einen Rundgang über die Ländereien. So nennt Rekku die Felder und den Wald, die ihnen gehören, das sind die Ländereien, die Gemarkung oder der eigene Grund und Boden.

Die Hangwiese, die wir am Tag zuvor gemäht haben, liegt am äußersten Rand der Ländereien, von einer Ecke aus führt ein schmaler Trampelpfad durch den Wald zum See. Dort befindet sich in einer runden Bucht ein Ufer mit Ruderbooten. Manche sind an Land auf geschälte Baumstämme gezogen worden, manche treiben auf dem Wasser, nur mit dem Steven am Ufer und mit einer Kette an einer Erle festgemacht.

Rekku klettert in eins der Boote und nimmt einen Schlüssel aus dem Versteck unter der hinteren Bank und sagt, Reijo weiß, wie man ein Ruderboot benutzt, weil er rudern und streichen kann, und das ist fast dasselbe, bloß dass das Boot in unterschiedliche Richtungen fährt und die Hände sich in verschiedene Richtungen bewegen, beim Rudern nach hinten und beim Streichen nach vorne. Er fragt, ob ich das gewusst habe, das mit dem Rudern. Ich sage Ja und dass ich auch schon vor und zurück gerudert bin.

Rekku will rudern, aber nicht das Boot vom Ufer ins Wasser schieben. Er setzt sich auf die mittlere Ducht, sodass ich am

Steven schieben und ins Boot springen muss, während es in die angelegte Rinne zwischen den Steinen ins Wasser gleitet. Gebückt halte ich mich an den Rändern fest, weil ich an Rekku vorbeimuss, um mich ins Heck zu setzen.

Gleich nach der Bucht tut sich der ganze See auf, und man bräuchte eine Sonnenbrille oder wenigstens eine Schildmütze, weil es nach der kurzen Nacht in den müden Augen blitzt und wehtut. Rekku kann gut rudern, ruckartig, aber mit Kraft, sodass wir bei Seitenwind schnell vorwärtskommen, und man sieht, dass er sich freut, weil er rudern kann und das Boot auf eine solche Geschwindigkeit bringt. Ich lobe ihn, sage, du ruderst ja wie ein Mann, und da schnurrt er fast und lobt sich selbst als guten Reijo.

Als das Boot weiter am Ufer entlangfährt, erkenne ich an der Spitze einer Halbinsel einen weißen Steg und daneben ein Schwimmhäuschen in hellen Farben. Das muss das Grundstück der af Boijers sein, niemand sonst hat so etwas. Rekku rudert näher heran, und da sehe ich die Villa auch schon. Die großen Verandafenster reflektieren das Licht von der Sonne und vom Wasser, aber an der Fahnenstange hängt nicht der Hausfrauenwimpel, dort ist nur ein leerer Strich vor dem Wald.

Ich sage zu Rekku, lass uns mal dichter ans Ufer heranfahren, dann zeige ich dir ein Schwimmhäuschen, weil es so was sonst nirgendwo in dieser Gegend gibt. Er schafft es sofort, die Richtung zu ändern, als ich ihm zeige, welchen Punkt er ansteuern soll, und blickt nur ein paarmal kurz über die Schulter, damit er den richtigen Kurs hält. Danach muss er sich nur noch einen Fixpunkt am anderen Ufer suchen.

Wir passieren das af-Boijer-Haus so dicht am Ufer, dass man die Verzierungen an den Steggeländern erkennen kann.

»Lass uns an Land gehen«, schlage ich Rekku vor. Er widerspricht und sagt, das ist das Grundstück anderer Leute, da darf man nicht hingehen und auch nicht zu dicht heranrudern.

»Aber ich kenne diese Leute ein bisschen, und dann darf man es«, muss ich mehrfach beteuern und sagen, dass niemand da ist, bevor Rekku einverstanden ist und sich traut, den Steg anzusteuern.

Sobald wir das Boot festgemacht haben, geht Rekku sofort zum Schwimmhäuschen. Ich folge ihm und probiere, ob es abgeschlossen ist, aber es ist lediglich ein Haken dran. Außen ist es in komisch bunten Farben gestrichen, blau und gelb und grün und violett, und in die Blendrahmen sind alle möglichen Schnörkel hineingesägt worden, sodass es aussieht wie das Bild auf einer Hippie-Platte. Drinnen gibt es nur eine Sitzbank und Haken an den Wänden, und an den Haken hängen zwei gestreifte Leinenhandtücher und zwei Frauenbadeanzüge, ein blauer und ein grünlicher. Rekku betrachtet und befühlt den Stoff der Badeanzüge und fragt, was das für ein kleines Haus ist.

»Windschutz für vornehme Damen«, antworte ich zuerst und dann, dass es bei starkem Wind schön ist, durch das kleine Fenster auf den See zu blicken, weil man durch das Glas geschützt, aber trotzdem auf dem Steg und über dem Wasser ist.

»Reijo guckt schön hinaus«, sagt er und späht auf den leeren See und auf die Insel und auf das, was man vom Ufer gegenüber erkennen kann. Rekku ist so groß oder das Schwimmhäuschen so niedrig, dass er nicht aufrecht stehen kann, und um aus dem Fenster zu schauen, muss er sich tief bücken und fast hinknien.

Ich nehme ihn mit zur Villa, und dann will ich allein aufs Dach steigen, aber Rekku folgt mir, obwohl er Angst hat und ihm schwindlig wird, und ich verbiete es ihm nicht, sondern ermahne ihn nur, ein bisschen langsam zu machen und immer eine Sprosse nach der anderen zu nehmen. So setzt er langsam seine Füße und Hände und schafft es schließlich auf den First, und als er neben mir sitzt, lächelt er breit und lobt sich selbst.

»Reijo hat vor nichts Angst, nein, selbst wenn man ihn mit dem Kran zum Himmel hebt und an der Schnur rum und dumm schaukelt.«

»Nein«, sage ich.

»Vor nichts hat Reijo Angst, vor nichts und niemandem, und er fürchtet sich auch nicht, ihm ist überhaupt nicht schwindlig, er ist nicht schüchtern und kein Hasenfuß und kein Weichei, auch wenn das wer sagt.«

Er weint fast, hält die Hände aber hoch in den Wind, wahrscheinlich damit die dunklen Schweißflecken unter den Achseln trocknen.

Die Dachpappe ist durch die Sonne ziemlich heiß geworden, aber trotzdem ist es gut. Von so weit oben sieht man weit, und durch die Nacht und den Vormittag fühle ich mich rundum gut, sodass ich unter keinen Umständen gleich wieder runterwill. Ich sage auch zu Rekku, dass es hier toll ist, auch wenn es ein bisschen in den Fußsohlen kribbelt, und dass ich immer hier herkommen würde, wenn das Haus mir gehören würde.

Er schaut sich richtig um und betrachtet den Wald und das Grundstück und die große Seefläche vor sich.

»Ja«, sagt er, und da habe ich das Gefühl, dass er alles versteht, viel mehr als ich geglaubt habe. Er guckt auf eine bestimmte Art und überlegt, was er sieht, und antwortet erst dann und meint, was er sagt. Er ist nicht verrückt oder minderbemittelt, sondern er wird erst was, er ist langsam und zurückgeblieben, aber wenn er viel Zeit hat, kann er noch vieles aufholen.

Ich erzähle ihm, dass mir die af Boijers eine Geschichte über die Insel Pyteri mitten im See erzählt haben, von einem Deutschen, der jedes Frühjahr auf dem letzten tragenden Eis auf die Insel geht und den ganzen langen Sommer dort in seinem Zelt wohnt.

»Die Insel gehört niemandem, darum darf der Deutsche

dort bleiben. Er angelt und isst ansonsten von den Vorräten, die er auf dem Schlitten mitgebracht hat«, sage ich zu Rekku und deute mit dem Finger auf die kleine Steininsel mitten im See. Rekku schaut an meinem Finger entlang und sagt, er kann die Insel sehen, aber nicht den Mann.

»Es kann sein, dass er uns sieht. Die Frauen erzählen, dass er auf seinem Schlitten auch ein großes Fernrohr transportiert, mit dem er nachts nach Sternbildern schaut und tagsüber nach Vögeln. Im Sommer, wenn die Zugvogelzählung Pause hat, hält er zum Zeitvertreib Ausschau, wer auf dem See unterwegs ist und was an den Ufern und bei den Sommerhäusern vor sich geht. Kann also sein, dass er uns sieht, darum sollten wir ihm sicherheitshalber winken«, sage ich zu Rekku und hebe einmal den Arm, aber Rekku fängt richtig an zu winken und späht dabei in Richtung Pyteri.

A ls wir vom Ruderausflug zurückkehren und Herr Kuckuck zwölf Mal ruft, sind die Männer noch immer nicht aus ihren Kammern gekommen, um ihren Haferbrei zu essen. Die Frauen haben sich zum Mittagsschläfchen hingelegt.

Wir bleiben zu zweit in der Stube sitzen und warten. Rekku macht am Tisch Kreuzworträtsel aus alten Illustrierten, ich blättere ein So kämpfte das Volk-Heftchen durch, von denen es neben den Ausgaben von Lächeln und Zukunft auf dem Land einen hohen Stapel gibt.

Eine seltsame Geschichte aus Viipuri lese ich genauer, weil sie ein bisschen was mit DXen zu tun hat.

Im Fortsetzungskrieg waren die Russen weit in der Entwicklung damaliger Terrorwaffen gekommen, nämlich von Minen, die per Funk gezündet werden. An jeder Mine waren drei Stimmgabeln und Empfänger befestigt, und die Russen konnten zu jeder den richtigen Dreiklang schicken, sodass die Stimmgabeln vibrierten und in ganz Viipuri Sprengsätze zündeten.

Dann fanden finnische Pioniere unter einer Brücke eine 600-Kilo-Bombe. Daran befestigt waren Gummibeutel, in denen fertige Sprengvorrichtungen darauf warteten, die richtigen Töne auf der richtigen Frequenz zu empfangen.

Die Finnen konnten die Funktion der Stimmgabeln und des ganzen Systems ermitteln und fingen an, pausenlos die Säkkijärvi-Polka auf derselben 715-Hertz-Frequenz zu spielen, auf der die Russen ihre Dreiklänge zu senden versuchten.

Von September bis Februar wurde die Polka ununterbrochen gespielt, sodass im Winter die Akkus der Russen leer waren und die restlichen TNT-Ladungen in Viipuri nicht explodierten.

Ich habe noch nie ein *So kämpfte das Volk*-Heft gelesen, aber diese Geschichte ist klasse, ich erzähle sie Rekku nach und stehe auf, gehe zum Plattenspieler und frage Rekku, ob sie die Säkkijärvi-Polka haben. Er sagt, man darf den Plattenspieler nicht anfassen und auch nicht die Platten daneben.

»Reijo ist verboten worden, sie auch nur mit dem Finger zu berühren, damit sie nicht springen, kaputtgehen oder zerbrechen«, sagt er und kommt, um mich zu abzuhalten. Er scheint ernsthaft Angst zu haben.

»Damit sie nicht zersplittern und auf den Boden fallen, sodass es staubt und keine Platte mehr da ist, sondern nur Splitter und Scherben, Bruch und Schmutz und Stückchen, nein, nicht Schmutz, das ist nicht dasselbe, aber Bruch und Scherben.«

»Ich tue nichts«, verspreche ich und schiebe seine Hand weg und setze mich wieder hin, damit er sich beruhigt. Mit ihm möchte ich mich nicht prügeln, so hart wie er sofort zugepackt hat.

Ich fange noch einmal an, möglichst normal über Funkminen, über die Übertragungen des Finnischen Rundfunks und über den Krieg zu sprechen. Rekku sitzt auf seinem Platz und wackelt noch immer mit dem Kopf. Wir reden über den Krieg, und auch darüber weiß er etwas, nicht weil es den Krieg gegeben hat, sondern weil es Wörter aus dem Krieg gibt, wie Russe, Marski oder Karabiner.

»Mein Vater hat in der Kammer eine Tapferkeitsmedaille, weil er Russen umgebracht hat«, flüstert mir Rekku ins Ohr, nachdem er sich zu mir gebeugt hat. Ich nicke und bin seiner Meinung, weil er mich so direkt ansieht und wieder nach meinem Arm greift. Ich finde es unangenehm, bis jetzt hat er mich noch gar nicht angefasst. Ich versuche, seinen Griff zu lösen, und rücke weiter von ihm weg.

»Gehen wir gucken?«, flüstert er. Ich frage, was.

»Die Medaille«, sagt er und geht auch schon leicht geduckt auf die Tür zu. Er versucht zu schleichen, ist dafür aber zu plump und zu groß.

Mir bleibt nicht viel anderes übrig, als mitzukommen. Vorsichtig macht er die Tür auf und betritt die Kammer. Dort schläft niemand, obwohl ich das geglaubt habe, der Raum ist leer, es stehen nur Reisekisten darin, und an der Wand hängt an der besten Stelle im Fensterlicht eingerahmt und hinter Glas eine kleine Medaille. Sie hat ein rotes Band, das wie Samt aussieht, eine Darstellung kleiner Schwerter, die gegeneinanderschlagen, ein ganz schwarz gewordenes Eisernes Kreuz und darauf die kurzen Zacken des finnischen Hakenkreuzes. Auf dem vergilbten Papier steht »Freiheitskreuz d. 4. Kl.« und »Sdt. Aaro Akseli Lempinen«.

»Für Tapferkeit, das ist Mut, das ist dasselbe, dass man keine Angst hat und nicht erschrickt, vor dem Russen nicht davonläuft und sich nicht aus dem Staub macht und nicht flieht, weil man nämlich ein Mann ist und keine feige Sau.«

»Genau«, sage ich.

»Bin ich nicht«, widerspricht er, weil er mich falsch verstanden hat. In seinen Augen glänzt etwas, als er mich fragt, wieso ich bei seiner Tante geschlafen habe.

SAMTMILBEN

»Herr Präsident! Meinen Sie mit Ihrer Verlautbarung die Wirtschaftspolitik, die Innenpolitik oder die internationalen Beziehungen Finnlands zu unseren nächsten Nachbarländern?«

»Wir werden die Außenpolitik, die wir seit Jahren erfolgreich betrieben haben, fortsetzen und weiter stabilisieren.«

»Wir können feststellen, dass die auf gegenseitigem Vertrauen beruhenden Beziehungen zur Sowjetunion eine Tatsache grundlegender Natur in der Politik Finnlands darstellen.«

»Das Vertrauen und die Freundschaft zwischen unseren Ländern werden uns auf dem Weg in die Zukunft begleiten. Der Fluch der Vergangenheit ist von uns abgefallen.«

A m Montag rufe ich von der Werkstatt aus zu Hause an und frage, ob alles in Ordnung ist. Mitten bei der Arbeit ist mir gewesen, als wäre etwas passiert, und ich habe an der Schneidemaschine innegehalten und die fertigen Blechstreifen aus der Kiste in Bündeln hingelegt, mir ist, als hätte ich einen Krankenwagen und meinen Vater auf der Trage gesehen. Darum gehe ich telefonieren, auch wenn ich als Grund angebe, dass sie hören sollen, wie mir als Unerfahrenem das Heumachen von der Hand gegangen ist.

Als Erstes stelle ich meine Frage. Mein Vater sagt, alles sei wie immer.

»Was soll's schon Neues geben, absolut nichts«, sagt er und fragt dann nach mir.

Ich erzähle ihm, dass vor allem der Sonntag ein langer Tag war, bis wir alles aufgehockt hatten, aber ich sage nicht, dass wir am Samstag überhaupt nichts getan haben. Sämtliche Heuwiesen außer der Hangwiese vom Freitag waren für den Sonntag übrig geblieben, darum fingen wir schon um sieben an und machten fast ohne Pause bis Mitternacht durch, aber Rekkus Vater und Onkel waren schon am Mittag so blau, dass Silja mit dem Traktor die Mähmaschine fahren musste.

Mein Vater fragt, ob ich etwa vorhabe, am nächsten Wochenende wieder dort zu helfen.

»Nein«, sage ich sofort und bestimmt.

Eine allzu große Hilfe bin ich auch nicht gewesen, weil Rekkus Vater und Hannes sogar im torkelnden Zustand schneller waren als ich. Und Rekku allein hat für drei Männer gearbeitet.

»Unser Reijo ist ein richtiges Arbeitspferd«, hat seine Mutter gesagt, und Rekku hat glücklich ausgesehen und noch schneller das Heu aufgehockt, sodass der Rückenteil seiner Latzhose schwarz vor Schweiß geworden ist.

Der Sohn von Kirsti und Hannes wird bereits zum Bauern ausgebildet, so hat Kirsti es mir in der Mittagspause gesagt, Timppa muss lernen, alle Arbeiten zu verrichten, und darum musste er wie wir bis spät in die Nacht weitermachen. Am Samstag hatte er gekotzt, zuerst rot und gelb aufs Kopfkissen in seinem Bett und dann, als er ein bisschen klarer war, in den Schmutzeimer im Flur, aber den ganzen Sonntag hat er mitgearbeitet und laut Scheiße gerufen, wenn die Arbeit gestockt hat oder wenn ihm die Kraft gefehlt hat, das Heu mit der Gabel hoch genug zu heben, und die Männer haben über seine schrillen Flüche gelacht und ihn angestachelt, noch lauter zu fluchen, bis Rekkus Mutter böse wurde und ihnen befahl, sofort aufzuhören, weil immerhin Sonntag sei, trotz der Landarbeit.

Mit Silja bin ich nicht mehr allein gewesen, sie ist mir aus dem Weg gegangen und hat mit den anderen Frauen Pause gemacht, aber am Montagmorgen, als wir um sechs in der Stube den Frühstücksbrei aßen und Rekku mittendrin aufs Klo musste und Rekkus Mutter irgendwo hinging und sonst noch niemand aufgewacht war, tätschelte mir Silja genau so die Wange, wie sie es in ihrem Zimmer getan hatte, und flüsterte, es war schön, und wir sagen das niemandem. Ich versprach es ihr.

Während der Fahrt habe ich noch einmal richtig darüber nachgedacht und es mit endgültiger Sicherheit beschlossen. Es ist ein Versprechen, das ich halten werde, und bei der Gelegenheit habe ich auf dem Mittelplatz im Heuauto noch beschlossen, dass das immer so sein wird. Wenn mir jemand etwas von Frauen erzählt, wie eine gewesen ist und welche ihn rangelassen hat, dann kann ich mir das anhören, auch wenn Zuhören nicht viel weniger mies als Tratschen ist, aber ich selbst werde niemals irgendetwas erzählen, von keiner, von keinem einzigen Mal, niemandem werde ich etwas sagen, nicht einmal, dass ich es jetzt mit einer getan habe.

Als ich am Freitag in der Mittagspause meine Sachen für daheim packe, fällt mir ein, dass ich Lampinen noch immer nicht gefragt habe, wie man die Mischbatterie an die Schläuche in der Sauna anschließt. Ich öffne das Zeitungspaket, betrachte die funkelnden Teile und bin ratlos.

Rekku bleibt im Polar und liest, ich gehe über den Platz zur Halle. Lampinen sitzt mit Ala-Seppälä und Lehto im Pausenraum am Tisch. Sie halten eine Besprechung der Führungsgruppe ab. Jeder hat einen Kaffeebecher vor sich stehen, Lampinen isst ein Brot und Ala-Seppälä Zwieback mit Zimt und Zucker.

Ich kann nicht dazwischenfragen, solange sie reden, und warte. Zuerst diskutieren sie darüber, ob Ala-Seppäläs Partei zersplittert, und dann über das neueste Thema, nämlich dass Gelder der Landpartei in eine Stiftung geschoben worden sind. Ala-Seppälä wird richtig böse und meint, das wären von den Bürgerlichen verbreitete Lügen und schmutziges Gerede der Sozialisten, aber Lehto unterbricht ihn und sagt über Landparteichef Vennamo, der reißt nur das Maul auf und fuchtelt mit den Armen.

»Es ist immer leicht, über die Dicken herzuziehen«, sagt Lampinen. Ala-Seppälä tunkt seinen Zwieback tief in den Kaffee und ist nicht der gleichen Meinung, sondern fängt an, auf die Zentrumspartei zu schimpfen und dann auch auf alle anderen.

»Ist was?«, fragt Lampinen mich zwischendrin, weil ich schon eine Zeit lang dastehe und warte.

Ich öffne die Zeitung, damit man die Mischbatterie sieht. Ich frage, wie man sie an die Gartenschläuche anschließt.

»Es musste schnell gehen und billig sein, da haben wir bei dem Jungen daheim in der Sauna so eine provisorische Patentlösung gemacht«, beeilt sich Lampinen den anderen zu erklären und beschreibt, wie sie die Schläuche über den Hof gezogen haben. Lehto guckt nur und sagt zunächst kein Wort. Lampinen meint, mit einem kleinen Bagger könnte man den Garten aufgraben.

»Und es dann gleich richtig machen. Unter der Bodenfrostgrenze von Wand zu Wand, mit Kupferrohr und Isolierung und Verbindungen, wie es sich gehört, und nicht mit irgendwelchen Tricks und Provisorien, aber Zeichnungen braucht man bei einem alten Haus nicht«, sagt Lehto, und Lampinen ist der gleichen Meinung und verspricht, zu kommen und alles anzuschließen, wenn der Graben im Hof fertig ist.

»Und was soll's, wenn er dick ist, solange er für die Vernunft eintritt. Sonst verkauft Kekkonen noch das ganze Land«, fängt Ala-Seppälä wieder an und geht zum Waschbecken, um seine Tasse auszuspülen.

»Wenn er nicht Alaska zurückkauft; da wird der Lachs einen schönen Kilopreis kriegen«, sagt Lampinen.

»Das wird er, und das Volk darf zahlen« sagt Ala-Seppälä und folgt Lehto nach draußen.

Lampinen wartet genau so lange ab, bis sie ihn nicht mehr hören können, dann dreht er sich zu mir um.

»Das Volk zahlt nie für etwas, aber der Unternehmer immer«, sagt er und schlägt mir vor, der Jugendorganisation der Sammlungspartei beizutreten.

»Da sind gute Leute und Gymnasiasten am Ruder. Man soll die Schule nicht abbrechen. Dein Vater hat so was gesagt, aber das soll man nicht. Jussi redet manchmal, bevor er denkt, und als er jung war, hat er zugeschlagen, bevor er geredet hat. Da ging es manchmal ganz schön übermütig zu, wir sind schon lange befreundet, und jeder kennt den anderen besser als sich selbst. So ist das nun mal normalerweise, dass der eine Bescheid weiß und der andere erst noch darauf kommen muss. Dann muss man dem Freund im Nachhinein erklären, was schiefgelaufen ist, und es kann auch sein, dass zehn oder zwanzig Jahre vergehen, bis man es merkt. Die fehlen einem dann, und zwar aus eigener Dummheit.«

Ich kann nicht zustimmen und nicht verneinen, weil ich gar nicht verstehe, was Lampinen meint. Ich nicke nur und brumme.

»Glaub nicht an die Frauen, auch wenn man sich immer Mühe geben muss. Manchmal gewinnt man im Lotto und hat sechs Richtige. Das heißt, dass sie nett ist und nicht meckert, alles sauber hält, gut aussieht und nicht dumm ist und als Sechstes, dass sie eine Frau ist. Das kommt erst durch die Erfahrung und auch dann nur langsam.«

Wir sitzen uns gegenüber, zwischen uns ist der Tisch, und auf dem Tisch sind Brotkrümel und noch mehr Zwiebackkrümel. Lampinen rührt mit einem Schraubenzieher einen Zuckerwürfel in eine neue Tasse Kaffee. Auch wenn ich noch so genau hinschaue, erkenne ich in seinem Gesicht nichts von Rekkus Gesicht, und ich frage mich, ob ich überhaupt verstanden habe, was Silja gemeint hat, oder ob sie es nur mit Absicht gesagt hat, aber warum nur. Und vielleicht haben sie doch ähnliche Augen, ich schaue so direkt hin, dass Lampinen fragt, was ist.

»Nichts«, sage ich.

»Wie ist die Heuarbeit mit Reijo von der Hand gegangen?«, fragt er dann sofort, als könnte er meine Gedanken lesen. Das kann passieren, im Lauf des Winters habe ich oft gedacht, dass etwas von dem, was man denkt, durchsickert, obwohl man kein Wort sagt, und gerade darum muss man aufpassen, dass man nicht im falschen Moment plötzlich innehält und denkt. Nicht alles ist sichtbar, auch Strom kann man nicht sehen, aber er existiert, und die elektrischen Aktivitäten der Gedanken können durch den Kopf entwischen und andere erreichen, weil mit dem Strom ist es wie mit Magnet und Schwerkraft, und die sieht man ebenfalls nicht.

»Er kann hart arbeiten. Ich bin da nicht mitgekommen«, sage ich.

»Bei Reijo kommt keiner mit, wenn er mal richtig in Fahrt ist. Aber er ist so ein großes Kind und ein armer Teufel.«

»Bei Wörtern ist er schnell.«

»Ja, er liest viel, hat Liisa erzählt.«

»Und macht Kreuzworträtsel und alle Aufgaben, die es in den Zeitschriften gibt«, sagte ich, und Lampinen wundert sich und freut sich und fragt, tatsächlich.

»Der Kopf des Menschen ist schon ein komisches Ding«, sagt er schließlich, als wir genug über die Kreuzworträtsel gesprochen haben, und durch die Art, wie er das sagt und wie er Lii-

sas Namen ausgesprochen hat, bin ich mir wieder sicher, dass
er doch etwas mit Rekku gemeinsam hat.

So sickern die Gedanken durch. Das ist der Beweis für die
Übertragung der Stromwellen. Man sagt nichts laut und sagt
es doch.

Ich habe Zeitungsartikel über Telepathie und über das Ver-
rücken und Zerbrechen von Gegenständen, ohne sie zu berühren, gelesen. So etwas kann man fast in jeder Zeitung und Zeitschrift lesen, also kann es kein Blödsinn sein. Gerade ist in
Turku eine neue Ufo-Konferenz eröffnet worden, im Radio haben sie am Morgen die Nachricht gebracht, dass ein Mann namens Kuningas gesagt hat, die Besucher aus dem Weltall sind
bereits unter uns. Sie tragen leuchtende Umhänge und haben
eine strahlende Haut, aber unsere Augen sind noch nicht so
weit entwickelt, dass wir sie sehen können.

Über all das denke ich nach, nachdem Lampinen in seinen
Verschlag gegangen ist. Irgendwie sind es zwei verschiedene
Dinge. Ufos sind Ufos, und zerspringende Wassergläser können ein Zaubertrick sein, aber die Gedanken sind etwas anderes. Wenn die Gedanken durchsickern, dann gehen sie nicht
ganz auf andere über, sondern es kommt nur eine Ahnung beim
anderen an. Und dann ist es mehr Empfangen und DXen, bloß
schwache Einser auf der SINPO-Skala, dass man gerade so unter dem Rauschen etwas hören und sich durch das Wenige etwas zusammenreimen kann.

Diese Fähigkeit habe ich nach und nach bei mir festgestellt.
Oder sie war schon immer da, aber jetzt kann ich sie hervorho-
len und weiß ein bisschen, was es bedeutet, sonst wäre ich auch
nicht so sicher, dass Rekku und Lampinen etwas gemeinsam
haben, sondern es wäre einfach an mir vorbeigegangen.

Zum Abschluss des Nachmittags erledige ich das übliche Putzen, als Lampinen an die Tür seines Verschlags tritt und mich

zu sich winkt. Ich lasse den Lappen ins Wasser fallen und gehe zu ihm, um zu hören, was er zu sagen hat.

Zuerst fragt er, was für Pläne ich für Samstag habe. Ich habe noch keine.

»Gut«, sagt er und redet drum herum, bevor er fragt, ob ich sein Chauffeur sein könnte, weil er eine Begleitung zum Essen ins Hotel Aulanko ausführen will.

Ich sage, dass ich weder einen Führerschein noch das nötige Alter habe.

»Einen Benz fährt man nicht mit dem Führerschein, sondern mit dem Willen«, sagt er und verspricht, es mir beizubringen und die Stunden mit einem Fünfer zu bezahlen und den Samstagszuschlag noch dazu.

»Und wenn man eine Brille aufhat, sieht man älter aus. Zieh dir ein Sakko an, dann stellt niemand Fragen. Und kein Hund bellt dir hinterher.«

»Warum nicht ein anderer aus der Firma?«, frage ich trotzdem.

»Weil ich keine Lust habe, mir im Nachhinein was anhören zu müssen. Dann würde es heißen, mit einer Kommunistin, dabei spielt es doch keine Rolle, was sie ist, wo sie doch was hermacht und auch noch was im Kopf hat.«

Ich mache es zu meiner Aufgabe, den Graben auszuheben. »Dafür braucht man keinen teuren Bagger, der nur den Garten kaputt macht«, sage ich klipp und klar, wie ein Mann etwas sagen muss, was er sich genau überlegt hat, und mein Vater ist der gleichen Meinung, auch wenn er mich warnt, es könnte eine harte Arbeit werden, und ich könnte dabei auf Steine stoßen.

Ich fange an, indem ich Schnüre von der Wand des Heizungsraums durch den Garten bis zur Sauna spanne. Die direkte Linie würde auf den größten Apfelbaum zuführen, aber ich umgehe ihn, mache eine leichte Biegung weit genug um die Wurzeln herum und markiere den Weg mit Stöckchen im Gras. Mein Vater kommt in den Garten, um sich meine Arbeit anzusehen.

Ich bin fast zwei Wochen von zu Hause weg gewesen, so lang wie noch nie. In der Zeit sind die Blumen, das Gemüse und die Kartoffeln üppig gewachsen und zum Teil dunkelgrün geworden. Alles ist ein bisschen anders als zuvor. Wo man immer ist und wohnt, sieht man so etwas nicht mehr richtig. In den zwei Wochen ist Farbe abgeblättert, und Haus und Garten und alles auf dem Hügel scheint kleiner geworden zu sein. Das ganze Grundstück würde bei Rekku zu Hause in eine Ecke des Hofs passen.

Als die Strecke markiert ist, setzen wir uns auf die Treppe und betrachten sie. Mein Vater vermutet, dass Erde nachrutscht und ich deswegen breiter graben muss, wodurch leicht einige Kubikmeter mehr zusammenkommen könnten. Ich vermute es nicht, sondern weiß es, widerspreche aber nicht.

Mein Vater erkundigt sich nach der Heuarbeit und dann nach Lampinen, wie es in der Firma läuft und wie er seine Sache macht.

»Ganz gut, glaube ich«, antworte ich, weil ich etwas antworten muss. Vom Wochenende erzähle ich nicht viel. Als wäre alles in einem anderen Land passiert, das keine gemeinsame Grenze mit zu Hause hat.

»Vetter Lampinen ist gut vorwärtsgekommen, jedenfalls besser als manch anderer«, sagt mein Vater und guckt vor sich ins Gras und auf die Markierungsstöckchen.

»Kann sein, dass man in der Klempnerei und beim Blecheknicken besser über die Runden kommt. Da geht es nicht um jeden Millimeter, wie bei der richtigen Metallarbeit. Und man braucht keine teuren Maschinen«, sagt mein Vater.

Dann sitzen wir einfach nebeneinander auf der Treppe. Das Holz ist in der Sonne bis ins Innere hinein warm geworden. Mein Vater hält die Hände um die Knie. Auf den Handrücken sieht man die Adern. Ich lausche, weil man nichts hört. Der Scheitelpunkt des Sommers ist vorbei, die kleinen Vögel schwirren nicht mehr durch den Garten wie vor einem Monat. Ich werde meinem Vater nicht erzählen, dass ich Lampinens Fahrer sein werde. Das kommt mir nicht gelogen vor, und ist es auch nicht, denn ich sage ja nichts, und dann lügt man nicht, und es geht meinen Vater auch nichts an, sondern gehört zu dem anderen Land, an welches das alte nicht mehr heranreicht.

Dann macht mein Vater Pläne. Man könnte im Schuppen eine kleine Werkstatt einrichten und dort schweißen und reparieren, was den Leuten kaputtgeht. Für den Anfang müsste man die Gasflaschen und die Geräte und alles andere kaufen, man bräuchte einen Doppelschleifer und einen ordentlichen Bohrständer, und die Wände müssten besser isoliert werden, außerdem müsste man Strom verlegen und das Ganze so weit beheizbar machen, dass die Temperatur im Winter über null bleibt.

»Ich könnte von größeren Betrieben kleine Aufträge übernehmen, das würde bestimmt gehen, weil die gar nicht alles selbst schaffen«, sagt er und blickt über den Garten hinweg auf die Sauna und den Holzschuppen. Dort wird nie eine Werkstatt eingerichtet werden, denke ich, so wie man etwas denkt, bei dem man sich sicher ist.

Wie mein Vater so mit den Händen um die Knie auf der Treppe kauert, sieht er kleiner und älter aus als im Winter und noch am Anfang des Sommers. Ich versuche, ihn unbemerkt von der Seite zu betrachten, ob er dünner geworden ist oder krank aussieht oder was er hat, aber er ist im Ganzen anders.

Ich kann mich an sein Alter nie genau erinnern, ich muss es immer von seinem Geburtsjahr her ausrechnen, 1915, im Frühjahr ist er also siebenundfünfzig geworden, was schrecklich viel ist, vierzig Jahre mehr als ich. Sie waren beide schon alt, als ich geboren wurde, auch meine Mutter schon fast vierzig und wohl viel zu alt nach dem Wissen und den Maßstäben der damaligen Zeit.

Obwohl mein Vater geschrumpft ist und gealtert aussieht, kommt es mir andersrum vor, nämlich so, als wäre ich selbst älter geworden und an ihnen vorbeigezogen. Das Gefühl hatte ich früher schon mal, auch wenn es wahrscheinlich nichts anderes ist, als dass die eigene Zeit vergeht, und so etwas tut innerlich weh.

Ich erinnere mich an das erste Mal vor vielen Jahren im Sommer, als ich mit meinem Vater eine Brille für mich kaufen ging, zuerst zum Augenarzt nach Riihimäki und danach direkt nach Helsinki. Mein Vater hatte Urlaub und Zeit. Wir brachen morgens auf, es war ein warmer Tag, aber ich hatte die Terylene-Hosen an und mein Vater ebenfalls saubere Kleider, beide waren wir ein bisschen zu warm angezogen, mein Vater im gebügelten Nylonhemd und Popelinejacke und auch noch mit der Sommerstrickjacke, was von Anfang an viel zu viel gewesen war.

Er war schon oft nach Helsinki gefahren, er wusste sofort, was man am Bahnhof machen und wohin man gehen muss. Im Zug faltete er als Erstes die Popelinejacke und die Strickjacke zusammen und legte sie ins Gepäcknetz, und ich durfte die Fahrkarten halten. Er war in guter Reiselaune und pfiff vor sich hin, sah sich die Landschaft an und pfiff, aber er schaute auf eine Art aus dem Fenster, wie man es tut, wenn man sich in Gedanken verliert, auf einen Punkt und ohne den Kopf zu drehen.

Auch ich schaute hinaus, pfiff aber nicht, sondern versuchte, an den Schildern und Wänden der Haltestationen die unterschiedlich großen Schriften zu lesen. Ich testete, ob meine Augen nicht über Nacht wundergeheilt waren, weil das peinlich gewesen wäre, wo wir auf dem Weg zum Augenarzt waren. Viele klein geschriebene Verbotstafeln und Reklamen blieben zum Glück undeutlich und im Nebel. Daran erkannte ich, dass ich nicht umsonst hinfuhr, denn wenn ich gut gesehen hätte und alles, wäre es schrecklich gewesen, zum Arzt zu gehen, weil es keinen Grund gegeben hätte, und der Arzt hätte mich wahrscheinlich weggeschickt und befohlen, es mir beim nächsten Mal genauer zu überlegen, denn Scheinkranke sind Hypochonder und nehmen den wirklich Kranken die Sprechzeit weg, denjenigen, die den Star haben und halb blind sind.

Nachdem ich den Test absolviert hatte, fühlte ich mich sicherer und besser. Allmählich wurde die Fahrt angenehm. Nachdem wir die Fahrkartenkontrolle überstanden hatten, breitete sich das gute Gefühl eine Zeit lang bis in den Magen aus. Wir sind hier, und die Welt bewegt sich. Die Lokomotive pfeift vor einem Bahnübergang. An der Schranke warten ein Motorrad und ein weißer Fiat 600. Felder, Gräben, Kiefernwald und tausendfünfhundert grüne Farben nebeneinander sausen draußen vorbei.

Mein Vater verwuschelte mir die Haare und fragte, bist du aufgeregt, und ich antwortete, natürlich nicht, wieso denn, und das stimmte fast ganz.

Beim Augenarzt durfte mein Vater nicht mit in den dunklen Raum kommen, weil es bloß eine Kammer war und nicht drei auf einmal hineinpassten. Der Arzt steckte Linsen in einem schwarzen Gestell übereinander und fragte mich, welche Zahlen ich im Spiegel sehe. Weil es ein echter Augenarzt war, hing kein Buchstabe E falsch herum an der Wand, auf die man mit dem Finger hätte deuten müssen, so wie beim Schularzt.

Am schlimmsten war es, als die Augen offen gehalten und kalte Tropfen hineingeträufelt wurden, und danach war alles verschwommen, wie wenn man versucht, mit offenen Augen im See zu tauchen, alles war ein bisschen undeutlich im War-

tezimmer, und die Sonne schien als runder Kloß auf den Fußboden.

Als mein Vater bezahlt hatte und wir hinauskamen, gingen
wir in den Park neben dem Bahnhof und breiteten unseren Proviant auf einer Bank aus. Meine Mutter hatte am Morgen Eier
gebraten und die Brote damit belegt. Mein Vater trank aus dem
Becher der Thermoskanne Kaffee, ich hatte eine Flasche mit
verdünntem Saft dabei.

»So lasse ich mir das Leben gefallen«, sagte mein Vater beim
Essen und hielt die Augen geschlossen, damit ihn die Sonne
nicht blendete, aber aufs Gesicht schien und bräunte. Ich war
fast der gleichen Meinung, obwohl alles ein bisschen fremd
war, aber nicht so sehr, dass es gestört hätte.

Genauso hätte es ein bisschen fremd sein können, wenn
zum Beispiel am helllichten Tag vor dem Bahnhof von Riihimäki Ufos aus dem Weltall gelandet wären. Zuerst würde man
nichts merken, es würde einem nichts außergewöhnlich vorkommen, alles wäre wie immer, und dann erst würde man aus
dem Augenwinkel heraus bemerken, dass es gar keine Wolke
ist, die sich da am Himmel bewegt, sondern etwas ganz anderes, eine riesige Scheibe mit einer Haube aus Glas.

Im Zug nach Helsinki fing mein Vater an zu pfeifen. In dem
fast vollen Waggon war mir das peinlich, aber zum Glück kam
bald der Schaffner, und mein Vater musste schnell damit aufhören. Er zeigte, dass unsere Fahrkarten auf der Rückseite
einen Stempel für die Unterbrechung in Riihimäki hatten.

Als Helsinki näher kam, wurde mein Vater etwas unruhiger und fröhlicher zugleich und deutete vom Zugfenster aus auf
verschiedene Stellen, auf den Tierpark, auf den Vergnügungspark Linnanmäki, auf die Villen von Linnunlaulu, alles groß-
artige Namen und alles auf hohen Granitfelsen, außer dem
Tierpark, zu dem auch ein Stück flacher Wald gehört, aber kein
einziges Tier im Käfig. Ein Name sagt nicht immer das, was

ein Ort wirklich ist. Wie zum Beispiel Helsinki. Hinter diesem Namen steckt nicht unbedingt was Helles, Leichtes, Klingelndes.

In der Bahnhofshalle roch es nach Wurstgulasch. Mein Vater hatte das Programm fertig im Kopf. Zuerst mussten wir das Gestell kaufen, nur das Gestell, denn mein Vater kannte einen Optiker, der versprochen hatte, die Gläser dafür später billiger zu machen.

Im Brillenladen durfte ich auf einem gepolsterten Hocker sitzen, und die Verkäuferin pflückte verschiedene Gestelle zum Anprobieren von einem Ständer. Egal, was für ein Gestell ich bekam, jedes Mal verwandelte ich mich in einen fremden Menschen. Die Verkäuferin passte mir der Reihe nach ein schwarzes, ein braunes und eines an, das Schwarz und Weiß und Metall hatte, und sagte bei dem braunen extra hinzu, das würde Jahre halten, auch wenn der Kopf noch wächst.

Das braune nehme ich nicht. Soll der Kopf nur wachsen, soll das schwarze nur zu klein werden, aber das nehme ich, das passt, dachte ich bei mir und sagte es auch, allerdings ein bisschen schöner, denn mit dem braunen sah ich aus wie eine Eule, als hätte ich das Gesicht von einem Waldkauz. Ich sagte es schöner, ich sagte, das schwarze scheint am besten zu sitzen, obwohl der linke Bügel da schon hinterm Ohr scheuerte, aber ich wollte das schwarze, weil es bei dem am wenigsten zu hänseln gab, und nachdem ich es deutlich gesagt hatte, war mein Vater der gleichen Meinung, und ich bekam noch ein blaues Etui dazu.

Dann stand die Bäckerei auf dem Programm, wo mein Vater eine Tüte Krapfen kaufte. Anschließend ging es in eine Gaststätte mit Selbstbedienung. Ich nahm Würstchen mit Kartoffelbrei und mein Vater ein Seemannssteak. Er hatte geröstete Zwiebeln auf dem Teller, und beide hatten wir braune Soße und drei Gurkenscheiben. So ein Essen ist gut und fein, und ich aß alles auf und trank ein großes Glas Milch und mein Vater ein Leichtbier.

Danach wollte sich mein Vater den Stadtteil Hakaniemi ansehen, und kurz vor der Brücke blieb er in einer kleinen Grünanlage stehen und sagte zu mir, immer wenn ich das Denkmal mit dem Fohlen sehe, habe ich das Gefühl, nach Hause zu kommen. Ich kam mir nicht wie zu Hause vor, aber ich sagte nichts, sondern betrachtete nur die zwei Pferde aus Metall, das kleine neben dem großen.

Auf der anderen Seite der Brücke kam mein Vater auf die Idee, alte Bekannte zu besuchen, da wir schon einmal hier waren, und so gingen wir quer über den Marktplatz und fuhren in einem ruckelnden Aufzug in den vierten Stock. Mein Vater läutete an einer Tür, und eine fremde Frau öffnete, aber sie lächelte und gab uns beiden die Hand und sagte, da seid ihr ja.

Hinter der Frau guckten zwei Mädchen hervor, eines größer und eines kleiner als ich, beide mit solchen Sommerröcken, die man besser sonntags anzieht. Ich konnte nicht weiter hineingehen und wäre am liebsten im Flur stehen geblieben, aber die Frau führte mich ins Wohnzimmer, und dann schauten wir uns alles an, die Möbel und die Aussicht über den Markt.

Ich bekam ein Glas gekauften Saft. Mein Vater und die Frau redeten abwechselnd, und dann sagte mein Vater, wie wäre es, wenn wir es so machen, dass ihr drei ins Kino geht, und Mirjam und ich unterhalten uns inzwischen über die alten Zeiten, und wenn ihr zurückkommt, kocht Mirjam bestimmt Kaffee und Kakao, und dann essen wir Krapfen. So schlug es mein Vater vor, und die Frau war mit ihm einer Meinung.

Also gingen wir zu dritt los. Im Aufzug versuchte ich, in der Ecke zu stehen und nur in den Spiegel zu gucken, aber auf der Straße antwortete ich jedes Mal, wenn sie mich etwas fragten. Das größere Mädchen zahlte mit dem Schein von meinem Vater. Ich hatte noch nie so ein tolles Kino gesehen.

Als ich später wieder mit meinem Vater über die Brücke ging, fragte er mich danach, und ich erzählte ihm von Hacky dem Specht. Mein Vater hatte seine Sommerstrickjacke am Fingerhaken über die Schulter gehängt und blickte zwischendurch zu den Fenstern der Häuser und zum Himmel hinauf.

Beim Fohlendenkmal fing er zuerst an zu pfeifen und dann zu singen, hottehü, mein Pferdchen, lauf, es ziehen dunkle Wolken auf, darunter du und ich allein, wie hart kann auf der Welt das Brot doch sein. Er sang es vor sich hin und nicht so laut, dass ich mich hätte schämen müssen. Die Laster und Busse auf der großen Kreuzung dröhnten viel lauter als die Stimme eines Menschen.

Der Zug wartete schon am Bahnsteig.

»War das nicht ein schöner Ausflug?«, fragte mein Vater. Ich antwortete, ja, das war es.

Er plauderte über alles Mögliche und redete lange um den heißen Brei herum, bis er den Vorschlag machte, daheim nicht alles zu erzählen.

Ich stimmte ihm zu und fühlte mich gleich leichter.

»Weil das so eine Art Hottehü-Ausflug gewesen ist«, sagte er.

»Genau«, sagte ich und versuchte, wenigstens irgendetwas hinzuzufügen. Ich nahm die Brille aus dem Etui und setzte sie auf, obwohl sie nicht mal Gläser hatte.

Dann kam zum Glück die Durchsage, und der Zug fuhr los. Die ersten paar Hundert Meter fuhr er langsam und ruckartig, bis die Fahrt gleichmäßiger und schneller wurde und man es nur noch bei den Weichen quietschen hörte.

Wir sahen beide aus dem Fenster. Mein Vater hielt die Lippen gespitzt, fing aber zum Glück nicht an zu pfeifen. Durch die Glastür sah man das Ende des Ganges und dahinter das davonhuschende Gleis.

Als mein Vater merkte, dass ich zur Tür hinausspähte, sagte er, da kann man ruhig hingehen und gucken. Er nahm mich an der Hand mit auf den Gang, und dann standen wir dort Hand in Hand und schauten hinaus.

Hinter uns liefen die Schienen zusammen wie bei einer langen Leiter, die auf der Erde liegt, und verbanden sich in der Ferne zu einem Strich. Zwischen den Schienen und Schwellen wurde graues Klopapier aufgewirbelt.

Erde und Bäume wurden rechts und links zum Tunnel, hinter dem schnell alles verschwand. Wegen des Versinkens und Verschwindens und wegen der Brille kam es mir vor, als wäre ich schon alt, sogar ein bisschen älter als mein Vater.

A n manches von dem, was einmal geschehen ist, erinnert man sich, als würde es unter einer kristallklaren Lupe liegen. Die Helsinki-Tour mit meinem Vater war großartig und gut, wenn auch ein bisschen verquer. Seitdem muss ich eine Brille tragen. Wenn man sich an dasselbe viele Male erinnert, dann hellt das vorige Mal das folgende Mal auf, und darum kann man sich aus der Entfernung zurückerinnern, als wäre es gerade erst passiert.

Darum ist auch der Krieg noch so nah, obwohl er fast dreißig Jahre zurückliegt. Mein Vater spricht sehr selten davon, manchmal, wenn wir zu zweit sind, aber nie, wenn meine Mutter dabei ist, und auch nicht viel, wenn Gäste da oder wir irgendwo zu Besuch sind.

Dass mein Vater nicht darüber spricht, ist mir nie aufgefallen. Erst jetzt, weil die Männer bei Rekku zu Hause ständig darüber geredet haben.

Mein Vater steht auf und schaut, welche Stelle er als Nächstes harken soll. Er hat nicht viel für Gartenarbeit übrig. Diesen Sommer sieht es so aus, als würde hauptsächlich Mama sie erledigen, obwohl sie neue Putzstellen bekommen hat. Darum macht mein Vater daheim ein bisschen mehr, auch wenn er überhaupt nicht kocht und spült, aber er hat schon die Teppiche ausgeklopft und mit dem Hoover die Böden gesaugt.

Als wir die Schnüre gespannt haben, hat er gesagt, dass er mir beim Graben nicht helfen kann. Er traut sich nicht mehr, sich richtig zu bücken und ruckartige, schwere Arbeiten zu machen. Ich habe geantwortet, dass ich allein grabe, so wie ich es auch geplant habe, aber noch nicht heute.

Mein Vater fängt bei der Roten Bete an. Er bewegt sich langsam vorwärts, ein Fuß vor den anderen auf dem schmalen, gestampften Weg durchs Beet, und harkt das Unkraut zwischen den Zeilen aus. Zwischendurch recht er mit der Harkenspitze die durch die Hitze graue, trockene Erde dichter an die Rübenblätter heran.

Er macht die Arbeit leicht gebückt, und es ist gerade erst fünf Jahre her, dass wir die Brille gekauft haben, genau an so einem heißen Tag Mitte Juni, aber damals ist fast alles andersherum gewesen. Wie viel können fünf Jahre verändern, obwohl sie so schnell vergangen sind? Ich weiß nicht, ob die Zeit je wieder langsamer werden wird, als sie geworden ist.

Ich gehe Jukka anrufen, aber wie immer nimmt Karina ab, weil sie fast immer als Erste am Telefon ist. Bei ihnen steht der Apparat auf einem Tisch aus Teak im Flur neben Karinas Zimmertür, aber ich habe das Gefühl, dass sie sowieso am meisten auf Anrufe wartet.

Bevor ich auch nur nach Jukka fragen kann, fängt sie an, mit mir zu reden. Ich habe nichts geplant und nichts geübt, sondern sage einfach, was mir als Erstes einfällt, und frage sie, wie es ihr geht.

»Ganz gut«, antwortet sie.

»Inwiefern gut?«, frage ich.

»Na, gut halt. Warum fragst du so?«

»Ich mein ja nur.«

»Jukka ist in der Küche. Soll ich ihn rufen?«, fragt Karina, ruft ihn aber nicht gleich, so wie sonst, sobald sie hört, dass ich es bin, sondern wartet ab, bis ich Ja sage.

Ich bitte Jukka, zu uns zu kommen. Er sagt, er kommt, sobald er seine Erdbeeren aufgegessen hat. Ich warte draußen auf ihn. Mein Vater scharrt inzwischen im Karottenbeet. Wenn er etwas tut, sieht er immerhin stärker aus als vorhin, als er auf der Treppe gesessen und sich die Knie gehalten hat.

Als Jukka kommt, unterbricht mein Vater seine Arbeit und schaut sich dessen Maschine an. Sie gehen die Armaturen und Bowdenzüge durch und reden über die Ventile der Zylinder, obwohl es mir lieber wäre, wenn mein Vater endlich gehen würde. Er aber möchte das Gespräch fortsetzen und in die Länge ziehen, seit dem Rausschmiss leidet er unter Redemangel. Den ersten Monat hat er noch hauptsächlich drinnen gehockt, aber jetzt schwatzt er mit den Nachbarn wieder so wie früher.

Ohne dass mein Vater es sieht, gebe ich Jukka zu verstehen, dass er aufhören und mit zum Schuppen kommen soll. Auf dem Weg dorthin kann uns mein Vater noch hören, darum frage ich Jukka etwas Unnötiges übers Radiohören, ob in Richtung Süden überhaupt brauchbare Bedingungen geherrscht haben, aber sobald mein Vater zurückbleibt, rede ich über die Arbeit, so wie man darüber redet, wenn beide wissen, was richtige Arbeit ist. Jukka hat über Beziehungen eine Stelle in der Korkfabrik bekommen und in seinen Schichten so gut verdient, dass er aufhören und schon in einer Woche mit zwei Freunden auf eine Interrail-Tour gehen will, zuerst mit der Fähre nach Schweden und dann vielleicht weiter nach Amsterdam.

Im Schuppen frage ich ihn, ob ich mir für den Abend sein Sakko ausleihen kann, weil ich nur den für die Beerdigung meines Großvaters gekauften Anzug habe und Schwarz nicht infrage kommt, auch wenn man Chauffeur ist. Ich weiß, dass Jukka daheim ein braunes Cordsakko hat, im Sakko kommt man leichter in die Lokale rein und wird oft nicht einmal nach dem Ausweis gefragt. Er sagt sofort zu, und wir machen aus, dass ich es hole, wenn ich zum Marktplatz gehe, um dort auf Lampinen zu warten. Ich breite vor ihm nicht die Angelegenheiten eines anderen Mannes aus, und Jukka fragt auch nicht weiter danach. Selten interessiert er sich für was anderes als für sich.

Er fragt, wo das Radio ist.

»Irgendwo da oben im Spalt, ich habe nicht nachgesehen«, sage ich.

Jukka steigt die Leiter hinauf, und ich folge ihm. Oben herrscht so viel Hochsommerlicht, dass man allen Plunder und alle Löcher sieht. Auf dem Querbalken liegen kleine Kötel von Fledermäusen, und bei jedem Schritt wird Staub in einem Sonnenfleck aufgewirbelt.

Jukka schiebt das Brett zur Seite, nimmt die orangerote Plastiktüte von Renlund aus dem Versteck, holt den alten verbeulten Luxor heraus und fragt mich, ob ich weiß, was das ist.

»Ein Kofferradio. In beschissenem Zustand«, sage ich.

»Das könnte man auf den ersten Blick glauben, aber eigentlich ist das Gegenteil der Fall«, sagt Jukka und lässt mich auf seine übliche, ärgerliche Art raten und fragt, wie Radio falsch herum heißt und was das Gegenteil von einem Empfänger ist.

»Oidar«, sage ich, um wenigstens etwas zu sagen und nicht noch dümmer dazustehen.

Jukka zieht ein Taschenmesser aus der Brusttasche seiner Jeansjacke und schraubt das Kofferradio am Boden und an den Seiten auf. Die Schrauben sitzen nicht fest, er bekommt sie leicht heraus und nimmt das ganze Gehäuse ab. Es sind die normalen Radioteile drin, aber zwischen ihnen gibt es einen Bereich, der wie ausgesägt aussieht, und darin Kabel und neu aussehende Teile und silberne Lötstellen.

Obwohl ich es nicht weiß und es auch nie gesehen habe,

kommt mir bei der straff gewickelten Kupferdrahtspule in den Sinn, dass es ein Sender ist, und das sage ich laut. Jukka wirkt zufrieden und tippt mit dem Zeigefinger auf die Stelle, die ich mir ansehen soll.

»Eine sehr kleine Radiostation. Fast fertig und dann perfekt. Kann sein, dass noch nie jemand auf die Idee gekommen ist, ihn so in ein Radio einzubauen, einerseits versteckt und andererseits so, dass man die vorhandenen Teile nutzen kann. Man kann alles mit an den Strand nehmen, und keiner ahnt was.«

Ich weiß nicht, warum, aber vielleicht wegen seiner Stimme, die er gesenkt hat, so, dass man ihn loben soll, man hört es immer an seiner Stimme, wenn er richtig zufrieden ist, jedenfalls werde ich neidisch und sage gar nichts. Ich starre auf das Radioskelett und plane, na und zu sagen.

Aber ich sage es nicht, ich brumme nur etwas, wie ein dummer Lakai. Jukka fängt prompt an zu erklären, wie man einem Dummkopf etwas erklärt, dass es viel Zeit gekostet hat, dass er viel in Elektronikzeitschriften geblättert und in Büchern gewühlt und in der Bücherei Zeichnungen abgepaust hat, und die Teile bekommt man auch nicht so leicht, sondern muss sie bestellen. Er erklärt die Schaltungen und zeigt mit dem Finger, wo er neue Teile angelötet und die Anschlüsse befestigt hat.

»Ich muss mir in Deutschland noch billig ein paar Zusatzkomponenten kaufen und ein ganz kleines Mikrofon. Dann ist es fertig.«

»Wofür?«, frage ich, und Jukka antwortet, für den Äther.

»Aber wozu?«

»Dann spielen wir zum Beispiel Musik. An dieser Stelle kann man direkt den Kassettenrekorder anschließen. Oder wir verschalten es mit Radio Veronica. Spielt doch keine Rolle, Hauptsache, wir haben was.«

»So geht das doch nicht«, sage ich.

Das Sakko ist zu groß, aber das macht nichts, dann habe ich am Steuer breitere Schultern. Jukka setzt mich mit der Yamaha vor dem Rathaus ab. Von dort gehe ich über den Marktplatz und warte auf der Treppe auf Lampinen und den Mercedes.

Am meisten bin ich gespannt, ob ich es schaffe, ohne Ruckeln anzufahren. Ein Mercedes ist so schwer wie ein kleiner Zug, man muss genau mit Kupplung und Gas umgehen können, damit man ihn vom Fleck bekommt und die statische Reibung in rollende Reibung verwandelt.

Im Prinzip weiß ich sogar ziemlich viel über das Fahren. Das mit der Reibung stammt aus dem Physik-Unterricht. In der Bücherei habe ich in Einführungsbüchern geblättert und mithilfe der Bilder die Teile gelernt, aber Erfahrung habe ich keine.

Man muss daran denken, jedes Mal zu überprüfen, ob der Gang eingelegt ist, bevor man an einer Kreuzung losfährt. Auch diese Kleinigkeit fällt mir ein, und während ich mir das alles überlege, zieht sich mir der Magen zusammen. Wenn Füße und Hände gleichzeitig verschiedene Dinge tun, muss der Kopf die Ordnung und den Takt halten.

Meine Augen sind offen, aber ich sehe nicht den Marktplatz vor mir, sondern das Armaturenbrett eines Autos, und zwar das vom Taunus, weil ich das vom Mercedes nicht kenne. Sich vorab auf etwas zu konzentrieren, ist Meditation und geistige Übung. In Indien gibt es Gurus, die in die Luft aufsteigen können, indem sie ihre Gedanken auf einen Punkt, so klein wie eine Nadelspitze, konzentrieren. Dann fließt alles, Musik wird Fluidum und Atmosphäre, und alle anderen Sphären sind für einen Moment eins mit dem Himmel.

Es gab da mal einen großen Artikel über Maharishi Mahesh Yogi. Karina hat die *Idol* abonniert, Jukka liest sie auch und ich manchmal ebenfalls, wenn ich bei ihnen bin.

Sie kriegen viele Zeitschriften. Der Vater von Karina und

Jukka ist der Chef von Journalisten, kein Chefredakteur, sondern ein kleinerer Chef. Er läuft bei der Arbeit im Anzug und mit Krawatte herum, im Sommer trägt er einen hellen und im Winter einen dunkelbraunen Anzug. Ihre Mutter ist bei derselben Zeitung Redaktionssekretärin und ab und zu am Schalter, wo sie Todesanzeigen und Kleinanzeigen aufnimmt. Vor seiner Beförderung war Karinas und Jukkas Vater Redaktionsassistent, und weil ihre Mutter Redaktionssekretärin war, haben Fremde den Unterschied nie richtig verstanden. Als Lampinens weißer Mercedes bei der Bank um die Ecke biegt, spüre ich einen Stich im Magen, aber ich gehe sofort los, damit er nicht auf das Pflaster des Marktplatzes fahren muss, und hebe die Hand, falls er mich in den ungewohnten Kleidern nicht erkennt, obwohl eigentlich nur die nach Zigaretten riechende Cordjacke geliehen ist und der Rest mir gehört.

Ich habe ein Hemd angezogen, obwohl die indische Baumwolle juckt und viel zu warm ist. Den ganzen Tag ist es heiß gewesen, und auch am Abend bilden sich nur am Horizont ein paar Wolken. Ich weiß jetzt schon, dass unter dem Hemd und dem Sakko der Schweiß fließen wird, sobald ich versuchen werde, mich zu konzentrieren und richtig und ruhig wie ein Berufschauffeur zu fahren.

Lampinen riecht nach Seife und Deodorant. Er hat sich so gründlich rasiert, dass er einen roten Hals hat. Er trägt einen dunklen Anzug und ein weißes Altmännerhemd, aber noch keine Krawatte. Der oberste Knopf steht offen, damit es nicht drückt oder scheuert. Die mit Schnörkeln verzierte Krawatte liegt mit fertig gebundenem Knoten auf dem Armaturenbrett.

Es ist ein französischer Doppelknoten. Aus der Nähe kann ich das gut erkennen. Ich habe mit meinem Schlips zwei verschiedene Knoten ausprobiert, und Lampinens Version ist schwieriger, aber schöner, weil dabei keine schiefe Ecke entsteht.

Mein Vater bindet die Krawatte auf den Knien, aber in *Mein Geld* stand eine bessere Anleitung. Darin wurde empfohlen, den Schlips am Hals und vor dem Spiegel zu binden. Der Maßstab des gepflegten Mannes besteht darin, wie exakt er seinen Knoten bindet, und bei den modernen gemusterten Krawatten müssen die Farben und Hauptlinien des Musters schön an der richtigen Stelle liegen und die Schlipsschwänze auf den Millimeter genau gleich lang sein.

Obwohl ich es mehrmals den Anweisungen nach versucht habe, ist es mir nicht gelungen, einen perfekten Knoten zu machen, weder den englischen noch den französischen, nicht die einfache und auch nicht die vornehme doppelte Version. Nachdem ich den französischen wenigstens einigermaßen gerade hinbekommen hatte, ließ ich ihn drin, und seitdem hängt der Schlips so am Bügel im Schrank.

Ich verfolge genau, wie Lampinen schaltet und die Hände am Steuer hält. Schon jetzt plane ich meine eigenen Bewegungen, damit ich später beim Fahren nicht nach den richtigen Stellen für die Hände suchen muss.

Lampinen redet mehr als bei der Arbeit und springt von einem Thema zum nächsten. Er fährt schnell durch die Innenstadt und über beide Brücken und biegt dann links in Richtung Aulanko ab.

Unmittelbar vor den alten, knorrigen Eichen und Linden hält er am Straßenrand an. Ich steige aus und gehe vorne um den Wagen herum, setze mich auf den warm gewordenen Ledersitz, und Lampinen erklärt mir, an welchem Hebel ich ziehen muss, um den Sitz ein Stück nach hinten zu schieben. Ich stelle den Rückspiegel ein, drehe aber nicht an den Außenspiegeln, weil ich sowieso nicht dazu kommen würde, hineinzuschauen.

Ich warte ab, bis es vor und hinter uns ganz frei ist, vergewissere mich, dass der Erste drin ist, lasse mit dem linken Fuß die Kupplung kommen und gebe mit dem rechten sachte Gas. Lampinen erteilt mir irgendeinen Rat.

»Joo«, sage ich, bin mir aber überhaupt nicht sicher, aber dann setzt sich der Mercedes doch in Bewegung, und ich konzentriere mich zuerst nur aufs Lenkrad und habe nicht die Absicht, sofort in den Zweiten zu schalten, sondern fahre die schmale Stelle im Ersten, obwohl Lampinen mich zum Schalten drängt, weil der Motor dröhnt. In der engen Allee biegen sich die großen Bäume von beiden Seiten über die Straße. Vor dem Hotel fahre ich im Zweiten, und den Dritten kriege ich noch vor dem Golfplatz rein.

Lampinen sagt, probieren wir mal die Dreißigerrunde. Ich komme so schnell an die Kreuzung, dass der Mercedes die falsche Spur schneidet, aber es besteht keine Gefahr, weil niemand entgegenkommt, ich bremse einfach ab und fahre zum Park hinauf. Diese Straße ist eine Einbahnstraße und gut asphaltiert, aber schmal und kurvenreich. Lampinen erzählt vom TT-Rennen in Imatra und dass er hier auch gefahren ist.

Am Schwanenteich sagt er, ich soll anhalten. Vor dem Kiosk essen Leute Eis, und ich möchte lieber nicht an so einer sichtbaren Stelle das Einparken üben, aber ich kann nicht Nein sagen. Zum Glück reicht ein Versuch, und es geht auch nicht ganz und gar erbärmlich aus, wenn auch nicht an dem Parkplatz, den ich angepeilt habe, aber ich sage Lampinen nicht, welcher das ist.

Ich stelle den Motor ab, Lampinen steigt aus und ich ebenfalls. Lampinen holt tief Luft und blickt auf die Insel im Teich, wo die Schwäne wohnen. Den schwarzen gibt es nicht mehr, es gab ihn noch, als mein Vater und meine Mutter mit dem Fahrrad herkamen und ich bei meiner Mutter auf dem Gepäckträger saß, weil ihr Rad einen Rockschutz hatte und meine Zehen nicht in die Speichen geraten konnten, aber jetzt gibt es den schwarzen Schwan nicht mehr.

Lampinen schaut auf die Uhr und erklärt, man dürfe sich bei Frauen nicht verspäten, aber auch nicht allzu früh da sein.

»Vor allem am Anfang nehmen sie es genau. Kleinigkeiten sind wichtig. Die zeigen an, ob ein Mann ein Mann ist oder ein Faulenzer und Nichtsnutz, dafür haben Frauen einen sicheren Instinkt, aber manchmal geht es trotzdem schief. Mirja Ryynänen ist so eine Genaue, weil sie schon einiges mitgemacht hat. Dann sind sie noch mehr auf der Hut, auch wenn man als Mann gar nicht merkt, dass man unter Beobachtung steht.«

Lampinen will über Mirja Ryynänen reden und erzählt, dass sie eine resolute Frau ist, bloß in der falschen Partei. Sie hat es erst beim dritten Versuch in die Stadtverordnetenversammlung geschafft, weil Eelis Ryynänen aufgehört und seine Stimmen seiner Tochter vererbt hat. Sie führt ein Kurzwarengeschäft am Ufer, und Lampinen ist der Meinung, dass sie deswegen versteht, was es heißt, Unternehmer zu sein, und sie keine von der schlimmsten Sorte sein kann.

»Ich hätte mich nie mit einer Kommunistin eingelassen, aber sie ist halt nun mal eine stattliche Person mit gutem Charakter.

Was daraus wird, weiß man noch nicht, über Politik zu reden, nützt nichts, wenn man einen Menschen noch nicht kennt.

Und man muss an die Blumen denken. Das ist wichtig, sage ich dir, auch wenn es Sommer ist und alles blüht.«

Lampinen will mich belehren und redet lang, aber wahrscheinlich würde er mit jedem reden, weil er einfach reden will. Ich brumme an den passenden Stellen, sage aber nichts. Auf diese Art versuche ich, seiner Meinung zu sein, obwohl ich nicht aus allem schlau werde, weil er so viel redet.

Kein einziges Mal sagt er nur Mirja, sondern immer den ganzen Namen. Und einfach Ryynänen kann er nicht sagen, denn dann wäre es ein Mann.

Schließlich sieht Lampinen auf seiner Uhr, dass es höchste

Zeit ist. Ich setze mich auf meinen Platz am Steuer und starte den Motor. Der Mercedes springt schnurrend an, man spürt ein leichtes Vibrieren am Lenkrad und am Schaltknüppel. Wieder gehe ich alle Abläufe des Fahrens durch, so wie ich es vorher am Marktplatz getan habe. Der Mercedes kriecht vom Parkplatz die Steigung der Dreißigerrunde hinauf, und an dem Punkt gebe ich Gas und schalte in den nächsten Gang.

Mitten im Verkehr fahre ich in die Innenstadt zurück, zum Blumenkiosk vor dem Bezirkskrankenhaus. Lampinen hat vorab langstielige Rosen bestellt, sie stehen gesondert bereit, und sogar in einem Eimer mit Wasser. Die Frau aus dem Blumenkiosk trocknet die Stiele und schlägt sie in Zeitungspapier und Blumenpapier ein.

Neben dem Kiosk bindet sich Lampinen die Krawatte um, und weil er es im Rückspiegel nicht richtig sieht, überprüft er es im Seitenspiegel, beugt sich nach vorn und rückt den Knoten gerade und nach oben.

»Gut so?«, fragt er mich, nachdem er die Tür aufgemacht hat. In der rechten unteren Ecke der Windschutzscheibe klebt ein Aufkleber mit einer roten Feder.

Ich nicke und versichere ihm, dass es gut ist.

»Dann wollen wir mal«, sagt Lampinen und schaut noch einmal auf seine Uhr und auf die Autouhr und gibt mir Anweisungen, wie man zu Mirja Ryynänen fährt.

Erst unterwegs erklärt er, dass er normalerweise selbst fahren würde, aber die Benimmregeln wären nun mal so, wie sie sind. Man bestellt die üblichen Getränke zum Essen, und der Herr muss sich darauf einstellen, genauso viel zu trinken wie seine Begleitung, und bei Mirja Ryynänen weiß er nicht, was das bedeutet, denn er hat noch nie mit ihr in einem Restaurant gesessen.

Ich halte in der Saaristenkatu an, sobald Lampinen es mir anordnet. Er sagt, ich kann den Motor abstellen, weil das vornehmer ist. Dann sieht es nicht so aus, als hätte man es eilig.

»Wenn wir kommen, steigst du aus und gibst ihr die Hand. Dann sieht sie, dass ich keinen Fahrer und Knecht angestellt habe«, sagt Lampinen und wirft noch einen Blick in den Spiegel der Sonnenblende, ob Haare und Schlips auch exakt gerade sind.

Mit dem Blumenpaket in der Hand geht er los, und ich bleibe sitzen. In dieser Gegend der Innenstadt gibt es noch viele Holzhäuser, die Anstriche sind in schlechtem Zustand und ein bisschen heruntergekommen, aber zwischen ihnen ist es unnatürlich grün, es gibt wuchernde Apfelbäume, ein Gestrüpp aus Johannisbeersträuchern und kleine Beete wie in Schrebergärten, eines neben dem anderen, aber ohne Zäune dazwischen.

Fünf Minuten muss ich warten. Ich lese die Zeit genau von der Uhr am Armaturenbrett ab. Dann kommen sie um die Ecke, nebeneinander, aber jeder für sich und nicht besonders dicht. Mirja Ryynänen ist nicht dick und nicht dünn und nicht einmal groß, so wie ich es wegen des Worts »stattlich« geglaubt habe, sondern einen halben Kopf kleiner als Lampinen. Ihre Haare sind an der Stirn und an den Seiten gerade geschnitten, und ihre Kleider auch nicht wie sonst bei Frauen in ihrem Alter, sondern einfach und schön.

»Ich habe den Sohn von einem alten Freund gebeten, uns zu fahren. Ein echter Gymnasiast und für den Sommer in meiner Firma angestellt«, sagt Lampinen, und ich gebe Mirja Ryynänen die Hand und schaue ihr in die Augen. Sie lächelt und ist freundlich zu mir, an ihrem Gesichtsausdruck sieht man, dass sie überhaupt nicht so tut als ob, weil wenn man so tut als ob, zieht sich das Gesicht zusammen und wird zur Maske und macht den Menschen kleiner, als er ist.

Lampinen besteht unbedingt darauf, so sagt er es, unbedingt, dass Marja Ryynänen vorne sitzt. Er setzt sich nach hinten, aber ungefähr in die Mitte, sodass er die ganze Zeit nach vorne reden kann.

»Was für ein großartiger Tag«, sagt er immer wieder, und ich sehe im Rückspiegel, dass er mindestens einmal den Knoten straff und gerade zieht.

Ich fahre los wie ein Berufschauffeur. Jetzt ruckt es überhaupt nicht mehr, sondern der Mercedes rollt, als wäre ich schon mein Leben lang mit ihm gefahren. Ich schaue nicht nach rechts und nicht nach links und höre nicht groß zu, was die beiden reden, denn ich muss mich bei jeder Kreuzung und bei jedem neuen Anfahren voll konzentrieren.

A m Sonntag wird in den Nachrichten um halb eins gemeldet, dass Olavi Virta gestorben ist. Meine Mutter hört sofort auf, den Tisch zu decken, und setzt sich hin, um zuzuhören. Mein Vater kommt aus dem Nebenzimmer und bleibt in der Tür stehen.

»Der Künstler Olavi Virta ist am Freitag im Alter von siebenundfünfzig Jahren gestorben. Virta, der als König des Tangos bekannt war, hat im Lauf seiner Karriere nahezu siebenhundert Titel aufgenommen. Erst im Herbst letzten Jahres erhielt er drei Goldene Schallplatten für die Lieder *Kuss des Windes*, *La Cumparsita* und *Vor dem Tod*. Vor einem Monat wurde ihm eine staatliche Künstlerrente zugesprochen.«

Für mich bedeutet es nichts, aber meine Mutter fängt an zu weinen. Mein Vater schaut aus dem Fenster. Ich lege die Messer und Gabeln auf den Tisch, weil meine Mutter nicht zu Ende gedeckt hat.

Nach den Nachrichten kommt *Kurzweil am Sonntag* und da wird als Erstes der Hochzeitsgedächtniswalzer gespielt. Meine

Mutter fängt erneut an zu weinen, und mein Vater geht aufs Klo und kommt erst zurück, als das Lied zu Ende ist.

Verflogen ist längst des Brautwalzers Rausch, dessen Klänge einst zum Träumen verführten. Die Sterne am Himmel, sie strahlen wie deiner Augen zwei Sterne. Im Takte des Walzers drück ich dich an mich, wie eine Hymne von Engeln verzückt er dich, und unsre Herzen, sie sprühen vor Glück, du allein bist alles für mich.

Ich kann den Text komplett auswendig, doch jetzt höre ich genauer hin als je zuvor, weil ein Toter das Lied singt und das Radio es als Nachlass ausgesucht hat. Der Text ergibt keinen Sinn, aber gesungen ist er trotzdem schön.

Das Fleisch und die Kartoffeln werden stumm gegessen. Weder meine Mutter noch mein Vater sagen etwas zum Tod, aber etwas hat für sie anscheinend aufgehört, es kommen ihnen ihre eigenen Sachen in den Sinn, und sie denken an sich.

Ich bin mir da eigentlich sicher. Jeder Mensch hat all seine eigenen Zeiten in sich. Die Zeiten sind Gazestoffe, einer über dem anderen, sodass man die früheren unter den neueren nicht mehr erkennen kann. Und das Altern ist nichts anderes als das Aufeinanderschichten von Zeiten. Es scheint aber trotzdem nicht leicht zu sein, auch wenn man schon so alt ist. Wenn man weiß, dass die beiden bald sterben werden, tut das innerlich weh, aber trotzdem kommt man sich wie ein Außenstehender vor, als wäre Fensterglas dazwischen.

Würde es im Gymnasium das Fach Erinnern geben, würde ich es freiwillig nehmen. Ich würde es lieber wählen als Maschinenschreiben oder Wahrscheinlichkeitsrechnung. Die habe ich genommen, obwohl es dafür nicht einmal eine Note im Zeugnis gibt, in der Abiturprüfung bekommt man lediglich eine leichte Zusatzaufgabe in Wahrscheinlichkeitsrechnung. Aber was brauche ich jetzt noch Zusatzaufgaben, geht mir durch den Kopf.

Zum Nachtisch gibt es Erdbeerreis. Im Winter hat es Apfelsinenreis gegeben, geschlagene Sahne, kalten Reis und dazwischen Obststückchen. Die Erdbeeren sind von der Gärtnerei Vaara, denn wir haben kein eigenes Erdbeerbeet, früher hatten wir eins, aber es hat Schimmel gegeben, die Hobelspäne wurden im Regen nass, und den Rest haben die Wacholderdrosseln trotz Netz gefressen.

Es ist lecker. Mit der Sahne und dem Reis gehen auch die sauren Erdbeeren. Ein bisschen reden wir, aber ansonsten ist das Mittagessen wegen Olavi Virta schweigsam und traurig.

Als ich vom Tisch aufstehe, sage ich, dass ich mit dem Graben anfange, sobald sich das Essen ein bisschen gesetzt hat.

»Lohnt sich das, kurz bevor die Arbeitswoche wieder losgeht?«, fragt mein Vater.

Ich antworte so, wie ich es geplant habe, dass ich die ganze Woche nach Feierabend mit dem Bus nach Hause fahren und immer abends am Graben weiterarbeiten werde. Wenn man nicht gräbt, kommt man nicht vorwärts, und ich habe nicht vor, viele Wochenenden dafür zu verwenden, aber das sage ich nicht.

Ich liege auf dem Bett und höre Musik aus dem Trio, das bisschen, was es tagsüber in den großen europäischen Stationen gibt, Santana und Jethro Tulls *Bourée*. Der Empfang ist nicht der beste, und das Auf und Ab durch das Fading kommt noch hinzu, aber ich habe keine Lust, aufzustehen und den Sender neu einzustellen oder den nächsten zu suchen.

Als ich in den Garten gehe, ist mein Vater noch beim Mittagsschlaf. Ich habe beschlossen, dass ich keine Hilfe brauche. Wenn ich einmal anfange, ist es meine Arbeit.

Als Erstes löse ich Teile vom Rasen in Streifen ab, die ich mit dem Spaten wegtragen kann. Die lagere ich auf Plastikfolie, weil ich sie später wieder einsetzen will. Auf der gesamten markierten Strecke durch den Garten löse ich den Rasen, gieße die Stücke mit der Gießkanne und schlage das Plastik darüber, damit sie in der Hitze nicht vertrocknen. Dann fange ich an zu graben und werfe die Erde direkt aufs Gras. Das ist zuerst eintönig, und vor dem Heizungsraum dürfte man auch nicht einmal auf große Steine stoßen, weil hier schon einmal aufgegraben worden ist, als man das Haus gebaut und Kies gebracht und das Fundament gemauert hat.

Ich muss so tief graben, dass die Rohre auf der ganzen Strecke unterhalb der Bodenfrostgrenze liegen, hat mir Lehto in der Werkstatt geraten. Noch am Abend habe ich mir von Lampinen sagen lassen, was das genau in Zentimetern bedeutet, damit ich mir keine unnötige Arbeit mache.

»Das ist wie bei einem Grab. Bei uns hier reichen ein Meter achtzig. In Mittelfinnland beträgt die Grabtiefe schon zwei vierzig«, hat Lampinen gesagt, als ich weit genug von unserem Haus anhielt, damit man daheim nicht sieht, dass ich mit dem Auto komme.

Von da aus konnte Lampinen gut fahren. Sie hatten lediglich zum Essen etwas getrunken, aber sie hatten lange gegessen, und ich hatte auf dem Hotelparkplatz gewartet. Es machte mir nichts aus, weil für jede Stunde fünf Mark geflossen sind, plus Samstagszulage.

Als sie aus dem Haupteingang des Hotels Aulanko herauskamen, startete ich sofort den Motor und fuhr in einem Bogen vor die Treppe, um sie dort abzuholen. Sie setzten sich beide auf die Rückbank und redeten weiter, als säßen sie in einem Taxi.

Ich fuhr sie vor Mirja Ryynänens Haus. Lampinen begleitete sie bis zur Tür, und als er zurückkam, sah er so aus, als wäre der Abend gut gelaufen. Immerhin hatten sie im Auto genug zu reden. Lampinen erstattete mir keinen Bericht, aber er lockerte den Krawattenknoten und machte den obersten Hemdknopf auf.

B is zum Abend habe ich einen guten Anfang gefunden. Beim Graben im leichten, gelben Feinschluff fühlt man sich stark, weil man weiß, was man tut.

Am Montag fahre ich mit dem Frühbus nach Parola. Den Arbeitstag verbringe ich in der Halle, wo ich Falzgeräte und Falzzangen durchgehe, die nicht ganz in Ordnung sind. Ich versuche, sie zu reinigen und zu fetten, so wie es mir aufgetragen worden ist, aber reparieren und Teile auswechseln kann ich nicht, ich traue mich nicht einmal, die Schrauben zu lösen, weil ich nicht sicher bin, ob ich die Walzen anschließend wieder einsetzen kann.

Gleich nach Feierabend beeile ich mich, den Bus um Viertel nach vier zu erreichen, esse hastig etwas und mache mit dem Graben weiter. Es ist schweißtreibend, ich kann nicht einmal das Hemd anbehalten, aber später muss ich es doch, weil die Sonne sinkt und die Mücken kommen.

Ich grabe bis um zehn und bin auf der ganzen Strecke erst bei einer Tiefe bis zum Nabel. Dann dusche ich mich unter den Gartenschläuchen, trockne mich ab und gehe schlafen. Am Morgen muss ich dann wieder früh aufbrechen, und am Abend grabe ich weiter. Mein Vater bietet an, die Erde von den Rändern wegzuschaufeln, aber ich sage, er soll sich nicht unnötig anstrengen, weil ihm das schaden könnte. Das ist ein guter Grund, aber eigentlich will ich die ganze Arbeit von Anfang bis Ende allein machen.

Als der Graben tiefer wird, muss ich die Erde schräg nach oben werfen, sodass ich bei jedem Schwung die Muskeln in den Armen, im Bauch und am Rücken spüre. Am Anfang gibt das ein gutes Gefühl von Kraft, so als würde man ständig stärker werden und wäre bald bereit, alles zu tun, was auf einen zukommt.

Die größten Wurzeln der Apfelbäume und Birken versuche ich so zu umgehen, dass ich sie, wenn sie quer durch die Grabung wachsen, nicht absäge oder mit dem Beil durchhacke, sondern die Erde unter ihnen wegschaufle. Der Hang ist auch in der Tiefe nicht besonders felsig oder steinig, fast alle Brocken bekomme ich mit bloßen Händen aus dem Graben.

Das ist eine Arbeit, bei der ich das Gefühl habe, dass ich sie kann, anders als bei Volles Rohr. Auch wenn das Graben eintönig und zwischendurch anstrengend ist, gibt es mir ein gutes Gefühl, weil ich weiß, was ich zu tun habe.

Mein Vater kommt oft in den Garten, sieht zu und stellt Fragen. Meine Mutter bringt mir ab und zu Wasser und ab und zu ein Glas roten Saft und macht sich Sorgen. Mein Vater erzählt seine alten Geschichten. Wenn ich sie so da oben am Rand stehen sehe und selbst tief in der Erde bin, denke ich, dass sie das nicht mehr könnten. Die Aufgaben haben sich umgedreht. Früher haben sie sich um mich gekümmert, jetzt hängt es von mir ab, ob wir in der Sauna eine richtige Dusche haben oder nicht.

Zum Glück regnet es an keinem einzigen Tag und auch nicht nachts, denn das Regenwasser könnte die Ränder noch schlimmer ins Rutschen bringen. Auf einer Strecke von fünf Metern habe ich aus Brettern Stützwände bauen müssen, weil die Erde an der Stelle aus so feinem Sand besteht, dass die senkrechten Wände ohne Stabilisierung nicht halten.

Bis Donnerstag fällt kein einziger Tropfen. Am Nachmittag fängt es in Parola an zu nieseln. Ich blicke auf die Wolken und hoffe, dass sie nur hier sind. Als Lampinen zufällig vorbeikommt, sage ich zu ihm, hoffentlich sinken die Ränder nicht ein. Er fragt, wie weit ich mit der Arbeit bin, und verspricht, am Wochenende zu kommen, falls ich bis dahin fertig bin. Ich habe das Gefühl, es nie zu schaffen, aber als ich das sage, schlägt Lampinen vor, dass ich den ganzen Freitag für den Graben nutze und nicht zur Arbeit zu kommen brauche.

»Ich ziehe das nicht vom Lohn ab, da hilft man einem alten Freund, wenn er selbst nicht mehr kann«, sagt er.

Als ich nach Hause komme, gehe ich sofort nachsehen. Der Graben ist feucht, aber es steht kein Wasser darin, und von den Rändern ist nichts abgebröckelt, und auch sonst stört der Regen nicht beim Graben.

Auf dem Küchentisch wartet ein weißer Briefumschlag auf meinem Platz. Er ist von Frau Niskanen. Sofort macht sich ein unangenehmes Gefühl breit. Ich habe nichts für den Stipendiumsantrag getan, sondern die Broschüre und das Empfehlungsschreiben liegen lassen, wo ich sie am letzten Tag im Mai hingelegt hatte.

Was gehen die meine Angelegenheiten noch an?, denke ich, als ich in mein Zimmer gehe, um das Kuvert zu öffnen. Es enthält einen mit Hand beschriebenen *Par-Avion*-Bogen aus dünnem, fast durchsichtigem, feinem Papier. Man kann es nur einseitig beschreiben, auch die Zeilen sind nur auf einer Seite mit kleinen blauen Strichen markiert.

Wie ist Dein Sommer bislang verlaufen? Ich habe mich in Längelmäki bei sommerlichem Zeitvertreib erholt. Dabei fiel mir ein, Dich zu fragen, ob Du schon etwas wegen des Stipendiums für die Vereinigten Staaten gehört hast. Manchmal kann es etwas dauern, glaube ich, auch wenn ich über keine gesicherte Information verfüge, denn ich habe der betreffenden Organisation noch nie bezüglich eines Schülers von mir geschrieben.

Ich bin neugierig zu hören, ob Du Post von den Freunden Amerikas erhalten hast. Meine Sommeradresse steht auf dem Umschlag, aber schon in der zweiten Augustwoche werde ich in die Stadt zurückkehren, um das neue Schuljahr vorzubereiten.

Ich wünsche Dir alles Gute für den restlichen Sommer. Nach den dunklen Wintertagen tut uns das Sonnenlicht gut.

Mit Sommerurlaubs- und Klassenlehrergrüßen
Raili Niskanen

Ich weiß nicht genau, warum, aber ich gerate in Panik, als hätte ich etwas verkehrt gemacht oder eine Vereinbarung gebrochen, obwohl ich nichts versprochen habe, und etwas angestellt habe ich auch nicht. Sie hält zu viel von mir, oder sie regelt die Angelegenheiten von anderen wie ihre eigenen und plant für die anderen, das geht nicht, so kann das nicht sein. Ich kann nirgendwo hinfahren. Wie kommt man aus einer Sache raus, in der man noch nie gewesen ist, so viele Dinge gleichzeitig, keine Ordnung im Kopf, und darum flattert und schwankt innerlich alles.

Ich weiß überhaupt nicht weiter. Den Brief schiebe ich in den Umschlag zurück und verstecke ihn unter dem Trio. In der Küche fragt meine Mutter, ob er von der Finnischlehrerin war, der Name ist ihr bekannt vorgekommen.

»Ja«, sage ich.

»Was will sie denn?«

»Nichts. Ist bloß wegen der Ferienhausaufgaben, bestimmt haben alle den gleichen bekommen«, sage ich, und meine Mutter glaubt mir und lässt das Ganze auf sich beruhen.

Beim Essen überlege ich die ganze Zeit, was ich tun soll. Etwas an der Sache belastet mich mehr, als es sollte. Es ist ein großes Knäuel, die ganze Schulfrage ist noch nicht geklärt. Für Installationsarbeiten bin ich nicht geeignet, ich tauge nicht mal zum Blechschmied. Ich habe genügend Stehfalze auf dem Dach gewalzt, um das zu wissen. Ich bin einfach nicht fähig, schwierigere Blecharbeiten zu machen und mir vorzustellen, wie man eine Verblechung zuschneiden muss, ich kann es einfach nicht, und ich bekomme auch keine gebogenen Linien nach Maß hin. Und auf Installationsseite bin ich nach dem Auftrag bei den Reihenhäusern nirgendwo mehr als Handlanger hingeschickt worden.

ch grabe so tief wie bei einem schmalen Schützengraben, und vor dem Heizungsraum bereits tiefer, als ich groß bin. Ich habe beschlossen, bis Freitag fertig zu sein, und sei es spät in der Nacht. Zwischendurch kommen Regenschauer, und von Ahvenisto her hört man es donnern.

Inzwischen muss ich jede Schaufel voll über meinen Kopf hinauswerfen. Das macht sich bemerkbar, bald schmerzen unter den Armen und an den Seiten Muskeln, von denen ich bisher nicht einmal gewusst habe, dass es sie gibt.

Als mein Vater nachsehen kommt, sage ich, man kann Lampinen bitten, schon morgen zu kommen. Er hat versprochen, die Rohre im Lieferwagen mitzubringen und sie direkt zu verlegen, sobald der Graben fertig ist. Mein Vater geht telefonieren und kommt eine Viertelstunde später zurück. Der Anruf hat ihm Kraft gegeben, er erzählt, sie hätten auch über andere Dinge von früher und heute geredet, und Lampinen habe versprochen zu kommen und alle Utensilien mitzubringen.

Nach dem Anruf ist mein Vater gesprächig. Er geht am Grabenrand entlang und schätzt die ausgehobenen Kubikmeter. Bis hinter die Reihe der Apfelbäume liegen überall Erdhaufen auf dem Rasen. Die Tiefe ist die eines Grabes, die Breite habe ich auf der ganzen Strecke unter einem Meter zu halten versucht, und ganz unten noch schmaler, auch wenn es schwierig ist, aus so einer Enge die Erde nach oben zu schaufeln.

»Für einen einzigen Mann ist das eine ganz schöne Baustelle«, sagt mein Vater und lobt mich auf diese Art.

»Ich muss noch vor der Sauna, wo die Steine sind, den Boden glätten«, sage ich.

»Der ist gut so, wie er ist«, sagt mein Vater, und ob ich den Rest nicht morgen machen kann, weil Lampinen ja nicht gleich am frühen Morgen kommt.

»Nein.«

Ich will graben, bis alles fertig ist, aber es fängt an zu regnen, ein starker Schauer. Aus Brettern und einigen Quersprossen habe ich mir eine einfache Hühnerleiter gemacht, damit ich leichter nach oben komme. Mein Vater hat sich bereits auf der Treppe unterm Vordach untergestellt, und ich stelle mich neben ihn. Wir sagen nichts, schauen nur vor uns hin. Der Regen hängt wie grauer Stoff über dem Garten. Es geht kein Wind, man hört nur das Rauschen und das Prasseln der Tropfen auf dem Blechdach und dem Plastik, in das die Rasenstücke eingepackt sind.

In den Pausen zwischen den Schauern grabe ich weiter und glätte den Boden. Mein Vater und meine Mutter gehen schlafen. Nach Mitternacht wird es für zwei Stunden dunkel. Es ist nicht mehr Mittsommer, der Himmel nicht mehr die ganze Nacht lang hell.

Wo Steinbrocken liegen, glätte ich den Boden, indem ich neben und unter ihnen Löcher grabe und sie hineindrücke. Am Ende ist die Rinne so gerade, dass das sechs Meter lange Messbrett an keiner Stelle hochsteht und darunter auch keine größeren Löcher mehr sind.

Nachdem ich auch noch die letzten Unebenheiten beseitigt habe, steige ich die Hühnerleiter hinauf. Oben ist inzwischen Wind aufgekommen, sofort spürt man die Kälte unter dem nassen Hemd, aber ich will noch nicht hineingehen. Ich gehe den ganzen Graben ab, von der Wand des Heizungsraums bis zur Sauna, und überprüfe, ob alles astrein und fertig ist. Noch nie habe ich eine so große und schwere Arbeit gemacht. Als Schnitt in der Erde liegt sie vor mir.

Hinter der Fliederhecke hört man Stimmen lauter werden und jemanden husten. Ich versuche, zwischen den Büschen hindurchzusehen, und gehe näher heran. Der alte Lassi, sein Sohn und zwei andere Männer kommen von der Straße. Bei dem dreieckigen Phlox-Beet bleiben sie stehen und zünden sich

Zigaretten an. Sie haben Krebsreusen in einem offenen Plastiksack dabei und zwei Eimer mit Deckeln. In dieser Nacht hat der Krebsfang begonnen, und sie sind gleich hingegangen, um sich die besten zu schnappen. Der Sohn vom alten Lassi ist am stärksten betrunken, aber die anderen sind es auch, das höre ich, als sie sich gegenseitig loben.

Die Wolken sind weg, und es ist so hell, dass die Männer mich sehen könnten, wenn sie zufällig in meine Richtung schauen würden. Ich schleiche mich davon. Sie merken nichts, trotzdem bewege ich mich lautlos.

Nachtwind kommt auf, so wie manchmal an einem großen See, eine drückende Windfront aus einer Richtung. Mein Hemd ist am Rücken nass und kalt, aber ich werfe noch einen letzten Blick auf den Graben, ob für morgen alles in Ordnung ist.

Erst als ich dicht am Rand stehe, sehe ich die grünen und roten Flecken, die sich über die Grabenwände und die aufgeschüttete Erde verteilen. Ich gehe in die Hocke, um sie mir genauer anzusehen. Der Erdboden ist voller grüner Blattläuse und hellroter Samtmilben, ein fleckchenhaftes langsames Gewimmel von ein, zwei Millimeter großen, bunten Krabbeltierchen, und wie ich da hocke, regnen von den im Wind schwankenden Birken noch mehr von den grünen Läusen auf mich herab, und die Samtmilben kommen aus der Erde oder aus dem Gras und gehen auf die Läuse los, sodass auch der Grabenboden aussieht, als wären zwei verschiedene Farben verspritzt worden.

MUMINLICHT

Als ich am nächsten Morgen nachsehe, sind keine Tierchen mehr da. Es geht noch ein leichter Wind, aber es ist ein neuer Tag. Der Graben wirkt unangetastet, kein neues Häufchen mit abgerutschter Erde ist am Boden zu erkennen. Auch kein Grün und kein Rot, nicht der geringste Fleck von gestern.

So etwas kann nicht passieren, ohne dass es etwas zu bedeuten hat, kommt mir in den Sinn, aber das kann nicht sein, weil alles hier und jetzt vorhanden ist. Es gibt kein Jenseits und keinen Gott-Himmel. Nur manchmal denkt man das, weil sich alles am Himmel und unter dem Himmel befindet.

Als ich vor zwei Jahren im Sommer im Konfirmandenunterricht war, verschwand das letzte bisschen, mit dem ich noch an Gott und den Religionsstunden hing. Bis zum Konfirmandenunterricht war ich etwas gläubig, aber schon währenddessen wusste ich, dass ich es nicht weiter sein kann, und dann beschloss ich, dass man sich ganz und gar davon lösen muss, so wie mein Vater es getan hatte, aber ich bekam es einfach nicht hin und erkundigte mich nicht einmal, ob man austreten kann, bevor man achtzehn ist.

Gleich zu Anfang sagte der Pastor in seiner Eröffnungsansprache, Himmel und Hölle würden existieren, es gäbe sie wirklich. Und dass wir wegen der Grenzziehung zwischen dem weißen und dem schwarzen Reich hier im Gemeindehaus säßen und uns auf den Kampf vorbereiteten.

»Der Schweiß, den wir in der Julihitze hier im vom Heiligen Geist erfüllten Unterrichtsraum vergießen, ist ein kleiner Tribut dafür, dass wir für unser ganzes Leben zu Freunden Jesu und zu Grenzsoldaten Gottes werden.«

So hatte es geheißen, und an den Tischen war es still geworden. Ich zumindest wagte es nicht, anderswo hinzuschauen als auf meine Hände und auf das Heft, in dem ich versuchte, schon mal ein paar Wörter für die Abschlussprüfung des Konfirmandenunterrichts aufzuschreiben.

Als sich jemand traute zu fragen, wo die Hölle sich in der Praxis eigentlich befindet, antwortete der Pastor, in der Bibel stehe, dass es die Hölle gibt, und dann gibt es sie und Schluss. Die Bibel ist das Fundament für alles und sagt, wie der Mensch sein Leben zu führen hat.

Der Pastor predigte über die Selbstbefleckung und die Todsünde der Abtreibung und verbot ausnahmslos, gemeinsam in die Sauna zu gehen, nicht einmal Familien dürften das tun, sondern die Jungen müssten mit dem Vater gehen und die Mädchen mit der Mutter, von dem Tag an, an dem sie das zweite Lebensjahr vollenden. Als Begründung für diese Regeln las er uns die Schamentblößungsstelle im Buch Mose vor.

Der Apostel Petrus habe gelehrt, sagte er, dass die Bibel jede Art von Selbstverschönerung verbiete, Goldschmuck, Markenkleider und Hautbemalung. Als ein Mädchen fragte, und zwar im Ernst, ob Lippenstift auch als Hautbemalung gelte, wurde er wütend und kehrte uns den Rücken zu.

Den Rest der Stunde schaute er nur auf die Tafel und las aus den Korintherbriefen vor.

»Lehrt euch nicht auch die Natur, dass es für einen Mann eine Unehre ist, wenn er langes Haar trägt, aber für eine Frau eine Ehre, wenn sie langes Haar hat? Das Haar ist ihr als Schleier gegeben.«

Als wir im Konfirmandenunterricht vorangekommen waren, bestimmte der Pastor, dass man die Stelle mit den Haaren und viele andere Stellen in der Bibel und natürlich die Zehn Gebote und ihre Erklärungen und viele Gottesgebete in der Abschlussprüfung auswendig können muss.

In jüngeren Jahren war er Gefängnispfarrer gewesen, und

zur Zeit des Konfirmandenunterrichts predigte er in der Volksmission, die Geld für ein Flugzeug, eine Buchdruckerei und eine Radiostation sammelte.

Auch zu uns hat er darüber gesprochen. Sie wären die neuen Verbreiter von Gottes Wort. Mit dem Flugzeug sollten Medikamente und Krankenschwestern zu den Negern nach Afrika gebracht werden. In der Druckerei wurden russischsprachige Bibeln gedruckt und in der Radiostation Ryttylä Programme auf Tonband aufgenommen, die Trans World Radio dann von Monaco und anderswo aus an die Heiden in Afrika und die Muselmanen im Nahen Osten sendete. Ich kannte Trans World Radio, ich hatte es sogar schon gehört, und das brachte mir bei den anderen Konfirmanden den Ruf eines Strebers ein, weil ich in der Pause den Pastor nach Missionssendern fragte, zum Beispiel nach HCJB, der sich in Quito in Ecuador befindet.

Wenn ich mich von allen Jenseitsvorstellungen lösen will, muss ich nur an den Konfirmandenunterricht zurückdenken. Nach der Stunde über die Volksmission war bei mir nicht mehr das geringste Stückchen von Gott übrig, aber in Religion hatte ich im Zeugnis trotzdem immer mindestens eine Neun.

Alles ist nur nicht immer sichtbar, habe ich mir für die sonderbaren Dinge überlegt. Auch wenn von den Samtmilben und Blattläusen keine Spur mehr zu erkennen ist, kommt es mir wichtig vor, sie gesehen zu haben. Ich sage es weder meinem Vater noch meiner Mutter oder sonst jemandem, aber im Stillen frage ich mich, warum habe gerade ich diesen kleinen besonderen Moment gesehen. Dann belasse ich es dabei und sehe es als Zufall und nicht als höhere Macht, aber trotzdem bleibt ein gutes Gefühl zurück.

Auch sonst fühle ich mich ganz leicht. Arme und Kreuz schmerzen, aber das hat keine Bedeutung, im Gegensatz zu allem anderen hier. Vom Rand aus betrachte ich den Schnitt in der Erde. Er ist gut geworden und vollkommen gerade, nur am Apfelbaum macht er einen Bogen, so wie es sein soll. Es ist die Arbeit eines Fachmanns, die Wände genau senkrecht, die Stabilisierungen an den richtigen Stellen, die großen Wurzeln der Birken und Apfelbäume unbeschädigt, obwohl es schwer war, neben und unter ihnen zu graben und die Erde nach oben zu befördern.

Während ich noch durch den Garten gehe, kommen mein Vater und meine Mutter heraus. Sie wollen mir etwas sagen, das sehe ich ihnen neuerdings immer sofort an.

Meine Mutter stellt die Frage, denn meinem Vater scheint es schwerer zu fallen.

»Wenn Vetter Lampinen gleich bezahlt werden will, könntest du uns dann vielleicht ein wenig Geld leihen?«

»Ja«, sage ich nur knapp, weil ich ziemlich überrascht bin.

Sie bedanken sich und fügen hinzu, wie gut, dass es in der Familie wenigstens einen Dagobert Duck gibt.

»Ich wollte sowieso anfangen, Essensgeld abzugeben. Hätte ich euch längst sagen sollen«, unterbreche ich ihr Lob, weil es mir bei dieser Angelegenheit peinlich und unangenehm ist. Beide lehnen ab.

»Ich habe direkt nach dem Zahltag nur nicht dran gedacht, weil das mit der Heuarbeit dazwischenkam und in der Firma so viel zu tun war. Für Kost und Logis«, sage ich und würde am liebsten sofort weggehen, aber ich kann nicht. Ich trete an den Rand des Grabens und steige die Hühnerleiter hinunter.

»Er ist gut, so wie er ist«, sagt mein Vater von oben.

»Ich sehe nur nach, ob keine Erde abgerutscht ist.«

Dann ist es still. Ich tue so, als würde ich Meter für Meter die Wände kontrollieren, mühsam bewege ich mich vorwärts, weiche den Wurzeln aus und stelle die Füße quer, weil der Graben am Boden so schmal ist. Mein Vater geht oben am linken Rand entlang und scheint ebenfalls prüfend zu blicken. Als wir die Sauna erreicht haben, fragt er, ob wir nächste Nacht Krebse fangen gehen.

»Jukka feiert seinen Abschied, er geht morgen auf Interrail-Tour, da lädt er zu sich nach Hause ein«, sage ich und schaue dabei auf die Stelle, wo die Wasserrohre in die Sauna führen sollen.

»Also dann nicht? Und nächste Woche?«, schlägt mein Vater vor.

»Am Ahvenisto geht es am Wochenende nicht, da sind nachts immer Leute«, antworte ich, und etwas anderes kann ich nicht vorschlagen, denn zu den anderen Seen müssten wir weite Strecken mit dem Fahrrad fahren, und das traut sich mein Vater nicht mehr. Das kann ich aber nicht sagen, ich kann ihm nicht geradeheraus sagen, dass wir wahrscheinlich nie wieder zusammen Krebse fangen gehen.

Lampinen kommt, und ich helfe ihm sofort wie ein richtiger Arbeiter. Ich hole die Sachen aus dem Lieferwagen und säge mit der Eisensäge die Rohre so zu, wie Lampinen die Maße angegeben hat. Er lobt den Graben und scheint sich ernsthaft darüber zu wundern, dass wir keinen Bagger bestellt haben.

»So ist es ein bisschen sauberer. Sonst geht der ganze Garten kaputt und auch die Baumwurzeln«, sage ich.

Mein Vater sieht zu, wie Lampinen die Rohre mit der Schweißflamme anwärmt und dann zurechtbiegt. Sie unterhalten sich über früher. Ich meißle das Loch für die Rohre in die Saunawand, und diesmal gelingt es mir gut.

Als das Rattern der Klinge abbricht, höre ich, dass sie über Mirja Ryynänen sprechen. Lampinen berichtet, dass er jemanden gefunden hat und dass es ein bisschen wie ein neuer Anfang ist.

»Und was sagt Seija dazu?«, fragt mein Vater.

»Das geht sie nichts an. Das ist allein meine Sache.«

»Schon. Aber dass sie bloß keine Schwierigkeiten macht.«

»Mit Sicherheit fällt ihr was dazu ein. Aber wenn man geht, dann geht man, dann gibt es kein Zurück, und jetzt erst recht nicht mehr.«

Eine Weile reden sie darüber, wie man die Scheidung beschleunigen kann, aber anscheinend bekommt man sie nicht besonders schnell über die Bühne, wenn man nicht miteinander redet. Man sieht Lampinen an, dass ihn das Thema anstrengt.

Mein Vater schimpft auf Widing, und Lampinen hört wahrscheinlich zum x-ten Mal, wie er dort hat gehen müssen, denn er nickt nur noch.

»Und wie geht's weiter?«, fragt er sofort, als mein Vater fertig ist.

»Sie holen mich nicht gerade mit der Limousine ab.«

Lampinen fängt an, die Betriebe, die er kennt, aufzuzählen, aber fast bei jedem gibt es für meinen Vater einen Hinderungsgrund. Er hat sich bei keinem einzigen gemeldet. Das sagt er Lampinen nicht, doch ich weiß es.

Währenddessen machen sie die ganze Zeit mit der Arbeit weiter. Lampinen baut am Heizungsraum sicherheitshalber Ventile ein, falls es im Winter doch mal Probleme geben sollte und man das Wasser abstellen und die Leitungen leeren will. In der Sauna installiert er die Mischbatterie und die Dusche und schließt alles an, und ich isoliere die Rohre, die über die Bodenfrostgrenze nach oben laufen, so gründlich, wie ich es kann.

Als wir mit der Installation fertig sind, drehe ich den Haupthahn neben dem Zähler auf. Ich renne durch den Garten zurück zur Sauna, denn ich will dabei sein, wenn die Dusche das erste Mal angeht. Zuerst kommt nur Luft raus, und dann sprudelt und spuckt es, aber sobald die Rohre sich gefüllt haben, funktioniert die Dusche wie anderswo auch. Lampinen zeigt, wie man den Hebel auf Dusche oder Hahn dreht, und testet die Einstellung, damit es auch heiß genug wird.

»So«, sagt er, wäscht sich die Hände und trocknet sie mit frischer Putzwolle ab.

Mein Vater bedankt sich, und ich sage auch Danke. Dann fängt mein Vater von der Bezahlung an.

»Überleg's dir unterwegs, wenn wir zum Kaffeetrinken rübergehen«, sagt er.

»Na, nur die Rohre und die Kleinteile. Die Mischbatterie ist gebraucht, die leg ich drauf«, sagt Lampinen.

Wir gehen zu dritt am Rand des Grabens entlang. Unten verlaufen die neuen Rohre. Lampinen rät mehr mir als meinem Vater, dass man am besten zuerst Grus unter und um die Rohre herum schaufelt, damit das Wasser nicht in den Rohren stehen bleibt und sie nicht von den Steinen platt gedrückt werden.

Meine Mutter hat bereits die Kaffeetassen auf den Tisch gestellt. Mein Vater erzählt als Erstes, dass Vetter Lampinen eine Nachfolgerin für Seija gefunden hat. Da hakt meine Mutter sofort nach.

»Ein angenehmer Mensch eben«, sagt Lampinen, fügt aber nicht viel mehr hinzu als ihren Namen, Mirja Ryynänen, und dass sie Unternehmerin ist.

»Der Name kommt mir bekannt vor. Hat nicht vor Kurzem etwas über sie in der Zeitung gestanden?«, fragt meine Mutter.

»Ist ein ziemlich gewöhnlicher Name, kann viele geben, die so heißen«, sagt Lampinen und lenkt das Gespräch auf etwas anderes, auf andere gewöhnliche Namen und von gewöhnlichen auf seltsame Namen, bis hin zu dem Russisch sprechenden Aussiedler in Ruununmylly. Bei der zweiten Tasse zünden sich Lampinen und mein Vater Zigaretten an, zur ersten wurde Kuchen und Hefegebäck gegessen.

»Bei euch wächst ein ziemlich fleißiger Arbeiter heran, wenn er nach Feierabend mit dem Spaten noch so ein Loch gräbt«, sagt Lampinen zwischendurch. Auch mein Vater lobt mich. Ich sitze am Tisch und höre zu, tue aber so, als würde ich nicht zuhören, und versuche, keine Miene zu verziehen.

Aus Versehen kommt Lampinen auf das Abbezahlen des Autos zu sprechen und lobt mich auch dafür, merkt aber gleich, dass er wohl zu viel gesagt hat, weil er gleich wieder versucht, das Thema zu wechseln, aber mein Vater hat bereits zwischen zwei Zügen an der Zigarette innegehalten und fragt nach.

»Nichts, und es spielt auch keine Rolle, das Abbezahlen geht fix, und der Junge kriegt trotzdem seinen Lohn.«

Mein Vater fragt noch einmal schärfer nach.

»Jetzt reg dich nicht auf, Jussi, alles ist in Ordnung«, sagt Lampinen zu ihm wie zu einem kleinen Kind, aber als mein Vater ihn nur anschaut und die Zigarette zwischen den Fingern hält, da muss Lampinen erzählen, was er mit seinem Bruder ausgemacht hat, wie das mit der offengebliebenen Rate und der Entschädigung geregelt wird.

»Trotz allem kümmere ich mich in dieser Familie noch immer selbst um die Schulden«, sagt mein Vater mit gesenkter Stimme.

Meine Mutter versucht nun auch ihn zu beschwichtigen, gut, dass die Sache in Ordnung gebracht wird, und Lampinen erklärt, dass es sehr gut läuft, keiner hat Nachteile, zwei, drei Monate bloß, und die Hälfte ist schon um.

Ich sage nichts, sondern sitze da wie ein Außenstehender. Mein Vater tut mir leid, weil er es so sicherlich nicht gewollt hat und es sich nun im Nachhinein anhören muss. Ich habe nicht mehr vorgehabt, es ihm zu sagen, und auch nicht gehofft, dass er es auf anderem Weg erfährt.

In der Küche wird es so still und drückend, dass Lampinen versucht, für Auflockerung zu sorgen, und anfängt, etwas Unnötiges, Witziges von der Arbeit zu erzählen, aber mein Vater kommt auf den Taunus zurück und auf die Machenschaften des kleinen Lampinen, so nennt er es.

»Ist da überhaupt richtig gerechnet worden?«, fragt er mich zwischendurch direkt. Es ist ein harter Brocken für ihn, dass die Zahlung so vereinbart worden ist. Ich bejahe es, so gut ich kann.

Irgendwann kommen wir dann doch über das Thema hinweg. Sie trinken noch eine dritte Tasse, obwohl Lampinen den Eindruck macht, als würde er nicht mehr wollen, aber er muss.

Dann holt meine Mutter ihre Handtasche aus dem Wohnzimmer und bezahlt die Rohre und das Zubehör und alles andere. Für die Arbeit will Lampinen nichts haben. Als er geht, danken sie ihm dafür, dass er ihnen an seinem freien Tag geholfen hat. Mein Vater dankt ihm, dass Lampinen nicht so wie sein Bruder ist.

»Bis übermorgen«, verabschiedet sich Lampinen von mir und sieht mich ein bisschen länger an, womit er wahrscheinlich sagen will, das wird schon, und nickt. Auch ich nicke und gebe ihm so zu verstehen, dass bald alles wieder in Ordnung sein wird.

Erst dann macht sich die Müdigkeit bemerkbar, und ich fühle mich schwer und erschöpft. Ich gehe in mein Zimmer und lege mich auf die Tagesdecke, lasse die Tür aber einen Spaltbreit offen und höre genau, was mein Vater als Erstes sagt.

»Die stecken unter einer Decke und bescheißen den Jungen.«

Da rufe ich vom Bett aus so laut, dass man es auch bestimmt in der Küche hört:

»Es gibt hier keine Unklarheiten! Alles ist auf dem Papier und im Kopf durchgerechnet worden, und jede verdammte Stunde wird bezahlt. So läuft das eben, und bald ist die Sache erledigt.«

In der Küche wird es still. Ohne es zu sehen, weiß ich, dass sie sich anschauen und meine Mutter den Kopf schüttelt, damit nicht weitergeredet wird.

Ich bin dann trotzdem eingeschlafen. Den Moment des Einschlafens merkt man nicht, aber man kann sich an den Anfang erinnern, daran, wie die Gedanken sich verheddern. Von da an dauert es nicht mehr lang, bis man in den Schlaf hinüberrutscht.

Die Sonne scheint jetzt durchs Fenster direkt auf mich, weil es Nachmittag geworden ist. Regungslos liege ich in dem Sonnenfleck und lausche. Im Haus hört man nichts. Kein Radio läuft. Wenn man den Trio mitzählt, gibt es drei. In der Küche ist niemand, und die Tür ist einen Spaltbreit offen, so wie ich sie gelassen habe.

Draußen hört man das Rauschen der Autos in der Ferne und ein leises Geräusch aus dem Garten. Meine Mutter jätet in den Beeten Unkraut.

Das wird bald noch ein kleiner Marsch, denke ich, bewege mich aber nicht. Die Frotteeflusen der Tagesdecke haben Abdrücke an der Schläfe und an der Wange hinterlassen. So ist es immer, wenn man darauf auf der Seite oder auf dem Bauch schläft.

Das wird ein langer Marsch. Der Satz kommt aus der chinesischen Geschichte und ist mir eingefallen, als ich mit dem Graben angefangen habe. In jeder Ausgabe der *Peking Review* stehen in fetten Buchstaben Parolen von Mao und manchmal in schiefer Schrift so etwas wie Gedichte. Sie sind auf Englisch, und man wird aus ihnen nicht richtig schlau, außer aus den ganz kurzen, wenn sie nur aus Wörtern bestehen, die man kennt.

Auch wenn das Lesen und Übersetzen eine gute Übung ist, habe ich keine Lust, so viele Wörter im Wörterbuch nachzuschlagen. Als mich meine Mutter fragte, warum steckt so eine Zeitung mit rotem Umschlag in unserem Briefkasten, antworte ich trotzdem, gut, dass sie kommt, und auch noch kostenlos aus China, da kann ich Englisch für die Schularbeiten üben, und sie glaubte es mir und war sofort der gleichen Meinung.

Das wird ein langer Marsch, ist mir in den Sinn gekommen, als ich zum ersten Mal den Spaten in den Rasen stach und die Grasstreifen zur Seite schaffte. Jetzt muss ich nur noch einen kleinen Marsch absolvieren und den Graben zuschaufeln.

Ich plane alles, erst dann stehe ich vom Bett und aus dem Sonnenfleck auf. Ich gehe in die Küche, trinke Wasser aus einem Viola-Glas und gehe nach draußen.

Schon im Flur sehe ich durch das Fenster, dass meine Mutter nicht bei den Beeten ist, sondern dass beide mit Schaufeln Sand in den Graben schieben. Auf Strümpfen trete ich vor die Tür und frage von der Treppe aus, was sie da eigentlich zu tun glauben, obwohl ich es ja sehe. Schnell schlüpfe ich in die Gummistiefel, ziehe die von Schweiß und Erde hart gewordenen Handschuhe an und nehme meiner Mutter die Schaufel ab.

»Ist auch bestimmt der beste Sand unten an den Rohren?«, frage ich und gehe zur Sauna, wo der Graben noch ist wie zuvor und man die Rohre sieht. Mein Vater antwortet, er ist nicht von gestern und schaufelt nicht zum ersten Mal ein Grab, aber ich sehe trotzdem an den Stellen, wo man es überprüfen kann, nach, ob zuerst ordentlich Grus hineingeschippt worden ist und keine großen Steine oder Fuchserde. Eine Kleinigkeit kann die ganze Arbeit kaputt machen, das hier ist meine Arbeit und meine Verantwortung, aber es sieht so aus, als hätten sie angefangen, die Grube ganz richtig aufzuschütten. Ich muss nicht wieder alles rausschaufeln und verbessern. Also lasse ich es gut sein, steige aber noch die Hühnerleiter hinunter, prüfe mit der Sohle vorsichtig den Boden und trete den Grus unter und neben den Rohren fest, damit sich keine Lufttaschen bilden, in denen sich das Wasser auf die falsche Art sammeln kann.

»Stimmt die Qualität?«, fragt mein Vater von oben.

»Ich wollte nur ein bisschen verdichten«, sage ich, steige wieder nach oben und ziehe die Leiter hinauf.

Meine Mutter schaut zu, wie mein Vater und ich Erde und Steine in die Grube schaufeln. Zwischendurch hole ich mit der Schubkarre von den weiter weg liegenden Haufen den besseren Grus und bedecke damit die Rohre vor der Sauna.

Mein Vater schwitzt schon, ist aber nicht bereit, eine Pause einzulegen, obwohl ich es ihm vorschlage. Auf seine Krankheit scheint er keine Rücksicht mehr zu nehmen, sondern schaufelt gebückt Erde in den Graben, obwohl er das wahrscheinlich nicht dürfte, jedenfalls nicht in dem Tempo.

Meine Mutter geht an mir vorbei und sagt leise, fast flüsternd, pass auf, dass er nicht zu schwer schuftet. Ich antworte nicht, denn was kann ich schon tun? Wenn man es ihm befiehlt, hört er nicht. Wenn man ihn darum bittet, hält er etwas dagegen. Außerdem kann man seinem Vater nichts verordnen, das geht nicht.

Einem Mann werden nur bei der Arbeit und bei der Armee Befehle erteilt. Der Ältere kann dem Jüngeren etwas befehlen und der Höhere dem Niedrigeren, das fällt einem nicht weiter auf, daran ist man gewöhnt und gehorcht, aber sonst macht man es nicht, weil ein Mann selbst am besten weiß, was er zu tun hat. Man kann sich Ratschläge anhören und sie befolgen, aber ein Mann unterwirft sich nicht einfach dem, was ein anderer ihm sagt, weil er dann willensschwach ist und den anderen zeigt, dass er es ist.

Solche Sachen hat mir mein Vater im Lauf der Jahre immer wieder gesagt. Nicht alle auf einmal, aber ich habe sie im Kopf nebeneinander gespeichert. Weil er sie nur so selten ausgesprochen hat, sind sie mir in Erinnerung geblieben.

»Aber in der Schule hörst du immer zu und gehorchst, weil ihr noch keine Männer und keine Frauen seid, sondern Schüler, und der Lehrer ist der Vorarbeiter und Polier, und der Rektor ist der große Boss, und darum haben ihnen alle zu gehorchen«, hat mein Vater einmal zum Schluss noch hinzugefügt, nach einer Pause, als wäre ihm eingefallen, dass er das noch sagen muss.

Er ist vom Schippen außer Atem und sieht müde aus, aber das kann ich ihm nicht direkt sagen, denn das würde nur das Gegenteil bewirken. Er würde noch härter schuften, um zu zeigen, dass er noch kann und ich mir keine Sorgen machen muss und dass alles ist wie früher. Ich kann nur selbst eine Pause machen und wie einer aus der Stadt mit dem Fuß auf der Schaufel dastehen, damit mein Vater ebenfalls aufhört und durchatmet.

»Die Arbeit ist hart, aber ihr Männer seid es auch«, sagt meine Mutter. Es klingt nicht nach ihr, sondern eher so, als hätte sie es in der Morgenkaffeesendung im Radio gehört.

Das Füllen des Grabens geht so viel leichter, dass wir in zwei Stunden bereits eine Menge geschafft haben. Obwohl mein Vater ab und zu schnauft, als wäre er gerannt, gibt er nicht auf, sondern wir arbeiten nebeneinander im Takt.

Als wir nach der Pause weitermachen, sagt er nach den ersten Schaufeln, dass er nicht mich meinte, als er Lampinen anfuhr.

»Ich verstehe schon, dass man seine Schulden bezahlen muss, und ich habe noch nie etwas nicht bezahlt, aber es ärgert mich, wenn man für nix bezahlt, und dann auch noch an ein Schlitzohr. Der ist von einem ganz anderen Schlag als Vetter Lampinen. Der war auch nicht an der Front, sondern hat sich einen Posten erschwindelt, auf dem er mit Frauen zusammen Karten geschnitten hat.

Also, ich hab nicht dich gemeint. Du hast das einwandfrei gemacht. Aber wenn man für nix als den Schatten bezahlt …«

Als mein Vater das sagt, macht sich ein gutes Gefühl in mir breit. Ich antworte nicht, werfe den mit Steinen vermischten gelben Feinschluff in den Graben, und es kommt mir vor, als wäre erst jetzt alles so, wie es sein soll.

Wir arbeiten im gleichen Rhythmus von beiden Seiten und

schütten den Graben zu. Für oben haben wir den guten braunen Humus aufgehoben, und nach dieser Schicht sind wir bis auf die Rasenstreifen fertig.

»Ich setz mich mal ein bisschen auf die Treppe«, sagt mein Vater dann und schlägt zum ersten Mal selbst eine Pause vor. Ich setze mich kurz neben ihn, als würde ich mich ausruhen wollen, aber keine Ruhe finden.

»Ich kann den Rest alleine machen, weil ich genau weiß, welches Stück wohin gehört«, sage ich, ohne auch nur eine Andeutung zu machen, dass ich ihn so zum Pausieren zwinge. Das darf man nicht tun, das weiß ich bereits, denn bei der Arbeit kommt es ab und zu vor, dass ich etwas Schweres nicht allein heben kann, und dann ist es besser, wenn jemand hilft, aber dabei nichts über Kraft und Muckis sagt, sondern einfach nur mit anpackt und den Mund hält.

Mein Vater sitzt auf der obersten Stufe und zündet sich eine grüne North State an. Andere raucht er nicht gern, weil man bei denen durch einen Fäustling ziehen muss, wie er sagt, und darum zwickt er bei den anderen immer den Filter ab.

Ich schaue nicht hin, aber ich weiß, dass er mich beobachtet, wie ich ein Rasenstück nach dem anderen mit dem Spaten an die richtige Stelle trage. Ich habe die Anordnung als Raster im Gedächtnis und weiß genau, wie es geht. Beim Zuschaufeln ist die Erde ein bisschen höher geworden, sodass man auch nach dem Bedecken den Verlauf des Grabens erkennen kann, aber ich trample die Rasenstücke fest, sodass sich die Fugen schließen, und der Rest wird sich von selbst senken, wenn sich im Herbstregen die Erde verdichtet, oder spätestens unter dem Gewicht des Winters.

Damit ist die Arbeit getan und der Fall erledigt, beide Märsche habe ich absolviert. In den Armen und am Rücken schmerzen die Muskeln, aber sie sind stärker geworden, das spürt man richtig. Jetzt würde ich Silja herumdrehen und nicht wie eine

Plötze unter ihr liegen, kommt es mir mitten beim Tragen und Anpassen der Stücke in den Sinn, und prompt steht er mir völlig unpassenderweise, weil es ohne leichter wäre, sich zu bücken und die Grasbrocken zu versetzen.

A ls ich mich am Abend auf den Weg zu Jukka machen will, fragt meine Mutter wie immer, wann ich nach Hause komme.

»Kann sein, dass ich erst morgen komme«, sage ich, als wäre es ganz selbstverständlich. Meine Mutter und mein Vater sagen nichts, sondern schauen mich nur an. An diesem Tag verläuft die Grenze, von nun an beschließe ich selbst, wann ich komme und wann nicht. So fühlt es sich an, und ich weiß es auch mit Sicherheit. Ich weiß, dass meine Mutter und mein Vater es ebenfalls wissen, als wäre die Stelle schon vor Jahren im Kalender eingezeichnet worden und allen dreien fiele es jetzt ein.

Als ich den Hügel hinuntergehe, mäht der Pfarrer mit einer blau-weißen Mütze auf dem Kopf fast direkt am Tor den Rasen. Er trägt nichts als kurze, weiße, flatternde Altmännerhosen. Wie es aussieht, hat er einen Bauch, und an den Armen hängt loses Fleisch. Er hebt die Hand, und ich nicke und hebe dazu auch ein bisschen die Hand, weil ich nicht weiß, wie man es richtig macht. Früher hat er nie die Hand gehoben und mich nicht einmal immer erkannt, wenn ich vorbeigegangen bin.

Jukka will mit Foto Pennanen und Kaikusalo auf Interrail-Tour gehen. Die beiden sind schon achtzehn und gehen aufs Lyzeum. Ich kenne sie bloß von den paar Malen, die ich sie getroffen habe, als ich mit Jukka in der Stadt unterwegs gewesen bin. Beide haben einen Führerschein. Früher hatten sie die gleichen hellblauen Maxi-Jacken an, und Pennanen hat immer eine

Kameratasche über der Schulter hängen, aber ich weiß nicht, ob wirklich eine Kamera drin ist, gesehen habe ich sie nie.

Sie sitzen zu dritt vor dem Haus herum. Jukkas Vater und Mutter packen Saunasachen und Taschen in den Isuzu. Sie fahren zum Sommerausflug der Zeitungsneger von Süd-Häme, wie sie es nennen, zum Torronsuo-Moor und nach Tammela. Es ist ein Ausflug über Nacht. Zuerst wandern die Redakteure mit ihrem Anhang im Moor, dann geht es in die Sauna, und danach wird gefeiert, erklärt Jukkas Vater gerade Pennanen und Kaikusalo, als ich zum Tor hereinkomme.

»Geht rechtzeitig ins Bett, ihr müsst morgen früh los«, sagt Jukkas Mutter und umarmt ihn lange, wünscht allen eine gute Reise und weist sie an, vorsichtig zu sein, damit sie nicht ausgeraubt werden, und zu Pennanen und Kaikusalo sagt sie, passt aufeinander auf wie die Musketiere. Jukka wirkt verlegen und drängt sie, endlich ins Auto zu steigen.

Als sie drinsitzt und die Tür zugemacht hat, bleibt Jukkas Vater noch stehen und warnt sie ein bisschen vor allem und zum Schluss vor den Hurenhäusern in Hamburg, weil man da sein Geld loswird und sich Krankheiten holt. Jukka schaut auf den Boden, aber sein Vater scheint zufrieden mit sich zu sein und klopft Jukka auf die Schulter.

»Gute Reise, und kommt gesund zurück«, sagt er mit heisererer Stimme als sonst. Er hat einen hellen Sommeranzug und Sandalen an, obwohl sie zum Wandern ins Moor gehen.

»Machen wir«, antwortet Pennanen, und Kaikusalo bedankt sich. Jukka sagt nichts, bevor der Isuzu das Grundstück verlassen hat.

»Scheiße, was das für ein Spinner ist.«

Dann holen wir die Plastiktüten unter dem Tisch in der Garage hervor. Ich habe bloß Export bestellt, zahle Kaikusalo aus und bringe es nach oben, wo ich sieben der braunen Flaschen in die Kühlschranktür stelle und die achte am Öffner, der an der Küchenwand festgeschraubt ist, aufploppen lasse. Es ist zu warm und schmeckt nach Schaum, aber ich will nicht warten.

Damit das ganze Bier in den Kühlschrank passt, müssen wir Lebensmittel herausnehmen. Ich esse zwei Würstchen aus der Packung, weil es die anderen auch tun, und Jukka sagt, dass Wurst am schnellsten schlecht wird, Butter und Eier aber auch bis zum nächsten Morgen draußen stehen können.

Die Ykä Kymäläinens kommen durchs Haupttor und klingeln an der Tür. Zum Glück haben sie nur Koskenkorva und Limo dabei, die man nicht kalt stellen muss.

Jukka erzählt vom Sommerausflug der Zeitungsneger und von den Familienausflügen, als er und Karina noch dabei waren. Damals wurde der Redakteur der Jugendseite beauftragt, sich ein Programm für die Kinder auszudenken, und er dachte sich Eselschwanzfestbinden aus, war aber so betrunken, dass er selbst den Esel völlig verfehlt hat.

Karinas und Jukkas Vater ist ein Vereinsmensch und macht gern bei allem mit, sonst wäre er auch kein Chef bei der Zeitung. Als in der Schule jeder einen Vortrag zur Berufswahl halten musste, erzählte Jukka von der Arbeit eines Journalisten, aber nicht direkt von seinem Vater, sondern nur alle möglichen Geschichten, an die er sich erinnern konnte und die er nicht einmal vorher aufgeschrieben hatte, so wie die anderen bei ihren Vorträgen. Ich las vor der Klasse fünf Minuten lang vom Blatt ab, was ein Geologe können muss und wie lange das Studium dauert.

Als die anderen mit ihren klirrenden Flaschen nach draußen laufen, gehe ich noch mal aufs Klo und werfe bei der Gelegenheit einen Blick in Karinas Zimmer. Sie ist nicht zu Hause, danach habe ich Jukka schon vor dem Haus kurz gefragt.

An der Wand hängen neben *Easy Rider* neue Filmplakate, sie sehen französisch aus, braun-gelbe und verschwommene Bilder von Gesichtern und auf einem das Spiegelbild einer Brücke im Fluss. Zuerst lausche ich, ob auch keiner den Flur entlangkommt, dann gehe ich hinein und sehe nach, was sie liest. Ein Buch von Khalil Gibran, von dem ich noch nie gehört habe, bestimmt ein Jude oder Türke.

Ihr Zimmer ist auch am Abend hell, die Fenster gehen nach zwei Richtungen. Es riecht nach Karina, ein bisschen nach Erdbeeren, ein bisschen herb.

Auch in diesem Zimmer habe ich als kleiner Junge so viel gespielt, dass ich weiß, wie viele Fächer der geschlossene Wandschrank hat. In die unteren konnte man hineinkriechen, um sich zu verstecken, in den oberen waren die verschiedenen Abteilungen des Kaufladens, die Milchabteilung und die Bäckerei, die Kleider und der Eisenwarenladen mit allen möglichen Sachen untergebracht.

Ich trinke die Flasche aus und hole mir in der Küche eine neue. Sie ist schon ein bisschen kühler geworden, und das Etikett ist feucht.

Draußen müssen wir dicht an der Wand sitzen, damit uns die Nachbarn nicht sehen. Jukka ist nervös und nimmt es genau. Er geht alles durch, was mit der Tour zu tun hat, Pass und Schiffsfahrkarte und Interrail-Heft, die sind am wichtigsten, und er zeigt uns den Brustbeutel, der aus Sämischlederstreifen genäht ist und in dem Pass und Geld und Fahrkarten versteckt werden. Obwohl er sagt, dass er seinen Rucksack fertig gepackt hat, fragt er Pennanen und Kaikusalo, was sie mitnehmen oder ob sie alles erst unterwegs kaufen.

Der jüngere Ykä hält das Getue um den Aufbruch und überhaupt Reisen ins Ausland für unnötige Geldverschwendung und für viel zu kompliziert.

»Da laufen sie mit dem Pelzmantel am Strand entlang und sind schon am Flughafen blau. Das ist einfach nicht für jeden das Richtige.«

»Ist es auch nicht. Man muss schon Lust haben, was zu unternehmen und sich was trauen«, gibt Kaikusalo sofort zurück.

»Und wenn man keine Sprachen kann, so wie ihr?«, fragt Ykä.

Darauf geht keiner ein, weil auch Pennanen und Kaikusalo bestimmt nicht viel mehr können als ein paar Übersetzungsaufgaben aus dem Übungsheft von Collin und ein bisschen was aus dem Englischbuch *Let's speak English*. Kann aber auch sein, dass sie im Lyzeum bessere Bücher und Lehrer haben und vielleicht sogar ein Sprachlabor, wo man, ohne es zu merken, das Sprechen und die Aussprache lernt, darüber gab es im Winter im *Schul-TV* einen Bericht, man sitzt mit Kopfhörern nach vorne gebeugt da und sagt laut Wörter vor sich hin. Unsere Schule in der ehemaligen Kaserne Poltinaho kann sich nichts Ausgefallenes leisten. Es ist eine Schule für Arme und für solche vom Land. Die Abiturienten hatten für die Rundfahrt im Frühjahr ein entsprechendes Plakat an ihren Lastwagen geklebt: »Wir sind der Bodensatz – Vorsichtig schütteln«.

Wenn Foto Pennanen oder Kaikusalo etwas über die bevorstehende Tour sagen, egal was, ist Jukka der gleichen Meinung. Das kommt mir blöd vor, und normalerweise ist Jukka nicht so, sondern vertritt seine Ansichten und macht den anderen nicht alles nach.

Pennanen und Kaikusalo sind beide dumm und reden zu viel. Als sie merken, dass der jüngere Ykä kein Englisch kann, sagen sie zwischendurch immer wieder absichtlich etwas auf Englisch zu ihm und tun so, als würden sie auf seine Antwort warten, und dabei lacht der andere immer schon. In der Volksschule und in der Berufsschule werden keine Sprachen unterrichtet, darum kann man sie auch nicht lernen, und das ist nicht Ykäs Fehler. Als ich nach der dritten Flasche allmählich betrunken werde, gehe ich weiter weg, damit ich mir das nicht anhören muss.

Ich verstecke die vierte Flasche vor den Nachbarn unter einem Rosenbusch und gehe barfuß über den Rasen. Die Sonne scheint noch ordentlich auf die Mitte des Gartens, und sogar im T-Shirt ist mir warm.

Ich denke an Karina, stelle mir vor, dass sie von dort, wo sie gerade ist, zurückkommt und dass ich ihr ans Tor entgegengehe und sage, schön, dass du kommst. Und wieso?, würde sie wie immer fragen und mich so anschauen, wie sie immer schaut. Was ich dann antworten würde, weiß ich nicht.

E rst als alle betrunken genug sind, gehen wir in die Stadt. Eigentlich gibt es eine klare Grenze, ab wann man dahin kann, aber diesmal beschließen Pennanen und Kaikusalo, wann es so weit ist und wir uns auf den Weg machen sollen. Weil Jukka der gleichen Meinung ist, kommen auch die Ykä Kymäläinens und ich mit, weil wir ja nicht in Jukkas Haus bleiben können, wenn er geht. So einfach ist die Entscheidung letztlich immer, alles ist am Ende ziemlich einfach, und mir geht ein größerer Gedanke durch den Kopf, aber ich kann ihn nicht richtig fassen.

Ich habe nur fünf Bier trinken können und die Hälfte vom sechsten auf dem Rasen verschüttet. Der ältere Ykä ist am stärksten betrunken und erklärt so lange, wie ihm jemand zuhört, die Unterschiede zwischen Mann und Frau und was emotionale Intelligenz ist. Die anderen haben davon noch nie etwas gehört, und bis zur Mitte der Turuntie wird ziemlich lautstark darüber diskutiert, aber Ykä beteuert, dass die emotionale Intelligenz ein Faktum ist, das man in Amerika entdeckt hat und das auch die Professoren an den finnischen Universitäten noch erforschen werden.

Kann schon sein. Alle sind so aufgedreht, dass jedes Mal widersprochen wird, wenn einer was sagt, aber dann sind doch alle der gleichen Meinung und sagen großspurig, kann sein, dass es anderswo so ist, aber nicht hier. Auf der Brücke wird noch lautstark geprahlt, weil uns dort keine Leute entgegenkommen und unten der Autobahnverkehr rauscht, aber sobald wir die Innenstadt erreichen, müssen wir uns zusammenreißen.

Pennanen und Kaikusalo sagen, sie gehen ins Goldene Eichhörnchen, aber Jukka behauptet, dass dort der Türsteher die Ausweise genau kontrolliert, und dann will niemand mehr rein, sondern wir schlendern unter dem Eichhörnchenschild vorbei zum Marimba. Dort wird an der Tür nur ein kurzer Blick auf die Papiere geworfen, ob irgendwelche Nummern auf irgendwas Ausweisähnlichem stehen.

Man kommt noch rein, weil es noch nicht zehn ist. An der Decke dreht sich eine glänzende Spiegelkugel, und von unten kommt aus zwei Lampen buntes Licht. Am stärksten färbt es die weißen Spitzenblusen, sodass auch die blickdichten durchsichtig aussehen.

Ich bestelle mir einen Longdrink und setze mich so in die Ecke, dass ich nicht mehr aufstehen muss. Die Truppe hat sich an verschiedene Tische verteilt, und die Ykä Kymäläinens sind vor dem Verschlag mit dem Plattenaufleger gelandet. Sie werden verlegen, wenn ab und zu die Lampen auf den DJ gerichtet werden und damit auch direkt auf sie. Kaikusalo geht sofort tanzen, aber Pennanen und Jukka schlendern zwischen den Tischen hindurch, als würden sie sich um nichts und niemanden scheren.

Es ist heiß und riecht nach Parfüm und Bier und muffigem altem Haus. Der Staub rotiert in den grünen Lichtstrahlen. Ich trinke die ganze Zeit von meinem Longdrink, aber in ganz kleinen Schlucken. Wenn man das Glas hält und trinkt, sieht es so aus, als hätte man etwas zu tun, und man muss nicht versuchen, jemanden zum Tanzen aufzufordern.

Ich komme den ganzen Abend mit einem Longdrink aus. So muss ich mich nicht noch einmal anstellen und an den anderen vorbeigehen. Die Plätze werden gewechselt, aber ich bleibe auf meinem in der Ecke sitzen und sehe mir alles an.

Als es im Marimba aufs Ende zugeht, haben sich Pennanen und Kaikusalo und Jukka längst auf die andere Seite der Lampen und auf den Fußboden verzogen. Dort sind mehr als drei Frauen bei ihnen. Als sie gehen, holt mich Jukka ab. Ich schlürfe das geschmolzene Wasser von den Eiswürfeln, als wäre in diesem Schluck noch etwas drin, nicke, stehe auf und folge Jukka zwischen den Tanzenden hindurch nach draußen.

Wir gehen alle auf einmal, nur die Ykä Kymäläinens bleiben noch, um über emotionale Intelligenz zu reden. Ich kenne keines der vier Mädchen, ich kann mich nicht einmal erinnern, sie vorher auch nur gesehen zu haben, aber ich gehe mit den anderen zuerst zum Marktplatz und von dort dann zu Jukkas Haus, und auch wenn ich nicht viel sage, bin ich doch dabei und einer dieser acht.

Zu Hause zieht Jukka die Vorhänge zu und schaltet alle Lichter an. Wir stellen die restlichen Biere aus dem Kühlschrank auf den Tisch, und Jukka sucht Luxemburg auf seinem Trio und schließt ihn an den großen Lautsprecher an.

Irgendwie kriege ich Inka mit der Angela-Davis-Frisur ab. Sie trägt etwas Geringeltes und verbeulte und bemalte Holzschuhe. Sie klappern auf dem Parkett, wenn sie tanzt. Ich versuche, mitzuhalten, doch ich kann es nicht so gut wie sie, aber das ist ihr vermutlich egal, weil sie beim Tanzen die Augen geschlossen hat und die Hände oben in den Haaren.

Trotzdem gehen wir irgendwann in den Flur, und ich führe sie in Karinas Zimmer und mache die Tür zu. Durch die beiden Fenster kommt schon so viel Morgenlicht herein, dass ich die Deckenlampe nicht einschalte. Auf dem Schirm sind Mumins abgebildet, ich kann mich genau an sie erinnern, so oft wie ich sie betrachtet und aufgezählt habe, die Muminmama, der Muminpapa, das Schnüferl, die kleine My, und deshalb kommt es mir absolut nicht passend vor, jetzt die Lampe anzumachen.

Inka lässt mich ihr Ringelhemd bis unter die Arme aufrollen. Ich versuche beide Schnallen ihres Gürtels gleichzeitig aufzubekommen. Aus dem Lautsprecher im Wohnzimmer kommt voll aufgedreht *July Morning*. Durch diesen Lärm hört man gar nichts, und darum und wegen Radio Luxemburg und Uriah Heep und dem Gürtel ist die Lage so verzwickt wie nur etwas, und ich habe eine Hand auf und eine Hand unter Inkas Gürtel, als die Tür aufgeht und Karina so laut schreit, dass alles im Zimmer erstarrt.

Fast wie im Sprung kommt sie mit zwei Schritten von der Tür ans Bett und schreit uns an: »Raus! Raus mit euch! Schert euch zum Teufel! Sofort!«

Ich sage nichts, und das wäre auch gar nicht gegangen. Inka scheint Angst zu haben, dass sich Karina auf sie stürzt, sie bringt blitzschnell ihre Kleider in Ordnung und schafft es vor mir zur Tür hinaus.

Karina schreit ununterbrochen und bildet dabei gar keine richtigen Wörter mehr. Sie ist so wütend, dass ihr Tränen so groß wie Wassertropfen über die Wangen laufen. Beim Öffnen der Tür hat sie das Licht eingeschaltet, und jetzt steht sie unter der Lampe, und das Muminlicht fällt als weißgelber Fleck auf ihr Haar, sodass eine schreiende und weinende Vollblondine im Zimmer steht. Obwohl Inka schon wer weiß wo ist, brüllt Karina, wir sollen uns zum Teufel scheren, aber sie weint und schreit nur noch mich an. Ich gehe nicht, ich sage auch nichts dagegen, denn bald wird sie aufhören. Genauso ist sie als kleines Mädchen wütend geworden und hat die Puppentassen aus Plastik auf den Boden geschmissen. Ich gehe einen Schritt auf sie zu und versuche, sie anzufassen. Sie schlägt meine Hand weg. Ich versuche erneut, sie am Arm zu berühren. Jetzt fängt sie noch mehr an zu weinen, und nicht nur so, dass Tropfen fließen. Ich berühre sie wieder, und sie schlägt die Hand nicht mehr weg. Ich umarme sie, und sie weint laut, reißt sich aber nicht los.

Jukka erscheint in der Tür und fragt, was los ist und warum Karina weint.

»Scher dich zum Teufel! Raus aus meinem Zimmer!«, schreit Karina, nicht mehr so laut, aber noch laut genug, und sie meint Jukka und nicht mich. Jukka sagt irgendwas wie Scheiße, die spinnt ja und schlägt die Tür hinter sich zu.

Wir stehen dicht an dicht unter der Muminlampe und umarmen uns. July Morning läuft immer noch, wie kann das sein, wie kann nur so wenig Zeit vergangen sein, obwohl man das Gefühl hat, dass es unheimlich lang gedauert hat.

JEDER MANN
FÜNF FRAUEN
JEDE FRAU
FÜNF MÄNNER

»Herr Präsident! Möchten Sie noch etwas sagen?«

»Folgendes muss leider festgestellt werden.«

»Auch wenn der Faschismus, der den Wert des rationalen, auf Vernunft gründenden Denkens leugnet, das Haupt erheben würde und die Köpfe gewisser Politiker, wird er die notwendige Entwicklung nicht dauerhaft behindern können.«

»Die Beziehungen zwischen Finnland und der Sowjetunion ruhen auf dem festen Fundament gegenseitigen Vertrauens und der Freundschaft. Unser außenpolitischer Kurs ist bis in die kleinsten Einzelheiten klar.«

»Die Menschheit steht wieder auf ihren Beinen. Es ist gut, dies schon beizeiten zu wissen.«

Als ich am Montag meine Sachen in den Wohnwagen bringe, riecht es darin nach Pisse. Man nimmt ihn gleich an der Tür wahr, den stechenden Geruch alter Pisse.

Der Wohnwagen ist leer und sieht aus wie immer. Zeitschriften und Bücher liegen ordentlich auf ihrem Platz. Rekku hat sein Bettzeug zusammengerollt und die Pritsche hochgeklappt, so, wie wir es ausgemacht haben. Er scheint vor Kurzem gegessen zu haben, denn auf dem Tisch liegen Roggenbrot- und Hefegebäckkrümel. So macht er es montagmorgens immer, obwohl er daheim schon Brei gegessen hat.

Ich suche nicht weiter nach dem Grund für den Pissegeruch, klemme aber zwei Stützen zwischen Tür und Rahmen, sodass sie auch bestimmt offen bleibt. Es ist gerade so viel vor sieben, dass ich mich auf den Weg zur Halle mache. Gleichzeitig kommen auch Hartikainen, Sverdloff und Ojanen aus ihren Wohnwagen.

Hartikainen fragt mich am Eingang der Halle, ob ich vorhabe, auch diese Woche von der Stadt aus zur Arbeit zu kommen.

»Nein, wieso?«, frage ich zurück.

»Na gut, ich dachte bloß.«

Mehr sagt und erklärt er nicht, aber er sagt es so, dass noch mehr dahinter ist. So etwas merke ich inzwischen sofort. Man muss sich gar keine Mühe geben, man hört, wenn sich etwas hinter den vordergründigen Wörtern verbirgt.

Als ich Rekku sehe, gehe ich zu ihm. Obwohl die Arbeitszeit gerade erst angefangen hat, schichtet er schon Halterungen in einen Karton, zählt sie mit den Fingern und murmelt die Zahlen halblaut vor sich hin.

»Dreißig.«

An der Stelle unterbreche ich ihn, merke mir aber sicherheitshalber die dreißig.

»Warum stinkt es im Polar so?«

»Reijo darf nicht gestört werden. Jetzt geht alles durcheinander. In dem Stapel sind zehn, in dem zehn, in dem zehn, so ist es«, sagt er und konzentriert sich ganz auf den Karton und seine Finger.

»Da riecht es nach Pisse, und zwar nicht nach Katzenpisse, sondern nach menschlicher«, sage ich, aber ziemlich normal und ohne Vorwurf und nichts.

Rekku verzieht sich zur Seite und guckt verstohlen, sodass ich weiß, dass er es weiß, auch wenn er es nicht zugibt.

»Schon gut. Erzähl's mir irgendwann«, sage ich und tröste ihn fast.

»Ist nicht Reijos Schuld.«

»Dann nicht.«

Als ich mich umdrehe, geht Rekku zu seinem Karton zurück.

»Dreißig«, sage ich zu ihm, damit er wieder den Anfang findet.

Nach der Kaffeepause holt mich Lampinen von der kleinen Schneidemaschine in seine Zelle, damit ich seine Papiere durchforste.

Über das Wochenende sagt er nicht mehr, als dass er fragt, ob die Dusche läuft. Sehr gut, antworte ich ihm.

Noch am Sonntagabend habe ich sie ausprobiert und am Thermostat warm und kalt ausprobiert, der Wechsel hat gut funktioniert, und zumindest im Sommer gibt es keinen Grund zum Klagen, weil es noch nicht kalt ist und aus den Ecken und unter der Tür durchzieht.

Als ich die Augen zugemacht habe, fühlte es sich an, als würde man in einem gekachelten Bad stehen. Keine schwarzen Gartenschläuche an krumm gehauenen Nägeln mehr. Ich drehte mich unter dem Strahl wie in der Shampoo-Werbung, aber natürlich ohne so viel Schaum. Ich fühlte mich leicht und unbeschwert und komplett gut, das ganze Wochenende fühlte ich mich besser als je an einem Wochenende zuvor.

I n der Mittagspause braten wir Grützwürste auf dem Rost. Bei der Gelegenheit frage ich Ojanen, wo Niemi ist.

»Der ist wohl krank«, antwortet Ojanen, aber nicht so bestimmt, dass es wahr wäre und es sich damit hätte. Das höre ich.

Als er zu seinem Wohnwagen geht, frage ich Hartikainen.

»Der weicht wahrscheinlich seine Fingernägel in Schnaps ein und flucht vor sich hin«, sagt Hartikainen.

Da bin ich mir sicher, dass Niemi mal wieder den Hahn nicht rechtzeitig zugedreht hat, aber als ich auch nur anfange, eine Bemerkung in der Richtung zu machen, sagt Hartikainen, dass er es so nicht gemeint hat und dass der Schnaps anderer Leuten nicht unser Bier ist.

Als ich noch einmal frage, erzählt er, dass Rekku die Tür vom Polar zugeschlagen hat und Niemi sich die Finger darin eingeklemmt hat. Am Freitagmorgen waren dann vier Nägel an der rechten Hand blauschwarz.

»Wieso denn das?«, frage ich, und Hartikainen sagt, es hätte da schon den ein oder anderen Grund gegeben, aber dann tratscht er kein bisschen weiter.

Als die Grützwürste gebraten sind und die Haut bei jeder der Länge nach aufgeplatzt ist, setzen wir uns zum Essen neben den Grillkessel. Rekku kommt nicht heraus, sondern isst seinen Proviant im Wohnwagen. Das hat er noch nie getan, auch wenn er sich nicht an der Kochgemeinschaft beteiligt, sondern die ganze Woche isst, was er von zu Hause mitgebracht hat, und die Milch aus seiner Kanne trinkt, aber bei schönem Wetter ist er früher trotzdem immer aus der Halle gekommen und hat zusammen mit uns anderen gegessen.

Als ich fertig bin, gehe ich zum Polar, um mit Rekku zu reden. Er hat die Tür zugelassen, und es riecht noch so stark nach Pisse wie am Morgen. Ich klemme die Stützen wieder ein, setze mich in die Türöffnung und warte.

So dumm kann Rekku nicht sein, dass er meint, alles wäre in Ordnung, bald wird er reden. Ich warte ab und atme hauptsächlich durch den Mund. Ich sehe mir an, wie hoch und dicht die Kletten und Brennnesseln im Lauf des Sommers gewachsen sind. Zwischen den Birken in der Mitte des Areals gibt es ein Stück Magerrasen, wo Glockenblumen und gelbe Ranunkeln und seltener trockener Klee blühen.

Dann sagt Rekku, es ist nicht Reijos Schuld. Ich nicke, damit es ihm leichter fällt, weiterzureden.

»Weil er beim Fingerhakeln verliert, schreit er ganz schlimm und haut gegen den Wohnwagen, gegen die Wand und das

Fenster. Sagt, er bleibt die ganze Nacht wach, wenn es sein muss, und haut mir mit dem Spaten den Schädel zu Matsch. Futsch, kaputt, in Stücke, zu Mus und Brei, aber er sagt zu Matsch. Er lauert draußen, nichts hört man, aber er kann unterm Wagen liegen und lauschen. Da kann man nichts machen, nur drinnen bleiben, auch wenn es schlimm ist, zu schlafen, wenn Niemi unterm Wohnwagen wacht, man kann überhaupt nicht raus. Wenn man dann einschläft und aufwacht, ist deshalb am nächsten Morgen ein kleiner See im Bett«, sagt Rekku.

Ich frage nicht weiter nach, sondern befehle Rekku, sein Bettzeug und die Matratze nach draußen zu bringen. Er gehorcht sofort und legt Decke und Laken auf die Sträucher und lehnt die Schaumgummimatratze an den Wohnwagen. Weil die Mittagspause noch nicht um ist, trage ich ihm auf, als Nächstes den Boden mit einem nassen Lappen zu wischen und vorher vielleicht noch die Matratze, seinen Schlafanzug und das Bettzeug mit dem Gartenschlauch abzuspritzen.

Er tut alles, was ich ihm sage, und brabbelt dabei beschwichtigend vor sich hin. Ich hole Paketschnur aus dem Lager und spanne sie zwischen den Birken auf. Bis um zwölf ist Rekku mit allem fertig und hängt zum Schluss seine Wäsche zum Trocknen auf und legt die Matratze auf den Sitzklötzen in die Sonne.

B is zum Abend ist der Wohnwagen ausgelüftet. Zwar schwirren noch Mücken und Fliegen herum, aber die kann man durch den Türspalt hinausscheuchen und den Rest am Fenster zerschlagen. Wenn man nicht bewusst hinriecht, liegt kein Mief mehr in der Luft.

Als Gemeinschaftsessen gibt es Grützwürste, die von der Mittagspause übrig geblieben sind, und Lochbrot. Wir essen zu dritt, weil Rekku weiterhin im Polar bleibt. Sverdloff ist zu seiner Flamme gefahren, wie so oft, und jedes Mal sagt er es mit den gleichen Worten, ich muss mal gucken, was meine Flamme macht, aber er kommt immer für die Nacht zurück, weil die Flamme verheiratet ist und sie sich an der Shell-Tankstelle in der Cafeteria treffen, wo die Flamme arbeitet und immer Spätschicht hat.

Weil Ojanen auch nicht bei uns ist, frage ich Hartikainen, was am Donnerstagabend passiert ist. Ich sage, dass ich Rekkus Version kenne, aber die kann Schwachstellen enthalten. Hartikainen denkt laut darüber nach, ob er wirklich Lust hat, über die zurückliegenden Angelegenheiten anderer Leute zu reden.

Auf den Birken vor der Halle sammeln sich Dohlen. Sie kommen oft zum Übernachten aus beiden Kirchdörfern hierher. Die Sonne scheint direkt auf die Wipfel, und im Licht sehen die Dohlen schwarz und grau aus, aber auf den unteren Ästen im Schatten der Halle nur schwarz. Sie pfeifen schrill.

Niemi ließ Rekku zum Spaß durch die Gegend rennen, machte Fingerhakeln mit ihm und jagte ihm mit seinen Gefängnisgeschichten Angst ein. Als Rekku nicht mehr laufen konnte, flüchtete er sich in den Polar. Niemi befahl ihm, herauszukommen und noch eine Runde Fingerhakeln zu machen, wie ein Mann, und wurde wütend, weil Rekku nicht herauskam, und sie zerrten von beiden Seiten an der Tür, aber Niemi war schon ordentlich betrunken und ließ nicht rechtzeitig los, weshalb er sich die Finger einquetschte.

»Weiß Lampinen Bescheid?«, frage ich sofort.

»Was geht den das an? Wir haben gesagt, es war die Presse, und Niemi hat bloß die Hand vorzeigen müssen. Kann sein, dass er die Nägel verliert, bei den Zehen passiert das jedenfalls, wenn was Schweres drauffällt und alles schwarz wird.«

»Ist er hier?«, fragte ich zum Schluss, und Hartikainen antwortet, bestimmt ist er hier, Niemi ist selbst schuld und zu langsam mit den Händen, und beim Fingerhakeln hat er auch keine Chance.

»Rekku braucht also keine Angst zu haben?«

»Nein. Aber wir behalten die beiden im Auge. Guck ein bisschen, dass sie nicht allein sind, und ich pass auch auf«, sagt Hartikainen. Dann kommt Ojanen, und wir reden über andere Dinge.

Ojanen erzählt vom Torfabbau in Tiiriö, wo es einen kurzbeinigen Soldatensohn namens Meri gegeben hat. Der hat es im Lyzeum bis zum Abitur gebracht und ist später berühmt geworden. Ojanen sagt, dass er ihn im Fernsehen beim Empfang von Kekkonen gesehen hat.

»Kekkonen entscheidet, wen er ins Schloss einlädt.«

»Selbstverständlich. Was sonst, solche wie uns oder irgendwelche Gammler vom Busbahnhof holt der sich nicht ins Haus«, sagt Hartikainen, und Ojanen ist der gleichen Meinung, bringt die Rede aber wieder auf Tiiriö und deutet über das Feld hinaus, um zu zeigen, dass Kekkonen immerhin einen aus solchen Verhältnissen ausgesucht hat.

»Das ist ein starker Mann, der hält die Russen im Zaum.«

»Die Russen halten ihn im Zaum«, sagt Hartikainen, obwohl er religiös ist und normalerweise nie über Politik redet.

»Was hältst du von Kekkonen, Junge?«, fragt Ojanen mich. Ich beiße gerade ein Stück von der heißen Wurst ab und bedeute ihm, dass ich nicht sofort antworten kann.

»Das ist einer, der zersetzt. Der zersetzt die Regierung und das Parlament, der ist ein kleiner Kaiser und ein Zar für Arme. Alle wissen genau, was der treibt, der Hurenbock, schon vor zehn Jahren hat das in der Zeitung gestanden«, sagt Hartikainen, bevor ich dazu komme, zu antworten, und sie fangen an, darüber zu diskutieren, ob oder ob nicht, und ich brauche nichts mehr zu sagen.

Über Kekkonens Alter sind sie sich immerhin einig. Dass das

Geburtsjahr gefälscht ist. Dass Kekkonen es selbst gefälscht und bestimmt hat, dass die Kirchenbücher geändert werden, weil er 1900 geboren sein will, obwohl er es nicht ist, aber die runde Zahl besser aussieht. Eigentlich ist er schon fünfundsiebzig, obwohl er offiziell erst zweiundsiebzig wird.

Ich weiß nicht, ob man Kirchenbücher fälschen kann, aber sie meinen es ernst und sind sich so einig, dass vielleicht doch etwas dran ist. Auf jeden Fall kann man bei so einem faltigen Glatzkopf sowieso nicht erkennen, ob er drei Jahre älter oder jünger ist.

Hartikainen geht in seinen SMV-14 und Ojanen in seinen Zwölfer, beide sagen, sie legen sich ein bisschen aufs Ohr. Sie werden langsam alt und haben immer die gleiche Arbeit gemacht. Im Sommer versuchen sie, mit Überstunden und Arbeit im Akkord mehr zu verdienen, praktisch auf Vorrat, weil im Winter so wenig gebaut wird, dass man sie für Blecharbeiten nicht braucht. Da stehen bessere Männer zur Verfügung, aber jeden Mai stellt Lampinen sie wieder ein.

Sverdloff und Niemi sind unter Lampinens Wohnwagenbesatzung die Neueren, und auch sie sind nicht mehr jung, Niemi geht schon auf die vierzig zu. Auch für sie gibt es hier nicht genug Arbeit, und nur Niemi hat es mal ein paar Wochen in der Baustellenbaracke in einem Vorort von Helsinki versucht, aber irgendwie wursteln sie sich immer alle durch die dunkle Zeit.

Ich weiß ziemlich viel über sie, weil ich das, was ich in Lampinens Zelle und im Pausenraum höre, miteinander in Verbindung bringe. Lampinen kümmert sich nicht um mich, sondern redet freiheraus, auch wenn ich zwei Meter neben ihm die Papiere und Rechnungen in den Plastikablagen sortiere.

Er vertraut felsenfest darauf, dass ich nichts weitererzähle. Das hat er fast gleich am Anfang gesagt. So wie er meinem Vater vertraut hat, so vertraut er mir, als wäre ich derjenige, der ihn an der Wyborger Bucht ins Lazarett geschleppt hat.

»Er hat mir ein Seil um die Fußgelenke gebunden und mich hinter sich hergezogen wie an der Hundeleine. Der ganze Rücken war aufgeschürft, aber das Leben ist mir geblieben.«

Mein Vater hat von diesem Schleiftransport nie etwas erzählt. Wenn man von sich redet, ist das Eigenlob, hat er mir beigebracht. Oder es war gar nicht so, wie Lampinen es erzählt, sondern unspektakulärer.

Bei älteren Männern kann man das nicht immer mit Sicherheit wissen, weil sie festsitzen, und das umso mehr, je älter sie werden. Wer vierzig ist, steckt bereits auf einer einzigen kleinen Stelle fest. Diesen Sommer habe ich gesehen, dass fast jeder nur in seinen eigenen Angelegenheiten zu leben scheint und von ihnen redet, als wären sie als einzige wahr und richtig. Wenn man selbst dabeisitzt und zuhört, sieht man das. Früher hat man alles geglaubt, aber das war als kleiner Junge leichter, jetzt geht es nicht mehr.

Rekku hat seine Pritsche heruntergeklappt, und obwohl die Matratze und das Bettzeug noch draußen sind, liegt er auf der harten Pritsche und liest, das Buch zur Decke gestreckt.

»Wärst du mal zum Essen rausgekommen«, sage ich zu ihm.

»Hier hat es gutes Essen gegeben, Fleischsülze und kalte Kartoffeln.«

Ich frage ihn, wer ihm immer den Proviant für die ganze Woche macht.

»Rekku macht ihn. Mama macht und die Tante macht. Die Mama macht am meisten. Alles kommt in Gläser, weil es sich in Gläsern hält, wenn man den Deckel zulässt. Die Gläser müssen in der kühlen Kammer stehen oder hier im Kühlschrank, weil es keine kühle Kammer gibt.«

Ich frage nach Silja, ob sie immer bei ihnen gewohnt hat. Rekku beherrscht die Zeiten nicht, sagt aber, nicht immer, aber jetzt und von jetzt an immer weiter.

Ich frage ihn nach seinem Vater und noch mehr nach seiner

Mutter, wo sie gelernt hat, so gut zu spielen, und ob sie immer ein Klavier gehabt haben.

»Rekku darf nicht von uns erzählen«, sagt er plötzlich und stützt sich auf seiner Pritsche so abrupt auf den Ellbogen, dass die Ketten knirschen.

A m Mittwoch muss ich mit Niemi das Dach der Veranda am alten Pfarrhaus reparieren. Ala-Seppälä kommt als Vorarbeiter mit, obwohl er nicht müsste, aber er kommt mit, weil er den Küster kennt und weil er mitwill und weil die beiden vorab und heimlich den Preis ausgehandelt haben.

Niemi hat auf die Nägel der rechten Hand weiße Zinkpaste aufgetragen, die zu einer Rinde getrocknet ist. Er ist gleich am Dienstag zur Arbeit gekommen und hat nach altem Alkohol gerochen, weshalb Ala-Seppälä ihn dazu abkommandiert hat, draußen Abflussrohre auf den Laster der Installation zu laden, damit Lampinen nichts riecht.

In der Firma ist es Brauch, dass man schnelle Hilfe leistet, aber im Sommer keine Facharbeiten durchführt, weil die Männer andere Löhne bekommen. Mitgliedschaft in der Gewerkschaft gefällt Lampinen nicht, aber bei den Klempnern kann er nichts machen und es auch nicht offen sagen, obwohl er es sonst durchaus sagt, ich habe es oft gehört, wenn er mit anderen Firmen oder mit seinen Freunden aus der Politik redet.

Niemi fährt, ich sitze in der Mitte. Ala-Seppälä sitzt am Fenster und hält die Hand in den Wind. Niemi ist still und sagt nichts, Ala-Seppälä erzählt von seiner Reise nach Schweden, dass es seinen Töchtern dort gut geht und es sich für sie gelohnt hat, dort zu bleiben.

»Kirsti nennt sich jetzt Kerstin und versucht, Hannele dazu

zu bringen, sich Hanna zu nennen. Ist ja egal, wenn sie damit besser zurechtkommen. Sehen ja auch wie Schwedinnen aus, alle beide, Modeklamotten, lange nackte Beine. Kirsti hat sich sogar ein Auto gekauft. Einen Käfer. Ist alles sauberer irgendwie, und in Stockholm hast du hohe Häuser und so eine Fußgängerzone, wo sie den Boden aus rutschigen Kacheln gemacht haben.«

»Gut, dass dich jemand rumgeführt hat«, sagt Niemi.

»Wer ein bisschen dümmer ist, findet sich da nicht zurecht, wenn er die Sprache nicht kann. Für mich ist es leicht, weil Kirsti dabei ist und im Restaurant bestellt, zum Beispiel Opernbrot. In Eskilstuna haben wir Krabbensalat gegessen, das sind so kleine rosa Dinger, keine Krebse und keine Fische, sondern ganz weich, und die werden mit Erbsen und Salatblättern und gekochten Eiern gegessen und mit Soße drüber.«

Als ich Ala-Seppälä reden höre, fallen mir Jukka und die anderen ein. Sie haben geplant, am Sonntagabend von der Fähre zur Jugendherberge zu gehen, falls dort Platz ist, und mindestens Montag und Dienstag durch Stockholm zu ziehen und Pripps zu probieren und was es da sonst an einheimischem Bier gibt, und sich die Orte, wo Musik gemacht wird, und die schwedischen Frauen anzusehen. Kaikusalo weiß, in welchen Parks gute Bands auftreten. Im T-Centralen wird Haschisch verkauft. Beim letzten Mal hat Kaikusalo nichts gekauft, aber jetzt können sie es tun, weil sie zu dritt sind und jeder ein Stilett dabeihat. Wenn eine Kontrolle kommt, sagen sie, die sind für unterwegs zum Weißbrotschneiden und in Westdeutschland auch für die Salami.

Trotzdem möchte ich nicht mit ihnen unterwegs sein, selbst wenn man vom Zug aus ständig neue Landschaften und etwas anderes sehen kann als durch die Windschutzscheibe vom Transit. In Schweden sind alle Gärten gepflegt und sauber und vornehmer als die besten preisgekrönten Gärten hier.

Alle Bahnhöfe und Gehwege sind mit glatten Steinfliesen ausgelegt. Von denen erzählt Ala-Seppälä.

»Da kannst du direkt vom Bürgersteig essen, weil er die ganze Zeit gewienert und gebohnert wird«, sagt Niemi dazwischen.

»Kann man vielleicht, aber gesehen hab ich es nicht. So verrückt sind sie nicht, dass sie auf allen vieren essen«, erwidert Ala-Seppälä. Niemi bricht in lautes Lachen aus.

Das alte Pfarrhaus erkennt man schon von Weitem. Sein Dach ist zur Hälfte mit einer großen Plane bedeckt. Als Niemi näher heranfährt, sieht man die Spuren des Zimmermanns. Die alten, schwarz gewordenen Unterdachteile sind abgerissen und gestapelt worden, und wo gesägt worden ist, liegen Sägemehl und Stücke von neuen, hellen Brettern auf der Erde.

Ala-Seppälä sucht den Küster, Niemi und ich bleiben beim Auto. Niemi bietet mir eine Zigarette an, er hat vergessen, dass ich nicht rauche oder es ist nur eine Sitte und höflich. Er hält die Zigarette zwischen den Fingern der linken Hand und sagt nichts wegen seiner Nägel, und ich frage natürlich auch nicht oder bringe es sonst wie zur Sprache. Das Ganze ist vorbei, besser wenn alle es vergessen. Wenn sich ständig Neues ansammeln und das Alte nicht weggehen würde, wäre der Kopf bald voll. Der Kopf ist ein Aufräumroboter, fällt mir ein, und diesen Gedanken wende ich innerlich hin und her, weil Niemi nicht in Plauderstimmung ist und nicht geredet werden muss.

Ala-Seppälä kommt mit dem Küster und sagt, dann legen wir mal los und die Bleche aufs Dach. Er ordnet an, was ich ausladen und zur Leiter tragen soll. Niemi gibt er weniger Anweisungen, aber genauso wichtigtuerisch.

Als die Sachen und die Werkzeuge nebeneinander bereitstehen und es ans Aufsteigen geht, sagt Ala-Seppälä, er geht zuerst selbst nachsehen, ob die Latten richtig liegen und der Gemeindezimmermann nicht gepfuscht hat.

»Weil eine gute Blecharbeit verlangt eine gute Grundlage. Da machen wir keine Kompromisse, und es gibt schließlich keinen prominenteren Ort als das Pfarrhaus. Ich erwarte Qualität, von den eigenen Leuten wie von den anderen. Darum habe ich selbst mitkommen müssen, um es zu überprüfen, denn auf die anderen kann man sich nicht immer verlassen. Dann schauen wir mal«, erklärt Ala-Seppälä beim Aufsteigen und öffnet die Schnüre an den Planen, damit wir sie nach unten ziehen können. Er späht von der Traufe aus zum First und erklärt und quasselt, man versteht nicht mehr jedes Wort, als er aufs Dach steigt. Er sagt etwas über ein Astloch, und kurz vor dem Verandafirst richtet er sich auf und ruckelt mit ganzem Gewicht auf einem Brett auf und ab, das prompt entzweibricht. Ala-Seppälä stürzt mit seinem ganzen Gewicht ein, und deshalb zersplittern auch die Bretter rechts und links, und Ala-Seppälä verschwindet komplett im Loch.

»Leck mich am Arsch, was für Kienspäne«, kommt es laut von irgendwo drinnen, aber erstickt wie hinter vielen Türen.

Niemi klettert bereits die Leiter hinauf. Der Küster rennt ins Haus und guckt gleich an der Tür auf die Decke der Glasveranda, aber Ala-Seppälä ist nicht durchgekommen, sondern zwischen Dach und Decke stecken geblieben. Niemi steigt zum Loch hinauf. Man hört Ala-Seppälä ächzen und zwischendurch fluchen, sonst nichts, er erklärt nichts und sagt überhaupt nichts Verständliches. Niemi stellt ihm eine Frage, späht durch das Loch und hält die Hand gegen die Sonne, damit er etwas sieht.

Es gelingt ihm, Ala-Seppälä zu helfen, durch das enge Loch nach oben zu klettern. Ala-Seppälä jammert und hält sich den Bauch und den Schritt und setzt sich zuerst auf den First, bevor er absteigt, und Niemi passt auf, dass er sicher von der Traufe auf die Leiter kommt.

»Eine Seitenstütze am Dachstuhl direkt auf die Eier, mit ganzem Gewicht«, sagt er zum Küster. Der Küster steht erschrocken da, aber als er sieht, dass Ala-Seppälä gehen kann, zwar gebückt und mit beiden Händen zwischen den Beinen, aber doch auf und ab, da dreht er sich um und fängt an zu lachen. Ala-Seppälä merkt es nicht, sondern geht kreuz und quer über den Hof, gebückt und mit gespreizten Beinen wie ein Wichtelmännchen.

Aus der anderen Tür kommt ein Mann mit aufgekrempelten Hemdsärmeln und fragt, was das für ein Lärm und Geschrei sei.

»Verdammte Scheiße, du siehst doch, dass es mir die Eier zerhackt hat, dass die Eierschalen Risse haben, verdammte, verfluchte Fickscheiße!«, schreit Ala-Seppälä mit ziemlich voller Stimme, und der Küster sagt zu mir, dass dem Herrn Propst das sicher nicht gefällt. Er geht schnell zu den beiden, um alles zu erklären, und redet und deutet dabei immer wieder aufs Dach.

Der Propst wirkt nicht besonders erbost, denn das mit Ala-Seppäläs Eiern ist am ehesten seine Schuld oder die des Küsters, weil sie die Anfertigung des Unterdachs nicht besser überwacht haben. Obwohl Ala-Seppälä nicht hätte hüpfen sollen wie auf einem Trampolin, lege ich mir schon mal zurecht, falls Lampinen mich fragt. Sollte Ala-Seppälä dabei sein, muss ich es anders sagen, zumindest das Trampolin und das Hüpfen darf ich nicht erwähnen, kann aber auch nicht sagen, ich hätte in dem Moment gerade nicht aufs Dach geschaut. Obwohl das leichter wäre, kann ich es nicht, weil ich Zeuge bin, und da kann ich nicht sagen, mich geht das nichts an, weil es mich zumindest ein bisschen angeht.

Ala-Seppälä zieht die Jacke aus und lässt die Hosenträger herunter, knöpft die Hose auf und beugt sich nach vorn, um nachzusehen. Er lässt Hose und Unterhose bis auf die Knöchel rutschen und schaut runter, und Niemi und der Küster beugen sich ebenfalls prüfend nach vorn. In den Fenstern auf der langen Seite des Pfarrhauses regt sich etwas. Auch von dort aus

wird zugeschaut. Vielleicht findet gerade Konfirmandenunterricht statt, fällt mir ein, weil auf dem Land wahrscheinlich
überall Konfirmandenunterricht abgehalten werden kann.

A m Abend sagt Niemi zu allen, heute gehen wir zum Krug,
weil kleiner Samstag ist und es einem auf den Sack geht,
immer nur im Hof zu sitzen und vor sich hin zu spucken.

Hartikainen sagt sofort, dass er nicht mitkommt. Sverdloff
sagt, er kann nicht, weil er sich mit seiner Flamme treffen muss.
Ojanen sagt, er kommt mit, Rekku sagt nichts, und ich sage,
dass ich noch nicht alt genug bin.

»Du gehst zwischen uns und sagst nichts«, entscheidet
Niemi.

Als Rekku von seinem Sitzklotz aufsteht, befiehlt ihm
Niemi, sich wieder zu setzen.

»Ich will nämlich jetzt wissen, was unser Kraftmeier über
die Welt denkt. Hast du wenigstens die Übungen gemacht? Ich
hab versucht, ihm beizubringen, seine Milchkanne mit dem
Schwanz zu tragen, damit der Schwanz gestärkt wird, bis er
eine gewaltige Deichsel ist. Da sind genau solche Muskeln drin
wie im Arm, damit der Arm sich hebt und senkt, und je größer
die Muskeln, desto besser hebt er sich«, sagt Niemi, aber nur
am Anfang zu Rekku und dann zu mir.

Ich stehe zwischen Rekku und Niemi und weiß nicht, ob
ich überhaupt antworten oder nur nicken soll, widersprechen
werde ich jedenfalls nicht, weil Niemi schon getrunken hat.
Rekku kann sich verziehen, während mir Niemi lang und breit
die Funktion der Muskeln erklärt und die Hormone und was
die Gewichtheber alles schlucken wie Hota-Pulver. Er redet von
Ausdauer und Kraft und will, dass wir einen Wettkampf im
Transit-Ziehen machen. Weil niemand so richtig was dagegen

oder dafür sagt, geht Niemi ein Seil holen und bindet es am Abschlepphaken unter der Schnauze des Transits fest.

Nun muss jeder der Reihe nach versuchen, das Fahrzeug in
Bewegung zu setzen. Es ist kein Gang eingelegt, und die Handbremse ist gelöst, sodass es nicht unmöglich ist, aber trotzdem
muss man sich im Fünfundvierziggradwinkel voll ins Seil stem-
men und dabei zusätzlich ruckartig mit den Händen ziehen.

Ich werde in dieser Disziplin Letzter, innerhalb der vorgegebenen Minute bewegt sich der Transit bei meinen Kräften nicht
einmal einen Meter vom Fleck.

Auch Rekku unterliegt Niemi, der die bessere Technik hat
und Stiefel trägt. Rekku versucht es barfuß und gräbt sich nicht
einmal Startlöcher, weshalb er gleich am Start zu viel ver-
schenkt. Ojanen wird Dritter. Hartikainen und Sverdloff ziehen zwar auch, sagen aber schon, bevor sie anfangen, als Erklärung, sie wollten sich nicht unnötig die Achseln nass machen
und die Schläfenadern anschwellen lassen, aber sie versuchen
es trotzdem und meiner Meinung nach ernsthaft.

Niemi bekommt von dem klaren Sieg gute Laune und zieht
den Transit zur Übung am hinteren Haken wieder auf den
Parkplatz. Danach ist er so schweißnass, dass er sich mit dem
Schlauch abspritzen muss.

Rekku sitzt auf seinem Stück der Bank im Polar und betrachtet seine Hände. Ich frage ihn, was er hat, denn er sieht so aus,
als wäre nicht alles in Ordnung.

»Wenn man kein Schmalz hat, hat man keine Kraft und keine Härte, man hat so gut wie nichts und ist kein Mann, sondern
ein schlaffer Sack.«

»Er hat es nicht so gemeint, sondern nur angegeben«, sage
ich über Niemi, und dass es eine Frage der Technik ist, das Auto
zu ziehen. »Ein bisschen wie beim Stabhochsprung. Springen
allein genügt nicht. Kein Hochspringer wird einfach so ein guter Stabhochspringer«, sage ich.

Aber Rekku erzählt, was sein Vater zu ihm gesagt hat, wie er ihn angeschrien und beschimpft hat, ihn einen nutzlosen Hosenscheißer genannt hat, aus dem nie etwas wird.

»Wann hat er das gesagt?«, frage ich dazwischen, damit Rekku nicht anfängt zu weinen. Sein Gesicht ist schon ganz zerknautscht.

»Am Samstag. Ich darf es niemandem sagen«, sagt er, verzieht den Mund und wendet sich ab.

Ich frage trotzdem weiter.

Rekku hält sich nicht mehr zurück, sondern erzählt, dass sein Vater auf die Kaninchen wütend wurde und sie eines nach dem anderen aus dem Käfig nahm. Er drehte sie um, packte sie an den Hinterläufen und zerschlug der Reihe nach jedem am Torpfosten den Kopf. Rekkus Mutter und Hannes mussten ihnen bis in die Nacht hinein das Fell abziehen und sie zerteilen, damit das Fleisch nicht schlecht wird, und die Tanten mussten den großen Backofen befeuern und vier Bleche mit Kaninchenbraten machen.

»Und wegen der Hitze hat man keines abhängen lassen können. Deswegen wird der Vater böse, als er nachts heimkommt. Er schreit und schimpft, dass Reijo schuld ist, obwohl das gar nicht stimmt, weil der liebe Gott das Wetter regelt und die Witterung bestimmt und befiehlt, wann es im Sommer heiß wird und alles, dass es so und so sein muss und wie es sich gehört«, sagt Rekku und sitzt mit zerknittertem Gesicht, aber offenen, trockenen Augen auf der Bank.

Er hat Fischaugen. Erst jetzt fällt mir auf, dass sie halb Fisch und halb Mensch sind. Er starrt vor sich hin, und mir läuft es kalt den Rücken hinunter, weil ich denke, zum Glück guckt er an mir vorbei, denn wenn er auf mich böse wäre, würde ich mich nicht trauen, auch nur eine weitere Nacht im Wohnwagen zu schlafen.

Niemi und Ojanen haben sich Hemden und bessere Hosen angezogen. Mit rohen Eiern in den Händen kommen sie zum Polar und sagen, gehen wir. Ich ziehe die dunkelblaue Strickjacke aus der Reisetasche, weil sie aussieht wie das Kleidungsstück eines älteren Mannes, kämme mir die Haare und verstrubble sie an den Seiten mit den Fingern, damit sie nicht platt auf den Ohren liegen.

Niemi und Ojanen sitzen auf der Eingangsstufe und auf einem Klotz und warten. Sie haben Löcher in die Eierschalen gemacht und schlürfen sie aus.

Rekku folgt mir ins Freie. Auch er hat sich bessere Kleider angezogen und kommt über das gesamte Grundstück mit, bis Niemi sich zu ihm umdreht, die Hand hebt wie ein Verkehrspolizist und ihm lautstark befiehlt, kehrtzumachen und was fürs Muskelwachstum zu tun. Rekku sieht ganz kläglich aus, man sieht ihm immer gleich alles an, aber er widerspricht nicht, sondern trottet langsam in Richtung Halle.

Ich sage Niemi und Ojanen, sie sollen warten, und gehe Rekku hinterher.

»So toll ist es dort nicht. Bloß schlechtes, saures Bier. Frag Hartikainen, ob er mit dir ein paar Runden Pfeile wirft«, sage ich, warte aber die Antwort nicht ab, sondern drehe mich um und gehe mit Niemi und Ojanen die Landstraße entlang, auf der glänzende, stinkende Flecken von getrockneter Lauge sind.

Bald fängt der August an. Trotzdem ist noch Sommer. Ich könnte von der Telefonzelle aus Karina anrufen. Dafür bräuchte ich allerdings einen Grund. Man kann nicht ohne Grund anrufen. Das und alles mögliche andere geht mir durch den Kopf, während ich hinter Niemi und Ojanen hergehe. Sie marschieren breit nebeneinander, obwohl zwei Autos vorbeifahren und das letzte hupt, weil es ganz auf die linke Spur ausweichen muss.

»Verdammte Kuhfotze.« Niemi sagt, er werde sich die Nummer merken.

Als wir die Ortsmitte von Parola erreichen, steht derselbe blaue Viva vor der Genossenschaftsbank. Niemi sagt, wir werfen mal einen kurzen Blick auf die Reklame im Schaufenster der Bank. Er nimmt das Messer aus der Tasche und lässt es aufschnappen, und als wir an dem Auto vorbeigehen, kratzt er eine lange Linie ins Blech.

In den Krug komme ich rein, indem Niemi als Erster geht und dem Türsteher erklärt, nach der Arbeit habe uns der Durst überrascht. Ich gehe in der Mitte und Ojanen als Letzter, und keiner fragt mich nach den Papieren, dabei steckt mein Schülerausweis im Portemonnaie in dem Fach mit dem Plastikfenster.

An den Wänden im engen Eingangsbereich sieht man Reklame für das Unterschlupf und andere Tanzlokale in der Umgebung, mit Fotos von Päivi Paunu und Kim Floor, Notbremse und Eija Merilä.

Als die Bedienung an unseren Tisch kommt, bestelle ich ein Bier, so wie die anderen auch. Als sie die Gläser mit den aufsteigenden Blasen bringt, fragt Niemi sie, ob ihr manchmal der Arm vom Tragen müde wird.

»Nein«, sagt sie.

»Vielleicht wäre es trotzdem gut, ihn mal zu massieren?«

»Vielen Dank, aber ich habe schon einen Masseur«, antwortet die Bedienung darauf.

Als sie weg ist, sagt Ojanen, die ist griesgrämig. Niemi glaubt, dass ihr was fehlt. Kann sein, antwortet Ojanen. Niemi ist sich sicher, das es so ist. Sie reden nicht weiter darüber, aber als die Bedienung neue Gläser für die anderen Tische von der Theke holt, beobachten sie beide. Sie trägt einen engen schwarzen Rock bis knapp oberhalb der Knie und eine weiße Bluse.

Ich habe erst zwei Bier getrunken, da muss ich schon auf die Toilette. Ich warte trotzdem noch ab, bis ich jemanden vor mir gehen sehe, damit ich nicht suchen und wegen der Türen unsicher sein muss.

An der Wand des Männerklos hängt ein Kondomautomat. So etwas habe ich noch nie gesehen. Dort gibt es hinter Glas Sultan Conture und Sultan Schwarz. Hier kann man sie kaufen, ohne dass man am Kiosk jemanden darum bitten muss, aber als ich bereits im Portemonnaie nach Münzen suche, kommt ein hochgewachsener Mann herein, der wie ein Polizist aussieht, macht einen Kamm nass und versucht, mit dem spärlichen Haar seine Glatze zu verbergen. Ich wage es nicht, daneben zu warten, sondern wasche mir noch einmal die Hände, trockne sie ab und gehe.

Niemi oder Ojanen hat die Zeitungen an unseren Tisch geholt. Auf der Rückseite von einer steht die Werbung für einen Kassettenrekorder von Philips. Das Model Radikal ist teurer, fünf Mark weniger als fünfhundert, aber es heißt, dass die Batterien lange halten und die Kassette drinbleibt, auch wenn man zum Beispiel damit über den Strand läuft.

Ich blättere die Zeitung von hinten durch. So habe ich etwas zu tun und fühle mich leichter, aber auch deshalb, weil es im Kopf bereits bitzelt. Ich nehme ein paar Schlucke, damit es noch mehr bitzelt, und lese die Meldungen mit dem Minusstrich davor, weil es darin kuriose kleine Fundstücke gibt, auch wenn sie oft unvollständig bleiben.

»Männer von der Flak am Werk – Schüler der Unteroffiziersschule der Luftabwehr erproben zu Beginn der Woche ihr Können auf dem Übungsgelände Lohtaja. Während des Lagers wird auf Ziele im Schlepptau von Flugzeugen geschossen.«

Darunter steht »Der religiöse Schiwago – In Boris Pasternaks Lebenswerk fungiert Christus als Abschlussstein eines Gewölbes, der als Letztes eingesetzt wird, stellte Professor Jean-Luc Moreau in seinem Vortrag über den religiösen Hintergrund von Doktor Schiwago fest, den er in Turku hielt.«

Als Jukka in der Schule den Vortrag über die Arbeit seines Vaters hielt, erzählte er, dass in der Zeitung Artikel von unterschiedlichem Gewicht stehen, die sich darin unterscheiden, wie breit sie sind, wie fett die Buchstaben der Überschrift und wie groß die Fotos. Die wichtigsten Nachrichten und Fotos auf der ersten Seite haben mit Kekkonen zu tun. Minusmeldungen sind eigentlich überhaupt keine Artikel, sondern der Redaktionssekretär setzt da irgendetwas hin, was am besten reinpasst.

Daneben steht eine große Werbung für die Zeitschrift VIP. Darauf sieht man Fotos von den Titelseiten des Frühlings und Sommers und ganz oben die Überschrift: »VIP fragt 1000 Finninnen, wie sie ihre Jungfräulichkeit verloren haben«.

Als Ojanen bemerkt, dass ich die VIP-Reklame betrachte, blättere ich schnell weiter, bevor er etwas sagen oder fragen kann. Dann höre ich auf zu blättern und sitze nur noch da. Jetzt fühle ich mich so, als könnte es ewig so bleiben und ich müsste mich um nichts scheren. Ich blicke mich um und überlege nicht mehr, was ich sagen soll, wenn die Bedienung meine Papiere sehen will, Alkoholkontrolleure schicken sie nicht in so kleine Orte, und die kommen auch nicht mehr so spät, lange nach Ende der Dienstzeit. Lässig stütze ich mich mit dem einen Ellbogen auf den schwarzen Tisch. Ich hebe den Krug, wie Niemi es tut, und trinke die Schlucke in aller Ruhe. So viel anders kann es im Ausland auch nicht sein, denke ich, so würde ich auch in Hamburg oder Kopenhagen im Lokal sitzen und trinken und zu Jukka sagen, nicht schlecht, das Elephant, aber hier kommt mir die Kohlensäure in Form bitterer Rülpser hoch.

Niemi raucht und liest die politischen Meldungen mit geschlossenem linken Auge, weil auf der Seite mehr Qualm aufsteigt. Ojanen liest nicht, sondern blättert bloß durch und sieht sich lediglich die Sportseiten genauer an. Es gibt ein großes Bild und einen großen Bericht über den finnischen und nordischen Rekord von Virén.

Bis zehn ist es Niemi gelungen, eine Friseurin anzumachen. Ich habe überhaupt nicht bemerkt, wie das passiert ist. An einem Punkt setzt sich Niemi einfach an einen Tisch mit Frauen, rutscht mit seinem Stuhl neben eine Braunhaarige, und ziemlich bald gehen sie. Ojanen sagt, zwei von ihnen sind Friseurinnen, und die Blonde arbeitet am Bahnhof.

»Kennt ihr die?«, frage ich, und Ojanen sagt, natürlich nicht.

»Aber wenn man hierherkommt, sind immer dieselben da. Und man selbst gehört auch dazu.«

Er erzählt, dass er im Sommer, wenn er Geld hat und im Wohnwagen wohnt, schon mal verschwenderisch wird, aber im Winter nie, weil seine Alte sich nichts daraus macht, auszugehen, es ihr aber auch nicht gefällt, wenn Ojanen allein irgendwo hingeht und das Geld zum Fenster hinauswirft.

»Das bringt nichts, wenn man allein weggeht, das führt immer nur zur Scheidung. Besser, man liegt den Winter über wie ein Bär in den eigenen vier Wänden und tut, was man darf, wenn man es darf«, sagt er.

Ich frage ein bisschen aus eigenem Interesse, ob es bei Volles Rohr auch später im Herbst noch was zu tun gibt. Ojanen sagt, für Feste ja, für Installateure selbstverständlich.

»Und Dachreparaturen, wenn es reinregnet, und andere kleinere Sachen manchmal. Aber Lampinen wählt aus und ruft diejenigen an, die einen Telefonanschluss haben«, sagt Ojanen und verdächtigt Lampinen, nach Parteibuch anzurufen, weil er sich in den letzten Wintern nicht oft bei ihm gemeldet hat.

»Dabei hab ich gar keins. Der Vater von meiner Alten ist Kommunist und durch und durch verrückt. Ihr Vetter hat einen Hof von 25 Hektar und wählt trotzdem die Sozis. Das nenne ich erst recht verrückt, wenn man seinen eigenen Platz nicht kennt. Die ganze Sippschaft meiner Alten ist im Kopf nicht ganz richtig. Ich trinke nicht mit denen, und meine Alte ist zufrieden und lässt mich ran. Frauen sind Silber, Männer verrostetes Eisen.«

Die andere Friseurin und die Frau vom Bahnhof gucken zwischendurch immer mal wieder, aber Ojanen schaut nicht mehr in ihre Richtung. Wenigstens lerne ich, dass es reicht, wenn man hinschaut, aber ich bin nicht sicher, wie, und weiß nicht, wie viel, sodass es nicht zu wenig oder zu übertrieben ist. So etwas kann einem wahrscheinlich keiner beibringen, und fragen kann man auch niemanden.

Als Ojanen auf der Toilette ist, geht die Bedienung zwischen den Tischen hindurch und fragt ziemlich leise direkt mich, kommt hier noch was hin vor Schankschluss? Ich habe überhaupt nicht das Gefühl, noch etwas zu wollen, aber ich muss bestellen, weil es die anderen auch tun. Ich nicke und hebe das Glas auf die gleiche Art wie an den Nachbartischen und auch deswegen, weil Ojanen bestimmt noch was will. Als er zurückkommt, sage ich, dass ich bestellt habe. Er nickt nur. Er hat Tropfen auf der Stirn, und die Haare oberhalb der Stirn sind nass, er hat sich das Gesicht gewaschen und sieht müde und alt aus.

Das letzte trinken wir schweigend und langsam, sodass sich der Krug schon ziemlich leert. Für den Türsteher muss man Geld in der Tasche bereithalten. Als Ojanen aufsteht, stehe ich auch auf und schwanke. Ich fixiere einen Punkt am Türpfosten und schaffe es ganz gut nach draußen.

Unterwegs muss Ojanen dann aber abwarten, bis ich die übermäßige Flüssigkeit herausgebrochen habe. Sie schmeckt noch nach Bier, aber bitterer, und die Pfütze am Rand der Landstraße schäumt, als stammte sie direkt aus einem Bierkrug.

»Das war's mal wieder. Der Lohn für einen ganzen Tag, wenn man die Steuer abzieht«, sagt Ojanen, als wir schon fast die Halle erreicht haben. Mehr reden wir nicht. Es ist sinnlos, viel zu reden, wenn man torkelt und die Augen nur schlecht folgen.

Die Tür des Polars ist abgeschlossen, obwohl das nie der Fall sein sollte. Ich schlage mit der Faust dagegen und rufe Rekkus

Namen, damit er kapiert, dass er aufmachen soll. Er ist noch wach, hat aber im Halbdunkel auf der Pritsche gelegen, denn man hat kein Licht gesehen. Er hat normale Hosen an, aber das Oberteil gehört zum Pyjama, hellblaue Streifen und Wolkenbällchen und zwischen den Wolken ein paar gesprenkelte Sonnenschirme.

»Wie geht's, Rekku?«, frage ich, wenn auch nur, um was zu sagen, denn ich will sofort schlafen gehen.

Rekku schiebt klackend den Türriegel vor und fragt, wo Niemi ist.

»Der macht einen drauf.«

Rekku versteht nicht, was das ist. Ich habe keine Lust, es ihm groß zu erklären, darum sage ich nur, er muss sich wegen Niemi keine Gedanken machen.

»Es macht Krach und knurrt unterm Wohnwagen. Da ist vielleicht ein Dachsbau. Wenn es viele Dachse sind, wird's ungemütlich. Das Waldschwein oder Wildschwein kann ein schlimmes Biest sein.«

»Das ist nicht dasselbe«, sage ich.

»Schweine sind Eber und Sauen und Ferkel, und bei Dachsen ist es genauso, weil das sind Waldschweine, und die haben Stoßzähne, und die können einen Menschen angreifen und ihm den Pimmel abbeißen.«

»Die beißen nicht, verflixt. Der Dachs gräbt in der Erde und keucht, er frisst Würmer und macht sich nichts aus uns.«

»Macht sich nichts aus uns?«, fragt Rekku und beugt sich nach vorne, um mich aus der Nähe anzusehen. Ich liege bereits auf der Pritsche und habe mich mit der Wolldecke zugedeckt, ich will mich nicht ausziehen und auch sonst nichts tun, alles dreht sich, die Decke und die Wände drehen sich und schwanken ein bisschen, und am meisten denke ich daran, dass die Tür offen bleiben muss, damit ich sofort hinauskomme, wenn es schnell gehen muss.

»Mach den Riegel auf. Hier kommt schon keiner rein«, sage ich zu Rekku.

Ich muss mich hinsetzen, weil sich alles fürchterlich dreht. Zu Rekku sage ich, dass ich noch nicht müde bin, und gehe nach draußen und setze mich neben dem Wohnwagen auf die Erde, obwohl das Gras ein bisschen feucht ist. Der Sitzklotz ist umgekippt. Der Himmel ist wasserblau, nicht tagwasser-, sondern nachtwasserblau, genau wie im Ahvenisto, wenn mein Vater und ich Krebse gefangen haben, noch vor einem Jahr, auch wenn es mir vorkommt, als wäre es viel länger her.

In den Birken schlafen Dohlen. Eine von ihnen regt sich immer und fliegt ein kleines Stück weiter auf einen anderen Platz, sie schlafen also nicht alle, sondern bewegen sich der Reihe nach und geben kleine Laute von sich, abwechselnd bewachen sie den Boden und den Himmel.

Rekku ist mir nach draußen gefolgt, setzt sich aber auf die Stufe.

»So darf der Vater das eigentlich nicht machen«, fängt er ohne Einleitung und mitten im Thema an. Ich sage nichts, höre aber genauer hin. Man merkt an seiner Stimme, dass er Angst hat und sich schlecht fühlt.

»Ohne Warnung darf man nichts machen. Man darf nie schreien oder krakeelen, das heißt mit lauter Stimme rufen und fluchen und mit den Armen fuchteln und hauen«, sagt Rekku und hält die Hände geballt vor sich.

Er ist gar nicht richtig hier. Ich schaue schon mal, in welche Richtung ich am besten davonlaufe, denn er würde mich nicht einholen, weil er nicht rennt, sondern wankend und watschelnd geht. Obwohl er mir nichts tut, nur sicherheitshalber, ich denke, er tut niemandem etwas, aber ganz sicher bin ich mir nicht mehr.

Ich stehe auf und lehne mich an den Wohnwagen, wie zum Spaß, und höre zu, wie Rekku erzählt, dass er die Kaninchen-

ställe alleine abbauen musste. Den ganzen Sonntag brauchte
er dafür, denn jedes Brett und jede Latte musste gelöst und gedreht werden, und dann musste man aus jedem mit dem Hammer die Nägel herausziehen und den Draht zu einer großen
Rolle aufrollen, die Trinknäpfe der Kaninchen wegwerfen und
Heu und Streu von den Böden kratzen und die Kötel zusam-
menrechen und mit der Schaufel zum Gemüsegarten tragen
und zwischen die Rote Bete unterharken.

»Obwohl die Mama sagt, dass man im Juli nicht mehr dün-
gen darf, sagt der Vater, trag die Scheiße hin und stell keine
Fragen, trag die Bretter in den Holzschuppen und den Draht auf
den Boden in der Scheune und stell keine Fragen, du verdamm-
tes Weichei, stell keine Fragen, verfluchter Schwachkopf, sondern mach hin.«

A m Freitag reden in der Mittagspause alle über Viréns neuen
Rekord, den er am Vorabend in Oulu gelaufen ist, nur zwei
Tage nach dem Rekord über 5000 Meter. Sverdloff ist der Meinung, dass die 3000 Meter keine richtige Disziplin sind, sondern eine Minderstrecke, aber die anderen finden sie gut, und
zumindest die Briten laufen sie, und die Briten gehören zu den
besten Läufern der Welt, auch wenn Bedford überhaupt nicht
sprinten kann und ihn Väätäinen genau deshalb vor einem Jahr
geschlagen hat, er kannte seine Form und sagte vorab, dass er
schon als junger Mann in der Fahrschule einen Bedford in den
Griff bekommen hat.

Wir essen vor der Halle Erbsensuppe, die wir in einem Topf
aufgewärmt haben. Sie stammt aus einer großen Dose der
Marke Jalostaja, und man sollte nicht so viel Wasser hinzugeben, wie in der Anleitung steht, weil es dann eine dünne Brühe
wird, die man schlürfen muss, wenn sie heiß ist.

Von der Essensgemeinschaft sind nur Sverdloff und Hartikainen da, weil Niemi und Ojanen Dächer und Wandverkleidungen aus Blech an Reihenhäuser in Pälkäne bauen, aber Rekku isst in unserem Kreis seinen eigenen Proviant. Er hat gekochte Eier und Roggenbrot und ein großes Glas hausgemachte Sauermilch dabei, in die er Mischmehl aus einer rosa Tupperschüssel rührt.

Den ganzen Sommer ist gutes Wetter gewesen, sodass wir in der Mittagspause selten drinnen essen mussten. Jetzt ist Frauenwoche, in der nur Frauen ihren Namenstag haben, und das Wetter so wie immer um die Zeit. Es ist heiß, und die Bäume und Büsche sind am größten, die großen Äste biegen sich unter den schweren Blättern, und die Johannisbeersträucher sind voller Rispen.

Ala-Seppälä kommt zum Rauchen aus dem Pausenraum. Er macht sich sonst nichts aus Sport, aber Viréns Weltrekord ist etwas anderes und viel bedeutender. Virén stammt aus der kleinen Gemeinde Myrskylä und beweist Ala-Seppäläs Meinung nach perfekt, dass sich das Rückgrat Finnlands auf dem Land befindet, bei den Kleinbauern und den Siedlern, die sich durch schrecklich harte Arbeit ihre Felder freigerodet haben und trotzdem ohne eigenes Verschulden zu den Spucknäpfen der Städter und Sozialisten geworden sind.

»Wenn wir nicht für die Mühseligen und Beladenen eintreten würden, könnte sich das Volk, wenn es nach den Herren ginge, am Laternenpfahl aufknüpfen. So ist das, alle wissen es, das sage ich euch«, sagt und prophezeit Ala-Seppälä. Rekku wirkt erschrocken und fummelt mit den Fingern an seiner Unterlippe herum.

Sverdloff fragt, ob Vennamo auch zu diesen Herren gehört, weil er auf einen Schlag den größten Teil seiner eigenen Leute verloren hat.

»Das sind alles Gammler und Usurpatoren. Denen ist die

eigene Tasche näher als die Partei, selbst haben sie nichts zustande gekriegt, haben sich bloß an den gedeckten Tisch gesetzt, dank Veikko Vennamo. Diese Bande ist nicht mal ein schwarzes Dutzend, es ist ein Scheißdutzend«, sagt Ala-Seppälä so schroff, dass Sverdloff nicht viel weiterredet, aber immerhin noch sagt, dass das Gerede nicht von nichts kommt.

»Das ist Scheißdreck, was geredet wird, nichts als eine Strategie der lähmenden Kräfte. Veikko ist ein großartiger Mann«, sagt Ala-Seppälä. Sverdloff traut sich nicht, mehr zu sagen, weil er nur Sommeraushilfe ist und vom Herbst an noch weniger. Ich höre zu und schaue sie an, beide müssen sich beherrschen, das muss man lernen auf dieser Welt.

Als wir nach dem Essen zum Wohnwagen gehen, fragt mich Rekku, was am Laternenpfahl aufknüpfen eigentlich bedeutet. Er kennt den Ausdruck, er weiß, dass es das Gleiche ist wie an den Galgen gebracht werden, aber er weiß nicht, warum man an den Galgen bringen und am Laternenpfahl aufknüpfen sagt, weil das verschiedene Sachen sind, Laternenpfahl und Galgen. Er kann es nicht begreifen, er hat leere Augen, und die Pupillen sind groß.

Fast unmittelbar nach der Mittagspause sehe ich durchs Fenster der Halle das Heuauto auf den Hof fahren. Rekkus Mutter steigt aus und streicht neben dem Auto ihren Rock glatt. Ich wundere mich ein bisschen, dass sie so früh dran ist, auch wenn Freitag ist und sie freitags immer kommt.

Ich schneide weiter ein Kabelrohr nach vorgegebenen Maßen in Stücke und schreibe mit Filzstift die Längen darauf, verfolge dabei aber, was vor sich geht, und sehe durch die offene Tür, wie Rekku mit seiner Mutter in den Polar geht. Sie bleiben nur kurz drin, dann kommen sie wieder heraus. Rekku trägt seine Taschen, und seine Mutter faltet das Handtuch und den Pyjama zusammen.

In der Halle kommt sie direkt auf mich zu.

»Hallo«, sagt sie und fragt mich, wie es mir geht, und lächelt, aber eigentlich lächelt sie nicht, sondern sieht besorgt aus. So etwas merkt man.

Sie fragt ein bisschen nach allerlei Gewöhnlichem, und ich antworte, aber sie hört wahrscheinlich nicht einmal zu, und dann geht sie auch schon zu Lampinens Zelle. Rekku bleibt mit den Taschen in den Händen neben dem Schraubstock stehen und schaut zur Decke hinauf, wo wieder Spatzen herumflattern. Sie kommen zur offenen Tür herein und finden nicht mehr hinaus, sondern fliegen zwischen den Balken und Kabeln hin und her und prallen gegen die Oberlichter, und jede Woche findet man welche tot auf dem Fußboden.

Es dauert nur eine Viertelstunde, da kommt Lampinen zu mir und fragt, ob ich Lust auf eine Autofahrt hätte.

»Wieso?«, frage ich.

»Wir machen zu viert eine Fahrt nach Lammi. Du kriegst bloß fürs Sitzen auf der Rückbank den normalen Stundenlohn, als würdest du hier beim Freitagsputz schrubben.«

»Dann ist es ja egal«, sage ich.

»Aber geh dich umziehen. Damit kein Fett auf den Sitz kommt. Wir fahren sofort los.«

Ich gehe zum Wohnwagen und ziehe die abgenutzten Jeans und den American-Railroads-Pulli aus, dessen Ellbogen ich am Rand eines Bleches aufgerissen habe. Ich rieche an den Achseln, aber ich habe wohl keine Zeit zum Waschen, darum ziehe ich nur eine andere Hose und ein Hemd an, nehme die Tasche mit den Sachen für zu Hause und gehe.

»Prima, dass du mitkommst und Reijo Gesellschaft leistest. Genauer gesagt machen wir einen Ausflug nach Ronni, das gehört zu Lammi, und das in einem vornehmen Wagen. Das wird ein schöner Nachmittag«, sagt Rekkus Mutter zuerst zu mir und dann in Richtung einer leeren Stelle zwischen Rekku und mir.

Rekku darf sich einen Platz auf der Rückbank aussuchen. Er entscheidet sich für den auf der Straßenrandseite. Ich setze mich hinter Lampinen. Hartikainen sieht im Hof zu, wie wir aufbrechen, hebt aber nicht einmal die Hand, sondern schaut nur, und als das Auto an ihm vorbeifährt, wendet er sich halb ab und tut so, als würde er den Rand einer Plane nach oben schlagen, um im Ausschusshaufen nach einem Stück Blech zu suchen.

Rekkus Mutter und Lampinen unterhalten sich vorne so leise, dass ich so gut wie nichts verstehe, wenn Rekku neben mir redet oder die Autogeräusche nachmacht. Er erklärt die Straßen in Parola, und jedes Mal, wenn Lampinen an einer Kreuzung rechts abbiegt, sagt Rekku Rechts, und wenn es nach links geht, sagt er Links. Die neue Straße führt in größerem Abstand an der alten Kirche vorbei, trotzdem kann man die Dohlen als gepunkteten Schwarm erkennen, wenn sie von den Bäumen des Kirchhofs aufflattern.

Rekku macht mit dem Mund das Mercedes-Geräusch nach, und als Lampinen die Stadtmitte umfährt, indem er die Strecke an der Burg nimmt, imitiert Rekku das Geräusch, das die Räder auf dem Kopfsteinpflaster machen. Zwischendurch erklärt er immer lang und breit etwas, er ist vom Autofahren begeistert, aber ich weiß nicht einmal, warum ich hier sitze, ich weiß eigentlich gar nichts.

Als Rekku mal still ist und nur auf die Häuser und die Menschen auf der Uferstraße schaut, höre ich, was vorne geredet wird. Lampinen stellt mehrere Fragen nach Aaro, die Rekkus Mutter nicht richtig beantwortet.

»Die Eisenbahn ist eine Bahn aus Eisen für die Bahn, eine Bahn aus Eisen für die Autos gibt es nicht«, sagt Rekku auf der zweiten Brücke zu mir.

»Stimmt«, sage ich und versuche, wieder hinzuhören, denn ich habe verstanden, dass Rekkus Mutter inzwischen über ihre

kleine Schwester spricht. So nennt sie Silja, obwohl beide erwachsene Frauen sind. Sie sagt zu Lampinen, jetzt zieht auch
meine kleine Schwester noch aus, sie hat Arbeit in der Kaserne
gefunden, als Küchenhilfe, und dann sagt sie noch, das wird
ein langer Winter, weil keine Schwester mehr da ist, die einem
Gesellschaft leistet. Ich beuge mich nach vorn und nähere mich
der Lücke zwischen den Sitzen, aber Rekku fängt wieder an,
noch lauter als zuvor, diesmal geht es um Busse, denn vor uns
biegt gerade die Eins nach Hätilä ab.

»Ein Bus ist ein Stadtbus, ein Linienbus oder ein Omnibus.
Wenn es ein normales Auto ist, dann ist es ein Taxi, eine Drosch-
ke, ein Mietwagen oder eine Taxe. Ist es nicht so? Und was gibt
es noch?«, fragt er mich. Ich stimme nur zu, weil es so ist. Ich
merke, dass Rekkus Mutter und Lampinen vorne zuhören, und
habe das Gefühl, etwas sagen zu müssen, etwas Lobendes,
weil sie herhören und weil sie mich mitgenommen haben, um
Rekku Gesellschaft zu leisten.

»Unser Reijo kennt sich mit Wörtern aus«, sagt seine Mutter
so laut, dass es nicht nur für Lampinen bestimmt ist, sondern
auch für uns auf der Rückbank.

»Reijo kennt alle Wörter, die es gibt, alle Worte auf der Welt«,
sagt Rekku und lacht zufrieden, weil er gelobt worden ist. Seine
Mutter erklärt, dass sie Reijo von klein auf Bücher vorgelesen
hat.

»Aus der Bücherei und manchmal sogar neue, billig gekauft.
Er hat lesen gelernt, indem ich ihm immer einen Buchstaben
gezeigt und laut ausgesprochen habe und er ihn nachgespro-
chen und darauf gezeigt hat. Oft zehn Mal hintereinander das
Gleiche, er hat ja die Ausdauer.«

Lampinen ist der gleichen Meinung und stimmt zu, ist aber
nicht in der Stimmung zu reden.

Der Stadtteil Ruununmylly und die Schießstände hinter Hätilä huschen vorbei, man sieht kaum mehr als Bäume. So weit

abseits der Stadt herrscht nicht viel Verkehr, und es wird noch weniger.

Bei Eteläinen sieht man nichts als Felder, große Flächen wie in der Ukraine, in der Steppe mit der schwarzen Erde, wo das Getreide mit einer ganzen Armee von Maschinen geerntet wird. Bis zu hundert, aus alten Panzern gemachte Mähdrescher können nebeneinanderfahren und Tag und Nacht mähen' und dreschen und bringen so riesige Berge Getreide ein, dass es fürs Brot in der ganzen großen Sowjetunion reicht. Ich kann mich an eine entsprechende Sendung im Schulfunk erinnern, die wir in der Erdkundestunde angeschaut haben. Wenn auf der einen Seite der Sowjetunion die Sonne untergeht, geht sie auf der anderen Seite schon wieder auf, und von den turmhohen Getreidesilos werden Millionen Tonnen Korn in Hunderten Zügen zu Tausenden Mühlen transportiert und das Mehl dann von den Mühlen zu Millionen Bäckereien. So wurde es in dem Film gesagt, und dazu wurden in der Sonne glänzende Betonsilos, dampfende Lokomotiven und weiß gekleidete Männer und Frauen in Bäckereien gezeigt.

»Wir haben einen gewaltigen Nachbarn. Vergesst das nie«, sagte unser Erdkundelehrer, nachdem er den Fernseher im Speisesaal ausgeschaltet hatte.

Lammi sieht fast so aus wie Parola, nur dass alles verkehrt herum ist. Lampinen hält vor dem Genossenschaftsladen an. Rekkus Mutter fragt Rekku, was er für ein Eis möchte, und Rekku ist so begeistert, dass es in seinem Gesicht zuckt und er anfängt, mir zu erklären, was es für Sorten gibt. Auch im Laden dauert das Aussuchen lange, und ich blicke mich um, als hätte ich mit Rekku und seiner Mutter nichts zu tun. Lampinen ist zum Rauchen draußen geblieben, im Geschäft mag er nicht rauchen, weil man nicht auf den Boden aschen kann.

Rekku entscheidet sich für ein Erdbeer-Topsy, ich nehme das Gleiche. Rekkus Mutter bestellt Vanilleeis im Becher.

Während wir draußen das Eis essen, verschwindet die Sonne kurz hinter einer runden Wolke. Rekkus Mutter trägt bloß ein gelbliches Sommerkleid. Sie sagt zu Lampinen, dass sie friert, und stellt sich neben ihn in den Windschatten. Ich höre nicht, was sie miteinander reden, aber es ist nichts Lustiges, denn beide haben einen leeren Gesichtsausdruck. Rekkus Mutter löffelt ihr Eis mit dem Holzspatel, Lampinen hat seine Zigarette geraucht und steht nur noch da und wartet. Zwischendurch sagen sie etwas, der eine sagt etwas zum anderen, und der andere antwortet und nickt.

Das ist kein Ausflug und keine normale Autofahrt, kommt mir in den Sinn. Absolut nicht, und was habe ich hier verloren? Aber dann verflüchtigt sich der Gedanke, und ich kann ihn nicht mehr richtig fassen, um zu wissen, was es ist.

Rekkus Mutter sagt zu uns, jetzt fahren wir weiter, Jungs, und macht die rechte hintere Tür auf. Rekku sitzt schon auf seinem Platz, da fährt ihm seine Mutter mit der Hand durchs Haar und macht erst dann die Tür zu und setzt sich nach vorne.

Als Vilkkilä auf dem Wegweiser steht, dreht sich Rekkus Mutter zu uns um und fängt an aufzusagen:

>>In Vilkkilä fünf Pforten,
an jeder Pforte fünf Frauen,
jede Frau mit fünf Eimern,
in jedem Eimer fünf Kätzchen,
jedes Kätzchen fünf Junge,
jedes Junge fünf Mäuse,
jede Maus hat ihr Versteck.

Und in Ronni fünf Ratten,
jede Ratte fünf Straßen,
jede Straße fünf Gräben,
jeder Graben fünf Männer,

jeder Mann fünf Frauen,
jede Frau fünf Männer,
da ist der Graben voll und Schluss.«

Sie sagt es aus dem Gedächtnis auf und erklärt zu den Kätzchen noch, die kämen von dem Sprichwort »Da wimmelt's wie
von Kätzchen in Vilkkilä«. Rekku fängt an zu lachen und wiederholt die Kätzchen und die Frauen und die Frauen und die
Männer.

Lampinen fährt durch das Dorf Ronni und biegt in eine Nebenstraße ein, wo auf einem Schild »Zentralanstalt« steht. Es
gibt einen Wendehammer und einen großen Parkplatz und
viele Gebäude bis hinunter zum See.

»Was ist das?«, fragt Rekku hauptsächlich seine Mutter, aber
eigentlich uns alle drei.

»Das ist etwas Ähnliches wie eine Sommerkolonie. Die wollen wir ein bisschen kennenlernen. Wir müssen Fräulein Räikkönen suchen.«

Dicke Kinder stolpern durch den Gemüsegarten, sie haben
Werkzeuge mit langen Stielen und harken und rechen. Als das
Auto fast unmittelbar neben ihnen anhält, starren sie uns an.
Erst aus der Nähe sieht man, dass es Erwachsene sind.

Rekku hat Angst vor ihnen und will nicht aussteigen. Seine
Mutter nimmt mich zur Seite und bittet mich, ihn mit ihr zusammen aus dem Wagen zu locken.

Zwischen den einzelnen Gebäuden ist es heiß. Aus einem
offenen Fenster dringt der Geruch von Nudelsuppe. Drei Mal
folge ich Rekkus Mutter, immer wenn sie sagt, jetzt gehen wir,
Jungs.

Beim vierten Mal steigt Rekku aus und rennt uns so wa-
ckelnd, wie er immer rennt, hinterher. Er wirft keinen einzigen
Blick auf den Gemüsegarten und die Harkenden, auch nicht
auf die Fenster und auf die große Doppelschaukel, auf der drei

Männer sitzen und schaukeln und uns Guten Tag zurufen und Danke, Jesus, für die Speisen.

Als wir das Büro von Fräulein Räikkönen gefunden haben, sagt Lampinen zu mir, wir können solange ja draußen warten. Er zündet sich eine rote North State an und an dieser sofort die nächste, und wir stehen nebeneinander an der Wand und schauen uns um, wie es hier so ist. Wenn man sich so umguckt und die Rufe hört, hat man das Gefühl, in Watte aufgewachsen zu sein. Irgendwo am anderen Ende des Grundstücks zerbricht Glas oder wird zerbrochen. Neben uns kreisen Hummeln um einen Spierstrauch.

Während der gesamten Wartezeit redet Lampinen kein Wort mit mir, er raucht nur vor sich hin, als hätte er es nicht eilig, zieht aber trotzdem so stark an den Zigaretten, dass man sogar im Sonnenlicht die Glut sieht. Auch ich rede nicht und stelle keine Fragen, weil ja alles klar und vorab vereinbart ist.

Dann kommt Rekku Hand in Hand mit seiner Mutter aus dem Haupteingang. Sie sehen groß und noch größer aus. Sie holen Rekkus volle Tasche aus dem Auto und kommen wieder zu uns, immer noch Hand in Hand.

»Reijo bleibt jetzt übers Wochenende hier, und dann sehen wir weiter. Die Mama besucht ihn am Sonntag und am Dienstag und am Donnerstag und dann wieder am Sonntag und am Dienstag und Donnerstag. Damit fängt es an, und Reijo wird hier Freunde finden«, sagt seine Mutter, und Rekku schaut uns alle der Reihe nach an, mit großen Augen und schwarzen Pupillen.

»Sag den Männern Tschüss, dann gehen wir wieder hinein, du und die Mama. Dann sortieren wir Reijos Sachen in den Schrank und hängen sie an den Haken.«

Rekku sagt nicht Tschüss, er sagt gar nichts, sondern dreht sich um und drückt sich an seine Mutter wie ein Kind, obwohl er so groß ist.

Erst eine Stunde später kommt seine Mutter zum Auto zurück. Wir sitzen bereits drin und warten mit offenen Türen. Lampinen hat den Mercedes in den Schatten gestellt, damit sich die Karosserie nicht noch mehr aufheizt.

Rekkus Mutter bittet um eine Zigarette und sagt, fahr noch nicht gleich. Sie scheint das Rauchen nicht gewohnt zu sein, sie hustet und muss sich die Augen reiben, steht aber neben dem Auto und raucht zu Ende und wischt sich erst dann richtig den Rauch aus den Augen und tritt die Zigarette aus.

Im Auto ist es dann so voll und still, dass Lampinen und Rekkus Mutter erst nach dem Vilkkilä-Schild etwas sagen, so gut wie nichts und bloß etwas ziemlich Gewöhnliches. Ich sage kein Wort, und niemand sagt etwas zu mir nach hinten.

Irgendwann hinter Eteläinen erkundigt sich Rekkus Mutter bei Lampinen, wie es Seija geht.

»Das weiß ich nicht, weil ich nichts mehr mit ihr zu tun habe«, antwortet Lampinen.

Dann reden sie über ihre alten Angelegenheiten, als wäre es ihnen inzwischen völlig egal, ob ich zuhöre oder nicht, oder sie erinnern sich gar nicht mehr daran, dass da jemand auf der Rückbank sitzt.

Auf der Höhe des Bezirkskrankenhauses sagt Rekkus Mutter, sie habe noch immer nicht Lampinens Haus gesehen, nicht einmal von außen. Lampinen erwidert, es steht da drüben am Hang, in Mierola.

»Du könntest mich eine Stunde lieb haben«, sagt Rekkus Mutter plötzlich zwischen allem anderen und fängt erst dann an zu weinen.

Wäre es Frühling und Osterzeit, dann wäre heute Karfreitag, fällt mir aus irgendeinem Grund ein, als wir bereits über die Kuivalla-Brücke fahren, und nach der Brücke bringen die Pflastersteine den Mercedes zum Zittern, der ansonsten so geschmeidig fährt wie ein Schiff, mit seinen großen Rädern und der funktionierenden Federung. Es wäre Karfreitag, weil der Tag so langsam vergeht und dauert und dauert, man durfte nicht mal zum Spielen in die Nachbarschaft gehen.

Rekkus Mutter hat aufgehört zu weinen und die Sonnenblende heruntergeklappt, damit sie sich im Spiegel sieht, und wischt sich mit einer Ecke des Taschentuchs das verlaufene Schwarz aus den Augenwinkeln. Dann kommen wir bei uns an, und Lampinen erklärt, als wäre es eine wichtige Angelegenheit, dass er erst vor einer Woche die Wasserleitungen zur Sauna verlegt hat. Rekkus Mutter fragt oder antwortet nichts.

Als ich die Tür aufmache und aussteigen will, sagt Lampinen, bis Montag, und morgen kommt ein neuer Tag, und nächste Woche kommen sechs, aber er sagt es wohl eher zu Rekkus Mutter.

»Falls Sachen von Reijo auftauchen, also die werden bestimmt nicht mehr gebraucht«, sagt Rekkus Mutter zu mir, bricht aber sofort ab und blickt zum Sportplatz hinunter.

Direkt dahinter steht die Schule. Tyry zieht wieder einmal mit dem Kalkwagen die Linien für das Baseballfeld auf dem Hartplatz nach. Ich werde dort nie mehr hingehen. Mir kommt alles andere in den Sinn statt dem, was mir eigentlich wieder einfallen sollte. Von der Treppe aus sehe ich zu, wie der Mercedes Staub hinter sich aufwirbelt, ich denke nicht an Rekku, wie es richtig wäre, auch wenn ich es doch irgendwie tue, aber nur stückweise unter den eigenen Gedanken.

Und den ganzen Abend tue ich nichts anderes, als alle Sendungen, die im Ersten kommen, anzuschauen, weil das Zweite im

Sommer nicht überträgt. Den schwedischen Film sieht sich mein Vater mit an, geht dann aber in den Garten und steht dort herum, obwohl er zu Mama sagt, er muss vielleicht noch mal gießen. Wenn er es müsste, würde er den messingfarbenen Sprenger gerade ins Gemüsebeet stellen und andrehen, aber es scheint nicht nötig zu sein, denn er starrt nur am Rand des Rasens die Vögel in den Birken an oder was da auch immer über den Wipfeln am Himmel sein mag.

Meine Mutter sieht sich normalerweise nur die Rezepte von Kyllikki Stenros an und mittwochs *Peyton Place*, und auch da nur den Anfang bis zur Werbung, weil sie um zehn müde wird und der Mensch seinen Rhythmus beibehalten muss, sagt sie immer und setzt sich auch jetzt nicht hin, sondern bleibt an der Tür stehen und fragt von dort aus, wie die Woche gewesen ist.

»Ganz normal«, sage ich.

»Wie kommt dein Freund zurecht?«, fragt sie. Oft ist es so, dass ich das Gefühl habe, sie ahnt etwas, und dann muss man möglichst normal antworten, damit sie nicht dazu kommt, noch mehr zu erahnen.

»Geht schon«, sage ich und wende den Blick nicht vom Bildschirm ab, wo mitten im schwarzen Wald Lichter oder Flammen aufblitzen.

»Na, dann ist ja gut. Ist der nicht ein bisschen ...?«

»Nein«, sage ich sofort, und da redet sie nicht weiter, sondern geht, und dann höre ich, wie sie im Schlafzimmer das Fenster aufmacht und das Fliegengitter einsetzt.

Die Fliegengitter sind genau bemessen, sodass das Gitter für das eine Fenster nicht ins andere Fenster passt. Darum hat mein Vater mit dem Lötkolben Buchstaben eingebrannt. S wie Schlafzimmer, K wie Küche und TV fürs Wohnzimmer. In den Rahmen des Fliegengitters für mein Fenster ist ein viereckiges O eingebrannt.

Ich sehe mir alles zu Ende an, und eigentlich müsste mein Kopf nach dem Hitchcock-Film leer sein, aber er ist es nicht, sondern alles ist noch da, alles seit dem letzten Wochenende und vor allem das mit Rekku. Man wiederholt es ständig, als könnte man dann widersprechen, obwohl man nichts weiß, nicht einmal, was das Beste wäre. Wenn es das Beste nicht gibt und nicht einmal wenigstens etwas Gutes, was bleibt dann übrig? Ich mache die Augen zu, falls ich doch einschlafen kann. Es geht mich genauso wenig an wie Belfast oder Londonderry, aber obwohl ich es noch so versuche, kriege ich nicht aus dem Kopf, wie Rekku weggebracht wurde, und nichts hilft mir, mich besser zu fühlen.

Nachdem ich mit geschlossenen Augen fast bis zwölf dagelegen habe, ohne einzuschlafen, bin ich wacher als eine Stunde zuvor, und weil es doch nichts wird, stehe ich wieder auf und schalte die Leselampe und den Trio an. Ich setze den Kopfhörer auf, damit kein plötzliches Piepen von Sendetürmen durch die Halltexwand zu meinem Vater und meiner Mutter dringt.

Ich gehe die Mittelwelle von Rand zu Rand durch. Weil es bereits dunkel geworden ist, ist das Fenster von Iberia offen, und man hört hier und da dicht nebeneinander Spanier und zwei Portugiesen und am besten La Voz de Madrid mit seinem Pausenzeichen und der stampfenden Erkennungsmelodie, *amor, amor*.

Langsam drehe ich mit den Fingerspitzen am Abstimmregler und warte bei 1430 Kilohertz ab, ob nach den Nachrichten eine Senderansage kommt. Laut WRTH ist es wahrscheinlich entweder Radio Popular de Lugo oder Valladolid. Aus den Nachrichten höre ich die Ortsnamen heraus und ein paar Zahlen, aber sicherheitshalber notiere ich mir Einzelheiten für den Empfangsbericht: Rom, Lima, *cuarenta millones*, bis zwischen zwei Musikstücken der ID kommt und ich ins Heft schreibe:

»22.15 GMT News in Spanish continued

22.20 GMT Local instrumental music

22.23 GMT Station identification: Esta es Radio Popular de Valladolid

22.24 GMT Local music: a woman sang in Spanish.«

Auf Spanisch kann ich den Bericht nicht schreiben, auch wenn im DX-Wörterbuch die Wörter bereitstehen. Ich versuche, einen Sender zu verfolgen, der ständig hinter den anderen verschwindet, bis ich die halbe Stunde voll habe. Dann übertrage ich die Informationen vom Heft ins Formular. Ich tue es in Schreibschrift, aber meinen Namen und meine Adresse schreibe ich in Druckbuchstaben, weil man nirgendwo Finnisch kann und die finnischen Namen nicht kennt. Als Masa Karttunen eine QSL-Karte aus Indonesien bekam, hatte sich der Straßenname Riihipellonkatu in Rühijullonsatju verwandelt, aber es kam trotzdem an.

Erst dann fühle ich mich leer genug, und es hindert mich kein ständiges Hin und Her in den Gedanken mehr am Schlafen.

A m nächsten Morgen ist meine Mutter schon zum Putzen und zum Wochenendeinkauf zu Frau Sipiläinen gegangen. Das ist eine alte Witwe, die nur noch mit Stöcken gehen kann, aber nicht ins Altersheim will, nicht mal zur Inneren Mission, sondern lieber fürs Saubermachen und Einkaufen und für die Besuche der Krankenschwester und alles bezahlt. Meine Mutter geht samstags um halb acht hin, und das ist an sich gut und steuerfrei, aber die Sipiläinen kann seit einer Operation nicht mehr einhalten, darum liegt neben dem Bett immer ein großer Haufen Laken, die unter der Woche schmutzig geworden sind, und meine Mutter muss sie mit der Pulsator-Waschmaschine waschen, die nicht einmal das Wasser wärmt, das darum in Töpfen auf dem Herd warm gemacht werden und in die Waschküche getragen werden muss.

Mein Vater sitzt mit der Zeitung in der Küche. Ich komme mit abstehenden Haaren dazu und sage, dass ich zwei Stunden später als sonst aufgewacht bin.

»Wenn man in jungen Jahren schläft, ist das, als würde man Geld auf die Bank legen«, sagt mein Vater und liest laut Meldungen aus der Zeitung vor. Sowohl Saarinen als auch Agostini sollen zum Rennen nach Ahvenisto kommen.

Ich fühle am Gewicht, ob noch etwas in der Kaffeekanne ist, und stelle den letzten Schluck zum Aufwärmen auf die Herdplatte. Früher habe ich nur bei Familienfeiern Kaffee getrunken und manchmal zu Hause, wenn es etwas Besonderes gab oder gekauften Kuchen von Viljanen, aber bei der Arbeit habe ich es mir angewöhnt, weil alle Kaffee trinken und immer welcher in der Glaskanne bereitsteht.

Mein Vater schaut sich auf den inneren Seiten die Spalte mit dem Wetter an und sagt als sichere Information, dass es sehr heiß werden wird. Dann sagt er, am Dienstag fängt der August an.

»Stimmt«, sage ich.

Er dreht die aufgeschlagene Zeitung zu mir hin, sieht zu, wie ich mir ein Brot schmiere, und sieht auch noch zu, als ich ein Stück Zucker in der Tasse verrühre und anfange zu essen. Der Mund ist sofort voller kaffeedurchtränktem Brot und Bröckchen vom Buttermilchkäse.

»Dann kommt der Herbst. Irgendwas muss dann«, sagt mein Vater, und ich weiß, dass er seine Arbeit meint. Ich antworte nicht, fange aber auch nicht an, die Zeitung zu lesen, falls er weiterreden will, aber er redet nicht weiter, sondern schaut nur zu, wie ich esse und kaue.

Nach einer Weile geht er zum Rauchen vor die Tür. Weil ich in der Zwischenzeit fertig geworden bin und die Tasse ausgespült habe, fragt er gleich vom Gang aus, was er sich bestimmt draußen auf der Treppe überlegt hat, nämlich was ich mit der Schule vorhabe.

Zuerst antworte ich nichts. Bis Mitte Juli nimmt der Sommer zu, bis dahin hatte ich nicht das Gefühl gehabt, etwas entscheiden zu müssen. Dann ist es mir wahrscheinlich an jedem einzelnen Tag wieder in den Sinn gekommen, sodass die Gedanken erneut so zerstreut sind, wie sie es am letzten Schultag waren.

»Ist ja noch fast ein Monat Zeit«, sage ich. Mein Vater steht in der Küchentür und schaut mich an.

»Also wegen mir brauchst du nicht abzubrechen«, sagt er.

»Kann sein«, sage ich und kann ihm dabei nicht richtig in die Augen schauen, weil ich das Gefühl habe, zu lügen, weil ich das Gefühl habe, es besser zu wissen.

»Die Regierung wird sich nicht bessern, aber es kann sein, dass der Herbst besser wird«, sagt und hofft mein Vater.

Das Hoffen ist entsetzlich, nie zuvor hat sich das Hoffen so angefühlt. Gleichzeitig habe ich Mitleid mit meinem Vater, weil ich weiß, dass ihm die Zeit davonläuft.

Bald treten alle ab. Dann bleibt nur Kekkonen, aber dessen Arbeit ist auch keine gewöhnliche. Mein Vater wird nie zu seiner normalen Arbeit zurückkehren, das weiß ich so sicher, als würde ich das alles vor mir sehen, ich bin schon fast dort, fast ist schon alles so.

Ich hätte Lust, Karina anzurufen, aber es gibt keinen richtigen Grund, und ohne Grund geht es nicht, weil sie dann glauben würde, dass ich um ihre Gesellschaft bettle. Ich könnte bei ihnen vorbeifahren, falls sie zum Beispiel im Garten sitzt und Gibran liest, dann könnte ich anhalten und sagen, ich fahre gerade eine Runde mit dem Fahrrad, würde aber trotzdem bleiben und mich mit ihr unterhalten.

Am Ende gehe ich doch nur schwimmen. Bei der Hitze ist es voll am Ufer, und aus den Lautsprechern am Turm kommt pausenlos Musik. So war es früher nicht, stattdessen lief irgendein Radiosender. Ich höre extra hin, weil keine Ansagen dazwischenkommen. Sie müssen einen Plattenspieler oder ein Tonbandgerät fürs Hinterzimmer im Café angeschafft haben, wahrscheinlich ein Tonbandgerät, weil die Interpreten wechseln und manche Stücke ein bisschen in der Mitte anfangen. Sie müssen es aus dem Radio aufgenommen und die Ansagen mit der Pausentaste übersprungen haben oder indem sie den Finger auf *Rec* und *Stop* bereitgehalten haben. So müssen sie es gemacht haben, so hätte ich es jedenfalls gemacht.

Ich setze mich auf dem Rasen auf mein Handtuch und lange versuche ich zu erkennen, ob man zwischen den Stücken ein Knacken hört oder etwas, das aus Versehen draufgeblieben ist, aber ich höre nichts. Die Liste der Songs ist sorgfältig zusammengestellt, dahinter steckt viel Arbeit und langes Warten, sonst hätte man nicht so neue Platten aus dem Radio aufnehmen können.

In der Grube ist es heiß, und der Sand auf dem Volleyballfeld staubt in Wolken auf. Ab und zu wird dort so hart vom Netz aus geschlagen, dass Vereinsspieler dabei sein müssen, jemand von Morgenröte Hämeenlinna zum Beispiel. Die Schaukeln neben dem Feld sind besetzt, und am Rand der Senke stehen Leute für Minigolf an. Mehr in meiner Nähe steht das Trockensprungbrett, von dem ich, als ich kleiner war, in den dicken Haufen Sägemehl sprang, aber einen Salto habe ich mich nie zu versuchen getraut, obwohl es alle anderen versucht haben.

Ich gehe ein bisschen weiter nach oben an eine Stelle auf dem Rasen, von der aus man in jede Richtung blicken und sehen kann, wer kommt und geht. Ich behalte die ganze Zeit die

Brille auf und liege nicht auf dem Handtuch, sondern sitze, aber Karina scheint nicht hier zu sein. Stattdessen entdecke ich meine Klassenkameraden, und da bemerkt mich Puistola auch schon und klettert die Rasenböschung herauf.

»Bist du einen Marathon gelaufen?«, fragt er gleich als Erstes, und die anderen weiter unten lachen, als wäre das schon witzig gewesen.

»Nein, ich arbeite und hab jeden Tag bis abends zu tun. Da läufst du keinen Marathon. Installation und Blech, Belüftungen und Maschinenfalzung an Dächern. Und du?«, frage ich zurück.

»In der Firma meines Vaters, saubere Arbeit im Büro und guter Lohn.«

»Na, dann ist ja gut«, sage ich.

»Eben«, entgegnet Puistola.

Irgendwie reißt damit der Gesprächsfaden, und er sagt nichts mehr, sondern dreht sich um und springt, so dick wie er ist, die Böschung hinunter, und alle vier gehen davon, ohne sich noch einmal umzudrehen.

Es macht sich im Magen bemerkbar, dort gibt es eine harte Stelle, wo sich Puistolas Bemerkungen vom Neuneinhalber festgekrallt haben. Man denkt mehr an diese Dinge, als sie wert sind, man hat sie komplett im Kopf und im Bauch.

Ich fühle mich dumpf und will nicht noch einmal schwimmen gehen, obwohl ich es geplant habe und mich wenigstens abkühlen sollte, um wieder munter zu werden, aber ich tue es nicht. Eine Zeit lang ist alles vollkommen öde und platt, der ganze Tag heute und der gestrige Tag, bis weit zurück alles.

Dann, während ich mir noch zurechtlege, was ich Puistola hätte erwidern sollen, kommt mir als fertiger Gedanke in den Sinn, warum ich mich so fühle. Es ist weniger wegen Puistola und nicht einmal wegen Rekku, sondern weil ich es nicht über mich gebracht habe, Karina anzurufen. Vor lauter Blödheit.

Sofort mache ich mich zum Aufbruch bereit. Ich muss nicht mal in die Umkleidekabine, weil ich die Jeans über die getrocknete Badehose ziehe. Ich wische mir mit dem Handtuch den Schweiß von der Stirn, ziehe das blau-weiß gestreifte T-Shirt an und gehe den Hügel hinauf.

Der letzte Refrain, den ich aus der Grube höre, ist *Zeit ist Zeit*, eine Schnulze von Pasi Kaunisto, nicht mein Geschmack, aber jetzt kommt sie mir wie ein Signal vor, dass ich mich auf den Weg machen muss.

Ich fahre die längere Strecke nach Hause, die durch Karinas und Jukkas Straße führt. Das Auto steht nicht vor der Garage und im Garten ist niemand. Ich stelle das Fahrrad am Tor ab und läute an der Haustür, ohne mir groß Gedanken zu machen, was ich sagen oder fragen will.

Ich drücke ein weiteres Mal den weißen Knopf. Die Klingel funktioniert, ich höre den Ton durch die Tür, aber niemand macht auf.

Als ich wieder am Tor bin, kommt auf dem Nachbargrundstück Reetta an den Heckenzaun und sagt, Jukka ist im Ausland.

»Ja, ja«, sage ich und erkläre was von wegen, daran hab ich mich auch gerade erinnert, weil ich nicht sagen kann, dass ich es nicht wusste, und mehr fällt mir eigentlich nicht ein. Reetta ist zwei Jahre jünger als Karina und Jukka, aber von klein auf immer mit dabei gewesen, und wenn im Garten gespielt wurde, musste sie immer ins Tor, und sie hatte nie Angst und weinte nie, auch wenn sie den Ball ins Gesicht bekam.

»Sind die anderen irgendwo?«, frage ich und drehe schon mal mein Fahrrad um. Reetta weiß es nicht, sagt aber, dass sie am Morgen Karkki beim Wäscheabhängen gesehen hat.

Dann fahre ich, und der Umweg kommt mir nicht zwecklos vor, denn immerhin bin ich da gewesen.

Meine Mutter ist inzwischen von Frau Sipiläinen zurück

und ruht ihre Beine aus, indem sie auf der Couch liegt und die Füße oben gegen die Wand stellt, weil die Fußgelenke und Waden wegen der Krampfadern durch das stundenlange Stehen anschwellen. »Wir essen gleich«, sagt sie und zieht sich die Wollstola über die Knie.

Das Radio ist an. Pasi Kaunisto singt. Er scheint überall zu singen, aber ich kann keinen anderen Sender einstellen, weil meine Mutter ihre Beine ausruht und zuhört.

Dann, noch bevor das Essen fertig ist, klingelt das Telefon.

Meine Mutter geht ran, kommt aber gleich wieder und sagt, es ist Karina. Ich mache beim Gehen die Küchentür hinter mir zu.

Karina fängt mit der Frage an, ob ich was von Jukka gehört habe.

»Nein, wieso?«

»Ich dachte, er hat vielleicht eine Karte geschickt oder angerufen.«

»Nein, hat er nicht.«

»Uns auch nicht.«

»Das dauert, wenn es keine Luftpost ist.«

»Ja, bestimmt.«

»Manchmal, wenn zum Beispiel eine QSL-Karte aus London oder aus Spanien kommt, sieht man am Poststempel, dass sie fast zwei Wochen gebraucht hat, manchmal, zum Beispiel aus Deutschland, dauert es aber nur drei Tage«, fange ich lang und breit an zu erklären, und auf einmal fällt mir das Reden leicht. Sofort sage ich, dass ich nach dem Schwimmen bei ihnen vorbeigefahren bin, und frage, ob Reetta etwas gesagt hat.

»Joo«, sagt Karina, so wie sie es manchmal tut, mit gespitztem Mund, das hört man, auch wenn man es nicht sieht, weil man den anderen kennt und sich erinnert.

»Ich wollte nur fragen, ob wir ins Kino gehen«, bringe ich im Anschluss an alles, was ich gesagt habe, noch heraus.

Sie schweigt nur so kurz, dass ich keine Zeit habe, zu überlegen, was ist, wenn sie Nein sagt.

»Ja«, sagt sie.

Ich habe in der Zeitung nachgeschaut, und Karina weiß natürlich alles, weil sie im Filmclub ist und die Poster an der Wand hängen hat. *Psycho* hat sie noch nicht gesehen und sich noch nicht getraut, und wir machen aus, dass wir in die Vorstellung um halb neun gehen.

Als ich aufgelegt und die Küchentür geöffnet habe, fragt meine Mutter, was Karina wollte.

»Bloß wegen Jukka. Ob eine Karte aus Schweden oder Dänemark gekommen ist«, sage ich und kein Wort mehr. Meine Mutter rollt auf der umgedrehten Schüssel Fleischbällchen aus rötlich grauem Teig und setzt sie in Reihen aufs Ofenblech. Neben der Schüssel stehen die Salzdose und der Mörser mit schwarzem Pfeffer.

Ich gehe nach draußen. Es riecht gut nach dem gemähten Rasen beim Nachbarn und nach Sommergrün. Der Himmel über den Birken ist eine fast wolkenlose Kuppel.

A uf dem Kinoplakat steht: »Komplett ungeschnitten!« Auf dem Foto sieht man das Gesicht einer Frau und einen Schatten hinter der Frau, eine scharfe schwarze Linie und einen Angstschrei.

Ich stehe bereits vor dem zum Gewölbe gemauerten Eingang und warte, denn ich bin eine Viertelstunde früher da als abgemacht. So ist es immer. Selbst wenn ich versuchen würde, mich zu ändern, käme ich immer zu früh, und darum muss ich wegen der anderen versuchen, so zu tun, als wäre ich beschäftigt. Obwohl ich nicht rauche, würde ich es jetzt tun. Ich blicke abwechselnd zum Hang hinauf und zu der engen Stelle des Sees hinunter. Dort fahren Boote unter der Brücke hindurch, und auf der Krankenhausseite üben fast unmittelbar am schlammigen Ufer zwei Paddler und versuchen, ihre Kajaks gegen die Heckwellen auf Kurs zu halten.

Dann kommt Karina auf ihrem Fleur, das das gleiche Format hat wie ein Jopo-Rad, den Hang herunter. Das Fleur hat eine so kleine Übersetzung, dass sie im Nähmaschinentakt treten muss, wie wenn man ständig im zweiten Gang fahren würde. Sie kurvt über die Bordsteinkante wie ein Junge, indem sie das Vorderrad mit einem Ruck hochzieht und beim Aufprall des Hinterrads zur Gewichtserleichterung aus dem Sattel geht. Sie lehnt das Rad an die Wand und schließt es ab.

Ich gehe zu ihr, umarme sie aber nicht und fasse sie nicht einmal richtig an, aber sie kommt von sich aus so nah, dass sich unsere Arme berühren. Sie nimmt meine Hand, und so gehen wir hinein, und ich habe das Gefühl, als würden uns an der Kasse alle anschauen.

Karina zahlt ihre Karte und ich meine, das müssen wir nicht ausmachen, und ich muss auch nicht höflich tun, denn so macht man es nicht mehr, auch wenn in den amerikanischen Serien immer der Mann zahlt. Auch Karina arbeitet den Sommer über, nicht mal insofern wäre es nötig. Sie ist in einem Blumenladen als Fahrradkurier für kurze Lieferungen eingestellt und macht in der übrigen Zeit andere Arbeiten, ordnet den Kühlschrank im Verkaufsraum oder packt im hinteren Raum die Blumen aus und stellt sie in die Wassereimer.

Es ist nicht mal eine Woche her, seit Jukka, Pennanen und Kaikusalo mit dem frühen Morgenzug zum Fährhafen aufgebrochen sind. Sie waren fast die ganze Nacht wach, bestellten irgendwann nach fünf ein Taxi und weckten uns.

Ich schlief neben Karina in ihrem Bett, aber mit Kleidern an. Es war schön, so dicht nebeneinander aufzuwachen und zusammen hinauszugehen und zuzuschauen, wie die anderen ins weiße Taxi stiegen und lauthals verkündeten, dass die Party durch ganz Europa weitergeht, aber ich hätte trotzdem nicht mitgewollt, sondern stand lieber auf der Treppe vor dem Haus und hielt Karina fest. Wir gingen dann nicht mehr schlafen, sondern machten zusammen Frühstück, lauter Sachen, die jedenfalls ich noch nie gegessen hatte, französisches Käseomelett und Stachelbeermarmelade auf Toastbrot, und wir redeten stundenlang über alle möglichen Sachen von uns und über die großen Dinge der Welt.

Das Kino ist innen heruntergekommen und vornehm, weiträumig und eng, alles zusammen, je nachdem, wie das Licht gedämpft wird. Zuerst laufen lange Werbung und Ausschnitte aus kommenden Filmen, aber das hat mir immer gefallen. Das ist, als würde man noch ein bisschen dazubekommen, und dann gehen die Deckenlichter komplett aus, und die Farben auf der Leinwand sind nicht mehr matt, sondern glühen, der Ton dröhnt in Stereo, sodass in der Werbung für einen Western das Gewitter die Brust zum Vibrieren bringt, und die Blitze erleuchten dazu für Sekundenbruchteile das Publikum.

Als ich einen Blick nach links auf Karina werfe, blickt sie zufällig auch in meine Richtung, und wir wenden uns beide sofort ab und schauen nach vorn. Der Saal ist mehr als halb voll, und viele reden und drehen sich noch nach hinten um, die Tür steht offen, und weitere Zuschauer gehen auf der Seitentreppe zu den vorderen Reihen hinunter.

Im Kino darf man nicht essen und nicht rascheln, hat Karina gesagt, als ich sie fragte, ob wir was kaufen sollen. Das hat sie im Filmclub gelernt, und eigentlich bin ich der gleichen Meinung, habe aber noch nie daran gedacht. Ich nehme nicht ihre Hand, weil auch das beim Gucken stört, und das will sie sicher nicht, sie will sich bestimmt ganz und gar auf den Film konzentrieren.

Als der Hauptfilm anfängt, sieht man gleich an den Texten

und an den ersten Bildern, dass *Psycho* schon alt ist, aber dann vergisst man es gleich wieder und schaut nur hin und weiß absolut nicht, was als Nächstes kommt. Die ganze Zeit ist dieses bedrohliche Gefühl da, dass gleich etwas Schlimmes und Blutiges passiert, das Dunkel und die Nacht erinnern an *Ein Andalusischer Hund*, der in der Zeichenklasse von der großen Rolle gezeigt wurde, der Mond und die Wolke, das Rasiermesser und das Auge der braunäugigen Frau.

Bei *Psycho* muss »ungeschnittene Fassung« etwas noch Schlimmeres bedeuten. Ich merke, dass ich die ganze Zeit warte, wann es passiert, und als es unter der Dusche losgeht und die Frau schreit, greift Karina nach meiner Hand. Die ganze restliche Zeit sitzen wir Hand in Hand da, und das stört überhaupt nicht, sondern es schaut sich sogar besser, wenn man so sitzt und zusammen ist.

Der Film endet seltsam, so als wäre die Entscheidung des Gerichts später hinzugefügt worden, das sagt Karina sofort, als der Abspann läuft. Da stehe ich schon auf, aber Karina bleibt sitzen, und ich setze mich auch wieder und schäme mich ein bisschen, weil es banausenhaft ist, zu früh zu gehen, aber ich habe nie daran gedacht, wenn ich mit Freunden im Kino war, sobald der Abspann und die Musik kamen, sprangen wir auf, aber jetzt bleibe ich sitzen und sehe zu, wie die Zeilen vorbeifließen, und es ist schon auch ein tolles Gefühl, weil fast alle anderen gehen und der Saal sich ringsum leert und von den heller werdenden Lampen erleuchtet wird.

Als wir hinausgehen, hängt dort eine Reihe Plakate von früheren Filmen in Papprahmen. Eines ist von *Aristocats*, das ist ein Zeichentrickfilm, und den habe ich natürlich nicht gesehen, aber ich kann mich an einzelne Bilder erinnern, also muss ich irgendwann Reklameausschnitte gesehen haben.

Darin waren gezeichnete Katzen, und wegen denen oder dem, was davon hängen geblieben ist, erzähle ich Karina gleich auf der Straße, was gestern passiert ist. Wir stehen bei den Fahrrädern, und ich erzähle es so, dass es in einem Schwall herauskommt, und ich würde es niemandem sonst erzählen, nicht einmal, wenn man mich fragen würde, ich würde nichts sagen, aber Karina erzähle ich es, und sie hört still zu, ohne dazwischenzufragen. Eigentlich ist es schon Nacht und dunkel ringsum.

Als ich alles erzählt habe, hakt Karina nach, sie stellt Fragen wie eine Erwachsene. Warum und wer es entschieden hat und wie das sein kann. Ich kann es ihr nicht richtig beantworten, sondern nur wiederholen, was gestern passiert ist.

Wir fahren los und nebeneinanderher und reden die ganze Zeit. Wir haben beide kein Licht am Rad, beziehungsweise ich habe eine Lampe, aber das Kabel hat sich am Dynamo gelöst, und im Hochsommer braucht man kein Licht, und deshalb habe ich es nicht repariert.

Bis zu ihrem Haus fahre ich neben ihr. Das Auto steht in der Einfahrt, und in einem Fenster brennt Licht. Karina sagt, sie sind ja doch schon zurück. Wir bleiben vor dem Tor stehen, damit man uns vom Fenster aus nicht sieht. Das Fleur lehnt am Heckenzaun, und mein Rad steht auf dem Ständer. Es geht überhaupt kein Wind, und die Wärme hat sich gehalten und hüllt einen fast noch immer ein.

Da erst fangen wir an, über *Psycho* zu reden. Karina weiß viel, ich weiß nichts, sage aber, was ich bei welcher Szene für ein Gefühl hatte. Bei fast allen stimmen wir überein, wenn der eine anfängt, fährt der andere fort. Diese Filmseite habe ich an mir gar nicht gekannt, ich habe alles einfach bloß angeschaut.

Wir gehen Film für Film durch, was wir im Lauf des Jahres gesehen haben, hauptsächlich im Tarina, am wenigsten im Cinema, obwohl das von uns beiden aus am nächsten liegt. Karinas Liste ist viel länger, und sie erinnert sich an alles, und die meisten sind andere, als ich gesehen habe.

Von denen, die sie im Frühling gesehen hat, nennt sie als letztes *Language of Love*.

»Mit wem?«, frage ich, obwohl man so etwas nicht fragt, bei den anderen Filmen habe ich es auch nicht getan. Ich hatte mich nicht getraut, alleine hineinzugehen, und schon gar nicht, jemanden zu fragen, mitzukommen.

Karina sagt, mit Seppo und Anna und dass sie die bloß vom Filmclub her kennt.

»Vielleicht läuft er im Herbst noch einmal«, fange ich an und breche mittendrin ab. Karina schaut mich wahrscheinlich immer noch deswegen so an, weil ich gefragt habe, mit wem, und dann sagt sie, kann durchaus sein, dass er noch mal läuft, wenn es genug Kopien gibt und im Programm Platz ist.

»Gehen wir morgen schwimmen? Kann sein, dass es wieder heiß wird«, sage ich gleich darauf, damit es gar nicht erst zum Schweigen kommt, und sie nickt nur und stellt sich ein bisschen auf die Zehen, damit sie richtig nahe kommt.

DER TEUFELSKNOTEN

Jukka kehrt nach zwei Wochen von der Interrail-Tour zurück. Er kommt spät am Sonntag an und schläft am Montag bis zum Nachmittag. Dann wacht er vor Hunger auf und isst als Erstes eine Packung Marie-Kekse mit Milch. Ich erfahre durch Karina davon, als ich sie am Abend von der Telefonzelle aus anrufe.

Sie hatten es nur bis Köln geschafft. Dort kam es zum Streit zwischen Pennanen und Kaikusalo wegen einer Frau aus Polen, und Kaikusalo würde wütend und machte sich allein auf den Weg über die Alpen, während die Frau bei Pennanen blieb, um die katholischen Kirchen in Deutschland abzuklappern.

Jukka fuhr in Richtung Belgien weiter, so wie sie es zusammen geplant hatten, wollte allein aber nicht weiter als nach Antwerpen und Amsterdam und ein bisschen an die Nordsee. Dann kehrte er mittendrin um.

»Jetzt ärgert er sich, dass von dem Monatsticket eine Hälfte ungenutzt geblieben ist«, sagt Karina.

»Er kann ja noch mal los«, sage ich.

»Das tut er nicht. Seine Kleider stinken, und die fettigen Haare haben am Kopf geklebt, weil sie seit Schweden nur in Zügen geschlafen haben. Und als er allein war, ist er schließlich nicht mal mehr vom Bahnhof in die Stadt gegangen, sondern gleich in den nächsten Zug gestiegen.«

Am Dienstag rufe ich wieder an, und wir telefonieren lang, auch wenn ich dafür sämtliche Münzen verbrauche, schon in der Woche zuvor habe ich sie jeden Abend angerufen. Karina erzählt, was Jukka berichtet hat, von den Schlangen, die so lang waren wie der ganze Bahnsteig, von den vollgestopften Gängen und wie er gelernt hat, auf fahrende Züge aufzuspringen, wenn sie am Bahnhof abbremsten, damit er sich einen Sitzplatz sichern konnte, bevor der Zug stand. Fast am meisten erzählt Karina von der Polin Irenka, die gern mit allen dreien gereist wäre, aber Pennanen und Kaikusalo hatten sie jeweils für sich haben wollen.

»Eifersucht ist ein entsetzliches Relikt. Das hat ihnen die ganze Tour kaputtgemacht«, sagt Karina. Ich stimme zu, weil es wohl so ist, aber als ich von der Telefonzelle zur Halle zurückgehe, versuche ich mir vorzustellen, wie eine Frau das Verhältnis zwischen Kaikusalo und Pennanen zerstörten konnte.

Im Polar habe ich jetzt mehr Platz und am Abend mehr Zeit. Diese Erfahrung würde ich nicht machen, wenn Rekku nicht weggebracht worden wäre. Aber auch wenn ich mich oft über sein Getue und Gerede geärgert habe, kommt mir der Wohnwagen jetzt, da ich eine Woche darin allein gewohnt habe, leer vor.

Am Mittwochmorgen wache ich zu früh auf. Weil ich noch nicht um sechs in die Halle gehen kann, frühstücke ich und gehe dann die Zeitschriften und Sachen durch, die Rekku zurückgelassen hat. Seine Mutter hat gesagt, ich soll sie behalten oder wegbringen, aber es ist nicht viel Brauchbares dabei.

Die alten Illustrierten hat er wegen der Kreuzworträtsel gehabt. In den Ausgaben vom Winter stehen viele Berichte über die Olympiade. Nach den Spielen ist mehr über das Pech der Sportler geschrieben worden, über die Strapazen der langen Reise nach Japan und am meisten über Mäntyranta, den ersten finnischen Skilangläufer, der beim Doping erwischt worden ist. Dessen Amphetamin-Geschichte ist eine üble Angelegenheit und beschmutzt auch noch die früheren Zeiten, als wir in der Volksschule über die Lautsprecheranlage die Spiele von Seefeld anhörten und der Lehrer bei der Staffel der Männer nach jedem Wechsel die Reihenfolge der Mannschaften an die Tafel schrieb, und beim Schlussläufer den Daumen hob und am Ziel rief, dass Silber für ein kleines Land fast so viel wie ein Sieg ist.

Unter den Zeitschriften sind zwei Bücher, beide aus der Bücherei, aber die Leihfrist ist schon so lange abgelaufen, dass es sich nicht mehr lohnt, sie zurückzubringen. Auf dem Rücken des einen steht SAR und auf dem anderen STE. Als ich das STE aufschlage, erinnere ich mich, dass ich es mir schon mal angeschaut habe.

»Einige Meilen südlich von Soledad fließt der Salinas River bergab und strömt tief und grün das hügelige Ufer entlang.«

Dort sind die Flüsse tief und die Berge hoch. Der Waldrand ist grün, und auf den Uferböschungen wachsen Weiden, die über dem Wasser hängen, und weiter oben raschelnde Platanen. Die Kaninchen kauern auf der Stelle wie Steinskulpturen. Ich lese noch ein Stück weiter, und das Buch fängt an zu wirken, sodass ich es für den Abend auf der Pritsche liegen lasse. Jetzt, da sonst keiner hier wohnt, ist es nicht mehr eng, und man muss die Pritsche tagsüber nicht nach oben klappen.

Das hat Rekku gelesen. Kann sein, dass er jetzt schon im Gemüsegarten oder auf dem Rübenfeld Unkraut ausreißen muss, so wie diejenigen, die auf den Feldern gewesen und zwischen den Beeten hergetrottet sind und uns angestarrt haben, und die alten Männer auf der Schaukel haben was von Jesus und Gott und was es nun mal war gegrölt. Dort gibt es keinen tiefen Fluss, nur einen reglos in der Hitze liegenden See und die trockene Erde der Zentralanstalt.

Es ist nichts Wichtiges von Rekku im Polar zurückgeblieben. Bleistifte und ein Mickymaus-Spitzer, Buntstifte in einem Plastiketui, aber es sind nur noch rote und blaue drin. Ich stecke alles außer dem STE-Buch in eine Paulamäki-Plastiktüte. Ich werfe nichts weg, weil mir das nicht richtig erscheinen würde, aber ich verstaue die Tüte in der hintersten Ecke des Wohnwagens, damit sie aus meinen Augen ist. Ich wohne jetzt allein, und das, was war, kann man nicht mit sich herumtragen, denke ich zu Recht, aber durchs Denken allein geht es noch nicht vorbei.

In der Halle und am Abend im Hof redet niemand mehr über Rekku, also muss Lampinen es ihnen erzählt haben. Rekkus Zeit in der Firma ist somit etwas Vorübergehendes gewesen, jetzt ist sie vorbei. So schnell kann das bei einem Menschen gehen.

D ie Streitereien über Vennamo werden immer nur schlimmer. Alle in der Firma scheinen eine Meinung oder wenigstens etwas dazu zu sagen zu haben. Und man muss sich kein bisschen davor hüten, auf Vennamo zu schimpfen, denn außer Ala-Seppälä sind inzwischen alle gegen ihn. Sie sagen über ihn, er sei von sich eingenommen, ein fetter Schnaufer und Diktator, der seiner Parlamentsfraktion viel zu lange vorgeschrieben hat, was sie tun und wie sie abstimmen soll. Die abgesprungenen Volksvertreter halten nach ihrem Rücktritt zwar alle für bekloppt, aber immerhin für anständige Männer.

»Was hat es mit Anstand zu tun, wenn man versucht, Parteigelder an sich zu reißen?«, fragt Ala-Seppälä.

»Ist es nicht eher andersrum, nämlich dass Vennamo auf dem Geld sitzt und nichts davon hergibt, sondern alles für sich behält?«, meint Lehto, obwohl er normalerweise keinen Streit sucht, aber jetzt ist das Thema entsprechend, und Ala-Seppälä wird auch auf ihn wütend, obwohl beide Vorarbeiter sind und immer erklären, wie die Dinge wirklich stehen und was die Zeitungen wieder absichtlich verzerrt haben.

Alles kommt mir verworren vor, wenn ich den Diskussionen zuhöre. In der Politik gibt es fertige Meinungen, auch wenn die Gedanken nicht mehr sind als die Nachrichten aus den *Tavastländer Nachrichten*. Oder bei Lehto aus dem *Tavastländer Volk*. Die ist eine Zeit lang auch zu uns nach Hause gekommen, weil mein Vater sie als Mitgliedsgeschenk der Metallgewerkschaft bekommen hatte.

Lehto bringt immer mal wieder einen Stoß *Tavastländer Volk* mit und legt ihn im Pausenraum auf den Tisch. Er darf das, er hat die Erlaubnis von Lampinen, aber das Mitbringen der *Volksnachrichten* hat Lampinen verboten, nachdem es einmal jemand versucht hat. In der Firma verlässt sich Lampinen mehr auf Lehto als auf jeden anderen, und darum bringt der seine Zeitungen zum Lesen mit, aber der Grund kann auch darin bestehen, dass das *Tavastländer Volk* mehr über die nähere Umgebung berichtet und mehr gegen die Leute von den *Volksnachrichten* ist als gegen die Sammlungspartei.

Lampinen selbst hat *Das neue Finnland* abonniert, aber die drängt er selten jemandem im Pausenraum auf. Das ist eine Zeitung aus Helsinki, so wie die *Helsinkier Nachrichten*, und da steht nichts über Parola drin, außer manchmal etwas über die Garnison.

Am Abend, als wir beim Essen sitzen, frage ich Hartikainen, ob es seiner Meinung nach im Moment besonders verworren ist oder ob es in der Politik immer so zugeht. Hartikainen sagt, dass er sich aus diesen Dingen nichts macht, aber trotzdem fängt er an, auf Kekkonen zu schimpfen.

Dessen Wiederwahl ohne Wahlen gefällt keinem. Ein Teil brummt ein bisschen was in der Richtung, ein Teil ist komplett dagegen, aber es wird nicht so viel darüber gesprochen wie über die Tatsache, dass es die Vennamojaner in zwei Lager von Bekloppten zerrissen hat.

Hartikainen mag Kekkonen nicht, weil er ein Hurenbock und der Diktator Finnlands ist. Ojanen und Sverdloff kommen hinzu, aber Hartikainen hört nicht auf. Ojanen sagt dazwischen, einen, der für alles geradesteht, brauchen wir schon.

»Damit nicht alles auf einmal über den Haufen geworfen wird. Kekkonen ist unser Schild, weil er wortgewandt und schlagfertig ist und genau weiß, wie man wo zu reden hat.«

Hartikainen ist anderer Meinung, fängt aber nicht an zu diskutieren, sondern geht seine Buttermilch aus dem Kühlschrank holen.

»Ist schon komisch, wenn der Beste nicht gut genug ist«, sagt Ojanen zu mir. Darauf weiß ich nichts zu sagen.

Obwohl ich jedes Mal, wenn ich zufällig dabei bin, genau zuhöre und gern länger bleibe, damit ich etwas erfahre, wird mir überhaupt nicht immer klar, was richtig ist, und kann es selbst auch nicht entscheiden. Aber auch wenn ich es nicht genau weiß, finde ich das Durcheinander und die Verworrenheit doch interessant. Das Gespräch führt mal in diese und mal in jene Richtung und hat nicht das Geringste mit Mathematik zu tun, darum gibt es Streit und Diskussionen, weil der eine den anderen nicht versteht.

Jeden Abend, wenn es nicht regnet, sitzen wir vor der Halle und essen. Hartikainen bekommt den ausgeblichenen Gartenstuhl, weil er der Älteste von uns ist, wir anderen sitzen auf Birkenklötzen. Normalerweise brutzeln Würstchen über dem Feuer, diesmal wieder Grützwürste, die sind billig und gut, wenn man viel Senf daraufgibt.

Niemi und Ojanen haben auch gestern getrunken. Heute legen sie eine Pause ein, obwohl kleiner Samstag ist, aber wenn man sich nicht beherrscht und am Dienstag trinkt, hat man seine Abende vorzeitig aufgebraucht. Das ist ein Prinzip von Ojanen. Niemi könnte jeden Tag trinken, aber selten hat er Lust, alleine zu gehen, weil er ein bisschen auf sich aufpasst.

Ojanen hat erzählt, dass Niemi in der Stadt einmal das Fenster der Tabak-Stube eingeschlagen hat und eingestiegen ist und alles mitgenommen hat, was er sich auf die Schnelle in die Taschen stecken konnte, Sultan-Kondome und Venus-Kondome und Zigarren und Pornohefte. Vor Weihnachten hat er versucht, die Sachen zu verkaufen, aber wer braucht schon tausend Pariser auf einmal, und darum musste er an zu viele verschiedene Leute verkaufen. Es gab Gerede, und Schnuller-Rita hörte davon, ging aufs Präsidium und las den Polizisten dermaßen die Leviten, dass die sich das Geschrei nicht länger anhören wollten, sondern auf den Markt gingen und Niemi einsammelten.

Bei der Arbeit ist Niemi vorsichtig und will zumindest Ala-Seppälä und Lampinen nicht verärgern, sondern ist mit ihnen entweder ganz oder fast einer Meinung, wenn es zu einer Diskussion kommt. Sind Lampinen und Ala-Seppälä unterschiedlicher Ansicht, hat Niemi gar keine Meinung. Das macht er cleverer als die anderen und sägt nicht unnötig am eigenen Ast.

Von allen könnte man etwas lernen, aber man lernt nichts. Das habe ich in den zwei Monaten festgestellt. Auch wenn sie ihre Mösengeschichten erzählen, erfährt man durch bloßes Zuhören nichts über Frauen, weil es bloß Zuhören ist und weil sie bloß reden und lachen, aber so wie über einen alten Witz, keiner hat Lust weiterzureden, und man kann eigentlich niemanden etwas fragen.

Sverdloff zieht sich im Wohnwagen ein frisches Hemd an und macht sich wieder auf den Weg, so wie er es an vier Abenden die Woche tut. Niemi trägt ihm auf, der Braut Grüße zu bestellen, und Sverdloff verspricht, sie auszurichten, wird es aber bestimmt nicht tun.

Es ist kein Abend zum Pfeilewerfen. Nur Niemi und Ojanen bleiben zum Rauchen draußen. Hartikainen geht gleich nach dem Essen in seinen Wohnwagen, und ich gehe ebenfalls in meinen kleinen Polar und sperre die Tür von innen ab.

Ich lese viele Seiten Steinbeck. Es ist ein gutes Buch, man fühlt die staubigen Kleider und den trockenen Sand und den Geruch nach Liniment. Wenn ich noch einmal aufs Gymnasium zurückkehren würde, könnte ich darüber einen Aufsatz

schreiben, falls Frau Niskanen ein Thema aufgeben würde wie
»Ein ausländischer Roman« oder »Eine eindrückliche Schilde-
rung in der Literatur«.

Ich fange an, richtig darüber nachzudenken, liege auf meiner Pritsche und starre an die niedrige, glänzende Decke. Ich
könnte so anfangen:

»Hätte ich eine gewisse, in einer abgelegenen Gegend Ka-
liforniens spielende, englischsprachige Novelle ins Finnische
übersetzen dürfen, hätte ich den Titel wortwörtlich mit *Von
Mäusen und Menschen* übersetzt.«

Das wären ein effektvoller Einstieg und ein gutes Satzgefüge. Ein Satzgefüge steht zwischen zwei Punkten. Innerhalb
eines Satzgefüges kann es jede Menge Sätze geben. Den Unterschied zwischen Satz und Satzgefüge habe ich, fast sofort nachdem ich auf die höhere Schule kam, auswendig gelernt, weil ich
es im ersten unangekündigten Test nicht wusste. Im Gymnasium hat die Niskanen uns von Anfang an schon für die Abiturprüfung beigebracht, dass man zwischen lang und kurz variie-
ren und zum Beispiel abwechseln soll zwischen kurzen Satzgefügen und langen Satzgefügen, und ob man nun das eine oder
das andere wählt, auf jeden Fall sind der erste und der letzte
Satz am wichtigsten, dazwischen kann man auch mal schlechtere schreiben, wenn einem nichts einfällt.

Durch Frau Niskanen kommt mir wieder das ganze Schul-
thema in den Sinn, weil einen alles, was unfertig und noch nicht
entschieden ist, belastet. Seit dem Frühling brennt mir auf der
Seele, dass ich mich nicht beworben habe, und noch mehr, dass
ich für das Stipendium der *Freunde Amerikas* nichts getan habe.
Auf der Pritsche im Polar beschließe ich, die Papiere zu zerreißen, sobald ich nach Hause komme. Ich werde das Empfehlungsschreiben von Frau Niskanen öffnen und durchlesen, es
dann aber auch zerreißen.

All das macht mich unruhig. Ich bücke mich in die hinterste

Ecke des Wohnwagens und greife in der Plastiktüte nach der ersten Zeitschrift, die mir in die Hände fällt. Ich sehe nur nach, ob ein Kreuzworträtsel drin ist, und fange an, die Stellen auszufüllen, die Rekku nicht fertig gekriegt hat.

Zufällig ist es das große Mittsommer-Rätsel, und ich kann mich an eine Ecke erinnern, an der ich mich versucht habe. Rekku saß auf seinem Bett, und neben dem Bett stand der Fliegenpilzhocker, und wir waren in Rekkus Zimmer bei ihm zu Hause, und alles war noch vollkommen anders.

Ich kann fast nichts hinzufügen, denn Rekku hat die leichten und auch fast alle schweren Stellen schon ausgefüllt. Pinzette und Dänemark und Tabe als Vorname von Sliior sind einfach, Volta und Unterstand schwer. Stattdessen erinnere ich mich an Silja und an den Regen und an die Sommerkammer, und da steht er mir sofort so, dass es wehtut.

Ich stehe auf und schiebe die Plastikscheibe vors Fenster, nehme ein Taschentuch und fange an, mit der Hand zu zucken. Ich denke nur an Silja und wie sie auf mir saß, an Karina denke ich überhaupt nicht, denn dann muss ich, wenn es einmal so weit ist, mich nicht daran erinnern, was ich einmal gedacht habe.

A m Donnerstagnachmittag hält das Heuauto vor der Halle an, und Rekkus Mutter geht in Lampinens Zelle. Sie bleibt nicht lange, sondern geht bald wieder, und Lampinen begleitet sie bis zum Ausgang der Halle. Zu mir sagen sie nichts, obwohl ich mir das Tragen der Kisten so einrichte, dass ich auf meinem Weg dicht an ihnen vorbeikomme.

Am Freitag sitzen Lampinen und ich stundenlang am selben Tisch, aber auch da sagt er kein Wort über Rekku. Ich sortiere Rechnungen und Formulare, und was zusammengehört, bündle ich mit Büroklammern, während Lampinen auf der anderen Seite des Tischs Angebote schreibt. Zwischendurch bittet er mich immer mal wieder, etwas nachzurechnen, denn wenn der andere Fehler bemerkt, bekommt man die Zahlen gleich richtig hin.

Ich bin mit meinen Sachen fast fertig, als er Mirja Ryynänen anruft. Er sagt es nicht, aber ich weiß es, weil er weicher redet und nicht so forsch ist wie bei Verkaufsangelegenheiten und nicht so strikt, wie er es tut, wenn er ein Geschäft abschließt oder andere Firmen antreibt, im Zeitplan zu bleiben, damit er selbst nicht bald in der Scheiße sitzt.

»Nein. Es ist nichts. Wieso?«, sagt er. Was Mirja Ryynänen sagt, weiß ich nicht, aber ich höre weiter zu. Ich blättere in den Papieren, als würde ich die ganze Zeit etwas tun, aber ich tue so gut wie nichts.

»Nein. Natürlich nicht. Da ist nichts dran. Natürlich, du. Überhaupt nicht, gar nichts«, antwortet Lampinen und schafft es, das Gespräch so hinzubiegen, dass sie sich für den Abend verabreden.

Als das Telefonat zu Ende ist und der Hörer auf der Gabel liegt, seufzt Lampinen und schaut mich an.

»Hör zu, mein Junge, auch wenn sie noch so liebenswürdig sind, so sind sie immer unsicher, und man muss sie überzeugen. Das ist eine Brücke aus Glas, die man nicht aus Versehen kaputt trampeln darf.«

Dazu kann ich nichts sagen. Lampinen rechnet auch gar nicht damit, sondern steht auf und schnallt die Hosenträger hoch. Er hat Hosenträger an der Arbeitshose, lässt sie im Sitzen aber immer von den Schultern rutschen, damit sie nicht drücken.

Sobald er weg ist, sortiere ich schnell den letzten Stoß und mache die Umschläge für die Finanzbuchhaltung fertig. Mit dünnem Filzstift schreibe ich darauf, was jeder Umschlag enthält, und lege sie offen auf Lampinens Seite, damit er sie noch einmal überprüfen kann, wenn er will, aber seit dem ersten Mal hat er es, glaube ich, nie mehr kontrolliert, sondern mir vertraut.

Früher hat seine ehemalige Frau den Papierkram der Firma erledigt, außer Angebote und Verträge, aber weil die Frau nun ihrer eigenen Wege geht, muss Lampinen mehr selbst machen und an das Buchhaltungsbüro im Ort schicken. Seit Anfang Juli, und noch mehr nach der Saunamaßnahme und dem Chauffeurabend, überlässt Lampinen mir das Durchforsten der Papiere und das Berechnen der Stunden. Aufs Dach musste oder durfte ich seit dem Pfarrhaus nicht mehr, stattdessen habe ich den Schneiderposten übernommen und packe die Sachen in der Halle fertig und unterbreche jedes Mal meine Arbeit, wenn Lampinen mich in seinen Verschlag winkt oder kommt und sagt, es muss etwas ausgerechnet oder notiert werden.

Ich habe nicht richtig gelernt, Blecharbeiten auszuführen, die Kraft in meinen Händen und Fingern reicht nicht aus, und ich kann auch die Krümmung eines Regenrohrs nicht richtig bemessen. Sie werden viel zu oft zu lang oder zu kurz oder der Winkel stimmt nicht ganz, und das zu korrigieren kostet Zeit. Oft musste ich noch mal von vorn anfangen. Dabei geht Blech drauf, und man muss den unnötigen Ausschuss und die Blechstücke verstecken, aber irgendwie lerne ich es einfach nicht.

Das Saubermachen und das Sortieren der Lagerregale sind die einzigen Arbeiten, die mir die ganze Zeit geblieben sind. In der Halle mache ich es ein bisschen wie mein Vater und meine Mutter, mein Vater beim Metall, meine Mutter beim Putzen, aber die Büroarbeit ist mein eigenes Ding geworden.

Ich gehe um Punkt, keine Minute früher, denn das nützt nichts, weil ich sowieso an der Straße auf den Bus warten muss. Sverdloff kommt zur selben Haltestelle, obwohl er normalerweise nicht in Richtung Stadt fährt.

»Ich muss meiner Braut einen Anhänger kaufen und meiner Frau eine Uhr«, antwortet er, obwohl ich nichts gefragt habe. Er findet das nicht eigenartig, sondern meint, so seien nun mal die Zeiten, und das Leben sei kurz.

Der Bus kommt und fährt am Militärgelände vorbei. Dort steigen so viele Soldaten, die schon in Urlaub dürfen, ein, dass die letzten im Gang stehen müssen.

Ich sitze neben Sverdloff. Er erzählt, dass er im Sommer vier Abende für seine Braut und drei Abende und zwei Tage für seine Frau hat, aber wenn die Arbeit aufhört, kriegt die Frau die ganze Woche. Besuche bei der Braut sind dann viel zu selten, und er macht sie nur, wenn es sich gerade ergibt.

»Man muss sein Leben selbst regeln und organisieren. Wenn ein Mann zwei Nester hat, muss er immer fliegen«, sagt er und warnt mich davor, in eine ähnliche Falle zu tappen, aber ihn selbst scheint es nicht zu belasten, im Gegenteil. Wenn er erzählt, sieht er einen an und redet bereitwillig und eigentlich ein bisschen zu viel.

Ich steige an der Turuntie aus, und Sverdloff fährt weiter zum Schmuckgeschäft am Markt. Als ich von der Haltestelle aus aufs Fenster schaue, sitzt neben ihm bereits einer in Feldgrau.

Mein Vater ist im Garten und kratzt im Kartoffelbeet das Unkraut aus den Furchen. Als Erstes sagt er, dass Jukka gerade mit seinem Motorrad hier war. Hat er vergessen, dass ich arbeite? frage ich mich, aber dann zeigt mir mein Vater ein kleines braunes Päckchen auf der Eingangstreppe.

»Da sind irgendwelche Teile für dein Radio drin. Die hat er versprochen in Deutschland zu besorgen«, erklärt mein Vater.

»Ach ja, die Teile«, sage ich und schnappe mir beim Hineingehen das Päckchen.

Meine Mutter ist schon zur Arbeit gegangen. Freitags macht

sie nach den Bürozeiten den Wochenputz bei der Forstverwaltung und jetzt auch noch in der Anwaltskanzlei Mäki. Im Sommer ist es leichter gewesen, neue Stellen zu finden, und sie hat alles genommen, was sie kriegen konnte.

Auf dem Herd steht der Entsafter zum Abkühlen, und unter dem Gummischlauch mit der offenen Klemme eine Kanne mit Himbeersaft, der hineingetropft ist. Ich mische etwas davon mit Wasser in einem Glas und gehe in mein Zimmer.

Ich mache das Päckchen nicht auf, sondern suche zwischen den Schulbüchern nach den Stipendiumsunterlagen und nach dem Empfehlungsschreiben von Frau Niskanen. Es steckt in einem Kuvert der Schule, das noch verschlossen ist, und es kommt mir wie ein großer Schritt vor, eine Ecke aufzureißen und mit dem Finger die kurze Seite zu öffnen. Dabei entsteht ein rissiger Rand.

Der Brief ist mit Maschine geschrieben und adressiert an den Vorstand oder die Auswahlkommission der *Freunde Amerikas*.

Sie hat nicht genau gewusst, wie es richtig ist. Zuerst steht dort mein Name und mein Geburtsdatum und dann, dass sie mich wärmstens für ein Schuljahr dauerndes Besuchsstipendium empfiehlt, »um den hoch qualifizierten Unterricht in einer Stadt der passenden Größe in einem geeigneten Bundesstaat zu genießen und die Lebensweise der Vereinigten Staaten kennenzulernen«.

Im zweiten Abschnitt lobt mich Frau Niskanen als ruhigen und lernwilligen Schüler.

»Er hat keine radikalen Ansichten und ist nicht politisch aktiv. In seinen sozialen Fähigkeiten ist er sehr finnisch.«

An dieser Stelle weiß ich nicht, ob es ein Lob sein soll oder das Gegenteil oder ob sie einfach gedacht hat, sie muss es schreiben, wie es ist. Kann sein, dass es Anweisungen gibt, wie eine Empfehlung zu sein hat.

Vor der Höflichkeitszeile und dem Datum hat sie noch einen Abschnitt geschrieben, für den ich mich schäme.

»Als besondere Begründung für meine Empfehlung führe ich an, dass der Bewerber aus armen Verhältnissen stammt. Sein Vater, der lange als Metallarbeiter tätig war, ist gerade arbeitslos geworden, und seine Mutter macht Gelegenheitsarbeiten. Auch aus diesem humanen Grund hoffe ich, dass die Auswahlkommission eine positive Entscheidung trifft, denn ohne finanzielle Unterstützung wird es dem Bewerber nicht möglich sein, das Land der unbegrenzten Möglichkeiten, die Vereinigten Staaten von Amerika, kennenzulernen.«

Die Scham steigt in mir auf, und ich muss tief durchatmen. Es ist kein Ärger, es ist bloß Scham.

Ich kann mich nicht erinnern, jemals etwas über Amerika gesagt zu haben, und ich habe mich auch um nichts beworben und sie nicht gebeten, mich irgendwo zu empfehlen. Sie hat es falsch verstanden oder gar nicht nachgedacht. Darum ist das Ganze in keiner Weise meine Sache und geht mich nichts an, weder der Brief noch die Bewerbung. So versuche ich zu denken, um mich davon zu lösen.

Ich will das Blatt schon zerreißen, aber dann tue ich es doch nicht, sondern lese noch einmal langsam, was darauf steht. Wieder steigt die Scham auf und fast am meisten wegen der Frage, woher sie in der Schule von Vaters Rausschmiss und Mutters Arbeit wissen. Es gibt ja nicht einmal mehr Freischüleranträge mit Einkommensangaben, seit vielen Jahren schon nicht, seit die Schule in die Stadt verlegt worden ist.

Ich schiebe das Schreiben wieder ins Kuvert und das Kuvert und die Stipendiumsunterlagen unters Physikbuch, und dann gehe ich mir noch einen Saft mischen. Ich schneide mir ein paar Scheiben vom Hefebrot ab und versuche, sie zu schmieren, aber die Butter lässt sich nicht streichen. Ich belege die Brote mit Fleischwurstscheiben und schaue beim Essen aus dem

Fenster. Noch ist es Sommer und grün, bald nicht mehr, mein Vater ist noch beim Jäten, später muss er rechen, und dann fällt Schnee darauf.

Genau das ist mein Leben, nicht großartiger und nicht weiter weg. Ohne Stipendien und Auslandsreisen in die Ferne.

In Lampinens Zelle ist ein Fach für Zeitschriften und Werbemappen der Installationsbranche reserviert. Ich habe sie sortiert und dabei in der Firmenzeitschrift von Huber einen Artikel über das jüngste Mitglied der Eigentümerfamilie gelesen. Darin heißt es, es wäre sinnlos, sich in der Schule zu sehr anzustrengen und abzumühen, alles Wichtige würde erst nach der Schule kommen. Das ist mir nicht aus dem Kopf gegangen, denn wie kann man so etwas sagen? Man muss immer alles versuchen, und nirgendwo gibt es Erleichterungen.

Ich bin so. Andere nehmen es halb so schwer. Man kann nicht von dort aus sehen, wie es hier ist, und seltsame Ratschläge geben.

Nach dem Artikel ist mir in den Sinn gekommen, doch weiterzumachen und in die nächste Klasse zu gehen. Die ganze Mittagspause über ist es in meinem Kopf gekreist und nicht mehr weggegangen. Ich mache das Gymnasium zu Ende und lerne so viel, bis spät in die Nacht, wenn es sein muss, bis mir die Augen wehtun, damit ich in allen Fächern alles kann und damit durchs Leben komme. Wenn man wirklich viel liest und das, was man nicht versteht, zuerst auswendig lernt, versteht man am Ende alles und weiß schon im Voraus, was der Lehrer als Nächstes fragen wird. Erst dann reicht es mit Sicherheit, dann ist man so weit, dass man auch die Fragen schreiben könnte, denn wenn man alle Antworten kennt, kennt man auch die Fragen.

Ich bin nicht fähig gewesen, mich zu entscheiden, und nichts ist sicher. Es sind nur noch zwei Wochen, bis die Schule wieder anfängt, und der Vertrag mit Volles Rohr geht noch eine Woche darüber hinaus, aber dann nicht mehr.

Als Jukka kommt, hat er sich verändert und kann nicht mehr stillhalten. Ich komme nicht einmal dazu, ihn nach der Interrail-Tour zu fragen, er fängt sofort von selbst an und erzählt lange davon. Eigentlich wollte er nur nach Hilversum fahren, weil er geplant hatte, sich dort ein Postfach für die Hörerbriefe der Radiostation zu besorgen.

»Was für eine Radiostation?«, frage ich, aber darauf antwortet Jukka nicht, sondern erzählt von allem anderen weiter, von Holland, wo in den Häusern die Gardinen offen bleiben und das Licht brennt, sodass man direkt hineinschauen kann, wenn man eine dunkle Straße entlanggeht, und die Möbel und die Menschen beim Essen und im Sessel vor dem Fernseher sitzen sieht.

Es gibt dort Lokale, wo man die Portionen mitnehmen kann, der Reis wird in den einen Plastikbeutel gepackt, und in den anderen kommen der Mais und die Erbsen und das sonstige fremde, klein geschnittene indonesische Gemüse.

»Ich habe was gekauft, einer hat mich mitgenommen. Das kam so, dass ich auf der Post war, um nach dem Fach zu fragen, als zufällig neben mir ein Mann stand, der einen Teil mithörte und mich zur Seite nahm. Er hatte Haare bis auf den Rücken und ein Stirnband aus Stoff. Als er mich fragte, erklärte ich ihm das mit dem Radio, und er versprach, mir zu helfen, und sagte, er würde Leute von Veronica kennen. Er ging mit mir zu einem hohen Haus, in dem man eine wahnsinnig schmale Treppe bis ins Dachgeschoss hinaufsteigen musste, aber da oben war eine irre Wohnung, das ganze Dachgeschoss ein einziger Raum und in der Mitte ein Billardtisch und große Betten an drei der Wände.

Die Leute da waren alle mal bei Veronica gewesen, manche waren es immer noch, das Dachgeschoss ist ihre gemeinsame Wohnung, drei Frauen und zwei Männer. Ich durfte auf Teppichen unterm Billardtisch schlafen. Niemand hielt es für seltsam, dass ich einfach so auftauchte. Ihnen genügte es, dass ich sagte, ich stelle einen Piratensender auf die Beine. Die wussten alles über *Radio Nord* von der Ostsee, obwohl das schon zehn Jahre her ist.

Eine der Frauen hatte vor *Veronica* bei *Caroline* und an der englischen Küste auf einer ehemaligen Flugabwehrstation gearbeitet, davon hat sie erzählt. *Caroline* hatte sogar das gleiche Schiff wie *Radio Nord*, nur mit anderem Namen, in schwedischen Gewässern hieß es *Bon Jour* und als Sendeschiff von *Caroline* dann *Mi Amigo*, es ist ein uralter Motorschoner, mit dem früher Hering und Holz transportiert worden war, und im Krieg hatte es den Deutschen als Hilfsschiff gedient.

Das Programm hatten sie komplett in einem Studio an Land fertig gemacht und die Bänder dann mit dem Boot von Holland zur *Mi Amigo* und von England aus auf einen Betonsockel außerhalb der Hoheitsgewässer gebracht. Auf der Flugabwehrstation war es vor allem im Winter irrsinnig kalt, und der Beton wurde spiegelglatt wie nasses Porzellan.

Sie heißt Astrid, hat für die Radiostation absolut alles gemacht, Programme und die Technik im Studio, und Werbung hat sie auch verkauft. Mich nannte sie Finn-Boy, alle nannten mich so.

Wir holten zusammen was zu essen beim Indonesier und aßen am Billardtisch. Dafür wurde der Filz mit Plastik abgedeckt, damit kein Bier draufkam. Wir tranken ziemlich viel, und Astrid und ich holten im Eckladen Nachschub«, erzählt Jukka und sieht mich an, als müsste ich weitere Fragen stellen, aber weil ich es nicht tue, setzt er seine Reportage fort, was es in Holland für sonderbare Häuser gibt, kleine Etagenhäuser aus Stein, aber schmaler als ein Einfamilienhaus, und über der Straße hängt im Dreieck unter dem Dach ein Kran.

»Es gibt da wahnsinnig viele Leute, und alle sind zusammen, nicht wie hier, wo jeder für sich ist«, sagt Jukka und erzählt ziemlich genau, wie viel Bier er an dem Abend und in der Nacht getrunken hat, verschiedene Marken, und dazu Genever. Er fragt mich, ob ich weiß, was das ist. Ich sage, dass ich es weiß, obwohl ich es nicht weiß, irgendein Schnaps wahrscheinlich.

»Am nächsten Vormittag sind wir dann los, das war abgemacht. Sie hatten mir nämlich am Abend versprochen, dass ich mitdarf, wenn sie Lebensmittel auf die *Veronica* bringen und fertig aufgenommene Bänder aus dem Studio.«

Jukka zeigt mir eine Postkarte mit einem Schiff drauf, und quer über dem Bild steht in roter Schreibschrift »Radio Veronica, MV Norderney«. Die Karte ist eine QSL-Karte, aber anders als ich sie bekam, als ich meinen Empfangsbericht an das Postfach in Hilversum schickte. Auf der Rückseite hat Jukka Telefonnummer und Adresse an den Rand geschrieben.

»Ein alter Trawler, mit dem wurde in isländischen Gewässern gefischt, ursprünglich war es ein Dampfschiff«, sagt Jukka, als ich die Karte hin und her drehe.

»Als die Gebrüder Verweij ihn kauften, ließen sie die Dampfmaschinen ausbauen und den Trawler fast komplett neu zum Radioschiff umkonstruieren. Jetzt gibt es an Bord ein Studio und viel Platz für den Sender und hohe Antennenmasten. Es fährt jetzt schon bald zehn Jahre für *Veronica*, vorher hatten sie ein leckes Feuerschiff namens *Borkum Riff* in Gebrauch, aber das wurde zu eng und war zu gefährlich. Auf der Nordsee kann es dermaßen schwere Stürme geben, dass sich die Sandinseln verschieben, zumindest um zwanzig, dreißig Zentimeter. Astrid hat erzählt, wenn sie als Kind nach einer ganz schlimmen Sturmwoche manchmal im Wattenmeer war, konnte man auf einer flachen Insel an den rot-weißen Signalpfosten sehen, wie sich das windseitige Ufer zurückgezogen hatte und das Festlandufer gewachsen war.

Zuerst fuhren wir mit einer Ente an den Rand von Hilversum, um neue Bänder zu holen. *Veronica* hat dort ein tolles Haus, aber mich ließen sie nur in den Hof, Geschäftsgeheimnis, meinten sie. Als die anderen nicht hinhörten, erklärte mir Astrid, auf der Station wäre gerade alles ein bisschen durcheinander und traurig, weil zwei Chefs zu Gefängnisstrafen verurteilt worden waren. Irgendwelche Konkurrenten hätten sie belastet und angeschwärzt. Auf das Schiff von *Radio Noordzee* wurde letztes Jahr eine Brandbombe geworfen.

Das Ganze ist ein Riesengeschäft, weil inzwischen rund um die Uhr gesendet wird. Es wird jede Lücke für Werbung verkauft, und außerhalb der Territorialgewässer greifen die Gesetze nicht. In den Sechzigerjahren, als es vor der englischen Küste noch Piraten gab, wurde mal ein Mann im Streit erschossen.

Und jetzt war in derselben Woche einer der Gebrüder Verweij in Italien ums Leben gekommen. Er war erst letztes Jahr Chef geworden, als sein Bruder ins Gefängnis kam. Kein Wunder, dass sie in der *Veronica*-Villa auf der Hut waren und nicht mal mich reinließen«, sagt Jukka.

»In der Ente saßen Astrid, ich, Bertie und Rob. In Haag kauften wir Lebensmittel und bestellten Kabel mit fertigen Anschlüssen, dann fuhren wir zum Hafen.

Das Schiff von *Veronica* liegt ungefähr vier Seemeilen westlich von Scheveningen vor Anker. Manchmal liegen dort auch alle drei nebeneinander, die *Norderney*, die *Mi Amigo* und die *Mebo II* von *Radio Nord Ostsee*, aber als wir hinkamen, konnte man von Land aus nicht mal die Antennenmasten erkennen, weil die Luft so diesig war.

In der Zeit, in der wir aufs Boot warten mussten, machten wir einen Spaziergang am Hafen vorbei. Erst dahinter beginnt das Meer, und sobald man das erste Ufer erreicht, sieht man, dass jetzt nichts mehr kommt. Von Finnland aus dauert es mit der Autofähre einen ganzen Tag bis nach Schweden, aber unterwegs gibt es trotzdem nur einen kurzen Abschnitt, auf dem man nichts als Meer und Weite sieht, aber in Scheveningen ist es schon am Sandstrand so. Astrid zeigte mir, wo Norden ist, und sagte, das nächste Ufer in dieser Richtung sind die Eisschollen im Polarmeer, aber Land ist das auch nicht. Auf der Norderney haben sie mithilfe der Karten ausgerechnet, dass es auf schnurgeradem Weg zum Nordpol mehr als 4200 Kilometer sind und unterwegs keine einzige Insel kommt, nur auf der Höhe von Bergen würde man seitlich am fernen Horizont die norwegischen Berge erkennen.«

Während Jukka mir erzählt, was man ihm erzählt hat, wird er unruhig und steht auf, geht hin und her und zeigt mit der Hand ungefähr nach Norden, als würde er am Meer stehen und nicht in meinem kleinen Zimmer. Er erzählt es so, dass ich das gleiche Gefühl bekomme, nämlich, dass solche Küstenorte etwas Größeres sind und dass man dorthin müsste, man müsste einfach aufbrechen, ohne sich weiter darüber Gedanken zu machen. Sie liegen am Rand zum Nichts, in drei Richtungen sieht man nur graugrünes Wasser, das sich leicht wölbt.

Würde man von dem Eis im Norden eine Scholle von der Größe von zehn Fußballfeldern abbrechen, könnte diese schnurgerade nach Süden treiben, und wenn dann ein Sturm aus der Arktis die Kräfte des Golfstroms und seiner Nebenströme überflügeln würde, würde die Scholle an der Küste Norwegens entlang- und an Dänemark vorbeitreiben, und schließlich würde der Teil, der dann noch nicht geschmolzen wäre, ans Ufer stoßen und unter den Resten desselben Sturms aus dem Norden einen Kanal in den Sandstrand von Scheveningen bohren, in dem er bis zum Frühsommer nicht schmelzen würde, und dann würde man eine Treppe ins Eis hauen und oben eine große, elliptisch geformte Schlittschuhbahn anlegen.

Wie kann die Erzählung eines anderen eine ganze Gegend im Kopf auferstehen lassen, denke ich bei mir. Ich kann Jukka nicht die ganze Zeit zuhören, als er schildert, wie sie am Rand des Hafens auf das Taxiboot warten mussten und zu zweit am Strand spazieren gingen, um sich die Zeit zu vertreiben. Sie hatten die Schuhe an den Schnürsenkel zusammengebunden und sich um den Hals gehängt, sagt er, und liefen aus Versehen so weit, dass Rob sie holen musste, weil das Taxiboot inzwischen auf sie wartete.

»Sind da viele Leute geschwommen?«, frage ich.

»Was?«, fragt Jukka zurück, als hätte er es nicht verstanden.

»Wenn das so ein toller, hundert Meter breiter Sandstrand war.«

»Natürlich, bestimmt«, sagt er, aber er habe nicht darauf geachtet, weil es Wichtigeres gab und weil dort sowieso immer und überall viele Leute waren.

»Nicht so wie hier«, sagt er und berichtet dann von der Bootsfahrt zur *Veronica*. Die Wellen waren hoch und kamen von vorn, darum schaukelte das Boot, und ab und zu gab es einen Schlag, wenn eine Welle brach. Man musste unterm Verdeck sitzen, damit man nicht zu nass wurde.

Als sich die *Norderney* abzeichnete, sah man erst, wie groß sie war. Jukka zeigt mir noch einmal die QSL-Karte von *Veronica* und sagt, die Masten wären so hoch wie Mietshäuser und das Schiff so lang, dass es den ganzen Garten von der Sauna bis zum Haus ausfüllen und noch bis auf die Straße hinaus überstehen würde.

»Das Taxiboot fuhr auf die Leeseite des Radioschiffs. Die haben da Spezialanker, damit sie genau auf der Stelle bleiben. Darum ändert sich an der Antennenausrichtung im Prinzip nichts, und eine Übertragungsleistung von zehn Kilowatt reicht aus, obwohl die Schweiz bis in die Nacht hinein auf der gleichen Frequenz stört«, sagt Jukka.

»Dann waren wir mitten im Nichts, oder fast. Alles dort ist groß, das Schiff nur ein kleines Teilchen, eigentlich ein Teilchen vom Land, und es kommt einem wie ein Wunder vor, dass man von da aus ein Programm in den Äther schicken kann, das man sogar in Finnland gut und zumindest nachts fast störungsfrei hört.

Ich durfte mit den anderen an Deck, obwohl Fremde dort normalerweise mit Kartoffeln beworfen werden. Sie haben mir erzählt, dass im Sommer fast jede Woche jemand mit dem Boot heranfährt und versucht, an Bord zu kommen. Sie verhindern es, aber weil es sich bei den Ankömmlingen um Unterstützer handelt, setzen sie keine harten Mittel ein. Sie werfen nur ein bisschen mit Kartoffeln und Werbebroschüren und befehlen ihnen, Abstand zu halten, damit nicht aus Versehen etwas passiert.

Als ich da gewesen bin, war es ziemlich ruhig, weil Dirk Verweij überraschend gestorben war, und wahrscheinlich haben sie mir deshalb nicht gezeigt, wie es drinnen aussieht. Wir gaben bloß die Kisten mit den Lebensmitteln und die großen Tonbandbehälter ab, und Rob und Bertie gingen hinein. Astrid blieb an Deck, und wir blickten zusammen aufs leere Meer. In der Ferne fuhren zwei Frachtschiffe hintereinanderher.

Astrid hat mir zwei Dinge gesagt, über die man eigentlich noch nicht sprechen darf. Merk dir das!«, sagt Jukka und erzählt mir, dass auf dem Mittelmeer vor Israel in nächster Zeit ein Piratensender den Betrieb aufnehmen wird, dessen Leistung so stark ist, dass man ihn im ganzen Nahen Osten hören kann. Er heißt *Voice of Peace*. Der holländische Frachter MV *Cito* ist dafür schon ausgerüstet worden, das Antennensystem hat man direkt von *Veronica* kopiert. Hinter dem Sender steckt ein Israeli, der dauerhaften Frieden für alle Israelis und Ägypter und Palästinenser will, aber die Finanzierung kommt anderswo her, John Lennon und Yoko Ono sind sogar daran beteiligt.

Und die zweite Sache, über die man nicht sprechen darf, ist die, dass *Veronica* demnächst die Frequenz wechseln und ans andere Ende der Mittelwellen rücken wird. Dort haben sie eine gute Frequenz gefunden, wo keine starken Sender in unmittelbarer Nähe stören.

»Also denk dran, dass du es für dich behältst!«, sagt Jukka auf eine Art, die mich ärgert.

»Was geht mich das an? Interessiert mich nicht besonders, und überhaupt, hier ist das bloß unbedeutender Kleinkram«, sage ich.

»Veronica ist besser als der Finnische Rundfunk, die senden jetzt schon am Wochenende Tag und Nacht, und es kann sein, dass bald die ganze Zeit was kommt. Alles ist modern und größer und freier, Holland ist toll, und die Leute sind es auch. Ich fahre da wieder hin, vielleicht schon nach Weihnachten. Oder spätestens nächsten Sommer. Die können mir einen Job im Studio beschaffen, oder wenn ich nicht zu Veronica kann, dann anderswo in Hilversum«, sagt Jukka.

Ich erkenne an seiner Stimme nicht, ob er es schon beschlossen hat oder noch davon träumt. Ich frage auch nicht nach, obwohl ich weiß, dass er das möchte, aber ich stelle keine einzige Frage, nicht nach Veronica, nicht nach Astrid und nicht nach der ganzen Interrail-Tour. Eine Weile bleibt es still, wir sitzen nur da, Jukka auf dem Stuhl, den Arm auf den Trio gestützt, und ich auf dem Bett.

Dann beruhigt er sich langsam wieder. Er schiebt die Postkarte von Radio Veronica sorgfältig in seine Umhängetasche, zieht anschließend einen Zeitungsausschnitt heraus und fordert mich auf, ihn zu lesen. Der Artikel stammt vom Frühjahr. Die Überschrift ist groß und fett:

»Illegale Radiosender – Gefahr für den Flugverkehr«.

Im Text heißt es, im UKW-Gebiet sei Musik und alles mögliche Gedöns gesendet worden. Für schuldig hält man eine Zeitschrift namens Elektronik-Nachrichten, weil sie die Bauanleitung für einen einfachen Abgleichsender publiziert hat. Post- und

Telegrafenbehörde warnen. Sollten solche illegalen Sendungen auf einer Frequenz von über 108 Megahertz gesendet werden, könnten sie den Flugverkehr von Helsinki-Seutula ernsthaft stören.

Während ich lese, sieht mich Jukka die ganze Zeit an, und ich komme nicht einmal bis zum Ende, als er schon wieder anfängt und sagt, natürlich werden sie auf den normalen Rundfunkfrequenzen senden.

»Was für ein Spinner geht über das Ende des Bandes hinaus, da hört doch keiner zu«, sagt er, und dass wir was viel Besseres bauen könnten, keinen Abgleichsender, sondern einen echten Rundfunksender, bei dem man die Leistung steigern kann.

Er hat in Hamburg neue Teile und Schaltpläne gekauft. Nach seinem Plan ist das Gerät am praktischsten, wenn man es in zwei Gehäuse einbaut, und eines davon ist das Kofferradiogehäuse, das ich auf dem Dachboden über der Sauna verstecken musste.

»Wenn es fertig ist, fangen wir mit den Tests an, stellen die Frequenz ein, halten die Leistung aber so niedrig, dass wir nicht aus Versehen angepeilt werden«, sagt er, als wäre es beschlossene Sache.

»Und was machen wir dann?«, frage ich.

»Wie was?«, erwidert er, als würde er mir nicht einmal zuhören. Oder er tut nur so, weil er den Eindruck vermitteln will, dass für ihn alles auf der Welt klar und einfach ist.

»Dann haben wir einen Radiosender. Dann fangen wir einfach an zu senden«, sagt er und schaut, ob ich zusammenzucke, aber ich bleibe, wie ich bin, damit er nicht glaubt, mal wieder gewonnen zu haben.

»Und was senden wir?«

»Irgendwas.«

Ich sollte jetzt einer Meinung mit ihm sein. Weil ich aber nichts sage, fängt Jukka an zu erzählen, dass er schon im Winter in Schweden Fachzeitschriften bestellt hat, in denen Bauanleitungen stehen und eine Artikelserie über *Radio Nord*. Ich erhebe keine Einwände, aber weil ich noch immer nicht begeistert bin, setzt er mir auseinander, wie wir zuerst versteckt auf einer Nebenfrequenz üben, aber dann so dicht an den Finnischen Rundfunk herangehen, dass die Leute nicht mehr überhören können, dass daneben etwas brummt und stört.

»Dann drehen sie an den Senderreglern ihrer Radios und treffen genau auf uns. Das Programm vom Rundfunk gerät dann in den Hintergrund oder verschwindet ganz. Auf die Art kriegen wir Hörer, aber wir müssen den Sendeplatz wechseln, damit uns das Peilfahrzeug nicht ein einziges Mal aus zwei Richtungen ausmachen kann. Und wir senden außerhalb der normalen Arbeitszeiten, dann sind bei denen weniger Leute im Dienst. Wir benutzen fertig aufgenommene Stücke, spielen Musik von Kassetten und machen bloß die Zwischenansagen über Mikrofon.«

Bei jedem DX-Treffen ist von Piratensendern die Rede gewesen, aber auf den Bildern von den Schiffen waren Kabinen voller Übertragungsgeräte und Mischpulte und furchtbar teure Antennenmasten zu sehen, und der Mann von der Post- und Telegrafenbehörde, der zu einem Treffen eingeladen worden war, zählte die Gesetzesparagrafen und die Strafen auf und redete vom Konfiszieren der Geräte und sagte mehrmals, dass jeder Pirat, der von Finnland oder von finnischen Territorialgewässern aus sendet, mit absoluter Sicherheit gefasst wird. Er bat die DX-Hörer, die Ohren offen zu halten und sofort zu melden, wenn auf den Radiowellen etwas Fremdes zu hören wäre, das aus der Nähe kommt. Bevor er ging, befestigte er seine Visitenkarte mit einem Reißnagel am Schwarzen Brett und sagte, jeder solle sich die Nummer notieren, bei der man eine Meldung machen kann.

Ich sage kein Wort zu Jukka über die gesetzlichen Fragen,

denn was soll ich mit ihm über etwas reden, das wir beide wissen? Außerdem haben wir noch nie einen Apparat gebaut, ich könnte es gar nicht, und damit ist es nicht in erster Linie meine Sache, sondern eher die von Jukka. Ich sage nicht direkt, dass ich mitmache, aber ich sage auch nicht, dass ich nicht mitmache. So ist es meistens. Mitmachen heißt oft, dass man eigentlich gar nichts tut, dass man eine Meinung hat und doch nicht.

»Wir müssen alle Spuren beseitigen, die zu uns führen. Darum müssen die Sendungen möglichst bald nach Helsinki verlegt werden, hier können wir es einfach nicht machen«, sagt Jukka mit gesenkter Stimme. So hat er schon als kleiner Junge getan, wenn es etwas Besonderes gab oder wenn wir zum Beispiel im Herbst im Dunkeln um die Häuser schlichen und versuchten, durch die niedrigen Fenster in die Reihenhäuser hineinzuspähen und die Menschen zu zählen wie Vogelarten.

Als Jukka geht, bleibe ich draußen auf der Treppe sitzen und denke über alles nach. Jeder ist nur in sich selbst drin und nichts als das, was er ist. Jukka ist ein Chef. Oder sein Vater ist ein Chef, und Jukka ist schon als Kind ein kleiner Chef gewesen, der immer mehr sein wollte, als er ist. Ich kenne ihn schon so lange, dass ich fast immer weiß, wann er es wirklich ist und wann er nur versucht, es zu sein.

Das mit der Radiostation meint er ernst. Das ganze lange Frühjahr über hat er es geschafft, nicht über seine Pläne zu reden und nur kleine Andeutungen zu machen. Weil er schon so viel dafür getan und Zeit investiert hat, wird er auch die Sendungen hinbekommen. In der Hinsicht bin ich mir sicher, aber es reicht nicht, bloß Musik zu senden, denn eigentlich ist das noch gar nichts.

Ich fange an zu planen, was man sonst noch machen könnte, und erst da habe ich das Gefühl, doch ganz mit dabei zu sein. Jukka hat es gewusst, weil er mich kennt, und darum hat er von vornherein darüber geredet wie über eine gemeinsame Sache.

An den Wochenenden müssen Jukkas und Karinas Eltern repräsentieren. Repräsentieren heißt beim Sommerfest der Kriegsveteranen sitzen, die Kunstausstellungen in der näheren Umgebung abklappern und an sonstigen lokalen Veranstaltungen teilnehmen. Dafür bekommt man keinen Extralohn, aber ein Chef muss hingehen, weil er die Zeitung repräsentiert, und ein Ehepaar repräsentiert besser als der Chef allein. So hat Jukka mir erklärt, warum seine Eltern oft nicht zu Hause, sondern jedes Wochenende und auch an vielen Abenden unter der Woche weg sind.

Diesmal ist es nützlich, dass sie zum Vaterländischen Erntefest gefahren sind, denn wir müssen klaren Sud kochen. Eigentlich würde ich nicht mitmachen, aber Jukka sagt es so, als hätten wir es irgendwann besprochen.

Außer den Radioteilen hat er aus Deutschland nämlich einige Packungen Weinhefe mitgebracht. Es kommt mir sinnlos vor, Wein zu machen, weil ich ja doch bald achtzehn werde und inzwischen so viele Kuriere kenne, dass ich mich nicht mehr vor dem Alkoholladen auf die Straße stellen und wartend aussehen muss. Aber ich kann auch nicht widersprechen, weil Jukka ein Rezept für einen Acht-Tage-Schnellwein hat, für den man einen klaren Sud kocht, Hefe, die besser als Backhefe ist, und Zucker hinzugibt und in einer Plastikkanne gären lässt.

Das ist so eine Erfindung von Jukka wie die Weinbonbons als Kind. Von denen musste man viele Tüten voll an verschiedenen Kiosken kaufen, dann wurden sie mit dem Hammer zerschlagen, und die Füllung ließ man in ein Glas tropfen. Auch so reichte es nicht zu mehr als zwei Mundvoll mit schlechtem Geschmack, aber im Hals und in der Brust wurde es ein bisschen warm, und dann musste man so tun, als wäre man betrunken.

Jukka störte sich nicht an den Ausgaben, aber ich sammelte alle Bonbonbröckchen in einer Tüte und aß und lutschte sie viele Tage lang, obwohl sie nur wie Zucker schmeckten, der mit was Schlechtem vermengt worden war.

Und später versuchte er, Yellow Mellow zu machen, indem er die weißen Fasern von Bananenschalen in einem heißen Topf trocknete. Sie wurden zu braunen Fäden und klebten am Boden fest. Diese Masse wurde dann mit dem Stampfer zu Pulver zerrieben. Anschließend versuchten wir, es in der Pfeife zum Glühen zu bringen, aber eine Wirkung hatte es nicht.

Jetzt hat er sich schon vergewissert, dass im Stadtgarten verwilderter Rhabarber wächst. Sonntags arbeitet dort niemand, und das Tor ist zu, aber wir klettern trotzdem von hinten über den Zaun. Jukka hat eine Laubsichel und Schnur dabei, und seiner Schwester hat er befohlen, auf der Straße Schmiere zu stehen. Karina wollte eigentlich nicht mitkommen, aber wir haben sie mit der Begründung überredet, dass es peinlich wäre, wenn ihr Bruder und ich wie Apfeldiebe erwischt und sich die Geschichte in der Schule herumsprechen würde. Also ist sie uns mit dem Rad gefolgt und geht am Straßenrand auf und ab, als würde sie im Graben nach Pflanzen für ihr Herbarium suchen. Wenn jemand vorbeigeht, muss sie nichts unternehmen, aber wenn jemand stehen bleibt oder, noch schlimmer, das Tor aufmachen will, muss sie uns warnen, indem sie die Person laut fragt, ob an den Straßenrändern hier Phlox wächst.

Obwohl der Rhabarber verwildert aussieht und die Blätter groß und üppig sind wie Regenschirme, wächst er doch in ordentlichen Reihen, und die Erde um ihn herum ist umgegraben worden. Darum sieht es mehr nach Stehlen aus, als Jukka am Telefon gesagt hat, aber damit können wir uns jetzt nicht aufhalten, und Jukka fängt an, mit der Laubsichel systematisch dicke Stängel abzuschneiden. Bei jedem reichen zwei Hiebe, zuerst oben das Blatt weg und dann ein zweiter Hieb unten, aber so weit oberhalb der Wurzel, dass kein Humus mitkommt.

Ich binde die Stängel zu dicken Bündeln zusammen, damit

sie leichter zu tragen und über den Zaun zu heben sind. Zwischendurch schaue ich immer wieder, dass niemand von der Waldseite her kommt, denn von dort aus würde man uns direkt sehen, aber es kommt niemand, nicht einmal auf der Straße herrscht viel Verkehr, denn Karina ruft herüber, ob wir bald fertig sind und warum wir so lange brauchen.

Jukka kappt in Serie sämtliche einigermaßen anständige Stiele. Auf der Erde bleibt ein Haufen Blätter liegen, und wir müssen auch einige Stängel zurücklassen, weil wir nicht so viel auf einmal transportieren können. Wir haben beide einen so großen Armvoll gebündelter Stängel, dass wir sie tragen müssen wie eine Ladung Holzscheite.

Am schwierigsten ist es, die Bündel über den anderthalb Meter hohen Zaun zu befördern, ohne dass sie auseinanderfallen, aber es gelingt, weil Jukka zuerst hinüberklettert und sie in Empfang nimmt. Während ich über den Zaun steige, lädt er sie bereits auf die Yamaha. Er hat alles geplant, auch den Transport, und dafür ein Bettlaken aus dem Wäschekorb mitgenommen. Darin schlagen wir die Last ein und binden sie an Sitz und Satteltaschen fest und bekommen so alles im Blümchenbetttuch versteckt mit.

Jukka muss beim Fahren ganz vorne auf dem Sattel sitzen. Ich passe nicht mehr drauf, sondern fahre mit Karina auf dem Fleur hinterher, ich trete, und Karina sitzt auf dem Gepäckträger.

Jukka fährt bereits weit vorne den Hang hinauf, das helle Betttuchbündel ist aus der Ferne gut zu erkennen. Karina hält sich an mir fest, obwohl sie das nicht müsste, so langsam, wie es mit dem Fleur vorangeht.

Sie fragt, was ich am Abend vorhabe. Zuerst tue ich so, als hätte ich es nicht gehört, obwohl man von so nah alles hört.

»Aber wenn du schon was vorhast, dann eben nicht«, sagt sie dann auch schon.

»Nein. Nichts. Ich hab bloß überlegt«, sage ich.

»Das zweite Jahr im Gymnasium ist das schwerste, da muss man in den Ferien was Schönes machen, solange man noch Zeit hat«, sagt Karina.

»Stimmt«, sage ich. Der Fahrtwind kommt von vorn, aber der eigentliche Wind kommt über das Feld und ist stärker als der Fahrtwind, sodass Karinas Haare flattern und mir in den Nacken und auf die Wange geweht werden, als würde jemand mit einer weichen Bürste darüberstreichen.

Ich bin immer noch nicht fähig zu sagen, dass ich wohl nicht auf der Schule bleibe. Würde ich es laut aussprechen, ganz egal wem gegenüber, wäre die Entscheidung getroffen und unveränderbar, und erst recht, wenn ich es Karina sagen würde. Am leichten Anstieg versuche ich, schneller zu treten und mir ein anderes Thema auszudenken, aber entlang der Straße gibt es nichts, worüber man reden könnte, und der neue Belag, den sie im Sommer am Stadtrand verlegt haben, ist ganz glatt und summt.

»Wenn wir was machen, machen wir es dann zusammen?«, fragt Karina.

Wären wir zu Fuß unterwegs, würde ich jetzt den Arm um sie legen, aber auf dem Fahrrad geht das nicht. Ich kann nicht mehr als Joo sagen, und das klingt gleich so dumm und kindisch, dass ich versuche, mir was Besseres einfallen zu lassen.

»Kann sein ...«, fange ich an, bringe aber das mit der Schule einfach nicht über die Lippen, weil ich mich frage, was ist, wenn sie es nicht versteht.

»Was kann sein?«

»Nichts. Ich dachte bloß, wir könnten nächstes Wochenende vielleicht was Größeres machen, irgendwohin fahren oder so«, sage ich. Sie umklammert mich fester und drückt sich von hinten an mich. Beim Fahren kann ich mich nicht umdrehen, aber ich nehme die linke Hand von der Lenkstange und streichle Ka-

rina am Knie und oberhalb des Knies. Sie küsst mich in den Nacken und macht mir einen Knutschfleck.

Nach dem Anstieg haben wir nur noch ein kurzes Stück zu
fahren, und der Sommer um uns herum ist komplett und in vollem Gange. Die Yamaha steht nicht vor dem Haus. Reetta von
nebenan läuft am Zaun entlang, wie es Mädchen immer tun, in
langsamen, kurzen Schritten, fast hüpfend.

»Was für eine komische Ladung hat Jukka da in eure Garage
gebracht?«, fragt Reetta. »Irgend so einen Sack mit Blümchen.«

Karina antwortet nicht, redet aber kurz mit ihr. Ich gehe in
die Garage. Jukka hat bereits über die Hälfte des Rhabarbers
nach oben getragen.

Der Topf, der in der Küche auf dem Herd steht, ist so groß,
dass sein Boden über zwei Platten reicht, und die Knöpfe sind
bei beiden auf drei gedreht. Jukka zieht die Schale in langen
Fasern von den Stielen und schneidet diese dann in Stücke. Er
fragt, wo Karina bleibt. Ich antworte, dass sie sich mit Reetta
unterhält.

»Die wird doch nichts erzählen!«

»Nein«, kann ich gerade noch sagen, bevor Karina die Haustür aufmacht.

»Dalli, dalli, in die Küche!«, ruft Jukka in den Flur.

Karina erscheint in der Tür, lehnt sich an den Rahmen,
stemmt die Hände in die Hüften und guckt sich bloß alles an.

»Das ist Frauenarbeit«, sagt Jukka.

»Ich werde für euer Gebräu keinen Finger krumm machen«,
sagt Karina und verzieht den Mund leicht zu einem provozie-
renden Grinsen, dass Jukka als kleiner Junge auf sie losgegangen wäre und sie durchgeschüttelt hätte. Jetzt kann er das nicht
mehr tun, er hat keine Macht mehr über seine Schwester, und
dann bin ja auch ich noch da, weshalb er ihr nicht mal was richtig Gemeines sagen kann.

Karina geht ins Wohnzimmer und schaltet den Plattenspieler an. Es läuft eine *Strangers in the Night*-Aufnahme von ihrer Mutter, Instrumentalmusik mit E-Gitarre, wie es sie vor langer Zeit mal gegeben hat.

Ich fange auch an zu schälen und zu schnippeln, damit Jukka nicht noch saurer wird. In der Küche macht sich Dampf und der zugleich saure und süße Geruch des Rhabarbers breit. Über dem Herd hängt eine tolle neue Dunstabzugshaube, aber darunter tropft es fast sofort, obwohl der Motor läuft und auf zwei gestellt ist.

Als Jukka die restlichen Bündel aus der Garage holt, gehe ich ins Wohnzimmer und beuge mich über Karina. Sie liegt auf der Couch, liest *Anna* und macht die Augen zu, und ich beuge mich noch weiter nach unten, bis unsere Brillen zusammenstoßen. Ich habe nicht damit gerechnet, dass Jukka so schnell wiederkommt. Wir küssen uns gerade voll.

»O Mann, verdammte Hölle«, sagt er an der Tür, und ich kenne ihn so gut, dass ich höre, wie ernst er es meint.

»Nix da, Hölle«, antwortet Karina mit gespitzten Lippen und dreht sich nicht mal zu ihm um, sondern schaut mich an, um zu sehen, was ich tue.

Ich stehe ein bisschen zwischen den beiden und kann mich jetzt nicht einfach schnell aufrichten. Also streiche ich Karina übers Haar und sage gleichzeitig zu Jukka, lass uns weitermachen, damit wir fertig werden.

Wir müssen drei volle Töpfe kochen, das ergibt einen Emailtopf von fünfzehn Litern, und nach jedem Kochdurchgang ist das Spülbecken voller Rhabarbermatsch. Karina ist bereit, ihn im Eimer zum Kompost zu bringen, weil ich sie darum bitte. Jukka rät ihr wie einem kleinen Kind, mit dem Spaten ein Loch zu machen und es anschließend ordentlich zuzudecken.

Wir füllen den rötlichen Saft in einen Plastikkanister, ich halte den Trichter, und Jukka gießt direkt aus dem Topf, aber jedes Mal zu schnell, sodass Tropfen auf die Spüle und die hellblaue Wandverkleidung spritzen. Der Sud kocht fast noch, und wenn die Tropfen meinen Arm treffen, fühlt es sich wie Stiche an, aber ich sage nichts, weil es nicht zu sehr wehtut. Als wir klein waren, tat es mehr weh, wenn wir uns absichtlich Wachs von einer Kerze auf die Haut tropfen ließen und schauten, wer es länger aushält.

Der Saft wird mit Zucker vermischt, die Weinhefe ist bereits in einer Schüssel in handwarmes Wasser gebröckelt worden. Jukka hat einen richtigen blubbernden Druckausgleichverschluss gekauft und für den Kanister einen passenden Deckel mit Loch.

Als der dritte Topf fertig und abgegossen ist, schleppen wir den Kanister auf den Dachboden, stellen ihn an den wärmsten Platz neben dem Kamin und decken ihn mit alten Steppdecken zu. Karina bringt die Schüssel mit der Hefe, aber die darf man erst hinzugeben, wenn der Sud auf Körpertemperatur abgekühlt ist.

Nach dem Kochen müssen alle Fenster und die Haustür sperrangelweit geöffnet werden, damit Dampf und Geruch im Durchzug verschwinden und sich nicht festsetzen, außerdem muss der Herd geschrubbt und auch sonst alles in Ordnung gebracht werden. Erst dann sagt Jukka, lass uns in die Garage gehen. Er möchte mir zeigen, wie weit er mit dem Löten gekommen ist, kann es aber nicht laut sagen, weil Karina dabei ist.

Karina fragt mich, was wir jetzt machen, und ich stehe schon wieder zwischen den beiden und kann nicht mit dem einen mitgehen und den anderen stehen lassen.

Ich versuche Jukka, ohne dass Karina es merkt, per Gesichtsausdruck zu verstehen zu geben, dass wir jetzt nicht über das Radio reden können. Dann sage ich zu beiden, dass ich wohl mal nach Hause zum Essen muss, aber als Jukka kurz nach nebenan geht, frage ich Karina, ob sie mich bringt, und sie kommt sofort mit, und Jukka bleibt zurück.

Am Sonntagmorgen klingelt das Telefon. Es ist Lampinen, der gleich sagt, gut, dass du dran bist, und erzählt, aus Ronni hätten sie angerufen, weil Reijo verschwunden oder in der Nacht seiner eigenen Wege gegangen ist.

»Also falls du was hörst oder falls er es schafft, allein in die Stadt zu kommen, dann weißt du Bescheid, wenn er vor der Tür steht.«

Ich kann nichts weiter fragen. Lampinen ist außer Atem oder es schnürt ihm die Kehle zu, er räuspert sich und gibt mir Anweisungen, was in welchem Fall zu tun ist.

»Bis Montag, dann reden wir auch über ein paar andere Dinge, erinnere mich dran, falls ich es vergesse«, sagt er zum Schluss.

Ich weiß nicht, was er damit meint. Darüber und über Rekku denke ich nach, als ich den Hörer auflege. Wie soll Rekku überhaupt die richtige Richtung finden, wenn er zig Kilometer im Dunkeln gehen muss?

Mein Vater kommt in den Flur, er hat das Telefon gehört und fragt, wer angerufen hat, und als ich sage, dass es Lampinen war, will er mehr erfahren.

»Es ist nur wegen eines Freundes, ob ich weiß, wo er ist.«

Mehr will mein Vater nicht wissen, und ich fange auch nicht an, es ihm zu erklären, schließlich habe ich ihm ja nicht mal erzählt, dass Rekku weggebracht wurde.

Dann gehe ich, weil ich Jukka versprochen habe, möglichst früh bei ihm zu sein. Ich fahre den Hügel hinunter und dann das ebene Stück bis zu ihnen und stelle das Rad vor der Garage ab.

Das Kofferradio steht sichtbar im Werkzeugregal. Wenn man nicht von der Seite oder von hinten schaut, merkt man nichts. Jukka hat einen Teil seiner Installation vom Frühjahr herausgenommen und die neuen Komponenten eingebaut.

Er erklärt mir die Einzelheiten und versucht, dabei so zu sprechen, als ginge es um etwas Gewöhnliches, aber ich höre seiner Stimme an, dass er stolz auf sich ist. Während er redet, lötet er die letzten Drähte an, und ich darf mit der Lötzange die Kabelenden halten. In der Garage bitzelt der Geruch von Elektrizität und brennendem Fett in der Nase.

Als wir Strom draufhaben, muss ich nach oben gehen, um es an ihrem großen Stereoradio zu testen. Es ist ein Telefunken und so neu, dass im selben Gehäuse auch Plattenspieler und Kassettenrekorder untergebracht sind.

Beim Suchen muss ich langsam drehen und gleichzeitig Ausschau halten, ob der Isuzu oder Karina auftauchen. Es dauert lang, etwas stimmt nicht, ich finde einfach nicht die richtige Stelle im Frequenzbereich. Jukka wird nervös und ruft von unten Anweisungen herauf, in welche Richtung ich drehen soll.

Ein ums andere Mal gehe ich den gesamten UKW-Bereich durch, aber ich finde es nicht. Jukka versucht es mit erkennbaren Tonsignalen und klingelt neben dem Mikrofon mit der Fahrradglocke. Ich höre das Klingeln von der Garage bis ins Wohnzimmer, aber nicht übers Radio und drehe den Regler zwischen 87 und 108 Megahertz hin und her, und zwar so langsam, als würde ich auf dem Trio zwei Lateinamerikaner nebeneinander suchen.

Dann höre ich unter den Störgeräuschen ein Klingeln, kehre einen halben Millimeter zurück und höre wieder etwas. Sofort laufe ich zur Treppe und rufe, ich hab's.

Jukka kommt die Treppe heraufgerannt und befiehlt mir, klingeln zu gehen. Ich tue es und betätige die Klingel so heftig, dass es wie eine übergeschnappte Spieluhr klingt.

Jukka kommt wieder herunter und sagt, er habe die Stelle mit der Spitze eines Filzstifts auf der Glasscheibe des Radios markiert. Dann fängt er laut zu lachen an. So habe ich ihn seit vielen Jahren nicht gesehen, zuletzt irgendwann in der Unterstufe. Er gibt mir einen Klaps auf den Arm, als hätte er einen Wettbewerb gewonnen.

Dann müssten wir eigentlich mit dem Kalibrieren beginnen, aber mittendrin hören wir, dass Karina oben ins Wohnzimmer kommt. Sicherheitshalber stöpselt Jukka das Mikrofon und die anderen externen Geräte aus und versteckt sie, aber wir reden trotzdem weiter über den Sender. Jukka ist auf der Suche nach guten Stellen sogar auf der Sprungschanze gewesen.

An dem Punkt frage ich erneut nach dem Programm, und er antwortet wie beim letzten Mal, spielt doch keine Rolle, Hauptsache, irgendwas.

»Ich glaub, das geht nicht«, sage ich.

»Wir verschalten. Oder wir nehmen Platten auf und machen daraus fertige Stücke.«

»Es muss Hand und Fuß haben«, widerspreche ich.

»Ist doch egal, dann lass dir was Besseres einfallen.«

Ich kann zu meinen Ideen gerade noch sagen, dass man fertige Wortbeiträge und Interviews neu zusammenschneiden könnte, da macht Karina oben die Kellertür auf und ruft herunter, dass sie da ist, sie ruft es nicht Jukka zu, sondern mir, denn sie hat mein Fahrrad gesehen.

Sie bittet mich, als Geschmacksrichter heraufzukommen. Die Schneiderin hat ihr einen Herbstmantel genäht. Ich werfe einen Blick auf Jukka und sage, dass wir heute wohl kaum noch etwas machen können. Er antwortet nicht. Ich sage, beim nächsten Mal können wir ja versuchen, ein erstes Programm zusammenzustellen.

»Und vorher machen wir eine Idi für den Sender. Wir nehmen beide irgendein Pausenzeichen als Grundlage auf. Vielleicht hört man *Radio Reloj*, weil es schon dunkel ist, oder einen von *Iberia*, und dann machen wir daraus auf zwei Kassettenrekordern die Senderansage. Töne und Hall drunter und die eigene Idi per Mikro drüber«, schlage ich vor, aber dann sage ich, dass ich jetzt gehen muss, weil Karkki im Mantel wartet, und bleibe keine Sekunde länger, sondern bin schon weg.

Als ich nach dem Wochenende wieder zur Arbeit komme, wartet Lampinen am Eingang der Halle auf mich. Er sagt nicht einmal Guten Morgen, sondern fängt sofort damit an, dass sich Reijo gestern Abend erneut aus dem Staub gemacht hat. Ich weiß nicht, was inzwischen passiert ist.

»Er war den ganzen Weg von Lammi nach Hause gelaufen. Am Abend ist er dann wieder los. Gerade hat mich Liisa angerufen, sie hat geheult. Die ganze Nacht haben sie ihn gesucht, aber sie will nicht, dass eine neue Vermisstenanzeige aufgegeben wird.«

»Warum ist er denn weg?«, frage ich dazwischen.

»Weiß ich nicht, aber Liisa will nicht, dass es an die große Glocke gehängt wird, damit sie Reijo nicht mit Gewalt nach Ronni bringen und er dann hinter Schloss und Riegel muss.«

Lampinen fragt mich, ob mir ein Ort einfällt, von dem Reijo geredet hat und den er alleine finden würde. Ich erzähle ihm vom Seeufer, der Stelle, wo er mir die Schwimmsteine gezeigt hat, und von der Bucht, wo ihr Boot liegt.

»Ich würde ja selbst hinfahren, aber der Hausherr erträgt meine Visage nicht«, sagt Lampinen schließlich, gibt mir aber nicht den Auftrag.

Rekku geht mir den ganzen Tag nicht aus dem Kopf, obwohl dauernd etwas anderes zu tun ist. Ich muss die Zahlen nachrechnen, die Ala-Seppälä notiert hat. Er hat schon mal auf der Reihenhausbaustelle gemessen und auf dieser Basis Längen und Flächen berechnet, aber beim Rechnen ist ihm ein Fehler unterlaufen, und der wurde dann übertragen, als Ala-Seppälä abschätzte, wie viel Material gebraucht wird. Für Freitag und Montag hat er sich freigenommen, weil die Landvolkpartei ihren Parteitag hat, und Lampinen kann ihn telefonisch nicht erreichen, darum beauftragt er mich, die Zeichnungen und Zahlen durchzugehen, und auch wenn ich keinen Fehler finde, soll ich zusätzliches Material zur Baustelle bringen. Er selbst fährt nach Renko, um einen großen Auftrag zu verkaufen, und sagt, bevor er sich auf den Weg macht, ich soll die Firma über Wasser halten.

Seitdem ich die beiden mit dem Benz zum Hotel Aulanko chauffiert habe, bin ich nicht mehr Auto gefahren, aber Lampinen fragt nicht einmal, sondern drückt mir den Schlüssel für den älteren Transit in die Hand und befiehlt mir, loszufahren, sobald ich das Durcheinander geklärt und den dringendsten Nachschub eingeladen habe.

Ich finde den Rechenfehler in einer halben Stunde. Zum Glück hat Ala-Seppälä eine ordentliche Handschrift, alle Zahlen sind deutlich und je zwei Mal notiert worden, einmal in die Zeichnung hinein und einmal auf einem Übertragungsstrich am Rand. Ich stelle eine neue Rechnung auf, und dabei wachsen die Blechflächen auf das Doppelte und die auf den vom Architekten geplanten schrägen Gauben sogar auf das Dreifache.

Dann warte ich ab, bis niemand mehr auf dem Hof ist, und übe mit dem Transit. Bei den ersten beiden Versuchen säuft er ab, weil ich die Kupplung zu schnell kommen lasse, aber beim dritten Mal klappt es mit dem Losfahren irgendwie, obwohl sich der Wagen ruckartig lenken lässt, und es gelingt mir, rückwärts fast an die richtige Stelle vor dem Verladetor der Halle heranzufahren.

Beim Blech ist niemand, alle sind auf irgendwelchen Baustellen, und ich kann keinen von den alten Männern in der Rohrabteilung bitten, mir zu helfen. Es gibt da eine dreifache Grenze. Erstens ist es die falsche Abteilung, zweitens bin ich nur ein kleiner Helferling und drittens habe ich ihnen auch sonst nichts zu sagen. Immerhin das habe ich im Lauf des Sommers gelernt, dass die Männer bei der Arbeit Grenzen einhalten, und wer seinen Platz nicht kennt, der bekommt was zu hören.

Darum schleppe ich die Bleche allein, obwohl ich es kaum

schaffe, entwickle beim Tragen aber Tricks, hole Säcke und schiebe die größten Bleche mit deren Hilfe auf den Kanten, und am Lieferwagen baue ich aus Brettern eine Rampe, auf der ich die unterschiedlich langen Platten und Kassetten leichter hinaufschieben kann. Obwohl es eine ermüdende Arbeit ist, fühle ich mich stark, weil ich sie allein mache und mir niemand sagt, wie, und weil ich es irgendwie einfach weiß und kann.

Nicht vieles auf der Welt kann wesentlich schwieriger sein. Eigentlich ist es immer, als müsste man etwas tragen und sich überlegen, wie es leichter gehen könnte. Eigentlich gibt es nur zwei Arten von Arbeiten, die eine ist das Tun selbst und die andere das Planen, wie es getan wird. Solche großen Dinge denke ich, während ich schleppe und lade, aber sobald ich die Bleche auf dem Dachgepäckträger festgebunden habe, denke ich nicht mehr nach, sondern konzentriere mich erst mal ganz darauf, den Transit, ohne anzuecken, durchs Tor zu bekommen. Danach konzentriere ich mich aufs Fahren.

Es geht besser, als ich befürchtet habe, und am Ziel muss ich nicht einmal abladen, sondern stehe als Fahrer daneben, erläutere dem Vorarbeiter die neuen Maße auf den Zeichnungen und sehe zu, wie die anderen tragen und Scheiße rufen, weil die schlecht verpackten Bleche rutschen und beim Kippen rumpeln, obwohl sie das nicht dürften, denn sie bekommen leicht Beulen und Knicke, wenn sie sich biegen. Wäre ich Raucher, würde ich zwei Zigaretten rauchen, aber auch ohne Zigarette bin ich ein Mann vom Fach.

Als ich mit dem leeren Auto zurückfahre, klappt es schon so gut, dass ich beim Fahren auch an etwas anderes denken kann. Es kommt mir jetzt eher so vor, als könnte ich bei Volles Rohr weitermachen. Lampinen hat am Telefon gesagt, am Montag reden wir auch über andere Dinge, und was kann er damit schon gemeint haben als Arbeitsangelegenheiten?

Ich fange an, an seiner Stelle zu planen, wie er mich bittet, weiterzumachen, wenn der Sommer um ist und die Zahlungen an den kleinen Lampinen erledigt sind. Er könnte mir zum Beispiel auch eine Lohnerhöhung vorschlagen, auch wenn fünf Mark die Stunde nach zwei Mark zehn schon viel sind, aber falls er zum Beispiel 5,50 verspricht, dann sage ich ihm offen, wie es ist, nämlich dass ich nicht gut im Blechefalten bin und keine Installationsarbeiten machen kann, aber alles andere schon, wenn Bedarf besteht. Ich könnte mich noch mehr als jetzt um den Papierkram kümmern und sauber machen wie bisher und Material aufladen und die Stundenbuchhaltung machen oder irgendwas anderes, je nachdem, wo die Firma den größten Nutzen von mir hätte.

Er könnte dann kurz überlegen und sich das Kinn reiben, so wie er es tut, wenn er nachdenkt, und dann nicken und versprechen, dafür zu sorgen, dass in der Firma eine feste Stelle mit den für mich am besten geeigneten Arbeiten gefunden wird.

Kann sein, dass es für jeden einen besten Platz gibt. Der Platz meines Vaters ist in der Werkstatt an der Drehbank oder beim Feilen, er sollte nicht die ganze Zeit zu Hause sein und warten müssen, bis meine Mutter von der Arbeit kommt. Jetzt kann nur sie von ihrem Tag erzählen, was es Kleines gegeben hat, was passiert ist, aber mein Vater ist auf einen Schlag von seinem Platz verscheucht worden.

Mein Platz könnte genau hier auf dem Fahrersitz des Transits von Volles Rohr sein, fällt mir ein, als ich an der Schranke warte, bis ein Güterzug in Richtung Tampere vorbeigefahren ist. Ich blicke auf die andere Seite, ob da nicht zufällig ein Polizeiauto steht. Das Fenster ist offen, und so dicht am Gleis hört man es rumpeln, und die Warnglocke klingelt, und die Räder aus Stahl poltern über die Schienensäume, dass es dumpfe Schläge gibt, und dazu wird Staub und Dreck aufgewirbelt.

Hinter mir hat sich eine lange Schlange gebildet. Mit dem linken Fuß trete ich die ganze Zeit die Kupplung durch und schalte schon mal in den Ersten, damit ich zum Losfahren bereit bin, wenn die Schranke hochgeht. Sicherheitshalber rufe ich mir in Erinnerung, was man tun muss, wenn der Motor ausgeht und das Auto auf dem Bahnübergang stehen bleibt. In einem solchen Notfall muss man es mit dem Anlasser ein paar Meter vorwärtsrucken lassen, damit keine Gefahrensituation entsteht, bei der das Fahrzeug mit abgesoffenem Motor zwischen die Schranken gerät und ein Zug kommt, der auf einem Kilometer nicht mehr bremsen kann, sondern alles unter sich zermalmt, und sei es ein voller Tankwagen. Irgendwo habe ich gelesen, möglicherweise im *Reader's Digest*, wie Menschen aus einem solchen Inferno gerettet wurden. Es war ein großes Wunder, die Flammen waren wie eine Wand dreißig Meter hoch geschlagen, und im Führerhaus des Tanklasters hatten zwei Menschen gesessen, der Fahrer und eine junge Anhalterin, und beide hatten sich das Gesicht mit einer Zeitung bedeckt und zu Gott gebetet, sogar die Windschutzscheibe schmolz in der Hitze, weil am Himmel umgestülpte Feuerfontänen losgegangen waren.

Als das Klingeln aufhört, bin ich sofort bereit und warte auf das Öffnen der Schranke und habe überhaupt keine Angst, das Auto nicht in Gang zu kriegen, denn ich weiß, dass ich es kann. Ohne jedes Rucken fährt der Transit an. Nun habe ich auch keine Angst mehr davor, im Innenstadtverkehr als Erster vor einer Schlange herzufahren. Ich kenne ungefähr die Vorfahrtsregeln und setze den Blinker und biege so souverän ab, als wäre ich mein ganzes Leben lang als Mann vom Fach durch Parola gefahren und würde jede Straße genau kennen.

ampinen bringt es nicht zur Sprache, und ich kann nicht damit anfangen, weil ich nicht weiß, was er mit der Bemerkung gemeint hat, wir müssten am Montag reden. Er kommt erst kurz vor vier von dem Geschäft in Renko zurück und ruft als Erstes bei Rekku zu Hause an.

»Sie haben absolut nichts von ihm gehört«, sagt er zu mir. Noch ist es warm, auch nachts noch, Rekku muss nicht unbedingt Not leiden, wir unterhalten uns in Lampinens Zelle über Rekku und über nichts anderes. Ich kann nicht von mir aus fragen, ob ich weiterarbeiten kann oder ob es das dann Ende August war, also in zwei Wochen.

Lampinen sagt, er werde am Abend nach Tyrväntö fahren.

»Ich muss die Straßen abklappern. Falls Reijo irgendwo am Waldrand Ausschau hält und das Auto erkennt, kann es sein, dass er rauskommt. Ich weiß auch nicht, aber irgendwas muss man unternehmen, weil Liisa sich solche Sorgen macht.«

Mir sagt er, dass ich die Schlüssel für den Transit in meiner Tasche behalten soll. Ich bin nicht sicher, was das bedeutet, aber als er die Schlüssel vom Nagel nimmt und mir hinhält, nicke ich nur, stecke sie in meine Jeans und schiebe das Taschentuch darüber, damit sie nicht herausfallen.

Als wir gehen, schließt Lampinen die Zellentür mit einem Vorhängeschloss ab. Auf die gleiche Art verschließt er das kleine Lager in der Halle, aber die Seitentür der Halle selbst bleibt wegen der Männer im Wohnwagen bis zum Abend offen, weil im Pausenraum der Kühlschrank steht und man auch aufs Klo können muss. Hartikainen trägt die Verantwortung dafür, dass die Halle in der Nacht abgesperrt ist, aber der Schlüssel wird in der Nähe der Seitentür aufbewahrt, wenn auch versteckt.

»Der Hunger wird Reijo schon nach Hause treiben«, sagt Lampinen und geht auf seinen Mercedes zu, der auf dem besten Schattenparkplatz vor der Hallenwand steht. Das ist klar, dass das der Platz für den Boss und Firmenbesitzer ist, da muss nicht eigens ein Schild angebracht werden.

Ich gehe das erste Stück neben ihm her, und bei den Dachleitern bleibt er tatsächlich stehen, und ich glaube schon, dass er sich erinnert und gleich über mich reden wird, aber stattdessen fängt er von meinem Vater an und auch noch wie mitten im Satz.

»Ja, und hab ich dir eigentlich je erzählt, dass Jussi mich aus dem Krieg hinausgetragen hat, möglicherweise an der schlimmsten Stelle? Ohne ihn gäbe es kein Volles Rohr und nichts, übrigens auch keinen Kummer wegen Reijo«, sagt er, wartet aber keine Antwort ab.

Ich sitze im Hof herum und warte auf die Nacht. Wie stockfinster es schon ist, violettfinster. Rekku liegt irgendwo in einer Scheune, die auf einer Wiese steht, und hat Angst. In der kommenden Nacht gibt es keine blaue Katzenmilch mehr. So hat es Karina nach *Psycho* gesagt, sie hat nicht Vogelmilch gesagt, wie es die anderen tun, sondern Katzenmilch und blau, aber da war es noch Juli und heiß, und jetzt ist es das nicht mehr, der Sommer ist gekippt, der August gibt ihm den Rest.

Die anderen Wohnwagenmänner kommen erst nach sechs von den Montagearbeiten zurück. Niemi und Ojanen waren in Pälkäne und Hartikainen und Sverdloff in der Nähe der alten Kirche. Überstunden sind teuer, und Lampinen versucht sie zu vermeiden. Darum hat er die Anweisung gegeben, dass man nach vier noch zwei Stunden dranhängen kann, wenn es so aussieht, als wäre es nötig, aber danach keine noch teureren Überstunden mehr und am Wochenende überhaupt nicht. Wenn die Übergabetermine näher rücken und die Arbeit noch längst nicht fertig ist, ändern sich die Anweisungen dann aber regelmäßig. Dann werden fünfzigprozentige und hundertprozentige und sogar zweihundertprozentige Überstunden gemacht, und wenn man die macht und dazu noch die Einzelaufträge, verdient man gut, die Männer vom Blech warten nur darauf und verlangsamen manchmal absichtlich das Tempo, kurz bevor man merkt, wie knapp die Zeit wird. Ich habe gehört, wie Niemi und Ojanen etwas in der Richtung besprochen und ausgemacht haben.

Vor mir nimmt sich keiner in Acht mit dem, was er sagt, ich bin nach wie vor so unparteiisch, dass Lampinen am Telefon oder mit einem Besucher alles Mögliche beredet, obwohl ich dabei bin, und mit den Essenskollegen aus den Wohnwagen und auch mit den anderen ist es das Gleiche, keiner passt auf, was er sagt, wenn ich komme. Wenn man zur Hälfte fremd ist, kann man so etwas wie ein Vertrauter sein. Mit mir reden die Männer manchmal mehr als untereinander. Der ist den ganzen Sommer da, nur vorübergehend, und danach mit Sicherheit wieder weg, was braucht man sich da in Acht zu nehmen?

Weil ich wusste, dass es bei den anderen aus der Essensgemeinschaft spät wird, habe ich für alle Wurst und Vollmilch und Lochbrot gekauft. Ich habe im Kessel Feuer gemacht, sodass die Glut unter dem Rost so weit ist, als Hartikainen und Sverdloff aus dem Kirchdorf in der Nähe zurückkommen, wo Häuser für reiche Leute gebaut werden, und nur eine Viertelstunde später auch Niemi und Ojanen, die demnach reichlich vor der Zeit losgefahren sein müssen, obwohl sie garantiert die Stunden bis sechs Uhr eintragen, aber was geht mich das an.

Hartikainen und Sverdloff wollen mir nach ihrem Arbeitstag beide Ratschläge geben, aber ihre Ratschläge unterscheiden sich voneinander. Sie reden mit mir, aber was sie sagen, hat seinen Anfang irgendwo anders, das merke ich. Ich drehe die Würste um, damit die Haut nicht zu früh platzt, und höre zu, sage aber nichts.

»Schau niemals verheirateten Frauen hinterher. Das gibt nur Durcheinander, das macht Freundschaften und Ehen kaputt. Gott hat es anders geplant, die Menschen sind es, die schludern. Die Menschen sind als Adams und Evas gemacht worden. Was man gemeinsam Gott verspricht, das muss man halten, auch wenn es mal noch so schlechte Zeiten gibt, muss man es halten«, sagt Hartikainen wie zu mir, aber mehr noch sagt er es zu Sverdloff, denn Sverdloff wendet sich sofort an mich.

»Wenn die Suppe erst einmal angebrannt ist, spielt es keine Rolle, ob verheiratet oder nicht. Das ist völlig egal, und jeder Frau gefällt es, wenn man sie anschaut und warum nicht was versuchen? Das sind auch nur Menschen, so einfach ist das.«

»Das ist falsch. Hör nicht auf ihn«, sagt Hartikainen zu mir.

»Hör nur zu, da lernst du was fürs Leben. Unsere Tage sind rationiert und die Rationskarten nur einseitig bedruckt, wir kriegen keinen Zuschlag, und jeden Morgen geht was ab. Darum solltest du immer vögeln, wenn du kannst, aber du sollst gut zu jeder sein.«

»Red dem Jungen nicht so einen Scheißdreck ein«, sagt Hartikainen zu Sverdloff.

»Was heißt hier Scheißdreck, das ist aus der Bibel. Du sollst deinen Nächsten tun, was du willst, dass sie dir tun, oder wie war das noch?«, sagt Sverdloff zu Hartikainen. Dieser nimmt einen aus gebürstetem Stahl geschweißten Stab mit spitz geschliffenen Zinken, spießt damit eine halb gare Wurst auf und befördert sie vom Rost auf seinen Teller.

»Du sollst nicht lästern. Und du sollst nicht auf die Lästerer hören. Die Welt und das Fernsehen sind voll von ihnen«, sagt Hartikainen zuerst zu Sverdloff und dann zu mir.

»Alles nur Clowns, vor allem das gesamte Parlament«, sagt Sverdloff und fragt, welcher Meinung ich bin.

»Nicht alle, glaube ich«, antworte ich vorsichtig.

»Doch, alle«, sagt Hartikainen, und von da an sind sie sich einig und erwarten, dass ich anderer Meinung bin, weil heute Diskussionstag ist.

Niemi und Ojanen kommen hinzu. Sie haben die Tür von ihrem SMV sperrangelweit offen gelassen, aber es gibt keine Mücken mehr, da muss man es nicht mehr so genau nehmen. Fliegen kommen rein, aber die stören Niemi und Ojanen nicht. Der SMV von Hartikainen ist zu, und die Tür von meinem Polar ist auch zu, nur das Fenster ist einen Spalt offen, aber davor ist ein Fliegengitter angebracht.

Es ist einer von den Tagen, an denen mir jeder etwas beibringen will. Oder aber sie wollen nur miteinander reden, und ich sitze eben gerade dazwischen.

Niemi fängt an, über die Brunst der Frauen zu reden, er spricht in meine Richtung, das heißt wohl, dass er so tut, als wollte er mich belehren, und ich höre ihm auch zu und präge mir alles ein, denn solche Themen gibt es nicht allzu oft.

Er sagt, die Brunst riecht man nicht direkt, aber man kann sie erkennen, und wenn man sie einmal erkannt hat, dann weiß man es für immer.

»Sie ist bei allen gleich, sie hat einen geruchlosen Geruch und sie ist nötig, weil ohne sie das Bumsen nur ödes Gerammel wäre«, sagt Niemi.

Als ich mit dem Transit losfahre, hat nur Hartikainen schon seinen Wohnwagen verlassen. Er sieht, wie ich den Motor starte, und kommt zu mir, um mich etwas zu fragen. Ich kurble das Fenster herunter und sage, ich müsse was für Lampinen erledigen.

»Darfst du schon fahren?«

»Ja, ja, Lampinen hat mir die Schlüssel gegeben.«

»Na gut. Schreib die Stunden auf, damit du's nicht umsonst machst.«

»Joo, mach ich«, sage ich und fahre los. Weil das Fenster offen ist, höre ich, wie der Kies unter den Reifen knirscht. Im Seitenspiegel sehe ich Hartikainen. Er steht noch immer im Hof und sieht mir hinterher.

Als Erstes fahre ich zur Telefonzelle und rufe bei Karina an, in der Hoffnung, dass sie rangeht, aber Jukka meldet sich und fängt sofort an zu erzählen, dass er den ganzen Tag daran gearbeitet hat, die Sendeleistung zu erhöhen.

»Aber die Frequenz hält nicht, und es ist schwer, allein zu kalibrieren.«

Ich sage, dass es bis Freitag dauern wird, und zum Schluss frage ich nach Karkki.

»Die habe ich heute noch nicht gesehen. Die amüsiert sich wahrscheinlich«, sagt Jukka fast gemein. Ich halte das nächste Fünfzig-Pfennig-Stück mit dem Zeigefinger fest, damit es nicht aus der Halterung in den Schlitz rutscht.

Als ich mit dem Rücken die Glastür aufstoße, fühle ich mich komisch, so als wäre ich nicht ganz hier, sondern zur Hälfte daheim. Dann würde ich jetzt mit dem Rad in die Stadt fahren und sie suchen und abholen.

Ich könnte ja mit dem Transit hinfahren, kommt es mir kurz in den Sinn, aber das wäre ein zu großes Risiko. Immer kann irgendwo eine Kamera versteckt am Straßenrand stehen, und am Ende der geraden Strecken wartet dann die Polizei, und manchmal hält sie alle an und überprüft die Papiere und schnuppert den Atem.

Ich mache mich auf den Weg nach Tyrväntö, und vor der Brücke von Mierola fahre ich ganz langsam. Ich schaue abwechselnd auf die Straße und auf die Haustür und das Fenster von Silja, aber Silja ist nicht zu sehen, und das Fenster ist zu.

Ich könnte sie bitten, mir bei der Suche nach Rekku zu helfen, anschließend könnte sie mich zu sich einladen, überlege ich mir, als ich unterhalb vom Kirchhügel in Richtung Lepaa abbiege. Die Straße macht Biegungen, und die Landschaft wellt sich, der Abendhimmel steht schon so tief, dass er die hier und da noch nicht abgeernteten Getreidefelder auf den Hügeln berührt.

In der Schule haben wir schon in den unteren Klassen die vier Getreidesorten gelernt, und ich wusste sie beim Bildtest auswendig, aber inzwischen kann ich mich nur noch an Hafer und Weizen erinnern, Roggen und Gerste sind für mich ein und dasselbe, und mir fallen die Eselsbrücken nicht mehr ein, irgendwas wie dass das eine steifer ist als das andere und sie unterschiedliche Grannen haben. Wenn man sich an etwas nicht erinnert, ist das kein gutes Gefühl, das gilt für jedes Vergessen, weil es gut ist und das Leben erleichtert, wenn man alles noch weiß. An lauter solche Sachen denke ich und an das, was kommt, und an das, was zurückbleibt.

Ich denke an Silja und Karina, obwohl ich nicht an sie zusammen denken sollte, sondern an jede einzeln. Durch sie fällt mir meine Mutter ein, die im Sommer ein bisschen wie nebenher gesagt hat, Frauen darf man nicht anstarren, aber man muss sie wahrnehmen und sie gerade so anschauen, dass die Frau merkt, dass sie bemerkt wird.

Ich denke an das Ende des Sommers. Ich denke an die Nächte und die Dunkelheit und an das, was Niemi über den Geruch der Brunst gesagt hat, und dass ich nichts darüber weiß, obwohl ich mit Silja zusammen gewesen bin. Ob er ein bisschen wie der Geruch von Schweiß oder Haut ist oder noch zarter und feiner?

Je weiter ich fahre, desto dämmriger wird es, und auf den Waldabschnitten sind die Scheinwerfer schon ziemlich nützlich. Häuser gibt es wenige, in den Küchen und Stuben darin brennen bereits die Lichter und draußen an den Masten die Hoflampen.

Ich habe nicht vor, unnötig über Nebenstraßen zu fahren, um nach Rekku zu suchen, sondern steuere direkt die Villa der af Boijers an. Wenn er dort nicht ist, kenne ich keinen Ort mehr, wo er sein könnte.

Obwohl alles anders aussieht als am Anfang des Sommers bei Tageslicht, erinnere ich mich an die Nebenstraßen, in die man immer links abbiegen muss. Als die Straße nur noch ein breiter Weg ist, ragt der Wald rechts und links so hoch auf, dass die Nacht über mich hereinbricht.

Nicht einmal der Parkplatz kommt einem vor wie der, auf dem Ala-Seppälä es geschafft hat, den Transit tief in den Sand zu wühlen, dass Niemi ihn mit dem Abschleppseil herausziehen musste. Ich versuche im Licht der Scheinwerfer zu erkennen, wo die Erde aufgeweicht sein könnte, aber solche Stellen scheint es nicht mehr zu geben, durch die Sommerregen ist der Boden fest geworden. Ich rangiere und parke mit der Schnauze in die Richtung, in die ich zurückfahren werde.

Es ist natürlich niemand da. Ich gehe ums Haus herum und versuche, durch die dunklen Fenster etwas zu sehen. Auf der Treppe zur Veranda sind helle, münzengroße Flecken zu erkennen, es sind schon Blätter gefallen, sie müssen von weiter weg angeschwebt sein, denn ich kann mich nicht erinnern, dass es in unmittelbarer Umgebung etwas anderes gegeben hätte als gerade Kiefern mit weit oben ansetzenden Ästen.

Zwischen ihren Wipfeln kann ich Sterne erkennen, weshalb ich zum Ufer gehe, um zu sehen, wie der sternklare Himmel über dem See aussieht. Im Westen hat der Horizont noch einen dünnen, gelben Kragen.

Ich stehe still auf dem Steg. Dann kommt das Gefühl auf, dass etwas nicht stimmt. Auf Armen und Rücken richten sich die Härchen auf. Ich drehe mich um, um nachzusehen, ob jemand auf der Veranda der Villa steht.

Die Augen haben sich inzwischen so weit an die Dunkelheit gewöhnt, dass ich die sonderbar bemalten Bretter des Schwimmhäuschens erkennen kann, zwar nicht die leuchtenden Farben, aber doch unterschiedliche Schattierungen. Man hört gar nichts, nicht einmal Wellengeräusche.

Dann ein leises Rascheln. Ich lausche so still, dass ich nicht einmal atme, aber dennoch höre ich ein Atemgeräusch.

Ich gehe an der Tür des Schwimmhäuschens vorbei und mache mich bereit, in den dunklen Wald zu fliehen.

»Bist du das, Rekku?«, frage ich leise.

Man hört so etwas wie einen Katzenlaut.

»Reijo?«, frage ich und probiere, ob die Tür zum Schwimmhäuschen abgeschlossen ist. Außen ist der Riegel nicht vorgeschoben, sie geht auf, aber dann wird sie festgehalten und bewegt sich kein bisschen mehr. Ich fange gar nicht erst an, zu ziehen, denn es kann niemand anders sein. Ich sage etwas Beruhigendes.

Da lässt Rekku los, sodass die Tür nachgibt und ganz aufgeht. Drinnen ist es noch dunkler, aber das kleine Fenster lässt immerhin so viel Dämmerlicht herein, dass ich Rekku mit dem Rücken an die Holzwand gelehnt dasitzen sehe.

»Hier bist du also«, sage ich. Er antwortet nicht. Wir sind beide still. Es ist überhaupt kein besonderes Gefühl, ihn gefunden zu haben, eher mache ich mir Sorgen darüber, wie es jetzt weitergehen soll.

Ich versuche es damit, dass ich über normale Dinge rede. Über die Arbeit und den Polar, übers Saubermachen, dass ich endlich die Regale mit den Rohren aufgeräumt habe. Dass ich mir den Transit ausgeliehen und einen Abendausflug gemacht habe.

»Den neuen?«

Das ist das Erste, was Rekku sagt.

»Nein, den alten«, sage ich und erzähle weiter, dass die anderen viel auswärts auf Montage sind. Die Männer von der Installation haben den neuen Transit mit in Vantaa. Von dort lohnt es sich nicht, für die Nacht zurückzufahren, sie haben zusammengerollte Matratzen dabei, und zum Zudecken reicht noch eine Wolldecke.

»Und ich habe deine Arbeiten übernehmen müssen.«

Da gibt er einen leisen Ton von sich, der in Richtung Lachen geht. Ich sehe, dass er sich regt und nicht mehr auf der Stelle erstarrt ist, und sage, wenn er will, kann er rauskommen aus dem Schwimmhäuschen, und er kommt auch sofort heraus, indem er auf dem Hintern zur Tür hinausrutscht und dann noch ein Stück die Planken des Stegs entlang. Beim Versuch aufzustehen muss er sich mit den Händen an der Stegbank abstützen, trotzdem geht es nur mühsam, und im Stehen scheint er zu schwanken.

Ich sage, dass man die Milchstraße sieht, und er blickt nach oben, aber was ich auch sage, er redet und antwortet nicht mehr wie Rekku. Er ist still oder unwillig und ereifert sich nicht. Er ist seltsamer als zuvor, und ich bin ein bisschen auf der Hut und halte Abstand.

Ich frage ihn, ob er Hunger hat. Er zeigt mir eine offene Tüte, in der Eier und ein flacher Brotlaib zu erkennen sind.

Ich will wissen, was er jetzt vorhat. Er hat nichts vor.

Als Nächstes frage ich ihn, ob er schon vorige Nacht im Schwimmhäuschen gewesen ist, aber auch darauf antwortet er nicht.

»Und jetzt?«

Er starrt auf den See, obwohl man in der Dunkelheit nicht viel mehr sieht als an einer Stelle am anderen Ufer eine Ansammlung kleiner Lichter.

Ich frage ihn, ob er mitfährt, und versuche, so normal wie möglich zu reden, als wäre überhaupt nichts passiert.

»Du darfst am Anfang auch die Gänge einlegen«, verspreche ich ihm.

»Ist es der alte Transit?«, fragt er, obwohl er es schon weiß, aber er will es fragen.

»Ja. Der mit dem abgebrochenen Spiegel.«

»Damit ist Ala-Seppälä einmal gegen einen Baum gefahren, er ist mit dem Spiegel daran gestoßen, und der ist abgebrochen.«

»So war es. Sollen wir nachsehen, ob er inzwischen repariert worden ist?«, frage ich und gehe schon mal vom Steg an Land. Rekku nimmt seine Tüte und folgt mir. Ich rede auf dem ganzen Weg zum Parkplatz, was mir gerade in den Sinn kommt, warne vor Steinen und Ästen, sage, dass es im August schon nach Herbst riecht, rede von den beiden Transits, was die Unterschiede sind, und von anderen Autos, weil Rekku Autos mag und die Marken kennt, ich versuche, irgendwas zu erzählen, damit er nicht stehen bleibt und zweifelt und sich umdreht.

Als wir zum Parkplatz kommen, untersuchen wir gemeinsam die Halterung des Seitenspiegels. Ich nehme die Taschenlampe aus dem Handschuhfach und leuchte auf die Stelle, wo der Spiegel sein müsste, und wir sehen sofort, dass der Spiegel nicht repariert worden ist, weil da gar keiner ist. Dann mache ich vorsichtig die Tür auf und sage, der Beifahrersitz scheint frei zu sein.

Da ist die Grenze. Ich dränge ihn kein bisschen zur Eile. Stattdessen denke ich bereits, dass der Kummer von Rekkus Mutter mit einem Schlag vergehen wird und dass Lampinen mich loben wird, wenn er es erfährt. Man muss ihn gleich anrufen, damit er nicht umsonst an den kleinen Straßen nach ihm sucht.

Ich warte bei offener Tür und versuche, nicht angespannt zu sein. Auch zwischen den Bäumen ist es nicht mehr ganz dunkel, sodass man beim anderen jede Regung sieht, und ich warte und rede einfach weiter.

Dann stellt Rekku einen Fuß aufs Trittbrett, ich weiche ein Stück weiter zurück, und er steigt ein. Ich mache die Tür zu und beeile mich, ans Steuer zu kommen.

Während ich den Motor anlasse, versuche ich mich schon an

den Weg zu erinnern und an welchen Kreuzungen man abbiegen muss. Mit dem Boot ist es nicht weit gewesen und durch den Wald sicher keine zwei Kilometer, aber die Straßen zu den Sommerhäusern führen vom Ufer weg, und die größere Straße ist kurvenreich und macht einen Bogen.

Ich trete die Kupplung durch, schalte in den Leerlauf und sage zu Rekku, dass er jetzt den Ersten einlegen kann. Ich mache das Licht am Dach an, damit er besser sieht, wo der Schaltknüppel hinmuss.

Als sich das Auto in Bewegung setzt, lacht Rekko winselnd und sagt, gleich schaltet Reijo in den Zweiten. Ich lasse den Wagen noch ein bisschen mehr ins Rollen kommen und trete die Kupplung.

»Jetzt«, sage ich. Rekku rührt mit dem Schaltknüppel und sucht den Zweiten. Ich vergewissere mich, dass er drin ist, bevor ich den Wagen anziehen lasse, und so wechseln wir uns auf der ganzen Fahrt durch den Wald ab, und Rekku ist begeistert, und alles ist fast, wie es sein soll, außer dass wir nie zuvor Auto gefahren sind und Rekku glaubt, dass ich zur Halle fahre und wir morgen wieder Regale aufräumen, Rekku die schweren Sachen trägt und ich die leichten, und ich ihm zeige, was in welches Fach gehört.

Als eine offene Stelle kommt und ich mich erinnere, dass man danach abbiegen muss, frage ich Rekku, ob wir von hier aus nach Hause fahren sollen.

»Nein«, sagt er schrill und dreht sich zu mir um. Ich bin auf der Hut und lehne mich an die Tür, damit ich ein bisschen weiter weg bin, weil er näher kommt und mehrmals hintereinander Nein sagt.

»Warum nicht?«, frage ich und fahre so langsam, dass der Transit nur noch rollt.

»Wir fahren nicht heim.«

»Dort könntest du in deinem eigenen Zimmer schlafen.«

»Reijo darf nicht mehr heimfahren«, sagt er, und ich höre ihm an, dass er gleich anfängt zu weinen. Darum bohre ich nicht weiter und versuche auch nicht, ihn zu überreden. Ich fahre an der Kreuzung vorbei, gebe Gas und erst dann weiß ich, was ich tun muss.

»Sollen wir zur Halle fahren?«, frage ich.

»Ja«, sagt Rekku begeistert, und ich lasse ihn auf der abschüssigen Straße, wo man lange die Kupplung treten kann, in den Dritten schalten.

Ich fahre nach Parola und durchs Tor von Volles Rohr und parke vor der Halle. Auf dem Hof ist niemand. Es ist halb elf, und in keinem der beiden SMVs brennt noch Licht.

Wir gehen nebeneinander zum Polar. Rekku würde gern reden und erklären, was er sieht, wie es davor war und was anders ist, aber ich bringe ihn dazu, still zu sein, indem ich den Finger auf die Lippen lege und zweimal flüstere, es wäre besser, die anderen nicht unnötig aufzuwecken.

Als wir drinnen sind, mache ich sofort die Tür zu und schalte das Licht an. Rekku blickt sich um und betastet die vertrauten Stellen. Er lässt seine Pritsche herunter und setzt sich darauf, wie er es früher getan hat.

»Wenn Reijos Pritsche heruntergelassen wird, muss man bei der Kette aufpassen, dass kein Finger dazwischengerät. Ist gar keine Bettwäsche da, macht nichts, Reijo schläft in den Kleidern. Man schläft gut, wenn man sich ausstrecken und waagerecht liegen kann. Das ist ein Menschenschlaf, wenn man sein Bett, sein Lager, seine Koje hat. Das sind drei Namen. Wenn Bett der erste Name ist, dann ist Lager der zweite. Und Pritsche ist der vierte. Die Dinge stehen nicht schlecht bei Reijo«, plappert Rekku vor sich hin.

»Wieso bist du zur af-Boijer-Villa gegangen?«, frage ich dazwischen, aber nicht laut, damit er nicht erschrickt.

Er zerknautscht sein Gesicht, dass die Augen fast zu sind

und der Mund erbärmlich verzogen, aber er fängt nicht an zu weinen und nichts.

Ich frage andersherum, und dann frage ich weiter, weil er sich nicht zu erschrecken scheint und nicht wütend wird.

Er fängt leise an zu erzählen, dass sein Vater ihn aufs Feld geführt und wie von Mann zu Mann mit ihm gesprochen hat, so hat der Vater es gesagt, er spricht zu ihm von Mann zu Mann, und alles Mögliche mehr, bei dem ich nicht richtig verstehe, was vom Vater kommt und was von Rekku selbst, damals oder jetzt, aber am häufigsten wiederholt er, dass Rekkus Platz nicht mehr daheim ist.

»Reijo darf nicht mehr kommen. Es gibt keinen Platz mehr. Erst an Weihnachten darf er einen Besuch machen.«

Er bleibt im Wohnwagen sitzen, während ich hinausgehe, und als er austritt, halte ich die Tür einen Spaltbreit offen und horche, dass er sich nicht irgendwohin verirrt, weil ich jetzt die Verantwortung für ihn trage.

Als ich das Licht lösche, höre ich, dass er sofort einschläft, bleibe aber selbst noch wach. Es ist so stockfinster, dass es eigentlich egal ist, ob man die Augen offen oder zu hat. Nur durch die Lüftungsklappe fällt ein etwas grauerer Schein an die Wand. Ich versuche, den Morgen vorauszuplanen, aber nichts kommt mir richtig vor. Ich kann Rekku nicht einfach bei Lampinen lassen und dann weggehen. Auch wenn es mich eigentlich nichts angeht, so geht es mich jetzt doch etwas an, alles ist wie ein Klumpen im Kopf und rollt hin und her. Es gibt keine Tür ins Freie, es ist, als würde ich vor einer geschlossenen, schweren Tür stehen.

Am nächsten Morgen hole ich meinen Proviant aus dem Kühlschrank, und Rekku isst den größten Teil davon. Er hat riesigen Hunger, weil er auf seiner Tour kaum etwas gegessen hat und er sagt, die Eier schmecken nicht, weil sie roh so eine warme Brühe sind, die im Hals glupscht.

Als ich Fragen stelle, redet und erzählt er mehr. Ich verstehe längst nicht alles. Er vermischt Dinge und Zeiten und ist mal hier und mal da. Als ich ihn frage, ob er zurück nach Ronni oder heimwill, sagt er beide Male Nein.

»Warum nicht nach Ronni?«

»Das gibt's gar nicht.«

»Doch«, sage ich.

»Nein!«, ruft er und steht auf und will auf mich losgehen.

»Rekku! Setz dich hin!«, sage ich genauso laut, versuche aber gleich zu beschwichtigen und schlage vor, über etwas anderes zu reden. Er beruhigt sich und setzt sich wieder auf sein Bankstück, das zu klein für ihn ist, es sieht aus, als würde er im Leeren sitzen und sich nur an die Wand lehnen. Sicherheitshalber lasse ich die Tür offen. Ich versuche mir einzureden, dass es Lampinens Sorge ist und noch mehr die seiner Mutter, sie müssen sich um ihn kümmern, aber trotzdem ist es nicht ganz so.

Rekku sitzt in voller Größe da und riecht nach verschwitzten Kleidern und Schmutz. Er wollte auf mich losgehen, trotzdem will ich ihm nur Gutes und nicht, dass ihn jemand anschreit und als Schwein auf zwei Beinen beschimpft und beinahe schlägt.

Als ich durch die offene Tür höre, dass Lampinen seinen Mercedes parkt, gehe ich sofort hinaus. Ich sage streng zu Rekku, dass er im Wohnwagen warten soll, und drücke die Tür hinter mir zu.

»Wir haben nichts von ihm gehört. Liisa hat gleich heute Morgen angerufen«, fängt Lampinen sofort an, bevor ich ihm von Rekku und letzter Nacht berichten kann.

»Sein Vater hat ihm verboten, nach Hause zu kommen oder auch nur einen Besuch zu machen. Darum ist er abgehauen.«

Lampinen beschimpft Aaro als Suffkopf. Ich sage, das Wohnen im Heim habe Rekku nicht gutgetan.

»Er gewöhnt sich daran«, sagt Lampinen.

»Nein«, entgegne ich, und Lampinen widerspricht nicht, sondern sieht mich stumm an und schaut mir direkt in die Augen, aber ich weiche nicht aus.

»Ich muss Liisa anrufen«, sagt er und geht zu seinem Verschlag.

Ich bleibe in der Halle, stelle mich ans Fenster, damit ich die Wohnwagen im Auge behalten kann. Die Tür des Polars ist zu, die von Niemis und Ojanens Wohnwagen steht halb offen. Hartikainen und Sverdloff beladen im Hof den Renault.

Lampinen kommt zurück und sagt, dass Liisa gleich da ist. Ich frage ihn, was jetzt mit Rekku geschieht. Lampinen pustet eine Weile vor sich hin und sucht in der Tasche nach seinen Zigaretten.

»Verdammte Scheiße, es gibt nicht die eine richtige Lösung. Woher soll man wissen, was am besten ist?«, fragt er und zieht den Rauch ein. Dann kommen auch schon welche von den anderen, und Lampinen hustet, bis seine Stimme wieder normal ist, und bringt die Arbeit in Gang.

Ich gehe in den Pausenraum. Dort tue ich so, als würde ich ein bisschen sauber machen, warte aber die ganze Zeit auf das Heuauto, weil ich dann genau aufpassen muss. Rekku kann erschrecken und auf die Idee kommen, erneut zu fliehen.

Als Rekkus Mutter kommt, verziehe ich mich ein Stück weiter weg, aber es dauert nicht lange, bis Lampinen mich ruft. Rekkus Mutter sieht schlecht aus, sie trägt keinen Lippenstift und keinen Schmuck. Lampinen befiehlt mir, zu erzählen, was ich ihm erzählt habe.

»Und das von Aaro auch«, weist er mich an, als ich aufhöre,

ohne alles gesagt zu haben. Rekkus Mutter hat sich abgewandt und schaut zu Boden, und man sieht ihr auch von hinten an, dass es nicht leicht für sie ist.

Nachdem ich erzählt habe, was Rekku auf dem Feld gesagt worden ist, dass der Vater ihm mit der Polizei gedroht und ihm verboten hat, je wiederzukommen, außer wenn er für einen Besuch geholt wird, kann ich es nicht dabei belassen.

»Ronni hat Reijo total verrückt gemacht. Das kann nicht die einzige Lösung sein, es muss eine andere geben.«

Sie scheinen sich nicht dafür zu interessieren, sondern machen untereinander aus, was getan werden soll.

»Am besten ist es, ihn selbst zurückzubringen«, sagt Lampinen und hat bereits die Hand auf die Schulter von Rekkus Mutter gelegt. Rekkus Mutter greift danach.

»Bringen wir ihn hin?«, fragt sie.

»Ich kann hier jederzeit weg«, sagt Lampinen.

So beschließen sie es. Lampinen beauftragt mich damit, ans Telefon zu gehen, weil Ala-Seppälä nicht vom Parteitag zurückgekommen und Lehto noch in Urlaub ist.

»Schreib die Namen und die Nummern auf den Block, wenn jemand was von mir will. Wenn die Buchhaltung anruft, kennst du ja die Ordner. Sollte Mirja anrufen, dann sag ihr auf keinen Fall, dass wir Reijo wegbringen, sag, ich bin unterwegs und verhandle über Angebote.«

Als er Mirja Ryynänens Namen ausspricht, dreht sich Rekkus Mutter auf ihrem Stuhl um und schaut Lampinen an. Mitten in einer so großen Sache, wie kann das sein, kommt es mir in den Sinn.

Sobald sie weg sind, setze ich mich auf Lampinens Platz am Schreibtisch und lege den Karoblock neben dem Telefon bereit. Ich habe Zeit, die Ordner durchzusehen, was wo ist, falls gleich ab acht Anrufe kommen, aber dann hört man draußen einen Schrei, und das muss ein sehr lauter sein, denn er dringt durch zwei Wände bis ins Chefbüro. Ich stehe sofort auf und renne durch die Halle nach draußen.

Vor dem Polar haben sich inzwischen auch andere versammelt. Die Tür ist halb offen, und Niemi hängt an Rekkus Arm und versucht, ihn umzudrehen. Rekku schreit und brüllt, und seine Mutter weint, und Niemi schreit vor rasender Wut, denn er blutet im Gesicht, und Lampinens Hemd ist vorne offen und scheint an der Knopfleiste gerissen zu sein. Ojanen versucht, Niemi zu helfen, traut sich aber nicht nah genug heran, und die alten Männer von der Installation tun gar nichts, sondern weichen zurück.

»Großer Gott«, sagt Rekkus Mutter, sie wiederholt es in einem fort, man hört es zwischen den Schreien.

Ich gehe zu Lampinen und frage ihn aus sicherer Entfernung, was passiert ist. Lampinen sagt, Reijo will nicht freiwillig mitkommen, er hat sich an Wand und Türrahmen des Wohnwagens festgehalten, und als sie Niemi zu Hilfe geholt und zusammen versucht haben, ihn loszubekommen, hat Reijo um sich geschlagen und an den Kleidern gerissen.

»So geht das nicht«, sage ich so laut zu Lampinen, dass er es auch bestimmt hört.

»Es muss aber«, antwortet er.

»Aber nicht jetzt.« Ich sage, dass Niemi zuerst loslassen muss, ich herrsche Lampinen richtig an, es Niemi zu befehlen, und irgendwie versteht er es und ruft Niemi zu, lass gut sein.

»Wir warten ein bisschen. Sonst gibt es noch Tote«, sagt er zu Niemi, aber dieser hört nicht sofort auf, weil er vor Wut schäumt, aber als Lampinen es noch einmal und lautstark sagt, lässt Niemi Rekkus Arm los und weicht zwei Schritte zurück.

Es wird still. Rekku steht erhöht auf der Eingangsstufe, größer als alle anderen, und zerknautscht das Gesicht. Er will nicht zeigen, dass er weint, darum dreht er sich um und zieht die Tür hinter sich zu.

»Rekku, ich muss ein paar Sachen holen«, sage ich, ohne darüber nachzudenken, ob das vernünftig ist, und gehe in den Wohnwagen.

Rekku läuft die Nase wie bei einem kleinen Kind. Auf dem Tisch steht eine Rolle Klopapier, davon reiße ich etwas ab und sage, er soll sich die Augen abwischen und die Nase putzen.

»Alles ist gut«, sage ich und verspreche ihm, dass Niemi bestimmt bald nach Pälkäne fährt, um dort an dem großen Auftrag weiterzuarbeiten, und dass er es nicht böse gemeint hat.

»Aber er kommt und zerrt und tut mir weh«, bringt Rekku heulend heraus.

»Jetzt nicht mehr. Wir reden miteinander und legen das bei, und dann sind wir alle ganz ruhig. Es wird sich alles klären.« Ich versuche, ihn zu beruhigen, und lüge dafür etwas.

Dann setze ich mich auf die Eingangsstufe. Jetzt sind nur noch Lampinen und Rekkus Mutter da, Lampinen hat die Männer zur Arbeit geschickt. Ojanen scheint bereits im Auto auf Niemi zu warten, aber der wäscht sich noch vor der Halle und trocknet sich mit einem Flanelllappen ab.

Ich weiß nicht, woher die Gewissheit kommt, ich weiß nicht, wie der Gedanke überhaupt entstanden ist, denn er ist so sicher und so fertig, als hätte ich ihn schon lange im Kopf gehabt. Ich stehe auf und gebe Lampinen und Rekkus Mutter mit einer Handbewegung zu verstehen, sie sollen mitkommen, damit Rekku nichts hört.

»Man kann ihn nicht nach Ronni bringen«, sage ich als Erstes, sobald wir neben dem auf Klötzen aufgebockten Citroën stehen. Rekkus Mutter ist von der Szene eben noch so aufgelöst, dass sie nicht richtig widersprechen kann.

»Dort machen ihn die anderen verrückt, und wenn er nirgendwo seine Ruhe hat, bringt er noch jemanden um. Dann wird es noch schlimmer, und er kommt für den Rest seines Lebens hinter Schloss und Riegel«, sage ich ganz ruhig und wie einer, der weiß, wovon er spricht.

Lampinen fängt mit Aaro an, aber Rekkus Mutter legt die Hände vors Gesicht. Als sie zwischendurch aufschaut, sieht man, dass für sie gar nichts mehr klar ist.

Da spreche ich meinen Gedanken so aus, wie ich ihn im Kopf habe.

»Vielleicht machen wir es so. Silja hat eine schlechte Wohnung. Ihr zahlt ihr zusammen die Miete, damit sie sich eine größere Wohnung besorgen kann, und darin kriegt Reijo ein eigenes Zimmer. Tagsüber arbeitet er in der Halle, so gut er kann, und er kann ja ziemlich viel, zumindest ist er stark und kann Teile in die Regale räumen und Bleche schneiden, wenn ihm jemand die Maße anzeichnet.«

Zuerst sagen sie nichts, aber sie widersprechen auch nicht. Rekkus Mutter nimmt die Hände vom Gesicht weg und schaut Lampinen an.

»Gibt es denn Arbeit für ihn?«, fragt sie. Lampinen guckt mehr zu Boden und auf das Citroën-Wrack als auf uns beide.

»Und Silja?«

»Die würde das schon machen, wenn ich sie darum bitte und ihr alles erkläre. Reijo ist ihr von klein auf wichtig gewesen. Und sie haben sich nie gestritten.«

»Jetzt ist das ein bisschen was anderes.«

»Mit ihrem Lohn als Küchenhilfe kriegt Silja nie eine anständige Wohnung. Und falls sie was in der Nähe findet, muss sie im Winter nicht so weit mit dem Rad zur Arbeit fahren«, fängt Rekkus Mutter an zu planen, und da kann Lampinen nichts mehr einwenden, sondern sagt, na dann, von mir aus.

»Ich übernehme beides, stelle ihn ein und zahle die Miete. Aber nicht zum vollen Lohn. Die Hälfte kann er kriegen, Essensgeld und ein bisschen was«, sagt Lampinen und macht

Pausen dazwischen, obwohl er sonst und am Telefon, wenn er etwas verkaufen will, auf Hochtouren ist.

»Aber fahren wir erst mal zu ihr und fragen«, sagt er dann.

»Silja ist schon bei der Arbeit, da können wir nicht hin«, sagt Rekkus Mutter.

»Wir erledigen das jetzt sofort, sonst wissen wir ja nicht, wie es weitergeht«, sagt Lampinen und weist mich an, bei Reijo zu bleiben und nichts zu sagen, solange die Sache nicht sicher ist.

»Ihr setzt euch zusammen ins Büro, und du gehst ans Telefon«, sagt er zu mir, und zu Rekkus Mutter sagt er, dass sie jetzt direkt zur Kaserne fahren und Silja aus der Küche holen soll, weil das Ganze nur klar wird, wenn man sie direkt und sofort fragt.

Als ich am Freitag mit dem Bus in die Stadt fahre, fühle ich mich stark und gut, obwohl mein linkes Bein schmerzt und ich eine blaue Wade habe. Niemi hat auf dem Sportplatz von Pälkäne einen Wurfhammer gefunden, und wir mussten alle antreten. Es wurde ein Kreis gezeichnet und die Wurfrichtung so festgelegt, dass der Hammer nicht aus Versehen gegen die Halle oder einen Wohnwagen fliegen konnte.

Ist es eine Kraftdisziplin oder eine Technikdisziplin? Über diese Frage gab es Streit, aber wir warfen alle, weil noch keiner zuvor die Gelegenheit hatte, es auszuprobieren. Niemi gewann, weil er fast auf Anhieb lernte, sich zwei Runden zu drehen, mit ausgestreckten Armen und die Finger am Hammergriff, aber Rekku wurde mit bloßem Schmeißen und ohne die Beine groß zu bewegen Zweiter.

Wir warfen viele Runden, auch Hartikainen, obwohl man ihn sonst nicht einmal mehr dazu bewegen kann, beim Pfeil-werfen mitzumachen. Die Olympischen Spiele sind nun mal eine tolle Sache, und die Leichtathletik ist der einzig wahre Sport, neben Skilanglauf, nannte er als Grund, warum er es probieren wollte, und er nahm jeden Wurf ernst.

Ich versuchte, bei meinem letzten Wurf einen Rekord aufzustellen, und versuchte es zu sehr, die Kugel schlug noch im Wurfring auf den Boden, und dabei knallte mir das Drahtseil gegen die Wade. Ich schrie laut auf und hätte geheult, wenn ich allein gewesen wäre, aber so konnte ich bloß fluchen und musste die Zähne zusammenbeißen, damit der Schmerz nicht in orange-schwarzen Blitzen hin und her schoss.

Sverdloff ging neben mir in die Hocke und betastete mit den Fingern den Muskel und den Knochen, ob nichts gebrochen oder gerissen ist. Er verordnete Kühlung, und Rekku holte mit dem kleinen Bottich Wasser vom Hahn an der Hallenwand, sodass ich das Bein bis zum Knie eintauchen konnte. In der Nacht pulsierte der Schmerz die ganze Zeit und ich musste zwischendurch aufstehen und ein paar Schritte gehen. Rekku schreckte auf und glaubte, er wäre wer weiß wo, aber ich machte das Licht an, damit er den engen Wohnwagen sah und sich beruhigte und wieder einschlief.

Silja hat sich mit der Regelung einverstanden erklärt, unter der Bedingung, dass jeder für sich wohnt und sie nicht ständig nach ihm schauen muss und dass sie zumindest an den Wochenenden nicht als Kindermädchen beschäftigt ist. Rekkus Mutter hat versprochen, die Wäsche zu übernehmen und Essen vorzukochen.

Silja hat dann sofort einen Zettel mit »Suche Mietwohnung« ins Büro der Kaserne gegeben und einen zweiten Zettel ans Schwarze Brett im Genossenschaftsladen gehängt. Sie hat gesagt, dass sie für das Loch neben der Brücke auch die letzte Monatsmiete für nichts zahlen würde, wenn sie nur heraus und so weit wie möglich weg von ihrem Vermieter kommt. Sie glaubt, dass sie mit Rekku auskommen kann, weil sie schon immer mit ihm ausgekommen ist und sich um ihn gekümmert hat, seit er ein Baby war. Bei Rekkus Geburt war sie erst zwölf und fünfzehn Jahre jünger als ihre Schwester, sodass Rekku wie ein Bruder neben ihr aufwuchs.

Rekku haben sie es am Mittwoch gesagt. Seine Mutter und Silja sind nach Siljas Arbeit in die Halle gekommen. Rekku hat es verstanden. Als sie es ihm sagten, stand ich dabei, weil wir den ganzen Tag Maschinen zur Seite geräumt hatten, um Platz für neue zu schaffen, und dafür braucht man die Kräfte von zweien und vor allem die von Rekku.

»Und Reijo geht da niemals mehr hin«, sagte er, nachdem er verstanden hatte, dass er nicht nach Ronni zurückmuss, und dann kam etwas Ähnliches wie ein Lachen, und er rieb die nackten Arme aneinander.

»Wir probieren das jetzt aus und dann sehen wir weiter, aber Reijo muss brav sein und der Tante genauso gehorchen wie daheim der Mama und dem Papa. Ist das klar?«, sagte seine Mutter.

»Das ist klar, das passt«, versprach Rekku und ahmte dabei Hartikainen nach, der das immer sagt, wenn er mit dem Zollstock Maße nimmt, auf dem die Zahlen und Striche so abgewetzt sind, dass nur noch er sie lesen kann.

Als Rekku mit seiner Mutter zu Lampinen ging, trödelte Silja so lange, dass sie mich fragen konnte, ob ich mir das ausgedacht hätte.

»Joo«, antwortete ich und versuchte, so zu tun, als wäre es gar nichts Großes. Silja sagte, besuch Rekku doch mal.

Darauf konnte ich nichts mehr antworten, ich stand nur stumm und dumm vor ihr, obwohl ich hätte sagen müssen, natürlich komme ich, ich komme euch beide besuchen. Dann hätte mich Silja umarmt und geflüstert, ja, komm.

Sie ist nicht älter als dreißig oder einunddreißig, habe ich von Rekkus Alter her ausgerechnet. Rekku ist zwei Jahre älter als ich und wird zwanzig. Dann dürfte er Schnaps kaufen und würde in alle Lokale hineinkommen, aber er wird sich nie welchen kaufen, sie würden ihm gar nichts verkaufen, und allein kommt er auch in kein Lokal rein.

Ein erwachsener Mann wird er nie werden, sonst wäre er es schon. Er steht zwischen allem, und nichts ist fertig. Er wächst nicht einfach langsam, ganz gleich, was seine Mutter den anderen sagt. Er wird immer bis zu den Knien im Wasser stehen und nur an guten Tagen zwischen dem flachen und dem tiefen treiben. Im flachen Wasser kommt man mit den Füßen auf den Boden und kann sicher stehen, wenn die Mutter vom Ufer aus zuschaut. Im Tiefen muss man richtig schwimmen können, denn es ist kein Schwimmen, wenn man es mal kann und mal nicht.

Da ist dann keiner mehr, der einen rettet. Wenn man im tiefen Wasser anfängt zu toben und um sich zu schlagen und die Kräfte eines Erwachsenen hat, kann es auch für den Retter schlecht ausgehen. Es ist nicht verkehrt, bei Rekku auf der Hut zu sein.

Ich versuche zu denken, dass schon alles gut gehen wird, aber ich bin mir nicht sicher, denn ich habe Rekku ein paarmal so gesehen, wie ihn vielleicht noch niemand außer mir gesehen hat.

Als er am Abend im Wohnwagen nach seinem STE-Buch suchte und wütend wurde, weil er es nicht fand, wagte ich es nicht, ihm zu sagen, dass ich es mit nach Hause genommen habe, aber zurückbringen werde. Ich erklärte ihm bloß, alles würde sich finden, auf dieser Welt ginge nichts für immer verloren.

Während der gesamten Busfahrt gehe ich das alles durch, weil es mich doch bedrückt. Rekku werde ich nicht mehr los, selbst wenn ich noch so sehr versuchen würde, zu denken, es wäre allein die Sorge von Rekkus Mutter und von Aaro, den er

Vater nennt, und von Lampinen und Silja. Das sind Erwachsene aus seiner Nähe, und ich bin es nicht, er ist nicht mein Bruder, nicht mal mein Halbbruder.

Rekku bleibt übers Wochenende im Wohnwagen. Lampinen hat versprochen, an beiden Tagen nach ihm zu sehen und ihn zum Beispiel auf eine Tour mit dem Mercedes oder auf ein Eis mitzunehmen. Rekkus Mutter hat versprochen, ihm Leckerbissen zu bringen, Fleisch-Kartoffel-Auflauf und zum Nachtisch Pfannkuchen.

Rekku hat mit den Armen gewedelt, als er die beiden Versprechen gehört hat, aber dann ist er auf die Idee gekommen, zu fragen, warum er am Freitag nach der Arbeit nicht abgeholt wird so wie immer.

A ls Erstes lege ich den Steinbeck mitten auf den Schreibtisch, damit ich ihn nicht vergesse, wenn ich am Sonntag die Sachen für die Woche packe, und jetzt muss ich ihn zu Ende lesen, auch wenn das Wochenende voll mit allen möglichen anderen Sachen ist.

Mein Vater sitzt in der Küche vor der Spüle und sägt und schnitzt an Holzklötzchen herum. Er fragt mich nicht, was es Neues gibt, sondern erklärt mir sofort, dass er einen Teufelsknoten macht. Er hat eine Zeitung auf der Spüle ausgebreitet und kerbt mit Laubsäge und Messer nach Anleitung Vertiefungen und Ausbuchtungen in die kleinen Holzstücke.

Ein Teufelsknoten ist eine Art dreidimensionales Puzzle, das weiß ich, aber er will es mir trotzdem erklären und sagen, dass er es macht, damit er etwas zu tun hat und einen Zeitvertreib, jetzt, wo man draußen nicht mehr so viel machen muss, nicht mal Unkraut wächst mehr und der Rasen auch nicht mehr so wie im Frühsommer. Er erklärt es mir, obwohl ich nicht danach frage, ich setze mich einfach auf den anderen Stuhl und sehe zu, wie er werkelt und versucht, die Klötzchen zusammenzusetzen und mit der Messerspitze die Unebenheiten zu säubern.

In der Bastelanleitung in der Zeitung gibt es für jedes Klötzchen ein Konstruktionsbild und oben ein größeres Foto von dem fertigen Teufelsknoten. Eine Anleitung zum Zusammensetzen gibt es nicht, die richtige Reihenfolge muss man selbst durch Ausprobieren herausfinden, es ist ein Geduldsspiel, wie ein schwieriges Puzzle oder eine Geometrieaufgabe.

Ich sitze dabei und schaue einfach zu. Ich frage meinen Vater nicht nach der Arbeitssuche, schon lange habe ich das nicht mehr getan, ich frage ihn nicht einmal, wie seine Woche verlaufen ist. Er fängt an, von Mama zu sprechen, dass sie die ganze Zeit noch mehr Arbeit annimmt.

»Sie will dich auch nach der Schule fragen.«

Meinem Vater sage ich nichts, aber meiner Mutter werde ich es sagen. Sie muss nicht in die Schule gehen, um dort wegen mir vorzusprechen, denn wir haben schon im Frühjahr darüber geredet und ausgemacht, dass sie es nicht muss. Auch wenn sie selbst nichts sagen würde, würde man ihr Fragen stellen und sie schließlich über alles ausfragen. Warum der Junge abbricht und es nicht einmal im Sekretariat meldet. Ob er mentale Probleme hat, ob er wenigstens arbeitet oder nur faul daheim herumlungert.

In vier Tagen fängt die Schule wieder an. Ich spüre eine schmerzhafte Stelle im Bauch. Der ganze Sommer ist dahingegangen, zwischendurch habe ich es schon gewusst, aber dann wieder nicht, und dann wieder andersherum.

Die anderen kann man wegen so etwas nicht fragen, weil man ins Leere springt und es selbst wissen muss. Immer wieder komme ich darauf zurück. Inzwischen müsste ich wenigstens Sicherheit darüber haben, ob es mit der Arbeit weitergeht, aber Lampinen hat es nicht mehr zur Sprache gebracht, obwohl er mir aufgetragen hat, ihn daran zu erinnern. An so etwas Großes kann man jemanden aber nicht mit Gewalt erinnern und betteln, dass er einem was sagt. Ein Mann macht so etwas nicht, dass er bittet und bettelt.

Das Beenden der Schule ist eine unabgeschlossene Angelegenheit, die mich jedes Mal plagt, wenn ich daran denke. Nicht einmal mit Karina habe ich darüber gesprochen. Mit meinem Vater und meiner Mutter habe ich kein einziges Mal mehr über die Möglichkeit geredet, vielleicht doch weiterzumachen. Das würde bedeuten, dass ich das Gymnasium zu Ende besuche, und damit wäre für zwei Jahre über mein Leben entschieden, aber danach wäre alles unsicher und die Mauer noch höher.

Karina würde mir zuhören und versuchen, mich zu verstehen, aber es dann doch nicht tun, auch wenn sie noch so sehr meiner Meinung wäre. Bei ihr läuft das Leben glatt, bei ihnen ist von Anfang an klar gewesen, dass die Kinder der Familie Tapio zumindest die Schule zu Ende bringen, danach direkt an die Universität gehen und ihren Abschluss machen und dass dann erst das Leben anfängt.

Trotzdem muss ich mit ihr reden, denn es kann nicht sein, dass sie es auch am Mittwoch noch nicht weiß und in der Schule vergebens nach mir Ausschau hält.

Als ich den Kohlauflauf aufwärme, kommen im Radio die Nachrichten. Kekkonen ist aus dem Urlaub am Schwarzen Meer zurückgekehrt, und Sorsa hat ihn am Flughafen empfangen, um ihm zu berichten, wie die Koalitionsverhandlungen vorangeschritten sind. Kekkonen hat auf dem Rückweg halt in Sawidowo gemacht, und der Redakteur sagt, dass ein solcher zusätzlicher Besuch ein Beweis für das hohe Ansehen ist, das der Präsident der Republik in unserem Nachbarland genießt. Ich höre an der Stelle genau zu, ob es sein kann, dass ein zusätzlicher Abstecher mehr als ein vorab geplanter sein kann.

Ich verrühre den weich gekochten Kohl und das Hackfleisch mit dem Pfannenwender, damit alles gleichmäßig heiß wird. Es ist zu wenig Butter in der Pfanne, weshalb der Auflauf festklebt. Ich breche das Aufwärmen ab, stelle die Pfanne auf die kalte Platte, nehme mir etwas auf meinen Teller und koste. Mein Vater nimmt sich nach mir und stellt das Gelee aus Schwarzen Johannisbeeren auf den Tisch. Auch davon koste ich einen Löffel voll, aber nicht mehr, es ist kein echtes, sondern Spar-Gelee vom Spätsommer, aus den letzten Resten im Entsafter mit zu wenig Zucker gemacht.

Ich erinnere mich an das, was Lampinen erzählt hat, und frage meinen Vater, von wo er Lampinen weggetragen hat, damit er nicht stirbt. Mein Vater guckt plötzlich ganz merkwürdig und antwortet zunächst nicht, sondern sagt nur, das sind uralte Geschichten, bald ein Menschenleben her, aber ich frage ihn noch einmal und erzähle, was Lampinen gesagt hat.

»Ich hab ihn nicht getragen, ich habe es versucht, aber meine Hände haben angefangen zu zittern, und als wir den Hügel hinaufkamen, fiel er auf die Steine und hat sich wahrscheinlich da erst die Rippen gebrochen. Dann zog ich ihn einfach an den Beinen hinter mir her und hatte höllische Angst. Du musst nicht alles glauben, was Lampinen sagt, das ist ein Geschäftsmann, der immer alles schönredet. Die haben in der Sammlungspartei so eine Manier, dass es im Krieg Helden gegeben haben muss. So wie Vennamo mit seinen Veteranen und Invaliden, bei denen sammeln die ihre Stimmen, die reden, wie es ihnen gerade in den Sinn kommt, tun aber nichts.«

»Aber Lampinen hat gesagt, er wäre dort liegen geblieben«, widerspreche ich.

»Das wäre er nicht, weil ihn ein anderer weggezogen oder ein Stärkerer ihn getragen hätte. Der Krieg ist beschissen, da weht nicht die Fahne Finnlands, da stinken die Fußlappen. Darüber muss man nicht weiter reden«, sagt mein Vater und schaut mich an. Ich weiß nicht, ob ich nicken oder den Kopf schütteln soll, und schaue nur zurück. Mein Vater hat bald zwei Menschenleben lang gelebt, seine Tage werden weniger, neue kommen nicht mehr hinzu, er macht sich nichts mehr aus Lob.

Es ist erst halb sechs, es lohnt sich nicht, Essen für Mama aufzuheben, weil Freitag ist und Büroabend. Ich räume die Teller und Gläser ab, und mein Vater stellt die Milch und das Spar-Gelee kalt. Alles ist wie immer und ist es doch nicht.

Dieses Gedankenstückchen bleibt mir im Gedächtnis, und als ich mich zum Ausruhen auf die Tagesdecke lege, denke ich, dass sich jetzt doch alles ändert. Auch wenn sich nicht alles ändert. Und dann bleibe ich an der Frage hängen, was auf der Welt passieren müsste, dass sich alles auf einmal ganz und gar verändert.

Wenn es einen Krieg gäbe und man an die Front müsste, dann. Wenn die Russen die Städte zerbomben würden. Aber auch daran würde man sich gewöhnen. So, wie sich die Vietnamesen daran gewöhnt haben. Man würde in Ruinen leben und auf den Feldern das übrig gebliebene Kraut der Zuckerrüben einsammeln.

So folgt ein Gedanke auf den anderen. Wenn in der Firma nur normale Routinearbeiten zu machen sind und ich Zeit habe, denke ich oft darüber nach, wie das mit den Gedanken ist. Dass man einen Gedanken nicht sieht und er deswegen das Großartigste überhaupt ist. Dass man zuerst denkt und dann tut, und an dem, was ein anderer tut, sieht man erst, was er sich dabei gedacht hat.

Ich stelle mir vor, wie mein Vater Lampinen auf dem Rücken trägt. Lampinen hat erzählt, dass er am Hintern und an den Beinen von Metallsplittern und von scharfen Holzstücken von Bäumen getroffen wurde. Er hätte selbst nicht gehen können, nicht einmal kriechen, weil die Beine steif und durch die Blutungen darin geschwollen waren. Er war bei Bewusstsein gewesen und weiß es selbst am besten und hat nichts davon erzählt, dass er auf Steine gefallen ist und sich dabei die Rippen gebrochen hat.

Als ich wieder in die Küche komme, hat mein Vater das Messer und die Laubsäge gegen Schmirgelpapier getauscht. Die geschmirgelten und die ungeschmirgelten Klötzchen liegen in zwei ordentlichen Reihen.

»Noch mal zum Krieg«, fängt er an, als hätte er die ganze Zeit darüber nachgedacht, schaut aber nicht in meine Richtung, sondern dreht ein Klötzchen, das wie ein Haken aussieht, in der Hand und hält es gegen das Licht, ob man Unebenheiten erkennt.

»Kann schon sein, dass ich so etwas getan habe. Lampinen war immerhin ein Kamerad und für mich mehr als die anderen Vettern. Auch wenn das nicht immer ins Gewicht fällt, weil alles einmal aufhört.«

RADIO SATAN

»Darf ich Sie direkt fragen, Herr Präsident, ob Sie sich Sorgen machen?«

»Das Amt des Präsidenten dieser Republik ist eines, in dem man sich große Sorgen macht. Und man muss sich fragen, warum das so ist.«

»Herr Präsident, warum ist es so?«

»Darüber hätte man vielleicht zweimal nachdenken müssen.«

»Was wir vielleicht einräumen können, ist, dass ich den Prozess der Regierungsbildung seit dem Herbst 1936 verfolge, zirka 36 Jahre schon, manchmal mit Abstand, manchmal mit nicht so großem Abstand, manchmal als eine der zentralen Personen in den Verhandlungen. Meine Erfahrung kristallisiert sich in einer Beobachtung.«

»Wir können vielleicht einräumen, dass die Gesamtinteressen nicht immer am besten durch Kompromisslösungen gewahrt werden.«

»Wir können es uns nicht leisten, in Selbstbetrug zu verfallen.«

»Finnland braucht keinen Garanten von außen für seine guten Beziehungen zur benachbarten Sowjetunion.«

»Mitbürger! Diese beiden Dinge haben nichts miteinander zu tun.«

F alls Jukka zu Hause ist, müssen wir mit den Sendeversuchen beginnen. Falls nur Karina zu Hause ist und Jukka nicht, ist es besser, gleich mit Karina irgendwo hinzugehen. Sollten zufällig beide da sein, dann weiß ich nicht. Ich gehe im Kopf alle Möglichkeiten durch, während ich mit dem Rad durch den Regen zu ihnen fahre.

Zum Glück ist nur Jukka da. So ist es leichter, ich muss nicht zwischen ihnen stehen und mich entscheiden.

Wir steigen sofort zum Dachboden hinauf. Dort ist von den heißen Tagen Wärme zurückgeblieben, und es riecht bis zur Tür nach Hefe. Ich frage Jukka, ob seine Eltern nichts gemerkt haben, aber sie sind noch nicht hier oben gewesen, erklärt mir Jukka. Was hat man schon im August auf dem Dachboden verloren, wenn die Sommerkleider noch nicht hinaufgebracht werden? Ihre Winterkleider hängen sauber in braunen Kleidersäcken an Bügeln, von dort dringt einem der Geruch nach Wermutkraut in die Nase.

Jukka nimmt die Decken vom Plastikkanister. Im Überdruckventil steht rosa Schaum und blubbert leicht, wie wenn im See Blasen an die Oberfläche steigen. Jukka schraubt Deckel und Ventil ab und fordert mich auf, zu riechen. Ich halte die Nase an die Kanisteröffnung und schnuppere so lange, bis ich anfange zu husten, es riecht stark nach Rhabarber, Hefe und Säure. Jukka hebt einen ein Meter langen, durchsichtigen dünnen Plastikschlauch vom Boden auf und sagt, dass er den gekauft und die Quittung aufgehoben hat. Den Zucker haben wir halb und halb bezahlt, der Wein ist ein gemeinsames Unternehmen, anders als der Radiosender, bei dem Jukka will, dass es seine Sache ist, darum hat er dafür alle Teile selbst gekauft.

Er sagt, dass er die Woche über den Geschmack nicht geprüft hat, dass wir es jetzt aber tun müssen. Er hält den Schlauch in den Kanister und erklärt mir, wie ich saugen und die Finger am Schlauch bereithalten muss, um zuzudrücken, wenn der Heber funktioniert. Ich versuche es so zu machen, atme aber den Weindunst ein und muss abbrechen und husten.

Beim zweiten Mal bekomme ich den Schlauch voll und knicke ihn. Der Wein ist mir bis in den Mund gelaufen, ich schlucke ihn, bevor ich den ersten Becher fülle.

Er schmeckt nicht gut, aber ich trinke davon und lobe ihn. Er schmeckt nach purem Saft und vor allem nach Hefe. Jukka sagt, der hat schon mindestens zehn Prozent, und das glaube ich auch. Hätten wir ein Alkoholometer, könnten wir es genau messen, aber die brauchbaren sind in Deutschland teuer gewesen, und ein schlechtes lohnt sich nicht zu kaufen, sagt Jukka und schmeckt und schluckt.

Ich lasse noch zwei volle Teebecher aus dem Schlauch rinnen, sodass für beide ein halber Liter und vielleicht auch mehr zusammenkommen. So kann man die Prozente auch ohne Alkoholometer messen. Man spürt in den Augen und im Kopf, dass es mindestens zehn sind, darüber sind wir uns einig und wir sind zufrieden, weil der Ansatz gelungen und nicht zu Essig geworden ist. Gut ist er nicht, aber billig, und wir loben ihn und uns. Es wird einem ganz leicht, wenn man sich an den Schornstein lehnt und den rötlichen, trüben Wein trinkt.

Nach der dritten Tasse sagt Jukka, jetzt reicht es mit dem Unfertigen, weil in der Anleitung acht Tage Gären als Minimum steht.

»Das ist am Montagabend. Wenn wir ihn am Dienstag in Flaschen abfüllen, können wir bei der Gelegenheit ein bisschen was auf den Schulanfang trinken«, meint Jukka.

Dazu sage ich nichts. Kann sein, dass er meinen Schulabbruch überhaupt nicht begreifen, sondern mich für einen Idioten halten würde, und ich bin mir ja auch nicht absolut sicher. Jetzt, in der erleichternden Wochenendstimmung, scheint alles möglich und wieder offen zu sein.

Wir legen die Decken auf ihren Platz zurück, bis der Kanister komplett darunter verschwindet. Als wir gehen, haben wir uns an den Hefegeruch so gewöhnt, dass wir ihn nicht mehr bemerken.

In der Garage hat Jukka den Sender mitten auf die Werkbank gestellt und die Kabel fertig angeschlossen. Unter der Woche hat er noch viele Veränderungen vorgenommen und Versuche gemacht und lobt sich im Eifer der Betrunkenheit selbst.

»Der Name ist übrigens *Radio Satan*«, sagt er fast feierlich und schaut, ob ich zusammenzucke. Ich antworte nicht, denn ich will nicht zeigen, dass es ihm gelungen ist, mich zu überraschen. Ich nicke nicht einmal, aber Jukka ist mit der Entscheidung zufrieden und lässt mich raten, wie er auf so einen perfekten Namen für eine Radiostation gekommen ist. Er sagt, er habe das *World Radio TV Handbook* von vorne bis hinten durchgeblättert, die Tausende Namen von Sendern aus aller Welt, und darunter nichts Besseres und Passenderes gefunden. *Radio Satan* hat er sich im Frühling ausgedacht, als er mitten in der Nacht aufgewacht ist und sich komisch gefühlt hat und es im Zimmer stockfinster gewesen ist wie im schwarzen Vorhof zur Hölle.

Sogar eine QSL-Karte hat er schon entworfen. Auf weißem Papier steht mit dickem Filzstift in Blockbuchstaben *Radio Satan* und darunter mit Schreibmaschine:

»We are pleased to confirm and verify that you have been listening to a transmission from the revolutionary station of Radio Satan (Radio Devil) on the frequency of ___ MHz, on __, 197_, at __ hours GMT. Thank you for your reception report.«

Die Frequenz, das Datum und die Uhrzeit sind offengelassen worden, und als Unterschrift hat Jukka seinen Namen mit einem dünnen blauen Filzstift oder einem Rapidografen hingeschmiert, aber so undeutlich, dass man ihn garantiert nicht entziffern kann.

Die QSL-Karte sieht fast echt aus, wie eine von denen, die ich aus der ganzen Welt bekommen habe. Als ich sie lese, habe ich das Gefühl, dass aus der Radiostation doch etwas werden kann.

»Ist der Name gut?«, fragt Jukka.

»Ja, sehr gut«, lobe ich, denn so muss man es bei Jukka machen.

»Er ist schon ziemlich gut«, sagt er und steigt auf den Dachboden, um noch etwas zu trinken zu holen.

Er fordert nicht mich auf, zu gehen, sondern geht selbst, weil er will, dass ich mir inzwischen die Pausenzeichen anhöre, die er unter der Woche nachts aufgenommen hat. Er hat sie nacheinander auf dieselbe Kassette überspielt, und *Radio Reloj Belo Horizonte* ist der Erste, aber besser finde ich *Radio Colosal* aus Kolumbien mit dem ab- und zunehmenden Hall. Ich drehe die Lautstärke höher und höre dieselbe Stelle immer wieder, spüre den Rhabarberwein in den Augen, und im Kopf prickelt es, als säße ich in einem Riesenrad, das sich besonders schnell dreht, und die Geräusche von der Erde würden auf- und absteigen, und ich wäre mittendrin.

Als Jukka zurückkommt, hat er eine halb mit Wein gefüllte braune Opa-Bierflasche dabei. Ich lobe ihn für die Aufnahmen und den Namen. Er ist ganz meiner Meinung. Ich drücke auf *Rew* bis noch einmal die Stelle mit dem Hall kommt, und sage, daraus machen wir den Hintergrund für die ID.

Wir fangen an, die Ansage mit zwei Kassettenrekordern und Mikrofonen aufzunehmen. Das Timing muss perfekt sein. Zuerst probieren wir unsere beiden Stimmen aus, und meine ist besser. Jukka bedient die Pause-Tasten an den Rekordern und die Aufnahme, und ich halte das Mikrofon in der Hand wie ein Sänger und mache die Ansage genau im richtigen Moment, als der Hall von *Colosal* noch schwach ist, aber gerade zunimmt, und von da an darf er sich wiederholen wie ein Echo, das von einer Wand oder einem Felsen im Looping zurückgeworfen wird.

»Hier ist *Radio Satan*. You are listening to Radio Devil.«

W ir machen einige Programmstücke fertig, so wie ich es geplant habe. Dafür nehmen wir Stellen aus den Nachrichten und der Presseschau des Finnischen Rundfunks auf, und weil sie gerade kommt, auch die Abendandacht mit Pastor Hakala, und überspielen sie gekürzt auf eine andere C-60-Kassette und dann, kombiniert mit eigenen Ansagen, wieder über den zweiten Rekorder auf eine neue Kassette. Das geht langsam, aber wir haben den ganzen Freitagabend Zeit, weil Karina mit ihren Eltern bei einer Familienfeier ist und sie erst spät in der Nacht zurückkommen werden und auf keinen Fall mit dem eigenen Auto. Das Auto bleibt bei den Verwandten stehen, von wo es Karinas Patenonkel am Vormittag zu den Tapios zurückfährt, aber dann muss wiederum er nach Hause gebracht werden. Es klingt nach einer guten Regelung, als Jukka es erklärt, und uns kann es recht sein, denn so können wir für die Aufnahmen auch das Radio und das Kassettenfach im Wohnzimmer benutzen.

Jukkas Vater hat außerdem noch ein großes Tonbandgerät im Arbeitszimmer stehen. Als Chef muss er zu Hause Überstunden machen und braucht für die Leitartikel manchmal die Fernsehnachrichten und anderes Material. Die Angaben zu allen wichtigen Sachen, die er aufnimmt, werden samt der Aufnahmedauer mit Spiegelstrichen auf der Tonbandhülle notiert.

Als wir eine Trinkpause einlegen, gehe ich die Beschriftungen der Bänder durch und finde politische Radiointerviews und Neujahrsansprachen von Kekkonen. Daraus lassen sich viele gute Aufnahmen machen, und der beste Fund ist der *Björne-*

borger Marsch. Den überspielen wir sofort auf Kassette, weil er so stark und unverkennbar ist, dass ein Finne bloß ein kurzes Stück zu hören braucht, um sein Radio garantiert vom Programm des Finnischen Rundfunks auf unsere Frequenz einzustellen.

Jukka wird schneller betrunken als ich, obwohl er größer und schwerer ist, aber so ist es schon immer gewesen. Er fängt an, von sich zu erzählen, und dabei dann auch von Kaikusalo und Pennanen. Sein Vater hat ihm verboten, sich weiterhin mit den beiden zu treffen, weil sie ein schlechter Umgang und faul und absichtlich sitzen geblieben sind, ja, geradezu darum konkurriert haben. Pennanen hat gewonnen, weil er einen Durchschnitt von 4,5 bekam und Kaikusalo von 4,9, weil ihm der Religionslehrer und ein anderer im Zeugnis eine bessere Note gaben als in der Klassenarbeit, und darum hat Kaikusalo verloren.

Als ich Jukka frage, ob er die beiden trotzdem schon gesehen hat, blockt er ab, trinkt aus seinem Becher und schaut in die andere Richtung.

Es ist kein gutes Gefühl, dass er bei einer so kleinen Sache kein Vertrauen zu mir hat. Ich habe Kaikusalo nie gemocht. Als wir noch auf derselben Schule waren, ließ er einmal angeblich aus Versehen die große Leiter auf den Biologielehrer kippen, und als dieser wütend wurde und ihm eine Ohrfeige verpasste, schlug Kaikusalo noch fester zurück. Darum wurde er von der Schule verwiesen, aber so, dass er freiwillig aufs Jungenlyzeum wechseln durfte, weil sein Vater das schon besucht hatte und Sekretär im naturwissenschaftlichen Calypso-Club gewesen war und Frauenschuh für sein Herbarium gesammelt hatte. Kaikusalos Vater hat eine Anwaltskanzlei, und die Familie gehört zu den vornehmsten der Stadt.

Der Biologielehrer hat sich keinen einzigen Tag krankschreiben lassen, sondern hat alle Stunden gehalten. Anfangs war seine Backe geschwollen und blau, in der Woche darauf dann gelblich wie gefärbt oder bei einem Kranken.

Jukka trinkt so viel, dass seine Motivation für die Aufnahmen schwindet. Wir hören auf damit, und Jukka schaltet den Fernseher ein. Es kommt der John-Wayne-Film *Comancheros*, komischer Name, aber der Film ist von Anfang an so gewöhnlich, dass man sofort weiß, wie es ausgeht. Ich schaue in der Zeitung nach, dass er bis Mitternacht dauert, und werde müde, weil ich nach der Arbeitswoche am Freitag und auch am Samstag noch einen anderen Rhythmus habe.

Trotzdem hänge ich bis zum Schluss auf der Ledercouch. Draußen ist es so dunkel, dass man weiß, es wird Herbst. Ich habe noch immer kein Licht am Rad, und auch sonst ist das Fahren eine sehr wackelige Angelegenheit.

Im Küchenfenster sieht man einen Lichtschein. Ich versuche, so leise wie möglich hineinzugehen, ziehe schon im Vorraum die Turnschuhe aus und mache den knirschenden Reißverschluss meiner Jacke auf, damit man keine unnötigen Geräusche hört. Meine Mutter schläft schlecht und hat unruhige Beine, wie sie selbst sagt, obwohl es mehr die Schwellungen in den Beinen sind, die sie plagen, und die Schmerzen vom vielen Stehen. In letzter Zeit kommt das häufiger vor, weil der Sommer heiß gewesen ist und weil die Krampfadern an den langen Tagen die meisten Probleme machen. Sie hat gesagt, dass sie sich Stützstrümpfe besorgen muss, damit sie besser durchhält.

Ich mache die Tür vom Vorraum zum Flur auf, horche, ob man etwas hört, aber die Schlafzimmertür ist zu, und man hört nur das übliche Brummen des Kühlschrankkompressors.

Ich gehe in die Küche, um das Licht auszuschalten. Neben der Spüle, genau unter der Lampe, steht ein fertig zusammengesetzter Teufelsknoten. Alle Klötzchen sind an den richtigen Stellen ineinandergesteckt, und an jedem Klötzchen ist das Holz hell glänzend geschliffen.

Darum hat mein Vater das Licht brennen lassen. Ich stelle den Teufelsknoten mitten auf den Küchentisch, damit mein Vater am Morgen sieht, dass ich ihn bemerkt und ihm einen neuen Platz gegeben habe.

In der Nacht schreit meine Mutter so schrill wie ein Vogel. Zuerst glaube ich auch, es ist ein Vogel, dann höre ich es jenseits der Wand poltern, stehe auf und laufe in den Flur. Mein Vater kauert vor der Klotür auf allen vieren, meine Mutter versucht, ihn an den Achseln zu halten, und mein Vater erbricht etwas Rotes auf seinen Pyjama und auf den Fußboden.

»Ruf den Krankenwagen!«, befiehlt mir meine Mutter mit ganz anderem Ton als sonst, und ich gerate so in Panik, dass ich das Telefonbuch unter dem Telefon hervorziehen und auf dem Umschlag nach der Notrufnummer suchen muss, obwohl ich eigentlich weiß, dass es die ooo ist, und dann erst wählen kann. Es meldet sich sofort jemand, ich komme überhaupt nicht dazu, mir zu überlegen, was ich sagen soll, und fange damit an, dass ich huste, um meine Stimme kräftiger zu machen, und sage, dass sich mein Vater übergibt. Meine Mutter ruft dazwischen, sie sollen schnell kommen, er übergibt sich, und ich sage, er erbricht Blut, und nenne die Adresse, als ich danach gefragt werde, und meinen Namen und den meines Vaters.

»Hol die Wollstola und zieh dir was an. Und hol meine Kleider vom Stuhl im Schlafzimmer«, weist meine Mutter mich an, und ich hole ihre blaue Wollstola von der Couch und versuche sie meinem Vater um die Schultern zu legen, weil er wie vor Kälte zittert, aber viel stärker. Die Stola wird sofort schmutzig, weil ein neuer Schwall Erbrochenes hochkommt und heraus spritzt und aus den Mundwinkeln rinnt. Meine Mutter legt meinen Vater auf die Seite und zieht sich daneben schnell die

Kleider über das Nachthemd, und ich gehe in mein Zimmer, ziehe Kleider und Schuhe an und renne nach draußen, um dort zu warten, denn ich muss dem Krankenwagen den Weg weisen, damit er nicht am Tor vorbeifährt.

Fast sofort hört man das Martinshorn, und dann kommt auch schon der Krankenwagen in hohem Tempo herauf, hält vor dem Tor und fährt direkt rückwärts vor die Eingangstreppe. Die Männer stellen mir keine Fragen, sondern eilen durch die offene Haustür in den Flur, die Hände voll mit ihrer Ausrüstung. Als ich dazukomme, drehen sie meinen Vater bereits auf dem Fußboden in eine andere Position, und dann wird er auf die Trage gehoben und mit zwei Gurten festgebunden. Meine Mutter fährt mit, die Sirene fängt erneut an zu heulen, und ich bleibe vor der Tür stehen und höre zu, wie das Geräusch weitergeht, zuerst nicht einmal viel leiser wird, sondern über der Stadt heult und jault, dass man es überall hören muss, weil es keine anderen Geräusche gibt und weil kein Wind weht und nichts.

Mir wird kalt in den wenigen Kleidern, aber ich bleibe einfach stehen. Ein Vogel raschelt im Garten und piept kurz. Ich lausche dem Geräusch des Krankenwagens noch nach, als man schon nichts mehr hört.

Dann gehe ich hinein und versuche, das Erbrochene vom Boden aufzuwischen. Ich trage den Teppich und die Stola in einem Bündel auf den Rasen hinaus. Dabei dreht sich ständig alles im Kopf, alles ist durcheinander, und ich nehme gar nicht richtig wahr, dass ich den Boden putze, aber er muss geputzt werden. Ich wische ihn mit einem Lappen, den ich zwischendurch im Waschbecken der Toilette ausspüle.

Als ich danach in den Garten gehe, lasse ich die Haustür ganz offen, damit ich es höre, falls das Krankenhaus anruft. Ich hänge Teppich und Stola auf die Leine, spritze mit dem Gartenschlauch Wasser darauf und reguliere die Stärke mit dem

Daumen, sodass das kalte Wasser hart aufschlägt und weich abperlt. Meine Mutter würde den Teppich mit der Wurzelbürste schrubben und Kernseife daraufreiben, bis es schäumt, aber damit fange ich gar nicht erst an, sondern setze nur den Wasserdruck zum Saubermachen ein.

Dann gibt es nichts mehr zu tun. Es ist noch nicht einmal sechs Uhr. Man hört nicht viele Geräusche, keine Vögel, nicht wie im Mai und im Juni, man hört fast nichts. Ich stehe auf der Treppe und sehe zu, wie das Wasser vom Flickenteppich tropft. Man müsste ihn der Länge nach aufhängen, damit das Wasser die Streifen entlangläuft, anders darf man Flickenteppiche nicht trocknen, sonst zerlaufen die Farben der Streifen und vermischen sich, hat meine Mutter gesagt.

Ich hole Wäscheklammern aus dem Vorraum der Sauna und versuche, den Teppich so zu drehen, dass er hängt wie die Stola. Er ist schwer vom Wasser und umständlich zu handhaben, und die Wäscheklammern halten ihn nicht. Ich muss ihn geknickt auf der Leine lassen, aber immerhin der Länge nach und die Streifen in der richtigen Richtung.

Ich versuche mich zu erinnern, ob ich an meinem Vater Anzeichen für irgendetwas gesehen habe. Er hat die Klötzchen gesägt und die Unebenheiten mit dem Messer und mit Schmirgelpapier beseitigt. Nichts Schweres, nicht Schwieriges und nichts, was er nicht hätte tun sollen. Wenn man im Voraus wüsste, dass es passiert, würde es gar nicht eintreten. Dann würde man rechtzeitig ins Krankenhaus gehen und warten, weil dort die Apparate, die Messgeräte und die Fachleute bereitstehen.

Meine Mutter ruft erst nach zehn an und hat kaum neue Informationen, nur Vermutungen. Der Zustand meines Vaters ist fast gleich geblieben, und die Ärzte können nicht sagen, in welche Richtung es sich entwickeln wird.

Ich habe den ganzen Morgen versucht, in der Nähe des Telefons zu bleiben, aber nicht bei Karina angerufen, um ihr zu sagen, dass wir die Tour nach Helsinki auf ein anderes Mal verschieben müssen. Karina hat an diesem Wochenende etwas Besonderes unternehmen wollen, und wir haben ausgemacht, dass wir mit dem Zug nach Helsinki fahren und dort zum Beispiel in den Vergnügungspark Linnanmäki gehen, falls uns nichts anders einfällt, und Karina will bei Ajatar nach Kleidern schauen und bei Fazer ein Eis essen, aber jetzt geht das nicht mehr.

Ich rufe sie an und berichte ihr, dass mein Vater bei Bewusstsein und im Krankenhaus ist und man nur abwarten kann.

»Auf was warten sie denn?«, fragt Karina.

»Das wissen sie wahrscheinlich noch nicht«, antworte ich und versuche, das Gespräch schnell zu beenden, damit nicht so lange besetzt ist.

Karina fragt, ob ich will, dass sie kommt. Ich weiß nicht, ob ich es will, ich kann eigentlich nicht richtig denken. Seit dem Morgen habe ich vom Bereitsein eine schmerzhafte Stelle im Magen.

Ich gehe hinaus, um den Flurteppich umzudrehen, und probiere aus, ob die Wäscheklammern ihn schon halten. Er ist noch immer zu nass und zu schwer und muss der Länge nach geknickt bleiben. Ich setze mich auf die Treppe und lehne mich an die offene Tür.

Was wird aus diesem Tag werden, wenn er so angefangen hat?, denke ich und versuche, einfach dazusitzen und mit dem Sonnenfleck weiterzurücken, um mich zu wärmen, aber ich kann mich auf nichts konzentrieren, nicht einmal aufs Stillsitzen.

Karina kommt, als ich noch immer auf der Treppe sitze. Sie hat neue rote Holzschuhe und einen weißen Rock an und steigt wahrscheinlich deshalb nicht so leicht vom Rad ab wie sonst. Die Holzschuhe klappern, klapp-klapp-klapp, auf der Treppe, und Karina ist zehn Zentimeter größer als normalerweise, und im Rock habe ich sie zuletzt als kleines Kind bei einem Schulfest gesehen, weil sie immer Hosen trägt, bei heißem Wetter Hotpants und sonst Cordhosen oder weiße Jeans.

Sie umarmt mich. Ich umarme sie auch, unsere Ohren berühren sich, weil sie die Holzschuhe anhat und ich barfuß bin und mich ein bisschen nach vorn beuge. Sie hat sich Parfüm in den Nacken getupft und ihre Haare zu kleinen Zöpfen geflochten.

»Fahren wir ein anderes Mal nach Helsinki«, sage ich leise. An der Wange und am Ohr spüre ich, dass sie leicht nickt.

»Hast du etwas aus dem Krankenhaus gehört?«

»Nein. Wahrscheinlich ist alles noch wie vorher«, antworte ich, obwohl ich nicht sicher bin.

Als wir hineingehen, lässt Karina die Holzschuhe und die Umhängetasche im Flur stehen. Der Fußboden dort sieht verbeult und erbärmlich aus, jetzt, da kein Teppich darauf liegt.

»Willst du einen Tee?«, frage ich, weil man etwas anbieten muss. Sie hat mich noch nie so besucht, dass wir allein gewesen wären.

Sie sagt Ja und geht herum und sieht sich alles an. Das Schlafzimmer meiner Eltern ist unordentlich, was es sonst nie ist. Ich mache die Tür zu und werfe bei der Gelegenheit einen Blick in mein Zimmer, und das ist in Ordnung, obwohl es ist, was es ist, ein Verschlag, abgetrennt mit einer Zwischenwand und überhaupt nicht schick und zurechtgemacht wie alles bei Karina zu Hause.

»Die rufen an, wenn was ist«, sagt sie.

Ich koche Wasser, nehme die Tassen aus dem einen Schrank und die Teebeutel aus dem anderen. Es ist nur Zwieback da, sage ich Karina, und sie antwortet, das spielt keine Rolle. Meine Mutter macht Zwieback aus alten Hefeteilchen, und der schmeckt eigentlich besser als die Teilchen selbst. Weil keine Kekse und kein Trockenkuchen da sind, lege ich den Zwieback aus der Schüssel auf einen Teller. Ich zähle eine ungerade Zahl ab, weil das höflicher ist als eine gerade, hat mir meine Mutter einmal erklärt, als ich noch klein war. Wie einem Mädchen hat sie mir alle Hausarbeiten und das Backen beigebracht. Auch das kommt mir in den Sinn, während ich die Zwiebackstücke auf dem blauen Teller anordne, und als wäre es eine große Sache, denke ich darüber nach, warum es mir ausgerechnet jetzt in den Sinn kommt.

»Ihr habt eine schöne Lampe«, sagt Karina im Wohnzimmer. Ich gehe zur Tür, um sie mir anzuschauen.

»Die hat mein Vater irgendwann gemacht, bei der Arbeit oder in der Mittagspause, aus Rollen gedreht und geschweißt und dann die Kabel durch die Rohre geschoben.«

»Ganz schön. Mal was anderes.«

Das Wasser kocht. Ich fülle eine Tasse auf der Spüle und gebe sie Karina und gieße danach erst mir ein. Wir sitzen uns gegenüber, Karina auf dem Platz meines Vaters, ich auf meinem. Sie redet über den Schulanfang, aber nicht so, dass ich ihr jetzt alles sagen müsste. Einen Zwieback nimmt sie nicht, ich biete ihr auch keinen an, der Teller steht mitten auf dem Tisch, und ich nehme ebenfalls keinen, wir trinken nur von dem Tee, der viel zu heiß ist. Karina sagt wieder, dass das kommende Jahr das schwerste auf dem Gymnasium ist. Ich blase in den Tee, damit er abkühlt. Karina steht auf, lässt kaltes Wasser in die Tasse laufen und trinkt sie schnell aus.

»An diesem Wochenende sind wir einen Monat zusammen. Es wäre schön gewesen, nach Helsinki zu fahren«, sagt sie.

»Wir fahren schon noch«, sage ich, stehe ebenfalls auf und schütte den restlichen Tee in den Ausguss.

»Das tun wir«, sagte Karina, geht in mein Zimmer und setzt sich auf die Karos der Tagesdecke. Ich bleibe an der Tür stehen und stütze mich mit beiden Händen am Rahmen ab, wie beim Turnen.

»Es wäre schön gewesen, was Besonderes zu unternehmen«, sagt Karina und schaut auf den Trio und auf das STE-Buch auf dem Tisch und aus dem Fenster in den Garten. Ich weiß nicht, was ich dazu sagen soll, also sage ich bloß, dass es das gewesen wäre.

Sie bittet mich neben sich und redet weiter über den Ausflug nach Helsinki. Etwas Besonderes, weil die Schule anfängt und das schwerste Jahr kommt und wir einen Monat zusammen sind, falls vier Wochen ein Monat sind, und sie kommt näher und rückt fast ganz an mich heran. Ich schaue sie so an, dass ich sie eigentlich nicht mehr sehe, nehme ihr die Brille ab und setze meine Brille ab und lege beide gleichzeitig auf den Tisch. Karina zieht mich neben sich auf die Decke. Ich stütze mich auf den Ellenbogen, damit ich sie richtig küssen kann, und fange an, sie am Knie und weiter oben zu streicheln, sie schiebt selbst mit einer Hand den Rock weiter nach oben und hält die Augen geschlossen, als wäre es Nacht. Ich streichle sie über dem Höschen, da beißt sie sich auf die Unterlippe und atmet schneller. Als ich sie weiter ausziehe, flüstert sie, machen wir es, und öffnet nicht die Augen, sondern macht auch bei mir was. Sie öffnet den Knopf und den Reißverschluss an der Hose, schiebt ihre Hand in die Unterhose und bewegt sie hin und her, und ich mache es ihr über dem Höschen und sie bei mir richtig und sie muss die Hand nicht lange hin und her bewegen, als ich mich weiter aufrichte und laut stöhne, weil es anfängt zu zucken, und sie schiebt mir auch die andere Hand in die Hose und fängt das Sperma mit der hohlen Hand auf wie mit einer Schale.

Dann eilt sie mit der Handschale über den Flur auf die Toilette und ich höre, wie sie lange das Wasser laufen lässt. Ich schiebe ein Papiertaschentuch in die Unterhose und mache die Jeans zu.

Karina kehrt von der Toilette zurück, kommt zu mir, schaut mir in die Augen und umarmt mich.

»Du bist gar nicht fertig geworden«, sage ich.

»Beim nächsten Mal«, sagt sie, stellt sich auf die Zehen und küsst mich direkt aufs Ohr, sodass ich ihren Atem stärker höre als je zuvor den Wind.

Bevor sie geht, nimmt sie das neue Programm des Filmclubs aus der Umhängetasche und sagt, da sind auch die Präsentationen vom Frühjahr drin. Der kleine Stoß gefalteter DIN-A4-Blätter bleibt auf dem Küchentisch liegen, als ich sie hinausbegleite. Sie sagt zum Abschied etwas über meinen Vater und schiebt ihr Fahrrad an, wie es Frauen tun, ein Fuß auf der Pedale und mit dem anderen Fuß ein kurzes Stück hüpfend. Ihr Rock ist so eng, dass sie den Saum nach unten ziehen muss, sobald sie auf dem Sattel sitzt, und mit den Holzschuhen ist es ohnehin nicht leicht zu fahren, auch wenn es bergab geht und man erst mal nicht viel zu treten braucht.

Ich schaue ihr vom Tor aus so lange nach, bis sie unten ist. Am Himmel stehen Wolken in gemischten Farben, aber von Mittag her scheint die Sonne durch einen offenen Fleck. In zweiundzwanzig Minuten steht die Sonne genau im Kompass-Süden, das haben wir in der Schule gelernt, als wir mithilfe der Längenkreise die Grade und den Stand der Sonne berechnet haben und danach dann den Tageshöchststand für verschiedene Orte, aber das ist schon über ein Jahr her.

Ich gehe ins Haus, auch wenn ich das Telefon hier draußen

hören würde. Ich sehe nach, ob etwas zu essen im Kühlschrank ist, wärme mir aber nichts auf, sondern koche noch einmal Wasser und lege mir Edamerscheiben auf ein paar Zwieback-stücke. Wenn man sie in den Tee tunkt, wird der Käse weich und ledrig.

Bei den Präsentationen der Filme vom Frühjahr liegt ganz oben die von *Language of Love*. Es ist ein schwedischer Film, da-bei dachte ich, es wäre ein amerikanischer, wie fast alle Filme. Ich lese den Text von vorne bis hinten durch, während ich esse, es ist darin von Anatomie und Petting die Rede, vom Auspro-bieren und von der Lust, und je weiter ich komme, desto mehr habe ich das Gefühl, gar nichts zu wissen.

Am Ende des Textes stehen die Buchstaben K. T. Schnell blät-tere ich die anderen Präsentationen durch, und auf allen stehen Karinas Initialen, und die Texte handeln nicht von Filmen, die im Filmclub gezeigt wurden, sondern nur von welchen, die sie im Frühjahr gesehen hat.

Sie hat *Sprache der Liebe* mit Absicht obenauf gelegt. Sie hat geahnt, dass ich es nicht richtig kann, und ich konnte es ihr ja auch nicht richtig machen, sondern irgendwie falsch oder zu wenig, und dadurch gerate ich noch mehr durcheinander, als ich ohnehin schon bin.

Es ist, als hätte ich meinen Vater vergessen. Wie können die Gedanken so abgeschnitten werden wie bei einer Bombardie-rung? Ich habe gelesen, dass im Luftschutzkeller bei starkem Gewitter und bei Sturm und Flut nichts anderes gilt, als am Le-ben zu bleiben und Sex, und trotzdem habe ich es nicht so hin-gekriegt wie Karina bei mir.

Ich weiß nicht, wofür ich mich mehr schäme. Ich kann ge-rade mal den Zwieback auf meinem Teller essen, habe über-haupt keinen Hunger, und als ich von meinen Gedanken end-lich loskomme, gerate ich wieder in Panik, weil kein Anruf kommt.

Ich lege mich auf eine genaue Zeit fest, beschließe, fünfzehn Minuten zu warten, aber dann zu gehen. Es muss im Krankenhaus eine Auskunft geben, wo ich nach meinem Vater fragen kann. Während der fünfzehn Minuten lege ich mir alles zurecht. Die Präsentationen schiebe ich in meinem Zimmer unter den Steinbeck und das T-Shirt tausche ich gegen ein Hemd.

Wenn mein Vater gestorben ist, dann weiß ich nicht weiter. Wenn er lebt, frage ich ihn, wie es ihm geht, und wenn er bewusstlos ist, erkundige ich mich bei der Schwester. Meine Mutter sitzt irgendwo auf dem Gang und wartet. Wenn ich das richtige Stockwerk weiß, gehe ich, wenn es sein muss, alle Gänge ab, bis ich ihn gefunden habe.

Ich fahre auf die andere Seite der Stadt, und in diese Richtung geht es fast auf der ganzen Strecke bergab, und ich komme nicht ins Schwitzen. Ich schließe das Fahrrad vor dem Krankenhaus ab, zwischen den Rosenhecken gibt es einen langen, fast leeren Fahrradständer. Auf dem gemähten Rasen stehen sich zwei Stühle gegenüber, und auf dem einen sitzt ein Mann im Morgenmantel, raucht Pfeife und starrt zu Boden.

Ich frage an der ersten Glasluke nach meinem Vater und bekomme das richtige Stockwerk und die Nummer der Station. Oben riecht es nach Reinigungsmitteln und erkaltetem Essen, Wurstgulasch und Kartoffeln. Ich habe absolut keinen Hunger, und der Geruch widert mich an, ich muss schlucken und darf gar nicht erst anfangen, mir etwas vorzustellen.

Auf Station 3 gibt es gleich nach der Tür auch eine Glasluke. Dort frage ich nach und gehe dann auf dem gefliesten Gang weiter. Die Tür von Zimmer 6 steht einen Spaltbreit offen, ich höre die Stimme meiner Mutter, sie singt ganz leise. Mein Vater ist tot, meine Mutter singt ein Kirchenlied, nein, es ist kein Kirchenlied, sie singt einfach so, all das geht mir im Affenzahn durch den Kopf, bevor ich die Tür wenigstens etwas weiter aufmache.

Im Zimmer stehen vier Metallbetten, aber die anderen drei sind leer. Meine Mutter sitzt vor dem Fenster am hintersten Bett. Ich erkenne meinen Vater zuerst nur an den Haaren auf dem Kissen, so ein großes Pflaster hat er im Gesicht, und ein Schlauch kommt aus seiner Nase. Meine Mutter hört mit dem Singen auf, als sie mich sieht, und legt den Finger an die Lippen, wie ihres Singens wegen, und ich gehe langsamer und sage nichts.

Sie steht auf und winkt mich mit auf den Gang. Ich schleiche ihr hinterher, damit die Schuhe keine Geräusche auf dem Fußboden machen.

»Er schläft jetzt. Kann sein, dass das Schlimmste überstanden ist, weil er gerade wach war und gesagt hat, die Stola muss gewaschen werden«, flüstert meine Mutter, obwohl sie die Tür zugemacht hat.

»Ich habe sie schon gewaschen«, sage ich und frage, ob es das Herz gewesen ist oder was, aber meine Mutter weiß es immer noch nicht genau, sondern sagt, er ist nicht operiert worden.

»Aber er hat schon gesprochen?«

»Ja, ja, und ist aufgewacht. Gut, dass du kommst. Von hier traut man sich nicht zu oft zu telefonieren, weil man dafür im Büro nach dem Telefon fragen muss«, sagt meine Mutter und dann sagt sie, dass sie großen Hunger hat und in Pinellas Bar etwas essen gehen muss.

»Was muss getan werden, falls was ist?«, frage ich, und wir gehen zurück ins Zimmer, und meine Mutter zeigt mir die Klingel am Bettgestell. Dann nimmt sie ihre Jacke und die Handtasche vom Stuhl und richtet die Decke über den Füßen meines Vaters.

Ich setze mich auf den Stuhl, und erst da komme ich dazu, meinen Vater richtig anzuschauen. Seine Haut ist weiß, aber auf den Wangen zwischen den Befestigungspflastern gibt es rote Flecken. Die Hände sind zugedeckt, die Bettdecke ist bis zum Hals hochgezogen, und auch unter der Bettdecke kommen Schläuche hinaus und laufen zu einem Gestell. Am anderen Bettrand ist eine schräge Plastikflasche befestigt, in der ein Zentimeter gelbliche Flüssigkeit steht.

Zwei Schwestern kommen, um die Metallhalterungen am Tropf zu korrigieren. Sie sagen mir ganz normal Guten Tag und unterhalten sich über ihre privaten Angelegenheiten, sodass mein Vater im Schlaf gestört wird und das Gesicht in Falten legt. Als sie beim Gehen die Tür hörbar hinter sich zumachen, wacht er ganz auf.

»Hallo«, flüstere ich und rücke mit dem Stuhl näher heran.

»Alles Übel kommt daher, dass man fällt und sich wehtut«, sagt mein Vater. Seine Stimme klingt fremd, knisternd und er spricht ganz langsam. Er bittet um Wasser. Ich weiß nicht, ob man ihm was geben darf, aber auf dem Nachttisch steht ein flacher Becher, und den halte ich ihm hin. Er kann den Kopf nicht richtig heben, darum stütze ich ihn ein wenig von hinten, seine Nackenhaare fühlen sich dünn und verschwitzt an. Vorher ist er nicht so klein gewesen. Ich habe ihn nie getragen, jetzt könnte ich ihn hochheben und es tun. Beim Trinken läuft ihm das meiste Wasser übers Kinn und über den Hals, und ich versuche es zu trocknen, bevor Decke und Bett nass werden.

»Wo ist die Mama?«, fragt er. Ich sage, dass sie kurz was essen gegangen ist.

»Hat sie das Rad dabei?«

»Nein, nur in einer Bar hier in der Nähe. Außerdem seid ihr heute Nacht mit dem Krankenwagen gekommen, oder fast schon heute Morgen, es war schon ein bisschen hell.«

Dann ist mein Vater lange still, er schaut nur auf die leere Zimmerdecke.

»Falls was ist, dann pass auf die Mama auf«, sagt er.

Ich warte darauf, dass er weiterspricht, aber er sagt nichts mehr. Er hat es sich so überlegt, mehr gibt es nicht zu sagen.

Ich bin nicht fähig zu antworten, er weiß, dass ich es ihm verspreche, auch wenn ich es nicht ausspreche. Ich schaue ihn von der Seite an, aber er dreht sich nicht um, sondern starrt auf die weiße Decke, als wäre dort das Fenster und nicht neben mir hinter den Jalousien.

M eine Mutter riecht nach gebratenen Zwiebeln, kann sein, dass sie Leber gegessen hat. Wir gehen auf den Gang, um uns abzusprechen, damit mein Vater nicht wieder aufwacht. Ich erzähle ihr, dass ich ihm Wasser zu trinken gegeben habe.

»Durst ist ein gutes Zeichen und eine Wende zum Besseren«, findet meine Mutter.

Wir machen aus, dass ich jetzt nach Hause fahre und sie erst am Abend kommt. Sie wiederholt, was sie schon gesagt hat, und versichert, dass das Schlimmste wohl überstanden ist.

»Wir müssen den Arzt fragen«, sage ich.

»Vielleicht morgen nach der Visite, damit man niemanden stört. Oder wenn du am Nachmittag anrufst«, sagt sie. Sie ist in offiziellen Angelegenheiten nicht gut und möchte sie lieber nicht übernehmen.

»Sollte der Arzt zufällig kommen, dann vergiss nicht, ihn zu fragen«, bitte ich sie zum Schluss und gehe auf dem Gang in Richtung Glasluke. Wo die Fenster sind, sieht man Lichtflecken von der Sonne auf dem Fußboden und in den Flecken die Kreuze der Fensterrahmen. Wieder riecht es nach Reinigungsmitteln und Essen, im Zimmer meines Vaters habe ich davon nichts bemerkt.

Der Mann im Morgenmantel sitzt noch immer mitten auf dem Rasen, aber jetzt sitzt eine Frau bei ihm. Sie hat die Haare altmodisch auftoupiert. Der Mann raucht Pfeife, die Frau eine Zigarette, und zwar so, wie man raucht, wenn man nervös ist, mit kurzen, schnellen Zügen, so wie ein Vogel Essen aufpickt.

Als ich auf der Brücke übers Wasser fahre, bin ich nicht mehr so panisch wie vor einer Stunde, weil mein Vater immerhin etwas gesagt hat. Auch an den steilsten Stellen schiebe ich das Rad nicht, sondern trete im Stehen und ziehe am Lenker, sodass ich am Tor außer Atem und erhitzt bin. Auf der obersten Treppenstufe bleibe ich stehen und ziehe das Hemd aus. Alles kann wieder werden, wie es war, denke ich, aber selbst wenn es wieder so wird, ist es doch nicht mehr dasselbe.

Nach dem Morgen ist der Tag besser geworden. Jetzt muss sich nur noch herausstellen, dass mein Vater nicht schlimmer krank ist als im Herbst und Winter und einen Fehler an der Pumpe hat, wie ihn alle haben, wenn sie älter werden. Wenn sich die Dichtungen abnutzen, macht die Pumpe Sperenzchen, hat mein Vater gesagt und so seine Infarkte und die Ausreißer in der Herzkurve heruntergespielt. Wenn ein Mann sich über seine Beschwerden beklagt, ist er bald ihr Gefangener, hat mein Vater mehr als einmal betont, trotzdem hat es ihn beruhigt, wenn wir ihn gedrängt haben, zum Arzt zu gehen, oder ihn gefragt haben, wie es ihm geht.

Dann spüre ich den Hunger. Ich schneide ein Stück Butter ab und lasse es in der Pfanne zerlaufen, bis sich Blasen bilden, dann gebe ich etwas von dem Kohlauflauf hinzu und kalte Kartoffeln mit Schale, die ich in Scheiben schneide. Die Herdplatte muss man nur am Anfang voll aufgedreht lassen, weil sie die Wärme hält, und diesmal mache ich alles richtig, und nichts brennt an.

Im Wohnzimmer mache ich die Aussteuertruhe auf. Sie wird inzwischen nur noch Kiste oder kleine Truhe genannt, aber als ich klein war, nannte meine Mutter sie Aussteuertruhe.

Ganz unten sind Bücher versteckt. Sie sind mir beim Lesen von Karinas Präsentation wieder eingefallen. Ich räume die Briefbündel und anderen Sachen nicht aus, sondern schiebe sie nur in der Truhe zur Seite. Mein rosa Babyjäckchen liegt fast ganz unten, darunter kommen nur noch das Schrankpapier und darunter versteckt drei Bücher.

Ich habe sie mir früher schon einmal angesehen, weil darin Frauen von innen und von außen abgebildet sind. Ich setze mich auf den Fußboden und lese, was die Bücher raten. *Was jeder über das Geschlechtsleben wissen muss* ist das älteste, das zweite heißt *Was vom Geschlechtsverkehr vor der Ehe zu halten ist*, es wurde während des Kriegs gedruckt, bei der Verlagsangabe steht *Die Waffenbrüderpastoren*. Das dritte trägt den Titel *Die vollkommene Ehe. Untersuchung über ihre Physiologie und Technik*.

Ich blättere alle drei durch, finde aber keine vernünftigen Ratschläge über die Frau. Die Zeichnungen sind klein und undeutlich, aber etwas kann man doch erkennen. Ich nehme ein Sofakissen und forme darin einen Abdruck, der ein bisschen an die Stelle zwischen den Beinen einer Frau erinnert. Als Vorlage nehme ich ein Bild aus *Die vollkommene Ehe* und versuche zu verstehen, welches Bild was zeigen soll. Es ist nicht einfach, weil es so viele Schichten und Falten gibt und alles an der Möse wie ineinandergeschachtelt ist.

Karina kann ich nicht fragen, weil sie sowieso schon glaubt, dass ich nichts weiß, und in den Büchern wird nichts direkt gesagt, sondern immer nur umständlich beschrieben.

»Die Geschlechtsteile der Frau müssen unmittelbar stimuliert werden. Dabei hat der Mann taktvoll und anständig vorzugehen und sich nicht allein in das körperliche Empfindungsvermögen hineinzuversetzen, sondern auch in das seelische sowie in die körperliche und seelische Gefühlsbereitschaft der Frau, indem er dezent spielerisch in den Schambereich vordringt. Wie lange die Stimulierung fortgesetzt wird, hängt von der geschlechtlichen Eigenart der Frau ab und muss durch Erfahrung herausgefunden werden. Regeln gibt es nicht.«

Ich breche die Suche ab und packe die Bücher wieder ungefähr dorthin, wo sie gelegen haben.

Als ich die Schrankpapierbogen darüberlege, wird ein kleiner, gefalteter Briefumschlag sichtbar. Er ist mit einer Schleife aus rotem Wollfaden zugebunden, und ich habe ihn noch nie gesehen, obwohl ich als kleiner Junge oft dabei war, wenn meine Mutter alle Sachen aus der Truhe in die Sonne gelegt und ausgelüftet hat.

Vorsichtig öffne ich die Schleife und falte den Umschlag auseinander. Es steht eine fremde Adresse von der anderen Seite der Stadt darauf, dazu der Mädchenname meiner Mutter und davor die Abkürzung Frl. Im Umschlag steckt kein Brief, sondern ein kleines Büschel dünner, blonder Haare. Man hat versucht, sie mit demselben roten Wollfaden zusammenzubinden, aber die Haare sind so kurz, dass sie sich unter dem Knoten gelöst haben.

Ich weiß nicht, warum, es gibt dafür keinen Grund, nicht alles tut man mit Vernunft und aus einem Grund, aber ich falte den Umschlag wieder so, wie er war, binde den Wollfaden darum, lege ihn aber nicht zurück in die Truhe.

Meine Mutter kommt nach Hause, zieht im Flur Schuhe und Strümpfe aus und bringt sie zum Auslüften nach draußen. Sie ist den ganzen Weg zu Fuß gegangen und setzt sich zum Verschnaufen auf den Küchenhocker, bevor sie mit etwas anderem anfängt.

»Du musst ein Telegramm aufgeben«, sagt sie dann. Ich frage, warum.

»Weil dein Vater es will.«

Ich verstehe überhaupt nichts und frage nach.

»Weil er es nun mal so will. Es soll eine Frau aus Helsinki gerufen werden, und die hat kein Telefon«, antwortet meine Mutter, aber was für eine Erklärung soll das denn sein?

»Damit sie ihn im Krankenhaus besuchen kommt? Warum kann man das nicht mit der Post schicken?«, will ich wissen, und sofort kommt mir in den Sinn, dass es meinem Vater doch schlechter geht, aber das will ich meiner Mutter nicht sagen, und ich kann auch nicht danach fragen, denn wenn mein Vater es ihr nicht sagen will, dann kann ich es auch nicht tun.

»Ich weiß nicht, warum. Sie wird wohl irgendwo arbeiten, und weil morgen Sonntag ist, könnte sie kommen, und eine Postkarte wird erst am Montag verschickt und braucht mindestens bis Dienstag«, sagt meine Mutter und setzt sich vom Hocker auf einen Stuhl und schreibt auf, was in dem Telegramm stehen soll.

»Wer ist die Frau?«

»Bloß eine alte Bekannte.«

»Warum?«, frage ich noch einmal, und meine Mutter sagt noch einmal, es wäre eine alte Bekannte von meinem Vater, nur lauter.

»Stell nicht so viele Fragen, man kann sich ja gar nicht konzentrieren. Der Telegraf macht samstags um sechs zu, also frag nicht so viel, weil die Zeit drängt«, sagt meine Mutter und füllt mit ihren Druckbuchstaben das karierte Blatt Papier aus, und als sie fertig ist, schiebt sie es auf dem Tisch zu mir herüber.

»Jussi krank und in der Klinik Stop Besuch möglich Stop«, und darunter Mamas Name und unsere Adresse.

»Die Stops dürfen so bleiben, in Telegrammen müssen die sein, weil es keinen Punkt gibt«, erklärt meine Mutter, steht auf und kommt neben mich, während ich die Zeilen vorlese. Dann gibt sie mir Geld und befiehlt mir, mich sofort auf den Weg

zu machen, damit der Telegraf nicht schon um Viertel vor zu-
macht, weil keine Kundschaft mehr kommt.

Ich gehe trotzdem vorher noch ins Wohnzimmer und hole
den gefalteten und mit Wollfaden zugebundenen Briefumschlag, der auf der Truhe liegt.

»Sind das meine Haare?«, frage ich, und mehr kann ich auch
gar nicht sagen, weil meine Mutter anfängt zu weinen und auf
die Toilette geht. Ich höre, wie sie den Haken vorlegt und dann
Wasser ins Becken laufen lässt.

Ich weiß nicht, ob ich gehen oder bleiben soll. Im Flur mache
ich absichtlich so viel Lärm, dass sie es hört.

»Geh schon«, sagt sie durch die Tür.

»Ist alles in Ordnung?«

»Ja, ja, bald macht der Telegraf zu«, sagt sie. Ihre Stimme
ist klein und angespannt, aber ich kann nicht warten, sondern
mache mich auf den Weg.

Ich fahre den Berg hinauf, obwohl ich das Rad dann die
Treppe hinuntertragen muss, aber das ist der kürzeste Weg zur
Post, und nach der Treppe geht es bergab.

Der Telegraf befindet sich im oberen Stockwerk des Postge-
bäudes, und es sind keine Kunden da, außer einem Mann im
Anzug, der in einer Kabine telefoniert. Durch das runde Fenster sehe ich ein Stück vom Rücken und vom Kragen, aber es
dringt kein Wort durch die Tür. Ich sage Guten Tag und zeige
den Zettel mit dem Telegrammtext und die Karte mit Namen
und Adresse, die mir meine Mutter gegeben hat. Der Telegra-
fenbeamte fragt, ob Schmucktelegramm oder einfach. Davon
war nicht die Rede, aber ich sage, einfach. Schnell füllt er ein
Formular aus und zählt die Zeichen, ich zahle und bekomme
Wechselgeld und eine Quittung, komplizierter ist es nicht,
auch wenn ich das immer geglaubt habe.

Während ich die längere Strecke zurück fahre, damit ich das
Rad nicht die steile Treppe hinauftragen muss, plagt mich die

ganze Zeit die Frage, warum ich das hier mache. Telegramme schickt man nur, wenn jemand stirbt. Oder wenn eine große Feier stattfindet, so wie damals, als mein Vater fünfzig wurde, da kam ein Schmucktelegramm, es war in Helsinki aufgegeben worden und ist in einem Umschlag vom gelben Postauto gebracht worden. Der Umschlag enthielt ein etwas stärkeres Blatt Papier mit einem Bild von trommelnden Soldaten in altmodischen Uniformen, ein Bild vom *Björneborger Marsch*, dazu der Text »Viel Glück und viel Segen, lass uns die Erinnerung hegen«, und darunter stand Mirjami und Familie. Es wurde genau zur Kaffeezeit gebracht, und weil sie ohnehin schon alle Hände voll zu tun hatte, rief meine Mutter unnötig laut, warum muss jetzt auch noch mitten in der Feier die Post kommen?

Telegramme verschickt man nicht umsonst und nie an fremde Menschen, ich versuche mich zu erinnern, ob von dieser Mirjami in den letzten Jahren die Rede gewesen ist, aber ich weiß es nicht mehr. Dann fällt mir die Märklin-Lok ein, die mir mein Vater einmal als Mitbringsel aus Helsinki mitgebracht hat, in einer Packung, zu der ein grauer Tender und Schienen für einen kleinen Kreis gehörten. Ich durfte mit der Eisenbahn nicht alleine spielen, bevor ich in die Schule kam und lernte, dass Strom gefährlich ist, gefährlicher als alles andere auf Welt, außer einer Atombombe.

Ich weiß nicht, warum mir das plötzlich einfällt, aber von irgendwo da oder von früheren Zeiten kommen mir allmählich ähnliche Bruchstücke in den Sinn, sodass es im Bauch wehtut, wie in der Volksschule, wenn man gebeutelt wurde. Der Lehrer hatte es beuteln genannt, wenn er einen an den Schultern packte und so hin und her schüttelte, dass der Kopf wackelte, und niesen nannte er es, wenn er einen mit der einen Hand an der Nase und mit der anderen am Ohr packte und zudrückte, nicht schrecklich fest, aber doch so, dass es an der Nase wehtat, am Ohr tat es weniger weh, im Ohr hat man nicht so viel

Gefühl. Der Lehrer sagte gleich Anfang September, dass wegen der Gleichberechtigung jeder einzelne Junge gebeutelt werden müsse, wenn Grund dafür bestehe, aber ohne größeren Grund müsse jeder wenigstens einmal niesen, weil der Mensch sich auf diese Weise erinnert und lernt, wie man sich in der Schule zu benehmen hat, man muss ordentlich sein und redet nicht, wenn man nicht gefragt wird, und da ist niemand eine Ausnahme, und keiner in der Klasse wird gesondert behandelt, sondern alle müssen wenigstens einmal im Jahr gebeutelt werden und niesen.

Ich wurde gebeutelt, weil man nach der Pause in der Schlange nach drinnen kein Wort reden und nicht den Kopf verdrehen durfte wie ein Storch, ich ihn aber verdrehte, und im Speisesaal war ich mit Niesen dran, weil ich den kalt gewordenen Heringsauflauf nicht aufessen konnte und mir die Kartoffelstücke und der übrige Matsch hochkamen. Ich konnte es wieder herunterschlucken, aber das reichte nicht mehr. Im Heringsauflauf waren Fettbröckchen und Heringshärchen, darum konnte ich nicht so schnell essen wie die anderen, und in der Schule darf man nicht so langsam sein und schon gar nicht wegen Gottes Speisen würgen.

Ich versuche, dieselben Stellen rückwärts zu denken, also weshalb sie mir in den Kopf gekommen sind und im Bauch wehgetan haben, und zuerst kam die Märklin, davor der Geburtstag meines Vaters, die vielen Gäste und die weiße Tischdecke, es läutete an der Tür, und das Schmucktelegramm wurde gebracht. Aber ich bekomme nicht richtig zu fassen, was vor was kam, weil bei allen Gedanken immer viele Sachen übereinanderliegen.

Gleich an der Tür frage ich meine Mutter, ob das Kranken-haus angerufen hat. Ich sage nicht, warum ich frage, da-mit sie sich keine Sorgen macht.

»Sie haben nicht angerufen.«

Mein Vater hat mir angeordnet, mich um sie zu kümmern. Sie sieht auch tatsächlich hilfsbedürftig aus, wenn ich sie jetzt anschaue. Sie ist alt und müde und ihre Haut von der Sonne gelblich braun und runzlig. Am Hals entlang verlaufen schwarze Leberflecken oder Muttermale oder beides, falls es nicht das Gleiche ist.

»Nimm dir was zu essen aus dem Schrank«, sage ich, obwohl es andersherum sein und meine Mutter es zu mir sagen müsste.

Ich lege das Wechselgeld auf den Tisch und erzähle dabei vom Telegrafenamt und vom Telegramm, dass noch geöffnet war und dass es abgegangen ist.

»Das ist dieser Männermumpitz«, sagt meine Mutter, als wä-ren Telegramme das Gleiche wie das Gerede von Männern über neue Autos und genauso überflüssig, aber ich kann nicht wei-ter darauf eingehen, weil ich dann als Nächstes fragen müsste, was für ein Mumpitz? Ich gehe schnell in mein Zimmer, damit ich nicht weiterreden muss und auch damit sie nicht noch et-was sagt, denn ich will es nicht hören.

Curley hasst Lennies Größe und Kraft und versucht, ihn zu schlagen, obwohl er nicht mal bis zu seinem Kinn kommt, und Lennie packt Curleys Finger und bricht einen nach dem ande-ren in der Faust, sodass Curley für den Rest seines Lebens nicht mehr die Hand eines Menschen hat, sondern nur noch eine schlaffe Flosse.

Dann trifft Lennie im Stall auf Curleys Frau und packt sie aus Versehen so hart an, dass ihr Genick bricht. Curley macht sich zur Verfolgung des Mannes auf, der ihm die Hand zerquetscht und seine Frau getötet hat. Er will Lennie zu Tode foltern.

An dieser Stelle breche ich ab. Ich will die letzten Seiten nicht lesen, weil das schreckliche Ende schon vor dem eigentlichen Schluss geschrieben steht, sodass man es ahnt und weiß, was kommt, und nichts kann es verhindern, es bricht über Lennie und George und den alten Candy herein wie das Schicksal. Alle Träume und guten Pläne zerbrechen auf einen Schlag, und das will ich nicht sehen.

Ich lese das letzte Kapitel nicht, sondern kehre an die Stelle zurück, an der es heißt, »wie es bisweilen geschieht, blieb der Augenblick wie schwebend da, viel länger als nur einen Augenblick lang«, weil es auch mir manchmal so vorkommt, dass eine auch noch so kurze Zeit, zum Beispiel ein einziger Tag, so vollgepackt sein kann, dass er mehr ist als jeder einzelne zuvor.

Dieser Samstag ist von den frühen Morgenstunden an langsam und doch prall gefüllt gewesen. Er ist am unteren Rand festgenagelt, das lange Warten hält ihn an der Stelle fest, und dann noch all das andere, das passiert ist, sodass ich mich bestimmt an ihn erinnern werde. So kommt es mir jetzt vor, denke ich, man kann nicht wissen, was von einem Tag bleibt und was mit den anderen Erinnerungen verschwindet, sodass man die Tage später nicht mehr voneinander unterscheiden kann.

Als ich wieder in die Küche gehe, hat meine Mutter die mit rotem Faden zusammengebundenen Haare auf meinem Platz liegen lassen. Sie hat sie aus dem Umschlag genommen, aber den Umschlag daruntergelegt, sodass man die Farbe der Haare und die Farbe des Wollfadens auf dem Papieruntergrund sieht und nicht auf dem Wachstischtuch. Sobald sie mich in der Küche rumoren hört, kommt sie aus dem Wohnzimmer zu mir.

»Die Haare sind nicht von dir«, sagt sie als Erstes und bleibt in der Tür stehen.

Ich frage nicht nach, weil sie so aussieht, als würde sie es von sich aus sagen. Sie blickt auf den Tisch und auf den Boden und sieht fast älter aus als Oma, obwohl Oma sie mit zwanzig Jahren an ihrem eigenen Geburtstag geboren hat und genauso viel älter ist.

Meine Mutter sagt überhaupt nichts, sondern blickt nur vor sich hin. Hätten wir einen Herrn Kuckuck an der Wand, würde man sein Knacksen hören, stattdessen hört man das Geräusch des Weckers auf der Kommode.

»Von wem dann?«, frage ich.

»Von deiner Schwester«, sagt meine Mutter.

Welche Schwester?, denke ich, frage aber nicht weiter. Meine Mutter geht wieder ins Wohnzimmer. Ich folge ihr und frage sie.

»Na, deine Schwester eben, deine Halbschwester, die Haare sind ihr nach der Geburt abgeschnitten worden, weil sie gleich Flaumhaar hatte. Aber es kommt mir vor, als wären es früher mehr gewesen. Vielleicht sind welche aus dem Umschlag gefallen. Oder haben sich aufgelöst, lösen sich Haare auf?« Lauter solche Sachen sagt sie.

Ich gehe aus dem Haus, damit meine Mutter ihre Ruhe hat und nicht auf dem Klo weinen muss. Ich steige den Myllymäki-Hügel und dann noch weiter die losgebrochenen Felsbrocken hinauf. Von dort aus kann ich in alle Himmelsrichtungen schauen, als wäre der Felsen unter mir ein Kompass. In der Mittelschule habe ich sie nach Uhrzeit und Sonnenstand fotografiert.

Es war die Kamera der Schule, mit der ich die Bilder von den Himmelsrichtungen und Zwischenhimmelsrichtungen machte, für einen Vortrag in Erdkunde. Die gerahmten Fotos zeigte ich mit dem Episkop auf einer Leinwand vor der Tafel und las dazu vor, was ich über die Besiedlung der Stadt und das Licht aufgeschrieben hatte.

Diese alte Geschichte kommt mir jetzt in den Sinn und legt

sich über alles andere. An bestimmten Orten erinnert man sich immer an die gleichen Dinge, auf diese Weise werden solche vertrauten Orte zu Teilen des Denkens. So als hätte sich ein kleines Stück der Gedanken nach draußen verschoben, um dort zu warten. Es liegt an dem jeweiligen Ort bereit und wartet nur darauf, wieder mit den anderen Teilen verbunden zu werden.

Als meine Mutter es mir erzählt hat, da ist es mir gleich vertraut vorgekommen, obwohl ich nichts gewusst habe, es war, als hätte ich es gewusst, aber vergessen. Es hat bereitgelegen und gewartet, es musste nur ausgesprochen werden.

Ich bin in der Küche sitzen geblieben und habe das Haarbüschel wieder in den Umschlag geschoben. Es war dünner als der Flaum im Nacken.

Maria, notgetauft, hat meine Mutter gesagt. Maria ist der Zweitname meiner Mutter, und er wurde ausgesucht, damit das Kind in diesem Namen weiterlebt. Vier Jahre älter als ich, ich habe es vom Tag der Geburt aus berechnet, den meine Mutter mir genannt hat.

Ich habe das Haarbüschel in den Umschlag geschoben und ihn mit dem Wollfaden zugebunden. Den Umschlag habe ich in die Truhe im Wohnzimmer gelegt, damit meine Mutter es nicht tun und sich noch mehr erinnern muss.

Als ich dann aus dem Haus gegangen bin, habe ich durch die Klotür gesagt, dass ich eine Runde spazieren gehe und vor den Neun-Uhr-Nachrichten zurückkomme. Meine Mutter hat nicht geantwortet, aber sie hat es gehört.

Der Weg auf den Hügel und zurück ist so kurz, dass er nicht reicht, und darum muss ich trödeln, aber oben hat man seine Ruhe und das Gefühl, als wäre man doch weiter gegangen. Es ist eine schöne kleine Stelle über der Stadt und der Mittelpunkt aller Straßen und des Kompasses.

Von Keinukallio her weht Musik herüber. Auf dem Gelände und auf dem Parkplatz brennen blaue, grüne und rote Lampen, damit in der Nacht neben der Tanzfläche die Haut Farbe bekommt.

Maria wäre jetzt einundzwanzig. Sie würde schon arbeiten, oder studieren, falls sie so tüchtig gewesen wäre, dass sie Abitur gemacht hätte. Ich berechne die Jahre für sie, indem ich von meinem Alter aus vier Jahre weitergehe. Ein Bild entsteht nicht in meinem Kopf, bloß die Jahre als Zahlen, ein bisschen so, als wäre ich selbst vier Jahre älter, aber ein Mädchen.

Für mich ist sie keine richtige Maria, sie ist nur ein Name und kein Mensch. Das ist sie für mich, obwohl sie für meine Mutter etwas Wichtiges war, nur weggeschoben. Aber wenn sie weggeschoben worden ist, dann genau deswegen. Mir fallen die vielen Male ein, bei denen ich nichts begriff, sondern mich nur über das seltsame Verhalten meiner Eltern wunderte.

Ich habe eine Grenze überschritten. Ich bin auf der anderen Seite angekommen, weil ich jetzt auch davon weiß. Alles ist hier und jetzt, und das, was noch kommt, ist schon darum etwas anderes. Der Himmel ist orange, Abendrot bringt nasses Brot, aber daran soll man jetzt noch nicht denken.

Ich verlasse den Felsen und nehme die Abkürzung durch den Erlenwald nach Hause. In Keinukallio spielen sie *Die Lilienblüte*. Man hört das Stampfen so deutlich, dass dort alle Fenster offen stehen müssen.

Wir vereinbaren, dass ich schon am Vormittag ins Krankenhaus gehe, weil meine Mutter nicht vor der Besuchszeit hinwill. Sie will nicht, dass man etwas zu ihr sagt oder sie auch nur fragt, warum sie sich nicht an die offizielle Regelung hält. Die Schwestern sind für sie fast wie Ärzte, studierte Leute, die etwas Böses sagen, wenn ein gewöhnlicher Mensch etwas falsch macht.

Durch den Sommer bei Volles Rohr bin ich zu jemandem geworden, der sich nicht mehr alles gefallen lässt. Darum gehe ich, fast ohne aufgeregt zu sein, schon um zehn ins Krankenhaus und direkt auf die richtige Station. Dort endet gerade die Visite, im Zimmer meines Vaters sind sie schon gewesen, mein Vater ist wach und sagt, sie waren da, ich erkläre ihm, dass ich sofort mit ihnen sprechen möchte, und gehe auf dem Gang zu den Schwestern.

Sie versuchen mich aufzuhalten, sagen, der Arzt hat keine Zeit, aber ich höre nicht auf sie, sondern warte einfach vor dem Zimmer, bis der Arzt herauskommt, und erkläre, ich müsse ihn was fragen.

»Wer bist du denn?«, fragt er und schaut durch seine Brille mehr auf die Schwestern als auf mich, von wegen, warum lasst ihr zu, dass mich so einer stört? Ich nenne meinen Namen und den meines Vaters.

»Ohne Erlaubnis werden hier keine Fragen gestellt«, sagt der Arzt.

»Ich habe die Erlaubnis, weil er mein Vater ist und ich es wissen muss, weil meine Mutter nichts weiß und uns niemand Auskunft gibt, ob mein Vater durchkommt«, sage ich laut, damit der Arzt sieht, dass ich keine Angst vor ihm habe.

Er lässt den Finger wie einen Quirl in Richtung Akten kreisen, die älteste Schwester sucht sofort die richtige heraus und reicht ihm die Blätter zwischen den Aktendeckeln aus Pappe. Der Arzt wendet sich ab und liest, indem er das oberste Blatt dicht vor sich und dann weiter weg hält, und schließlich schiebt er die Brille auf die Stirn und liest weiter.

»Wie alt bist du?«, fragt er. Ich sage, dass ich siebzehn bin, bald achtzehn.

»Gehst du noch zur Schule?«

Darauf kann ich nicht gleich antworten, weil ich nicht weiß, warum er es fragt.

»Aufs Gymnasium«, sage ich, weil ich entschieden habe, dass es so besser sein könnte.

»Aufs Lyzeum?«, fragt er.

»Auf die gemischte Schule, in Poltinaho.«

»Ach, dort wird neuerdings auch Abitur gemacht«, sagt er und scheint sich ernsthaft zu wundern.

»Ja.«

»Schon in Ordnung, schöne Sache, die Plätze reichen nicht überall, das ist die Zeit, das Land verändert sich und mit ihm das Volk«, sagt er auf ungewöhnliche Art, aber in dem Moment habe ich das Gefühl, dass er doch auf meiner Seite ist, und diese eine Stelle im Magen spannt nicht mehr, und ich muss mich auch nicht mehr überwinden, sondern frage einfach alles über den Zustand meines Vaters, und der Arzt antwortet mir, liest es zwar von den Blättern ab, sagt es mir aber doch direkt und schaut mich durch seine dicken Brillengläser an, sodass seine Augen seltsam und viel zu groß erscheinen.

»Derzeit besteht keine Gefahr, aber das heißt nicht, dass es nicht irgendwann wieder so sein könnte. Jetzt ist es so, dass er sämtliche Kräfte verloren hat, wie ein Luftballon, der geplatzt ist. Der Mensch besitzt die Fähigkeit, wenn es ernst wird, zuerst alle Reserven zu mobilisieren, aber danach ist erst mal die Luft raus. Aus sich heraus muss alles wieder neu zusammengesetzt werden. Dafür muss der nötige Wille vorhanden sein. Pass also auf deinen Vater auf, damit er den nötigen Willen hat, wenn er nächste Woche entlassen wird. Wenn er nicht auf seine Frau hört, dann musst du ihn daran erinnern, die Fahne hochzuhalten, dann wird sich alles schon wieder zum Besseren wenden«, sagt der Arzt.

Ich nicke zum Zeichen, dass ich der gleichen Meinung bin. Irgendwie kann ich noch Danke sagen. Ich sehe, dass die drei Schwestern ganz still sind und mich anschauen und warten.

»Danke«, sage ich noch einmal und mache einen Schritt auf

das Zimmer meines Vaters zu. Die Schwestern packen die Akten wieder auf den Wagen. Ich bin erst wenige Schritte gegangen, da höre ich den Arzt husten und etwas sagen und drehe mich um.

»Also, das ist schon eine gute Schule, jede Schule ist gut. Ich habe nicht deswegen gefragt. Alles Gute.«

»Danke«, sage ich erneut, und in meinem Kopf rauscht es heiß, weil er ein richtiger Mensch ist und nicht, wie ich geglaubt habe, bloß ein Arzt, vor dem ich mich behaupten und für meinen Vater einstehen muss, damit ich ihn überhaupt etwas fragen darf.

A ls ich wieder nach Hause komme, hat meine Mutter noch mit nichts richtig angefangen, sondern nur gewartet, aber als ich sage, dass alles gut ist, und erzähle, was der Arzt gesagt hat und dass wir morgen nicht nach der Visite anrufen müssen, da beruhigt sie sich und fragt mehrmals nach denselben Dingen. Sie will immer wieder hören, dass keine Gefahr mehr besteht und mein Vater nächste Woche entlassen werden kann.

Dann fängt sie an, Heringe zu braten. Wenn man die brät, bleibt überall brauner Dunst hängen, aber direkt aus der Pfanne sind sie knusprig und gut. Sie haben nichts mit Heringsauflauf zu tun, es gibt keine Fettbröckchen und keine Gräten, die weich und schlaff geworden sind wie Haare.

Als ich gegessen habe, sage ich, dass ich zu den Tapios gehe. Ende des Sommers habe ich angefangen, es so auszudrücken, anstatt wie früher, dass ich zu Jukka gehe. Ich sage, dass es spät werden kann. Meine Mutter erklärt, sie werde ins Krankenhaus gehen, sobald die Besuchszeit anfängt, und dort bis zum Schluss um sechs Uhr sitzen, um meinem Vater Gesellschaft zu leisten.

»Kann man da eine Thermoskanne Kaffee mitnehmen?«, fragt sie mich, als würde sie um Erlaubnis bitten.

Es ist noch so warm, dass Karina im blauen Bikini auf dem Liegestuhl liegt. Sie setzt sich auf, damit wir uns richtig umarmen können.

»Ich habe sie gelesen«, sage ich fast als Erstes.

»Was?«, fragt Karina.

»Die Filmpräsentationen.«

»Ach ja«, antwortet sie, als hätte sie es nicht so gemeint und mit Absicht *Sprache der Liebe* ganz oben liegen lassen. Ich sage kein Wort mehr dazu, obwohl ich mir genau überlegt habe, was ich sagen will, sondern fange abrupt mit etwas anderem an und erzähle, wie es meinem Vater geht. Dann frage ich nach Jukka.

»Der ist in der Garage, aber sollen wir in mein Zimmer gehen?«, fragt Karina. Ich kann nicht gleich antworten und schaue sie nur aus der Nähe an.

Im Blau ihrer Augen gibt es grüne Streifen, und die Pupille ist bei dem hellen Licht so klein, dass sie fast ganz in der Iris verschwindet. Ich glaube, ich habe noch nie das Auge eines anderen Menschen so genau betrachtet.

»Also gehen wir?«, fragt sie erneut.

Ich habe noch nicht geantwortet, und sie ist noch nicht vom Liegestuhl aufgestanden, als das Garagentor aufgeht.

»Ah, gut, dass du kommst«, sagt Jukka, als hätten wir etwas ausgemacht, und fängt sofort an, mir etwas mit technischen Ausdrücken zu erklären, damit Karina nicht versteht, worum es geht.

Sie hält meine Hand und sagt so leise, dass Jukka es am Garagentor nicht hören kann, lass uns gehen. Wieder stehe ich zwischen ihnen und kann mich nicht so schnell entscheiden, und das kann ich ihr nicht einmal erklären. Ich stehe nur da, als Karina aufsteht, ihr Bikinioberteil zurechtrückt und mich anschaut. Ich bringe kein Wort heraus, sondern warte nur darauf, dass etwas passiert. Karina geht barfuß über den Rasen und direkt die Treppe zur Veranda hinauf und lässt die Tür hinter sich scheppernd zufallen.

»Ich hab gestern den ganzen Tag allein was an der Technik gemacht«, höre ich Jukka irgendwo hinter mir sagen.

»Joo«, entgegne ich.

»Jetzt kriecht die Frequenz überhaupt nicht mehr, und das ganze Band ist fest kalibriert.«

»Das ist gut.«

»Mit anderen Worten: Heute fangen wir an.«

»Ja, heute ist ein guter Tag«, sage ich und wende mich von der Veranda ab und der Garage zu. Ich weiß, dass ich Karina folgen und ihr zumindest erklären müsste, dass jetzt kein so guter Moment ist. Dass ich das mit dem Radio schon vorher mit Jukka ausgemacht habe. Aber ich gehe nicht zu ihr, sondern versuche, mich auf das zu konzentrieren, was Jukka sagt, was er alles gemacht und schon fertig auf Kassette überspielt hat, doch ich schaffe es nicht, so bei der Sache zu sein, wie ich es mal war, sondern denke an etwas anderes und wie ich wegkommen könnte, ohne dass er böse wird.

Dann kommt von irgendwoher ein Gedanke, den ich pflücke wie etwas Fertiges. Von ganz woanders kommt er, ich habe nichts in der Richtung geplant, ich kann es nicht im Kopf gehabt haben, denn es ist komplett neu, aber plötzlich erkläre ich Jukka, als wäre es eine glasklare und durchdachte Idee, dass eine Radiostation nicht glaubwürdig ist, wenn bei jeder Ansage und jeder Moderation ein und dieselbe Person spricht. Auch wenn es zwei Männerstimmen sind, reicht das nicht, das ist noch nichts, das ist amateurhaft. Nicht einmal Interviews kann man führen und auch keine Ergänzungen in schon vorhandene hineinschneiden, wenn man keine weibliche Stimme hat. Eine weibliche Stimme muss her.

Jukka ist eigentlich gut in der Schule, in Mathematik und Physik sogar sehr gut, aber er ist nicht schnell im Begreifen von Ideen, die nicht seine eigenen sind. Er nickt und ist bald auch der Meinung, dass es gut sein könnte, eine Frau dabeizuhaben, kommt in seinen Gedanken aber nicht so weit, dass er selbst Karina vorschlägt. Darum muss ich es machen.

»Nein, verdammt, die kann nix«, widerspricht Jukka sofort.

»Aber sie hat eine gute Stimme«, sage ich.

»Die vergeigt alles.«

Ich fange an, die Aufnahmen abzuhören. Ich höre mir viele Stücke an und versuche, ihn nicht weiter zu überreden, und sobald ich etwas Passendes gefunden habe, zeige ich es Jukka. Er muss selbst hören, dass an diese Stellen am besten eine Frau passt. Jukka hört zu und widerspricht nicht gleich.

»Und hier. Jetzt, und Schnitt. Und die ID der Station, und jetzt Karkki. Jetzt. Das ist eine Rhythmusfrage, sonst nichts«, sage ich und mache mit der Hand die Regiezeichen.

»Und wenn sie es weitererzählt? Die tratscht doch über alles. Das hier ist nichts für kleine Kinder.«

Ich sage kein Wort über den Altersunterschied von einem Tag, weil er das selbst kapieren muss, ich sehe nur die C-Kassetten, die ich wie dicke Spielkarten in der Hand halte, durch, sodass es ein bisschen klappert. Die kürzeren haben die bessere Qualität, aber es sind auch ein paar C-90 und eine überlange C-120 mit Aufnahmen von LPs darunter. Ich kenne Jukka, ich muss nur abwarten. Er kann noch nicht zustimmen, weil er dann zurücknehmen muss, was er gerade gesagt hat.

»Soll ich sie holen?«, frage ich, als ich mir sicher bin.

»Aber wehe, sie sagt was!«

»Sie wird nichts sagen«, erkläre ich bestimmt.

Karina ist in ihrem Zimmer und wendet sich ab, als ich die Tür aufmache. Ich versuche ihr zu erklären, dass ich zuerst etwas regeln musste. Sie sagt, sie will ihre Ruhe haben.

»Ich wollte dich was fragen. Wir brauchen dich für etwas.«

»Ich transportiere nichts«, fällt sie mir gleich ins Wort.

»Nein. Aber es wäre gut, dich bei einer anderen Sache dabeizuhaben, weil du eine gute Stimme hast. Wir brauchen eine schöne Stimme«, sage ich so, dass sie mir zuhört. Ich gehe näher heran und setze mich neben sie auf die Tagesdecke. Sie versucht, ihr Gesicht mit den Haaren zu verdecken. Am Fußende des Bettes sitzen Kaninchen und Prinzessin Blau, ich kenne sie schon so lange, dass es mir vorkommt, als wären sie immer da gewesen. Kaninchen ist der Freund von Tiger, aber Tiger gibt es nicht mehr. Pu der Bär sitzt im Schrank, den habe ich noch gesehen. Die Zeit vergeht schneller als früher, langsame Tage gibt es nur noch selten.

»Also was?«, sagt Karina dann, nachdem es mir gelungen ist, ihre Nackenhaare zu streicheln, ohne dass sie meine Hand abschüttelt. Sie bindet ihr Haar mit Kugeln zu einem Pferdeschwanz zusammen, und dort, unter den Nackenhaaren, hat der Mensch eine dünne Stelle.

Ich erzähle ihr von der Radiostation und vom Programm, soweit die Pläne und fertigen Stücke auf Kassette vorhanden sind. Karina schüttelt leicht den Kopf, hört aber zu.

»Total verrückt«, sagt sie, lehnt aber nicht ab.

Ich nehme sie mit in die Garage. Jukka hat sich inzwischen anscheinend alles überlegt, denn er mault nicht und verlangt auch kein Schweigegelübde, sondern zeigt Karina die Sendergehäuse und die Zusatzgeräte und erklärt ihr wie einer Erwachsenen, was was ist.

Karina hat eine gute Stimme und einen guten Rhythmus, sie lernt sofort, wie man im Radio sprechen muss. Nach einer Übungsrunde machen wir ein paar neu geschnittene Interviews fertig, und dann fangen wir einfach an. Nach den Probeläufen ist das die erste richtige Sendung. Ohne große Feierlichkeiten. Wir stecken die Kabel ein, schalten die Geräte an,

überprüfen noch einmal die bereitliegenden Kassetten, ob sie
an die richtige Stelle gespult worden sind, und schalten den Rekorder auf Pause. Jukka stellt das Mikrofon an. Er will live die
ersten Worte sprechen und die erste Senderansage machen.

»Hier ist *Radio Satan*. Auf 98 Megahertz. Hier ist *Radio Satan*.«

Sobald er mir mit der Hand ein Zeichen gibt, schalte ich die
Pause weg, Jukka macht das Mikrofon aus, und von der Kassette kommen fünfzehn fertig aufgenommene Minuten. Es
geht los mit der Ansage, die mit dem Pausenzeichen von *Radio Colosal* im Hintergrund gemacht worden ist. Obwohl man
für die Übertragung den Ton überhaupt nicht anlassen müsste,
haben wir ihn so laut gestellt, dass es in der ganzen Garage
widerhallt, uns laufen kalte Schauer über den Rücken und die
Arme, weil es so toll ist, dass man es sich gar nicht vorstellen
kann.

Die Sendung läuft automatisch mit dem jeweils aufgenommenen Stück, und dazwischen muss man nur eine Ansage ins
Mikrofon machen und in der Zeit eine andere markierte Kassette einlegen und einschalten.

Karina und ich hören auf den Ton, dass er nicht kratzt, und
Jukka passt auf, dass die Frequenz nicht durch die Erwärmung
des Senders anfängt zu kriechen. Beim zweiten Stück gehen
wir nach oben, um es uns auf dem Telefunken im Wohnzimmer
anzuhören. Jukka hat auf das Frontglas einen hauchdünnen
Strich gemalt, genau an der Stelle, auf der *Radio Satan* liegt. Der
Empfang ist nicht so gut wie beim Finnische Rundfunk, aber
viel besser als bei fast allen Ausländern nachts auf Kurz- oder
Mittelwelle. Wenn man sein eigenes Programm so hört, kriegt
man innerlich das gleiche Gefühl wie eben in der Garage, als
das kombinierte Pausenzeichen von Wand zu Wand hüpfte.

Es hat den Anschein, als würde Karina erst jetzt ganz verstehen, was hier passiert, weil sie fragt, ob man das auch anderswo hören kann und wie weit weg. Jukka sagt, noch nicht

weit, aber am Abend probieren wir es mit Außenantenne und von oben, dann kann man es in der ganzen Stadt hören.

Karina weiß, dass es illegal ist zu senden, aber das scheint sie nicht zu stören. Nachdem ich sie dazu gebracht habe, mitzumachen, hat sie kein einziges Mal mehr gefragt, warum und was das für einen Sinn hat. Darüber wundere ich mich mehr als darüber, warum ich selbst plötzlich so voll dabei bin. Die Sendung ist gut zu hören, und das fertige Band läuft allein in der Garage, alles scheint glattzugehen und zu gelingen. Umso mehr bin ich dabei und fühle mich so stark, als hätte ich die Macht über alles. »Hier ist *Radio Satan*. Sie hören das Programm auf 98 Megahertz. Hier ist *Radio Satan*, das freie Radio im Äther«, höre ich als Zwischenansage mit meiner Stimme aus dem Telefunken, und das ist ein toller Moment, das erste Mal.

A m Abend fahre ich mit Karina zur Sprungschanze hinauf. Sie steht auf einem Landrücken, und unter ihr schlängelt sich schwarz die Motorrennstrecke.

Jukka hat die Sendegeräte mit der Yamaha transportiert. Alles ist vorausgeplant, damit oben nicht mehr gelost und unnötig geredet werden muss, auch wenn da niemand ist. Die Spaziergänger sind, spätestens wenn es dunkel wird, zu Hause, und die Sprungschanze benutzt im Sommer niemand.

Am leichtesten käme man mit dem Aufzug hinauf, aber die Tür ist fest verschlossen. Jukka ist in der Woche schon mal da gewesen und hat ausprobiert, ob man an der Seite die Schanze hinaufsteigen kann. Wenn man über eine Leiter auf den Schanzentisch steigt, hat man danach auf dem gesamten Weg nach oben unbeschädigte Brettersprossen, aber die Schanze ist steil wie eine Wand.

Wir verteilen den Sender und die anderen Geräte auf zwei

Rucksäcke, und Karina darf, ohne etwas tragen zu müssen, mit. Ich versuche, nicht nach unten zu blicken und auch nicht auf die Steilwand, weil mir dann sofort schwindlig wird, und ich darf nicht daran denken, wie es wäre, wenn ich abrutschen oder wenn ein Brett durchbrechen und ich den steilen Betonhang hinunterrollen würde.

»Man muss verrückt sein, hier mit Skiern runterzufahren und von der Kante aus dann auch noch ins Nichts zu springen«, sage ich leise zu Karina und frage mich, wie das jetzt so schwer sein kann, wo ich doch schon auf Bäume und Dächer geklettert bin, aber ich komme mir vor wie als Kind, als ich versuchte, hinter den anderen her auf den Trigonometrischen Punkt zu klettern, weil ich es ihnen zeigen musste, und als dann irgendwo oberhalb der Kiefernwipfel das Geländer aufhörte und man keinen Halt mehr hatte und es die letzten fünf Meter auf der offenen Leiter hinaufging, wurde mir schwindlig, es gab keinen Fixpunkt mehr, ich traute mich nicht, nach unten zu blicken, die Leiter schwankte, der ganze Turm und der Wald schwankten, und der Wind kam von der Seite, und die Wolken schienen die Ränder der Plattform zu streifen. Ich kam keine einzige Sprosse mehr weiter. Als ich wieder unten ankam, setzte ich mich auf den erstbesten bemoosten Stein und konnte nicht antworten, als die anderen von oben fragten, was los ist, und ohne sich irgendwo festzuhalten, am Rand der Plattform standen.

Karina steigt ein Stück hinter mir hinauf, dabei bückt sie sich tief und hält sich mit beiden Händen an den oberen Sprossen fest. Sie verliert kein Wort darüber, ob ihr schwindlig ist oder ob sie Angst hat, als ich sie danach frage, sondern nur, dass es auf die Waden und die Oberschenkel geht, weil man den Aufstieg nicht gewohnt ist.

Jukka klettert als Erster und schneller und hakt schon die von anderen irgendwann kaputt gemachten Riegel auf, als wir noch nicht ganz oben sind. Er geht in die Startkabine, lässt die

Tür für uns offen und pfeift vor sich hin, obwohl es besser wäre, leise zu sein.

Als ich die Tür erreiche und den Fuß auf die Plattform setze, ist mir sofort leichter zumute, aber das Hemd ist verschwitzt, und die Beine tragen nicht richtig, sondern zittern.

Jukka geht bereits mit dem Netzkabel des Tonbands herum und sucht nach einer Steckdose, auf der Strom drauf ist, und dann baut er auf der Wartebank der Springer den Sender zusammen. Ich befestige die Antennenteile und lasse die Kupferkabel aus den Fenstern des Turms hängen. UKW reicht nicht über den Radiohorizont hinaus, darum ist der Sprungturm auf dem hohen Landrücken möglicherweise der beste Sendeort in der ganzen Stadt.

Jukka hat versucht, die Tragweite des Signals zu berechnen, aber gesagt, das sei bei einer Station mit so geringer Leistung sinnlos, weil der Empfang nicht weiter reicht, als wenn man dort, wo die Antenne steht, eine Fahne schwenken würde. Wo man die Fahne sieht, kann man die Übertragung hören, aber immerhin wird sie auf UKW nicht von Dunkelheit oder Licht unterbrochen wie auf Kurzwelle, wo ein Band nach dem anderen abreißen kann.

Vom Turm aus können wir höchstens eine Stunde senden, nicht mehr. Spätestens dann gehen die ersten Beschwerdeanrufe beim Finnischen Rundfunk ein, dass es Störungen auf der Frequenz gibt, und der PLL-Suchwagen wird losgeschickt. Falls sie so einen hier in der Gegend haben, das haben wir nicht herausgefunden, man kann schließlich nicht einfach irgendwo anrufen und sich danach erkundigen, auch wenn Jukka noch die Nummer für telefonische Meldungen besitzt, die ihm der Kontrolleur beim Sommertreffen gegeben hat.

Er hatte damals schon geplant, eine Station einzurichten. Sonst hätte er sich die Nummer nicht notiert und angefangen, Zeitschriften und Informationen aus Schweden und Holland und Komponentenverzeichnisse aus Deutschland zu bestellen.

Sobald die Apparate funktionstüchtig sind, probiert Jukka aus, ob die Tragwelle richtig rausgeht und es keine Brüche gibt. Wir haben ein kleines Transistorradio dabei, das aber selektiv genug ist, um darauf unsere Station zwischen den Sendern daneben zu finden. Jukka probiert es noch einmal mit dem Mikrofon, schnippt mit dem Fingernagel dagegen, und ich höre vor der Tür am Radio, ob man das Schnippen und Kratzen des Nagels hört.

Dann ist alles getestet und bereit. Wir fangen nicht mit der Stationsansage an, sondern mit der *Säkkijärvi-Polka*. Die haben wir drei Mal hintereinander aufgenommen, sodass der Anfang der Übertragung nichts als Akkordcongedudel ist, ohne eine Pause dazwischen. Auf diese Weise bringen wir die Hörer dazu, mit der Senderwahl ein Stück weiter nach oben auf 98 Megahertz zu drehen. Jukka hat die Sendefrequenz genau im richtigen Abstand von den Frequenzen der Parallelsender fixiert. Vili Vesterinen spielt Akkordeon und bringt uns Hörer, weil sie sich wundern, was da neben dem normalen Sender läuft.

Wir müssen die Übertragung im Dunkeln mithilfe einer Taschenlampe durchführen. Nach der *Säkkijärvi-Polka* fahren wir das aufgenommene Pausenzeichen ab, aber dann muss Karina noch zwei Mal eine Senderansage übers Mikrofon machen, damit ich die Kassetten wechseln kann.

Wir haben Musik auf sechs Kassetten dabei, und auf den Hüllen stehen die Reihenfolge und die Dauer der Lieder. Karina ist dafür, Joan Baez zu spielen, und ich stimme ihr zu.

»Hier sind *Radio Satan* und Joan Baez mit *East Virginia*.«

Karina muss mit voller Stimme ins Mikrofon sprechen, es klingt laut in der dunklen Betonkabine, aber *East Virginia* wird über Kabel direkt eingespielt. Jukka überprüft mit dem Kopfhörer, dass es anfängt und gleichmäßig läuft.

Zehn Sekunden vor Ende des Stücks gibt Jukka das erste Zeichen. Karina nimmt das Mikrofon, Jukka hält die Taschenlampe und zählt in deren Licht mit den Fingern die Sekunden herunter, bei der letzten drücke ich auf Pause und Karina fängt an.

»Das war Joan Baez mit *East Virginia*. Sie singt auch das nächste Stück. Und das kennt ihr.«

Ich schalte die Pause weg und höre über den Kopfhörer auf einem Ohr, wie *House of the Rising Sun* anfängt, sauber, ohne Verzögerung und Überlagerung. Ich höre zu, man möchte einfach nur diesen Song hören, es ist fast die beste Musik, die es gibt. Wir lauschen alle drei, auch Jukka, wir stecken die Köpfe zusammen, und die Kopfhörerbügel sind nach oben gedreht.

Als das Stück zu Ende geht, schiebt Karina das Mikrofon zu mir herüber. Das war nicht abgemacht. Ich habe nichts geplant und muss die Kassette wechseln, wenn wir andere Musik wollen, wir haben keine Zeit mehr, in den letzten Sekunden etwas zu vereinbaren, Jukka gibt mit dem Finger das Zeichen, ich schalte das Mikrofon ein, Karina sucht im schlechten Licht schnell nach neuer Musik.

Ich muss mich räuspern, um eine klare Stimme zu bekommen, obwohl das Mikrofon schon an ist.

»Hier ist *Radio Satan*. Die Interpretin, die wir eben gehört haben, war Joan Baez«, und an der Stelle komme ich mit dem Namen ins Stottern und muss es noch einmal sagen.

»Joan Baez war die Interpretin, und jetzt hören wir ein bisschen was anderes. Auf 98 Megahertz.« Ich stammle die Wörter, weil ich unnötig lang reden und Pausen machen muss, bis Karina die Kassette herausgenommen und eine andere eingelegt hat. Sie versucht mir auf der Hülle den Titel zu zeigen, aber das Licht ist so schlecht, dass ich ihn nicht erkennen kann. Da nimmt Karina das Mikrofon und sagt nichts weiter als »CCR,

Pendulum«, und dann läuft es über Kabel los, und man hört gar nichts, bis Jukka die Kopfhörerbügel so weit aufbiegt, dass man etwas versteht. Man muss nicht einmal das Ohr direkt danebenhalten.

Ich gehe ins Dunkle vor die Tür und atme die Nacht ein. Drinnen läuft das Radio und sendet *Pendulum* über die ganze Stadt. Es riecht nach Beton, und von weit unten kommt der Geruch von Erde und Baumwipfeln herauf. Wenn Krieg wäre und ein Bombergeschwader aus östlicher Richtung über den Horizont käme, würde hier ein Flakhelfer stehen. Im Dunkeln ist alles gleich, der Turm ist aus dem gleichen Stahlbeton wie die ehemaligen Luftabwehrbefestigungen am Ärmelkanal. Auch dort, in den von Salz und Stürmen zerfurchten Sockeln, sind Radiostationen gegründet worden. Es wird vom Meer aus gesendet, und wir senden von hier aus, *Radio Veronica* sendet vom Schiff aus die gleiche Musik zur gleichen Zeit, um die Sockel herum schäumt das Meer, und hier ist es das Luftmeer, die Winde sind die Strömungen, die Sprungschanze ist ein Fels auf dem Grund des Luftmeeres, der Mensch tanzt auf flachem Stein.

Karina kommt aus der Kabine und berührt meine Hand. Man sieht die Lichter der Häuser, so weit das Auge reicht, nicht besonders weit, weil auf allen Seiten Wald ist, aber trotzdem so viele Lichter und erleuchtete Fenster, dass es für einen Moment den Anschein hat, als würde man im gläsernen Studio eines Radiosenders weit oben in einem Wolkenkratzer stehen. Ich beschreibe Karina, was das für ein Gefühl ist und dass jetzt die Senderansage zwischen der Werbung käme.

»This is *Radio Devil*. You are listening to *Radio Devil*«, sage ich so, wie ich es im Rundfunkstudio in New York sagen würde oder auf der Nordsee, unerreichbar für alle Gesetze, aber von den Piratensendern erzähle ich nichts, weil Jukka verboten hat, mit irgendjemandem darüber zu reden. Ich fühle mich trotzdem wie auf dem Deck des Schiffs von *Radio Veronica*, wo die Antennen an den Masten befestigt sind und zwischen den Masten Kabel verlaufen wie bei einem Spinnennetz, oder wie jenseits des Atlantiks im Studio hoch oben in einem Wolkenkratzer, wo man durchs Fenster Lichter sieht bis zum Meer, bis zur Hudson Bay.

Dann höre ich Jukka fragen, was als Nächstes kommt. Ich gehe hinein und nehme eine Programmkassette, die mit »Kekkonen« beschriftet ist.

Wir haben ein Interview mit dem Präsidenten fertig gemacht und bei den Antworten Stellen aus der letzten Neujahrsrede, aus alten Interviews und vom Richtfest einer Papierfabrik hineingeschnitten. Am Anfang fahren wir den *Björneborger Marsch*, dann geht es auf derselben Kassette mit mir und Kekkonen weiter.

»Herr Präsident. Freundlicherweise haben Sie sich zu einem Interview mit unserem neuen Sender *Radio Satan* bereit erklärt.«

»Das muss leider konstatiert werden.«

»Herr Präsident. Welche Probleme sehen Sie in diesen unseren Zeiten in Finnland?«

»Es wäre ein schwerer Irrtum, zu verkennen, dass die Lösung der vor uns liegenden Probleme absolut notwendig ist, aber es wäre ein fataler Irrtum, die Selbstbeherrschung und den Willen zu verlieren, alle Anstrengungen zur Schaffung einer besseren Welt zu steigern.«

»Ich hoffe, dass in diesem Jubiläumsjahr alle Bevölkerungskreise in erhöhtem Maße ihr Augenmerk auf die Bedeutung der inländischen Produktion für den internationalen Handel, vor allem aber auch auf die Frage der Beschäftigung richten. Um die Schieflage zu korrigieren, müssen wir noch mehr als bisher die heimische Produktion unterstützen.«

»Herr Präsident. Was liegt Ihnen sonst noch besonders am Herzen?«

»Mit dem Gefühl großer Befriedigung haben wir uns heute hier versammelt.«

»Könnten Sie Ihre Äußerung präzisieren, Herr Präsident?«

»Gewiss verspürt das gesamte finnische Volk Befriedigung. Diese Fabrik wird Wohlstand schaffen, und zwar für die Hunderte darin beschäftigten Arbeiter und Angestellten, wie von einem umfassenderen Gesichtspunkt aus auch für die Landwirte, die Waldarbeiter, die Kaufleute und das gesamte Volk.«

»Es scheint unabdingbar, das Produktionssystem mithilfe der öffentlichen Hand noch mehr auf die Befriedigung der gemeinsamen Bedürfnisse auszurichten und zugleich die Handlungsfreiheit privater Unternehmen einzuschränken. Denn nur so können wir unsere Wirtschaft auf ein solides Fundament stellen und uns bessere Lebensbedingungen in der Zukunft garantieren.«

»Herr Präsident. Danke für Ihre Zeit und für das Gespräch. Hier ist *Radio Satan*.«

Obwohl Karina mitlacht, sagt sie gleich danach während des *Björneborger Marschs*, dass man so etwas nicht erlauben wird. »Wenn das zufällig jemand hört. Besser, es kriegt keiner mit«, sagt sie.

Ich bin vor die Tür gegangen, um mit dem Transistorradio den Empfang und mögliche Störungen zu überprüfen. Obwohl der Nachbarsender *Melodienradio* in Kekkonens Rede hineingefunkt hat, ist die Feldstärke gut, und man hat alles verstanden.

Das nächste fertig auf Kassette aufgenommene Stück ist länger und besteht nur aus Musik ohne Zwischenansagen, Jukka hat es komplett alleine gemacht, *Poppa Joe* von Sweet, *Der Schwarze Katzentango* auf Finnisch, *Che sarà* und *Schreib es auf eine Postkarte*. Ich hätte das nicht ausgesucht, nur das letzte, das ich zuvor noch nie gehört habe, eine Frau singt auf Finnisch, aber ihre Stimme ist rau und toll. Ich sage nichts, höre nur zu, sitze auf der Bank für die Springer und schaue aus dem Fenster hinunter ins Dunkel.

Ich warte auf das Zeichen für die Schlussansage. Das Mikrofon halte ich in der Hand bereit, und als Jukka den Lichtkegel der Taschenlampe nach unten richtet und mit der Hand ein Zeichen macht, schalte ich den Ton ein und sage:

»Hier ist *Radio Satan*, das freie Radio im Äther. Der Äther ist das Fluidum des Weltalls. Hier ist *Radio Satan*. Gute Nacht.«

Und Jukka nimmt die Pause weg und von der Kassette kommt die Nationalhymne, gespielt vom Helsinkier Polizeimusikkorps.

A ls es darum geht, wieder abzusteigen, wird mir schwindelig. Außerdem weht jetzt ein Wind aus der Dunkelheit. Ich stütze mich an der Wand ab und höre nichts. Jukka geht als Erster, dann Karina.

Auch wenn ich mich noch so bemühe, die ersten Schritte zu machen, blockiert innerlich etwas komplett. Die Schanze kommt mir zu steil und darum unmöglich vor. Jukka ruft bereits, ich soll mich beeilen, aber ich kann einfach nicht. Ich versuche es rückwärts auf allen vieren, mit Knien und Händen auf den Sprossen, aber in der Haltung habe ich das Gefühl, vom Gewicht des Rucksacks aus dem Gleichgewicht gebracht zu werden und den Beton hinunterzurollen. Karina hält an, um auf mich zu warten, und scheint meine Angst zu bemerken, denn sie beruhigt mich und sagt, alles in Ordnung, keine Eile.

»Auf Jukka brauchst du nicht zu achten, auch wenn er von unten noch so ruft.«

Die Hände klammern sich an eine Sprosse, und ich traue

mich nicht, nach oben und nach unten zu blicken. Ich höre Karina zu mir nach oben steigen.

»Gib mir den Rucksack«, sagt sie.

Ich traue mich nicht, eine Hand vom Brett zu lösen, um den Rucksack abzusetzen, und quassle nur, der ist nicht schwer, das wird schon, gleich.

»Ich kann dir ja ein bisschen helfen«, sagt Karina und tastet im Dunkeln nach den Rucksackriemen, wo man sie aufbekommt, und öffnet sie und nimmt den Rucksack auf den Rücken.

Ich klammere mich mit beiden Händen an das Brett und bewege die Füße keinen Millimeter, damit das dünne Holz nicht bricht.

»Das wird nichts«, bringe ich über die Lippen.

Karina setzt sich neben mich und hält mich fest. Ich versuche, mich mit dem Gedanken zu beruhigen, dass man nicht abstürzen kann, wenn einen jemand festhält.

»Was gammelt ihr da oben herum, verdammt?«, ruft Jukka, aber nicht laut. Seine Stimme kommt von so weit unten, dass er bereits unter dem Schanzentisch auf festem Boden stehen muss.

Ich probiere, wenigstens einen Schritt nach unten zu machen. Karina macht neben mir den gleichen Schritt und hält mich die ganze Zeit am Rücken fest. Ich mache einen zweiten Schritt, und Karina hält mich fest. Ich beiße die Zähne zusammen und konzentriere mich nur darauf, voranzukommen. Ich fange an, die Schritte zu zählen, zuerst bis fünfzig, aber auch danach geht es mit den Brettersprossen und der Leere immer noch weiter.

Erst als die steile Abfahrt in den Bogen zum Schanzentisch übergeht, fühle ich mich wenigstens ein bisschen sicherer und kann mich halb aufrichten, aber ich lasse mit den Händen nicht los, sondern stütze mich ab, bis ich den Rand erreiche. Vom

Schanzentisch muss ich noch die kurze Leiter hinunter, auch dabei zittern die Beine, aber danach habe ich festen Boden unter den Füßen.

Jukka hat die Yamaha aus dem Gebüsch geholt und tritt sie an. Das Licht blendet, weil man sich inzwischen an die Dunkelheit gewöhnt hat.

»Jetzt hör endlich auf«, sagt Karina und fährt Jukka beinahe an, weil er ständig fragt, warum es so lang gedauert hat.

»Am Sendeort trödelt man nicht herum. Alles beruht darauf, dass man unter einer Stunde sendet, dann Schluss und verdammt schnell weg an eine andere Stelle. So viel Professionalität muss sein, dass man nicht Hand in Hand den Sternenhimmel anstarrt.«

»Das war es nicht«, sage ich.

»Ich hab doch gesehen, dass ihr nebeneinander runtergekommen seid.«

»Ich hab Höhenangst«, gestehe ich schließlich.

Karina erklärt, dass man dafür nichts kann.

Jukka befiehlt ihr, sich nicht einzumischen, und schimpft, dass das Ganze jetzt ja wohl nicht an der Angst scheitern wird, wo der Sprungturm der bestmögliche Ort ist, es gibt keinen besseren, Strom in der Steckdose, und man muss die Antennen nicht groß installieren, sondern kann sie einfach hängen lassen, steckt den Stecker rein und schaltet die Geräte an. Das alles gibt er von sich, als wüssten wir es nicht selbst.

»Es hängt nicht von mir ab. Wir können die ganze Sendung fertig auf Kassette zusammenschneiden, ich kann das übernehmen und mitkommen und unten aufpassen. Du bringst die Geräte hoch, und dann wechseln wir die Stelle und senden als Nächstes zum Beispiel vom Myllymäki-Hügel oder von wo immer das Signal trägt«, schlage ich vor.

Jukka kommt wohl auch selbst auf den Gedanken und beruhigt sich. Er geht dazu über, von einem Inverter und einem tragbaren Akku zu sprechen, damit kann man ohne Netzstrom senden, zum Beispiel vom höchsten Landrücken aus, und muss nicht immer an dieselben Stellen zurückkehren, weil wenn der Sender einmal angepeilt worden ist, ist die Richtung markiert, und beim nächsten Mal kann das PLL-Fahrzeug wesentlich schneller die Position ändern.

Ich nehme Karina den Rucksack ab und schnalle ihn auf den Gepäckträger der Yamaha. Wir vereinbaren, dass es für heute reicht. Ich verspreche, die aufgenommenen Kassetten in den Polar mitzunehmen. Dort habe ich abends Zeit, mir anzuhören, was wir bis jetzt auf Band haben, und kann die Schnittstellen in eine Liste eintragen, damit die neuen Aufnahmen so schnell gehen, wie es bei einer langwierigen Arbeit eben möglich ist.

Sendefertige Programme zu machen, nimmt Zeit in Anspruch, weil man unter den Aufnahmen zuerst die besten Passagen aussuchen und dann auf eine neue Kassette im zweiten Rekorder übertragen muss. Am längsten dauert es zum Beispiel, zehn Sekunden zu überspielen und dann zu versuchen, den Anfang und das Ende von Geräuschen zu reinigen und die Enden der Lieder mit *Pause* und *Stop* zu unterbrechen und zwischendurch nur eine Sekunde auf einmal mit *Forward* weiterlaufen zu lassen und dann mit *Rewind* wieder an die gleiche Stelle zurückzugehen.

Als Jukka losfährt, bleiben Karina und ich am Hang der Rennstrecke stehen. Ich müsste mit ihr über das Wochenende reden, denke ich, jetzt müsste ich reden, aber ich finde einfach den Anfang nicht. Ich könnte zuerst vom Trigonometrischen Punkt sprechen und dann sagen, dass ich wahrscheinlich nicht mehr in die Schule gche.

Und als Letztes, ob wir uns den Film ansehen, wenn er im Herbst noch einmal ins Programm kommt. Das würde ich sie fragen. Oder falls er nicht mehr kommt, dann kannst du mir vielleicht ein bisschen beibringen, wie du es magst, könnte ich sagen, so ganz direkt.

Aber wir stehen nur im Dunkeln nebeneinander. Unten auf der Strecke und bei den Boxen ist alles schwarz, an den Rändern dahinter schwarzgrau, und erst auf der Straße brennen orange Lampen.

WIESO MAUS, WO ER DOCH EIN MANN IST?

Im Frühbus zur Arbeit lese ich den Steinbeck dann doch zu Ende, weil ich ungenutzte Zeit habe. Das sechste und letzte Kapitel ist kurz, und es geht fast so, wie ich es schon gewusst habe. Ich habe es geahnt, es kann kein Wissen sein, wenn man es noch nicht kennt, aber ich habe richtig getippt, dass es Lennie nicht gut ergeht.

Kurz kehre ich noch einmal zurück zu den Platanenblättern und dem tiefen Salinas River. Die Berge werfen ihre Schatten. Ein Reiher schnappt sich eine Wasserschlange.

»Lautlos senkte sich ein Kopf mit Schnabel und packte die Schlange beim Kopf, dann verschwand sie im Schnabel, während ihr Schwanz noch wild zappelte.

Ein ferner Wind war zu hören, und eine Bö fuhr wie eine Welle durch die Baumwipfel. Die Platanenblätter drehten ihre silbrigen Seiten nach oben, und die braunen, dürren Blätter auf dem Boden wurden ein paar Fuß weitergejagt.«

George sagt zu Lennie, nimm deinen Hut ab, Lennie, die Luft fühlt sich gut an. George erzählt, wie gut alles ist, wie alles gut und richtig werden wird, und schießt Lennie mit der Luger aus nächster Nähe ins Genick, an die Stelle, wo Schädel und Rückgrat aufeinandertreffen. Lennie zuckt kurz und fällt mit dem Gesicht in den Sand, die Verfolger kommen, und Slim sagt zu George, er soll sich nicht grämen.

»Du hast es tun müssen, George. Ich schwör dir, du hast es tun müssen.«

Ich weiß nicht, warum, verdammt. Das denke ich gerade, dass ich nicht weiß, warum, verdammt noch mal, da bin ich plötzlich so gerührt, dass ich mir sogar ein paar Tränen aus den Augenwinkeln wischen muss, obwohl der Bus nach Parola ziemlich voll ist und mich jeder sehen kann, aber ich kann nichts dagegen tun. Ich habe es geahnt und darum das letzte Kapitel nicht gelesen.

Aus dem Grund gehe ich auch nicht in jeden Film, weil sie da Szenen eingebaut haben, die die Leute zum Weinen bringen. Es ist sinnlos, weil man ja nicht einfach anfangen kann zu heulen, das würden die anderen sehen, und alles wäre dahin. Kein Mann weint im Kino, darum gibt es Filme für Männer und Frauen und dann noch für Kinder. Wäre *Von Mäusen und Menschen* ein Film, würde ich ihn mir wahrscheinlich nicht ansehen, weil ich dann schon wüsste, dass ich weinen müsste. Die amerikanischen Filme sind deshalb schlecht, weil es darin absichtlich Stellen gibt, die einen zum Weinen bringen. Ich fange an, über Filme nachzudenken, um wieder zu mir zu kommen und damit ich aufhöre, mir sinnlos vorzustellen, wie es mit Lennie nach dem Ende des Buches, oder nicht mehr mit Lennie, aber mit George weitergeht.

Die Szene, wenn man die liest, ist man George und man ist Lennie. Man ist auch danach noch Lennie, obwohl er mit einem Genickschuss getötet worden und mit dem Gesicht auf den Sand des Salinas gefallen ist.

An der Genossenschaftsbank steige ich aus. Davor steht der blaue Vauxhall Viva, in dessen Seitenblech Niemi mit dem Schlüssel einen langen Kratzer gezogen hat. Ich muss ganz nah herangehen, der Kratzer sieht jetzt noch schlimmer aus, weil das Blech angefangen hat zu rosten und sich die Farbe löst.

Ich gehe hinter dem Viva über die Straße und kürze auf dem Fußweg zur Halle und zum Wohnwagen durchs Gebüsch ab. Bis sieben ist gerade noch Zeit genug, um meine Sachen in den Polar zu bringen. Rekku ist bereits in die Halle gegangen. Ich schiebe das STE-Buch zwischen die hochgeklappte Pritsche und die Matratze, sodass es herausfallen wird, wenn Rekku am Abend sein Bett macht.

Dann ziehe ich einen schmutzigen Pulli und die kaputten Jeans an. Die Busklamotten lasse ich auf der Tasche liegen und laufe los, damit ich eine Minute vor in der Halle bin.

Rekku steht wie ein dunkler Klotz zwischen den Metallregalen und winkt mir wie ein sehr großes Kind zu. Als wäre er übers Wochenende noch mal gewachsen, und das Licht trifft ihn von hinten, sodass er farblos ist. Die gelockten Haare sind noch mehr durcheinander als sonst und sitzen oben auf dem Kopf, ein bisschen wie ein schwarzes Vogelnest, durch das die Sonne scheint.

»Na, Rekku? Wie war das Wochenende, Samstag und Sonntag?«, frage ich auf einem Sprung zwischen die Regale, gehe aber weiter in Richtung Pausenraum. Rekku folgt mir einen Schritt und erklärt mir, dass es noch mehr gibt.

»Das ist nicht bloß der Samstag, nicht bloß der Sonntag, weil es geht schon Freitagabend los, erst die alle zusammen machen das Wochenende, der Samstag komplett, der Sonntag komplett und der Freitag ab Abend. Und von Freitagabend bis Sonntagabend macht das ein komplettes Wochenende.«

»Wie war's?«, unterbreche ich ihn.

»Gut. Wir sind mit dem Mercedes zur Eisfabrik gefahren. Eis wird nämlich in der Fabrik gemacht. Mama hat eine Schokoladenwaffel genommen. Onkel Lampinen einen Becher. Reijo beides und noch ein Eskimo, ein Erdbeer-Eskimo.«

»Und sonst?«

»Nichts sonst, das sind ja schon drei. Schokoladenwaffel, Erdbeer-Eskimo und Vanillebecher.«

»Ja, schon. Aber wie ist es sonst so gewesen?«

»Onkel Lampinen hat ein feines Haus, mit Veranda, und von der Veranda aus sieht man Kanus. Es gab ein Kanurennen, und Reijo musste zählen, wie viele Kanus vorbeikommen. Das war Reijos Aufgabe. Ich glaube, es waren dreißig, es sind nicht besonders oft welche vorbeigekommen, die hatten einen langen

Weg, kann sein, dass bis Lepaa. Mama und Onkel Lampinen hatten keine Lust, zu zählen, die sind inzwischen nach oben, sich die Mansarde ansehen. Wenn der Dachboden fein ist, dann ist er eine Mansarde, dann muss ein richtiger Fußboden drin sein, ein richtiger Fußboden ist ein Holzboden mit Teppichen drauf. Oder ein sehr feiner ist ein Parkettboden, der ist feiner als ein Holzboden. Onkel Lampinen hat im Wohnzimmer Parkettboden und einen Haargarnteppich. Das ist ein Fell, ein bisschen wie das Fell von einem Schaf, ein bisschen auch wie das Fell von einem Kaninchen, wie das Fell von beiden, so dazwischen – weißes Haargarn. Nicht ganz blütenweiß. Feiner Faden, ziemlich dick, kein Nähgarn. Nicht ganz blütenweiß. Das nennt man naturweiß. Weil weiß kann blütenweiß sein, naturweiß und malerweiß.«

An der Stelle muss ich Rekku unterbrechen, denn ich kann überhaupt nicht hören, was mir Ala-Seppälä vom Pausenraum aus mitzuteilen versucht. Er hat einen Plastikstuhl unter dem Tisch herausgezogen und an die Wand gestellt, da sitzt er nun, lehnt den Hinterkopf an die Wand und sieht zufrieden aus. Die ganze Vorwoche ist er nicht zur Arbeit gekommen.

»Was?«, frage ich.

»Nichts. Ich habe mich nur gefragt, ob die Firma noch steht. Scheint so, weil der Schlüssel nach wie vor in die Tür passt.«

Ich zähle ihm die Arbeiten der Männer vom Blech an diesem Tag auf, die Objekte, an denen sie gerade arbeiten oder für die sie zumindest vor der großen Tür auf der Lagerseite der Halle die Autos beladen. Ala-Seppälä fragt, woher zum Teufel ich das alles so genau weiß.

Ich sage nicht, dass ich ihn vertreten habe, ihm kann man so etwas nicht sagen, und es wäre auch nicht wahr. Ich sage, dass ich im Büro gewesen bin, während Lampinen Geschäfte abgeschlossen hat, und ich deshalb die Liste und die Einsatzorte auswendig weiß.

»Man muss nur eine Woche und einen Tag weg sein, und das ganze System gerät durcheinander, und das Ballett fängt an zu husten. Bestimmt hat keiner richtig hingeguckt. Alles ist wieder mal für mich liegen geblieben«, sagt Ala-Seppälä und macht auch danach noch den Mund auf, als würde er seine schmerzenden Kiefergelenke testen.

Als ich gehen will, ruft er mich zurück.

»Es wurde kein Kaffee gekocht«, sagt er und deutet mit dem Finger auf die Spüle.

Ich widerspreche nicht, obwohl das Kaffeekochen nicht meine Aufgabe ist, den ganzen Sommer über ist es das nicht gewesen. Normalerweise kümmert sich am Anfang Hartikainen darum, und einer von den beiden alten Männern in der Installationsabteilung kocht gleich nach sieben noch eine Kanne, weil sie selbst welchen haben wollen, und dann den Tag über weitere Kannen, sodass immer wenigstens etwas warmer Kaffee da ist.

Ich nehme die Glaskanne, spüle sie aus und nehme mit den Fingernägeln auch noch die Fünf-Pfennig-Stücke von der Platte, weil sie dort nur liegen, während der Kaffee steht, beim Kochen soll die volle Leistung aus der Platte kommen. Ich gieße Wasser in den Behälter und klopfe Saludo-Kaffeepulver in den Filter, lieber zu viel als zu wenig, das habe ich gelernt, obwohl ich nicht der Kaffeekocher von Volles Rohr bin, aber ich habe es gehört, damit nehmen sie es genau, die alten Männer nehmen es mit dem Kaffee genau und reden jeden Tag darüber, ob es Plörre oder Negerpisse ist.

Ala-Seppälä steht auf und schiebt den Stuhl an seinen Platz am Tisch zurück. Als Lehto kommt, fängt Ala-Seppälä an, vom Parteitag zu erzählen, als hätten sie am Morgen schon darüber geredet und wären nur unterbrochen worden.

»Das hat er übrigens gut gesagt, dass wir nicht im Krieg sind und dass das hier nicht die Eroberung der Kuckucksbucht ist, nicht einmal der Erste Mai der Roten Garde. Die Unterlegenen und Gelähmten brauchen nicht zu plärren und durch Zwischenrufe ihre eigene Abstimmung abzuhalten, denn jetzt ist nicht die Zeit für Abstimmungen, hat er gesagt«, erzählt Ala-Seppälä. Lehto sieht nach der Kaffeemaschine. Sie lässt gerade gurgelnd die letzten Tropfen fallen.

»Es ist alles in allem dann doch gut gelaufen, obwohl der langhaarige Tupamäki sich auf die Hinterbeine gestellt hat. Veikko Vennamo ist Kandidat geworden, und es würde mich nicht wundern, wenn er auch zum Präsidenten gewählt wird. Eine astreine Rede hat er gehalten, der Veikko. Drei Stunden müssten es gewesen sein, ohne Notizen. Wir gehen diesen Weg weiter, denn das finnische Volk ist klüger geworden. Jetzt heißt es stopp für die alten Sitten, und der vermaledeite Kekkonen kann gehen. Dann macht es nur noch klunks-klunks im Hals, weil Schluss ist mit Alkohol auf Staatskosten und stattdessen nur noch Luft geschluckt wird.«

Lehto sagt, dass er da seine Zweifel hat.

»Woran?«, fragt Ala-Seppälä sofort.

»Ob es so gut gelaufen ist. Und gewählt wird er nicht, weil er sich bis jetzt nur um die Angelegenheiten der eigenen Leute gekümmert hat. Die Schonzeit ist vorbei.«

»Was heißt hier Schonzeit? Verdammt, die Popularität steigt ständig, das Volk weiß, dass die Herren und die Sozialdemokraten ihm ans Bein pissen werden. Und wieso die eigenen Leute? Wenn er den Vertriebenen Haus und Hof verschafft hat, dann ist das eine große Tat, sage ich, mehr als groß.«

Ala-Seppäläs Stimme ist in die Höhe gegangen, und Lehto geht nicht weiter darauf ein, fragt Ala-Seppälä aber, wieso er die ganze Woche blaugemacht hat. Dieser winkt bei so einer Kleinigkeit bloß ab.

»Ich werde schon selbst mit Lampinen reden, da brauchst du dich nicht einzumischen.«

»Natürlich nicht, was geht mich das an? Ich hab bloß gesagt, der Mann lässt sich nicht blicken, da muss man mal nachfragen, weil die Aufträge drücken. Wir haben uns gefragt, ob du dir von eurem Generalsekretär Poutiainen das Moped geliehen hast und damit auf kleinen Straßen heimwärts geknattert bist oder ob sich der Parteitag so sehr in die Länge gezogen hat. Hättest ja mal Bescheid sagen können, immerhin reicht die Telefonleitung bis hierher«, sagt Lehto so strikt, dass Ala-Seppälä gar nichts mehr erwidert. Der Pausenraum ist voll und trotzdem ganz leer.

Lehto gießt sich eine Tasse Kaffee ein. Ala-Seppälä schiebt seine Tasse ein Stück näher heran, wie als Zeichen der Versöhnung. Lehto gießt auch ihm ein.

»Das hätte ich von Vasala nicht geglaubt. Kantanen kennt man ja, und Virén hat wahrscheinlich seine Beine geschont«, fängt Lehto mit dem gestrigen Länderkampf zwischen Finnland und Schweden an. Vasala ist auf seiner Nebenstrecke zwei Zehntel hinter dem Weltrekord zurückgeblieben und Kantanen bei den Hindernissen nur eine Sekunde.

»Das sind tollkühne Kerle, alle drei, und dazu noch Väätäinen als der große Joker. Ich wette, dass es Medaillen geben wird«, sagt Lehto. Ala-Seppälä ist sofort der gleichen Meinung, und dann gehen sie zu gewöhnlichen Betriebsangelegenheiten über, und Ala-Seppälä befiehlt mir, an die Arbeit zu gehen, anstatt zu tratschen. Meinen Kaffee habe ich noch nicht getrunken, ich rühre noch die Milch ein.

»Lass den Jungen mal in Ruhe seinen Kaffee trinken, wir sitzen ja schließlich nicht auf dem Pferd.«

Ich nehme noch etwas Milch, damit ich ihn schneller trinken kann, und frage nach den Anweisungen für die Arbeit.

»Mach da weiter, wo du aufgehört hast«, sagt Ala-Seppälä bestimmt. Weil Lehto da ist, will ich nicht sagen, dass es nichts weiterzumachen gibt, weil ich am Freitag nur sauber gemacht und zwischendurch in Lampinens Verschlag am Telefon gesessen habe, aber das sage ich nicht, weil Ala-Seppälä so mit mir reden muss, denn der Produktionsleiter weiß alles.

Ich sage, dass alles klar ist.

»Nix wie ran an die Woche, und zwar mit einem satanischen Lied auf den Lippen«, ruft er mir noch hinterher. Darauf muss ich nicht antworten, weil auch das eher für Lehto bestimmt ist.

Ich frage Rekku, ob man ihm Arbeit zugewiesen hat.

»Es gibt keine Arbeit, nichts zu tun und keinen Auftrag. Aber Onkel Lampinen hat auf der Veranda zu Mama gesagt, für unseren Reijo wird sich auf dieser Welt immer etwas zu tun finden. Da hat die Mama angefangen zu weinen. Es gibt zwei Sorten von Weinen, wenn man gute Laune hat und wenn man schlechte Laune hat. Mama hat gesagt, sie weint aus guter Laune, weil sie gute Laune gekriegt hat, als Onkel Lampinen gesagt hat, dass sich auf dieser Welt für den Reijo immer was findet.«

Schon in der Mittagspause höre ich die komplette Erklärung für Ala-Seppäläs blaugemachte Woche. Er selbst hat es einem in der Installation erzählt, und von dort kommt Nuppola herüber und erzählt es uns. Ich glaube nicht, dass die Geschichte über Lehto gelaufen ist, weil Lehto nicht tratscht, wie Männer es normalerweise tun, zumindest hier. Auch wenn sie den Chefs nichts sagen, reden sie doch untereinander hinter dem Rücken der anderen und immer ein bisschen mehr, als sie gehört haben. Während des Sommers habe ich gelernt, dass man sich nur auf die verlassen kann, denen man mit Sicherheit vertraut, bei allen anderen ist es besser, nicht alles zu sagen, aber ich höre trotzdem hin, wenn getratscht wird, bin also selbst nicht ganz frei davon und außen vor.

Nuppola erzählt, dass Ala-Seppälä am Sonntag nach der Abstimmung im Tross der Gewinner mit dem Zug in Kouvola abfuhr. Magister Leppänen, der zum Generalsekretär der Partei gewählt worden war, hatte im Speisewagen einen Tisch mit Eierbroten reserviert, dazu wurde hinter vorgehaltenem Sakko Weinbrand-Cola serviert. In Helsinki aßen sie dann groß im Bahnhofsrestaurant und gingen zwischendurch raus, um das *Lied des vom Hunger heimgesuchten Landes* zu singen, weil der Oberkellner ihnen verboten hatte, es drinnen zu singen. Dann ging es zum Tanzen ins Seurahuone und ins Fennia, und Ala-Seppälä schlief offenbar auf dem Männerklo ein, das weiß er selbst nicht mehr so genau, besser erinnert er sich daran, wie sie in einem Büro im Parlament Getränkenachschub holten und zum Weiterfeiern mit dem Taxi in einen Stadtteil namens Myyrmäki fuhren.

Bis zum Morgen becherten sie dort und warteten auf die Montagszeitung. Als sie endlich durch den Briefschlitz fiel, wurde sofort laut daraus vorgelesen und dann auf Veikko Vennamo und den harten Kern angestoßen. Die parteiinterne Opposition war in sich zusammengefallen wie ein Kartenhaus, Veikko hatte ihr in Kouvola gezeigt, wo Barthel den Most holt, sämtliche Stellen, an denen es um den Sieg ging, wurden immer wieder vorgelesen.

Langsam dünnte die Gruppe aus, aber es wurde weitergefeiert, und am Dienstag fuhren sie mit Silja Line nach Schweden. Alle Ausgaben wurden abgerechnet, weil sie dort Vertreter der Schwesterpartei trafen, und wenn der Staat schon bezahlt, muss man nicht sein eigenes Geld investieren. Am Büfett wurde alles verspeist, was da war. Ala-Seppälä brachte den anderen bei, die Krabben nicht mit der Schale zu essen, weil man die Gicht bekommt, wenn kleine Stücke in den Kreislauf geraten und mit dem Blut in den großen Zeh, wo es dann sticht wie mit kleinen Messern.

In Stockholm ging es bis Donnerstag weiter. Ala-Seppälä kann sich nicht mehr erinnern, ob sie die Schwesterpartei nun getroffen haben oder nicht, aber die gute Absicht war da gewesen, und das wurde auf der Rückfahrt im Restaurant und im Nachtclub und schließlich im Kabinengang ausgiebig gefeiert.

In Helsinki regnete es dann, und auch sonst herrschte trübselige Stimmung. Die festen Ausschussmitglieder trollten sich nach Hause, aber Ala-Seppälä verirrte sich in den Alten Maestro, wo gerade Anhänger der Zentrumspartei zusammensaßen, sich über die Regierung unterhielten und ergründeten, was die länger werdenden Nächte im August zu bieten hatten. Der Türsteher führte Ala-Seppälä aus hygienischen Gründen hinaus, er hatte es tatsächlich gewagt, von hygienischen Gründen zu sprechen, dazu hatten ihn die Zentrumsleute gezwungen. Ala-Seppälä merkte bald, dass er die Eerikinkatu in die falsche Richtung ging, zum Meer hinunter, ohne Sakko, aber mit Krawatte und blütenweißem Hemd.

Der siebte Tag der Tour brach an, oder wenn man die Tage der Parteiversammlung mitzählte, der zehnte. Jemand brachte Ala-Seppälä vom Motel zum Zug. Die Fahrkarte steckten sie ihm vorsichtshalber unter die Krawattennadel. In Toijala wachte er auf, eine Station zu spät. Er musste sich eine neue Fahrkarte kaufen und mit dem nächsten Zug ein Stück zurückfahren.

Wenn man der Landpartei angehört, eine Woche am Stück gesoffen hat und beim Tanzen eine miserable Figur abgibt, ist das eine schlechte Kombination. Darum haben während der ganzen Tour die Frauen einen Bogen um ihn gemacht, und als er wieder zu Hause war, gab es nichts als Geschrei. Nuppola erzählt uns das alles brühwarm von Anfang bis Ende im Pausenraum. Ein bisschen wird dabei geschaut, ob Ala-Seppälä aus Lampinens Zelle kommt, wo die beiden ein längeres Gespräch führen.

Als ich am Dienstagabend von der Arbeit nach Hause komme, zeigt mir meine Mutter eine Postkarte. Ich lese sie gleich im Stehen, denn meine Mutter macht einen seltsamen Eindruck, ein bisschen so, als wäre sie wütend oder gereizt, aber auch noch etwas anderes. Die Karte ist an meinen Vater adressiert und am Tag zuvor in Helsinki abgeschickt worden.

> Hki, 21.8.
> Hallo!
> Ich kann nicht kommen. Hören wir auf damit.
> Alles Gute und baldige Genesung!
> Mirjami.

Meine Mutter schaut mich die ganze Zeit an, während ich lese. Ich lese die Karte noch einmal und drehe sie dann um, das Bild zeigt einen sommerlichen Marktplatz, hinter dem man ein großes gläsernes Gebäude mit runden Wänden sieht und daneben ein älteres aus rotem Backstein mit einer abgerundeten Ecke, und auf dem Dach steht in riesigen Großbuchstaben OXYGE-NOL. Die Sonne wird von den oberen Fenstern beider Gebäude so stark reflektiert, dass die Farben an diesen Stellen völlig verschwinden.

»Anscheinend kann sie nicht kommen«, sage ich.

»Was habe ich gesagt? Überflüssig, da ein Telegramm hinzuschicken. Zum Glück kein Schmucktelegramm. Gut, dass du nur ein gewöhnliches genommen hast«, sagt meine Mutter.

»Was sagt Papa dazu?«, frage ich.

»Er weiß es noch nicht. Die Post kam heute spät.«

»Morgen müssen wir sie ihm mitbringen«, sage ich. Ich weiß, dass die Post nicht so spät gekommen sein kann, das tut sie nie, und meine Mutter weiß, dass ich es weiß, ich schaue entsprechend, sage aber nichts.

Sie bittet mich, die Postkarte vielleicht doch heute noch hinzubringen, und erklärt, dass sie morgen nicht einmal ein oder zwei Stunden von der Arbeit wegkann, weil sie ausgemacht hat, den ganzen Tag und Abend im Centrum den großen Monatsputz zu machen und die Böden zu wachsen, und weil da auch andere Frauen dabei sind, kann sie nicht wegbleiben.

»Besser, du bringst sie heute noch hin, damit er nicht darauf wartet«, sagt meine Mutter und sieht mich an.

Ich nicke nur. Sie denkt überhaupt nicht daran, dass morgen eigentlich die Schule anfangen würde. Wenn das bei allem so ist, kommt mir kurz in den Sinn. Man denkt nicht an den anderen, wenn einen selbst etwas beschäftigt. Oder wenn beim anderen etwas normal weiterläuft, dann bemerkt man nur das und sonst nichts. Weil meine Mutter sieht, dass ich arbeiten gehe, ist die Schule für sie etwas Vergangenes und darum nicht mehr wichtig. Es gibt sie nicht mehr.

Meine Mutter geht eine Flasche Saft aus dem kalten Keller holen. In der Zeit lese ich die Postkarte noch einmal. Mirjami kann jetzt nicht kommen und hat auch nicht vor, ein anderes Mal zu kommen. »Hören wir auf damit.« An dieser Stelle bleibe ich hängen. Das richtet sich an beide Seiten, und ich muss sie wohl meinem Vater bringen.

Ich esse nur schnell ein paar Blutpfannkuchen mit Preiselbeeren und rufe Karina an. Jukka meldet sich, Karina ist nicht zu Hause. Ich rede mit ihm, denn ich kann es nicht mehr für mich behalten, dass ich die Schule verlasse. Jukka glaubt mir nicht und fragt mehrmals nach dem Grund.

»Darum halt.«

»Gottverdammte Scheiße«, sagt Jukka, als er es endlich begriffen hat.

»Alle gehen weg, verdammt noch mal, alle gehen weg, bleiben sitzen oder wechseln aufs Lyzeum oder brechen ab«, sagt er und geht Name für Name die wenigen durch, die auch nächstes Schuljahr noch dabei sein und vielleicht durchs Abitur kommen werden. Nach der Elften bleibt mindestens jeder Vierte sitzen, oft sogar jeder Dritte, weil sie nicht einmal versuchen, die Bedingungen zu erfüllen, sondern sich freiwillig entscheiden, die Elfte zu wiederholen.

Für Jukka ist alles selbstverständlich, darum wundert er sich, warum die anderen unsicher oder dumm sind. Er ist es nie, er ist von klein auf vorbereitet gewesen, er weiß, wie alles laufen soll, und muss gar nicht groß überlegen, weil sowieso alles gut geht, wie es in so einem Leben eben ist.

Da liegt der Unterschied zu mir. Das habe ich schon früher begriffen. Am besten versteht Jukka solche, die wie er sind, denke ich, während ich mit dem Rad zum Krankenhaus fahre. Der Regen hat noch immer nicht ganz aufgehört. Ich komme mir vor wie in einem seltsamen Zwischenraum. Als wäre ich nicht ganz hier und nicht ganz dort und nirgendwo, wo ich normalerweise bin.

Mein Vater liest eine alte, an den Ecken eingerissene Zeitung, als ich zur Tür hereinkomme. Er hört sofort damit auf und berichtet mir, dass er am Freitag nach der Morgenvisite nach Hause darf. Ein paar leichte Belastungstests werden noch gemacht. Er scheint sich erholt zu haben und ist ungeduldig und erklärt lang und breit, was der Arzt gesagt hat, dass er noch zwei Wochen langsam machen soll, aber wenn es gut läuft, ist er danach wieder der Alte.

»Ich komme dann wahrscheinlich mit dem Taxi, das geht schon. Normalerweise würde ich das natürlich nicht tun, aber wir wohnen eben auf dem Hügel.«

Ich nehme die Postkarte aus der Tasche meiner Regenjacke und gebe sie ihm. Er wirft einen Blick auf das Bild und fängt sofort an zu lesen, liest voll konzentriert, ich schaue die ganze Zeit hin, sein Gesichtsausdruck ändert sich überhaupt nicht.

»Aha«, sagt er dann. Ich sage nichts, weil es nicht meine Sache ist.

»Diese Mirjami wohnt in Helsinki. Das ist eine alte Geschichte, eigentlich ist sie so etwas wie eine Freundin. Haben wir sie nicht mal gesehen, als wir in Helsinki waren? Kam uns zufällig auf der Straße entgegen.«

»Wir haben die Brille gekauft. Ich kann mich erinnern«, sage ich.

»Stimmt«, sagt mein Vater und bricht ab. Er sieht sich das Foto auf der Karte an und wechselt das Thema, dass es das runde Haus früher nicht gegeben hat, nur das Arena-Gebäude und das grüne Eck und daneben die Markthalle.

Ich halte mich nicht länger auf und bleibe nur etwa fünf Minuten. Als ich gehe, erkundigt er sich nach Mama.

»Die war doch heute Nachmittag hier«, sage ich.

»Ja, das war sie«, sagt mein Vater.

»Morgen kann sie nicht, weil sie Arbeit im Centrum hat.«

»Das hat sie, glaube ich, gesagt«, erwidert er, steht auf und begleitet mich auf den Gang.

»Also, es geht ihr ganz gut?«, fragt er, als wir schon die Glastür der Station erreicht haben.

»Ich glaub schon«, antworte ich, sonst nichts. Mein Vater sieht mich auf so eine Art an, als würde er gern noch etwas sagen, und deshalb warte ich noch ab.

»Sei ein Mann. Das sage ich dir sicher nicht zum ersten Mal«, sagt er. Ich nicke nur und antworte nicht, ich weiß einfach nicht weiter, und mein Vater weiß es auch nicht.

Als die Stationstür langsam zufällt und mein Vater hinter dem grauen Milchglas zurückbleibt, bekomme ich Mitleid. Weil er schon ein alter Mann ist, weil er schon fast seine ganze Zeit hinter sich hat.

Ich fahre so schnell davon, dass ich außer Atem gerate, dann läute ich an der Tür, und Karina macht auf.

»Warum hast du es mir nicht erzählt?«, fragt sie sofort. Jukka hat es ihr gesagt. Ich hätte es ihm verbieten sollen, es wäre besser gewesen, es ihr selbst zu erzählen.

Ich sage stockend, ich hätte nicht daran gedacht, und versuche mich damit zu rechtfertigen, dass ich es erst diese Woche entschieden habe. Als Grund nenne ich den neuen Infarkt meines Vaters, schildere es aber viel dramatischer, als es ist, besonders nach dem Gespräch von vorhin. Das ist gelogen, aber es fühlt sich trotzdem nicht ganz so an.

»Über so etwas muss man einfach reden können«, sagt Karina.

Da gibt es nichts mehr zu reden, denke ich, aber das kann ich nicht laut aussprechen. Und ich kann auch nicht um Entschuldigung bitten, denn es war ja nichts. Zwischen uns entsteht ein Loch. So kommt es mir vor, und Karina hat auch keine Lust mehr, über das kommende Jahr zu reden, was sie vorhat und was in der Schule gemacht werden muss. Egal, was ich frage, sie antwortet zwar, aber nur kurz, wie bei bedeutungslosen Dingen. Wir sitzen in ihrem Zimmer, und die Tür ist zu. Als ich sie in den Arm nehme und ihr übers Haar streiche, schüttelt sie meine Hand ab und schaut anderswo hin. Frauen sind seltsam, ärgern sich wegen so einer Kleinigkeit und werden plötzlich ganz anders.

Lange bleibt es so. Wir blicken beide ziellos umher. Karina hat eine Wand bis zur Decke voller Filmplakate. Die betrachte ich, und Karina betrachtet ihre Schulbücher oder schaut aus dem Fenster.

Ich will sie nicht überreden, aber trotzdem, vielleicht hilft es, wenn ich einfach still neben ihr sitze. Die Zeit vergeht, obwohl sie stillzustehen scheint, sie vergeht nicht, aber vergeht doch. Wir sind hier, aber im Kopf woanders. Wäre ich nicht hier, würde vielleicht ein anderer hier sitzen. Auch an Karinas Stelle könnte eine ganz andere sein. Das Sichere und das Dauerhafte sind bloß Wahrscheinlichkeiten, und die wird zwischen null und eins berechnet, da passt alles hinein. Was bei den Menschen passiert, reicht aber mit Sicherheit nicht an die eins heran.

»Was denkst du?«, fragt Karina schließlich und wird versöhnlich und ist mir wieder wohlgesinnt, nachdem wir lange genug geschwiegen haben.

Ich sage, dass ich an Wahrscheinlichkeitsrechnung denke. Das ist keine gute Antwort, ich begreife es sofort, kann es aber nicht erklären, weil das dann eine noch schlechtere Antwort wäre. Ich kann einfach nicht sagen, dass etwas, das man für sicher hält, es vielleicht gar nicht ist. Und schon gar nicht kann ich sagen, dass es bloß eine kleine Verschiebung wäre, wenn hier jetzt ein anderer sitzen würde, eine ziemlich kleine, denn der Ort wäre ja derselbe, es wäre nur eine etwas andere Zeit, eine etwas andere Wahrscheinlichkeit, ja es könnte sogar sein, dass der andere Moment wahrscheinlicher wäre.

Ich bin es nicht, der Karina versöhnlich stimmt, sie tut es selbst und sie bittet mich fast ein bisschen um Entschuldigung dafür, dass sie sauer geworden ist, indem sie mich nach der Arbeit fragt und wie es im Herbst damit weitergeht.

»Es ist noch nicht ganz sicher, aber ziemlich. Fehlt nur noch Lampinens Wort und dass wir etwas ausmachen. Kann sein, dass ich sechs Mark die Stunde verlange. Oder mindestens fünf fünfzig, das ist das Minimum.«

Karina rechnet im Kopf aus, dass ich dann pro Tag fast fünfzig Mark verdiene. Ich versuche so zu tun, als wäre so ein Lohn für mich schon ganz normal.

Karina hat alle Bücher auf dem Schreibtisch bereitgelegt. Man muss nicht für alle Fächer neue kaufen, aber für die meisten. Morgen gibt es die Liste, und dann gehen alle Schüler aus allen Schulen gleichzeitig in die Buchläden, weshalb dort zwei Tage lang ein schreckliches Gedränge herrscht.

»Es wäre schön gewesen, etwas zu unternehmen, wo es doch der letzte Abend ist«, sagt Karina. Ich erschrecke mich, bin nicht auf Anhieb dabei und verstehe nicht, was sie mit letztem Abend meint. Ich rede über alle möglichen Dinge und nicht über die wirklich wichtigen, weil es jetzt darum geht, dass Karina wieder wird wie vorher und erst gar nicht auf die Idee kommt, dass es das jetzt gewesen ist und nicht einmal einen halben Sommer gehalten hat.

A m Donnerstag bittet mich Lampinen in seine Zelle und fängt direkt damit an, dass zumindest im Gymnasium Parola die Schule wieder angefangen hat.

»Stimmt«, antworte ich und warte.

»Ich meine ja nur. Oder willst du irgendwann ohne was dastehen?«

In diesem Moment begreife ich, dass er mich vielleicht gar nicht bitten wird, zu bleiben. Ich habe es anders geplant und mich darauf eingestellt, über den Lohn zu reden, nicht auf das. Er muss es nicht einmal aussprechen. Er erinnert sich, dass die Sommerferien früher immer genau drei Monate gedauert haben und die Schule immer am ersten September angefangen hat, außer wenn der auf einen Samstag oder Sonntag gefallen ist.

»Im Frühling habe ich dir, glaube ich, gesagt, dass wir dir die Stunden bis Ende August anrechnen. Die hast du jetzt beisammen, von deiner Seite aus sind die Schulden bei meinem Bruder beglichen.«

»Nein, wir haben es richtig vereinbart, ich habe es mit der Rechenmaschine ausgerechnet«, erwidere ich sofort. Ich will zum Schluss kein Gnadenbrot annehmen.

»Doch, die sind beglichen, wie gesagt. Aber wenn du bis Ende des Monats hierbleiben willst, dann kriegst du die letzte Woche den vollen Lohn, für jede Stunde einen Fünfer.«

»Nein. Vertrag ist Vertrag, Verträge bricht man nicht«, sage ich.

»Das Wort eines Mannes wiegt schwerer als ein Vertrag, so ist das und Punkt«, erwidert Lampinen im Chefton, damit über das Thema nicht weiter diskutiert wird. Er merkt selbst, dass er zu laut geworden ist, und räuspert sich und blättert in der Plastikablage mit den Unterlagen von gestern.

Weil ich nicht gehe, fragt er, ob noch was ist.

»Es geht also nicht weiter?«, bekomme ich endlich über die Lippen, was ich schon vor Wochen hätte fragen sollen.

Lampinen blickt auf die Unterlagen und zwischendurch auf mich, er wirkt jetzt verlegen und kann es nicht direkt sagen, sondern redet darum herum.

»Sieh mal, wir leben in Zeiten, in denen die Mark knapp ist. Man kann nicht mehr tun, als man kann, das ist die bittere Wahrheit. Im September gehen die Bestellungen schlagartig zurück, nächste Woche Freitag ziehen alle Sommerarbeiter ab, und dann sind die Wohnwagen leer. Reijo bleibt hier und tut, was er kann, der verursacht keine hohen Kosten, weil seine Familie ihn ja sowieso versorgt. Das sind eben nun mal die Konjunkturschwankungen in der Blechsparte, verstehst du?«

Ich nicke nur, weil ich mit Reden doch nicht weiterkäme, denn Lampinen hat sich entschieden. Er wechselt das Thema und redet über Rekku.

»Reijo kann übrigens jetzt schon zu Liisas Schwester ziehen. Das wollte ich dich noch fragen, würdest du morgen beim Umzug helfen? Natürlich bekommst du die fünf für die Normalstunde bis zum Abend, und du könntest schon um zwei anfangen, dann kriegst du von da an schon fünf pro Stunde.«

Ich antworte nicht gleich, und auch dann bringe ich nur heraus, dass mein Vater morgen aus dem Krankenhaus kommt. Unter der Woche habe ich nichts davon erzählt. Lampinen stellt ein paar Fragen, und ich antworte, dass alles gut ist, eigentlich besser als vorher, weil sie ihm erst jetzt geglaubt und richtige Proben genommen und einen Belastungstest gemacht haben, und das Herz ist nicht schwach und nicht am Aussetzen, da ist bloß so eine überzählige Schleife im Kreislauf, daher die seltsamen Geräusche und Kurven.

»Wann?«, fragt Lampinen, und ich nenne die Uhrzeit so genau, wie ich es weiß, nämlich nach der Visite. Lampinen sagt, dass er etwas in der Stadt zu erledigen hat. Er erkundigt sich genau nach der Zimmernummer und verspicht, meinen Vater anzurufen und wegen morgen etwas mit ihm zu vereinbaren.

Als ich dann gehen will, erinnert er mich noch einmal an Rekkus und Siljas Umzug.

»Ihr tragt zusammen die schweren Sachen, Reijo und du, und du fährst. Steck dir überhaupt die Transitschlüssel ein«, sagt Lampinen und nimmt einige Schlüssel, die über den anderen hängen, vom Brett neben dem Schreibtisch und gibt mir zwei an einem grünen Ring, der kleinere ist für den Tankdeckel, das weiß ich, obwohl ich noch nie ein Auto betankt habe.

U m zwei soll ich Silja am Tor der Panzerbrigade abholen. So ist es ausgemacht. Rekku ist am Abend nach Hause gebracht worden, damit er packt und sich die Sachen aussucht, die er mitnehmen will. Seine Mutter hat ihn mit dem Heuauto abgeholt, bei der Gelegenheit haben wir es so vereinbart.

Das Fahren des Transits ist mir inzwischen ganz vertraut, aber als das Militärgelände näher kommt und am Straßenrand Soldaten und Fahrzeuge der Armee auftauchen und man den vom Manöver aufgewühlten Boden sieht, krampft sich mir der Magen zusammen. Ich versuche, entspannt zu bleiben und gleichmäßig zu fahren, nicht zu langsam und nicht zu schnell, damit ich keine Aufmerksamkeit errege, und zum Glück sieht es wenigstens offiziell aus, weil es ein Lieferwagen ist und auf der Seite Volles Rohr steht, mit einer fünfstelligen Telefonnummer darunter.

Silja wartet schon ein Stück vor dem Tor, damit ich nicht direkt vor der Wache zurücksetzen und wenden muss. Sie setzt sich auf den Beifahrersitz und berührt mich mit der Hand an der Schulter.

»Hallo, toll, dass du gekommen bist«, sagt sie. Ich wage es, kurz hinzuschauen. Sie sieht anders aus als zuletzt. Sie hat städtischere Kleider an und die Haare anders. Auf dem Korb, den sie dabeihat, liegt zusammengefaltet ihr Arbeitskittel.

Als ich am Morgen in Lampinens Verschlag die Papierarbeit vom Freitag gemacht habe, hat Lampinen erzählt, dass Liisa und Silja aus einer Kaufmannsfamilie stammen. Liisa ist fast fünfzehn Jahre älter als Silja, ihre beiden Brüder und eine Schwester sind gestorben und die Eltern auch schon vor langer Zeit. Als Liisa dann Aaro heiratete, war Silja erst elf und kam mit aufs Land, weil die Mutter an Weihnachten zuvor an Krebs gestorben war.

Silja sagt mir, wo ich abbiegen muss, als wir die Schlüssel für die neue Wohnung holen. Das kleine Mietshaus steht zwischen Kiefern. Silja bittet mich, mitzukommen und es mir anzusehen, und wir steigen nebeneinander die breite Treppe zum ersten Stock hinauf. Die Wohnung hat drei Zimmer und eine Küche und ist in gutem Zustand, die Küche ist frisch gestrichen, hellviolett die Wände und die Schranktüren grün. Die Vormieterin zeigt uns alles und macht die Schränke auf, sie redet viel und ist nervös und sagt, sie hätten sich scheiden lassen, ihr Mann ist Leutnant und sie Lehrerin und zieht jetzt neben ihre Schule nach Hurttala, oder ist schon hingezogen. Die

Wohnung ist leer, und das Reden hallt darin. Auf der Spüle steht eine alte Sahneflasche mit einem Strauß blauer Veilchen.

»Ich hoffe, Sie haben mehr Glück hier, die Nachbarn sind nett, und die Wohnung ist gut, zwei Jahre lang war sie ein echtes Zuhause für uns«, sagt die Frau zum Schluss und fängt ein bisschen an zu weinen. Silja versucht, sie zu trösten, und ich habe auch Mitleid.

»Vielleicht wird es ein Neuanfang«, sage ich und merke, dass ich es sage, und beide hören hin, worauf ich verlegen werde und mittendrin abbreche.

»Danke euch. Seid ihr Geschwister?«, fragt die Frau an der Tür und geht davon, kommt aber gleich wieder zurück und läutet, denn sie hat ihren eigenen Schlüssel vergessen, die andern liegen am Bund auf der Spüle neben der Flasche mit den Veilchen.

Wir halten uns kein bisschen länger auf. Silja lobt die Wohnung und wirkt zufrieden, noch im Auto lässt sie den Schlüsselbund am Zeigefinger baumeln, bestimmt würden sie klingeln, wenn man es bei dem lauten Motorgeräusch hören könnte. Als wir an Mierola vorbeifahren, sagt Silja, am Nachmittag nach fünf müsste der Vermieter weg sein, es wäre besser, die Sachen dann zu holen. Ich frage nicht, warum, und sie erklärt es mir auch nicht. Was geht es mich an, was in ihrem Leben passiert?, denke ich und schalte herunter, weil es bergauf geht.

Vor Lepaa sagt Silja, dass Reijo die letzte Nacht daheim verbringen darf. Sie möchte mehr sagen, aber ich stelle keine Fragen, damit sie weiterredet, ich frage überhaupt nichts, sondern fahre nur.

Es fängt an, in ganz kleinen Tropfen zu regnen, als würde Nebel an der Windschutzscheibe haften bleiben.

»Wenn es beim Umzug regnet, ist Glück mit dabei. Wenn es regnet und die Sonne scheint, wird im Himmel Hochzeit gefeiert«, sagt Silja und blickt aus dem Seitenfenster auf die Fel-

der und den Wald. Der Stumpf des abgebrochenen Spiegels ragt
aus dem Blech. Vielleicht blickt sie auch darauf. Ich schaue immer wieder kurz zu ihr hin, wenn sie es nicht merkt.

Als wir bei Rekkus Zuhause ankommen, fahre ich direkt
hinter der Darre in den Innenhof, weil ich weiß, wo sie hier die
Autos abstellen. Der Gemüsegarten und alles andere sieht üp-
piger aus als nach Mittsommer, die Fliederlaube ist struppig
geworden, der Rasen ist nicht gemäht, und in den Furchen der
Traktorräder steht Wasser.

Rekkus Mutter kommt heraus, und Timppa scheint aus dem
Fenster zu schauen.

»Ist sie schön?«

»Ja«, sagt Silja.

»Das ist prima«, sagt Rekkus Mutter und sieht dabei traurig aus.

Ich gehe über den Flur zu Rekkus Zimmer. Sie nennen es
Kämmerchen, so, wie man auf dem Land zu so einem Nebenzimmer sagt. Rekku sitzt mit gespreizten Beinen auf dem Fußboden und packt Spielsachen aus dem Schrank in einen Span-
korb.

»Servus!«, sagt er als Erstes. Das habe ich ihn noch nie sagen
hören, kann sein, dass er am Abend ferngesehen und es dabei
gelernt hat.

»Wie geht's, Rekku?«, frage ich und erwarte eigentlich gar
keine Antwort, aber wenn man nichts hören will, darf man
Rekku so etwas nicht fragen, denn er fängt sofort an zu erklären, was er wohin gepackt hat, fast Buch für Buch, die Teddy-
bären und Kalle Giraffe kann ich im Korb erkennen. Mehrere
Kleiderhaufen liegen verteilt und Skier und Skischuhe und andere Schuhe.

»Tragen wir gleich alles hinaus?«, frage ich und überlege mir
schon einmal die Reihenfolge, denn dafür bin ich verantwortlich und niemand sonst.

456

Da kommt Rekkus Mutter und ruft mich zum Umzugskaffee. Sie hat in der Krapfenpfanne Krapfen gebacken, und in der Stube riecht es nach Fett.

Rekkus Vater und Timppas Vater und Opa fangen gerade mit ihrem Saunaabend an. Der Opa hat etwas Klares in einem hohen Glas vor sich stehen und die anderen Bier. Als ich zur Tür hereinkomme, hören sie sofort auf zu reden. Timppas Mutter stellt schnell noch eine Tasse auf den Tisch und gießt Kaffee ein.

»Du bist also der Fahrer und bringst ihn weg, wo er jetzt angeblich versucht, ein neues Leben anzufangen«, sagt Rekkus Vater. Seine Stimme ist den Sommer über kratzig worden, und die Wörter kommen undeutlich heraus.

»Er versucht es nicht, sondern tut es«, sage ich. Darauf schweigen sie einen Moment, weil sie mit so einer Antwort nicht gerechnet haben.

»So ist es«, sagt Rekkus Mutter. Silja ist nicht in der Stube, sie ist direkt in ihr Sommerzimmer im Nebengebäude gegangen, um einzupacken, was sie noch mitnehmen will. Timppas Mutter fragt mich, ob ich Sahne will oder ob Milch gut genug ist. Sonst fragt sie das niemanden. Ich sage, Milch genügt.

»Gibt es Milchkakao für Reijo?«, fragt Rekku. Er hat die ganze Zeit hinter mir gestanden, wie um sich zu verstecken, obwohl er dafür viel zu groß ist.

»Kakao ist was für Mormonen und Kinder«, sagt Rekkus Vater. Er muss *Reader's Digest* gelesen haben, denn von da weiß auch ich, dass die Mormonen ein fleißiges Volk sind und nur Wasser, Milch und Kakao trinken, außer bei Feierlichkeiten, dann trinken sie amerikanische Erfrischungsgetränke und ganz selten mal Ingwerbier, das wahrscheinlich nicht einmal Bier ist, sondern ein aus Wurzeln gemachtes süßes Kindergetränk. Rekkus Vater schimpft auf die Mormonen und redet schlecht über die Zeugen Jehovas und andere Sekten und bei der Gelegenheit auch über die Zigeuner und die Neger und die schiefäugigen Mongolen, ich komme nicht richtig mit, wie er vom einen aufs andere kommt, weil er so schnell wechselt, die mit ihrem Froschessen, die mit ihren Flitterklamotten, alles ist schlecht, alles ist überflüssig.

Timppas Mutter schöpft mit der Lochkelle die Pelle von der Milch im Topf, lässt Kakao aus der Van-Houten-Dose in die Milch rieseln und verquirlt beides. Als sie zwei große geblümte Tassen aus dem Schrank nimmt, sagt Timppa, dass er kein Kindergetränk haben will, sondern Kaffee. Seine Mutter erwidert, Kaffee ist nichts für Kinder.

»Scheiße, und ob!«, sagt Timppa, und darüber lachen sie alle, außer Rekkus Mutter, die lacht nicht, und Rekku und ich lachen auch nicht, und Kirsti wendet sich der kalten Kammer zu, sodass man nicht sieht, ob sie lacht oder nicht.

Die Krapfen sind noch warm, und der Zucker darauf ist ein bisschen geschmolzen, darum ist er nicht weiß, sondern eher glasig. Ich esse vier Stück, weil sie mir angeboten werden und weil sie gut sind. Rekku isst sechs. Sein Vater warnt ihn, er soll aufpassen, dass ihm der Bauch nicht platzt und die Gedärme herausfallen.

»Der platzt nicht«, sagt Rekku und probiert es aus, indem er ihn anspannt.

»Da ist nichts Wahres dran. Iss nur, das ist immerhin dein Abschiedskakao«, sagt seine Mutter und verwuschelt ihm die Locken.

Dann fangen wir an zu tragen. Die Männer helfen nicht, weil sie noch schwer zu tun haben, wie sie sagen, sie bleiben in der Stube sitzen und planen die nächste Woche. Timppa trägt die ersten beiden Male mit, verschwindet dann aber zum Spielen.

Ich habe die Reihenfolge durchgeplant, zuerst das Bett und die anderen großen Möbel. Rekku passt auf, dass der Fliegenpilzhocker auch wirklich mitkommt. Es sind so viele Sachen, dass man eine Weile daran zu schleppen hat.

Dann ist Rekkus Zimmer leer und sieht heruntergekommen aus. In der Ecke steht der Kanonenofen mit der verschrammten Funkenschutzplatte aus Blech davor, sonst bleibt nichts zurück, nur die Deckenlampe. Das wird jetzt Timppas Zimmer. Rekku streicht über den Boden und die Wand und sagt Tschüss, so wie man es zu einem Menschen sagt.

Silja hat ihre letzten Sachen aus der Sommerkammer getragen, Kirsti hat ihr dabei geholfen. Der Transit füllt sich, die Zwischenräume sind schlecht gepackt, aber ganz voll wird er nicht, weil das schon alles ist.

Rekkus Mutter umarmt ihn und fängt an zu weinen. Kirsti umarmt Silja und Rekku, weint aber nicht. Die Männer bleiben im Haus, sie schauen aus dem Fenster, Timppa ist bei ihnen. Ich steige als Erster in den Wagen und lasse schon mal den Motor an, dann kommt Silja in die Mitte, und Rekku setzt sich an den Rand.

»Warum weint die Mama nur?«, fragt Rekku und ist ganz außer sich.

»Weil sie so glücklich ist, dass du in deine eigene Wohnung ziehst und aus dir ein erwachsener Mann wird«, antwortet Silja.

»Wieso sagt Papa, dass Reijo eine Maus ist, wo er doch ein Mann ist? Wieso Maus, wo er doch ein Mann ist?«, will Rekku wissen, und sein Gesicht verzieht sich.

»Das hat nichts zu bedeuten, so hat er es nicht gesagt«, will ihn Silja beruhigen.

»Hat er doch!«, unterbricht Rekku sie und schlägt mit der Hand gegen die Verkleidung.

Ich fahre vom Hof und sage zu Rekku, er soll seiner Mutter winken. Rekku kurbelt sofort das Fenster herunter, damit er richtig winken kann. Im heilen Rückspiegel auf der Fahrerseite sehe ich, dass seine Mutter uns bis hinter die Darre folgt und mit beiden Händen winkt, solange man sie sehen kann, es ist eine lange, offene Gerade, Rekkus Mutter wird immer kleiner, bis die Straße einen Bogen nach rechts macht und der Wald die Winkende verdeckt.

»Rekku, welcher Transit ist das? Der neue oder der alte?«, frage ich Rekku sofort, denn ihm laufen bereits die Tränen herunter, er kann jeden Moment anfangen zu schluchzen, und dann wird es schwierig.

»Der alte«, sagt er.

»Woran erkennst du das?«

»Am Spiegel. Und Reijo erkennt es auch am Armaturenbrett, es sind weniger Zähler dran«, sagt er und fängt an aufzulisten, welche Anzeige für was ist. Er würde gern in der Mitte sitzen, damit er überall hinkommt, so muss er über Silja hinweg darauf deuten, was für Geschwindigkeit und Wärme ist, was für den Treibstoff, was die Zeichen für die Beleuchtung und wofür alle anderen sind.

So geht das Schlimmste vorbei. Silja sitzt ganz still neben mir und mischt sich nicht ein, damit es anhält, denn mehr kann man nicht tun, als ihn dazu zu bringen, wenigstens jetzt nicht daran zu denken.

Ich fahre ohne Halt zu den Mietshäusern der Kaserne. Ab Parola hat Silja angefangen zu erklären, dass wir bald im neuen Zuhause sind und dass Reijo dort ein eigenes Zimmer hat, es liegt gleich neben der Toilette, und dann gibt es noch ein Zimmer für Silja, und Wohnzimmer und Küche sind für beide gemeinsam.

»Das wird schon«, sagt Silja zu mir, als wir die Hände voller Taschen und Bündel die Treppe hinaufsteigen und Rekku mit seinem Gepäck vorangeht, weil er vor uns oben sein will.

Er ist wegen der neuen Wohnung so aufgeregt, dass er als Erstes aufs Klo muss. Er muss aus Ronni und von den früheren Schulversuchen bereits Innenklos kennen, trotzdem zieht er mehrmals die Spülung und kann es kaum abwarten, bis sich der Behälter wieder füllt.

Wenn man Möbel und zig Sachen in den ersten Stock trägt, wird einem zuerst warm, und dann fängt man an zu schwitzen. Eigentlich ist es der zweite Stock, denn das Haus steht am Hang. Silja trägt ihre Sachen, weil sie weiß, wo sie hingehören, und Rekku und ich tragen alle schweren Sachen und die von ihm.

Um halb sechs ist der Transit leer, und wir müssten die nächste Fuhre in Mierola holen. Silja sagt, Reijo kann hier warten und inzwischen zum Beispiel im Wohnzimmer seine Taschen auspacken. Weil Rekku so guckt, als würde er nicht bleiben wollen, führt Silja ihn in die Küche. Fast direkt unter dem Fenster verläuft die Straße, die durch das Militärgelände führt.

»Hier ist die zweite Aufgabe für Reijo. Du zählst, wie viele in der Zwischenzeit vorbeikommen«, erklärt ihm Silja und kramt ein Blatt Papier und einen Stift aus ihrer Tasche.

»Du kannst es so machen, dass du diejenigen, die in Richtung Parola, und diejenigen, die in Richtung Stadt fahren, getrennt aufschreibst, und wenn ein Panzer kommt, machst du ein größeres Zeichen.«

Als wir vom Auto aus hinaufschauen, steht Rekku am Küchenfenster und hält Ausschau.

Ich fahre zur Mierola-Brücke und parke vor dem Haus. Es ist noch nicht sechs, aber der Vermieter muss schon weg sein, denn freitags macht er das immer so, hat mir Silja unterwegs erklärt.

Im Flur riecht es nach feuchtem, muffigem Teppichboden. Silja hat sich für ihr Zimmer ein Zusatzschloss besorgt und schließt beide auf. Im Zimmer gibt es einen Eisenherd und ein Waschbecken aus Zink, das Fenster zur Straße ist so niedrig, dass man fast wie über eine Schwelle eintreten könnte. An der

Lampe fehlt der Schirm, und der Fußboden ist schief und hat breite Ritzen.

Ich sage nichts, Silja auch nicht. Wir fangen sofort mit den Sachen an, und die leichteren reichen wir einfach direkt aus dem Fenster. Es liegt Eile in der Luft, auch ich lasse mich davon anstecken, und wir packen das Auto, so schnell wir können. Als alles fertig ist, nimmt Silja das Zusatzschloss ab und löscht das Deckenlicht.

Erst im Auto redet sie etwas mehr und fängt damit an, dass sie das hier nicht vermissen wird, und sie schaut auch kein einziges Mal zurück, als ich wende und in Richtung Parola losfahre. Sie muss das Gefühl haben, etwas überstanden zu haben, weil ich dieses Gefühl auch habe. Von der Eile und vom Tragen haben ihre Wangen rote Flecken bekommen. Ich umgehe die Ortsmitte, damit auf den letzten Metern nicht noch ein übereifriger Polizist kommt und sich wundert, weil er den Fahrer der Firma nicht kennt, und uns deswegen anhält.

Silja bittet mich, noch ein Stück in Richtung Merve zu fahren. Ich nehme die Abkürzung über eine kleine Straße, vorbei an der Villa Ryysyranta, weil wir gerade dort sind, und ich fahre so langsam, damit wir sehen können, wer nach der Zwangsversteigerung jetzt dort wohnt. Auf dem Grundstück regt sich nichts, da ist nur das große, flache Haus, aber irgendwie so versteckt, dass es untergeht.

Als ich auf der Nebenstraße zum Sandbruch anhalte, rückt Silja dicht an mich heran, und wir fangen an, rumzumachen und uns lieb zu haben. Sie sagt, gehen wir nach hinten, und wir gehen außen herum in den Laderaum zu den ganzen Sachen. Silja zieht sich und mich aus und ich auch sie.

»Beiß mir in den Nacken«, flüstert sie und dreht den Kopf. Ich hebe ihre Haare an und berühre vorsichtig mit den Zähnen die Haut, sie bittet mich, fester zuzubeißen, und ich beiße etwas fester zu, und sie dreht den Hals und breitet die zusammengerollten Flickenteppiche als Unterlage auf dem Boden des Transits aus. Ich lege mich auf sie, und sie beißt mir in den Hals und saugt daran. Dann führt sie mich in sich hinein, und obwohl es mir fast sofort kommt, macht sie weiter und bewegt sich heftig gegen mich, bis sie ein bisschen schreit und mich am Nacken fester an sich drückt, dass ich ihre Nägel spüre.

»Gut. Alles ist gut«, flüstert sie, als wir ausgekeucht haben.

»Ja«, sage ich und kann nicht weiterreden, obwohl ich es müsste, ich weiß, dass ich es müsste, aber ich kann einfach nicht.

»Alles ist sehr gut«, sagt sie und geht in die Hocke und wischt sich mit dem Höschen ab. Sie zieht es nicht mehr an, sondern nur die Cordjeans und dann knöpft sie ihre Bluse zu. Ich sitze neben ihr auf den Teppichen, sehe aus der Nähe zu, wie sie sich anzieht, und finde es toll, dass jede Stelle an ihr Frau ist.

Rekku steht noch immer am Fenster und zählt die Autos. Er kommt uns mit seinem Zettel im Flur entgegen, zeigt auf die Striche und erklärt, welche aus der Stadt und welche aus Parola und aus der Kaserne gekommen sind, und bittet mich, es zu überprüfen, und ich rechne alles genau zusammen. An der Länge der Striche erkennt Rekku, was ein Laster, was ein Bus und was ein normales Auto war. All das erklärt er mir, als wir zusammen in die Küche gehen.

Ich höre, wie Silja auf die Toilette geht und sich wäscht. Als sie zurückkommt, hat sie sich umgezogen und fängt in Minirock und T-Shirt an, die Kisten auszupacken. Sie sieht, dass ich sie anschaue, und sagt, ihr sei heiß.

»Siebenunddreißig aus der Stadt, zweiundsechzig aus Parola, ziemlich viele«, rechne ich zusammen und schreibe die

Zahl neben die Striche. Rekku hat sie auch gezählt, aber das Ergebnis ist ein anderes. Für ihn sind Buchstaben leichter, obwohl er die Zahlen mindestens bis tausend kennt, aber wenn er zusammenrechnet, macht er immer bei den Zehnern einen Denkfehler. Er versteht die Nullen vielleicht nicht, oder den Übergang auf die nächste Zehnerzahl, und darum sind die vollen Zehner bei ihm meistens nur neun.

»Kann sein, dass es mal einen neuen Rekord gibt, auch wenn Freitag ein guter Tag ist«, sagt Rekku und verwahrt das Blatt auf seinem Fliegenpilzhocker. Dieser steht bereits als Nachttisch neben dem Bett, und auf dem Fußboden liegen die Abendbücher bereit.

»Wollen wir Tantes Sachen herauftragen?«, frage ich. Rekku kommt sofort mit. Ich lasse ihn mehr tragen, weil er zeigen will, was er alles auf einmal schafft.

Als der Transit leer ist, helfe ich noch so lange beim Rücken der Möbel mit, bis die Wohnung einigermaßen bewohnt aussieht. Nach den Regenschauern herrscht ein sonderbares Abendlicht, das die Wand im Wohnzimmer orange färbt, und es kann sein, dass es mir deshalb so vorkommt, als könnte hier ein gutes Leben für die beiden anfangen.

Silja kommt mit in den Flur, umarmt mich und flüstert, danke für die Hilfe beim Umzug.

»Danke«, sage ich auch. Rekku winkt aus dem Wohnzimmer, ich winke zurück, schließe die Tür hinter mir und sehe nach, ob der Name am Briefschlitz schon geändert worden ist, aber da steht immer noch *Karjalainen*.

Auf dem Rückweg zur Halle kürze ich zum Panzergelände ab. Dort verläuft ein Feldweg durch die umgepflügte Heide. Nach dem Regen staubt es nicht unter den Rädern, und die Luft über der offenen Fläche ist klar und frei bis zum Horizont.

Gäbe es nicht die Furchen von den Panzern, wäre sie so eben wie die Teststrecken in der Salzwüste von Utah. Ich fahre schneller, als ich je mit dem Transit gefahren bin, und probiere sogar den vierten Gang aus, bevor ich den Rand des Geländes erreiche.

Als ich am nächsten Morgen auf die Toilette gehe, sind die Spuren am Hals erst richtig zu sehen, auf beiden Seiten, dünne und breitere blaue Flecken, die Spuren von Siljas Mund auf meiner Haut. Ich schiebe die Zahnputzbecher zur Seite und schaue es mir bei besserem Licht im Spiegel an und bekomme das panische Gefühl, etwas verkehrt gemacht zu haben.

Ich probiere aus, wie weit ich das T-Shirt nach oben ziehen müsste, damit es alles verdeckt, fast bis ans linke Ohr. Meine Mutter und mein Vater sitzen bereits in der Küche beim Frühstück, ich werfe nur einen Blick hinein, damit sie nichts merken, und mache meine Zimmertür zu, als wäre ich noch nicht wach, sondern nur auf dem Klo gewesen und wollte weiterschlafen. Ich suche nach dem weißen Rolli, der zur Konfirmation gekauft wurde. Seitdem habe ich ihn nicht mehr angehabt, aber der Kragen reicht weit genug nach oben und bedeckt alle Spuren außer dem Streifen unter dem linken Ohr.

Als ich in die Küche komme, schaut meine Mutter den Rolli lange an, sagt aber nichts. Meinem Vater fällt nichts auf, er sitzt nur zufrieden da, weil er wieder zu Hause und fast gesund ist, er trinkt Kaffee, raucht eine North State und liest die Zeitung, alles gleichzeitig, das Küchenfenster steht offen, er lässt die Hand mit der Zigarette auf dem Fensterrahmen ruhen und hält die Zeitung mit der anderen Hand und legt die Zigarette dann und wann im Aschenbecher ab, um nach der Tasse zu greifen und einen Schluck Kaffee zu trinken.

»Kekkonen ist auf dem Zentrumsparteitag aufgetreten und hat so klipp und klar gesprochen, dass du davon ausgehen kannst, dass es eine Regierung geben wird«, sagt mein Vater zu mir. Ich antworte etwas, weil ich es aus den Nachrichten von gestern weiß und es auch sonst mitverfolgt habe.

»Jukkas Vater schreibt in seiner Kolumne, dass der lange, kalte politische Sommer mit einem Donnerschlag endet, ziemlich gut gesagt, er schreibt nicht immer so gut.« Mein Vater dreht die aufgeschlagene Zeitung um und zeigt es mir. In der Samstagszeitung steht fast immer ein Artikel mit der Überschrift »Aus Tapios Garten«, mit lauter Themen aus Wirtschaft und Politik und allem, was in der Woche passiert ist, und mit der Unterschrift Jaakko T.

Als ich mir Brei aus dem Topf nehme, fragt meine Mutter, wie es Karina geht. Sie fragt es so, dass mir heiß im Gesicht wird und ich den Hals einziehe, weiter in den Rollkragen hinein.

»Ganz gut, glaube ich«, antworte ich, weil ich etwas sagen muss, damit sie nicht wieder damit anfängt. Sie sitzt auf ihrem Platz und mustert mich, ich weiß, dass sie es tut, ich muss nicht hinsehen. Sie stiert, so sagt es mein Vater manchmal, stier nicht so. Stieren heißt, dass sie einen lange anschaut und Bescheid weiß oder etwas vermutet oder zumindest versucht, Bescheid zu wissen, und richtig vermutet.

»Was schreibt Jukkas Vater sonst noch?«, frage ich ganz nebenbei, damit die Röte aus meinem Gesicht verschwindet.

»Na, über die Sozis zieht er her, weil er ein Bürgerlicher ist. Aber den Sorsa scheint er fast zu loben, von wegen frisches Blut und internationales Lüftchen, wenn auch dünn, so dünn, dass sich kaum die Blätter an den Bäumen bewegen«, sagt mein Vater und drückt seine Zigarette im gläsernen Aschenbecher aus.

Ich esse meinen Brei und hüte mich davor, meine Mutter anzuschauen. Sie sitzt mir gegenüber und scheint es überhaupt nicht eilig zu haben, obwohl sie losmüsste, um für die Sipiläinen die schmutzigen Laken der Woche zu waschen und einkaufen zu gehen.

»Das hier ist allerdings ein komischer Fall«, sagt mein Vater und liest eine Meldung vor, in der es heißt, dass in der näheren Umgebung jemand absichtlich das Radioprogramm gestört hat. Ich sage nichts und frage nichts, versuche nur so, gewöhnlich wie immer auf meinem Platz zu sitzen.

Mein Vater liest hier und da einen Satz vor, ich bestreiche noch eine zweite Scheibe Brot mit Butter und belege sie mit Edamer, dabei höre ich die ganze Zeit genau zu, obwohl ich mir nicht anmerken lasse, dass ich es tue. Meine Mutter steht auf, um sich auf den Weg zur Arbeit zu machen.

Nachdem mein Vater den ganzen Bericht gelesen hat, steckt er sich noch eine Zigarette an und geht aufs Klo. Sobald er weg ist, schlage ich die Zeitung an der entsprechenden Stelle auf und sehe als Erstes nach, ob etwas von uns da steht oder von der Sprungschanze.

Für den Artikel hat man den Leiter der Post interviewt. Jede illegale Radiosendung ist ein Verbrechen gegen die Gesellschaft, sagt er und beschimpft die Funkamateure, deren Unterhaltungen manchmal durch die Oberwellen dringen und das Programm des Finnischen Rundfunks stören.

Als meine Mutter aus dem Schlafzimmer in die Küche kommt, schlage ich sofort die Sportseite auf und lege den Finger auf den Zeitplan der Olympiade, als würde ich dort etwas suchen. Sie fragt noch immer nicht wegen des Rollis und sieht mich auch nicht mehr so forschend an, sondern erklärt, was an Essen im Kühlschrank ist und dass man dazu Pellkartoffeln kochen muss.

»Dein Vater soll sich ausruhen, weil er noch nicht wieder ganz auf dem Damm ist, pass ein bisschen auf, dass er nicht im Garten ackert«, sagt meine Mutter, aber erst nachdem sie die Tür zum Flur zugemacht hat.

»Joo«, sage ich und ziehe den Hals ein, damit ihn der Rollkragen besser bedeckt.

Ich habe nicht vor, hierzubleiben und meinen Vater zu überwachen, sondern fahre gleich um neun zu Jukka, um mit ihm
über die Radioangelegenheit zu reden. Zum Glück ist er schon
wach, und Karina schläft noch. Karina möchte ich gar nicht
sehen. Jukka nimmt die Zeitung mit in die Garage, und wir lesen den Artikel Zeile für Zeile.

»Gut, dass es gehört worden ist«, sagt Jukka, aber obwohl er
immer wieder sagt, dass die uns gar nichts können, denkt er innerlich genau wie ich, was ist, wenn sie doch die genaue Richtung gepeilt oder uns an den Stimmen erkannt haben.

Dann fragt er plötzlich, so als würde er es erst jetzt bemer-
ken, warum ich den verdammten Konfirmationsrolli anhabe.
Bevor ich antworten kann, schiebt er einen Finger unter den
Rollkragen und zieht ihn nach unten.

»Ah, bei uns hängen die Wäscheleinen auf Halshöhe«, sagt
er, und man weiß nicht, ob er lacht oder das Gesicht verzieht,
aber er stellt keine weiteren Fragen, und ich bringe das Gespräch gleich wieder aufs Radio. Wir machen aus, dass wir am
Nachmittag trotzdem ein paar Aufnahmen fertig machen und
schneiden und am Abend ausprobieren, ob der Restzucker im
Wein schon vergoren ist. Seine Eltern fahren mit Karina nach
Tampere. Ich frage nach der genauen Zeit, denn ich habe vor,
mich kein bisschen früher blicken zu lassen.

Als ich am Nachmittag wiederkomme, steht das Auto nicht
mehr im Hof. Ich versuche, das Garagentor zu öffnen, aber es
ist abgeschlossen. Also läute ich an der Haustür und bin überhaupt nicht darauf vorbereitet, dass Karina aufmacht.

»Ich dachte …«, kann ich gerade noch sagen, mehr nicht.

»Ich bin nicht mitgefahren«, sagt Karina, dreht sich um und
geht vor mir hinein und direkt in ihr Zimmer. Ich folge ihr, weil

ich keine andere Wahl habe, auch wenn ich ihr ansehe, dass nicht alles in Ordnung ist.

Sie setzt sich an den Schreibtisch und schaut nach draußen und dreht sich nicht um, obwohl sie mich kommen hört.

»Was ist?«, frage ich, weil ja etwas gesagt werden muss.

»Nichts.«

»Irgendwas ist doch. Was ist los?«, frage ich und lege ihr die Hand auf die Schulter. Sie schüttelt sie ab und steht auf, sieht mich immer noch nicht an, blickt nur nach draußen, in den Garten, auf den Rasen und den Zaun.

Dann dreht sie sich abrupt um.

»Wer hat die gemacht?«, fragt sie und deutet auf meinen Hals, obwohl der weiße Rollkragen mit Sicherheit alles verdeckt.

»Wieso?«, frage ich und ziehe den Kopf ein wenig ein, versuche aber so zu tun, als wäre nichts und als würde ich nicht verstehen, was sie meint.

»Lüg mich nicht an!«, sagt sie und zieht mit den Fingernägeln den Kragen herunter und schreit, ich soll zur Hölle fahren, und zwar sofort, und ihr Zimmer verlassen, sie schubst mich und schreit weiter und schlägt nach mir. Ich warte nicht ab, sondern gehe, und sie knallt die Tür hinter mir zu. Im Flur bleibe ich stehen, versuche, durch die Tür zu hören, ob sie weint, aber ich höre nichts, weil Jukka mit wirren Haaren aus seinem Zimmer kommt. Er ist gerade aufgewacht und will wissen, was das Geschrei soll. Ich deute auf Karinas Tür und Jukka fängt an zu lachen. Er sieht teuflisch aus und sagt, ach, das waren gar nicht die Wäscheleinen in unserem Garten.

Ich drehe mich um und gehe die Treppe hinunter. Jukka kommt mir nach und redet immer wieder dieselbe Scheiße.

»Du bist so ein Scheißschwätzer«, sagte ich als Erstes und so dicht vor seiner Visage, dass er zurückschreckt. Er meint, solche Knutschflecken würde sogar ein Blinder sehen. »Verdammte, verfluchte, dreckige Scheiße«, sage ich und verpasse dem nächsten Fahrradsattel einen halben Karatehieb, aber weil Hand und Finger dabei nicht stabil sind, tut der Schlag weh, und außerdem rutscht die Hand auch noch ab, sodass ich mir am Gepäckträger den Handrücken aufreiße.

Es tut fürchterlich weh, ich weiß nicht, was mehr wehtut, aber wenn Jukka nicht da wäre, würde ich heulen.

A m nächsten Morgen habe ich Kopfschmerzen. Die Hand ist geschwollen, und die schwarzbraunen Streifen am Hals haben sich noch mehr ausgebreitet.

Das war's. Bis hierher ist es gegangen, ab jetzt kommt nichts mehr.

Und das wegen so einer Kleinigkeit, hauptsächlich deswegen, weil Silja den Kopf zur Seite drehte und mich näher an sich heranzog, damit sie zubeißen konnte. Ich bin die Szene so oft durchgegangen, bin mit Hefegeschmack im Mund aufgewacht und habe sie immer wieder durchgekaut.

Am Abend sind mir im betrunkenen Zustand die unsinnigsten Gedanken gekommen. Ich würde zu Silja ziehen, Rekku wäre für uns wie ein Kind, zwei Jahre älter als ich, aber fast wie unser Kind. Silja würde in der Kasernenküche arbeiten, Rekku bei Volles Rohr. Und ich würde wie mein Vater arbeitslos zu Hause hocken. Ich würde mit dem Fahrrad nach Parola zum Einkaufen fahren und freitags sauber machen, die Teppiche im Hof ausklopfen und die Böden mit einem blaugrauen Lappen putzen.

Mit Jukka habe ich mich versöhnt, einigermaßen. Weil es nicht sein Fehler war, er hatte es falsch verstanden, oder jedenfalls sagt er es so. Er sagt, er hat es nicht mit Absicht gemacht und es Karkki nur erzählt, weil es so eine gute Geschichte ist.

Ich weiß nicht und glaube ihm auch nicht ganz, aber man hat keine Wahl, wenn man nicht alles verlieren will.

Ich konnte absolut nicht zeigen, dass ich mir wehgetan habe, sondern musste so tun, als wäre es ein gewöhnlicher Samstag und alles egal.

Wir haben weitere Interviews geschnitten und auf anderen Kassetten daraus fertige Programme zusammengestellt. Karina verließ um fünf das Haus und schlug die Haustür so fest zu, dass wir es auch garantiert hören. Jukka holte den Rhabarberwein, wir tranken, und ein Programmstück nach dem anderen war im Kasten.

Es wurde Abend, und wir tranken und arbeiteten weiter. Mindestens einmal pro Stunde ging ich in den Flur, um zu hören, ob Karina zurückgekommen war, aber vergebens.

Als ich in der Nacht nach Hause fuhr, musste ich zunächst schieben und traute mich erst später, ein Stück zu fahren, und dann musste ich das Rad wieder die ganze lang ansteigende Jaakonkatu hinaufschieben. Es regnete, und es kam mir so vor, als hätte es die ganze Woche geregnet, die Jacke sog sich voll, am Rücken noch schlimmer als vorne, und der Rollkragen lag mir wie ein nasser Lappen um den Hals.

Ich werde nie mehr etwas trinken, ich bin nicht fähig, etwas Vernünftiges zu denken, sondern sitze nur da, horche, ob man schon Geräusche aus der Küche hört, aber nein, ich bin auch noch viel zu früh aufgewacht. Ich ziehe wieder den Konfirmationsrolli an, obwohl das allmählich komisch aussehen muss, sogar in meinen Augen, wie ein frommes Kerlchen sehe ich aus, und dabei habe ich die Augen eines Trinkers oder die von Minister Virolainen. Ich wasche mir das Gesicht mit möglichst kaltem Wasser aus dem Hahn und schaue zwischendurch immer wieder in den Spiegel, ob die Augen schon etwas klarer werden.

Ich gehe nicht in die Küche, damit ich niemanden wecke, sondern in den Garten. Hinter dem Schuppen kotze ich in einen Johannisbeerstrauch. Als ich mir in der Sauna den Scheißgeschmack aus dem Mund spüle, scheint das Kopfweh weg zu sein. Wie als kleiner Junge, wenn ich lange genug gekotzt hatte, war es danach wieder gut. Zum Glück ist die Luft kühl, sodass ich mich allmählich etwas besser fühle.

Wir haben ausgemacht, nach Helsinki zu fahren. Ich habe gesagt, fahren wir mit dem Transit, da können wir die Sachen und den Akku leichter transportieren. Jukka ist erst skeptisch gewesen, aber ich habe gemeint, dass man in diesem Land nicht mit dem Führerschein fährt.

Jetzt sieht alles anders aus. Ich kann den Transit nicht holen gehen. Ich kann Lampinen nicht anrufen und ihn um Erlaubnis bitten und ich traue mich auch nicht, nach Helsinki zu fahren. Ich lasse mir alles durch den Kopf gehen, vor allem, dass ich es Jukka auch noch so fest versprochen habe.

Wenn ein Mann etwas verspricht, gibt es kein Zurück mehr. Sein Wort muss man halten. Darum soll man nachdenken, bevor man redet. Es nützt nichts, etwas zu versprechen, wenn man nicht sicher weiß, dass es so ist und bleiben wird. Diese Dinge kommen mir in den Sinn, ich kenne sie von klein auf, darum kommt es mir vor, als hätte ich sie von niemandem gelernt, sondern als wären sie schon immer Teil von mir gewesen.

Mein Vater kommt auf die Treppe und fragt, warum ich im Sonntagspullover mitten im Garten stehe. Er selbst hat nichts an als lange Unterhosen und Pyjamajacke.

»Mir ist in der Nacht bloß eingefallen, dass ich noch mal nachsehen muss, ob vor den Wänden, wo ich gegraben habe, die Erde nicht durch den Regen eingesackt ist«, sage ich, weil es mir als Erstes einfällt. Es ist nicht gelogen, wenn es von selbst kommt.

Mein Vater sieht mich an und antwortet nicht, er sieht mich so lange an, bis ich etwas sagen muss.

»Sie ist nicht eingesackt.«

»Unter der Traufe sackt sie auch nicht ab, wenn dann zuerst mitten im Garten«, sagt er.

»Ja, bei den Apfelbäumen«, sage ich.

»Zum Beispiel.«

Am Hang zwischen den Erlen schwebt Spätsommernebel. Dadurch kommt mir trotz allem ein Lied in den Sinn, das wir in der Grundschule singen mussten. Oft träum ich auf deinen Straßen, mein Schulweg. Man musste es Wort für Wort auswendig können, und jeder musste es allein vor der Klasse singen, und das war schrecklich, man hat Angst gehabt und abgezählt, wann man an die Reihe kam. Als wäre jetzt das gleiche Wetter, man weiß schon, dass bald der Herbst kommt, mal ist die Luft klar, mal gibt es Morgennebel, aber erst jetzt weiß ich, dass das noch gar nichts war. Es war sinnlos, Angst zu haben und es auswendig zu lernen, ich hätte sagen sollen, ich singe das nicht, ich singe lieber *Der Krieg von Åland* oder *Das Lied der Athener*. Die haben wir ebenfalls Strophe für Strophe gelernt und jedes einzelne Wort und jede Stelle geübt, trotzdem habe ich nicht viel davon verstanden, weil wir einfach gesungen haben, die leichteren Stellen lauter, »sunfara, sunfara« und »wenn vor deinen Truppen«.

»Es herbstelt und nebelt«, sagt mein Vater, so wie er es immer sagt, schon wenn im Sommer ein bisschen Dunst in der Luft liegt und die Erde morgens noch nicht dampft.

Ich steige zu ihm die Treppe hinauf und will schon sagen, ich habe einen Kater, aber dann sage ich es doch nicht.

Jukka scheint sich nicht einmal an den Transit zu erinnern, denn wir fahren mit der Yamaha.

Wir packen in der Garage das Radiozubehör in die Satteltaschen und den Rucksack, und da frage ich kurz, als würde es mir gerade einfallen, wann Karkki eigentlich in der Nacht nach Hause gekommen ist. Jukka sagt, er hat geschlafen und weiß es nicht und es ist ihm auch egal.

»Hat sie was gesagt?«

»Wo sie gewesen ist, oder was?«

»Nein, sondern so über uns«, antworte ich.

»Nein, aber sie war wütend wie ein Bär, dem man in den Arsch geschossen hat.«

Nach Helsinki ist es weit mit einer Hundertfünfundzwanziger. Bei Ryttylä legt Jukka eine Zigarettenpause ein, und ich erzähle ihm vom Pfarrer im Konfirmandenunterricht, obwohl ich es ihm schon mal erzählt habe.

»Die haben da ein Studio und bestimmt auch Übertragungsgeräte, für den Fall, dass sie einmal die Genehmigung bekommen. Dort könnte man vielleicht üben und lernen, richtig zu schneiden, die müssten nämlich auch ein Mischpult für Tonbänder haben.«

»Ich habe keine Lust, den Frommen zu spielen«, sagt Jukka.

»Warum nicht? Die haben immerhin Beziehungen zu *Trans World Radio* und anderen. Zu Sendestationen auf allen Kontinenten.«

Darauf sagt Jukka nichts mehr. Er glaubt ja wohl nicht im Ernst, dass ich Programme für die Volksmission machen werde, aber ich habe keine Lust, es richtigzustellen, und belasse es dabei. Mir fällt alles Mögliche ein. Man darf nicht stehen bleiben, auch wenn Arbeit und Schule gleichzeitig aufhören und Karina Schluss gemacht hat.

Das mit uns wird nichts mehr, und doch muss man weitermachen. Mir kommt das Gleiche wie in der Nacht immer wieder in den Sinn und dreht sich in endlosem Durcheinander ohne fertige Lösung.

Wir schweigen beide lange. Jukka fühlt sich bestimmt auch nicht gut, auch wenn er weniger getrunken hat als ich.

Erst auf der Höhe von Seutula kommt Spannung auf. Dort wird es vierspurig, und Jukka muss zwischendurch neben den Autos fahren, aber wir schaffen es bis Helsinki. Jukka biegt vor der Innenstadt in kleinere Straßen ab, vorbei am Stadtteil Käpylä, und dann kommen Pasila und das Riesenrad und davor eine so breite Straße, dass ich keine Ahnung habe, wie man sie an der Kreuzung überqueren soll. Jukka sucht nach den Schildern und Richtungen und der richtigen Spur. Zwei Richtungswechsel laufen nicht gut, es wird von hinten und von der Seite gehupt, ich schaue nicht hin und höre auch nicht hin, weil ich schon genug damit zu tun habe, dass Jukka keinen Unfall baut und keine Fußgänger überfährt, weil die hier, ohne zu gucken, über die Straße gehen wie Kühe auf dem Weg in den Stall.

Trotzdem kommen wir Stück für Stück im Stadtteil Kallio voran bis zum Marktplatz. Dort finden wir eine ruhige Straße, und Jukka hält gleich am ersten freien Platz vor der Häuserreihe an. Ich blase die Luft aus der Lunge, um die Aufregung loszuwerden.

»Ist doch ganz gut gegangen«, sagt Jukka, aber nicht besonders überzeugend. Ich sage nichts, weil der Schluss eben nicht gut ging und wir es nur mit Glück bis hierher geschafft haben.

Wir nehmen erst mal nur den Rucksack mit, solange wir noch suchen. Die Straße heißt Viherniemenkatu, und die müssen wir uns merken, damit wir wieder zurückfinden.

Auf dem Marktplatz werden keine Waren verkauft, aber es sind Leute unterwegs. An einem Rand sieht man das Bild von der Postkarte, das neue runde Haus und daneben die älteren aus rotem Backstein. Auch hier scheint es ein Goldenes Eichhörnchen zu geben, darüber reden wir, warum sie den gleichen

Namen haben, ob sie irgendwie zu einer Kette von Goldenen-Eichhörnchen-Lokalen gehören.

Keiner von uns weiß, in welcher Richtung wir nach einer Stelle für die Übertragung suchen sollen. Wenn man einmal da ist, wirkt Helsinki groß. Eine ganze Ecke des Marktplatzes ist mit Zäunen und Toren abgesperrt, und auf großen Schildern steht, dass hier unter der Erde eine Metro gebaut wird.

Die Metro ist das Zeichen der Großstadt. Wir lugen durch die Ritzen zwischen den Sperrholzplatten in die Grube, und ich frage Jukka, ob man in Stockholm das Gefühl hat, dass alles noch größer ist.

»Viel größer. Und Stockholm passt zehn Mal in Hamburg rein.«

London ist noch größer als Hamburg, überlege ich mir, weil es mir gerade einfällt. Ich könnte einfach alles hinter mir lassen und losfahren, so wie Jukka mit Pennanen und Kaikusalo losgefahren ist. Ich würde mir eine Interrail-Karte für einen Monat kaufen und ohne Halt bis Amsterdam durchfahren, ich würde im Zug schlafen und von Amsterdam aus per Anhalter oder mit dem Bus an die Nordsee fahren. Dort könnte ich im Zelt am Strand übernachten. Und dann würde ich nichts anderes tun, als das offene Meer zu betrachten. Wenn dort die Sonne scheint, dann scheint sie richtig, und es wird heiß, und dann gehe ich schwimmen und schwimme so weit hinaus, dass es eine Viertelstunde dauert, bis die langen, flachen Wellen mich wieder zurückgetragen haben, und dabei muss ich mich nur treiben lassen und den Mund zuhalten, damit ich kein Salzwasser schlucke. Es muss dort Duschen am Strand geben, damit man sich das Salz von der Haut und aus den Haaren spülen kann.

Karina würde hinter mir herfragen müssen. Zuerst würde sie Jukka fragen, aber Jukka wüsste nichts. Dann müsste Karina meine Mutter oder meinen Vater fragen, und die würden sagen, was ich ihnen gesagt habe, dass ich nach Europa gefahren bin, oder übers Meer, so würden sie es sagen, und kein bisschen genauer, weil sie es auch gar nicht wüssten. Eine Interrail-Karte kostet nur etwas mehr als einen Wochenlohn, vom Lohn der letzten Woche her rechne ich aus, dass ich sie bei fünf Mark die Stunde fast bezahlt hätte, mit Fähre weniger als dreihundert, weil man zumindest bei Viking Line einen Deckplatz zum halben Preis bekommt.

Auch wenn mein Stundenlohn bis jetzt mies gewesen ist, sind den Sommer über auf dem Bankkonto fünfhundert Mark zusammengekommen, obwohl ich daheim Essensgeld abgegeben und einen Kassettenrekorder gekauft habe, weil die inzwischen billiger geworden sind. Fünfhundert habe ich gespart, und es kommt noch die letzte Woche mit fünf Mark die Stunde dazu.

Wir steigen auf den flachen Felsen hinter dem runden Haus. Von dort aus sieht man schon eine Meeresbucht in der Nähe und große Boote an den Stegen. Vier Kirchtürme sind zu erkennen, das heißt, einer gehört zum Nationalmuseum. Dort waren wir in der Fünften auf Klassenfahrt. Wir reden darüber, und Jukka verwechselt die Mammutzähne im Tiermuseum mit den bemalten Walrosszähnen im Nationalmuseum.

Die Kirchtürme wären gute Sendeplätze, aber auf die kommt man nicht hinauf. Nicht weit weg steht ein Turm aus Granit ohne Kreuz, aber mit großen, offenen Fenstern, er ist nicht sonderlich hoch, aber Teil eines ganzen Häuserblocks aus Stein. Er war mal auf einem Blatt abgebildet, das unser Geschichtslehrer ausgeteilt hat, ich erkenne es sofort, es ist der Wachturm der Arbeitervereinigung.

Ich frage Jukka, ob er sich daran erinnert, genau weiß ich es selbst nicht mehr, ein Schwarz-weiß-Bild war es, aber der Lehrer hatte daneben etwas von einem roten Licht oder einer roten Laterne geschrieben. Die Revolution hat begonnen, sollte das bedeuten. Jukka sagt, dass er sich nicht erinnert, obwohl ich ihm davon erzähle, nur an das Blatt kann er sich noch erinnern, der Lehrer hatte es mitgebracht und erklärt, er habe es im Sommer als Teil seiner Abschlussarbeit geschrieben und teste es jetzt an uns. Er nannte die zusammengehefteten Blätter Zusatzmaterial und sagte, es solle die weißen Flecken in Kai R. Lehtonens Lehrbuch füllen und die schlimmsten Mängel beheben.

Wenn wir auf den Granitturm kämen, wäre das eine klasse Stelle zum Senden. Ich sage zu Jukka, wie wir dann die Senderansage machen könnten, nämlich: »Radio Satan, die Revolution beginnt.« Von den Dächern ringsum würde das Signal leicht über die ganze Innenstadt getragen werden.

Wir schauen nach, ob wir Glück haben. Die Tür unten ist offen, aber gleich in der Eingangshalle kommt uns ein Pförtner entgegen, der aussieht wie ein Ringer oder Boxer. Er trägt eine Trainingsjacke vom Arbeitersportverband, aber dazu eine schwarze Hose mit Bügelfalten. Er stellt sich uns in den Weg und fragt, was wir hier drin verloren haben.

Mir fällt nichts ein, und wir machen sofort kehrt, aber an der Tür sage ich wenigstens noch etwas übers Lehrmaterial, dass der Turm abgebildet gewesen ist und wir ihn uns mal ansehen wollten.

»Jetzt habt ihr ihn gesehen«, sagt er, ohne mir zu glauben.

»Unser Lehrer ist bestimmt bei den Sozis aktiv, irgendein Parteibonze, sonst hätte er den Turm nicht auf den Umschlag seines Buchs gesetzt«, sage ich aus reiner Bosheit, weil der Boxer uns wie Blödmänner vom Land behandelt. Er fragt nach dem Namen des Lehrers und ruft hinterher, welche Schule, aber wir antworten nicht mehr, drehen uns nicht einmal um, sondern gehen einfach davon und ans Ufer und steigen erst dort wieder den Felsen neben dem Theater hinauf.

Wir haben keine Lust, besonders weit zu gehen, und Jukka

will hier auch nicht unbedingt fahren, darum klappern wir zuerst die nähere Umgebung ab. Es muss keine besondere Stelle sein, wir brauchen lediglich genügend natürliche Höhe und genug Ruhe, damit wir die Geräte installieren und die Antenne anschließen können.

Wir kommen auf eine Fußgängerbrücke aus Holz, unter der wie in einer Schlucht die Bahngleise verlaufen. Auf der anderen Seite steigt der Felsen noch etwas mehr an, und von dort tut sich ein guter Hundertachtzig-Grad-Blick über die Innenstadt auf. Bäume und Büsche bieten ausreichend Deckung, sodass man uns von den Häusern in der Nähe nicht unbedingt bemerkt, wenn nicht jemand direkt vorbeispaziert oder in den Garten kommt, um nachzuschauen.

Jukka akzeptiert die Stelle, obwohl er sich zuerst fragt, ob die Züge zu sehr stören. Er hat die Regler auf zwei Stellen kalibriert, neben dem Parallelprogramm auf 91,1 und neben dem zweiten Öffentlich-Rechtlichen, etwas unterhalb von 94 Megahertz. So müssten wir gut zu hören sein, denn Sendemasten des Finnischen Rundfunks gibt es bis nach Espoo.

Allmählich bekommen wir Hunger und wir holen uns in der Bahnhofshalle Fleischpiroggen, Jukka mit Suomi-Wurst, ich mit zwei großen Bockwürsten, weil der Kater jetzt ganz weg ist. Als ich »mit allem« verlange, bekomme ich noch mehr für dasselbe Geld, und das Gurkenrelish und die Zwiebeln sind ebenso gut essbar wie der Piroggenteig und die Bockwürste.

Dann gehen wir am Ufer entlang und über die Lange Brücke zurück. Die ganze linke Seite der Halbinsel besteht aus ein und demselben grauen Stein und der Burg der Arbeiterschaft.

Die Yamaha steht noch auf ihrem Platz in der Viherniemenkatu. Jetzt scheint alles glattzugehen, das Essen hat gutgetan, und Helsinki wirkt nicht mehr so groß. Ich steige auf, und Jukka fährt über die Kreuzung und am runden Haus vorbei und von dort auf der fast leeren Straße zum Theater.

Das Tragen und Installieren der Geräte läuft auch an diesem fremden Ort schon routiniert, jeder weiß, was er zu tun hat, und mischt sich nicht in die Arbeit des anderen ein. Es dauert nicht länger als eine Viertelstunde, bis die Station hinter ein paar niedrigen Ebereschen auf dem Felsen bereit ist und die Antenne senkrecht von einem Felsvorsprung herabhängt.

Wir haben gelernt, die Programme besser zu machen, und haben sie in fertigen Stücken von einer halben Stunde auf Kassetten übertragen, sodass wir beim Senden kein Mikrofon mehr brauchen. Vorläufig gibt es erst vier fertige Kassettenhälften, aber für Helsinki reicht das, weil wir es nicht riskieren wollen, von einer Stelle aus länger als eine Stunde zu senden.

Wir haben Jukkas neueren und kleineren Kassettenrekorder dabei. Ich lasse ihn laufen, und er spielt als Erstes die *Säkkijärvi-Polka*. Jukka hört mit dem kleinen Kopfhörer zu und reguliert den Ton, aber von da an darf das Programm allein weiterlaufen, ohne uns.

Es ist besser, nicht direkt danebenzuhocken, aber man muss nah genug dran sein, damit man eingreifen kann, falls jemand zufällig in unser Gebüsch gerät und den Sender entdeckt. Dann müssen wir sofort hin und erklären, dass wir Helsinkier Funkamateure sind und den neuen Feldsender testen, der für die äußeren Schären bestimmt ist, darum diese spezielle Stelle auf einem Felsvorsprung.

Man kann das Versteck von der Fußgängerbrücke und von der einen Seite der Eisenbahnschlucht, wo sich eine eingezäunte Grünanlage befindet, im Auge behalten. Ich übernehme die erste Wache, und Jukka entfernt sich mit dem Kofferradio ein Stück, um den Empfang zu testen.

Ich gehe hin und her und versuche dabei so auszusehen, als wäre ich irgendwohin unterwegs. Sicher fühle ich mich ganz und gar nicht und hoffe, dass niemand während meiner Schicht die Station bemerkt und ich nichts erklären muss.

Jukka kommt erst zurück, als schon mehr als zwanzig Minuten von der Kassette abgelaufen sind, und sagt, das Signal sei auch nach hinten überraschend gut und das ganze SINPO läge bei 4-3-3-5-4, und die Übergänge der verschiedenen zusammengeschnittenen Stücke könne man überhaupt nicht mehr erkennen. Als wir die Kassette umdrehen, sitzen wir auf der Erde, und niemand bemerkt uns hinter den Ebereschen.

Die Stadt liegt in perfekter Senderichtung unter uns, weil zuerst Wasser und flacher Boden kommen, die Gleise, die langen, heruntergekommenen Lagerhäuser und eine unbebaute Fläche, die aussieht wie ein Moor. Erst danach erhebt sich die eigentliche Innenstadt mit dem Parlamentsgebäude und der leuchtend weißen Finlandia-Halle und dahinter alles andere, das man vom Felsen aus sieht.

Wir reden halblaut über den Radiohorizont und loben uns für die gute Stelle, die wir ausgesucht haben. Die Reichweite des Senders und der Antenne muss Zigtausend Empfänger einschließen, von denen bestimmt fünftausend eingeschaltet sind, und möglicherweise sind tausend während der *Säkkijärvi-Polka* von der Frequenz des Finnischen Rundfunks genau das kleine Stück weitergedreht worden, damit die neue Station über der alten zu hören ist.

Das Senden von der Kassette läuft wie eine Maschine. Jukka meint, so leicht hätte man es früher nicht gehabt, weil man ein großes Tonbandgerät nicht einfach vor sich hin laufen lassen konnte und auch keinen Strom aus dem Akku bekommen hat.

»Damals hätten wir unsere Station nicht in zwei Rucksäcken transportieren können«, sagt er, und ich bin der gleichen Meinung und lobe die Technik, damit Jukka zufrieden ist. Er hat auch alles wirklich gut zusammengebaut, es nimmt wenig Platz weg und funktioniert trotzdem.

Dann lasse ich es gut sein. Ich will ihm nicht weiter nach dem Mund reden. Er hätte wissen müssen, dass Karina mir nie solche Knutschflecken gemacht hätte. Er hat ihr das mit der Wäscheleine absichtlich gesagt, kommt mir unpassenderweise wieder in den Sinn. Nutzlos ist nutzlos, und vorbei ist vorbei, ich versuche, wieder zurückzufinden, weil ich jetzt nicht mit so etwas anfangen kann, sondern hinter dem Gebüsch auf der Erde kauern muss.

Nachdem wir die C-60 umgedreht haben, sagt Jukka, dass er sich nicht traut, sie zu Ende zu fahren. Eine Stunde Sendung am Stück kann bereits kritisch werden, weil in Helsinki garantiert die Funkpeilung einsetzt.

Er passt für den Rest der Zeit auf, und ich gehe mit dem Kofferradio im Rucksack zwischen Eisenbahn und Meer nach unten. Ich gehe die Linnunlauluntie entlang bis zur Bucht und dort auf einem Fußweg ins Schilf. Jukka hat die Frequenz gesucht und den Senderwahlknopf mit Klebestreifen fixiert, sodass ich es sofort finde.

Nebenan stört ein wenig die Übertragung der Olympiade, es kommt das Reiten beim Modernen Fünfkampf und zwischendurch Ringen. Das öffentlich-rechtliche Programm ist zu hören, aber von der Seite und rauschend, als würde jemand versuchen, es von der anderen Hälfte Europas aus zu senden, von Albanien oder Griechenland, und Radio Satan ist auf seiner Frequenz ganz oben und stark. Es laufen gerade die kreuz und quer zusammengeschnittenen Reden von Kekkonen und Vennamo. Diese Kassette hat am meisten Zeit in Anspruch genommen, ich habe sie komplett aus kleinen Stücken zusammengesetzt und dazwischen Fragen und Senderansagen aufgenommen.

»In unserer heutigen Livesendung über aktuelle Themen unterhalten sich der Präsident der Republik Urho Kekkonen und der Parlamentsabgeordnete und Vorsitzende der Finnischen Landvolkpartei Veikko Vennamo. Hier ist Radio Satan.«

»Herr Präsident, Parteivorsitzender Vennamo hat die Vorgehensweise kritisiert, mit der Ihre Amtszeit an der Spitze unseres Landes ohne eigentliche Wahlen verlängert werden soll. Wollen Sie Herrn Vennamo darauf antworten?«

»Mitbürger! Wenn die Mehrheit des Volkes es für das Beste erachtet, dass ich mein Amt als Präsident der Republik auch nach dem 1. März 1974 weiter ausübe, dann muss ich meinen Dienst fortsetzen. Ich kann nicht beurteilen, wie dieses Resultat zu erzielen ist, aber das ist auch nicht meine Sorge.«

»Und Sie, Herr Parteivorsitzender Vennamo? Was denken Sie darüber?«

»Der Herr Präsident ist klug beraten, wenn er zum Wohle des Volkes über einen freiwilligen Verzicht auf sein Amt nachdenkt.«

»Herr Präsident, klingt das in Ihren Ohren nach einem Ultimatum?«

»Auch wenn der *Faszismus*, der den Wert des rationalen, auf Vernunft basierenden Denkens leugnet, das Haupt erheben würde und mit ihm die Köpfe gewisser Politiker ...«

»Das ist übelste Diffamierung. Die Finnische Landvolkpartei lehnt die Diktatur des großen Geldes ab.«

»... und mit ihm die Köpfe gewisser Politiker, so wird sich die notwendige Entwicklung doch nicht verhindern lassen. Mitbürger! Wenn die Mehrheit des Volkes es für das Beste erachtet, dass ich mein Amt als Präsident der Republik weiter ausübe, dann muss ich meinen Dienst fortsetzen.«

»Die Finnische Landvolkpartei lehnt einen Präsidenten ab, der für seine eigenen Zwecke auf außenpolitische Abschreckungswaffen anspielt. Wir treten ehrlich für das finnische Volk ein. Die Sowjetunion droht Finnland nicht mit Gewalt. Die Außenpolitik der Sowjetunion erkennt die Autonomie und das Selbstbestimmungsrecht der Völker an. Die Sowjetunion hat, solange sie existiert, ausnahmslos eine gewaltfreie, leninistische Außenpolitik verfolgt.«

»Herr Präsident. Wie kommentieren Sie die Äußerung des Parteivorsitzenden Vennamo?«

»Mit einem Gefühl großer Befriedigung. Die Beziehungen zwischen Finnland und der Sowjetunion beruhen auf einem stabilen Fundament aus Vertrauen und Freundschaft.«

»Herr Parteivorsitzender Vennamo, ist dieses Thema in Finnland erledigt?«

»Nur wenn die unmittelbaren Sicherheitsinteressen der Sowjetunion in Gefahr geraten sind, hat sich die Sowjetunion gezwungen gesehen, von ihrer leninistischen außenpoliti-schen Linie abzuweichen. Als Hitler-Deutschland die Existenz der Sowjetunion bedrohte und die Ereignisse in der Tschecho-slowakei das militärisch-strategische Gleichgewicht in Europa erschütterte, war die Sowjetunion zum Handeln gezwungen.«

»Danke, dass Sie dabei gewesen sind, Herr Parteivorsitzen-der Vennamo.«

»Herr Präsident. Zum Abschluss des Gesprächs erteile ich Ihnen das Wort.«

»Mitbürger! Es wird sich erweisen, welche tief greifenden Veränderungen im System der sogenannten freien Marktwirt-schaft nötig sein werden, damit die strukturellen Veränderun-gen im industriellen Leben verwirklicht werden können.«

»Herr Präsident, vielen Dank für Ihre Einschätzung und die Teilnahme an unserer Sendung.«

»Hier ist *Radio Satan*, in Helsinki auf 94 Megahertz.«

Am Mittwoch winkt mich Lampinen nach der Mittagspause in sein Büro. Als ich an die Tür komme, deutet er auf den Telefonhörer, der auf dem Schreibtisch liegt.

Jukka ruft von einer Telefonzelle aus an. Er hat mich noch nie auf der Arbeit angerufen, und ich habe schon Angst, dass meinem Vater etwas passiert ist und meine Mutter es nicht fertigbringt, es mir zu sagen, aber Jukka fängt mit etwas ganz anderem an.

»Falls es bei dir auf dem Land eine Bibliothek gibt, dann geh hin und lies die Zeitungen vom Anfang dieser Woche!«

Zuerst verstehe ich es nicht richtig, weil er nichts erklärt, sondern redet, als wüsste ich schon alles, und so laut, dass Lampinen herschaut. Ich drehe mich zur Seite, damit ich den Hörer fester ans Ohr drücken und die Hand vor die Muschel halten kann.

»In *Das neue Finnland* steht ein langer Artikel über eine sonderbare Radiosendung, die in Helsinki gehört worden ist.«

»Muss ich mal hingehen«, sage ich möglichst normal, damit Lampinen keinen Verdacht hegt. Am anderen Ende der Leitung flucht Jukka und schreit fast, aber mehr begeistert als erschrocken.

»Joo«, sage ich immer wieder dazwischen und versuche, so wenig wie möglich zu reden, damit Lampinen nichts heraushört.

Er ist die ganze Woche in Gedanken versunken gewesen und hat nur am Montag kurz gefragt, wie der Umzug gelaufen ist. Ich erzählte ihm mehr, als nötig gewesen wäre, auch dass Rekku die vorbeifahrenden Autos zählt. »Na gut. Gut, wenn das damit geklärt ist«, sagte er, sonst nichts. Am Morgen fuhr er nach Hause und kam im Anzug und im weißen Hemd in die Firma zurück und saß dann lange in seinem Verschlag. Schließlich band er sich vor dem Spiegel eine blaue Krawatte um, ging in seiner Sonntagskleidung durch die Halle, ohne zu irgendjemandem etwas zu sagen, fuhr mit dem Mercedes davon und kam an diesem Montag nicht mehr zurück.

»Die Station kennen sie jetzt. Beim nächsten Mal müssen wir noch kürzere Stücke senden«, sagt Jukka.

»Joo«, sage ich wieder. Jukkas Mittagspause geht zu Ende, er ist nur kurz in die Hauptbibliothek gefahren, um im Lesesaal die Zeitungen durchzusehen.

Als ich den Hörer auflege, schaut mich Lampinen an, als sollte ich etwas über den Anruf sagen, aber ich sage nichts, damit ich nichts erfinden oder lügen muss.

Zum Glück kommt Hartikainen hinzu. Die bis Ende August angesetzten Objekte werden allmählich fertig, und es sind mehr Männer in der Halle. Ich verlasse bei der Gelegenheit das Büro und gehe wieder an meine Arbeit. Rekku und ich schachteln in Form gepresste Teile für Schornsteinkragen ineinander, damit sie besser ins Regal passen, um dort auf den Sommer und die Schornsteinverblechungen zu warten.

Jeden Morgen, wenn Rekku zur Arbeit kommt, frage ich ihn, wie es im neuen Zuhause ist.

»Ist nicht Reijos Zuhause«, antwortet er.

»Noch nicht, aber bald«, sage ich jedes Mal.

In der Mittagspause hält er sich im Polar auf. Er tätschelt seine hochgeklappte Pritsche und sitzt auf dem viel zu kleinen Stückchen Bank, an das er gewöhnt ist.

Er macht jetzt wieder mehr Zwangsbewegungen, also ist er wohl nicht wieder ganz mit sich im Reinen. Mit sich im Reinen ist man, wenn einen die Dinge nicht zu sehr bedrücken, dann herrscht innerlich Ruhe, und die äußere Hülle muss nicht zucken, und man braucht nicht ständig vor dem, was vorher war, weglaufen, denke ich, wenn ich ihn herumhantieren und mit dem Gesicht und den Armen zucken sehe.

G leich um vier Uhr gehe ich in die Gemeindebibliothek. Bis jetzt bin ich dort noch nie gewesen, gehe aber hinein und am Tisch der Bibliothekarin vorbei, als würde ich mich auskennen.

Die Zeitungen sind in einer Ecke untergebracht, und am Lesetisch sitzt gerade niemand. Ich schaue mir die Titelseiten in den Schrägregalen an, die obersten sind zum Teil von heute, die meisten aber von gestern. Als Erstes hole ich mir *Das neue Finnland* an den Tisch und fange an zu blättern.

Ich finde den Radioartikel fast auf Anhieb. Darin ist von einem aufmerksamen Hörer die Rede, der neben dem öffentlich-rechtlichen Programm etwas Sonderbares gehört und an der Senderwahl gedreht hat, um es besser hören zu können. Wie kann da der Präsident der Republik sprechen, wunderte sich der aufmerksame Hörer, holte ein Tonbandgerät und nahm das Programm so lange auf, bis es auf lästerliche Weise mit dem *Björneborger Marsch* endete.

In der Zeitung stehen in Anführungszeichen Ausschnitte des Mitschnitts, und am Ende wird der Leiter des Post- und Telegrafenamts interviewt, der sagt, derartige Phänomene treten immer mal wieder auf, und man muss sie äußerst ernst nehmen.

»Im Ausland kommt es in immer größerem Umfang zu verantwortungsloser Radiotätigkeit, in der finnischen Gesellschaft darf sie sich auf keinen Fall einnisten. Der vorliegende Fall muss von einer Kooperation verschiedener Behörden untersucht werden.«

Ich lese den Artikel Wort für Wort. Es steht nichts darüber drin, von wo aus gesendet wurde oder bis wo das Programm zu hören war, und es gibt auch keine Vermutung, von wem, es heißt nur, dass die Station von einem aufmerksamen Hörer im Stadtteil Töölö gehört worden ist, und dass es besonders zu missbilligen ist, dass die illegale Station die Tätigkeit des Finnischen Rundfunks ausgerechnet bei der Direktübertragung der Olympischen Spiele gravierend gestört hat.

Weil Jukka auch von den *Volksnachrichten* gesprochen hat, nehme ich mir die als Nächstes, und es dauert eine Weile, bis ich es finde, weil es im Leitartikel steht und nicht unter den Nachrichten. Die Überschrift lautet:

»Verantwortungslose Aktivität auf unseren Radiowellen«.

Darunter heißt es, in der Hauptstadt sei vom Missbrauch der allgemeinen Radiofrequenzen für schädliche Zwecke berichtet worden.

»Hinter einem solchen Unsinn und offener Sabotage steckt das große Geld. Der aktuelle Fall steht mit den Versuchen rechter Kreise in Verbindung, Eino S. Repo, den Intendanten des Rundfunks, mitten in seiner Amtszeit abzusetzen. Die reaktionären Kräfte Finnlands scheinen ihren rücksichtslosen Angriff mit solch fragwürdigen Mitteln fortzusetzen, weil es ihren Interessen entspricht, für Unruhe im Umfeld des Rundfunks zu sorgen.«

Ich muss den Leitartikel fast bis zum Ende lesen, bevor ich mir sicher bin, dass darin überhaupt von unserer Sendung die Rede ist. Im vorletzten Abschnitt wird aber der Name der Station genannt.

»Der pseudomoderne, pseudoradikale, gemäß der ›besten‹ Tradition der westlichen Dekadenz mit einem teuflischen Namen geschmückte Piratensender Radio Satan ist eine widerwärtige Erscheinung. Schon seine umfassende Lancierung und Präsentation auf den Seiten von Das neue Finnland beweist, dass es sich dabei um einen neuen Beleg für die Erstarkungsbemühungen der rechten Kräfte handelt.

Trotzdem ist klar – so sehr wie noch nie –, dass die Einheit der dem Imperialismus Widerstand leistenden Kräfte in unserem Land durch ein solches Mückengesumme nicht ins Wanken gerät.«

Neben den Volksnachrichten liegt Der Reporter aus, der das Format eines Werbeblatts hat. Er umfasst nicht viele Seiten, und ich finde gleich auf der ersten Doppelseite einen langen Artikel, in dem ein Verfasser namens Alexandrowitsch auch von anderen Radiosendern als unserem berichtet, aber sein Ausgangspunkt ist eindeutig die Sendung von Sonntag.

»Es ist in der Tat bestürzend, besagte propagandistische Sendung zu hören, die in höhnischem und spöttischem Ton sowie unter Verwendung unverhüllter Schamlosigkeit unsere guten und vertrauensvollen nachbarschaftlichen Beziehungen angreift. Es handelt sich um den Versuch, Finnland an die Politik der NATO anzubinden, eines Blocks, der sich gegen die sozialistische Welt richtet.

Demagogen wie Vennamo, sozialdemokratische Propagandisten sowie extrem rechte Kräfte wie Kauko Kare, Heikki Eskelinen und andere Dunkelmänner, all jene Erzreaktionäre im Gewand des Arwidssonismus, richten ihren Angriff gegen die Sowjetunion, gegen die fortschrittlichen Kräfte in unserem Land sowie gegen die offizielle außenpolitische Linie Finnlands.

Wir müssen vor allem darauf bedacht sein, die Kontinuität der guten nachbarlichen Beziehungen zu wahren, und darum ist jede Verhöhnung von Präsident Kekkonen zugleich eine feindliche Aktion gegen unser Nachbarland.

Die aus einer Drogenhöhle in Helsinki sendende Station versteckt sich wie seine ausländischen Vorbilder – und Geldgeber – Radio Free Europe, Radio Liberty und RIAS Berlin hinter ihrer Anonymität. Gedeckt von Stapeln von Dollarscheinen versucht man, sich mit antirevolutionären Absichten in die inneren Belange anderer Länder einzumischen. Diese Aktivitäten sind äußerst verwerflich! Es vereinigen sich darin großsprecherischer Rechtsrevisionismus und anarchistische Flegelhaftigkeit. Nach einem alten georgischen Sprichwort leidet der ganze Körper unter einem kranken Kopf, aber unter solchen Haltlosigkeiten leidet das gesamte arbeitende finnische Volk.«

Als die Bibliothekarin kommt, um die Zeitungen in den Regalen zu ordnen, verdecke ich den Namen *Der Reporter* am oberen Rand mit dem Unterarm. Den liest bestimmt niemand sonst in der Bücherei von Parola, und ich will nicht, dass die Bibliothekarin später durchblättert und mich mit dem Artikel von Alexandrowitsch in Verbindung bringt.

Als Nächstes hole ich mir die Zeitung *Ilkka* aus dem Regal, und zwar so, dass es die Bibliothekarin auch bestimmt sieht, und blättere sie durch. Es muss eine zentrumsnahe Zeitung sein, weil auf jeder Seite etwas über Virolainen steht.

Der Radioartikel ist mit dem Kürzel *Aaretti* unterschrieben, und wie im *Reporter* ist auch hier von Dunkelmännern die Rede. Auch sonst werden in dem Beitrag die gleichen Wörter benutzt, vielleicht hat sich einer vom anderen etwas geborgt.

»Es reicht nicht, dass diese Kriminellen restlos unsere gemeinsamen Spielregeln falsch verstanden haben, sie wagen es auch noch, uns weiszumachen, dass sie für das Vaterland eintreten. Auch das ist eine Methode, das Vertrauen in diejenigen zu schwächen, die für Gesetz und Ordnung in unserer Gesellschaft verantwortlich sind. Und diese Maulwurfstätigkeit greift immer weiter um sich in seinem Trachten danach, das tiefe Vertrauen in die äußerst wertvolle Arbeit des Präsidenten der Republik zu schwächen. Ich dürfte nicht der Einzige sein, dem der Gedanke gekommen ist, dass diese Art von ›Informationsvermittlung‹ nichts anderes versucht, als die für die Zukunft Finnlands unabdingbare Verlängerung der Amtszeit des Präsidenten der Republik zu sabotieren.«

An dieser Stelle halte ich inne, weil ein bisschen was an der Sache dran ist. Zwar habe ich die Interviews nicht deswegen zusammengeschnitten, aber Kekkonens Neuwahl ohne Wahlen scheint niemand zu unterstützen, und trotzdem ist sie beschlossen worden. Wenn auf der Arbeit darüber geredet wird, ist nur Ojanen ein bisschen, aber auch nur ab und zu für Kekkonen. Ala-Seppälä und Hartikainen sind vollkommen gegen ihn, die anderen etwas weniger, aber trotzdem dagegen.

Bis jetzt habe ich die Programme gemacht und auf Kassette übertragen, wie ich gerade Lust hatte. Trotzdem ist durch sie etwas entstanden. So kann es gehen. Der Mensch tut etwas, obwohl er gar nicht begreift, was er da eigentlich tut, er tut es, obwohl er gar nicht von Anfang bis Ende weiß, wozu.

Auf die gleiche Weise scheinen die Redakteure für ihre Zeitungen zu schreiben. Oder es ist genau andersherum, und sie wissen sehr gut, was sie tun. Jetzt habe ich einen Fall von zwei Seiten betrachtet. Sie haben nicht über uns geschrieben, sondern über ihre eigenen Sachen, und der Radiosender ist für sie nur ein kleiner Nebenpfad. Alles andere ist wichtiger.

Ich bin schon auf dem Weg zum Wohnwagen, da fährt ein Auto auf den Hof vor der Halle. Es ist das Heuauto von Rekkus Mutter. Die Halle ist dunkel und Lampinen am Abend nicht aufgetaucht. Normalerweise kommt er auch nicht mehr zum Kontrollieren, nachdem er irgendwann nach fünf Uhr Feierabend gemacht hat. Die Männer aus den Wohnwagen schätzen ihn zumindest dafür, dass er abends nicht herumschnüffelt.

Ich gehe nicht in den Polar hinein, sondern warte ab. Rekkus Mutter steigt aus und macht sich auf den Weg in meine Richtung, ich gehe ihr entgegen, weil sie offensichtlich einen Grund für ihr Kommen hat.

»Gut, dass du hier bist und nicht zu Hause«, sagt sie und erklärt mir, wir müssten sofort zu Reijos und Siljas Wohnung fahren. Silja hat von der Militärkantine aus angerufen, dort ist etwas nicht in Ordnung.

Ich frage, was los ist, aber sie sagt, dass sie nicht mehr weiß, doch natürlich weiß sie etwas, sie verrät es nur nicht. Ich fahre trotzdem mit, weil sie mich darum bittet.

Ich setze mich neben sie, und wir reden kein Wort. Sie wendet rückwärts und fährt auf die Straße. Ich müsste etwas sagen, aber mir fällt nichts ein, womit ich anfangen könnte. Verstohlen schaue ich zu ihr hinüber. Sie trägt nicht einmal Lippenstift.

Erst als wir zu den Mietshäusern für das feste Personal der Kaserne kommen, bringe ich heraus, dass die beiden eine schöne Wohnung haben. Rekkus Mutter nickt, antwortet aber nicht.

Wir gehen hintereinander die Treppe hoch. Silja macht die Tür auf, ihre Wange ist unter dem Auge geschwollen, und die Haut ist rot und fleckig. Da muss man nichts sagen. Ich ziehe die Turnschuhe im Flur aus und gehe vorsichtig von einem Zimmer zum anderen, um zu sehen, wo Rekku steckt.

Er liegt in seinem Zimmer auf dem Bett und liest ein Buch. Er hält es sich so nah vors Gesicht, dass ich seine Augen nicht sehen kann. Als ich daruntergucke, zieht er den Kopf weg und verdeckt ihn noch mehr.

»Was ist hier los?«, frage ich aus nächster Nähe ganz leise.

»Reijo liest ein Buch, das ihm ganz allein gehört«, sagt er.

»Aber was ist passiert?«, frage ich.

»Weil man nicht mal in Ruhe sein Buch lesen darf.« Er lässt die Arme noch weiter sinken, sodass die Buchdeckel wie Augenklappen auf ihm liegen. Von so nah kann er die Buchstaben nicht erkennen, er verdeckt nur die Augen, weil er sich schämt.

Vorsichtig greife ich mit den Fingern nach dem Buch und versuche es wegzunehmen, aber Rekku zerrt es wieder nach unten. Daraufhin packe ich es fester und ziehe so lange, bis er loslässt.

»Das darf man Reijo nicht wegnehmen, das ist Reijos Buch, man darf Reijo sein Buch nicht abnehmen, das ist ein Kaninchenbuch, das ist Reijos Männerbuch, das ist das Wildwestbuch«, sagt er immer wieder und gerät ernsthaft in Panik. Er liegt auf dem Rücken, scheint sich nicht einmal aufsetzen zu können und sagt ständig das Gleiche, als würde er sich nicht trauen, es loszulassen.

»Rekku«, sage ich ziemlich laut.

Er erschlafft etwas und hört auf zu brabbeln, blickt mir nur noch direkt in die Augen.

»Rekku. Was hast du getan? So etwas darfst du deiner Tante nicht antun.«

»Reijo hat es nicht mit Absicht getan, es war aus Versehen und hat wehgetan, Reijo tut einer Fliege nichts zuleide, Reijo ist nicht böse, warum sagt Papa, das ist eine Maus, wo ich doch ein Mann bin, wieso Maus, wo Reijo doch ein Mann ist, Reijo tut niemandem was und tut auch keinem weh, bestimmt nicht, er ist nicht böse, überhaupt nicht.«

An der Stelle unterbreche ich ihn und sage, dass ihn niemand beschuldigt. Er hält inne und schaut mir wieder direkt in die Augen.

»Nicht?«, fragt er.

»Nein. Aber tu das nie wieder. Du darfst niemanden schlagen, das tut weh, und es geht dir anschließend selbst schlecht und du musst weinen«, sage ich, und er versteht mich, das sehe ich an seinen Augen, wenigstens für einen Moment versteht er es ganz, von Anfang bis Ende. Das ist das Merkwürdigste von allem, dass er für einen Augenblick so ist, als könnte er immer so sein und würde nur vorspielen, dass er weniger kann.

Er setzt sich auf den Bettrand. Ich rühre mich nicht, damit der Augenblick nicht vergeht, stehe regungslos auf der Stelle und betrachte ihn. Er ist ein großes, aufgeblähtes Kind. Neben seinem Bett liegt eine Fliegenklatsche.

Rekkus Mutter und Silja sitzen nebeneinander auf der Wohnzimmercouch. Rekkus Mutter hat geweint, Silja nicht.

»Er hat versprochen, dass er es nie mehr tut«, sage ich.

»Hat er das?«, fragt Rekkus Mutter, steht auf und geht an mir vorbei in Rekkus Zimmer.

Ich bleibe mit Silja allein. Hinter dem Glastisch steht ein niedriges Regal. Das unterste Fach ist noch leer bis auf ein paar Hunde aus Porzellan, im mittleren steht ein Kaktus im braunen Krug, und im obersten Fach liegen ein Stapel Bücher und verschiedene Frauensachen.

»Tut es weh?«, frage ich und schaue mir Siljas Wange und ihr linkes Auge an.

»Das wird schon wieder«, antwortet sie in normalem Ton, aber so leise, als fehlte ihr die Kraft zum Sprechen. So ist es auch. Ich versuche, etwas zu sagen, damit es nicht so peinlich und fast traurig ist.

»Liisa hat wohl gerade geweint«, sage ich und nenne sie Silja gegenüber zum ersten Mal beim Namen. Sie nickt leicht.

Als ich zwei Schritte zur Seite mache und aus dem Fenster ins Dunkle schaue, steht sie auf, tritt neben mich und sagt noch leiser, dass Liisa auch deswegen weint, weil Lampinen sich verlobt hat und möglicherweise inzwischen sogar schon verheiratet ist.

»Wann?«

Silja antwortet, dass sie es nicht weiß, sie weiß bloß, dass es eine Kommunistin sein soll.

Draußen sieht man so gut wie nichts, wir sehen mehr uns, so, als würden wir in einen schlechten Spiegel schauen. Wir achten darauf, dass wir uns nicht berühren, und zwischen uns ist auch noch das Licht der Stehlampe, im Fensterspiegel ist es so groß, dass es alles Lichtlose überdeckt.

»Warum geht Liisa nicht auch weg?«, frage ich. Es ist etwas, worüber ich schon länger nachgedacht habe.

»Weil dann schon im Sommer das Geld weg wäre, so wie fast jeden Winter. Es geht einfach nicht, weil Liisa alles zusammenhält«, sagt Silja und wendet sich vom Fenster ab. Ich blicke weiter hinaus, obwohl man nicht viel mehr sieht als die Lampe vor dem Haus.

»Reijo schreit im Schlaf und geht mit offenen Augen umher, ohne etwas zu sehen. Er ist gefährlich, das war er früher nicht«, höre ich Silja so dicht hinter mir sagen, dass man es in Rekkus Zimmer nicht hören kann.

SCHON VERSINKT
DIE NACHT
IM SCHOSS DER
DÄMMERUNG

»Der beratende Ausschuss appelliert an den Präsidenten der Republik, für eine Fortsetzung seiner Amtszeit anzutreten. Da in der Personenfrage absolute Einmütigkeit erzielt worden ist, sollte die Verfahrensfrage kein größeres Problem darstellen.«

»Herr Präsident. Was halten Sie von der Entscheidung der Parteibasis?«

»Mich geht es nichts an, wie das besagte Resultat erreicht werden kann. Die Menschheit steht erneut an der Schwelle zu einem neuen Jahr.«

»Danke für Ihre Zeit, Herr Präsident.«

»Gemäß dem alten Brauch wünsche ich meinen Hörern und dem finnischen Volk ...«

»Herr Präsident. *Radio Satan* bedankt sich tausendfach, dass Sie sich trotz der drängenden Arbeit zu uns ins Studio bemüht haben.«

»Mitbürger! Dies können wir eventuell einräumen.«

»Hier ist *Radio Satan*, das freie Radio im Äther. Jeden Sonntag Programm auf der Helsinkier Frequenz neben dem Öffentlich-Rechtlichen. Hier ist *Radio Satan*.«

An den Wänden des Polars bildet sich, während man schläft, Kondenswasser, sodass es morgens beim Aufwachen ringsum feuchtkalt ist wie in einem schlechten Steinkeller. Es sind die ersten Frostnächte, und man muss alle Kleider anziehen und versuchen, am Rand der Pritsche zu schlafen, so weit wie möglich von der kalten Wand entfernt. Am Morgen kann es drinnen nicht viel mehr als fünf Grad haben, obwohl die Belüftungsklappe zu und die Luft nach der Nacht stickig ist.

So sieht die letzte Arbeitswoche Ende August, Anfang September aus. Man müsste die Wohnwagen beheizen können, lange kann man darin nicht mehr wohnen. Gegen Ende der Woche hält sich der Reif an den schattigen Stellen bis weit in den Vormittag. Tagsüber wärmt die Sonne immerhin so stark, dass man vor der Halle essen kann, wenn man sich einen Platz im Windschatten sucht.

In der Mittagspause gehe ich drei Kilo Schweinerippchen und Beilagen für die Abschiedsfeier kaufen. Den ganzen Sommer über haben wir das Geld fürs Gemeinschaftsessen in einem kleinen Plastikbeutel aus der Apotheke aufbewahrt, es wurde immer etwas hinzugetan, aber jetzt ist es das letzte Mal, und ich brauche es so weit auf, dass nur noch ein paar Pfennige und zwei Markstücke zum Aufteilen übrig bleiben.

Mir ist aufgetragen worden, das Essen zu kaufen, und Ojanen hat versprochen, für diejenigen, die was brauchen, im Alko vorbeizuschauen, weil er sowieso in die Stadt muss, um auf Garantie eine Schornsteinbleieinfassung zu isolieren.

Über den Alkohol, der gekauft werden soll, sind zu Beginn der Mittagspause vergleichende Berechnungen angestellt worden, was im Verhältnis der billigste und damit der beste ist. Die aus Getreide hergestellten feineren Sorten Koskenkorva und Dry Vodka sind so viel teurer als die anderen, dass sie als Erstes weggefallen sind.

Auch wenn Dry Vodka 45 Volt hat, treiben die zweiundzwanzig Mark den Preis im Verhältnis zu den Prozenten zu weit nach oben. Koskenkorva wiederum hat nur 38 Volt, so wie Tafelschnaps, aber da der Sulfitsprit, so heißt der, nur 14,80 kostet, Koskenkorva aber 17,20, ist auch hier die Reihenfolge klar. Alle Zahlen sind auf ein Blatt Papier geschrieben worden, damit die Rechnung auch richtig aufgeht. Ich habe wegen der Schule den Schreiber machen und bei jeder Marke den Preis pro Deziliter ausrechnen müssen.

Die allerbilligsten sind Sulfitschnäpse, die ebenfalls 14,80 kosten. Wappenschnaps hat nur 34 Prozent, Bär hingegen 40 und Rajamäki-Aquavit 42,5, weshalb der Rajamäki klar gewinnt.

Niemi und Ojanen könnten die Zahlen und Sorten auswendig, nur die Prozente werden in der Preisliste von Alko überprüft. Sie haben die Vergleiche schon früher angestellt, denn sie kennen das Resultat im Voraus und tippen daher richtig. Für mich ist die Reihenfolge neu, und ich versuche sie mir einzuprägen, denn vielleicht kann man sie später mal gebrauchen.

Die letzten anderthalb Stunden werde ich von der Arbeit befreit, damit ich die Schweinerippchen vorbereiten und die Kartoffeln braten kann, denn gleich nach vier soll gegessen werden. Es ist der letzte Arbeitstag für die Männer aus den Wohnwagen, und Niemi und Ojanen haben bereits den einen oder anderen kleinen Schluck genommen.

Rekku kommt aus dem Außenlager in den Hof und fragt, was gefeiert wird. Er hat uns in der Mittagspause reden hören.

»Das ist nur für diejenigen, die heute aufhören müssen«, sage ich.

»Aber Reijo muss nicht.«

»Nein.«

»Aber darf er trotzdem mitfeiern?«, fragt er und schaut mich mit so großen Augen an, dass ich nicht Nein sagen kann, obwohl Niemi gesagt hat, er will den Idioten am letzten Abend nicht sehen.

»Komm erst dazu, wenn Lampinen kommt. Und wenn er wieder geht, gehst du mit«, sage ich, nachdem ich eine Zeit lang darum herumgeredet habe, bis mir eingefallen ist, was am sichersten ist. Lampinen kommt jedes Jahr zur Abschiedsfeier und spendiert immer etwas, hat Ojanen oder Sverdloff gesagt. Sie sind alle auch in den letzten Sommern schon Wohnwagenarbeiter bei Volles Rohr gewesen.

Rekko sagt, er kommt. Er versteht, dass er warten soll, bis Lampinen da ist.

Trotzdem will ich mich später noch einmal vergewissern und gehe nachsehen, ob Lampinen in seiner Zelle ist. Ich klopfe ans Fenster, er schaut über seine Lesebrille hinweg und bedeutet mir mit dem Finger, dass ich hereinkommen darf.

»Weil heute ja die Abschlussfeier ist, wollte ich was fragen«, fange ich an und spreche von Rekku und Niemi und davon, was ich Rekku gesagt habe.

»Alles klar. So machen wir's«, sagt er und lobt mich sogar ein bisschen, von wegen, gut, dass du daran gedacht hast, damit nicht noch etwas passiert. Dann bittet er mich, die Tür zuzumachen und mich zu setzen.

Er fängt von der Schule an und hakt nach. Ich sage, ich hätte aufgehört.

»Red kein dummes Zeug, das rentiert sich nicht, es ist verrückt, mittendrin abzubrechen. Die Schule besuchen und früh heiraten, das bereut man nie, sage ich dir. Warum bloß?«

»Ich muss gewissermaßen.«

»Du musst nur sterben«, sagt er.

Ich erwidere nichts. Lampinen schaut mich über den Tisch hinweg an und fängt an, über meinen Vater zu reden, dass er fast täglich mit ihm telefoniert, seitdem er ihn am letzten Freitag aus dem Krankenhaus abgeholt hat.

»Sobald er sich ein bisschen erholt hat, beauftrage ich ihn mit Reparaturen. Im Winter müssen die Maschinen in Ordnung gebracht und stabile Gerüste geschweißt werden. Hat doch keinen Sinn, in den eigenen vier Wänden vor sich hin zu stieren, dabei wird auch ein Gesunder krank«, sagt Lampinen und er sagt auch, dass das nichts mit Dankesschuld zu tun hat, das muss Jussi einsehen.

Dann fragt er mich plötzlich, ob er mich was fragen darf. Ich nicke, obwohl ich nicht weiß, was jetzt kommt.

»Haben die Männer darüber geredet, dass ich geheiratet habe?«

»Nein«, sage ich sofort, denn darüber hat niemand geredet. »Die wissen sicher nichts davon«, sage ich.

»Na gut, wenn es so glattgeht.«

»Wann …«, fange ich an, komme aber nicht weiter, denn Lampinen fällt mir gleich ins Wort und antwortet, am Montag.

»Auf dem Standesamt. Dir kann ich es sagen, weil du unser Chauffeur warst. In meinem Alter will man keine Hochzeit in der Kirche mehr. Und auch sonst. Aber hintenrum heißt es bestimmt, mit einer Kommunistin. Alle mögliche Scheiße wird geredet, aber wenn das einer zu mir sagt, dann sage ich ihm ins Gesicht, dass sie keine Kommunistin ist, sondern eine finnische Unternehmerin, die Frauen beschäftigt und ihnen Lohn zahlt. Heutzutage ist das keine so große Sache mehr, mit wem man zusammen ist. Wir leben hier und heute in einer anderen Zeit, sage ich dir«, erklärt Lampinen.

»Glückwunsch«, sage ich, wie es sich in einem solchen Fall gehört und höflich ist. Lampinen steht auf und streckt die Hand aus, ich stehe auch auf, und wir geben uns so offiziell die Hand, als wären wir uns fast fremd.

Dann wiederholt er noch einmal, dass Reijo mit ihm zur Abschiedsfeier kommt und geht.

»Ich nehme ihn mit, damit er nicht bleibt. Ich kann ihn dann heimbringen.«

»Joo«, sage ich und fühle mich erleichtert, weil er nicht mehr von seiner Hochzeit spricht.

»Warum, zum Teufel, hat Reijo nur wieder zuschlagen müssen, wie soll das jetzt weitergehen«, sagt er, nicht als Frage, aber ich antworte trotzdem, dass ich es nicht weiß. Lampinen sagt das Gleiche.

Niemand weiß, was in Rekkus Kopf für Stürme wirbeln. Ich habe unter seinen Augen die Fischaugen aufblitzen sehen.

Am Umzugstag war ich mir sicher gewesen, dass schon alles gut gehen wird. Als er begeistert allein in der neuen Wohnung blieb und am Fenster stand und die Autos auf der Straße zählte, hatte ich das Gefühl, das ist geschafft, das Schlimmste ist überstanden. Mehr weiß ich nicht, glauben und hoffen kann man, aber nicht zu sehr, damit man nicht enttäuscht wird.

Ich gehe Feuer im Kessel mit den Bohrlöchern machen. Aus dem mit Plastik abgedeckten Holzhaufen suche ich die trockensten Birkenstücke heraus, denn jetzt braucht man nicht mehr zu sparen. Die Rinde fängt beim ersten Streichholz Feuer, und daran entzünden sich die Scheite.

Während sie mit großer Flamme brennen und sich allmählich in Glut verwandeln, schneide ich mit dem Fahrtenmesser schon mal die Schweinerippchen in kleinere Stücke. Jede Packung hat ungefähr ein Kilo und enthält eine Reihe Rippenknochen mit Fleisch und Fett dazwischen.

Rekku kommt dazu und fragt, ob Rekku auch was davon abkriegt. Ich verspreche es ihm und überlege mir, dass ich ihm notfalls etwas von meinen gebe, falls Niemi wieder anfängt, aber wenn Lampinen dabei ist, tut er das nicht.

Als es vier wird, ist meine Zeit in der Firma möglicherweise für immer vorbei. Es fühlt sich nicht wie etwas Besonderes an, nur ein bisschen leer.

Noch unter der Woche habe ich Pläne gemacht, wie es wäre, im Herbst und Winter wenigstens ab und zu bei Volles Rohr einzuspringen. Außerdem wäre es gut, zusätzlich morgens

Zeitungen auszutragen und im Dezember für zwei Wochen zur Post zu gehen, um Weihnachtskarten zu sortieren. Und falls sich bis nächsten Sommer nichts anderes auftut, würde ich wieder hier anfangen und im Wohnwagen übernachten. Aber nun hat Lampinen von meinem Vater gesprochen, und wenn es wahr wird, dass mein Vater hier anfängt, dann war es das für mich. Nie das Gleiche tun, was der Vater tut, sonst kommt man nicht los.

Ich lege die Fleischstücke auf den Rost, aber noch an die Seite, nicht direkt über das Feuer. Während des Wartens auf die Glut räume ich meine Sachen im Polar zusammen. Diese Nacht will ich noch bleiben, aber danach bin ich weg.

Ich denke an den Herbst und daran, dass ich achtzehn werde. Bei den Kommunalwahlen darf ich noch nicht wählen, aber danach bei jeder Wahl, die zeit meines Lebens in Finnland stattfinden wird.

Unser Geschichtslehrer hat gesagt, erobert alle Sitze, indem ihr wählen geht, und wenn ihr sie nicht durch Wählen erobert, dann anders. Der größte Teil der Klasse hat nicht verstanden, was er meinte, sondern ihn für einen Aufwiegler gehalten. Später hat sich jemand über ihn beim Rektor beschwert, weil er gegen den Glauben unterrichten und lästern würde, aber zu uns hat er nie etwas in der Richtung gesagt und über Gott überhaupt nichts.

Trotzdem musste er gehen, oder er hat selbst gekündigt. Nicht mal seiner eigenen Klasse hat er es gesagt. Nach einer Woche hat keiner mehr über ihn gesprochen oder versucht herauszufinden, ob er gegangen ist oder gegangen wurde.

Ich bleibe bei der Frage hängen, ob alle Geschichts- und Gemeinschaftskundelehrer die Neigung haben, etwas Großes zu sagen, bevor sie an die nächste Schule gehen. Ob sie so etwas wie Wanderprediger sind oder ob nur meine Lehrer solche Anwandlungen hatten und dann gehen mussten.

Zwischendurch gehe ich zum Grill, um den Rost zurechtzurücken. Danach kann ich nicht mehr zum Polar zurück, sonst werden die Rippchen schwarz. Darüber habe ich am Anfang, als ich noch nicht genau wusste, wie es geht, einiges zu hören bekommen.

Hartikainen und Sverdloff kommen aus ihrem Wohnwagen getrottet, um zu warten, Hartikainen holt sich unter dem Regendach seinen Stuhl, und Sverdloff stellt seinen Birkenklotz auf die andere Seite des Grillkessels, damit ihm nicht der Bratgeruch ins Gesicht weht.

Sie reden über den kommenden Herbst und den Winter. Nur im Sommer gibt es genug Arbeit, den Rest des Jahres nur so weit, wie Lampinen sie ruft. Hartikainen wohnt so abgelegen, dass er immerhin sein eigenes Obst und Gemüse anbauen kann. Kartoffeln und Zwiebeln halten sich bis Ende des Frühlings, die Karotten im Sandzuber und die Äpfel, wenn man sie in Zeitungspapier einwickelt, bis weit in den Winter hinein. Er fischt mit Netzen, auch unter dem Eis. Darüber reden sie lange, Sverdloff fragt, ob es sich lohnt, sich so zu quälen.

Ojanen und Niemi haben in ihrem Wohnwagen schon einen gehoben, und Ojanen ist rot im Gesicht.

»Unsere Feldköchin hat den Sommer über gelernt, wie man das Fleisch richtig brät«, sagt Niemi.

Darauf müsste man jetzt sofort eine Antwort haben, aber ich bin nicht so schnell. Niemi scheint einen schlechten Tag zu haben, denn dann findet er immer einen Grund, sich über andere lustig zu machen, aber weil er gut reden kann, lohnt es sich eigentlich nicht, darauf einzugehen, weil er garantiert schon was anderes in petto hat.

Während ich die Rippchen umdrehe, denke ich, dass Niemi zum kleinlauten Köter wird, sobald Lampinen auftaucht. Und wenn einem so etwas einfällt, hat man das Gefühl, gewonnen zu haben.

Lampinen und Rekku kommen erst um kurz vor fünf. Lampinen hat eine Flasche Rum dabei. Das ist Tradition, und die Männer aus den Wohnwagen haben darauf zu warten gewusst und bei ihren eigenen Getränken eine Denkpause eingelegt. Die Gläser stehen bereit, Lampinen gießt allen ein, auch mir, aber nicht Rekku und Hartikainen. Den fragt er erst.

»Ich hab's auch diesen Sommer nicht gelernt«, sagt Hartikainen.

»Kein Problem, astrein. Wenn einer fanatisch abstinent ist, dann ist das großartig«, sagt Niemi mit einer halben Stichelei.

»Das hat nichts mit fanatisch zu tun, sondern mit vernünftig«, erwidert Hartikainen direkt.

»Nein, kein Problem, astrein, alles feine Männer, manche noch feiner«, sagt Niemi und hebt schon einmal das Glas, weil Lampinen fast so etwas wie eine kleine Rede hält. Er bedankt sich für den Sommer und bedauert es, dass die Bautätigkeit in dieser Region noch immer nicht ganzjährig ausgeübt wird.

»Aber irgendwas fällt immer an, ich werde an euch denken. Auf einen besseren Herbst!«

Der Rum ist brennend stark. Ich bemühe mich, nicht zu husten. Ich lasse Rekku an meinem Glas riechen, er verzieht das Gesicht und sagt, schlecht.

»Das Schlechte ist gut, und das Gute ist schlecht«, sagt Sverdloff.

Niemi bietet Lampinen ein Rippchen an. Lampinen nimmt es mit einem Stück Papier und fängt an, daran zu nagen. Ich gebe Rekku ein größeres Stück, und Rekku beißt das Fleisch zwischen den Knochen heraus, dass ihm das Fett aus den Mundwinkeln trieft.

Ojanen bittet mich, mitzukommen und ihm zu helfen, den Farbfernseher in der Tür des SMV zu installieren. Niemi hat in der Woche irgendwo einen Zwanzig-Zoll-Apparat aufgetrieben, aber er ist noch nicht richtig ausprobiert worden. Mit dem Verlängerungskabel hole ich Strom aus der Halle. Die Antenne hat Niemi erst heute besorgt, sie ist ein großer Rechen, und Ojanen und ich installieren sie so weit oben in einer Birke, wie wir uns auf der Leiter trauen. Wir müssen nämlich beide gleichzeitig hinaufsteigen, weil einer sie nicht allein halten kann. Ojanen hält die Stange, und ich ziehe mit dem Schraubenschlüssel die Muttern an den Spangen um einen senkrechten Ast an.

Ojanen steigt hinunter, um den Sender zu suchen, und ich drehe die Antenne, damit man sieht, in welcher Richtung es schlechter und in welcher besser ist. Als die Farben kommen, sieht man es auch von der Birke aus, weil es in der Türöffnung unten rot und grün flimmert.

Wir stellen nur das Erste ein. Das Zweite zu suchen, rentiert sich nicht, weil da nur Volleyball und Basketball kommt, im Ersten aber die ganze Leichtathletik. Die Übertragung hat schon angefangen, es läuft noch Schwimmen, aber das Bild ist gut, und wir loben uns selbst.

Inzwischen hat Lampinen die Löhne verteilt. Er nimmt Ojanen zur Seite, denn er hat persönliche Dinge mit ihm zu besprechen. Ich bin der Einzige, der seinen Lohn auf die Bank bekommt.

Niemi hat sich neben Rekku gesetzt und fragt ihn nach der neuen Bude.

»Das ist keine Bude. Das ist eine Etagenwohnung und Unterkunft«, sagt Rekku.

»Tatsächlich. Ist sie vornehm?«

»Ja. Sehr gut. Kannst ja den Chef fragen«, mische ich mich ein, und zwar so laut, dass es Lampinen hören kann. Niemi dreht sich zu mir um, aber ich schaue ihm nicht in die Augen, sondern nehme noch ein Stück Fleisch und drücke Senf darauf.

Da kommt die Rede auf Kiikala, wie man dort hinfährt, und Lampinen schickt Rekku zum Transit, die Straßenkarte holen. Als er zurückkommt und Lampinen ihn nach den Schlüs-

seln fragt, bringt Rekku mit Mühe über die Lippen, dass die
Schlüssel im Wagen geblieben sind, aber die Tür zu ist. Lampinen schnaubt, flucht aber nicht einmal, sondern versucht sich
zu erinnern, wo die Ersatzschlüssel sind, kommt aber nicht darauf.

Niemi holt zwei Drahtrollen aus seinem Wohnwagen. Den
dünnen nennt er den Leblosen, den dicken mit dem gebogenen
Ende mexikanischen Schlüssel.

Wir gehen alle zum Transit, und Niemi schiebt den Mexika-
ner durch die Gummidichtung des Seitenfensters, bewegt das
gebogene Ende eine Zeit lang hin und her und zieht dann mit
einem Ruck den Türknopf hoch.

»Das war's. Wie lang hat das gedauert? Nicht mal eine Minute«, sagt Niemi. Lampinen lobt ihn und bedankt sich, und
als die Schlüssel aus dem Wagen genommen worden sind, wird
die Tür wieder abgeschlossen, weil es Lampinen selbst versuchen will. Es ist viel ungeschickter und schafft es nicht, das
gebogene Ende des Drahts stabil genug am Türknopf einzuha-
ken, bis es ihm am Ende doch noch, aber ein bisschen wie aus
Versehen gelingt.

Die Flasche mit dem Rum ist schnell leer, obwohl sich nur
drei Männer richtig davon bedienen. Lampinen trinkt lediglich
den ersten mit, und ich trinke auch nicht mehr als zwei. Der
Sonntagmorgen ist noch so nah, dass mein Eifer noch nicht
zurückgekehrt ist, außerdem habe ich auch keinen richtigen
Grund zum Feiern. Könnte man weiter vorausschauen, wäre es
vielleicht anders, aber jetzt kommt es mir so vor, als würde einfach alles aufhören.

Das erste Glas Rum ist mir schnell in den Kopf gestiegen,
und für einen Moment habe ich mich leichter gefühlt und bin
auf die Idee gekommen, Lampinen zu bitten, einmal telefonieren zu dürfen. Ich habe mir vorgestellt, er würde mir den
Schlüssel zu seiner Zelle geben, ich würde, ohne groß darüber

nachzudenken, anrufen, und Karina würde rangehen, worauf ich sagen würde, dass man nicht einfach so von jetzt auf gleich Schluss machen kann, aber ich habe Lampinen nicht gebeten und werde es auch nicht tun.

Als er mit Rekku aufbricht, wünscht er allen einen guten Herbst. Auch Rekku will allen außer Niemi die Hand geben.

»Per Handschlag sagt man Auf Wiedersehen. Auf Wiedersehen ist höflich«, sagt er zu mir, und seine Hand ist weich und ohne Druck.

»Servus!«, sagt er dann. Ich nicke, von wegen wir sind auf der gleichen Linie und auf einer Seite.

Lampinen bedankt sich bei mir für die Arbeit in diesem Sommer und fordert mich auf, ihn im Frühling anzurufen. Auch ihm nicke ich nur zu, weil ich keine Abschiedsworte parat habe. Ich sehe den beiden nach, wie sie nebeneinander davongehen. Rekku ist einen Kopf größer und auch von hinten so ein anderer Typ, dass man nie auf die Idee käme, den einen auch nur ansatzweise für den anderen zu halten. Und so ist es ja auch nicht, schließlich bin ich ja auch nicht halb wie mein Vater und er ist nicht halb wie ich.

Irgendwie weiß ich, dass Rekku, wenn er jetzt weggeht, für immer weggeht. Ich könnte gehen, wohin ich will, und nach einiger Zeit daheim mitteilen, ich hätte ein neues Leben angefangen, aber Rekku kann das nicht, er ist darauf angewiesen, dass sich andere um ihn kümmern.

Ich verziehe mich in den Polar und trödle herum, damit ich allein sein kann. Das Geräusch des Mercedes hört man so lange, bis er zum Tor hinaus ist. Als ich den Polar schließlich verlasse, ist es bereits so dämmrig, dass man das Fernsehbild gut sieht.

Die Birkenklötze sind als Tribüne vor dem Wohnwagen aufgestellt worden. Als die Vorläufe in 3000 Meter Hindernis anfangen und die Namen des ersten Laufs genannt werden, kommt Ala-Seppälä dazu. Er sagt, er habe im Gasthaus vorbeigeschaut, aber da sei noch niemand gewesen.

Niemi bietet ihm zum Aufwärmen Rajamäki-Aquavit an. Es wird eine kalte Nacht. Man spürt es jetzt, wenn man die Sterne sieht. Es ist keine Decke da, die ganze Wärme, die vom Tag übrig geblieben ist, steigt in solchen Nächten direkt zum Himmel hinauf und verfliegt.

Im ersten Lauf tritt Kantanen an.

»Zieh bloß keinen sinnlosen Spurt an, verdammt, das kostet nur Kraft, und die Beine machen zu!«, ruft Ojanen ihm auf der Zielgeraden zu, als Kantanen fast olympischen Rekord läuft und Keino drei Sekunden hinter sich lässt.

Zwischen den Läufen fangen Ala-Seppälä und Hartikainen an, über die Wahlen zu diskutieren, und Ala-Seppälä ist sich sicher, dass die Landvolkpartei einen erdrutschartigen Sieg davontragen wird, weil die Reihen jetzt geschlossen und die Abtrünnigen beseitigt worden sind.

In den nächsten Läufen gehen Ala-Leppilampi und Päivärinta an den Start. Ala-Leppilampi unterliegt einem Kenianer, obwohl er sich wirklich ins Zeug legt, aber Päivärinta gewinnt, und Gärderud scheidet aus.

Sverdloff sagt zu Ala-Seppälä, dass es im Wunderland Schweden keine Läufer mehr gibt.

»Dort stehen die Dinge besser. Man muss nicht auf die Russen hören.«

Sverdloff sagt, die Sprache beherrscht er nicht, aber Ala-Seppälä kann vermutlich auch kein Schwedisch. Ala-Seppälä widerspricht. Der vierte Lauf beginnt, es ist kein Finne dabei, und wieder gewinnt ein Kenianer, sodass der Endlauf praktisch ein Länderkampf Finnland – Kenia sein wird und für den Rest der Welt nur sechs Finalplätze bleiben.

Niemi und Ojanen haben keine Lust mehr, auf ihren Klötzen zu frieren, und sagen, sie gehen Frauen aufreißen. Hartikainen und Ala-Seppälä diskutieren mit Sverdloff. Hartikainen hält dessen Lebenswandel für unmoralisch, aber Sverdloff sagt, dass Hartikainen es bloß bedauert, dass er wegen seiner Religion nicht fremdgehen darf.

Kurz vor dem Hundert-Meter-Finale fängt Ala-Seppälä an, ein bisschen mit mir zu reden. Er ist schon ziemlich betrunken und will von seinen Töchtern erzählen, dass es der jüngeren nicht gut geht. Ich habe keine Lust, mir die Angelegenheiten anderer Leute anzuhören, kann aber auch nicht weggehen. Hannele ist geschieden und trinkt. Sie ist geschieden, weil sie trinkt, und trinkt jetzt deswegen.

Dann kommt Ala-Seppälä auf Finnland zu sprechen und schimpft auf Kekkonen.

»Geht hin, um Veikko Vennamo angeblich Ratschläge zu erteilen, aber stattdessen verarscht er ihn. Genau wie in der Radiosendung da, in den *Finnischen Nachrichten* haben sie ein paar Stellen gebracht. Hätte ein Gespräch mit Veikko sein sollen, aber Veikko kam gar nicht zu Wort. Das war garantiert ein Sender von der Zentrumspartei, angeblich weiß man's zwar nicht, aber garantiert ist es so. Außerdem hat Veikko an gar keinem Gespräch teilgenommen. Die *Finnischen Nachrichten* haben ihn interviewt, und da hat er gesagt, alles wäre komplett erfunden worden.«

Über die Sache mit dem Radio würde ich gern noch mehr hören, aber Ala-Seppälä wechselt das Thema mitten im Satz, und da habe ich die Nase voll und sage, ich muss mal pissen. Ich gehe ein Stück weiter weg ins hohe Gras, die Trampelpfade kenne ich inzwischen auch im Dunkeln.

Sehr schnell werden die Stimmen hinter mir leiser. Den Fernseher hört man noch und ein bisschen vom Gerede, aber so leise, dass man die Worte nicht auseinanderhalten kann, wenn man nicht hinhört, und ich höre nicht hin.

Im Dunkeln kommt so ein Gefühl, dass ich genug habe, dass

ich nicht zurückgehen will, um dann immer nur zu nicken, wenn die anderen etwas sagen. Hartikainen trinkt zwar nicht, aber auch seine Lehren will ich mir nicht mehr anhören. Darum gehe ich direkt in den Wohnwagen und setze mich dort ins Dunkle. In der Woche hatte ich keine Lust mehr, das Verlängerungskabel über den Hof zu ziehen, um den Akku aufzuladen, darum ist das matte Licht im Wohnwagen jetzt ganz aus.

Ich sitze auf der Pritsche und denke so lange über meine eigenen Angelegenheiten nach, bis das Gerede draußen aufhört. Als ich aus dem Türspalt schaue, gehen Ala-Seppälä und Sverdloff gerade in Richtung Ortsmitte davon. Ala-Seppälä torkelt ein bisschen, bleibt aber auf dem Weg, und wenn es so bleibt, werden sie bestimmt auch zur Kneipe finden.

Im Fenster des SMV-14 sieht man einen gelblichen Lichtschein und Hartikainens ruckartige Bewegungen. Die Übertragung bildet eine blubbernde Geräuschkulisse, sie haben beim Gehen den Fernseher angelassen.

Ich schleiche mich leise hinaus, damit mich Hartikainen nicht hört und nicht ankommt, um mit mir zu reden. In der Direktübertragung aus München wird gerade vom Geräteturnen zur Bahnradverfolgung umgeschaltet. Ich setze mich auf einen abgekühlten Birkenklotz und schaue zu. Die Mattscheibe leuchtet und flimmert in der Wohnwagentür, als wäre ein farbiges Zwanzig-Zoll-Fenster hineingeschnitten worden.

A m nächsten Morgen wache ich von der Kälte auf und so früh wie die alten Männer. So einer werde ich auch einmal sein. Ich raffe meine Kleider unter der Bettdecke zusammen, damit sie warm und trocken werden, bevor ich sie anziehe.

Das werde ich jedenfalls nicht vermissen, stelle ich mit Sicherheit fest, als ich mich im leeren Wohnwagen umsehe: An den Wänden hat sich Kondenswasser gebildet, das kleine Fenster ist innen beschlagen und außen wahrscheinlich vereist. Es ist der kälteste Morgen bis jetzt und höchste Zeit zu gehen. Die Wohnwagen bleiben den Winter über und werden weiter herunterkommen. Ihre porösen Reifen halten die Luft nicht mehr, auch wenn Hartikainen gesagt hat, noch vor drei Sommern sind sie damit auf Montage gefahren und haben darin übernachtet.

Als ich mich angezogen habe, muss ich gleich nach draußen und mich bewegen, damit sich die Wärme ausbreitet. Niemis und Ojanens Tür ist zu. Den Fernseher habe ich in der Nacht ausgeschaltet und zur Tür hineingeschoben. Von den Tribünenklötzen sind zwei umgefallen, und das Verlängerungskabel liegt als schwarze Linie auf der weiß bereiften Erde.

Ich habe nicht vor zu warten, bis jemand aufgewacht ist, denn ich brauche sie nicht mehr zu sehen, es gibt nichts zu klären, und es muss auch nichts Neues zum Abschied gesagt werden. Ich schaue im Fahrplan nach, wann samstags der erste Bus fährt, und während ich warte, gehe ich im Hof auf und ab und esse ein Brot.

Hartikainen wacht auf, bevor ich weg bin. Er will in die Halle, um auf die Toilette zu gehen und sich im Pausenraum seinen Kaffee zu kochen.

Wir reden nicht viel und schütteln uns auch nicht großartig die Hände. Er wünscht mir einen guten Herbst und Gottes Segen. Ich wünsche ihm auch einen guten Herbst und hebe zum Abschied kurz die Hand.

»Heute muss ich die restlichen Kartoffeln ernten. Es scheint dieses Jahr früh kalt zu werden«, sagt er als Letztes und auch schon mehr zu sich selbst.

Auf dem Weg zur Haltestelle geht mir so stark wie beim ersten Mal auf, dass alle aus dem Leben verschwinden, dass sie an einem vorbeiziehen und jeder seine Richtung einschlägt. Das habe ich zuvor so nicht begriffen. Einer nach dem anderen, und dann sieht man sich vielleicht nie wieder.

Ich warte allein an der Haltestelle, so früh ist sonst niemand da, und denke ein bisschen an Rekku und ein bisschen auch an die anderen. Lampinen werde ich wiedersehen, er kommt gelegentlich vorbei, dann erfahre ich von ihm, wie es Rekku geht. Ich könnte dann auch fragen, was die anderen machen, aber ich habe das Gefühl, dass ich das nie tun werde.

Dann fällt mir meine Oma ein. Dass ich sie besuchen muss. Mittsommer liegt auch schon wieder zwei Monate zurück, damals habe ich sie zuletzt gesehen, seitdem hat es kein obligatorisches Familienfest gegeben, und ich war auch sonst nicht bei ihr, bin aber auch nicht gebeten worden, zu kommen. Ich muss demnächst zu ihr, sie wird bald sterben, alle kommen und gehen.

Mein Vater gräbt den Garten um. Am Morgen hat er bereits alle Johannisbeersträucher abgeklappert und einen großen Haufen weißer Wurzeln herausgezogen. Jetzt gräbt er im Gemüsegarten die Beete um, die bereits abgeerntet sind, und erklärt mir, was er schon alles geschafft hat.

Meine Mutter ist bei Frau Sipiläinen und hat einen Zettel auf den Tisch gelegt, dass ich im Centrum Suppenfleisch im Angebot holen soll, falls ich rechtzeitig nach Hause komme.

»Nimm Hochrippe, und falls sie es nicht haben, dann Bug, halbes Kilo reicht.«

Ich koche Tee, mache mir ein paar Brote und blättere beim Essen die Zeitung durch. Wieder ist die Kolumne »Aus Tapios Garten« drin, diesmal geht es um die Regierung und was im nationalen Interesse liegt und was nicht. Man wird nicht einmal wirklich schlau daraus, was er von Kekkonen hält.

Die Sportseiten bringen ein Foto von Walerij Borsow. Sie fragen sich noch immer, wie die amerikanischen Sprinter angeblich die Startzeit der Vorläufe vergessen konnten und zu spät kamen. Es ist auch seltsam, aber ich höre auf zu lesen und hole die Einkaufstasche aus dem Schrank im Flur.

»Das war also jetzt dein letzter Arbeitstag?«, fragt mein Vater von jenseits des Kartoffelbeets.

»Ja, stimmt«, antworte ich, sonst nichts, und ich bleibe auch nicht stehen, damit er nicht dazu kommt, mich nach meinen Plänen auszufragen.

Ich fahre in die Innenstadt und stelle das Fahrrad an der Bibliothek ab, weil es von dort nur noch ein Block ist. Neben dem Fahrradständer steht eine Nacktskulptur von Tove Jansson. Die Zeichenlehrerin hat uns im Frühling erzählt, dass der Vater von Tove Jansson Bildhauer war und seine Tochter ihm nackt Modell für *Das Erwachen* stehen musste.

Ich bin gerade hinterm Park angelangt, als ich Frau Niskanen sehe und sie mich. Sie kommt vom Friseur, steht noch an der Tür des Salons, da sieht sie mich und winkt und kommt mir auf dem Bürgersteig so schnell entgegen, dass ich nichts mehr tun kann.

»Ich habe mich schon gewundert, weil ich überhaupt nichts von dir gehört habe. Einmal habe ich sogar Jukka Tapio nach dir gefragt, aber er hat nicht richtig geantwortet, sondern nur gesagt, er weiß nichts Genaues. Ich habe ihm erklärt, dass ich als Klassenlehrerin nachfragen muss. Also, wie war dein Sommer, und was ist mit Amerika?«

Kaum hat sie ihre Frage gestellt, fängt mein Herz an zu klopfen. Ich habe überhaupt nichts unternommen, nichts von dem, was sie glaubt und was ich hätte tun sollen. Aber ich kann es ihr einfach nicht sagen, weil sie zu mir aufschaut und was anderes glaubt und weil sie mich anlächelt. Sie wirkt noch kleiner als früher, sie trägt keine hohen Absätze, sondern flache weiße

Riemchenschuhe. Ich schaue an ihr vorbei, auf den Bürgersteig und irgendwohin.

»Nein, also«, fange ich an, aber als sie nickt und lächelt und wohl schon kurz davor ist, etwas zu sagen, da sage ich dann schließlich, dass ich vorzeitig zurückmusste, weil mein Vater krank wurde, er hätte es mit dem Herzen, es ginge ihm aber schon besser.

»Aha. Und wo warst du?«, fragt sie.

»Das war so ein ganz kleiner Ort. Ganz abgelegen«, sage ich und versuche, wenigstens ab und zu einen kurzen Blick auf sie zu richten, weil das höflich ist und sie außerdem nicht so aussieht, als würde sie mir glauben.

»Soledad hieß er. Liegt in Kalifornien«, sage ich, und von da gibt es nun kein Zurück mehr.

»Und wie war es dort?«

»Es gibt Berge und Flüsse, die Natur ist ziemlich schön. Es gibt Platanen und Kaninchen, und wenn man Glück hat, kann man Waschbären sehen, die schwimmen im Fluss oder laufen zumindest am Ufer entlang.«

Frau Niskanen schaut mich die ganze Zeit an. Jedes Mal, wenn ich einen kurzen Blick auf sie werfe, schaut sie her und mir in die Augen. Als ich aufhöre zu reden, schaut sie mich immer noch an und lächelt, um zu zeigen, dass sie einer Meinung mit mir und alles gut ist.

»Man kann durchaus früher abbrechen. Das hat nichts mit Scheitern zu tun«, sagt sie dann. Ich weiß nicht, ob sie von Amerika oder von der Schule spricht, ich nicke nur und spüre, wie unter meinen Achseln der Schweiß des Lügners und Verräters herabrinnt.

Als ich mit dem Suppenfleisch vom Centrum nach Hause komme, macht mein Vater gerade in der Küche eine Pause. Er schlürft kalten Kaffee und erzählt mir, dass Vetter Lampinen gestern wieder angerufen hat.

»Als wollte er mich zur Arbeit locken«, sagt mein Vater und wirkt schon damit zufrieden, dass Lampinen überhaupt angerufen hat. Ich tue so, als wüsste ich von nichts.

»Was hast du vor?«, frage ich knapp.

»Was ist das für eine Bande da?«, fragt er mich und stellt zwischendurch und mittenrein weitere Fragen, als ich anfange, zu erzählen, was dort für Männer arbeiten. Als müsste ich für ihn entscheiden, kommt mir in den Sinn. Ich erzähle davon, was ich von der Rohrabteilung weiß, weil dort fast alle den Winter über bleiben. Ich erzähle ein bisschen von Ala-Seppälä, aber mehr von Lehto, dass man sich auf ihn verlassen kann, dass er alle eigenen Arbeiten und auch die von anderen kennt und beherrscht. Je mehr ich erzähle, desto mehr kommt es mir vor, als würde ich in der Firma über die Arbeit reden und nicht zu Hause mit meinem Vater. Da gibt es eine neue Grenze. Beziehungsweise die alte Grenze ist nicht mehr da, weil ich auf der anderen Seite stehe, auf der Seite der Männer.

»Aus der Gewerkschaftskasse kommt nur noch bis zum Winter was, also muss ich bald mal. Vetter Lampinen würde mich doch nicht bloß aus Mitleid einstellen, oder was meinst du?«, will mein Vater wissen. Er hält mich nicht mehr für so klein, dass er mich nicht nach Informationen und sogar direkt um Rat fragen könnte.

»Nein«, sage ich sofort, damit es kein bisschen so wirkt, als müsste ich überlegen.

Als er wieder in den Garten geht, um weiterzumachen, gehe ich in mein Zimmer. Ich räume die Sachen aus dem Polar an ihren Platz, im Lauf des Sommers hat sich doch einiges angesammelt. Der vollgepackte Rucksack enthält die saubersten

Arbeitsklamotten, etwas zu lesen, das Kopfkissen und die Ai-ram-Thermosflasche, die schmutzige Wäsche, die Bettwäsche, die schlechteren Schuhe und die Gummistiefel und die dicken Spaltlederhandschuhe zum Blechschneiden. Die schmutzigen Sachen lege ich neben den Wäschekorb, die Handschuhe bringe ich in den Holzschuppen und lege sie so hin, dass mein Vater sie, ohne zu fragen, findet, wenn er sie braucht.

Ich bin mir ziemlich sicher, dass er bei Lampinen anfangen wird, denn er überlegt sich immer alles auf diese Art, tut so, als wäre er zuerst dagegen, auch wenn er sich schon dafür entschieden hat, er kann sich durchaus entschieden haben, auch wenn er das selbst noch nicht ganz genau weiß. Ein Mann darf sich nicht Hals über Kopf in etwas hineinstürzen und nicht übereifrig sein, er muss überlegen und nachdenken, damit er es nachher nicht bereut, so hat er es irgendwann gesagt, ich erinnere mich genau.

Ich habe Hunger und wärme mir das Mittagessen auf. Im Kühlschrank sind gekochte Kartoffeln und Wurstgulasch. Die Fleischsuppe wird meine Mutter noch nicht kochen, weil die mehrere Stunden braucht und man zwischendurch mit der Lochkelle den Schaum vom Kochwasser abschöpfen muss.

Tut man es nicht, wird die Suppe grau. Kriegt der Grießbrei Klumpen, ist das Weibsstück, das rührt, schuld. Ist der Kaffee zu dünn, ist die Köchin geizig. Wenn der Hefeteig nicht geht, herrscht zu Hause dicke Luft. Solche Sachen hat meine Mutter mir gesagt und beigebracht, als ich klein war, weil ich mich noch immer daran erinnere. Sie hat mich bei allen Frauenarbeiten mitmachen lassen, als wäre ich ein Mädchen und hieße Maria. Es war nichts Komisches daran, und ich habe es nicht einmal bemerkt, bis vor einem Jahr im Gymnasium der Haushaltsunterricht für die Jungen anfing und ich der Einzige war, der schon alles konnte, und die anderen in ihre Grützen Kartoffelmehlklumpen einkochten und das Mehl für die weiße Soße anbrennen ließen. Sie haben geflucht, wenn die Lehrerin es nicht hörte, Scheißweiberarbeit, aus der Scheiße wird nichts. Ich bekam im Zwischenzeugnis eine Neun und im Weihnachtszeugnis eine Zehn, aber den anderen war als Kinder nichts beigebracht worden.

Während ich auf das Gulasch und die Kartoffeln aufpasse, streiche ich Butter auf Roggenbrotscheiben und lege sie neben den Teller. Meine Mutter kommt immer zwischen elf und zwölf von der Sipiläinen, und weil ich Hunger habe, mache ich alles für elf Uhr fertig und angle mir schon vorab ein paar heiße Wurstscheiben aus dem Topf und lege sie aufs Brot.

Meine Mutter kommt um Viertel nach. Sie trägt das blaugrüne Kopftuch, sodass die Haare ganz bedeckt sind, und geht direkt auf die Toilette und wäscht sich lange die Hände unter dem laufenden Wasser, so macht sie es immer, wenn sie von der Sipiläinen oder von anderen besonders schmutzigen Putzstellen kommt.

»Ach, wie gut, da muss ich nicht bei null anfangen«, sagt sie und hebt die Deckel an und sieht nach, wie weit das Gulasch und die Kartoffeln sind.

»Hol Papa zum Essen«, sagt sie und macht den Kühlschrank auf, nimmt die Buttermilch, die Milch und die Dose mit den Gurken heraus, auf deren Sud eine Schicht Johannisbeerblätter liegt. Ich könnte von der Treppe aus rufen, aber ich ziehe die Turnschuhe an und gehe zu meinem Vater.

Er gräbt die Erde mit der Mistgabel um und pfeift vor sich hin. Seit dem Frühling hat er nicht viel gepfiffen, das merke ich jetzt, jedenfalls habe ich es nicht gehört. Dass etwas weg war, bemerkt man erst, wenn es wieder da ist. Ich sage nichts vom Essen und auch sonst nichts, weil er mit dem Rücken zu mir steht und mich nicht bemerkt, sondern pfeift, ein halb trauriges Lied, dass der Himmel so dunkel ist und wir zu zweit leise dahingehen, wie hart kann auf der Welt das Brot doch sein.

Ich räuspere mich zuerst kurz, damit er nicht erschrickt, und sage, das Essen ist fertig. Er antwortet, er kommt gleich, nur noch die halbe Reihe, damit sie nicht krumm wird. Ich gehe hinein und sage meiner Mutter, dass er gleich kommt. Sie blickt aus dem Fenster und legt kurz im Wohnzimmer auf der Couch die Beine hoch.

Während ich in der Küche warte, bemerke ich erst, dass an der Stelle an der Wand, wo immer die Postkarten hängen, die Ansichtskarte vom runden Haus und von dem Arena-Haus, die mein Vater bekommen hat, mit einem Reißnagel befestigt ist. Ich weiß nicht, warum. Ich wundere mich so sehr darüber, dass ich meine Mutter danach frage, als sie aus dem Wohnzimmer kommt.

»Sie soll eine Zeit lang da bleiben.«

»Wer hat sie hingehängt?«

»Ich natürlich«, sagt sie.

Weil ich nichts weiter frage, fängt sie an, dass jeder von uns seine Dummheiten macht und die Männer ihren Mumpitz, aber was soll man sich damit aufhalten.

»Erinnerungen sind Erinnerungen, und die trägt jeder in sich herum.«

Jukka holt mich ab, damit wir nicht so viel Zeit verlieren. Seit Mittwoch haben wir nicht miteinander gesprochen, er ist noch einmal in der Bibliothek gewesen und berichtet von neuen Zeitungsartikeln. Im *Neuen Finnland* war ein Leserbrief, den Jukka unbemerkt im Lesesaal herausgerissen und mitgenommen hat. Jemand hat ihn unter dem Pseudonym »Besorgter Bürger« geschrieben, und die Überschrift lautet:

»Unschöne Überraschung im Radio«.

»Ich nahm Platz, um die Übertragung der Spiele zu verfolgen, da hörte ich mitten in einer interessanten Reportage zu meiner Überraschung den Präsidenten der Republik mit seiner Neujahrsansprache. Unglaublich, dachte ich und rief als Zeugen meine Frau Inkeri und unsere zwölfjährige Tochter Ritva hinzu. In der Tat stellten wir alle drei fest, dass da Präsident Kekkonen sprach, und als wir den Regler etwas nach rechts drehten, wurde die Tonqualität besser.

Ich habe von meinem Vater die gute Angewohnheit geerbt, mir immer am Neujahrstag um 12 Uhr die Rede des Präsidenten anzuhören. Darum erkannte ich den Ursprung, nachdem ich nur wenige Sätze gehört hatte.

Trotzdem – und das ist das Erstaunliche – war an der Rede gewissermaßen ›herumgepfuscht‹ worden, und man hatte ihren Inhalt verändert. Dessen bin ich mir hundertprozentig sicher. In meinem Amt muss ich täglich mit Ziffernfolgen umgehen, und aus diesem Grund habe ich mein Gedächtnis mit vielen verschiedenen Methoden trainiert. Fakt ist, dass man die Ansprache von Präsident Kekkonen so verändert hat, dass ihr wertvoller Inhalt völlig verschwunden ist.

Ich habe meine Vermutungen, was die Verantwortlichen für die o. g. Tat und ihre linkslastigen Absichten betrifft, aber ich will sie nicht durch die Presse öffentlich machen. Aus diesem Grund stelle ich die Frage, was die Kanzlei des Präsidenten der Republik, die amtierende Regierung unseres Landes und das Parlament zu tun gedenken, um genannten Vorfall rasch und gründlich aufzuklären.«

Auch in anderen Zeitungen hat es noch neue Artikel gegeben. Im Leitartikel von *Das Tavastländer Volk* hat es geheißen, es gebe in Finnland möglicherweise zig illegale Radiostationen in verschiedenen Regionen, weil außer in Helsinki auch in unserer Stadt Hörbeobachtungen gemacht worden seien.

»Die werden jetzt abwarten und die Netze bereithalten«, sagt Jukka mit gesenkter Stimme. Er hat sich mehr erschrocken als nach den ersten Artikeln und erklärt, als wäre es eine beschlossene Sache, dass wir eine Pause einlegen müssen, bevor wir mit den Sendungen weitermachen. So wäre es am sichersten. Außerdem wäre es besser, seltener, aber regelmäßig zu senden, einmal die Woche oder nur alle zwei Wochen, aber immer am gleichen Tag zur gleichen Zeit und auf der gleichen Frequenz, damit die Station gefunden wird.

»Sonntag ist gut, da haben die Leute nichts zu tun«, sagt Jukka, und der Sendeort muss Helsinki sein, weil dort die Leute und die Zeitungen sind.

Ich stimme nur zu und bin seiner Meinung, obwohl ich weiß, dass Jukka nur wegen seines Vaters nicht von hier aus senden will. Er will nicht, dass weitere Vermutungen in der regionalen Presse auftauchen und uns jemand an der Stimme erkennt. Die Senderansagen haben wir aufgenommen, ohne die Stimme zu verändern, sodass man sie erkennen könnte, wenn der Empfang gut ist. Und was wir direkt ins Mikrofon sprechen, ist noch gefährlicher, weil man dabei aus Versehen etwas einbauen könnte, was wieder erkennbar ist. Jukka erklärt mir lang und breit, warum nicht mehr von hier, sondern nur noch aus Helsinki.

Wir schauen auf dem im Lexikon abgedruckten Stadtplan nach, von wo aus man uns in der ganzen Innenstadt empfangen könnte. Der Sternwartenhügel wäre eine Stelle, und neben dem Vergnügungspark Linnanmäki gibt es ein paar unbebaute Felsen. Bei den Magazinen liegt offenes Brachland im Radiohorizont, und von der Insel Tervasaari aus kann man übers Meer senden.

Das reicht für den Anfang, später können wir nach weiteren Stellen suchen. Morgen noch nicht, weil es jetzt am sichersten ist, eine Pause zu machen, aber in einer Woche und danach immer zur gleichen Zeit, und es ist besser, mit dem Zug hinzufahren und die Geräte in Rucksäcke zu packen.

Karina ist nicht zu Hause. Beim Hereinkommen habe ich im Flur gehorcht und gesehen, dass ihre Zimmertür zu ist.

»Wieder mal auf Achse, treibt sich herum«, antwortet Jukka auf seine nervige Art, wie immer, wenn ich ihn nach Karina frage.

Ich wende mich ab und schlage das Lexikon an einer beliebigen Stelle auf und lande bei den Leuchtfischen.

Jukka fixiert in der Garage den Sender so, dass er besser auf der eingestellten Helsinki-Frequenz bleibt. Ich mache inzwischen eine Viertelstunde Musik ohne Pause fertig, auch wenn es mir nicht so wie Programmmachen vorkommt wie dann, wenn ich Sätze aus verschiedenen Reden zusammenschneide.

Ich suche nur Lieder aus, die ich selbst hören will. Jukka will gern mehr aus der Hitparade spielen, Danny und Sweet und Päivi Paunu, und was soll's, vielleicht ist es gut, zwischendurch etwas Gewöhnliches zu senden, aber meine Musik und die Stellen, an denen gesprochen wird, schneide ich, und ich lese auch alle neuen Zwischenansagen, weil Jukka nicht mehr im Radio sprechen will. Er sagt, er kann seine eigene Stimme nicht hören, aber in Wahrheit will er nicht, dass die anderen sie hören. Obwohl er oberflächlich mutig und direkt ist und gemein redet, ist er innerlich doch vorsichtig. Er hat noch nie Schwierigkeiten haben wollen.

J e später der Abend, desto unruhiger werde ich. Das merkt man daran, dass man nicht still sitzen und sich nicht auf eine Sache konzentrieren kann. Ich mag nicht anfangen zu trinken, obwohl Jukka schon losgelegt hat. Er sagt, er habe mit Kaikusalo ausgemacht, dass sie vorglühen, bevor sie in die Stadt gehen. Sie haben sich auf das Marimba geeinigt, aber erst

später, und darum versucht Jukka, einen langsamen, gleichmäßigen Rhythmus beizubehalten.

Der Wein ist inzwischen noch klarer geworden, und wenn
man ihn vorsichtig eingießt, rinnt kein Satz mehr ins Glas, und
die Farbe ist gegen das Licht durchsichtig und hellrot. Als Jukka
schon ein bisschen mehr getrunken hat, frage ich ihn noch einmal, und er sagt, dass Karkki mit einem Soldaten ins Versteck
geht. Ich frage nicht weiter, will aber in Karinas Zimmer nach-
schauen und nenne als Grund, unter ihren Platten nach passen-
der Filmmusik suchen zu wollen. Jukka ist so in Fahrt, dass er
sich über nichts mehr wundert.

Ich schalte die Muminlampe an und blättere Karinas Platten durch, falls doch etwas dabei ist, aber hauptsächlich sehe
ich mich um. Das Zimmer hat sich unter der Woche nicht verändert. Auf dem Schreibtisch liegen Bücher und in einer weißen, offenen Dose ein Lippenpflegestift, ein Lippenstift und
Wattestäbchen und ein kleines schwarzes Mäppchen mit Au-
gen-Make-up und Mascarabürste.

Wegen Jukka nehme ich eine LP von Morricone in die Hand,
dann mache ich eine Schreibtischschublade nach der anderen auf. Es ist nichts Besonderes drin, nur in der obersten liegt
eine Präsentation über einen gewissen Francis Coppola so weit
oben, dass sie neu sein muss.

Ich stelle die Morricone-LP zu den anderen Platten zurück
und sage im Wohnzimmer zu Jukka, es wäre nichts Gutes dabei
gewesen. Er hat New Seekers auf den Plattenteller des Telefunken gelegt und hört zu und bewegt sich. Ich betrachte ihn von
hinten, wie er auf der Couchkante sitzt und den Kopf hin und
her schwingt, dass die langen Haare fliegen. Ich will hier kein
bisschen länger bleiben.

Ohne es groß zu planen, frage ich ihn, ob er mir die Yamaha
leiht. Er sieht mich an, als würde er sie mir garantiert nicht geben, aber er sagt es nicht, sondern fragt, wozu.

»Ich muss nach Parola fahren, es geht gerade kein Bus.«

»Wegen einer Frau?«, fragt er.

»Kann sein«, sage ich.

»Was für eine Frau soll das denn sein?«, fragt Jukka und wartet ab. Ich antworte nicht, weiß jetzt aber genau, was ich tun werde. Er wiederholt seine Frage und dreht den Ton am Plattenspieler leiser.

»Wenn du es mir sagst, kannst du sie dir leihen.«

»Es ist deine Schwester.«

Jukka macht ein seltsames Gesicht, als wäre er ausgetrickst worden, und sagt sofort, dass er mir in dem Fall sein Motorrad garantiert nicht leiht.

»Warum nicht?«, frage ich.

»Darum.«

»Du bist doch wohl nicht eifersüchtig auf deine Schwester?«

»Bin ich auch nicht, verdammt«, schreit Jukka fast. Er ist wütend und geht in die Küche, und ich höre, wie er zuerst Wasser trinkt und dann Hauswein ins Glas laufen lässt.

Ich folge ihm und bin so entschlossen, dass ich notfalls auch mit dem Taxi fahre.

»Gib mir den Schlüssel.«

Mehr sage ich nicht, mehr muss ich nicht sagen. Alles ist besprochen, auch wenn es gar nicht so ist. Jukka schaut mich nur an, aber er hat keine Macht mehr über mich und Karina, in diesem Augenblick weiß ich es.

»Aber du machst den Tank voll«, sagt er, jedoch ohne einen Kraftausdruck hinterherzuschieben. Er holt den Schlüssel aus seiner Lederjacke im Flur. Ich gehe zur Haustür und mache sie schon mal auf.

»Und fahr mir den Motor nicht kaputt. Und schalte immer so, dass die Kupplung auch garantiert am Anschlag ist. Und fahr nicht zu schnell und in keine Radarfalle, sonst verhören sie nachher mich.«

Der Wind kommt schon auf dem Pullerinmäki-Hügel von vorn, obwohl ich noch langsam fahre, damit ich in Ruhe das Schalten und Bremsen ausprobieren kann. Ich bin noch nie mit Licht Motorrad gefahren, und der schmale Kegel vorne wischt so schnell durch die Kurven, dass es Momente gibt, in denen man in der Dunkelheit Vertrauen haben muss.

Ich fahre über Parolanummi und bremse vor den Mietshäusern ab, damit ich erkennen kann, ob bei Rekku und Silja Licht brennt. Rekku scheint am Fenster zu stehen, ich fahre so dicht heran, dass ich sehen kann, wie er sich bewegt und mich als Motorrad mit einem kurzen Strich auf seinem Blatt Papier notiert, ich sehe es nicht, aber ich weiß es.

Als ich an den Zaun des Panzermuseums komme, nehme ich mir ein Beispiel an den anderen. Ich fahre im ersten Gang nach vorn und halte die Beine gespreizt, damit ich mich am Boden abstützen kann, wenn die Autos vor mir in der Schlange anhalten, bevor sie auf dem Parkplatz in eine Lücke fahren. Ich schaue, wo andere Motorräder stehen, und halte dort an, trete mit der Fußspitze in die Erde, um mich zu vergewissern, dass sie die Yamaha hält.

Über dem Eingang steht *Versteck*. In den Fenstern sieht man bunte Lichter, der Hof ist halb erleuchtet, aber ansonsten ist es schwarz, die Panzer im Museum und die zum Himmel gerichteten Flakgeschütze zeichnen sich den ganzen Hügel entlang als dunkle Gebilde vor dem Horizont ab.

Ich stelle mich an der Kasse an. Die Musik ist im Eingangsbereich so laut zu hören, als wäre man schon drinnen. Hier treffen sich die Soldaten, und viele von ihnen stehen im Hof, um zu rauchen oder einfach nur so.

Auf dem Werbeplakat im Eingangsbereich ist mit rotem Filzstift *Muska* hinzugefügt worden, daneben sieht man das Bild eines Mannes und den Namen Esko Rahkonen. Jemand hat versucht, das Datum von gestern durchzustreichen.

»Wer soll diese Muska sein?«, höre ich jemanden neben mir fragen. Dort stehen eine Frau und ein Mann, beide schon alt, bestimmt über vierzig, der Mann muss alles aus der Nähe lesen, er hat anscheinend was mit den Augen.

»Irgendeine Babijar oder so«, erklärt die Frau ihm, was sie von anderswoher weiß. Ich weiß gar nichts, ich habe nie davon gehört. Dann gehe ich hinein. An der Decke und an den Säulen sind bunte Lichter befestigt, aber sonst ist es fast ganz dunkel, sodass der Bretterboden fast nur schimmert. Ich muss durch die freie Mitte gehen, um an die andere Wand zu kommen, denn auf dieser Seite stehen die Frauen.

Als die Sängerin hinter der Band hervorkommt und anfängt zu singen, erkenne ich sie an der Stimme wieder. Der Name ist mir fremd, aber die Stimme ist die gleiche wie auf der Sprungschanze, »schreib es auf eine Postkarte«, kurz vor dem schrecklichen Abstieg. Mir zieht sich der Magen zusammen, ich spüre es bis in die Fußsohlen. Es ist ihre Art zu singen, überhaupt nicht wie die Finnen sonst, sie singt wie nie jemand zuvor.

Ich gehe näher an die Bühne heran und schere mich um nichts mehr. Fast unmittelbar vor ihren Füßen bleibe ich stehen und höre zu. Sie ist eine kleine Frau, die wie eine Zigeunerin aussieht, fast noch ein Mädchen, und sie schreit jedes Wort von so tief aus ihrem Innern heraus, wie ich es noch nie gehört habe. Von Schallplatten und aus dem Radio kenne ich Janis Joplin und andere, aber noch nie habe ich jemand Lebendiges so schreien gehört.

Als sie eine Pause macht, blicke ich mich um. Inzwischen stehen auch andere vor der Bühne, es werden mehr Spots an der Decke eingeschaltet, und das Licht überflutet uns. Ich starre nach oben, damit die kleinen Mädchen neben mir nicht glauben, dass ich wegen ihnen hier bin. Auf der Trommel steht *Frankies*.

Dann sehe ich sie, ich weiß es, noch ehe ich sie wirklich

sehe, und drehe mich ganz um. Karina steht etwas weiter weg an einer Säule und hat hergeschaut, wendet sich aber sofort ab und redet weiter mit einem Typen in grauer Uniform, einem von denen, die alle gleich aussehen.

Ich gehe mit großem Abstand um sie herum, an der anderen Wand entlang. Dort steht Alina, sie sagt Hallo. Was zum Teufel macht die hier?, rauscht es mir so schnell durch den Kopf, dass es fast gar nicht da ist. Ich sage Hallo und gehe an ihr vorbei weiter, weil ich sonst nicht zu den Säulen komme.

Ich warte eine Weile etwas abseits und nehme all meinen Mut zusammen. Dann gehe ich einfach hin, warte genau den Moment ab, in dem die Band am Ende des Lieds leiser wird. Ich nähere mich Karina und dem Soldaten von hinten, und als der Schlagzeuger seinen letzten Schlag macht, sage ich Entschuldigung.

Ich schaue den Soldaten nicht einmal an, ich rede nur zu Karina.

»Entschuldigung«, sage ich noch einmal. Karina starrt mich an und umklammert die Hand des Soldaten fester.

Muska fängt wieder an zu singen. Ich bitte zum dritten Mal um Entschuldigung, ein bisschen wie zu ihr und zu den beiden gleichzeitig.

»Wenn ihr schon nicht tanzen wollt, also ich gehe«, sage ich zu Karina und fasse sie so leicht an der anderen Hand, dass sie mich nicht abschütteln kann. Sie blickt zu dem Soldaten auf und sagt Entschuldigung und geht mit mir auf die Tanzfläche und näher an Muska heran.

Das Stück ist schon in mir, ich erkenne es gleich am Anfang, zig Mal habe ich es gehört, aber noch nie so. Es ist ein Stück von Arno Ora, den Metro-Mädchen und Olavi Virta, und es ist ein Stück von meinem Vater und meiner Mutter, aber Muska singt es besser, als es jemals jemand gesungen hat. Wenn ich nie tanzen konnte, dann kann ich es jetzt, denn es ist schon in mir drin und kommt mir wie ein Zeichen vor. Es ist ein Walzer und ein Tango zugleich und noch mehr als das. Karina hält mich fest, und ich halte sie am Rücken und an der Hand, während ich sie mit etwas abrupten Bewegungen führe, weil Muska es so singt und es darum so getanzt werden muss, auch wenn es wer weiß was für ein Walzer oder Tango ist.

Schon versinkt die Nacht im Schoß der Dämmerung, und die Sonne färbt die Blüten wieder purpur, singt sie, und ein Teil der Wörter ist anders, als ich sie zuvor gehört habe, aber trotzdem ist es dasselbe Stück, ich kenne jede Stelle auswendig, sie müsste singen, *im Takte des Walzers drück ich dich an mich,* aber sie singt, *im Takte des Walzers drückst du dich an mich,* und es kümmert mich nicht, dass sie falsch singt, weil sie das meiste richtig singt und so, wie man es singen muss. Sie singt es besser als die Metro-Mädchen und Olavi Virta, und von Arno Ora habe ich es nie gehört.

Ich halte Karina fest und will nicht, dass es aufhört. Das sage ich ihr, und sie muss wissen, dass ich es nie wagen würde, das laut zu sagen, wenn es nicht ganz und gar stimmen würde, dass ich nicht will, dass es jemals aufhört.

Wir bleiben während der ganzen Pause zwischen den Stücken dicht aneinander. Es kommt mir wie eine lange Zeit vor, obwohl es nur ein Augenblick ist.

Karina fragt mich, wie ich hergekommen bin. Ich sage, dass mir Jukka die Yamaha geliehen hat. Karina sagt, dann lass uns sofort gehen, und dreh dich nicht um.

Wir gehen Hand in Hand über die Tanzfläche, Muska fängt an zu singen, aber ich drehe mich nicht um, und auch Karina schaut niemanden an und nirgendwo hin. An der Tür trifft das violette Licht von der Decke ihr Haar, so weit schaue ich doch hin und nicht nur vor mich und auf die Spur zwischen den anderen hindurch. Wir holen unsere Jacken von der Garderobe und gehen hinaus, Muskas Lied dringt durch die offenen Türen und Fenster, man hört es im Rücken, auch wenn man es nicht

sieht, keine Schritte, keiner rennt uns nach, am Rand des Park-
platzes steht niemand mehr.

Ich schaffe es, ohne zu schwanken, anzufahren, obwohl
jemand auf dem Sozius sitzt. Die Autos sind beiderseits der
Straße geparkt, sodass nur eine schmale Bahn bleibt, aber ich
fahre perfekt in der Mitte, und kein einziges Auto kommt uns
entgegen. Nach der Anhöhe beim Panzermuseum geht es
bergab, und ich schalte höher. Karina hält mich fester umklammert und drückt ihr Gesicht an meinen Rücken, damit sie der
Fahrtwind nicht trifft. Ihr muss kalt sein, denn sie trägt nur
einen kurzen Rock, und sie presst die Beine an mich, dass nicht
einmal die Jackenschöße sie vor dem Wind schützen.

Vor Rekkus und Siljas Haus bremse ich wieder ab, damit ich
hinschauen kann. Rekku steht nicht mehr zählend am Fenster. Womöglich hat er schon seinen Pyjama mit den Budjonowkas angezogen und sitzt jetzt in der Küche und trinkt seinen
Abendkakao, so muss es sein, denn in der Küche brennt Licht.

Ich erkläre Karina nicht, warum ich die Geschwindigkeit
drossle. Das Mietshaus gleitet als Schlagschatten vorbei, als
ich wieder Gas gebe. Aus den Furchen, die von den Panzern in
die Erde gefräst worden sind, steigt im Licht des Scheinwerfers
gelblicher Nebel auf.

»Kalt«, sagt Karina erst, als ich auf dem Pullerinmäki-Hügel
vor der Fahrt in die Stadt abbremse. Ich fahre an ihrem Haus
vorbei, halte aber nicht an, weil dort schon Licht brennt und
das Auto im Hof steht.

»Es ist fürchterlich kalt«, sagt Karina.

Ich fahre den Myllymäki-Hügel hinauf und durchs Tor in unseren Hof. Karina steigt ab und bleibt schlotternd neben mir
stehen, bis ich an einer ebenen Stelle den Ständer der Yamaha
heruntergeklappt habe.

Nebeneinander gehen wir hinein. Mein Vater und meine Mutter sind noch wach und haben zum Glück nicht ihre schreck-

lichen Schlafgewänder an, meine Mutter das beige mit den Spitzen und mein Vater das blaue Pyjama-Oberteil zu den gewöhnlichen, schlackernden langen Unterhosen, aber jetzt zum Glück nicht.

»Seid ihr mit dem Motorrad gekommen, ich hab da so ein Geräusch gehört?«, fragt mein Vater.

»Joo«, antworte ich.

Meine Mutter fragt Karina, ob ihr kalt ist, weil sie zittert. Karina sagt, jetzt nicht mehr, aber draußen schon.

»Wir gehen in die Sauna«, sage ich.

»Zu zweit?«, fragt mein Vater oder meine Mutter, beide.

»Ja«, sage ich und nehme Karina an der Hand.

Dort ist es noch warm. Der Ofen hält die Wärme bis in die Nacht. Jetzt, wo eine richtige Dusche drin ist, kann man es wagen, jemanden mit hineinzunehmen.

»Kann sein, dass wir länger bleiben, geht ruhig schlafen«, sage ich zu meinem Vater und meiner Mutter.

Sie schauen mich an, sagen aber nichts. Ich schaue sie an und halte Karina fest, auch ihre Hand zittert.

Dann setzt sich meine Mutter in Bewegung, um ein Handtuch für Karina zu besorgen, sie holt ein gutes weißes Leinenhandtuch aus dem Wäscheschrank.

»Reicht das? Oder brauchst du noch ein kleineres für die Haare?«

Ich nehme mein Frotteehandtuch und sage an der Tür noch einmal zu meinem Vater und meiner Mutter, geht ruhig schlafen, ihr braucht nicht auf uns zu warten.

Wir gehen ins Dunkle hinaus und durch den Garten zur Sauna. So dicht nebeneinander geht es sich etwas langsamer. Zwischen den Bäumen sieht man das graue Silber der Milchstraße, durch ihre Mitte zieht langsam ein Flugzeug oder ein Satellit blinkend seine Bahn.

Ich erzähle, wie ich im Sommer eine tiefe Rinne in den Rasen gegraben habe. Und wie in der Nacht die Läuse aus den Birken gerieselt und die Samtmilben aus der Erde gekommen sind.

»Ein bisschen so, als wären sie vom Himmel gefallen, es waren richtige Flecken auf der Erde, ganz grün und ganz rot. Man wusste gar nicht mehr richtig, was auf der Welt eigentlich geschieht.«

Während Karina auf der Bank im Vorraum der Sauna ihre Kleider auszieht, machte ich die Luke am Ofen auf und zünde die Kerze auf dem Fensterbrett an. Der Gussbetonboden fühlt sich an den bloßen Füßen nach Herbst an.

Wir warten so lange draußen, wie man es nackt aushält und bis die Wärme in der Sauna etwas gestiegen ist. Karina hat sich für den Abend Parfüm auf den Hals und ins Nackengrübchen getupft. Die Nacht ist dunkel und blauviolett, und doch ist alles voller Farben.

ANHANG

ZUR FINNISCHEN POLITIK
IM SOMMER 1972

Im Sommer 1972 lernt der Erzähler in Olli Jalonens Roman viele Aspekte des Lebens von ganz neuen Seiten kennen – auch die Politik. Das ist kein Zufall, denn in diesem Bereich tat sich zur damaligen Zeit eine ganze Menge in Finnland.

Im Zentrum der Aufmerksamkeit stand Finnlands selbstherrlicher Präsident Urho Kekkonen. Dieser wurde bereits 1956 zum Staatsoberhaupt gewählt, betrieb eine rigide Innenpolitik und stellte sich außenpolitisch als der alleinige Garant für die finnische Sicherheit und Neutralität dar. Seine Ostpolitik schloss Saunaabende mit Chruschtschow und Jagdausflüge mit Vertretern des sowjetischen Politbüros mit ein. Der Begriff »Neutralität« ist nicht wörtlich, sondern als Chiffre für den Balanceakt Finnlands zwischen Ost und West zu verstehen. Man wollte an die westliche Wirtschaft andocken, ohne die offizielle Freundschaft mit der UdSSR zu gefährden.

Um zu verhindern, dass er sich wie ein gewöhnlicher Kandidat zur Wiederwahl stellen musste, ließ Kekkonen 1972 ein Sondergesetz einfädeln, das es ermöglichte, seine Amtszeit ohne Wahlen zu verlängern. Die offizielle Begründung dafür hatte staatstragende Dimensionen.

Ein Jahr zuvor hatte Finnland Verhandlungen mit der Europäischen Wirtschaftsgemeinschaft aufgenommen. Kekkonen galt für viele als Einziger, der Moskau dazu bewegen konnte, ein Abkommen Finnlands mit der EWG zu tolerieren. Und tatsächlich: Bei einem Jagdausflug in Sawidowo (auf den im Roman angespielt wird) gab Breschnew seine Zustimmung – unter der Bedingung, dass Kekkonen Präsident bleibt.

Nicht zuletzt deshalb gelang es Kekkonen, weite Teile des politischen Spektrums hinter dem Sondergesetz zu versammeln. Konflikte blieben jedoch nicht aus, auch innerhalb der verschiedenen Parteien nicht. Die politische Landschaft war voller Unruhe in diesem Jahr. Im Februar wurde eine Minderheitsregierung unter dem Sozialdemokraten Rafael Paasio eingesetzt, die sich aber nur bis September halten konnte. Anschließend wurde Kalevi Sorsa (ebenfalls Sozialdemokrat) Ministerpräsident. Auch davon ist im Roman die Rede. Häufiger jedoch wird von Veikko Vennamo gesprochen. Der populistische Vorsitzende der Bauernpartei war der selbst ernannte Anwalt des kleinen Mannes und einer der wenigen Gegner von Kekkonens Ostpolitik. Er hatte seine Partei zwei Jahre zuvor ins Parlament geführt und musste nun mit ansehen, wie die Fraktion von den Initiatoren des Sondergesetzes mittels politischer Intrigen zerlegt wurde. Die Lex Kekkonen verlangte eine Fünfsechstelmehrheit im Parlament, und ihren Betreibern gelang es, Vennamo zwölf von achtzehn Abgeordneten abspenstig zu machen. Diese verließen sogar die Partei, woraufhin Vennamo ihnen bescheinigte, ihr Rückgrat bestünde aus Geldscheinen.

Im Sommer 1972 redeten sich die Leute in Finnland über Politik die Köpfe heiß. Die politischen Zusammenhänge und Manöver waren kompliziert und schwer zu durchschauen. Genau diese Erfahrung macht der Erzähler in Olli Jalonens Roman. Wobei er ahnt, dass etwas nicht stimmt. Zu Recht. Aus heutiger Sicht erscheinen die politischen Machenschaften von damals wirklich unglaublich.

Stefan Moster

GLOSSAR

Seite 50
Das finnische Notensystem reicht von den Noten 4
(ungenügend) bis 10 (sehr gut).

Seite 51
Paavo Noponen, geb. 1930, legendärer Sportreporter im
finnischen Fernsehen.

Seite 67
Budjonowka: charakteristische Kopfbedeckung der Roten
Armee bis Ende der 30er-Jahre.

Seite 71
Johannes Virolainen, 1914–2000, einer der bedeutendsten konser-
vativen Politiker nach dem Krieg, saß über vierzig Jahre lang
im Parlament, war Landwirtschafts- und Finanzminister.
Gehörte dem Landbund (Maalaisliitto) an, der dann in Zentrumspartei (Keskusta) umbenannt wurde. Sein Versuch, die
Partei auch in den Städten stark zu machen, führte Anfang der
70er-Jahre dazu, dass sich viele Zentrumsstammwähler der
populistischen Finnischen Bauernpartei (Suomen Maaseudun
Puolue, SMP) zuwandten.

Seite 72
Rafael Paasio, 1903–1980, sozialdemokratischer Politiker. Wurde
im Februar 1972 zum Ministerpräsidenten einer Minderheitsregierung gewählt, trat im September 1972 aber wieder zurück.

Tapio Rautavaara, 1915–1979, äußerst populärer Interpret typischer finnischer Schlager und Tangos in Moll. Außerdem Olympiasieger im Speerwurf bei den Olympischen Spielen von 1948 in London.

Aarne Saarinen, 1913–2004, war von 1966 bis 1982 Vorsitzender der Finnischen Kommunistischen Partei (SKP).

Veikko Vennamo, 1913–1997, langjähriger Vorsitzender der Finnischen Bauernpartei SMP. Erster echter Populist, der seine Partei 1970 mit achtzehn Sitzen ins Parlament führte. Einer der wenigen echten Gegner von Präsident Kekkonens Ostpolitik, bezeichnete sich als »Gefangener der Kekkonen-Diktatur«.

Lakta, Tosca: Konfektsorten aus der Schokoladen- und Süßigkeitenfabrik Fazer, enthalten in einer Mischung namens »Fazers Beste«.

Sorbus: Vogelbeerwein (sic!) mit 15 % Alkohol. Der Name leitet sich vom lateinischen Namen der Eberesche (Vogelbeere) ab: Sorbus aucuparia. Wurde 1935 vom staatlichen Spirituosenhandel Alko ins Sortiment genommen und erfreute sich besonders bei Konsumenten mit geringen önologischen Ansprüchen großer Beliebtheit. Seit 2010 nicht mehr im Handel.

Seite 111
Perry: Finnische Zitronenlimonade in den siebziger Jahren.

Seite 151
Herba: gelber Kräuterlikör.

Seite 162
Olavi Virta, 1915–1972, berühmter, geliebter, bewunderter Sänger von Schlagern und Tangos. Für viele Finnen der Größte. Sein Lied *Hopeinen kuu* (Silberner Mond) wurde zum besten finnischen Schlager aller Zeiten gewählt.

Seite 166
Tapani Kansa, geb. 1949, in Finnland allen bekannter Schlagersänger.

Seite 271
Lasse Virén, geb. 1949, finnischer Leichtathlet, gewann bei den Olympischen Spielen 1972 in München Gold über 5000 und 10 000 Meter – und wiederholte dieses Kunststück vier Jahre später in Montreal.

Seite 276
David Bedford, geb. 1949, britischer Leichtathlet und Konkurrent von Lasse Virén auf den Langstrecken.

Seite 276
Juha Väätäinen, geb. 1941, finnischer Leichtathlet, wurde 1971 Europameister über 5000 und 10 000 Meter, musste sich aber ein Jahr später in den olympischen Finals Lasse Virén geschlagen geben.

541

Seite 290

QSL-Karte: Postkarte, mit der Kurzwellenhörer den Empfang der Sendung einer Station bestätigen.

Seite 291

Jarno Saarinen, 1945–1973, finnischer Motorradrennfahrer, genannt »Der fliegende Finne«, kam bei einem Rennunfall in Monza ums Leben.

Seite 291

Giacomo Agostini, geb. 1942, italienischer Motorradrennfahrer mit fünfzehn Weltmeistertiteln.

Seite 298

Fleur und *Jopo:* finnische Fahrräder ohne Gangschaltung.

Seite 340

Idi: Gemeint ist *station identification,* ein akustisches Signal zur Sendererkennung.

Seite 372

Kalevi Sorsa, 1930–2004, finnischer Sozialdemokrat, wurde 1972 zum Ministerpräsidenten gewählt.

Seite 372

Sawidowo: Dorf unweit von Moskau. Dort traf sich der finnische Präsident Urho Kekkonen 1972 in einem Jagdhaus zu Gesprächen mit Breschnew und Kossygin.

Seite 481

SINPO: System zur Beurteilung von empfangenen Kurzwellensendungen (*signal strength, interference, noise, propagation, overall merit*).